Von Jörg Kastner erschien bei Bastei Lübbe:

13717 Thorag oder Die Rückkehr des Germanen
13838 Der Adler des Germanicus
13922 Marbod oder Die Zwietracht der Germanen
14139 Anno 1074
14176 Die Flügel des Poseidon
14210 Die Germanen von Ravenna
14305 Die Rückkehr des Germanen/
       Der Adler des Germanicus (Doppelband)

Jörg Kastner

Widukinds Wölfe

historischer Roman

BASTEI LÜBBE TASCHENBUCH
Band 14405

1. Auflage: September 2000
2. Auflage: Oktober 2000

Vollständige Taschenbuchausgabe
der im Ehrenwirth Verlag erschienenen Hardcoverausgabe

Bastei Lübbe Taschenbücher ist ein Imprint der Verlagsgruppe Lübbe

© 1998 by Verlagsgruppe Lübbe GmbH & Co. KG,
Bergisch Gladbach
Umschlaggestaltung: Guido Klütsch, Köln
Titelillustration: AKG, Berlin
Satz: hanseatenSatz-bremen, Bremen
Druck und Verarbeitung: Ebner Ulm
Printed in Germany
ISBN 3-404-14405-8

Sie finden uns im Internet unter
http://www.luebbe.de

Der Preis dieses Bandes versteht sich einschließlich
der gesetzlichen Mehrwertsteuer.

*Für Birgit und Andreas
in Minden –*

mit Dank für die Unterstützung!

*Karl der Große jedoch, der von allen Königen der tapfer-
ste war, trat nicht minder durch große Klugheit hervor.
Denn er meinte, da er zu seiner Zeit an Weisheit nicht
übertroffen wurde, daß sein berühmtes Nachbarvolk nicht
dem leeren Irrglauben anhängen dürfe; er zerbrach seinen
Kopf, wie er den Stamm auf den rechten Weg führen
könne. Und er brachte ihn teils durch sanfte Überredung,
teils durch Feldzüge dazu ...*

Widukind von Corvey, Geschichte der Sachsen

*Die besten seiner Helden, sie lagen in Sachsen tot,
Da floh Carolus Magnus, der Kaiser, in großer Not.*

*Er kam da bald zurück mit neuer Heeresmacht,
Damit er der Sachsen Lande zu seinem Reich gebracht.*

August Kopisch

*In Westfalen, dem ehemaligen Sachsen, ist nicht alles tot,
was begraben ist. Wenn man dort durch die alten Eichen-
haine wandelt, hört man noch die Stimmen der Vorzeit ...*

Heinrich Heine, Reisen in Deutschland

Inhalt

Personenverzeichnis.   9

ERSTER TEIL: WINDZEIT – Anno Domini 785   13
Kapitel 1: Wolfsgeheul   14
Kapitel 2: Karl der Sachsenschlächter   25
Kapitel 3: Die Wolfsschlucht   47

ZWEITER TEIL: WUTZEIT – Anno Domini 797.   59
Kapitel 4: Graf Silbernase   60
Kapitel 5: Sturmwind   82
Kapitel 6: Die Brennenden Steine 105
Kapitel 7: Die Buckelschlange 118
Kapitel 8: Der Feuerschmied 134
Kapitel 9: Der Bettlerkönig 150
Kapitel 10: In der Falle 171
Kapitel 11: Der Blutpfaffe 184
Kapitel 12: Nachtblitz 193
Kapitel 13: Tränen, Blut und Leid 201
Kapitel 14: Gislas Flucht 215
Kapitel 15: Der Weg in die Freiheit 238

DRITTER TEIL: WOLFSZEIT – Anno Domini 797. . . . 249
Kapitel 16: Der Totenhain 250
Kapitel 17: Wolfsjagd 273
Kapitel 18: Saxnots Schwert 291

Kapitel 19: Die Sklaven Gottes 314
Kapitel 20: Der Sohn des Sattelmeiers 325
Kapitel 21: Widukinds Wölfe 347
Kapitel 22: Donars Rache 372
Kapitel 23: Wodans Wut 404
Kapitel 24: Die Rückkehr der Toten 417
Kapitel 25: Der Schwarze Reiter 433
Kapitel 26: Erst das Roß, dann der Troß 443

EPILOG: HOCHZEIT – Anno Domini 798 453

ANHANG 457
Historie, Sage und Phantasie – Nachwort des Autors . . 458
Glossar 464
Zeittafel 472

Personenverzeichnis

Historische Personen sind hinter ihrem Namen mit einem (H) gekennzeichnet.

Abbio (H) – Herzog der Ostfalen, Widukinds
Schwiegersohn
Alda – Asmunds Geliebte
Almar – Alwigs Sohn
Alwig – Schmied auf dem Wolfshof
Amalwin (H) – Höfling Karls des Großen
Angilram von Metz (H) – Erzkaplan Karls des Großen
Anscher – Lite aus Hockeleve, Fährmann
Anwan – Brunolds Neffe, Kapitän der *Begga*
Asmund – Graf von Minden

Balthasar – Verkäufer frauenbeglückender Waren
Beatus – Priester, jüngerer Bruder des Rutinus
Benno – Brunolds Vetter, Kapitän der *Otterschwanz*
Brunold – Mindens mächtigster Kaufmann, Kapitän der
Silbermöwe
Buddo – Dorfvorsteher bei Saxnots Schwert

Ditmar – Kaufmann aus Throtmani

Elso – friesischer Bettler
Erkanbert (H) – Missionsbischof

Ermold – feister Panzerreiter, später Hauptmann von
        Minden
Eudo – Knecht Ditmars

Feuerschmied – sagenhafte Gestalt

Gerhild – Wolfgers Mutter, Gemahlin Wolfhards
Gisla – Brunolds jüngere Tochter
Gunda – Wolfgers Schwester

Hartnid – pockennarbiger Panzerreiter
Heidrun – junge Kräuterfrau
Hidde – junger Lite bei der Feuerschmiede
Hraban – Bettlerkönig
Hruodgar – Barde

Karl der Große (H) – König der Franken

Ogger – Bettler, rechte Hand Hrabans

Rorich – Unterführer der Panzerreiter
Rul – junger Reiter
Rutinus – Archidiakon von Minden

Tanko – älterer fränkischer Soldat
Teida – Brunolds ältere Tochter
Tibor – Brunolds Haussklave aus dem Volk der Wilzen
Tjalf – schweinsgesichtiger fränkischer Soldat

Ulf – Wittichs Sohn

Weerta – alte Litin vom Wolfshof

Welf – Bettlerknabe

Widukind (H) – Herzog der Sachsen

Wittich – Lite, rechte Hand auf dem Wolfshof

Wolfger – Herr des Wolfshofes, Sohn des Sattelmeiers
Wolfhard

Wolfhard – Sattelmeier aus dem Wolfsgeschlecht

ERSTER TEIL

WINDZEIT

Anno Domini 785

Das war ein schwarzer Tag für
Sachsenland,
als Wittekind, ein tapferer Herzog,
von Kaiser Karl geschlagen wurde ...
Heinrich Heine

1. Kapitel

Wolfsgeheul

»Wodan, o Allwissender, vergib mir! Donar, o Riesentöter, vergib mir! Saxnot, o Stammvater, vergib mir! All ihr Götter des mächtigen Asengeschlechts, verzeiht mir, daß ich euch abschwöre!«

Obwohl mit Inbrunst ausgerufen, verflogen die Worte im Tosen des Donnergottes. Wolfsgeheul. So klang das unablässige Brausen des schneetreibenden Sturmwinds, der in entfesselter Wut über das Wiehengebirge fuhr, die alten Götterbäume bog und selbst starke Äste brach. Donar, der Bauern-, Kriegs- und Wettergott der freien Sachsen, blies seinen Zorn über das Land, als wolle er es verheeren. Sogar das alte Heiligtum mit den mächtigen Eichen, Donars heiligen Bäumen, schien er nicht zu schonen. Wollte er die Welt der Menschen mitsamt ihren Bewohnern vernichten, weil sie sich von ihm und allen ihren angestammten Göttern abgewandt hatten?

Das fragte sich der einsame Reiter, der seinen kräftigen Rapphengst unter den winterkahlen Götterbäumen angehalten hatte und sich mit vorgeneigtem Körper gegen die Raserei des Donnergottes stemmte. Der dicke Pelzmantel, der um seine Schultern lag und auf der rechten Seite von einer silbernen Fibel zusammengehalten wurde, war mit unzähligen Schneeflocken bedeckt, wie das dunkle Fell des Rappen und das schulterlange Haar des Reiters, das hinter ihm wehte wie eine Fahne, die in die Schlacht getragen wird.

Aber die Zeit des Kampfes, der blutigen Schlachten, des erbitterten Widerstands gegen den Sachsenschlächter und seinen Christengott war vorbei, gestorben mit dem Kampfeswillen jenes Mannes, dem die freien Sachsen die Führerschaft über ihr Volk und damit auch ihr Schicksal angetragen hatten. Dreizehn Jahre hatten sie gegen den Frankenkönig gestritten, eine lange Zeit. Ohne Widukind, der sich vom westfälischen Edeling zum Herzog und Kriegsherrn aller freiheitsliebenden Sachsen aufgeschwungen hatte, wäre sie viel kürzer gewesen. Das wußte Wolfhard. Nur Widukinds Kriegskunst, seine Schläue und sein Einfluß auf das Volk hatten einen so langen Widerstand gegen das Meer fränkischer Krieger und ihren schier unbegrenzten Vorrat an tödlichem Eisen ermöglicht. Jeder Sachse hätte Widukind dafür dankbar sein müssen, aber Wolfhards Gefühle waren so gespalten wie die riesige Eiche, die sich in der Mitte des heiligen Hains erhob.

Donar hatte einst seinen Blitz in den Baum geschleudert, um einen Streit zwischen Edelingen der Westfalen und der Engern zu schlichten. Seit jener fernen Zeit galt dieser Ort als heilig, als Platz des Opfers und des Gerichts. Vorbei. Noch heute würde dieser Ort für alle Sachsen verboten sein, sobald Widukind sein Haupt gebeugt und die Taufe mit dem Wasser des Christengottes empfangen hatte.

Wolfhard wiederholte seine Worte: »Wodan, o Allwissender, vergib mir! Donar, o Riesentöter, vergib mir! Saxnot, o Stammvater, vergib mir! All ihr Götter des mächtigen Asengeschlechts, verzeiht mir, daß ich euch abschwöre!«

Der kampferprobte Reiter fuhr zusammen, als er durch das Sturmtosen eine Antwort zu vernehmen glaubte. Worte wie von einer Menschenstimme, aber doch zu undeutlich, um sie zu verstehen. Erst als der Rappe ein plötzliches Wiehern ausstieß und den Kopf umwandte, erkannte Wolfhard die Wahrheit. Sein Blick folgte dem des Pferdes, und er sah den anderen Reiter, der seinen ebenfalls schwarzen Hengt langsam heranlenkte.

Der große Mann saß gekrümmt im Sattel, aber nicht aus Trotz gegen den Sturm, sondern vor Schmerz. Jeder Schritt des Rappen war wie ein Dolchstich in seinen Körper. Die angestrengten Züge in dem länglichen Gesicht verrieten es. Wolfhard kannte seinen Herzog genau, er war lange mit ihm geritten. Und er fragte sich, ob die fortschreitende Krankheit nicht auch ein Grund für Widukind gewesen war, den Krieg zu beenden. Ein Kriegsherr, der nur noch mit Mühe in den Sattel kam und sich kaum noch aufrecht halten konnte, war wie ein lahmendes Pferd oder ein Sohn, der mit schwacher Brust geboren wurde: das unnütze Abbild des Nützlichen, die enttäuschte Hoffnung, mehr Last denn Gewinn.

Der Sachsenherzog zügelte sein Tier neben dem Wolfhards. Die beiden Rappen drängten sich eng zusammen, um einander zu wärmen und gegen den Schneesturm zu schützen. Doch die Männer, obwohl Waffenbrüder, hielten Abstand zueinander.

»Donars Atem trug mir dein Flehen zu, Meier Wolfhard«, sagte Widukind mit einer Stimme, deren schneidende Kraft zu dem geschwächten Körper in Widerspruch stand. Mit dieser eindringlichen, beschwörenden Stimme hatte er es wieder und wieder geschafft, die Sachsen auf seine Seite zu ziehen, hatte er aus losen Haufen ein geschlossenes Heer geformt, das fränkischer Übermacht trotzte.

»Du führst den Namen des Donnergottes im Mund, Herzog.« Wolfhards Worte klangen bitter, sein Blick verhehlte nicht den Widerwillen. »Wirst du es noch tun, wenn Nott

16

ihre dunklen Schleier über das Land wirft? Oder kenn
dann weder Nott noch Donar, weder Saxnot noch Wod
»Nott bringt nach jedem Tag die schlafspendende N
und wird es immer tun«, antwortete Widukind, ohne ⸺
überlegen. »Donar ist der Herr dieser Berge und wird es
immer sein. So, wie Saxnot immer unser Stammvater, wie
Wodan, Gott der Wölfe und der Raben, immer der Ahnherr
meiner Sippe sein wird.«

Wolfhards Ausdruck verriet Unverständnis. Sein Blick
suchte in Widukinds unbewegten Zügen nach Antwort,
während eine weit ausholende Armbewegung des Sattelmeiers den großen Eichenhain umfaßte. »Wenn du so aus
tiefstem Herzen denkst, Herzog, warum willst du dann das
alles hier aufgeben und dem Christengott Gefolgschaft geloben?«

»Das eine bedeutet nicht das andere, ganz im Gegenteil.«
Diesmal waren Widukinds Worte nur ein Seufzen, und der
Blick des Herzogs verlor sich im Dickicht der Baumriesen,
im Labyrinth der Zeit. Nach einer kleinen Unendlichkeit
des Schweigens fuhr er fort: »Ich habe keinen einzigen
Sachsen vergessen, der für seinen Stamm und für seine
Götter mit erhobenem Schwert in den Tod gestürmt ist.
Noch vergaß ich jenen Bluttag vor drei Wintern, der die Aller rot färbte mit dem Blut unserer Brüder. Ich weiß, nicht
viele werden mich verstehen, kaum ein Bauer und selbst
nur wenige meiner treuen Sattelmeier. Auch dir wird es
schwerfallen, Wolfhard, und doch würde gerade das mir
viel bedeuten. Denn du zählst du den Treuesten und Tapfersten. Was heute geschieht, ist kein Verrat an den Toten,
sondern unser Tribut an sie. Nur so können wir verhindern,
daß jeder Tropfen Sachsenblut vergebens vergossen war.«

Widukinds Blick kehrte von den Schlachtfeldern der Ver-

gangenheit zurück und fand erneut die Augen des Waffengefährten. Enttäuschung legte sich über das Antlitz des
Herzogs, als er im Gesicht des anderen noch immer Unverständnis las.

»Wenn wir weiterkämpfen, werden wir alle untergehen,
früher oder später, und mit uns die Götter unseres Stammes«, versuchte Widukind es noch einmal und schrie gegen den wieder stärker werdenden Sturmwind an, der die
sich mit jedem Wort erneuernde Atemfahne zerfetzte. Er
blickte nach Norden, wo in unsichtbarer Ferne das Blut-
feld von Verdi lag. »Tausende Tote. Sie alle sind für
nichts gestorben, wenn ihr Stamm und ihr Glaube untergehen!«

»Ihr Stamm – unser Stamm – geht auch unter, wenn wir
uns den Franken unterwerfen. Und unser Glaube ist dahin,
wenn wir ihn verleugnen.«

Widukind schüttelte den Kopf. »Windzeit ist gekommen,
und schwerer Sturm braust über das Land. Aber entwurzelt
und verweht wird nur, wer sich dem Frankensturm unbeugsam entgegenstellt. Wer sich unter dem Schwertschlag
beugt, aber in seinem Herzen aufrecht bleibt, wird bestehen. Sachsen werden Sachsen bleiben, auch wenn von Karl
eingesetzte Grafen anstelle frei gewählter Fürsten über unsere Stammesbrüder herrschen. Und die Namen unserer
Götter werden mitsamt den alten Bräuchen fortleben, mag
es auch nur hinter vorgehaltener Hand geschehen, in düsteren Nächten, im Schutz des Sturmwinds. Aber das kann
bloß sein, wenn es noch Sachsen gibt. Nur dann kann unser
Stamm zu neuer Macht erstehen!«

»Aber wenn er dann schon zu fest eingefügt ist ins Reich
der Franken?«

Widukinds Blick ging durch Wolfhard hindurch, wirkte

sehnsuchtsvoll. »Dann wird vielleicht einst sächsisches Blut in den Adern der Könige fließen!«

Der Sattelmeier nickte langsam, begann seinen Herzog allmählich zu verstehen. Doch es war nicht leicht, das umzuwerfen, wofür man ein Leben lang eingetreten war, wofür man Sommer für Sommer mit blutigem Sax gekämpft hatte.

»Folge mir, Wolfhard.« Es klang nicht wie ein Befehl des Herzogs, sondern wie eine Bitte, fast wie ein Flehen. »Ich brauche dich!«

»Um die anderen zu überzeugen?«

Widukind nickte.

Der Sattelmeier rutschte vom Pferd und stapfte durch den an manchen Stellen kniehohen Schnee zu der gespaltenen Eiche. Dort hielt er an, drückte die flachen Hände und die gesenkte Stirn gegen den winterkalten Stamm, die Augen fest geschlossen. Die Kühle half, seine heißen, wirren Gedanken zu beruhigen. Und doch wurde er das Bild nicht los ...

Tausende von Sachsen, Bauern und Krieger, niederkniend, hinter ihnen die fränkischen Henker mit ihren scharfen, rotbefleckten Schwertern. Leiber ohne Köpfe, Köpfe ohne Leiber. Bäche von Blut, sich in die Aller ergießend, den Strom rot färbend. Raben und Geier, die kreischend über dem Strafplatz kreisen, in so großer Zahl, daß sie die Sonne verdunkeln. Dann stürzen die Aasfresser nieder, einer nach dem anderen, hacken in totes, noch warmes Fleisch, baden im Blut der Verratenen, der Gemordeten. Glasige Augen in abgeschlagenen Köpfen und doch anklagende Blicke. Besonders aus zwei großen grünblauen Augen ...

»Wooolfraaam!«

Wolfhards langgezogener Schrei übertönte noch Donars

Wut und brachte sie zum Verstummen. Die Äste standen still, von einem Augenblick zum anderen. Kein Windstoß zerrte mehr an ihnen. Der Schnee fiel gerade und sanft zu Boden, nicht länger im stürmischen Durcheinander. Es war, als halte der Donnergott den Atem an angesichts einer Trauer und eines Zorns, nicht weniger tief als die Verbitterung des Riesentöters selbst.

»Der mächtige Donar scheint seinen Frieden gefunden zu haben«, erklang Widukinds Stimme. »Aber wie steht es mit dir, mein Freund?«

Wolfhard spürte eine Hand auf seiner rechten Schulter, drehte sich um und blickte in Widukinds besorgtes Gesicht. Der Herzog stand neben ihm. Hätte der Herzog einen Bart getragen, wäre so manche tiefe Furche verdeckt worden. Welche Mühe mochte es den einst gefürchteten Recken gekostet haben, sich aus dem Sattel zu quälen?

Der Sattelmeier ballte die Hände zu Fäusten, so stark, daß er das Fleisch seiner Handballen aufriß. »Wie kann ich Frieden finden nach allem, was mir und den Meinen angetan wurde?«

»Keine Sippe, keine Familie lebt in den Sachsengauen, die das nicht von sich behaupten kann. Und doch müssen sie alle ihren Frieden machen, mit den Nornen und mit den Franken. Nur das bedeutet Leben. Und nur Leben ergibt einen Sinn!«

»Vielleicht ist es so«, sagte Wolfhard nachdenklich und versuchte vergebens, das Bild des anklagend blickenden grünblauen Augenpaares zu verdrängen. »Du hast in so vielen Dingen recht gehabt und bist deshalb unser Herzog geworden. Wahrscheinlich hast du auch diesmal das Rechte erkannt, eher und deutlicher als jeder andere im Sachsenland.«

»Ich hoffe es«, entgegnete Widukind auffällig leise. »Wenn

20

nicht, lade ich große Schuld auf mich.« Er zeigte zu den beiden Pferden, die noch dicht an dicht standen. »Reiten wir? Die anderen warten sicher schon in der Burg.«

Wolfhard nickte und begleitete Widukind zu den Rappen. »Wie hast du mich so schnell gefunden?«

»Frau Hulda hat erst spät begonnen, die Betten der Riesen auszuschütteln. Die Eisfedern fielen nicht so zahlreich, um deine tiefen Spuren im Schnee zu verdecken.« Der Herzog lächelte hintergründig. »Aber auch ohne deine Spur zu sehen, hätte ich gewußt, wo ich dich finde, Meier Wolfhard.«

Als Wolfhard im Sattel saß, bemühte sich Widukind zum wiederholten Mal vergebens, sein hohes Roß zu erklimmen. Mit schmerzverzerrtem Gesicht rutschte er zurück in den Schnee und stöhnte leise. Wolfhard stieg behende ab und kniete sich vor Widukinds Pferd.

»Nein, Wolfhard.« Widukind schüttelte den Kopf. »Von diesem Tag an soll kein Sachse mehr vor mir auf die Knie fallen. Euer Herrscher heißt jetzt Karl.«

»Noch nicht. Noch bist du mein Herzog und ich dein Sattelmeier.« Ein flüchtiges Grinsen vertrieb kurzzeitig Wolfhards trübe Gedanken. »Auch wenn der Name dies nicht meint, als Sattelmeier muß ich doch meinem Herzog helfen, in den Sattel zu kommen.«

Abermals schüttelte Widukind das Haupt und ließ sein schwarzes Haar hin und her wehen. Stumm packte er die Zügel und führte seinen Hengst zu dem großen flachen Felsen unweit der gespaltenen Eiche. Er stieg auf den Opferstein, den das in vielen Menschenaltern vergossene Blut dunkel gefärbt hatte, und kletterte von da aus auf den Rappen. Es sah grotesk aus – aber einmal im Sattel, hielt sich der Herzog gut, wenn auch in seiner eigentümlich krummen Stellung.

Zwischen Widukind und Wolfhard schien alles gesagt. Schweigend ritten sie inmitten schneebedeckter Eichen und Buchen, Kiefern und Tannen zurück zur alten Donarburg. Der Donnergott hielt noch immer den Atem an – oder hatte er der Welt der Menschen, der Verräter und Götterleugner, ganz den Rücken gekehrt?

Es dauerte eine ganze Weile, bis der gedankenverlorene Sattelmeier das langgezogene Heulen bewußt wahrnahm, das den Winterwald durchschnitt. Klagend. Zugleich bedrohlich. Und unheimlich, wie von Geisterstimmen ausgestoßen.

Wolfhard spürte, wie sich seine Nackenhaare aufstellten. Der kalte Schauer, der über seinen Rücken lief, ging nicht auf den eisigen Hauch der Frostriesen zurück. Das Geheul war daran schuld. Vielmehr das, was dahintersteckte. Er hielt sein Pferd an, richtete sich im Sattel auf und blickte sich suchend um, ohne etwas zu sehen.

»Wolfsgeheul«, stellte Widukind, der seinen Hengst ebenfalls gezügelt hatte, stirnrunzelnd fest. »Seltsam, daß wir es bei dieser Windstille hören; die Wolfsschlucht ist doch gar nicht so nah. Der Winter ist hart, und die Rudel jagen auch am Tag. König Karl wird seine wahre Freude am Wiehengebirge haben. Die Jagd soll seine Lieblingsbetätigung sein.«

»Die Jagd auf Wölfe oder die auf Sachsen?« fragte Wolfhard.

»Ich weiß nicht, ob er da Unterschiede kennt.«

Widukinds Antwort bewies dem Sattelmeier, daß der Herzog wirklich aus Sorge um seinen Stamm handelte und nicht etwa, weil Frankenkönig und Christengott ihn überzeugt hätten. Doch das erleichterte Wolfhard keineswegs, zumal neuerliches Geheul erscholl. Seine Verursacher schienen jetzt näher zu sein, blieben aber unsichtbar.

Die Rechte des Sattelmeiers fuhr an die linke Hüfte und berührte den Schwertknauf. »Das hört sich an wie Geisterstimmen.«

»Dann nützt dir dein Sax nicht viel«, meinte Widukind, der kein bißchen besorgt schien.

»Vielleicht sind es Wodans Wölfe, die Gierigen«, flüsterte der Sattelmeier in einer Mischung aus Andacht und Furcht.

»Vielleicht weinen sie.«

»Warum?«

»Um den verlorenen Sohn, Herzog Widukind. Um dich!«

Widukind, dessen Name ›Wodans Kind‹ bedeutete und dessen Familie ihre Abstammung auf den – in den alten Erzählungen von Wölfen und Raben begleiteten – Göttervater zurückführte, wirkte für einen Augenblick betroffen. Dann verhärteten sich seine Züge wieder, und er trieb den Rappen an.

»Ich habe mich entschieden«, sagte er hart. »Nichts kann mich mehr zur Umkehr bewegen!«

Wolfhard folgte ihm und hielt vergebens nach Wölfen Ausschau. Er sah weder Geistertiere noch welche aus Fleisch und Blut. Aber das klagende Heulen begleitete die beiden Reiter auf dem gesamten Weg.

Wolfsgeheul.

Vor dem geistigen Auge des Sattelmeiers tauchten wieder die beiden anklagenden Augen auf. Wolfram. Rief der Sohn nach dem Vater?

Ein seltsames Gefühl ergriff den Sattelmeier. Wie die Berührung einer unsichtbaren Hand. Hatten die Fäden der Nornen ihn gestreift? Das unablässige Geheul schien ihm das Schicksal verkünden zu wollen. Vergebens suchte Wolf-

hard nach dem Sinn der Botschaft. Aber er wußte auf einmal, ohne die Sprache der Wölfe zu verstehen: sein
Schicksal würde sich erfüllen, noch an diesem Tag.

2. Kapitel

Karl der Sachsenschlächter

Das Wolfsgeheul war verklungen, vertrieben vom Geläut der Glocken. Der Christenglocken. An der Sandfurt, wo König Karl sein Heer zusammengezogen hatte, läuteten sie das Lied des fremden Gottes, der den Menschen Liebe predigte, aber ihnen Leid und Tod gebracht hatte. Nicht mit eigener Hand, sondern durch die Eisen der Krieger, die ihre Hütten und Unterstände an beiden Ufern der Weser aufgeschlagen hatten. Troßleute und Fußkämpfer, Berittene und die gefürchteten Eisenreiter. Tausende.

Als sich der lange Zug der Sachsen aus dem Schatten des Wiehens löste und sich, einem gewundenen Pfad folgend, ins Tal schlängelte, erfaßte Aufregung das große Heerlager an der Sandfurt. Trompetenklänge und Fanfarenstöße flogen über das weiße Land. In scheinbarer Unordnung liefen die Heerhaufen durcheinander, fanden sich aber, wie von einer unsichtbaren Hand geleitet, unter ihren Bannern zusammen. Im vollen Waffenschmuck erwarteten sie den Feind und seine Kapitulation. Oder gar einen heimtückischen Überfall – Widukinds letzte List?

Masse, Disziplin und die besten Waffen. Das waren schon immer die Vorteile der Franken gewesen. Haßerfüllt, aber auch ein wenig neidisch blickten die Sachsen den Feinden entgegen, während sich die lange Menschenschlange langsamen Schrittes bergab bewegte. Die Franken hielten das Land der Sachsen und die wichtige Sandfurt besetzt. Die

Franken hatten ausreichend Lebensmittel, um nach dem letzten Winter auch diesen an der Weser zu verbringen. Sie hatten das Land der Sachsen geplündert. Sächsische Männer, Frauen und Kinder hungerten, damit sich fränkische Krieger und Priester die Bäuche vollschlagen konnten.

Das Winterlager an der Weser war vielleicht Karls geschicktester Zug in dem langen, blutigen Spiel um Sachsen gewesen. Früher hatten sich die Franken nach jedem Feldzug zum Überwintern an den Rhein zurückgezogen. Karl liebte es angeblich, des Winters in den heißen Wassern seiner Aachener Pfalz zu baden. Darauf hatten Widukind und die Sachsen immer gesetzt. Wenn die weißen Mäntel der Frostriesen gnädig das blutgetränkte Land bedeckten, hatten Edelinge, Frilinge und Liten ihre Wunden geleckt, neue Kräfte geschöpft und Pläne für den Kampf im nächsten Sommer geschmiedet. Doch dann blieb Karl im Land, und mit ihm blieben seine Eisenreiter. Auch im Winter jagten sie die Sachsen durch deren eigenes Land. Kein Verschnaufen mehr, keine Ruhe, keine Erholung, nur Kampf und Tod – und schließlich das Erlahmen der Kräfte. Das hatte Widukind gespürt, eher noch als alle anderen.

Die in Wolfhard aufkeimende Gewißheit, daß sein Herzog doch das Richtige tat, währte nicht lange. Der Reitertrupp, der den Sachsen entgegenpreschte und dabei den Schnee aufpflügte, nahm die Aufmerksamkeit des Sattelmeiers in Anspruch. Immer mehr Sachsen bemerkten die fremden Reiter, und die lange Menschenschlange stockte, erstarrte in Eis und Schnee, abwartend, hassend, furchtsam. Rufe wurden laut, flogen von Mund zu Mund: »König Karl!« – »Der Frankenkönig!« – »Der Sachsenschlächter!«

»Nein – der Anführer von diesen hier ist nicht Karl. Der König ist größer, kräftiger, beeindruckender.« Der das sagte, war der fränkische Edle Amalwin, Anführer der Geiseln, die König Karl dem Sachsenherzog zähneknirschend als Garantie für Widukinds Sicherheit zugestanden hatte.

Auch Wolfhard hatte inzwischen den Anführer der fränkischen Reiter erspäht. Ein Mann von hoher, hagerer Gestalt, dessen Züge verbissen wirkten. Die wulstige Stirn, die ungewöhnlich weit seitlich sitzenden Augen und die lange, krumme Nase verliehen dem schmalen Gesicht etwas Raubvogelhaftes. Und wie ein Habicht oder Bussard auf der Suche nach Beute spähte der Reiterführer zu den Sachsen herüber, zu den Männern, die einmal seine Waffengefährten gewesen waren.

»Asmund, der Verräter!« rief jemand dicht hinter Wolfhard.

Der Rufer mußte ein Sattelmeier sein, wie Wolfhard einer war und wie, bis vor wenigen Wintern, der Enger Asmund einer gewesen war. Die Sattelmeier waren Widukinds treueste, ergebenste Gefährten. Sie hatten an seiner Seite gekämpft und ihm auf ihren Höfen stets Unterkunft und ein frisches gesatteltes Pferd zur Verfügung gestellt, wenn die Franken den Freiheitskämpfer durch das Sachsenland jagten. Asmund hatte den Treueschwur der Sattelmeier gebrochen und die Seiten gewechselt. Der Frankenkönig dankte es ihm, indem er ihn zum Wikgrafen der Sandfurt und zum Gaugrafen des ganzen Wesertals ernannte.

Auf einmal veränderte sich für Wolfhard das Bild, beherrschte die Erinnerung die Wirklichkeit. Nicht mehr weiß vom Schnee war das Land, sondern rot vom Blut der geschlachteten Sachsen. Viertausendfünfhundert Männer waren in Verdi gestorben. Zum Teil als Kriegsgefangene, zum Teil freiwillig in Geiselhaft gegangen und zum Teil von sächsischen Überläufern angelockt, hatten sie auf die

Gnade des Frankenkönigs und seines angeblich so barmherzigen Gottes vertraut. Einer von ihnen war Wolfram gewesen, Wolfhards ältester Sohn, der in Asmunds Waffendienst gestanden hatte. Treu folgte Wolfram dem Sattelmeier Asmund in die fränkische Haft. Der Edeling Asmund erheischte Karls Gnade und, mehr noch, wurde ein Günstling des Frankenkönigs. Wolfram aber starb wie die viereinhalbtausend anderen Sachsen: gefangen, gefesselt, niederkniend – enthauptet.

Wolfhard stieß einen Schrei aus, der nichts Menschliches an sich hatte, rammte gleichzeitig die Sporen in seines Rappen Flanken und wollte nach vorn galoppieren, dem verhaßten Verräter entgegen. Aber ein Reiter löste sich von der Spitze des Sachsenzugs und versperrte ihm den Weg: Widukind. Der Herzog beugte sich vor und hielt Wolfhards Hand fest, bevor der Sattelmeier das Schwert ziehen konnte.

»Nicht, Wolfhard!« zischte der Herzog und bedachte ihn mit einem eindringlichen, warnenden Blick. »In einem einzigen Augenblick könntest du alles zerstören, wofür ich mich in den letzten Monaten eingesetzt habe.«

»Was ist?« erkundigte sich besorgt Amalwin, der seinen Falben ebenfalls nach vorn gedrängt hatte. Sollte so kurz vor dem Ziel, vor Karls Heerlager, der Frieden noch gebrochen, das Leben der Geiseln verwirkt werden?

»Der Anführer von Karls Gesandtschaft ist Asmund, der früher zu meinen Sattelmeiern zählte«, erklärte Widukind dem Franken.

»Karl wird diese Wahl als Geste der Versöhnung getroffen haben«, sagte Amalwin, der Wolfhards Erregung nicht verstand.

»Als Asmund sich deinem König ergab, hatte er Wolfhards

Sohn bei sich«, fuhr Widukind fort. »Jetzt weilt Wolfram in Walhall, falls Wodan enthauptete Gefangene in den Reihen der Einherier aufnimmt.«

»Verstehe«, murmelte der Franke betroffen. »Der König hat das bestimmt nicht gewußt.«

»Falls doch, hält er nicht viel vom Frieden zwischen unseren Völkern«, brummte Widukind und wandte sich wieder dem Waffengefährten zu. »Wirst du dich beherrschen können, Wolfhard? Oder willst du lieber die Nachhut meines Gefolges führen?«

»Den Triumph gönne ich Asmund nicht«, preßte Wolfhard in einer Mischung aus Zorn und Bitterkeit hervor. Seine Hände zitterten. »Ich werde mich beherrschen, wenn es auch schwerfällt.«

Die Franken verlangsamten den Galopp, weil sie die Sachsen fast erreicht hatten. Eisenreiter! Ihr Anblick löste bei den Sachsen nicht gerade warmherzige Gefühle aus. König Karl hatte bei der Wahl seines Empfangskomitees wenig Geschick bewiesen. Oder beabsichtigte er eine Konfrontation? Sunnas Strahlen, die zwischen dicken Wolkenbänken hindurchbrachen, ließen metallene Schuppenpanzer, Kegelhelme und Beinschienen, Schilde, Schwerter und Lanzen in einem blutigen Rot aufglühen. Die Eisen- oder Panzerreiter bildeten das schlagkräftige Kernstück des fränkischen Heeres. Die gepanzerten Scaras erfochten mit stählerner Wucht oft den Sieg noch, wo Karls leichte Reiterei und die Fußtruppen schon zurückweichen wollten. Die großen Feldschlachten bei Theotmalli und an der Hasa und damit letztlich der Krieg ums Sachsenland waren von ihnen gewonnen worden. Für den tapfersten Sachsen waren Erschrecken und Furcht keine Schande, wenn sich vor ihm ein Eisenreiter in den Steigbügeln aufrichtete und die starke Lanze vorschoß.

Mit einer herrischen Handbewegung ließ Asmund die Panzerreiter halten. Die Blicke der fränkischen Soldaten waren nicht minder feindselig als die der Sachsen. Beide Seiten hatten sich oft, über viele Jahre hinweg, in erbitterter Feindschaft gegenübergestanden. Mancher Sachse und mancher Franke mochte daran denken, ob er dem Mörder seines Vaters, Sohnes oder Bruders in die Augen blickte.

Wolfhard spürte, daß ein Wort oder ein Schwertstreich genügte, um einen blutigen Kampf entbrennen zu lassen. Hunderte von Sachsen standen einer halben Hundertschaft der Eisenreiter entgegen. Der Sieg wäre trotz fränkischer Waffenkunst und Kampferfahrung auf der Seite der Sachsen gewesen. Aber was kam danach? Karls Rache gewiß – und damit der Waffengang gegen Tausende und Abertausende von Sachsen. Noch einmal würde sich Karl kaum auf Friedensverhandlungen einlassen. Wer jetzt das Schwert erhob, hatte den ganzen Sachsenstamm auf dem Gewissen.

»Ich grüße dich, Meier Asmund«, sagte Widukind. »Endlich bin ich am Ziel.«

Wolfhard biß die Zähne zusammen. Welche Schmach! Widukind, der größte und verdienstvollste aller Sachsen, entbot dem Verräter Asmund seinen Gruß. Umgekehrt wäre es nach rechter Art gewesen: der Sattelmeier hatte zuerst den Herzog zu grüßen.

Asmund zeigte sich der Höflichkeit, deren sich Widukind aus Sorge um die angespannte Lage befleißigt hatte, nicht würdig. Mit verächtlich herabgezogenen Mundwinkeln bellte der Überläufer: »Sattelmeier ist der falsche Ausdruck. Ich bin nicht länger einer deiner Pferdehalter, Widukind. Wenn die Sonne versinkt, wird es keine Sattelmeier mehr geben!«

Ungerührt fragte Widukind: »Wie also soll ich dich nennen, Asmund?«

»Graf Asmund.« Der Überläufer hob stolz das Haupt und zeigte, daß er sein Haar nach fränkischer Sitte kurzgeschoren trug; kaum eine Strähne lugte unter der Pelzkappe hervor. »Den Titel gab mir König Karl.«

Wolfhard konnte nicht länger an sich halten und rief: »Von was bist du der Graf, Asmund? Was hat dir dein König Karl noch gegeben als Belohnung für deinen Verrat?«

Widukind warf Wolfhard einen beschwörenden Blick zu, aber zu spät. Schon waren die beleidigenden Worte heraus. Asmunds Mundwinkel zogen sich noch tiefer nach unten. Es klirrte wie gebrochenes Eis, als die Eisenreiter nach ihren Waffen griffen. Und auch in die Sachsen kam Bewegung. Sie wollten aus der langen Marschreihe ausscheren, um sich in Schlachtformation aufzustellen.

Amalwin drängte seinen Falben erneut nach vorn, zwischen Franken und Sachsen, und rief den Panzerreitern zu: »Nehmt die Hände von den Waffen! König Karl will Frieden, keinen Krieg!«

Asmund funkelte Amalwin böse an. »Ich führe hier den Befehl!«

»Nicht mehr lange, wenn ich Karl erzähle, daß deine Befehle ihn den Frieden gekostet haben.« Der Franke hielt dem wütenden Blick des Grafen stand und lächelte dünn, ohne jede Erheiterung.

Asmunds Mienenspiel verriet seinen inneren Kampf. Schließlich veranlaßte er mit einer knappen Handbewegung die Panzerreiter, die Schwerter in den Scheiden zu lassen und die Lanzen nicht zum Stoß zu senken. Widukinds Sattelmeier sorgten dafür, daß auch die Sachsen friedlich blieben und wieder in die Marschordnung zurückkehrten.

Wolfhard sah weder Widukind noch Asmund an. Er war auf die Ermahnung des Herzogs ebensowenig begierig wie auf den Anblick des Mannes, dem er die Schuld an Wolframs Tod gab. Wolfhard blickte über die Marschreihen hinweg in das Gesicht seiner Frau. Sie wirkte wie versteinert. Ebenso sein zweiter Sohn. Seine Tochter war noch zu jung, um zu begreifen.

Angeführt von Asmunds Eisenreitern, setzten die Sachsen ihren Marsch fort und tauchten bald in die Ausläufer des fränkischen Heerlagers ein. Jetzt war es für jeden Sinneswandel zu spät, jede Umkehr war ausgeschlossen, verwehrt durch fränkische Übermacht. Die unter ihren Bannern versammelten Krieger Karls wirkten angespannt. Vermutlich erschien ihnen dieses Ereignis nicht weniger unglaublich als den Sachsen. Wie viele Sommer – und zuletzt auch Winter – hatten sie damit verbracht, Widukind zu jagen. Ohne Erfolg. Immer wieder entwand er sich ihrem Zugriff, wie ein Geist, der nur zum Kampf in die Menschenwelt kam und sie dann wieder auf einem Himmelsroß verließ. Und jetzt ritt er aus freien Stücken in ihr Lager ein. Kein vor Stolz hoch aufgerichteter Recke, sondern ein kranker Mann, für den es schon eine Leistung war, sich im Sattel zu halten. Das sollte wirklich der gefürchtete Widukind sein?

Das Läuten der nahen Glocken war so laut, daß es auf Wolfhard betäubend wirkte. Jeder Laut war wie ein Keulenschlag gegen seinen Kopf. Und doch unterschied er zwei verschiedene Klänge, zwei Glocken. Eine schlug hell und klar, die andere dumpf und drohend. Wie ein Sinnbild des Christengottes, der Frieden verhieß und Krieg brachte. Es waren die Glocken der Siedlung an der Sandfurt. Hinter dem Wik, der Kaufmannsansiedlung, näher zur Weser gelegen, entstand ein beeindruckender Bau: eine Befestigung mit einem großen Glockenturm, aus dem die hellen und die tiefen Schläge erklangen. Hier bauten Franken und unterworfene Sachsen einen Königshof mit einer Missionsstation, von der aus die Christenprediger ihren Glauben tiefer ins Sachsenland tragen wollten. Zum Ruhme ihres Gottes und ihres Königs.

Karl!

Die Menge zwischen den Häusern, Hütten und Ställen im Wik und dem umliegenden Heerlager teilte sich und gab den Blick auf einen Mann frei, der niemand anders sein konnte als der Frankenkönig. Wolfhard wußte es, obwohl er Karl niemals zuvor aus der Nähe gesehen hatte, nur von fern in der Schlacht. Nicht nur die Ehrfurcht, die dem großen, stattlichen Mann auf dem kräftigen Schimmel seitens der Franken entgegengebracht wurde, ließ Wolfhard zu dem Schluß kommen. Es lag auch nicht an dem im Sonnenlicht blitzenden Aufputz: ein edelsteingespicktes Golddiadem auf dem großen, runden Haupt mit dem leicht gekräuselten Blondhaar; ein golddurchwirkter Mantel und goldschimmernde, mit Edelsteinen besetzte Schuhe; und auch das Prunkschwert an seiner Hüfte blinkte kostbar. Wolfhard erkannte den König an der stolzen und doch natürlichen Haltung, die der kräftige Mann zeigte; an dem gebieterischen Blick, den die großen, stets in Bewegung befindlichen Augen aussandten. Kaum einer hielt diesem Blick stand. Die meisten Franken beugten sich darunter wie unter einer schweren Last oder zuckten zusammen wie von einem Schwerthieb getroffen.

Das also war der Frankenkönig, den sie auch den Großen nannten. Carolus magnus. Der Erbe des Frankenreiches. Der Leuchtturm Europas. Der Schutzherr Roms und der

Verteidiger der heiligen Kirche. Der Wegbereiter des christlichen Glaubens. Der Eroberer Sachsens.

Der Sachsenschlächter!

Wolfhard sah nichts mehr außer dem großen Reiter, der wandelnden Prunkstatue, die so gar nicht zu dem Bild passen wollte, das er sich von Karl dem Bluttrinker gemacht hatte. Wenn er in den vergangenen Jahren an den Frankenkönig gedacht hatte, stellte er ihn sich von Kopf bis Fuß in eiserner Rüstung vor, blutbeschmiert, mit erhobenem Schwert, das auf einen vor ihm knienden gefesselten Jüngling herabfuhr und mit einem kräftigen Hieb den Kopf von den Schultern trennte. In Wolfhards Gedanken war es Karl selbst, der Wolfram tötete. Und wenn nicht Karl, dann Asmund, der Doppelzüngige, der Verräter, der Überläufer.

Aber jetzt forschte der Sattelmeier vergeblich im Gesicht Karls nach jener unbändigen Grausamkeit aus seinen düsteren Träumen. Würdevoll blickte Karl, schien manchmal fast ein wenig heiter, dann wieder voller Verständnis, wenn seine Augen auf Widukind und den sächsischen Edelingen ruhten.

Eine Maske! versuchte sich Wolfhard einzureden. *Karl trägt die Maske eines gütigen, verständnisvollen Herrschers, um uns in Sicherheit zu wiegen. Doch bei nächster Gelegenheit fällt er uns in den Rücken und färbt mit unserem Blut das Wasser der Weser so rot, wie es vor drei Wintern die Wasser der Aller gewesen sind.*

Doch sosehr Wolfhard sich auch bemühte, er vermochte keinen falschen Zug in Karls Antlitz zu erkennen. Der König schien es ehrlich mit den Sachsen zu meinen, aber der Sattelmeier sträubte sich gegen diese Erkenntnis.

Waren Augenblicke oder eine Ewigkeit vergangen, seit die

Sachsen ihren unerbittlichen Widersacher erblickt hatten? Wolfhard wußte es nicht. Der Bann, der über ihm lag, brach erst, als Bewegung in das Prunkbild kam und Karl seinen Schimmel langsam auf die Sachsen zuschreiten ließ. Es war eine große Geste, daß der König dem Herzog, der Sieger dem Unterlegenen entgegenkam.

Widukind war nicht der Mann, der das in eitler Selbstüberschätzung ausnutzte. Auch sein Rappe setzte langsam Huf vor Huf in den zerstampften Schneematsch, und fast jeder Schritt führte zu einem schmerzhaften Zucken der Mundwinkel. Die lange Zeit im Sattel – erst der Ritt zum heiligen Hain und zurück zu den verfallenden Mauern der alten Fluchtburg, dann zur Sandfurt – hatte den Herzog sichtlich angestrengt.

In der Mitte zwischen beiden Gruppen trafen sich Karl und Widukind, hielten dicht voreinander ihre Tiere an und reichten sich die Hände. Jubel erscholl, besonders aus fränkischen Kehlen. Wolfhard aber fühlte, wie sich sein Herz zusammenkrampfte. Sein Mund wurde trocken, und Schwindel packte ihn. Der Pakt war geschlossen, der Frieden besiegelt – und damit die Niederlage der Sachsen. Es gab keinen Kampf mehr, keine Rache für Wolframs schmählichen Tod.

»Reiß dich zusammen, Wolfhard!« herrschte ihn im Flüsterton Abbio an, der Herzog der Ostfalen und Gemahl von Widukinds Tochter Debra. »Wenn du aus dem Sattel sinkst, halte ich dich. Wenn du aber dein Schwert ziehst, bin ich schneller!«

Der westfälische Sattelmeier warf einen langen Blick auf den hochgewachsenen, schlanken Ostfalenherzog, der sich im Kampf wie im Frieden stets als getreuer Gefolgsmann seines Schwiegervaters erwiesen hatte. Abbios entschlossenes Antlitz ließ keinen Zweifel daran aufkommen, daß seine Worte ernst gemeint waren.

»So weit ist es also gekommen«, seufzte Wolfhard tief. »Lieber tötet ein sächsischer Edeling den anderen, als das Schwert gegen den Schlächter unseres Stammes zu führen!«

»Du hättest nicht mitkommen sollen«, stellte Abbio kopfschüttelnd fest. »Du trägst zu schwer an deinem Haß.«

Wolfhard schwieg, aber insgeheim gab er dem Ostfalen recht. Seine Gedanken und sein verwundetes Herz weilten bei Wolfram, dem geliebten Sohn. Die Reden, die Karl und Widukind in der Sprache der Franken hielten, hörte der Sattelmeier kaum. Selbst wenn er das Fränkische so gut beherrscht hätte wie sein Herzog, hätte er den hehren Worten nicht inniger gelauscht. Was er verstand, reichte ihm. Hohl und falsch klangen für ihn die Worte vom Frieden zwischen Franken und Sachsen, von dem neuen Volk, das einst aus beiden erwachsen würde, von dem wahren Glauben, der über die heidnischen Götter triumphierte.

Geschenke wurden ausgetauscht, darunter ein prachtvoller Schimmel, den Karl von einem Knappen heranführen ließ. Das Sattelzeug strotzte nur so vor Edelsteinbesatz und golddurchwirkten Stickereien.

»Man kennt und fürchtet dich als ›Schwarzen Reiter‹, Herzog Widukind«, sprach Karl mit seiner eigentümlich hohen Stimme, die so gar nicht zu seiner kraftvollen Erscheinung passen wollte. »Man sieht dich nur auf deinem Rappen, und mancher sagt, des Nachts verschmilzt dein Pferd mit den dunklen Schleiern und trägt dich fort in ein Versteck hoch in den Wolken.« Der König stieß ein heiseres Lachen aus, als er die mißbilligenden Blicke seiner Priester auf sich spürte. »Aber das ist natürlich blühender Unsinn, heidnischer Aberglaube. Gleichwohl soll dieser Schimmel das Zeichen deiner Umkehr und deines neuen – des rechten – Glaubens sein. Er ist aus edelster Zucht, der Bruder meines eigenen Hengstes. Ich würde mich freuen, sollten wir beide auf den Brüderpferden, selbst wie Brüder, zu dem Gastmahl reiten, das meine Köche dir und deinen Edlen bereitet haben.«

Während die Frilinge und Liten aus Widukinds Gefolge von fränkischen Knechten mit Roggenbrot, Käse und Bier versorgt wurden, führte Karl seine edlen Gäste in einen massiven Holzbau, über dem das Banner des Königs schlaff in der windstillen Luft hing: goldene Kreuze und goldene Rosen auf rotem Grund. ›Oriflamme‹ wurde das Banner genannt, die Goldene Flamme. Rot war die Farbe der Liebe, des Feuers und des Blutes, der Eroberung und der Macht. Das Kreuz war das Zeichen der Christenheit; an ihm war Jesus Christus für die Sünden der Menschheit gestorben. Die Rosen waren das Sinnbild der Liebe Jesu; sie verkörperten sein vergossenes Blut.

In der hölzernen Halle brannten wärmende Herdfeuer. Räucherfisch, Bratfleisch, Weißbrot und gute Weine ließen viele Edelinge vergessen, daß dies kein Festtag für sie war. Wolfhard aß und trank nichts, sein Magen war wie zugeschnürt. Am liebsten hätte er sich mit Weib und Kindern in eine Ecke verkrochen, aber Widukind hatte darauf bestanden, daß seine Sattelmeier mit ihm an Karls Tafel Platz nahmen. Asmund hatte dort ebenfalls seinen Sitz, und sein selbstgefälliger Gesichtsausdruck vertrieb bei Wolfhard auch den letzten leisen Anflug eines Magenknurrens.

Karl, der mit offensichtlichem Genuß eine Hühnerkeule zerfleischte, hielt plötzlich inne, fixierte Wolfhard und fragte, langsam und betont sprechend, so daß der Sattelmeier ihn trotz der fremden Frankensprache gut verstand: »Weshalb ißt du nichts, Sachse? Ist die fränkische Art, die Speisen zuzubereiten, nicht nach deinem Geschmack?«

»Nichts, was fränkisch ist, ist nach meinem Geschmack«, antwortete Wolfhard, ohne nachzudenken. Die Worte kamen aus seinem Herzen.

Alle an der großen Tafel erstarrten, selbst Widukind. Besorgte und ängstliche Blicke flogen zwischen dem König und dem Sattelmeier hin und her, um sich dann auf Karl zu konzentrieren. Der legte die abgenagte Keule auf die dicke, fettgetränkte Weißbrotscheibe, die ihm als Essensunterlage diente, wusch seine von Fett triefenden Finger in der Wasserschale, wie sie vor jedem Mann auf dem Tisch stand, und trocknete die Hände an dem groben Leinen des Tischtuches ab. Dann stützte er das runde, leicht fliehende Kinn auf die ineinander verschränkten Hände, während die Ellbogen auf der Tafel ruhten. Die Spitzen seines großen Schnurrbarts zitterten, als er die Mundwinkel wie zu einer ironischen Bemerkung nach oben zog. Ungewöhnlich starr wirkten die Augen des Königs, als sie Wolfhard festnagelten.

Der Sattelmeier wollte es nicht, doch er fühlte sich von diesem Blick gefangen. Er nahm kaum wahr, daß neben ihm auf der Holzbank Abbio unruhig hin und her zu rutschen begann.

»Verzeih, edler Sachse, aber ich kenne deinen Namen nicht«, erwiderte Karl seelenruhig, fast leise, doch seine Worte wurden an der ganzen Tafel vernommen. Niemand sprach, niemand kaute, niemand trank.

»Ich bin Wolfhard, Sohn Wolframs, Graf des Wolfsgaues und Sattelmeier des Herzogs Widukind.«

Wolfhard sprach leise, aber bestimmt, wie auch König Karl

geklungen hatte. Der Sattelmeier spürte, daß die Nornen das Schicksal in seine Hände gelegt hatten. Er konnte den Frieden verhindern und damit die Unterwerfung. Die richtigen Worte – oder die falschen, ganz wie man es betrachtete – würden genügen, alles zu zerstören, was Widukind in mühsamen Verhandlungen erreicht hatte. Haß und Verbitterung waren groß, auf beiden Seiten. Die Glut glomm stark unter der dünnen Ascheschicht friedenslobender Reden. Es bedurfte nur eines starken Hauches, die verzehrenden Flammen wieder zu entfachen.

Karl bedachte ihn mit einem Nicken. »Ich habe schon von den Wolfskriegern gehört, Graf Wolfhard. Und manches Mal habe ich sie verflucht, weil sie im Kampf besonders unerbittlich waren. Ich schätze, das Blut vieler toter Franken klebt an deinem Schwert und an den Klingen deiner Krieger.«

Wolfhard ahmte Karls Nicken nach und sagte mit ansonsten unbewegtem Gesicht. »Ich bin stolz auf jeden Tropfen.«

Karl lächelte, zur allgemeinen Überraschung. »Ich freue mich über deine ehrlichen Worte, Graf Wolfhard. Ehrlichkeit ist das Fundament unseres Friedens. Niemand kann erwarten, daß jede Feindschaft und jeder Haß an einem einzigen Tag begraben werden. Nein, wir sollten ehrlich miteinander sein, aber auch nicht vergessen, daß Vergebung die Lehre unseres Glaubens ist, der bald auch der eure sein wird. Jesus Christus, der Sohn Gottes, dessen Geburtstag wir morgen gemeinsam begehen werden, hat die Vergebung gepredigt. Wir sollten ihm darin folgen, bei all unseren Schwächen.«

Die hohen Geistlichen, allen voran der Erzkaplan Angilram von Metz und der Missionsbischof Erkanbert vom Kloster

Sankt Bonifatius an der Hamelmündung, nickten beifällig. Nur ein junger rothaariger Kleriker, dessen Namen Wolfhard nicht kannte, blickte so düster wie der Sattelmeier selbst. Die harten, tiefen Linien seines asketischen Gesichts wirkten wie mit der Axt hineingeschlagen, festgefügt und unverrückbar, drohend und unheilverkündend.

»Üben wir uns also in Vergebung, Graf Wolfhard«, fuhr Karl leutselig fort. »Auf beiden Seiten floß Blut, und alle, Sachsen wie Franken, tragen ihren Teil der Schuld. Es soll genug des Mordens und des Sterbens sein. Es gibt noch so viel anderes, Schöneres zu vollbringen, als Krieg zu führen.« Seine Hände lösten sich voneinander, und er schlug sie dreimal laut klatschend zusammen. »Ich selbst habe mich in letzter Zeit viel mit Kräutern und Gewürzen befaßt. Ein Ergebnis dieser Tätigkeit möchte ich euch allen jetzt vorsetzen.« Als die Diener vor jeden Gast eine große Silberschale mit einer dicklichen, dampfenden, streng riechenden Flüssigkeit stellten, erklärte der König: »Das Rezept zu dieser Lauchsuppe ist von mir, edle Herren. Ein Mahl, das auch dem abgezehrtesten Recken zu neuen Kräften verhilft. Speck und kräftiges Dunkelbrot ist darin, das Weiße vom Lauch sowie süßer und saurer Rahm. Dazu die richtige Prise Salz und weißer Pfeffer und das Ganze mit Schnittlauch bestreut. Kostet die Suppe, und sagt mir, was ihr davon haltet!«

Alle, auch Widukind und Abbio, ergriffen die langen Zinnlöffel, um die Suppe zu kosten. Nur Wolfhard saß weiterhin unbeweglich und sann über die vertane Gelegenheit nach. Und darüber, mit welchem Geschick Karl der angespannten Situation die Schärfe genommen hatte. Wolfhard begriff, daß die Zunge des Frankenkönigs eine ebenso gefährliche Waffe war wie sein Schwert. Doch den Sattelmeier hatten die wohlgesetzten Worte nicht überzeugt. Sein Herz floß nicht vor Vergebung über, sondern weiterhin vor Trauer und Zorn.

Widukind tat, als hätte ihn der Wortwechsel zwischen Karl und Wolfhard nicht berührt. Erst nach dem Nachtisch, zu dem Weizenbrot und wahlweise Schwarzbeer- oder Birnenmarmelade gereicht wurden, als Karl die Tafel aufhob, um sich mit Widukind unter vier Augen zu unterhalten, zog Abbio den Sattelmeier beiseite und sagte streng: »Der Herzog wundert sich über dein Benehmen, Wolfhard!« Mit den Worten entströmte der Geruch von Wein und Gewürzen dem Mund des Ostfalen.

»Dich und Widukind scheinen fränkische Speisen ebenso zu sättigen wie fränkische Reden«, sagte Wolfhard in scharfem Ton. »Aber ich lasse mich nicht von diesem angeblich so großen König blenden. Zu uns spricht er von Vergebung, dabei hat er erst vor kurzem Gesetze erlassen, die unseren Stamm versklaven. Die jeden Mann mit dem Tod bedrohen, der die Gebote der fremden Priester nicht beachtet, der sich der Taufe verweigert und weiterhin dem Glauben seiner Väter folgt. Selbst wer die Fastenzeit mißachtet oder nach alter Väter Sitte zu unseren Stammesthingen kommt, muß seinen Kopf hergeben. Nennen Karl und Widukind das Vergebung?«

Wolfhard sprach von den Gesetzen für das Sachsenland, die Karl unter der Bezeichnung *Capitulatio de partibus Saxoniae* vor drei Wintern auf dem Reichstag an den Lippequellen erlassen hatte.

Abbio sagte halblaut: »Der König hält das Sonderrecht für notwendig, um Frieden und Ordnung in unserem Land zu gewährleisten.« Es klang leiernd, wie auswendig gelernt.

»Du sprichst von einem Sonderrecht, Abbio. Ich nenne es

ein besonderes Unrecht. Jeder Mann, der diese Gesetze befolgt, hört auf, ein freier Sachse zu sein!«

»Wir sind jetzt nicht mehr nur Sachsen, sondern ein Teil des fränkischen Volkes.« Wieder klang es hohl, als glaube der Ostfale selbst nicht an seine Worte.

Wolfhard warf einen Blick zum anderen Ende der großen Halle, wo Widukind und Karl an einem wärmenden Feuer saßen und sich angeregt unterhielten. »Und was hält der Herzog von diesen Sondergesetzen?«

»Ihm haben wir zu verdanken, daß Karl die strengsten Regeln immerhin gemildert hat, Wolfhard. Der Herzog hat zäh verhandelt und die Zwangslage des Königs ausgenutzt.«

»Welche Zwangslage?« fragte Wolfhard erstaunt.

»Unruhen an der Grenze der Bretonischen Mark«, antwortete Abbio im Flüsterton. »Schon im Frühjahr droht der offene Krieg auszubrechen. Karl braucht volle Handlungsfreiheit, um den Aufstand niederzuschlagen. Neue Feldzüge in Sachsen kämen ihm höchst ungelegen. Außerdem munkelt man von einem drohenden Aufstand der starrsinnigen Baiern und Thüringer.«

»Dann verstehe ich dich und Widukind noch weniger«, sagte Wolfhard kopfschüttelnd. »Die Gelegenheit, das fränkische Joch abzuschütteln, ist günstig wie nie!«

»Du unterschätzt die Franken. Ihr Joch läßt sich nicht mehr abschütteln. Wir könnten noch einige Sommer hindurch Krieg gegen sie führen, gewiß, aber es gäbe keinen Gewinn, nur einen hohen Preis: unser Blut.«

Unruhe entstand, als Karl und Widukind sich von den gepolsterten Klappstühlen am Herdfeuer erhoben und Seite an Seite zum Ausgang der großen Holzhalle schritten. Sie verhielten zwischen fränkischen und sächsischen Edlen, und Karl erklärte: »Wir wollen uns jetzt zur Taufe an den Fluß begeben. Der Herzog der Sachsen hat mir die Ehre erwiesen, mich als Taufpaten anzunehmen.«

Hochrufe auf Karl und Widukind begleiteten die beiden, während sie an der Spitze der Edelinge zur Weser gingen. Die Luft war kalt, aber weiterhin windstill. Seit Wolfhards Besuch im heiligen Hain, als Donars Sturmwind plötzlich erstarb, hatte sich kaum eine Brise geregt. Die Götter hielten den Atem an.

Ort der Taufe sollte eine schmale Landzunge sein, die unweit des neuen Königshofes in den breiten Fluß ragte, der Weser hieß und aus dem Land der Hessen kam, ganz Sachsen durchströmte und sich bei den Friesen ins Meer ergoß. Wehmütig blickte Wolfhard auf das gurgelnde Wasser, das sich dem fernen Ziel entgegenwälzte und die Träume der freien Sachsen mit sich nahm. Hier hatten die Verteidiger die fränkischen Angreifer aufhalten wollen, doch die Flußgeister waren nicht mit den Sachsen gewesen. Freudig hatten sie Karl aufgenommen und ihm gestattet, die wichtige Furt zu besetzen.

»Mein Hofkaplan Angilram wird die Taufe im Namen des Herrn vornehmen«, erklärte Karl. »Ihm zur Seite stehen Erkanbert von Sankt Bonifatius und Rutinus, der zwar noch jung an Jahren ist, sich aber im Kloster an der Hamel so bewährt hat, daß er die neue Mission an der Sandfurt leiten wird.«

Die Bezeichneten traten vor. Rutinus war niemand anderer als jener rothaarige Geistliche, dessen harter Gesichtsausdruck Wolfhard in der Festhalle aufgefallen war.

Der Sattelmeier verfolgte die Zeremonie wie einen Alptraum, aus dem er nicht erwachen konnte. Widukind trat zusammen mit Karl auf die Landzunge. Wegen der Kälte trug der Herzog, der sein Schwert abgelegt hatte, das weiße Taufgewand nicht auf dem nackten Leib, sondern über seiner Kleidung. Ein Stich ging durch Wolfhards Brust, als er sah, wie der Sohn Wodans sich vor Angilram beugte und sich auf eine große Flechtmatte kniete. Alle standen, nur Widukind senkte sein Haupt!

Den Mündern der fränkischen Geistlichen entströmten unverständliche Gebete in der seltsamen Sprache, die sie Latein nannten. Dann sprachen Angilram und Widukind die verhängnisvollen Worte.

»Widersagst du dem Teufel?« fragte der Erzkaplan.

»Ich widersage«, antwortete Widukind zwar deutlich, aber mit seltsam unbeteiligter Stimme.

»Widersagst du den Werken und allen Wünschen des Teufels?«

»Ich widersage.«

»Widersagst du allen Blutopfern, die von den Heiden dargebracht werden, und allen Abgöttern und Götzenbildern, die sie als Gottheiten verehren?«

Widukind zögerte mit der Antwort. Abbio, Wolfhard und die anderen Sattelmeier blickten den Herzog ebenso gespannt an, wie es auch Karl und die Franken taten. Schließlich kam es zögernd und leiser als zuvor über die Lippen des Knienden: »Ich widersage.«

Streng und prüfend blickte Angilram auf Widukind hinab und fragte: »Widersagst du den falschen Göttern Wodan, Donar und Saxnot?«

Ein Ruck ging durch den Herzog, als müsse er einen inneren Widerstand überwinden. Mit brüchiger Stimme sagte er auch diesmal: »Ich widersage.«

Jetzt war es heraus und alle Hoffnung dahin. Widukind hatte seine Götter verleugnet. Obwohl darauf vorbereitet, konnte Wolfhard es nicht begreifen. Er hörte nicht mehr auf die Worte Angilrams und Widukinds, der seinen Glauben an den Gottvater, an Christus, den Sohn Gottes und Erlöser, an den Heiligen Geist, an den allmächtigen Gott in seiner Dreifaltigkeit und Einheit, an die heilige Kirche Gottes, an die Vergebung der Sünden in der Taufe und an das Leben nach dem Tod bejahte. Das Rauschen der Weser schien Widukinds Stimme zu übertönen, aber in Wahrheit hörte der erregte Sattelmeier das Pochen seines eigenen Blutes.

Dreimal schöpfte Angilram mit einer silbernen Kelle Wasser aus dem Fluß, um es über Widukinds Haupt auszugießen, dann war der Herzog ein Christ, und der Stamm der Sachsen hatte seinen größten Freiheitskämpfer verloren.

Aber noch war die Tortur nicht beendet. Widukind erhob sich nicht. Er kniete jetzt vor Karl, legte seine gefalteten Hände in die des Königs und schwor ihm den Treueid: »Heiliger, mächtiger König Karl, ich, dein Gefangener Widukind, Herzog der Sachsen, entsage dem Gott Wodan, meinem Ahnherrn. So wie ich werden auch all meine Mannen, Krieger und Knechte, zu Christen. All mein Besitztum und Recht ist in deinem Willen und in deiner Hand. Wir bitten dich demütig um Leben und Frieden. In Treue stehen wir zu dir, unserem gnädigen König. Das schwören wir bei Gott dem Allmächtigen, dem Vater, dem Sohn und dem Heiligen Geist.«

Karl lächelte in vorgetäuschter Güte, half Widukind beim Aufstehen und sagte laut: »Ich nehme deinen Schwur und damit den Treueid aller Sachsen an, Herzog Widukind. Nicht mehr zwei Völker wollen wir sein, sondern eins. Und dieses Land soll mein sein wie auch dein. Mein und dein, so wollen wir diesen Ort, an dem der Pakt geschlossen ist, fortan nennen!«

Die Menge raunte Karls Worte nach: »Mein und dein.« Von Mund zu Mund geflogen, wurde daraus »Mein-dein«, »Min-din« und schließlich »Minden«. Ein Wort, das begeistert aufgegriffen wurde, auch von den Sachsen.

Diese Tölpel! dachte Wolfhard bitter. *Sie freuen sich über Karls Erklärung wie über ein Geschenk. Dabei hat der listige Fuchs ihnen nur gegeben, was ihnen längst gehört.*

Am liebsten wäre Wolfhard davongelaufen, doch die Menge bildete eine scheinbar undurchdringliche Mauer. Eine lebende, sprechende Mauer. Immer wieder ertönten Hochrufe auf König Karl, auf Herzog Widukind. Und zwischendrin erscholl der neue Name der Siedlung an der Sandfurt: »Minden.«

3. Kapitel

Die Wolfsschlucht

Längst hatte Widukind das weiße Gewand abgestreift. Sein Gesicht wirkte versteinert. Wie das des jungen rothaarigen Priesters, dem es nicht besonders viel Freude zu bereiten schien, seinem Gott zu dienen. Die Glocken an der Sandfurt, die jetzt die Glocken von Minden waren, läuteten ihren Jubel in den frostigen Wintertag hinaus, während ein edler Sachse nach dem anderen auf die Landzunge hinausging, das weiße Taufkleid überstreifte, vor Angilram niederkniete, den alten Göttern entsagte und den neuen Glauben bekräftigte. Nach den Herzögen kamen die Sattelmeier an die Reihe. Einige gingen gerade und stolz, andere mit gesenkten Häuptern wie Vieh, das zur Schlachtbank geführt wurde.

Für Wolfhard war die Landzunge genau das, eine Schlachtbank. Hier an der Weser wurde ihr Glaube geschlachtet, wie damals an der Aller viereinhalbtausend Menschen – der Kern des sächsischen Widerstands – geschlachtet worden waren. Die Weser erschien ihm plötzlich rot wie damals die Aller. Wie ein dichter Schleier legte es sich vor seine Augen. Der Schleier zerriß erst, als jemand an seiner Schulter rüttelte. Es war Abbio, der die Taufe schon empfangen hatte.

»Geh schon, Wolfhard!« zischte der Ostfalenherzog. »Du bist an der Reihe!«

Wolfhard ging auf die Landzunge zu. Das heißt, seine Füße

bewegten sich. Sein Herz und seine Gedanken blieben zurück, weilten in der Vergangenheit, in Verdi, beim Blutgericht. Und als zwei fränkische Priester ihm das Schwertgehänge abnehmen und das weiße Taufgewand überziehen wollten, waren es für ihn die Scharfrichter, die seinen Sohn Wolfram zum Richtblock führten. Mit einem Aufschrei stieß er die beiden Priester von sich weg. Einer fiel in den Uferschlamm.

Der andere aber, der das Taufkleid hielt, verlor den Halt und stürzte in den Fluß. Sofort riß die Strömung ihn mit sich. Der Missionar schrie, schien nicht schwimmen zu können. Er klammerte sich an das weiße Taufgewand, doch es brachte ihm keine Rettung. Der Priester verschwand in den kalten Fluten, die von rotem Haar umschlossene Tonsur wurde von den Wellen verschluckt. Nur das davontreibende Taufkleid war noch als kleiner werdender weißer Fleck zu sehen.

Bewaffnete Krieger umstellten Wolfhard. In ihrer Mitte sah er den Überläufer Asmund, der sein Schwert gezogen hatte und den Wachen zurief, den Aufrührer zu ergreifen. Wolfhard überraschte die Franken, als er nicht vor ihnen floh, sondern den Sax, das einschneidige Kurzschwert, aus der Scheide riß und auf die Männer in den Panzerhemden zulief. Mit wuchtigen Hieben trieb er zwei Krieger zur Seite und drang auf Asmund ein. Doch der verschwand vor seinen Augen, ging, von einem geschleuderten Stein getroffen, zu Boden.

Wolfhards Beispiel ermutigte mehr und mehr Sachsen zum Aufruhr. Friedfertig waren sie in Karls Lager gekommen. Aber zu sehen, wie sächsische Edelinge den Göttern ihres Stammes abschworen, hatte ihren Sinn gewandelt. Jetzt brach der aufgestaute Zorn aus.

Während eine große Schar Krieger zur Landzunge lief, um König Karl und seinen Erzkaplan zu schützen, stellte sich eine weitere Gruppe um den gestürzten Asmund. Wolfhard konnte den Verräter nicht erreichen. Fränkische Krieger drängten ihn ab. Ihre Zahl war so groß, daß er sich nur mit Mühe verteidigen konnte. Plötzlich bildete sich eine Gasse in der Menge. Es waren Sachsen, die ihn vor den Franken abschirmten.

»Du mußt fliehen, Graf Wolfhard!« rief beschwörend ein grauhaariger Bauer. »Du mußt leben. Jetzt, wo Widukind seinem Vater Wodan abgeschworen hat, bist du Sachsens einzige Hoffnung. Dort, die Pferde!«

Mit zitternder, gichtiger Klaue wies der Graukopf auf ein Gehege aus Seilen, in dem die Pferde der sächsischen Edelinge untergebracht waren. Wolfhard handelte, ohne zu überlegen. Er rannte zu der Einhegung, stieß ein paar fränkische Knechte beiseite und ließ einen schrillen Pfiff hören. Sein Rappe antwortete mit einem freudigen Wiehern und drängte sich durch die anderen Tiere heran. Wolfhards Sax durchtrennte die Seile. Die Pferde waren frei und sorgten für zusätzliche Unruhe. Eine Unruhe, die Wolfhard half, auf dem Hengst zu entkommen.

Er flog durch das große Frankenlager und machte alles nieder, was sich ihm in den Weg stellte. Hunderte und Aberhunderte von Feinden bevölkerten den Ort, doch keiner schaffte es, ihn aufzuhalten. Hütten und Zelte wurden spärlicher, dann lag das offene Land in seinem weißen Winterkleid vor dem Sattelmeier. Er hielt auf die Berge zu, aus denen die Sachsen gekommen waren. Dort, in den Wäldern und Schluchten, konnte er Zuflucht finden.

Die seltsame Stimme, die wie ein Ruf war, schien es zu verheißen. Plötzlich auffrischender Wind trug ihm die langgezogenen Laute zu. Dann erkannte er das Heulen: es war der Wolfsruf.

»Wo ist er?« fragte Asmund mit belegter Simme. Noch dröhnte sein Kopf, und zwei Knappen stützten ihn. Ärgerlich schlug er ihre Hände von seinem Leib.

»Graf Wolfhard?« fragte einer der Knappen.

»Wer sonst?« bellte Asmund.

»Fort«, sagte der Knappe. »Manche sagen, sogar auf seinem eigenen Pferd.«

Der Aufruhr hatte sich inzwischen gelegt. Zur Besänftigung der Sachsen hatten zum Teil die fränkischen Waffen und zum Teil die beschwichtigenden Worte Widukinds und Abbios beigetragen. Karl selbst schrie seinen Panzerreitern Befehle zu, die Verfolgung aufzunehmen.

»Meine Krieger sollen Wolfhard einfangen!« rief Widukind.

»Deine?« fragte der König ungläubig.

»Noch hat Wolfhard sich nicht unterworfen. Also ist er ein Sachse und soll von Sachsen eingebracht werden. Außerdem fällt sein Verhalten auf mich zurück.«

Asmund drängte sich vor und schrie: »Noch mögen die Sachsen auf Widukind hören, aber was ist, wenn sie von Wolfhards aufrührerischem Geist angesteckt werden?«

»Da ist etwas dran«, sagte Karl. »Treffen wir einen Kompromiß: Meine Panzerreiter werden Wolfhard verfolgen, aber anführen wird sie ein Sachse, der ehemalige Sattelmeier Asmund. Bist du damit einverstanden, Widukind?«

Widukind war es, zumal sich ihm keine große Wahl bot. Er konnte froh sein, daß Wolfhards Aufbegehren seine Friedensmission nicht durchkreuzt hatte. Die Sachsen durften König Karl nicht noch mehr verärgern. Immerhin hatte der junge Priester, den der Sattelmeier in den Fluß gestoßen hatte, dort den Tod gefunden.

Asmund dagegen war hoch zufrieden. Genauso hatte er es sich vorgestellt. Bald saß er im Sattel und führte die halbe Hundertschaft, die vor Stunden Widukinds Geleit gebildet hatte, auf die langgestreckte Bergkette des Wiehens zu. Jenseits des Heerlagers fanden sie im Schnee die Spur von Wolfhards Rappen. Doch der Sattelmeier war schlau gewesen. Bald vermischte sich die Hufspur mit der vielfältigen Fährte des großen Sachsenzugs, der Widukind begleitet hatte.

»Was jetzt, Graf?« fragte Rorich, ein Unterführer der Eisenreiter.

»Damit hat Wolfhard nicht viel gewonnen«, sagte Asmund verächtlich. »Wir brauchen nur die Spur zurückzuverfolgen. Sobald Wolfhard sich aus ihrem Schutz löst, haben wir ihn!«

So einfach war es nicht. In den Bergen waren die Sachsen aus verschiedenen Richtungen zusammengekommen. Es gab mehrere Spuren, die Wolfhard Gelegenheit gaben, seine Flucht zu tarnen. Asmund mußte seinen Trupp aufteilen, mehrmals. Schließlich führte er selbst nur noch fünf Reiter durch steiniges, unwegsames Gelände, das durch den Schnee noch gefährlicher wurde.

Als der Rappe stolperte und im Stürzen Wolfhard abwarf, ohne wieder aufzustehen, hatte der Sattelmeier geglaubt, die Götter hätten ihn verlassen. Hatten sie ihm die Flucht aus Karls Heerlager nur ermöglicht, um ihn jetzt den Verfolgern auszuliefern? War ihr grausames Spiel die Rache dafür, daß die Menschen sich von ihnen abgewendet hatten?

Seine ganze linke Seite brannte und stach, als Wolfhard sich von dem harten, gefrorenen Boden erhob. Aber er konnte wenigstens noch stehen.

Das Pferd wälzte sich unter Schmerzensschreien am Boden. Es war ausgerutscht und hatte sich beim Sturz den rechten Vorderlauf gebrochen. Nun nicht länger eine Hilfe, war der Rapphengst sogar eine Last, eine Gefahr. Sein unablässiges Gewieher würde unweigerlich die Verfolger anlocken.

»Treu warst du im Leben, sei es auch im Tod!« Wolfhard zog den Sax und stach die Klinge zweimal tief in das Pferdeherz. Er bemühte sich, die Wunde klein zu halten, damit das Tier nicht soviel Blut verlor.

Dann zog er das tote Roß in ein nahes Gebüsch, das im Schatten dicht zusammenstehender Tannen lag. Von einer Tanne brach er auf der dem Weg abgewandten Seite einen Ast ab, um die Spuren zu verwischen. Er fegte etwas Schnee zusammen und bedeckte damit das Blut des Pferdes.

Geräusche störten ihn: Pferdegewieher.

Die Verfolger.

Eilig erkletterte Wolfhard die kleine Anhöhe gegenüber dem Tannenwald und verbarg sich hinter kahlen Felsen. Gerade noch rechtzeitig. Schon näherten sich im Galopp sechs Reiter. Ihr Anführer trug keine Panzerrüstung. Er war ein hagerer Mann mit einem Raubvogelgesicht, das halb im Schatten einer Pelzkappe lag: Asmund.

Vielleicht war der Sturz doch kein grausames Spiel der Götter gewesen. Wollten sie Wolfhard Gelegenheit geben, Rache an dem Mann zu üben, der seinen Sohn in den Tod geführt hatte?

Kurz dachte Wolfhard daran, daß ein Angriff auf den Reitertrupp für ihn fast ein sicherer Tod war. Er hatte noch einen Sohn, eine Frau und eine Tochter, die jetzt an der Sandfurt weilten. Aber wenn er sich versteckte, konnte er auch nicht zu ihnen zurück. Und auf seine Rache zu verzichten, um ein neuer Sachsenführer, ein zweiter Widukind zu werden, kam ihm nur kurz in den Sinn. Es schien nicht mehr viele Sachsen zu geben, die lieber den Tod fanden, als in die Knechtschaft zu gehen. Demütig beugten sie ihre Köpfe vor Karl und den Christenpriestern.

Die sechs Reiter hielten an. Asmund glitt aus dem Sattel, ging in die Knie, wischte etwas von dem Schnee beiseite und hielt dann die rechte Hand hoch.

»Blut!« stieß er hervor. »Frisches, warmes Blut!«

Sein Ausruf ging in Wolfhards Schrei unter: »Rache für Wolfram! Vergeltung für Verdi!«

Die Spatha, das zweischneidige Langschwert, das er in der Scheide auf dem Rücken getragen hatte, mit beiden Händen über den Kopf erhoben, stürmte er von dem Hügel. Asmund und die Franken waren vor Überraschung wie versteinert. Als der Überläufer endlich reagierte, aufsprang und nach seinem eigenen Schwert griff, war Wolfhard schon heran und schlug zu. Die Klinge traf Asmunds Gesicht. Der Getroffene stieß einen langgezogenen Schrei aus, taumelte und stürzte zu Boden. Dort lag er reglos, das Gesicht eine einzige blutige Fläche. Blut sickerte in den Schnee und bildete dort ein seltsames Muster, ähnlich den Teppichen, die Wolfhard in König Karls Festhalle gesehen hatte.

Nur kurz blickte der Sattelmeier befriedigt auf den gerichteten Verräter. Der Tod ihres Anführers löste die Eisenreiter aus ihrer Erstarrung. Sie trieben ihre Pferde auf Wolfhard zu und wollten ihn einkreisen.

Wolfram war gerächt. Gegen die fünf Schwerbewaffneten war Wolfhards Lage aussichtslos. Doch vielleicht hatten die Götter noch mehr mit ihm vor. Dieser Gedanke schoß Wolfhard durch den Kopf, als er wieder das Wolfsgeheul vernahm, jetzt sehr nah und deutlich. Mit einem Sprung saß er im Sattel von Asmunds Braunem und trieb das Pferd mit Fußtritten und Schreien an. Erschrocken stob das Tier davon.

Rorich führte seine beiden Gefährten durch das dichte Unterholz. Wolfhards Spur war deutlich zu erkennen, aber das Gelände war fremd, unwegsam und tückisch. Deshalb ließen die drei Franken ihre Pferde nur im Schritt gehen. Außerdem mußten sie mit einem Hinterhalt rechnen. Auch wenn dieser Sattelmeier allein war, er schien zu allem fähig, ein gefährlicher Gegner. Einer, der es durchaus wagen konnte, eine dreifache Übermacht anzugreifen.
Rorich bereute, daß er zwei Mann zurückgelassen hatte. Aber ein Reiter mußte Verstärkung herbeiholen. Ein zweiter war bei Graf Asmund geblieben, der wider Erwarten noch atmete. Er war zwar nur ein Sachse, den mancher von Rorichs Kameraden gern verbluten lassen würde, doch einem Günstling des Königs durfte man die Hilfe nicht verweigern.
Der langgezogene Laut, der plötzlich erscholl, ging den drei Männern durch Mark und Bein. Wie auf Befehl hielten sie ihre Pferde an. Die Dämmerung setzte ein, und der unbekannte Wald wirkte dadurch noch bedrohlicher. Als könnten die heidnischen Dämonen jeden Augenblick hervorbrechen, um Rache an den Feinden ihres Volkes zu nehmen.

»Es sind nur Wölfe, die ihren Hunger hinausschreien«, versuchte Rorich seine Kameraden – und auch sich selbst – zu beruhigen. »Die Wolfsschlucht ist ganz in der Nähe.«

Der feiste Ermold glotzte ihn an. »Die Wolfsschlucht? Was soll das sein?«

»Eine Schlucht, in der ein großes Wolfsrudel lebt. Ich habe unsere sächsischen Knechte davon erzählen hören, daß sie am Südhang dieses Berges liegt.«

»Warum flieht Wolfhard in diese Richtung, wenn dort die hungrigen Wölfe hausen?« fragte Ermold.

»Vielleicht gerade deshalb.« Hartnid zeigte ein Grinsen auf seinem von Pockennarben gesprenkelten Gesicht. »Ist Wolfhards Sippentier nicht der Wolf? Vielleicht hofft er, bei seinen Brüdern und Schwestern Hilfe zu finden.« Hartnid kicherte über seinen eigenen Scherz.

»Wenn wir hier weiter schwatzen, entkommt er uns«, stellte Rorich fest und rief: »Weiter!«

Sie mußten sich bücken, um unter den tiefhängenden Ästen schneebeladener Tannen und Kiefern hindurchzureiten. Rorich, der voranritt, hatte sich noch nicht ganz aufgerichtet, als er den Schatten auf sich zusprengen sah.

Wolfhard hielt die Zügel mit der Linken und schwenkte mit der Rechten die Spatha über seinem Kopf.

Geistesgegenwärtig riß Rorich die Linke mit dem Rundschild hoch. Dann spürte er auch schon den Aufprall. Für einen Augenblick schien sein ganzer linker Arm wie gelähmt. Ein mit fast übermenschlicher Kraft geführter Schlag. Funken sprühten auf, als die Klinge den eisernen Schildbuckel traf. Der hölzerne Schild zerbarst. Wolfhard lachte und verschwand in einem schmalen Durchlaß zwischen Felsen und Tannen.

»Verdammt, er spielt mit uns!« schrie Hartnid wütend.

»Greifen wir uns endlich den verfluchten Heiden! Ich habe keine Lust, die Nacht mit den Wölfen zu verbringen.«

Rorich ließ den Rest des zerstörten Schildes fallen und nickte. Sie folgten dem Sachsen, der im Dämmerzwielicht des Waldes verschwunden war. Bis Rorich hinter sich einen Schrei hörte und erneut sein Pferd zügelte. Hartnid hatte den Schrei ausgestoßen, als sein Tier stürzte. Der Boden mußte unterhöhlt gewesen sein und hatte unter dem Huftritt nachgegeben.

»Der gottverdammte Heide hat das gewußt!« kreischte Ermold. »Sein Angriff eben war nur eine Finte, um unsere Aufmerksamkeit von dem Gelände abzulenken.«

»Mit Erfolg, leider«, seufzte Rorich, der aus dem Sattel gestiegen war, um nach dem gestürzten Kameraden zu sehen. »Hartnid wird nie wieder in eine Schlacht reiten. Genickbruch.« Zum Beweis seiner Worte drehte er den Kopf des Gestürzten in unnatürlicher Verrenkung zur Seite. »Nimm sein Pferd am Zügel, Ermold. Jetzt holen wir uns den Kerl!«

Sie machten sich wieder an die Verfolgung, waren aber vorsichtiger. Schon nach kurzer Zeit setzte erneut das Wolfsgeheul ein. Aber diesmal war es nicht nur ein Tier. Ein ganzes Wolfsrudel heulte laut und bedrohlich. In das Geheul mischte sich Knurren, Bellen und Pferdegewieher. Dann war plötzlich Ruhe, der ein heftiges Schnauben und lauter werdendes Hufgetrappel folgten.

Ein einzelnes Pferd bog um einen Felsen. Vielmehr das, was davon übrig war.

»Asmunds Brauner!« flüsterte Ermold erschrocken, als wage er nicht, laut zu sprechen. Sein Blick hing an den unzähligen Wunden. Überall rann Blut von dem keuchenden, zitternden Tier, das dicht vor ihnen stehenblieb. »Aber wo steckt Wolfhard?«

»Dort vorn muß die Wolfsschlucht liegen.«

Ermold sah Rorich an und fragte: »Du meinst, der Sachse ist von den Wölfen zerfleischt worden?«

»Sieh dir doch den Sattel an, über und über mit Blut bedeckt. Ich glaube nicht, daß das von dem Pferd stammt. Es muß Wolfhards Blut sein.«

Ermold nickte. »Die Wölfe haben ihn zerfleischt. Der Braune konnte gerade noch entkommen.«

»Ja, unser Auftrag ist erfüllt.«

Sie ritten zurück und nahmen den verletzten Braunen zum Beweis für Wolfhards Tod mit. Beide dachten dasselbe, doch keiner sprach es aus: sie verspürten nicht den geringsten Wunsch, in die Wolfsschlucht zu reiten, um nach der Leiche des Sattelmeiers zu suchen. Der Wald wurde zusehends dunkler und unheimlicher. Überall in der Dunkelheit flammten kleine Feuer auf, immer zwei dicht beieinander.

»Schneller!« keuchte Rorich, der den blutenden Braunen mit sich führte.

Die Pferde, von der gleichen Furcht getrieben wie die Menschen, stampften durch den Schnee, verfolgt von den winzigen gierigen Feuern: Wolfsaugen.

ZWEITER TEIL

WUTZEIT

Anno Domini 797

Sachsen zu Rosse, Karl ist im Lande!
Friedrich Ludwig Jahn

4. Kapitel

Graf Silbernase

Wolfger faßte die Zügel straffer und riß Sturmwind zurück, als der Baumbewuchs lichter wurde und den Blick auf die Siedlung an der Sandfurt freigab, die seit zwölf Jahren den Namen »Minden« trug. Es war ein Anblick wie damals, als Wolfger noch ein Junge, ein Kind gewesen war. Hütten und Zelte, Viehpferche und Vorratsschuppen am diesseitigen Ufer der Weser, so weit das Auge reichte. Ein riesiges Heerlager, über dem die Oriflamme, das Banner des Frankenkönigs, wehte: goldblitzende Rosen und Kreuze auf flammend rotem Grund.

Der alte Wittich ließ seine schwarzweiß gefleckte Stute neben Wolfgers Rapphengst halten und fragte mit gerunzelter Stirn: »Warum bleibst du stehen, Wolfger? Das Wasser der Weser ist nah. Die Pferde riechen es, und der Durst macht sie unruhig.« Die Hand des treuen Liten fuhr über den runzligen Hals. »Wenn ich ehrlich bin, macht mich mein Durst auch ungeduldig. Nur ist es nicht das Flußwasser, nach dem mich dürstet.«

Wolfger lächelte, als er den Mann anblickte, der schon bei seiner Geburt in den Diensten seines Vaters gestanden hatte. »Ich weiß, Wittich. Du redest seit vielen Nächten von nichts anderem als den Verlockungen der Sandfurt: Wein, Würfel und Weibsvolk.«

»An das Weibsvolk denkt man in meinem Alter weniger. Außerdem ist das einzig wirklich treue Weib das, das meinen Sattel trägt.« Liebevoll tätschelte er den Hals seiner Stute. »Die zweibeinigen Weiber erscheinen einem Mann zwar verlockender, aber leider nicht nur *einem* Mann. Doch ich schwätze Dinge, die dich nicht interessieren. Jeder Mann muß seine eigenen Erfahrungen machen – und seine eigenen Fehler.«

Der fast kahle Alte, dessen Haupt nur noch von einem dünnen Kranz widerborstiger grauer Haare umsäumt wurde, seufzte und ließ seinen Blick zwischen ein paar Kiefern hindurch nach Norden wandern, dorthin, wo ihr Ziel lag. Er riß die Augen weit auf und knurrte: »Ich werd' verrückt, die Armee lagert noch an der Furt!«

Die Sachsen, die in den Bergen und Wäldern lebten, sprachen öfter von der »Furt« als von »Minden«. Der Name der Ansiedlung erinnerte sie an die Franken und an den Tag von Widukinds Taufe, ihrer aller Taufe. Nicht viele der ehemaligen sächsischen Freiheitskämpfer waren stolz darauf. Mit den Wintern, die ins Land zogen, wurden es immer mehr Männer, die den neuen Glauben abschüttelten und wieder zu Sax und Spatha griffen. Die sächsischen Edelinge mochten ihre Macht sichern, indem sie sich in Karls Dienste stellten und von freien Gaugrafen zu solchen von Karls Gnaden wurden. Die sächsischen Bauern aber verloren als Karls Untertanen ihre Freiheit, ihre Götter und oft genug auch ihren Besitz, wenn nach den Abgaben, die an König und Kirche zu leisten waren, nicht genug übrigblieb, um Familie und Gesinde durch den Winter zu bringen.

Der große Karl hatte sich geirrt, als er glaubte, den Krieg im Sachsenland mit Widukinds Unterwerfung zu beenden. Unmut führte zu Unfrieden, Aufstände brachen aus, jeden Sommer aufs neue. Wieder mußte der Frankenkönig mit seinen Heerhaufen die Gaue der West- und Ostfalen, der Engern und sogar der am Meer lebenden Nordalbinger durchstreifen. Auch dieses Jahr hatte Karl seine Männer an der Sandfurt versammelt.

Wolfger war spät aufgebrochen, um die Flußsiedlung erst zu erreichen, wenn Karls Armee abgezogen war. Nicht nur, weil das Heerlager unliebsame Erinnerungen an den Tag von Widukinds Taufe hervorrief – den Tag, an dem Wolfhard sein Leben verloren hatte. Vor allem, weil Wolfger Pferde verkaufen wollte. Falls Karls Männer die Tiere für ihren Feldzug konfiszierten, mochte das den Franken nützen, aber nicht Wolfger und seiner Familie. Er war stolz auf das, was sie in den zurückliegenden zwölf Jahren aufgebaut hatten. Der junge Sachse liebte Pferde und die Pferdezucht. Aber es war auch der Lebensunterhalt für ihn, für seine Familie und für alle Liten und Schalke, die auf ihrem Hof arbeiteten. Die Herde prächtiger Reitpferde, die sie mit sich führten, stellte ein kleines Vermögen dar.

»Jetzt weißt du, warum ich angehalten habe, Wittich«, sagte Wolfger mit verdrießlichem Gesichtsausdruck. »Die Franken reiten gern auf unseren Pferden, aber sie bezahlen nicht gern dafür.«

»Sie sollen's nur wagen, Hand an unsere Tiere zu legen.« Wittich umklammerte den Stiel der Franziska, einer fränkischen Wurfaxt, die in seinem Gürtel steckte. »Ein fränkischer Waffenschmied hat diese Waffe gefertigt. Ich nahm sie einem Frankenkrieger, den ich erschlug, als ich Seite an Seite mit deinem Vater Karls Heer an der Hasa bekämpfte. Drei Tage und drei Nächte Kampf und Tod. Ich weiß nicht mehr, wie viele Leiber und Schädel mein Eisen fraß. Aber ich bin gern bereit, noch mehr fränkische Häupter mit der Frankenaxt zu spalten.«

»Nicht so blutdürstig, Freund Wittich!« ermahnte ihn eine Frauenstimme. »Ihr vergeßt, daß wir Christen geworden sind, friedliebende Untertanen König Karls.«

Der alte Lite drehte sich im Sattel zu dem planenbespannten Ochsenkarren um, auf dem neben Ulf, Wittichs jungem Sohn, Gerhild und Gunda saßen, Wolfgers Mutter und Schwester. »Ich vergesse das nicht, Frau Gerhild. Aber die Franken tun's leider nur zu oft und behandeln uns wie den Dreck unter ihren Schuhen.«

»Der Haß sitzt tief, in den Franken wie in uns Sachsen«, erwiderte Gerhild nachdenklich und sah in Richtung Fluß. »Manchmal denke ich, tiefer als die Liebe.«

»Ein Grund mehr für uns, vorsichtig zu sein«, sagte Wolfger. »Wir ziehen uns ein Stück in Richtung Gebirge zurück und warten dort ab, bis Karls Heer abmarschiert ist.«

»Und wenn das noch Tage dauert?« fragte Gunda und schien seltsam ungeduldig.

»So lange dauert es bestimmt nicht«, beruhigte Wolfger seine Schwester. »Jeder Tag, den Karl hier lagert, bedeutet für ihn einen verlorenen Kampftag. Die Zahl der warmen Tage ist begrenzt, und der Frankenkönig muß nicht nur in Sachsen Krieg führen.«

Wie zur Bestätigung seiner Worte trug der Nordwind den vielfachen Klang von Fanfaren und Trompeten herbei, in den sich das Läuten der Mindener Glocken mischte. Bewegung kam in das Lager. Die Krieger formierten sich zu Heerhaufen, Karren und Packtiere fanden sich zu Troßzügen zusammen. Und dann rückten die Franken aus, schlängelte sich ein nicht enden wollender Heerwurm über die neue Brücke und dann den alten Königsweg am Fluß entlang nach Norden. Unter den Recken befand sich der König selbst, aber die Siedlung lag zu weit entfernt, als daß man ihn hätte erkennen können. Vielleicht war es besser so. Wolfger wußte nicht, ob er angesichts Karls seinen Haß bezähmen konnte.

Mit verkniffenen Gesichtern starrten die Sachsen aus ihrem Waldversteck. Manch einer von ihnen wäre jetzt gern bei einem der Aufrührerhaufen gewesen, die irgendwo im Norden auf die anrückenden Franken warteten. Auch Wolfger spürte das Kribbeln in seinen Fingern, aber er hielt sich an das Versprechen, das er seiner Mutter gegeben hatte: Nie mehr sollte seine Familie Krieg führen gegen die Sachsen. So wartete Wolfger ab, bis auch die letzten Nachzügler Minden verlassen hatten. Der Tag hatte seine Mitte längst hinter sich gelassen, als Wolfger seine Leute zur Sandfurt führte.

Seit jenem schicksalsträchtigen Tag vor zwölf Wintern, als Wolfger zum erstenmal in die Siedlung nördlich der Weserscharte gekommen war, hatte sich Minden erheblich vergrößert. Die Männer und Frauen vom Wolfshof passierten Höfe, auf denen zum Christentum übergetretene Sachsen und von Karl ins Sachsenland geholte Franken ihre Schollen beackerten.

Unter der heißen Sonne des Brachmonats schwitzten die Bauern hinter den Pflugscharen ebenso wie die vorgespannten Ochsen. Immer wieder schwangen schwielige Hände lange, biegsame Stöcke und ließen sie auf die Rükken der Zugtiere knallen. An besonders harten Bodenstellen mußten die Landmänner zu den hölzernen Spaten greifen oder widerspenstiges Wurzelwerk mit der Hilfe ihrer Ochsen aus dem Boden wuchten. Feuer loderten auf, und die Flammen verzehrten dankbar die unnützen Wurzeln. Der beißende Rauch durchsetzte den schweren Geruch von aufgerissener Erde und vergossenem Schweiß. Die alltägliche Geschäftigkeit ließ fast vergessen, daß an diesem Tag König Karl losgezogen war, um Krieg zu führen. Krieg gegen Männer, die noch vor einigen Wintern mit vielen der betriebsamen Bauern Schulter an Schulter gegen die Franken gekämpft hatten. Jetzt gehörten viele der sächsischen Bauern zu Karls Heeresaufgebot, und Sachsen würden gegen Sachsen fechten.

Die Schollen endeten an dem zertrampelten Land, auf dem das Frankenheer gelagert hatte. Bettler und Krüppel krochen über den Boden, auf der Suche nach wertvollem Abfall und verlorenem Gut. Vielleicht ein kostbarer Glaskelch, den ein fränkischer Edler im Rausch fallen gelassen hatte. Oder ein Silberpfennig, der beim Würfelspiel ins Gras gerollt war – ein kleines Vermögen für die armseligen Kreaturen. Als sie Wolfgers Zug bemerkten, ließen sie von ihrer Tätigkeit ab, huschten eilig herbei, belagerten den Trupp und krähten gierig nach Brot und Met, Tuch und Silber. Wolfger trieb seine Leute zu größerer Eile an. Wenn man auf das Bettlerpack einging, lief man Gefahr, von flinken Fingern ausgeplündert zu werden.

Wittich sorgte dafür, daß die Pferdeherde den Kreis der Bettler durchbrach. Ein schneller Messerstich, der eine Sehne durchtrennte, genügte, um aus einem edlen, gut zu verkaufenden Roß ein wertloses Tier zu machen. Das Lumpenpack kannte alle Schliche. Ein so verletztes Tier konnte man nur noch töten, das Fleisch nicht einmal mehr verwerten, weil Karl den Verzehr von Pferdefleisch als heidnische Kulthandlung verboten hatte. Ein Verbot, an das sich die Bettler selbstverständlich nicht hielten.

Auch die Schweineherde und die meisten Karren, beladen mit Geflügel, Schinken und Würsten, Lederarbeiten und

Flechtkörben, kamen durch. Nur der Wagen mit den Tuchwerken, auf dem auch Gerhild und Gunda saßen, ging dem Gesindel in die Falle. Vergeblich versuchte Wittichs Sohn Ulf, die beiden Ochsen anzutreiben. Bettlerklauen hielten das Zuggeschirr fest, krallten sich an den Wagen und steckten dicke Holzstäbe durch die Radspeichen. Die Ochsen brüllten wütend, weil sie trotz aller Anstrengung nicht vorankamen.

Während Ulf wieder und wieder auf die Ochsen einhieb und Gerhild ruhig auf dem Wagenkasten saß, fuhr Gunda die Bettler wütend an und befahl ihnen, den Wagen loszulassen. Einige der verunstalteten, schmutzigen Kreaturen lachten nur höhnisch.

Aber ein klobiger, häßlicher Kahlkopf, der nur noch ein Auge und statt der Nase einen blutigen Knorpel besaß, schrie zurück: »Was bildest du dir ein? Glaubst wohl, freien Männern befehlen zu können, nur weil du ein hübsches Kleid trägst und auf einem Wagen sitzt!«

»Freie Männer, pah!« rief Gunda in einer Aufwallung jugendlichen Zorns. »Bettler seid ihr, Lumpen, elendes Pack!«

Der Glatzkopf stieß einen unartikulierten Schrei aus und wischte Gunda mit einer raschen Handbewegung vom Wagen. Sie fiel vor den Füßen der Bettler auf den staubigen Boden. Fast augenblicklich hieb Ulf seine Gerte über das Gesicht des Einäugigen und hinterließ einen dünnen Blutstriemen, der sich quer über die linke Wange zog, von der ausgefransten Lederklappe, die über der leeren Augenhöhle saß, bis zu dem stoppeligen Kinn. Ulf holte zu einem zweiten Schlag aus, aber die kräftigen Hände des Bettlers packten die Gerte und zogen so heftig an ihr, daß Ulf den Halt verlor und neben Gunda im Staub landete. Fast sah es so aus, als wollten die aufgebrachten Bettler auch Gerhild vom Wagen zerren.

Wolfger und Wittich befanden sich bei der Herde und hatten das Geschehen aus einiger Entfernung beobachtet. Sie riefen den Liten und Schalken zu, auf die Zuchtpferde aufzupassen, und ritten zurück, trieben ihre Tiere durch das Bettelvolk. Die wirbelnden Hufe, Wittichs schlagbereite Franziska und Wolfgers gezogener Sax sorgten dafür, daß die zerlumpten Kerle zurückwichen.

»Verschwindet!« rief Wittich laut und ließ die Axt drohend über seinem Haupt kreisen. »Wer nicht sofort von dem Karren zurückweicht, kann den Inhalt seines Schädels im Dreck zusammensuchen!«

Das wirkte. Die Bettler zogen sich, wenn auch nur zögernd, von dem Wagen zurück. Ulf rappelte sich auf und half Gunda beim Aufstehen. Besorgt erkundigte sich Wittichs Sohn, ob seiner jungen Herrin etwas geschehen sei. Gunda schüttelte stumm den Kopf, zupfte ihr verrutschtes Kleid zurecht und klopfte den Staub aus den Falten. Ulf stieß einen tiefen Seufzer der Erleichterung aus, was niemand bemerkte, auch nicht Gunda.

Als der grobe, häßliche Kerl, dem ein unbekanntes Schicksal die Nase und das linke Auge geraubt hatte, wieder vortrat und sich bedrohlich vor Ulf und Gunda aufbaute, schrak das Mädchen zusammen.

Sofort drängte Wittich seine Stute heran und schlug mit der Frankenaxt zu. Ein Treffer mit der scharfen Klinge hätte dem Bettler den kahlen Schädel gespalten. Aber Wittich ließ die Klinge mit einer ihrer flachen Seiten gegen die Stirn prallen. Der Einäugige strauchelte, ging zu Boden und kam mit einer Platzwunde und heftigen Kopfschmerzen davon.

»Zurück, habe ich gesagt!« brüllte Wittich. »Wer jetzt noch nicht hört, wird nicht geschont!«

Die meisten Bettler wichen zurück. Nur eine gebeugte, bärtige Gestalt nicht. Der Mann mit dem krummen Rücken, der sich beim Gehen auf einen knotigen Stock stützte, stellte sich wie zum Schutz vor den am Boden liegenden Kahlkopf, sah mit aufgerissenen Augen zu Wittich auf und fragte: »Bist du der Herr dieser Männer und Frauen, daß du in ihrem Namen sprichst?«

»Ich bin der Herr!« antwortete Wolfger und brachte seinen Rappen neben Wittich. »Wittich steht in meinen Diensten, aber seine Worte sind auch die meinen.«

Der Krumme strich über seinen verfilzten Bart, der wohl einmal schwarz gewesen war, aber jetzt, wie sein Haar, eine Matte aus fleckigem Grau bildete. »Du also gibst hier die Befehle, junger Herr.«

»So ist es.«

»Willst du so gütig sein, mir deinen Namen zu nennen?«

»Wolfger.«

»Wolfger«, wiederholte der Krumme leise und nickte dabei. »Du bist von gutem, edlem Blut.«

»Im Gegensatz zu euch Strauchdieben!« keifte Wittich. »Packt euch endlich, bevor wir die Geduld verlieren!«

»Das werden wir«, versprach der Krumme. »Aber mit traurigen Herzen.«

Wittich lachte schrill. »Das glaube ich gern. Eure Herzen werden bluten, weil ihr hier nichts stehlen konntet. Glaubst du, Graubart, ich weiß nicht, daß ihr Raubgesindel seid?«

Der alte Lite wies mit der Axt auf den Mann, den er niedergeschlagen hatte. »Ich kenne die Strafen, die König Karl für Räuber erlassen hat. Bei der ersten Tat verliert der Täter ein Auge, bei der zweiten die Nase.« Wittich machte eine kurze Pause und fuhr dann mit einem drohenden Unterton fort: »Wird er zum drittenmal erwischt, verliert er sein Leben!«

Der Krumme zeigte auf den Kahlkopf, der noch auf dem Boden lag und seinen blutenden Kopf mit beiden Händen sorgfältig betastete. »Mag sein, daß Ogger ein Räuber ist. Aber seine Strafen erhielt er von Franken, bemessen nach fränkischem Recht, für Taten, die er an Franken beging. Euch hielt ich für aufrechte Sachsen, wie wir es auch sind.«

»Sachsen mögt ihr sein«, sagte Wittich und gab sich keine Mühe, seine Abneigung und Verachtung zu verbergen. »Von eurer Aufrichtigkeit bin ich nicht überzeugt. Wer andere berauben will und sich an Frauen vergreift, ist in meinen Augen nicht viel wert.«

»Ogger ist zuweilen etwas heißblütig und handelt unüberlegt. Er wollte euch gewiß nicht schaden.«

»Nein, gewiß nicht«, ahmte Wittich den leutseligen Tonfall des Krummen nach. »Nur berauben wollte er uns!«

»Wir haben Hunger«, trug der Krumme zur Entschuldigung vor. »Wir hätten uns nicht mehr genommen als das, was wir brauchen, um unsere Bäuche für diesen Tag zu füllen.«

»Ein Narr, wer das glaubt!« Wittich spie vor dem Krummen aus und wollte, des Lamentierens müde, ihn mit dem Pferd zurückdrängen.

Wolfger griff überraschend in Wittichs Zügel und hielt den Liten zurück. Der junge Edeling hatte sich bei dem Wortgefecht zurückgehalten und statt dessen den bärtigen Krummen beobachtet. Der Bettler beeindruckte ihn, ohne daß Wolfger zu sagen vermochte, woran das lag. An den ruhigen, wohlgesetzten Worten, mit denen der Alte sprach?

Oder an der aufrechten Haltung, die den krummen Leib verneinte? Jedenfalls hatte Wolfger das Gefühl, daß der Bettler es ehrlich meinte.

»Wie viele hungrige Mägen habt ihr zu füllen?« fragte Wolfger den bärtigen Bettler.

»Etwa hundert.«

Wolfger wandte sich an den Liten. »Wittich, sorg dafür, daß diese Männer die beiden fettesten Tiere aus unserer Schweineherde erhalten. Das dürfte für ein Festmahl reichen.«

»Aber ...«

»Kein Aber, alter Freund«, erstickte Wolfger den aufkeimenden Protest und sah nach Norden, wo der Königsweg Karls Heer längst verschluckt hatte. »Vielleicht ist es an der Zeit, daß Sachsen wieder mehr handeln und denken, wie es ihrer Väter Art war. Sachsen sollten zu Sachsen halten und nicht nach fränkischen Gesetzen schielen.«

Mißmutig trabte Wittich zur Schweineherde, um Wolfgers Anweisung zu überbringen.

»Ich danke dir, Herr«, sagte der Krumme. »Solche Großmut ist selten geworden in diesen Zeiten.«

»Beweist auch ihr das nächste Mal Großmut, wenn ihr hilflosen Frauen gegenübersteht!«

Der Bettler nickte. »Das werden wir. Kann ich sonst noch etwas tun, Herr, um dir unsere Dankbarkeit zu beweisen?«

Wolfger nickte. »Nenn mir deinen Namen!«

Der Krumme zögerte kurz, bevor er sagte: »Man nennt mich Hraban.«

»Den Raben?« fragte Wolfger.

Der andere zuckte mit den schiefen Schultern. »Was bedeuten schon Namen?«

Der Krumme wandte sich von Wolfger ab und half dem

70

fluchenden Ogger beim Aufstehen. Selbst von seinem Stock gestützt, hielt Hraban den Einäugigen fest. So wankten sie zu den anderen Bettlern, um die beiden von einem Schalk herbeigetriebenen Schweine in Empfang zu nehmen.

»Ich bin stolz auf dich, mein Sohn«, sagte Gerhild. »Deine Entscheidung war gut, dein Vater hätte nicht anders gehandelt.«

Wolfger nickte geistesabwesend. Seine Gedanken weilten noch immer bei dem seltsamen Alten, Hraban. Wolfgers Augen folgten den Bettlern, die ob der beiden Schweine in begeisterte Rufe ausbrachen, bis sie hinter einem buschbewachsenen Hügel verschwunden waren. Dann erst gab Wolfger den Befehl, den Weg fortzusetzen.

Minden wurde von dem grabenumringten, palisadenbewehrten Königshof beherrscht. Innerhalb der Befestigung standen die Kirche und das Haus des Wik- und Gaugrafen. Westlich davon erstreckte sich der Wik, die Kaufmannssiedlung, mit dem großen Marktplatz, den Häusern und Lagergebäuden der Händler und den Anlegestellen für die Weserschiffe. Die alte Fischersiedlung lag im Nordosten, verborgen hinter den Gebäuden und Mauern von Wik und Königshof.

Hinter dem Königshof überspannte eine beeindruckende Holzkonstruktion die Fluten der Weser, deren drei sich an dem Bergdurchbruch trennende Arme hier wieder vereinigt waren: die Brücke, die König Karl in den letzten Jahren hatte bauen lassen, um seine Truppen rascher über den Fluß zu bringen. Ihr Bau war sicher eine große Leistung, doch bei ihrem Anblick hegte Wolfger nicht nur Bewunderung für die Franken, er empfand auch Bitterkeit. Die Franken unterwarfen den Stamm der Sachsen, ihr Land und jetzt auch die mächtigen Flüsse. Sprach das nicht für die Macht des Christengottes?

Noch vor der Brücke, auf der Höhe des Wiks, dümpelten mindestens zwanzig Schiffe am diesseitigen Ufer: geräumige Knorren, längliche und zugleich bauchige Linter, flache Prahme. Zum Teil entladen, hüpften die leichten Schiffe auf den Wellen. Andere hatten schon neue Ladung für die Weiterfahrt an Bord und lagen schwerer im brackigen Uferwasser. Wolfger konnte sich nicht erinnern, schon einmal so viele Schiffe auf einem Haufen gesehen zu haben. Karls Heer benötigte Verpflegung, und weit von ihrer Heimat entfernte Krieger ließen gern einen Pfennig springen für irgendwelchen Tand, der sie für kurze Zeit erfreute und davon ablenkte, daß sie für Monate von den Ihren getrennt waren und daß viele von ihnen den Feldzug nicht überleben würden. Das lockte die Händler an, sowohl die im Mindener Wik ansässigen, die sich mit der Heimkehr von ihren Handelsfahrten gewiß beeilt hatten, als auch die auswärtigen.

Als Wolfger und die Seinen den Wik fast erreicht hatten, wurde das zweiflügelige Tor in den Westpalisaden des Königshofes geöffnet, und ein Reitertrupp sprengte hervor, um die Ankömmlinge einzukreisen. Mit einem Wink bedeutete Wolfger dem alten Wittich, daß die Leute vom Wolfshof sich ruhig verhalten sollten. Es war nicht ratsam, sich mit den Männern des Wikgrafen anzulegen. Noch weniger ratsam schien es, den von König Karl eingesetzten Grafen selbst herauszufordern. Wolfger entdeckte seine hagere Gestalt auf einem stattlichen Rotfuchs.

Wie immer trug der Graf prunkvolle Gewänder, die im Licht der sinkenden Sonne glitzerten und darin, wie es schien, mit seiner Nase wetteifern wollten. Denn diese

Nase bestand aus blitzendem Silber und wurde von einem ledernen Band festgehalten, das über die Wangen des Grafen lief und am Hinterkopf verknotet war.

Wittich beugte sich im Sattel vor und raunte Wolfger zu: »Graf Silbernase kommt.«

»Sag das nicht zu laut«, ermahnte Wolfger den Liten. »Wenn der Graf das hört, wird er wild.«

Etwa zwanzig Lanzenreiter umstellten die Sachsen wie einen feindlichen Kriegstrupp, die Eisenspitzen ihrer Waffen stoßbereit gesenkt. Es waren keine gepanzerten Eisenreiter, aber bestimmt gefährliche Krieger. Der Wikgraf umgab sich nicht mit Tölpeln.

Er ritt, von zwei Reitern flankiert, dicht vor Wolfger und Wittich und sagte: »Ihr kommt spät mit euren Rossen und euren Waren. Der König ist vor kurzem mit seinem Heer abgerückt. Er hätte die Pferde gut brauchen können.«

»Damit seine Krieger auf ihnen gegen freie Sachsen reiten!« brummte Wittich.

»Gegen Aufrührer und Mordbrenner!« schnarrte der Graf und starrte Wittich prüfend an. »Oder steht ihr auf der Seite der Heiden, die sich im Norden gegen unseren König und unseren Gott erheben?«

Wittich erwiderte den strengen Blick des Grafen, antwortete aber nicht.

»Wir stehen zu dem, was Recht ist, Graf«, sagte Gerhild und lächelte, um die angespannte Lage zu entschärfen. »Der König hatte niemals einen Grund, sich über unsere Sippe zu beschweren.«

Der Wikgraf blieb ernst und erwiderte: »Nein, seit dem Tag von Widukinds Taufe nicht mehr.«

»Wir wollen nicht über Recht oder Unrecht streiten, sondern unser Vieh und unsere Waren verkaufen«, sagte Wolfger. »Oder ist mit dem Abrücken von Karls Heer auch der Markt beendet?«

»Nein, morgen ist Markttag«, sagte der Wikgraf. »Ihr könnt euren Handel treiben, vorausgesetzt, ihr entrichtet den erforderlichen Marktzins.«

»Wir werden es tun, wie immer«, versicherte Wolfger und dachte an den Vorwurf, den sich die Bauern zuraunten: Der Wikgraf streiche überhöhte Marktzinsen ein, um sich selbst damit zu bereichern. Wolfger hätte es nicht verwundert. Auch wenn der Graf einer alten sächsischen Sippe entstammte, in seinem Herzen, wenn er denn eins besaß, war er längst ein Franke geworden.

»Sucht euch ein Lager, und haltet Frieden.« Der Graf wies auf die Pferdeherde. »Die Tiere sehen ganz ansprechend aus. Ich werde sie mir morgen näher ansehen. Vielleicht kaufe ich sie euch ab.«

Er riß den Fuchs herum und sprengte davon, gefolgt von seinen Männern. Sein Gesicht war hart gewesen, unbewegt, aber aus seinen Augen hatte unverhohlener Haß gesprüht. Haß auf die Frau und die Kinder des Sattelmeiers Wolfhard und auf alle Angehörigen ihres Gefolges. Haß auf alle, die zur Sippe des Mannes gehörten, dem Wikgraf Asmund seine Entstellung verdankte: die abgeschlagene Nase.

Wolfger ließ das Nachtlager am Rand des Wiks errichten, und ein drittes Schwein mußte dran glauben. Es briet über einem großen Feuer in der Mitte des Lagers, um die knurrenden Mägen der Männer und Frauen vom Wolfshof zu füllen. Hinter ihnen lag ein langer, anstrengender Tag. Aber als das Tier durchgebraten war und Wittich mit seinem Sax dicke Scheiben absäbelte, fühlte Wolfhards Sohn nicht mehr den geringsten Hunger. Die Begegnung mit Asmund hatte die Vergangenheit wieder lebendig werden lassen. Wolfger dachte an seinen Vater und seinen Bruder, deren Bilder verblaßt waren. Ihre Schicksale aber hatte er um so tiefer in seine Erinnerung eingegraben. Die Lieder und Scherze seiner Gefährten empfand er als störend.

Er verließ das Lager, um zum Fluß zu gehen, wo die Stimmen der Menschen nur noch von ferne undeutlich zu hören waren, kaum lauter als das Rascheln des windgeschüttelten Schilfrohrs, in dessen Schatten er sich auf einer schmalen Landzunge niederließ. Er hockte sich auf einen großen Stein, zog die Knie an, schlang die Arme um die Beine und starrte auf das Wasser, in dem sich der Mond, in eine längliche Scheibe verzerrt, widerspiegelte. In gleichmäßigen Abständen zerstörten Wellen die Scheibe, doch unbeirrt nahm sie jedesmal wieder ihre alte Form an. Hart und unbeugsam wie die letzten freien Sachsen, die im Norden gegen das Frankenreich ins Feld zogen. Wie Wolfgers Vater Wolfhard, der für seinen Glauben, für seine Götter und für seine Freiheit gestorben war.

War es gar diese Landzunge gewesen, auf der Widukind und seine Sattelmeier die Taufe empfangen hatten? Nein, der Ort der Taufe hatte näher am Königshof gelegen und war nicht so dicht mit Schilf bestanden. Daran glaubte sich Wolfger zu erinnern, wenn er damals auch erst sechs Winter gezählt hatte.

Wenn er sich daran erinnerte, warum nicht auch an die Gesichter seines Vaters und seines Bruders? Beschwörend starrte er auf den Fluß, der ihm ein Abbild des Mondes zeigte. Besaßen die Flußgeister der alten Zeit die Macht, Wolfger die vergessenen Gesichter zurückzubringen? Er sah nichts mehr außer den im Mondlicht silbrig glänzenden

Wellen, hörte nur noch ihr Rauschen und das sanfte Schilf-
rascheln.

Plötzlich war da noch etwas anderes, das ganz leise an seine Ohren klang. Wolfger war so sehr in seine Gedanken, in
das Beschwören der Flußgeister versunken, daß er das andere Geräusch erst spät wahrnahm. Er hob den Kopf und
horchte. Es klang wie Schritte. Leise, vorsichtige Schritte
von jemandem, der sich in seinem Rücken anschlich.

Innerlich bis zum Zerreißen angespannt, blieb der junge
Sachse ruhig auf dem Stein hocken und blickte weiterhin
auf die Weser hinaus. Wer auch immer sich heimlich zu nähern versuchte, er sollte nicht merken, daß Wolfger die Gefahr erkannt hatte. Wittich, der ihm wie ein zweiter Vater
gewesen war, hatte ihm alles beigebracht, was ein Krieger
wissen mußte, auch das Unterdrücken der Erregung, die
sich in Furcht zu verwandeln drohte.

Niemand sonst war nach Wolfhards Tod dagewesen, Wolfger diese Dinge zu lehren. Gerhild hatte nicht wieder
geheiratet, obwohl viele Männer um die stattliche Frau ge-
worben hatten. Aber für sie schien Wolfhard weiterzule-
ben, war die Erinnerung an den toten Gemahl stärker als
alle Verlockungen der Gegenwart. Gerhild ließ sich mit
den Ihren sogar in der Umgegend der Wolfsschlucht nieder,
um dem Verstorbenen nahe zu sein.

Wolfger verdrängte all diese Gedanken, mußte es tun, um
sich auf die Gefahr in seinem Rücken zu konzentrieren.
Noch immer setzte der Unbekannte nur zögernd einen Fuß
vor den anderen. Aber er war nah genug, daß Wolfger hörte, wie der andere das Schilfgras auseinanderdrückte. So
nah, daß ein Kribbeln über Wolfgers Nacken lief, während
Schweiß seine Stirn und seine Handflächen bedeckte.

Jetzt!

Er sprang auf, wirbelte herum, zog mit der Rechten den Sax aus der bronzebesetzten Holzscheide an seiner Hüfte. Mit einem weiten Satz tauchte er ins Schilf ein, erspähte die dunklen Umrisse des Fremden und warf ihn mit der Hand nieder. Als Wolfger sich rittlings auf den zu Boden Gestoßenen schwang, quittierte dieser das mit einem schmerzhaften Ächzen. Wolfger ließ ihn sein ganzes Gewicht spüren, um dem Gegner die Lust an der Gegenwehr zu nehmen. Den Sax hielt der junge Westfale zum Schlag erhoben in der rechten Hand.

»Ich ergebe mich«, stöhnte eine unerwartet helle Stimme. »Bitte, mach dich nicht so schwer! Ich kann kaum noch atmen!«

Die Stimme einer Frau, ganz eindeutig. Wolfger bog mit der Linken das Schilfrohr auseinander, und das Mondlicht schien auf ein ängstliches, gleichwohl schönes Gesicht. Das Mädchen war jung, etwa in Gundas Alter, die zwei Winter weniger zählte als ihr Bruder. Die kleine Stupsnase, um die sich ein paar verstreute Sommersprossen gruppierten, verlieh dem Gesicht etwas Kindliches, doch die großen braunen Augen und die geschwungenen Lippen ließen Wolfger eher an eine erwachsene Frau denken. Eine Frau, die er kannte.

»Du bist Gisla, die Tochter des Händlers Brunold!« stieß er überrascht hervor.

Brunold war der reichste und mächtigste der Mindener Fernhändler. Er war mit den Franken gekommen, die König Karls militärische Siege in Handelsgewinne umwandelten. Mehr und mehr von ihnen ließen sich an der Weserfurt nieder, und aus dem Umlade- und Handelsplatz wurde eine wachsende Ansiedlung von Händlern – der Wik. Brunold, dessen Zeichen eine Silbermöwe im blauen Feld bildete, war an mehreren Schiffen beteiligt, und seine Handelsverbindungen gingen weit über das Frankenreich hinaus.

Nicht nur deshalb kannte Wolfger Gisla. Sie war ihm aufgefallen, weil sie ein ausgesprochen hübsches Mädchen war. Inzwischen war aus dem hübschen Mädchen eine schöne junge Frau geworden. Wolfger hatte sie niemals angesprochen. Die Leute vom Wolfshof waren nicht der Umgang, den fränkische Fernhändler außerhalb ihrer Handelsgeschäfte pflegten.

Trotz des Ungemachs, das der auf ihr kauernde Jüngling Gisla bereitete, verzog sie die vollen Lippen zu einem Lächeln, das auf Wolfger seltsam wirkte, fast spöttisch. »Ich bin dir bekannt, Sachse?«

»Ja, ich habe schon mit deinem Vater Geschäfte abgeschlossen.«

»So?« Spielerisch zog sie ihre dünnen Brauen hoch. »Wie heißt du denn?«

Wolfger war verunsichert. Sollte Brunolds Tochter tatsächlich noch nie von ihm gehört haben? Er war sicher, daß seine Familie den Händlern an der Sandfurt Gesprächsstoff für viele lange Winterabende lieferte. War dies eins der Spiele, die Frauen unbegreiflicherweise gern mit Männern veranstalten?

»Hast du etwa keinen Namen?« hakte Gisla nach.

»Doch, Wolfger.«

»Ach, der bist du.«

»Du hast also auch von mir gehört.«

»Nur flüchtig.« Ihre eben noch lächelnden Lippen verzogen sich, wirkten jetzt schmerzgeplagt. »Wenn du weiter so auf mir hockst, kann ich bald nicht mehr atmen.«

Wolfger stand auf und sagte: »Ich hielt dich für einen Angreifer, so leise hast du dich angeschlichen.«

»Ich bin nun mal eine Frau und kein trampelnder Ochse. Außerdem konnte ich nicht wissen, daß jemand auf meiner Insel ist.«

»Auf deiner Insel?«

»Ja, so nenne ich diese Landzunge. Ich sitze hier oft in der Nacht, um den Fluß zu betrachten, den Mond und die Sterne. Dann geht mein Geist auf Wanderschaft, wie ein Schiff, das von den Wellen fortgetragen wird.«

»Das kann ich gut verstehen«, sagte Wolfger aus tiefstem Herzen.

»Hast du Angst vor mir?« fragte Gisla unvermittelt.

»N-nein«, antwortete der Sachse verwirrt. »Weshalb fragst du?«

»Weil du noch immer dein Schwert umklammerst, statt mir aufzuhelfen, wie es sich für einen Edeling schickt.«

Verlegen steckte Wolfger den Sax zurück in die Scheide und streckte die Hände aus, um Gisla auf die Beine zu helfen. Ein Windstoß kam auf und ließ ihr langes kastanienfarbenes Haar wehen. Das verlieh der Fränkin ein geheimnisvolles Aussehen und erinnerte Wolfger an die Sturmgeister aus den alten Erzählungen.

»Also doch ein richtiger Edeling«, lächelte Gisla. »Danke.«

»Mein Vater war ein Edeling, sogar ein Sattelmeier.« Wolfger klang auf einmal düster. »Ich bin nur ein Bauer, aber ein freier.«

Gisla nickte verständnisvoll. Sie schien zu wissen, was sich vor zwölf Wintern hier an der Sandfurt ereignet hatte.

»Deine Familie mag ihre alten Vorrechte verloren haben«, sagte sie mitfühlend. »Aber für die Angehörigen deines Stammes seid ihr weiterhin Edle, die sie verehren. Und wenn ich dich so ansehe, scheint mir das nur recht zu sein.«

Ihre Worte und ihr einfühlsamer Blick überschwemmten Wolfger wie eine warme, wohltuende Flutwelle. Alles Spielerische war aus ihrem Gesicht und ihrem Wesen verschwunden. Sie erschien jetzt reifer, ernster. Die Wellen der Wärme und des Geborgenseins ebbten nicht ab, und Wolfger wollte das auch gar nicht. Noch nie in seinem Leben hatte er sich so wohl gefühlt. Sie standen sich nah gegenüber und hätten nur die Arme ausstrecken müssen, um einander zu berühren, zu umarmen. Sie taten es nicht. Vielleicht deshalb nicht, weil sie sich erst so kurz kannten und weil sie aus zwei verschiedenen Welten kamen. Vielleicht aber auch nicht, weil jedes Wort und jede Bewegung den eigenartigen Zauber dieses Augenblicks zerstört hätten. Bis eine tiefe, fremde Stimme Gislas Namen brüllte, wieder und wieder.

»Das ist Tibor!« stieß Gisla in erschrockenem Flüsterton hervor. »Ich hätte nicht gedacht, daß er so schnell nach mir sucht.«

»Wer ist Tibor?«

Wolfger sprach so laut, daß Gisla mahnend einen Finger auf seine Lippen legte. Er genoß die Berührung.

»Nicht so laut!« bat die Fränkin. »Ich halte es nicht für gut, wenn Tibor uns zusammen sieht. Er stammt aus dem Land der Wilzen und ist ein treuer Sklave meines Vaters. Wenn Vater auf Kauffahrt ist, achtet Tibor auf mich. Vater hält mich nämlich noch für ein Kind.«

Wieder erscholl der Ruf, laut und bellend, wie das Kläffen eines Hundes.

»Ich gehe jetzt besser«, meinte Gisla. »Sonst findet Tibor uns doch – und auch unser Versteck.«

Sie wollte im Schilf verschwinden, aber Wolfger hielt sie am Arm fest und flüsterte: »Morgen abend bin ich wieder hier, an dieser Stelle.«

Gisla lächelte und nickte, bevor sie zu einem Schatten wurde und der Schatten sich auflöste. Auch wenn sie nicht geantwortet hatte, schien ihr Lächeln wie ein Versprechen. Wolfger konnte den nächsten Abend kaum erwarten.

Die düsteren Gedanken waren vertrieben, wie von der Flußströmung fortgespült. Er schlenderte leichten Herzens zurück zum Lager. Hunger verspürte er noch immer nicht. Sein Magen war ruhig, schien keine Bedürfnisse zu haben. Aber ein seltsames, nie gekanntes Kribbeln erfüllte seinen Bauch.

Vor seinem geistigen Auge sah er das schöne Gesicht Gislas – auch, als er sich längst zum Schlafen niedergelegt und in eine wollene Decke eingerollt hatte. Den Kopf in die verschränkten Hände gebettet, die auf dem kleinen Lederhügel seines Sattels lagen, sah er zum Mond empor, der die Züge von Brunolds Tochter annahm. Je länger Wolfger auf die gelbe Scheibe starrte, desto vollkommener wurde die Verwandlung. Er sah Gislas volle Lippen, die kleine Nase, um sie herum sogar die Sommersprossen, und die großen Augen, die auf Wolfger herabschauten. Mit derselben Sehnsucht, die im Blick des jungen Westfalen lag? Er hoffte es in jedem Augenblick, den der Schlaf seinen aufgewühlten Geist floh. Aber er vermißte den Traumbringer nicht, weil sein Traum, oben am Himmel und in seinem Herzen, der schönste war.

5. Kapitel

Sturmwind

Irgendwann, sehr spät in der Nacht, schlief Wolfger doch ein. Aber auch im Nachttraum sah er nichts anderes als Gisla, deren wundervolle Lippen sich zu einem Lächeln verzogen. Mal erschien es ihm verspielt und spöttisch, dann wieder aufrichtig und verheißungsvoll. Er streckte die Arme aus, um Gisla zu umfassen, sie an sich zu ziehen und zu küssen.

Doch sie wehrte sich unerwartet, stieß ihn zurück und schrie erbost: »Bist du von Sinnen, Wolfger? Hat sich ein Nachtmahr in deinem Kopf eingenistet und deine Gedanken verwirrt?« Die Stimme, seltsam tief, klang fast belustigt, als sie fortfuhr: »Oder hegst du gar ungebührliche Gefühle für einen alten Mann?«

Für einen alten Mann?

Die Worte zerrten an Wolfger wie die Hände, die ihn schüttelten, um ihn aus seinem schönen Traum zu reißen. Er zwinkerte mit den Augen, die Farben und die Laute veränderten sich, und er rutschte von der Traumwelt in die Wirklichkeit. Das Gesicht ganz dicht vor seinem war nicht länger jung, rosig, glatt und schön, unschuldig und verführerisch zugleich, sondern alt, narbig und zerfurcht, hohlwangig und so grau wie das spärliche Haar, das einen wakkeren Ring um den kahlen Schädel bildete, der Wolfger immer an den traurigen Anblick eines brandgerodeten Waldes erinnerte.

Es war kein schönes Gesicht, aber ein vertrauenerweckendes. Wolfger kannte und mochte es, seit er ein Kind war, soweit seine Erinnerung zurückreichte, wie ein anderer sich an das Gesicht seines Vaters erinnert hätte. Doch jetzt, in diesem unwirklichen Augenblick zwischen berauschendem Traum und ernüchternder Wahrheit, hätte Wolfger jede Münze in seinem Geldbeutel dafür gegeben, in die beglückende Träumerei zurückkehren zu können. Sein dämmriger Geist versuchte es, und Wolfgers Augen fielen wieder zu.

»Nichts da, aufstehen!« rief die tiefe Stimme so nah und laut in Wolfgers Ohr, daß es fast weh tat. »Der Markttag wartet nicht auf uns. Nur wer früh aufsteht, macht gute Geschäfte. Die Sonne geht schon auf!«

Wieder packten rauhe Hände den jungen Sachsen und schüttelten ihn durch, bis er widerstrebend Gislas Traumbild entgleiten ließ und sich damit tröstete, daß er die Fränkin heute abend wiedersehen würde. Mit unentschlossen zwinkernden Lidern blickte er in Wittichs Gesicht und dann an dem Liten vorbei über das Lager, in dem Männer und Frauen hin und her liefen, Tiere schrien und Geschirr klapperte. Wolfger schien der einzige zu sein, der noch schlaftrunken auf dem tauglitzernden Boden lag. Die anderen gingen zum Fluß oder kehrten schon gewaschen und erfrischt zurück, versorgten das Vieh oder hockten um die große Feuerstelle, über der ein großer, bauchiger Bronzekessel hing. Über die reetgedeckten Dächer des Wiks und die hölzernen Palisaden des Königshofes leckte ein rötlicher Schein wie von einem großen, unsichtbaren Feuer. Früher hätten die Sachsen gesagt, die Jungfrau Sunna lenke ihren güldenen Wagen in den Himmel. Jetzt, wo sie Christen waren, sprachen sie vom Sonnenaufgang.

Schlaftrunken wankte Wolfger zum Weserufer, wo er sich zwischen den rötlichen Blüten von üppig wuchernder Bachnelkenwurz auf die Knie niederließ. Er streifte den mit roten und blauen Zackenmustern bestickten Wollkittel ab, um Arme, Oberkörper und Kopf ins Naß zu tauchen. Die Kälte des noch nicht von der Sonne erwärmten Wassers traf ihn wie tausend winzige Nadeln, die seine Haut überall durchbohrten. Mit einem Schütteln des Leibes und einem leisen Aufschrei, der halb dem Erschrecken und halb dem endgültigen Erwachen entstammte, tauchte Wolfger wieder auf. Er fühlte sich erfrischt und blickte mit wachen Augen auf sein Spiegelbild im Fluß.

Der kräftige Brustkasten war mit leichtem Haarwuchs bedeckt, in dem jetzt kleine Wassertropfen glitzerten. Aus breiten Schultern wuchsen Arme, die eher sehnig als muskulös wirkten. Das würde sich mit den Jahren ändern, wenn Wolfger nach seinem Vater geriet – was nach Wittichs Beteuerungen der Fall war. Das leicht längliche Gesicht mit den blauen Augen – auch ein Erbe des Vaters – hätte für einen Mann fast zu hübsch gewirkt, hätte sein schmaler Mund nicht einen eigentümlich harten, fast grausamen Ausdruck besessen. Die Mundwinkel zeigten stets leicht nach unten, selbst wenn Wolfger lächelte.

Das machte keinen abfälligen Eindruck; der hochgewachsene Sachsenjüngling wirkte eher mißtrauisch, von innen verhärtet, als habe er mit seinen weniger als zwanzig Wintern schon mehr erlebt als mancher Greis. Vielleicht war der frühe Verlust des Bruders und des Vaters daran schuld, vielleicht auch das Wissen, für immer zwischen zwei Welten zu stehen. Wolfger war als Sohn eines Mannes geboren worden, der Wodan, Donar und Saxnot gegen den Christengott verteidigt und dafür sein Leben geopfert hatte. Von Wolfger aber wurde erwartet, ein guter Christ zu sein, wenigstens nach außen. Er bemühte sich, diese Erwartung zu erfüllen, um seine Mutter und seine Schwester und alle Menschen auf dem Wolfshof vor den Blutschergen des Christengottes zu schützen. Aber er wußte nicht, woran er wirklich glauben sollte. Was er auch tat, wohin er seine Gedanken auch richtete, stets kam er sich wie ein Verräter vor, an seinem Vater und den alten Göttern – oder an Jesus Christus und dem Gottvater, deren Kirche er besuchte, wenn es sich nicht vermeiden ließ.

Angestrengt starrte Wolfger auf sein Spiegelbild und fragte sich, ob eine Frau – ob Gisla – solch ein Gesicht lieben könnte. Das blonde Haar, das er nicht kurzgeschnitten wie die Franken, sondern nach alter Sachsensitte bis auf die Schultern und nur an der Stirn geschoren trug, klebte naß am Kopf und wirkte wie der Helm eines Kriegers. Das verlieh ihm ein noch unversöhnlicheres Aussehen. Mit einer fast hastigen Bewegung fuhren beide Hände durchs Haar und lockerten es auf. Gleichzeitig verzog er die Lippen zu einem angestrengten Lächeln. Es wirkte unecht, mehr verunglückt als glücklich.

Mit einem zweifelnden Seufzer wandte er sich ab und griff nach dem Wollkittel. Er verspürte plötzlich Hunger. Mit eiligen Schritten kehrte er ins Lager zurück und streifte den Kittel im Gehen über. Hinter ihm erfüllte ein heller Vogelschwarm, wie aus dem Nichts aufgetaucht, die Luft. Unter gellendem Siegesgeschrei kehrten die vor den Menschen geflohenen Möwen zum Flußufer zurück, kreisten über dem seichten Wasser und stießen erbarmungslos zu, wenn sich Larven, Würmer oder Elritzen zeigten. Doch hatten sie, die Tiere, den Menschen eines voraus: sie töteten nicht aus Rache, Machtgier, Gewinnsucht oder Bekehrungswahn, nur aus Hunger.

Wittich drückte Wolfger eine Tonschüssel in die Hand, und eine Litin an der Feuerstelle füllte sie mit dicklichem Gerstenbrei, der sehr heiß war und ein wenig verbrannt schmeckte. Nur der Hunger, der Wolfger mit der Plötzlichkeit eines Platzregens überfallen hatte, bewirkte, daß der junge Sachse den klobigen Holzlöffel immer wieder zum Mund führte.

Doch sein Gesichtsausdruck verriet ihn, und Gunda sagte: »Du siehst aus, als müßtest du eine Schale voller lebender Regenwürmer vertilgen, Bruderherz.«

»So ähnlich schmeckt es«, knurrte er.

»Dann hör doch auf zu essen.«

»Hunger«, lautete seine ganze Erwiderung, und tapfer löffelte er weiter.

»Hättest halt gestern abend zulangen sollen, als ein fettes Schwein über dem Feuer hing.«

Gundas seltsam schnippischer Unterton veranlaßte Wolfger, seine Schwester anzusehen. Ahnte sie etwas? Hatte sie mitbekommen, daß Wolfger sich mit der Fränkin getroffen hatte? Sie hielt seinem Blick stand. Die grüngrauen Augen, die Gunda von der Mutter geerbt hatte, blickten unschuldig drein.

Wolfger entschied, sich weiter verschlossen zu geben, und sagte: »Gestern abend hatte ich keinen Hunger.«

»Seltsam, nach so einem langen Tag«, meinte Gunda. Ihr von zwei langen blonden Zöpfen eingerahmtes Gesicht blieb ausdruckslos, verriet nicht, ob sie etwas von Gisla wußte.

Wolfger war froh, daß sie nicht weiter auf die Sache einging. Die Sachsen vom Wolfshof hatten sich immer von den Franken abgesondert und waren nur mit den Händlern aus dem Wik zusammengetroffen, wenn es für die gemeinsamen Geschäfte unerläßlich war. Er wußte nicht, wie seine Familie und die anderen Hofbewohner auf die Nachricht reagieren würden, daß er sich in eine Fränkin verliebt hatte. Wenn er ehrlich zu sich war, wußte er nicht einmal, was er selbst davon halten sollte. War dies nicht auch eine Art von Verrat an seinem toten Vater?

Er war froh, als Wittich die trüben Gedanken vertrieb. »Wir sollten mit den Pferden bald aufbrechen«, meinte der Lite. »Wenn das Angebot groß ist, sind die besten Marktplätze schnell besetzt.«

»So groß wird das Angebot nicht sein«, sagte Wolfger. »Karls Armee wird so ziemlich alles mitgenommen haben, was vier Beine hat und einen Krieger tragen kann.«

»Vielleicht ist aber auch deshalb die Nachfrage klein«, grinste Wittich. »Dann wird nur der frühe Anbieter einen guten Preis erzielen.«

»Die Pferde vom Wolfshof sind immer zu guten Preisen weggegangen.«

Der Stolz, der aus Wolfgers Worten sprach, war so berechtigt, wie die Pferdezucht, die er mit Wittichs Hilfe aufgebaut hatte, berühmt war.

»Mag sein«, gab Wittich zu und wischte mit dem Handrükken letzte Breireste von seinem Kinn. »Aber vor Überraschungen ist man niemals sicher.«

Seine Worte schienen sich kurz darauf zu bewahrheiten, als Wolfger und Wittich mit einer Handvoll Knechte die fünfzehn Pferde auf den Wik zutrieben. Wie am Tag zuvor wurden sie von bewaffneten Reitern eingekreist. Zehn Franken verlegten ihnen den Weg zum Wik. Die Gesichter der Soldaten wirkten entschlossen, kampfbereit. Wolfger verstand den Grund nicht, aber er war froh, mit den Pferden vorausgeritten zu sein und seine Familie im Schutz des Lagers zu wissen.

Ein feister Franke trieb seinen Grauschimmel vor. Wolfger erkannte in dem fleischigen Reiter Ermold, den ehemaligen Eisenreiter, der nun Hauptmann von Asmunds Bewaffneten war.

Wolfger lenkte Sturmwind vor den Grauen und fragte: »Schickt Asmund dich?«

Ermold nickte, daß sein Doppelkinn schwabbelte. »*Graf* Asmund«, sagte er und strich über den buschigen Schnauzbart. »Er befiehlt dir, zu ihm zu kommen. Mit deinen Pferden!«

»Warum?«

»Frag ihn doch selbst, Sachse!« knurrte der Hauptmann und legte die Hand auf den bronzebeschlagenen Schwertknauf an seiner Seite. »Ich habe nur den Befehl erhalten, dich zu ihm zu bringen. Davon, daß ich mit dir plaudern muß, war nicht die Rede.«

Ohne Ermold eines weiteren Blickes zu würdigen, ritt Wolfger zu Wittich und sagte leise: »Ich bin mir nicht sicher, ob eine Teufelei Asmunds hinter der Sache steckt.«

»Wir können es nur herausfinden, indem wir uns fügen, allerdings mit offenen Augen und Ohren. Wenn wir uns Asmunds Befehl widersetzen, geben wir ihm eine gute Handhabe gegen uns. Der Widerstand von Sachsen gegen den Gaugrafen und seine Schergen kann nach Karls Gesetzen mit dem Tod bestraft werden.«

Wolfger nickte schwer und rief den Knechten zu, die Herde südlich am Wik vorbei zu den Palisaden zu treiben. Das

Westtor, das zum Wik zeigte, stand offen. Als Wolfger an der Spitze der Herde durch das Tor ritt, tat er es in dem vollen Bewußtsein, sich möglicherweise in eine Falle zu begeben. Asmund brauchte das Tor nur zu schließen und konnte dann mit einer erdrückenden Übermacht Wolfgers kleine Schar niedermetzeln. Wer würde es wagen, den Grafen von Minden für den Tod von ein paar Sachsen zur Rechenschaft zu ziehen?

Das Tor blieb hinter ihnen offen, was die Bedrohung aber nicht aus der Welt schaffte. Da war immer noch der finster dreinblickende Ermold mit seinen kaum freundlicher aussehenden Reitern. Nur Asmund, der aus seinem großen Wohnhaus gegenüber der Missionskirche trat, sah zufrieden aus, gar nicht so verkniffen, wie Wolfger ihn kannte. Der Mund unter der silbrig blinkenden Nase verzog sich gar zu einem Lächeln, als der Wikgraf die Pferde erblickte.

Vielleicht war die üppige Maid an Asmunds Seite der Grund für seine Zufriedenheit. Der Graf war dafür bekannt, keinen Rocksaum unberührt zu lassen, wenn seine Besitzerin nur jung und drall war. Auf besondere Schönheit kam es ihm dabei nicht an. Das fand Wolfger bestätigt, als er Asmunds Begleiterin näher betrachtete. Ihr Gesicht wirkte schief, die linke Hälfte voller als die rechte. Und schief saß auch die Nase, die zwischen zwei wäßrigen, viel zu eng zusammenstehenden Augen entsprang. Das dunkelblonde Haar war stumpf, nicht gekämmt und fiel in wirren Strähnen auf die für eine Frau entschieden zu breiten Schultern. Ebenso unordentlich wirkte das Kleid, obgleich es aus kostbarem friesischem Tuch bestand. Zerknittert und verrutscht, erweckte es den Eindruck, die Frau sei gerade erst aufgestanden und habe sich das Gewand hastig übergeworfen, um Asmund nach draußen zu begleiten. Die rechte Schulter lag fast bloß, und Wolfger erkannte, daß Asmunds Gespielin kein Unterkleid trug.

»Ich freue mich, daß ihr meiner Einladung gefolgt seid, Sachsen«, tönte Asmund.

»Dein Hauptmann sprach von einem Befehl«, erwiderte Wolfger vom Rücken seines Rappen herab.

»Ist es nicht gleich?« Asmund zuckte mit seinen knochigen Schultern. »Hauptsache, ihr seid gekommen und habt eure Pferde mitgebracht. Ich werde sie euch abkaufen. Karl hat meinen Bestand ordentlich dezimiert, um eine Reserve für seine Reiterei mitzunehmen. Hauptmann Ermold, was sind die Tiere deiner Meinung nach wert?«

Dieser ließ seinen Blick über die kleine Herde schweifen. »Es sind kräftige Tiere, aber ein wenig wild. Wir werden viel Arbeit mit ihnen haben, bevor sie sich fügen. Zehn Schillinge das Stück sind ein guter Preis.«

Während Asmund zustimmend nickte, wechselte Wolfger einen alarmierten Blick mit Wittich. Für kurze Zeit hatte Wolfger geglaubt, der Wikgraf wolle tatsächlich einen ehrlichen Handel mit ihm abschließen. Aber jetzt sah alles nach einem Betrug aus, einem abgekarteten Spiel.

»Du hast recht, Ermold«, sagte Asmund. »Zehn Schillinge für ein Pferd sind ein durchaus angemessener Preis.«

»Für einen guten Ochsen ja, aber nicht für ein gutes Pferd!« rief Wolfger aufgebracht.

»Nicht?« Asmund zog in gespieltem Erstaunen die Brauen in die Höhe und blickte seine Begleiterin an. »Alda, dein Vater bewirtschaftet einen großen Hof. Hat er für ein Pferd schon einmal mehr als zehn Schillinge bezahlt?«

Die Bauerntochter schüttelte den Kopf. »Nein, Asmund, meist sogar bedeutend weniger.«

»Da hast du's, Wolfger!« Asmund warf ihm einen triumphierenden Blick zu. »Du kannst froh sein über mein großzügiges Angebot.«

Wolfger ließ Sturmwind nah an das Haus herangehen und beugte sich so weit zu Alda vor, daß ihr lose sitzendes Kleid ihm einen unfreiwilligen Blick auf die großen Brüste gestattete. »Bist du gut geritten, Alda?« fragte Wolfger lauernd.

Aldas verwirrter, unsicherer Blick glitt von Wolfger zu Asmund und wieder zurück. »Ich ... weiß nicht, wie du das meinst«, stammelte sie.

»Ich rede von den Pferden deines Vaters, wovon sonst.« Wolfger zwang sich zu einem Lächeln. »Tragen sie einen Reiter schnell und über weite Strecken, ohne zu murren oder gar zusammenzubrechen?«

»Aber wieso?« Alda zog in ihrer Verwirrung die Augen noch mehr zusammen, so daß sie kaum noch zu sehen waren. »Es sind doch Zugpferde, keine Reittiere.«

In Wolfgers Augen blitzte es auf. Er machte sich keine Mühe, seinen Triumph zu verhehlen. Auch Wittich zeigte ein breites Grinsen, ohne es an der nötigen Wachsamkeit fehlen zu lassen. Eine Hand hielt die Zügel seiner Stute, die andere schwebte in der Nähe der Franziska.

Wolfger wandte sich Asmund zu und sagte: »Ermolds Pferdekenntnis scheint nicht größer zu sein als die deiner Begleiterin, Graf Asmund. Sie verwechselt gute Reitpferde mit Zugtieren. Dies hier sind beileibe keine Ochsen und auch keine Zugpferde. Du wirst das sicher erkennen, Asmund. Und dann sag mir, sind nicht zwanzig bis dreißig Schillinge der Preis für ein Reitpferd?«

Jedweder Frohsinn hatte das Gesicht des Wikgrafen verlassen. Seine Züge bebten und ließen den Nasenersatz einen wütenden Tanz aufführen. Asmunds heftiger Atem äußerte sich in einem hohen Pfeifen, das aus den Löchern der Silbernase drang.

»Also gut«, preßte er unter mühsam gewahrter Selbstbeherrschung hervor. »Zwanzig Schillinge für jedes Tier!«

Wolfger blieb ruhig und genoß seinen Triumph. »Zwanzig sind viel zuwenig. Dafür bekommst du eine alte Schindmähre. Ich verkaufe nur erstklassige Tiere. Außerdem ist das Angebot knapp, wie du vorhin selbst gesagt hast. Also sind dreißig Schillinge nur gerechtfertigt.«

Ermold stieg ab, nahm Asmund beiseite und tuschelte mit ihm. Der Wikgraf nickte mehrmals, sah dann wieder Wolfger an und sagte: »Das Angebot mag knapp sein, aber fraglich ist auch, ob du alle Tiere verkaufen kannst. Bei mir wirst du die ganze Herde los, und ich zahle für jedes Tier fünfundzwanzig Schillinge.«

Das war kein schlechter Preis. Gemessen an dem Umstand, daß Wolfger, schlug er das Angebot aus, tatsächlich Gefahr lief, auf einigen Tieren sitzenzubleiben, war es sogar ein recht gutes Angebot. Er war nicht unbedingt darauf aus, mit Asmund Geschäfte zu machen. Aber die Pferde mußten verkauft werden, und der Wikgraf würde sich seine Pferde so oder so besorgen. Deshalb willigte Wolfger ein.

»Gut«, brummte Asmund, ohne wirklich zufrieden auszusehen. »Komm mit ins Haus, und du erhältst die vierhundert Schillinge von meinem Verwalter.«

Wolfger lächelte. »Du solltest dich nicht selbst betrügen, Graf. Es sind nur fünfzehn Pferde und damit dreihundertfünfundsiebzig Schillinge.«

Asmund schüttelte den Kopf. »Sechzehn Pferde. Ich mache das Geschäft nur, wenn ich auch den da bekomme!« Er streckte die Rechte aus und zeigte auf Sturmwind.

»Aber Sturmwind ist *mein* Pferd!« stieß Wolfger überrascht hervor.

»Jetzt nicht mehr.«

Wolfger erinnerte sich an das kleine, klapprige Fohlen, das Sturmwind einmal gewesen war. Nichts hatte bei seiner Geburt darauf hingedeutet, daß aus ihm einmal das schnellste, ausdauerndste und zuverlässigste Pferd werden sollte, das Wolfger kannte. Doch Wolfger hatte es damals schon gespürt, hatte sich um das Fohlen gekümmert und es aufgepäppelt. Seitdem bestand eine eigenartige Verbindung zwischen Mensch und Tier. Wittich hatte einmal gesagt, Wolfger behandle Sturmwind wie seinen Bruder. Das mochte sogar stimmen. Ein Mensch hätte die von Wolfram hinterlassene Lücke kaum so gut ausgefüllt wie Sturmwind. Wolfger fühlte Wut und Angst in sich aufsteigen. Jetzt wollte der Mann, der schon Wolfram den Tod gebracht hatte, ihm auch noch Sturmwind nehmen.

»Nein!« sagte er hart. »Sturmwind gebe ich nicht her!«

Asmund lächelte wieder, und das war kein gutes Zeichen. »Ohne ihn zahle ich für die anderen Tiere nur zehn Schillinge das Stück.«

»Dann wird nichts aus unserem Handel«, entschied Wolfger.

»O doch!« widersprach der Wikgraf. »Du hast bereits eingewilligt.«

»Aber nur zu fünfundzwanzig Schillingen.«

»Die bekommst du ja, wenn du mir auch den Rappen überläßt.«

»Als ich in den Handel einwilligte, wußte ich nicht, daß du auch Sturmwind haben willst.«

»Diese Feinheiten müßte nötigenfalls ein Gericht klären«, sagte Asmund betont gelassen. »Willst du es darauf ankommen lassen, Wolfger?«

Der junge Sachse verstand die Anspielung. Asmund selbst war der oberste Richter des Wiks und der ganzen Umgegend. Selbst wenn ein anderer Richter entschied, würde er sich kaum gegen den mächtigsten Mann im ganzen Wesertal stellen. Asmund hatte allen Grund zur Zufriedenheit. Listig wie ein Fuchs hatte er sich verhalten und Wolfger Schritt um Schritt in die Falle gelockt, aus der es nun kein Entrinnen zu geben schien.

»Dein Pferdestall wird weithin bewundert und gelobt, Graf Asmund«, meldete sich Wittich zu Wort. »Das scheint wohl ein Irrtum zu sein, wenn du so sehr auf Sturmwind angewiesen bist.«

»Ich habe noch andere gute Tiere, von denen es einige mit dem Rappen aufnehmen können.«

»Wenn das wirklich so ist, wirst du nichts gegen meinen Vorschlag einzuwenden haben, Graf Asmund.«

»Was für ein Vorschlag?« fragte Asmund und sah den Liten ebenso gespannt an, wie es Wolfger tat.

»Ein Pferderennen«, antwortete Wittich. »Dein bestes Pferd gegen Sturmwind. Gewinnst du, gilt der Handel zu deinen Bedingungen. Gewinnt Sturmwind, bezahlst du seine fünfundzwanzig Schillinge für nichts.«

»Die Idee gefällt mir«, meinte Asmund nach kurzem Nachdenken. »Einverstanden. Ein Monat sollte zur Vorbereitung auf das Rennen ausreichen. Am nächsten großen Markttag findet es statt.«

»Mir gefällt die Idee überhaupt nicht«, sagte Wolfger mürrisch, als er mit Wittich und den Treibern den Königshof durch das Westtor verließ. Sturmwind ging, wie Wittichs Stute Winternacht und die Reitpferde der Knechte, in langsamem Schritt und wieherte laut, als wolle er die Worte seines Herrn unterstreichen. »Sturmwind war für mich immer mehr als bloß ein Pferd. Ein treuer Gefährte. Es ist nicht richtig, ihn zu verwetten.«

Wittich sah Wolfger an und verzog sein Gesicht wie nach einem Schluck sauren Weins. »Ich bin auch nicht übermäßig begeistert. Aber etwas Besseres fiel mir in der Eile nicht ein. Und ich war der Meinung, mir sollte etwas einfallen, um zu verhindern, daß wir unsere Pferde zum Preis von Ochsen verkaufen müssen. Immerhin haben wir vierhundert Schillinge eingenommen, kein schlechter Preis.«

»Mit dem Preis können wir zufrieden sein«, nickte Wolfger und legte eine Hand an den prall mit Silberpfennigen gefüllten Sack, der vor ihm auf Sturmwinds Rücken lag. »Aber was ist mit der Gegenleistung?«

»Ich habe schon viele schnelle Pferde gesehen, aber keins war so flink und ausdauernd wie dein Sturmwind. Ich glaube nicht, daß eins von Asmunds Tieren es mit ihm aufnehmen kann.«

Wolfger bedachte den Liten mit einem bohrenden, vorwurfsvollen Blick. »Und wenn doch?«

»Ich kenne mich gut mit Pferden aus, das weißt du, Wolfger. Wir haben einen Monat Zeit, um Sturmwind auf das Rennen vorzubereiten. Gemeinsam wird es uns gelingen, ihn unschlagbar zu machen.«

»Wodan möge deine Worte erhören!« seufzte Wolfger und warf einen schuldbewußten Blick über die Schulter zum kreuzgeschmückten Glockenturm der Missionskirche, der die Palisaden überragte.

»Mir bereitet noch etwas anderes Sorge«, meinte Wittich und sah den Geldsack an. »Früher, bevor die Franken kamen, haben wir uns nicht mit Silbermünzen abgeschleppt.«

Wolfger wunderte sich über Wittichs abfälligen Ton. »Was hast du gegen die Pfennige? Es sind gute Münzen, frisch geprägt und noch nicht abgenutzt, mit vollem Silbergehalt.«

»Die Dinger kann man nicht essen, wenn man hungrig ist, nicht trinken, wenn man dürstet. In den alten Zeiten tauschten wir Ware gegen Ware, und jeder war zufrieden. Dieses Zeug« – Wittich zeigte auf den Geldsack – »ist zu nichts nütze, weckt nur Gier und Neid.«

Wolfger lachte. »Dieses Zeug kann nicht verfaulen und nicht verschimmeln. Überall in Karls Reich und weit darüber hinaus bekommst du dafür alles, was du brauchst, um dir den Bauch vollzuschlagen und einen dicken Kopf anzusaufen. Für einen Silberpfennig erhältst du zwanzig Gerstenbrote. Was schleppst du leichter mit dir herum, die Münze oder zwanzig Brotlaibe?«

»Du denkst und redest schon wie ein Franke, Junge«, murrte Wittich kopfschüttelnd.

Wolfger sah ihn nachdenklich an und erwiderte leise: »Vielleicht ist das der Weg für unseren Stamm, um zu überleben: fühlen wie die Sachsen und denken wie die Franken.«

Vor den Reitern begann das Marktgewimmel mit Dutzenden von Ständen, zwischen denen sich Verkäufer und Käufer bewegten, um anzupreisen und zu feilschen. Ihre kreischenden Stimmen wetteiferten mit den mehr oder minder melodiösen Lauten der Spielleute, die unablässig ihre Flöten, Schalmeien, Leiern, Trommeln und Rebecs bearbeiteten. Ein junges Mädchen mit pechschwarzem Haar, dunkler Hautfarbe und schmalen Augen tanzte ausgelassen zu wildem Trommelrhythmus. Etwas entfernt tat es ihr ein großer Bär nach, bei weitem nicht so schnell und anmutsvoll, aber vor nicht weniger Publikum. Die Pferde von Wolfgers Trupp scheuten, als sie den Tanzbären witterten.

»Ist wohl besser, wir reiten nicht durch das Gedränge, von wegen Neid und Gier«, stellte Wolfger fest und wuchtete den prallen Geldsack zu Wittich hinüber. »Kehr mit den Männern ins Lager zurück, und gib auf das Silber acht. Ich möchte nicht, daß es auf dunklen Wegen wieder in Asmunds Schatzkiste landet. Ich werde nachsehen, ob unsere Leute gute Geschäfte machen.« Er stieg aus dem Sattel und reichte Wittich die Zügel. »Nimm Sturmwind mit.«

Wittich nickte. »Ist wohl besser so.«

Die Sonne hatte den nur von vereinzelten kleinen Wolken bevölkerten Himmel erklommen, schickte ihre wärmenden Strahlen über die Weser und beleuchtete das Markttreiben in seiner ganzen Buntheit. Eingehüllt von Musik, Gesang und Geschrei, von verlockenden Düften und peinigenden Ausdünstungen, schob sich Wolfger durch die Reihen der Marktstände. Bier und Met, Most und Wein flossen reichlich und versetzten zahlreiche Männer schon am Morgen in einen Zustand, der sich kaum am Abend geziemte. König Karl hatte schon gewußt, weshalb er mit seiner Armee vor dem Markttag aufgebrochen war. Mancher seiner Krieger hätte den Verlockungen nicht widerstanden, und vielleicht wären einige auf den Gedanken gekommen, bei Wein und Weib zu bleiben, anstatt dem König in Beschwernis und Kampf zu folgen.

Ein mit rotem Tuch überspannter Stand erregte Wolfgers Aufmerksamkeit. Das Tuch leuchtete nicht nur wie eine reife Kirsche, es reflektierte, vom leichten Wind bewegt, das Sonnenlicht mit einem Glitzern, das wie Gold wirkte. Als der junge Sachse ein paar ins Gespräch vertiefte Bauern beiseite schob und an den Stand herantrat, sah er die goldenen Fäden, die wellenförmig in den Stoff eingewebt waren. Das kostbare Tuch hätte dem Kleid einer Edelfrau zur Ehre gereicht. Ein Händler, der es benutzte, um sich und seine Waren vor dem Wetter zu schützen, mußte wirklich wertvolle Dinge anzubieten haben. Genau das, was Wolfger suchte.

»Komm zu Balthasar, junger Herr!« winkte ihn der krummnasige Händler heran, dessen dunkle Augen Wolfger fixiert hatten und jetzt nicht mehr aus ihrem Bann ließen. »Bei mir findest du das, was du suchst. Balthasar hat alles, um Frauen zu beglücken. Suchst du ein Geschenk für deine Liebste?«

Der Händler hatte den Nagel auf den Kopf getroffen, aber Wolfger stammelte errötend: »Äh, nein, für meine Mutter.«

»Also für eine ältere Frau?«

»Nein, für eine jüngere.«

Balthasar zog die Stirn in Falten. »Du siehst schon recht erwachsen aus. Ist deine Mutter noch so jung?«

»Eigentlich ist das Geschenk für meine Schwester, aber es soll eine Überraschung sein.«

»Verstehe«, lächelte der Händler, dem es gleichgültig war, wofür der Jüngling sein Geld ausgab. »Was soll es sein? Kostbare Stoffe aus dem Orient, ein seltenes Duftöl, feingearbeiteter Schmuck, mit Purpur gefärbtes Leder, ein Mantel aus Otterfell?«

Verwirrt ließ Wolfger seinen Blick über die Auslage schweifen, über Tuchballen und kleine Flaschen, buntleuchtende Perlen und blitzendes Gold. In solchen Geschäften war er unerfahren. Dagegen war ein Roßhandel mit Graf Silbernase fast ein leichtes.

»Ich suche etwas ganz Besonderes«, sagte er schließlich.

Die dunklen Augen des Händlers leuchteten auf. »Ah, du möchtest also etwas Einzigartiges, Überwältigendes, Berauschendes?«

»Das klingt gut.« Wolfger nickte eifrig. »Hast du so etwas, Balthasar?«

»Natürlich, junger Freund. Aber das ist nicht billig.«

Wolfger faßte an seinen Gürtel, an dem ein kleiner Lederbeutel hing, und ließ die Münzen klirren.

»Ich sehe, deine Schwester ist dir viel wert. Wäre das nicht etwas für sie? Ein wirklich einzigartiges Stück!« Balthasar holte aus einem Kasten unter dem Verkaufstisch eine Kette hervor, deren rotbraune Steine im Sonnenlicht funkelten, viel stärker noch als der golddurchwebte Baldachin über dem Stand. »Brennende Steine, wie man sie nur höchst selten findet. Beachte, junger Herr, wie gleichmäßig und fein geschliffen sie sind!«

Langsam ließ Balthasar die Kette durch seine langfingrigen, an Spinnen erinnernden Hände gleiten. Mit jeder Bewegung fingen neue Bernsteinstücke aus anderer Perspektive die Sonnenstrahlen ein, wurden von Licht und Wärme ausgefüllt und offenbarten das durch einen feurigen Glanz. Wolfger kannte sich mit Schmuck nicht aus, aber er war sicher, noch nie eine so schöne Halskette gesehen zu haben.

»Beachte das Einmalige an dieser Kette, junger Herr!« Balthasars knochiger Zeigefinger deutete auf den größten Bernstein, der in der Mitte hing und fast die Größe eines

Handtellers hatte. Etwas Dunkles war in der goldroten Scheibe eingeschlossen.

»Was ist das?« fragte Wolfger.

»Ein Tier aus längst vergangener Zeit, ein Falter, auf ewig eingeschlossen im durchsichtigen Gestein. Hast du jemals einen so schönen, eigentümlichen Stein gesehen?«

»Nein«, antwortete Wolfger leise, während er fasziniert das Tier mit den schillernden Flügeln betrachtete.

»Ich auch nicht. Eigentlich müßte ich einen viel höheren Preis für dieses wertvolle Schmuckstück verlangen. Aber weil ich dich mag und deiner Schwester eine Freude bereiten will, überlasse ich es dir für nur zehn Schillinge.«

Das war kein geringer Preis. Ein Mann konnte dafür ein Schwert mit Scheide, eine gute Lanze und einen festen Schild erstehen. Aber Wolfger gefiel die Kette. Er wollte Gisla eine Freude bereiten, ihr etwas ganz Besonderes schenken. Und er hatte gerade ein einträgliches Geschäft abgeschlossen. Also entleerte er seinen Geldbeutel fast gänzlich und schüttelte hundertzwanzig Silberpfennige mit dem Abbild des Christenkreuzes in die gierigen Spinnenhände.

Seine Zufriedenheit über den Handel ließ schlagartig nach, als er kurz darauf einem Bauern mit seinem Weib begegnete, das eine fast identische Kette trug. In dem größten Bernstein war ebenfalls ein geflügeltes Tier eingeschlossen. Auf sein Nachfragen erfuhr Wolfger, daß der Bauer die Kette vor kurzem bei dem Händler Balthasar erstanden hatte, für acht Schillinge.

Wolfger unterdrückte seine Wut und den Impuls, umzukehren und mit Balthasar ein ernstes Wort zu reden. Der Händler hatte die Unerfahrenheit des jungen Sachsen erkannt und ausgenutzt, was nicht zuletzt Wolfgers Schuld war.

Außerdem gefiel ihm die Kette noch immer, auch wenn sie nicht so einmalig war, wie Balthasar versichert hatte. Wolfger hoffte, daß Gisla ebenfalls Gefallen an den Brennenden Steinen fand.

»Gisla.« Leise sprach Wolfger den Namen, und sein Herz schlug schneller. Er sah zum größten Haus im Wik, dem Anwesen Brunolds. Ein Prachtbau. Das einzige zweigeschossige Wohnhaus in der Siedlung, sah man von Asmunds Residenz hinter den Palisaden ab. Knechte und Mägde schufteten auf Brunolds Hof. Die Tore des großen Lagerhauses standen weit offen. Da Brunold von seiner Handelsfahrt nicht rechtzeitig zum Markt zurückgekehrt war, sahen sich seine Leute gezwungen, die letzten Vorräte zu verkaufen. Vergeblich hielt Wolfger nach Brunolds Tochter Ausschau.

Dafür entdeckte er ganz in der Nähe des großen Hauses ein anderes Mädchengesicht, das er nur zu gut kannte. Gunda stand dort und sprach mit einem dunkelhaarigen jungen Sachsen, den Wolfger ebenfalls kannte. Nach kurzem Überlegen kam er auf den Namen. Anscher war ein Lite aus Hockeleve, einer kleinen Wesersiedlung nördlich von Minden. Anscher und Gunda waren in ein angeregtes Gespräch vertieft, lachten dabei, und einmal strich Anschers Hand wie beiläufig über Gundas Wange, ohne daß Wolfgers Schwester Einspruch erhob.

Kaum hatte Wolfger das gesehen, rannte er auch schon los, stieß alle im Weg Stehenden beiseite und kämpfte sich zielstrebig zu Gunda und Anscher vor. Doch er war nicht schnell genug. Als er die kleine Gasse zwischen Brunolds Haus und dem Nachbargebäude erreichte, war der Lite schon im Marktgedränge verschwunden. Gunda lehnte an einer Hauswand aus sonnengebleichtem Fachwerk und blickte dem Bruder mit einem krampfhaften Lächeln entgegen.

»Warum so eilig, Bruder? Fliehst du vor jemandem, oder bist du auf der Jagd?«

»Wenn man es so nennen will, bin ich auf der Jagd«, knurrte Wolfger. »Nach einem schwarzhaarigen Liten! Wohin ist dein Buhle verschwunden?«

Das Lächeln verschwand von Gundas glatten Mädchenzügen. »Er ist nicht mein Buhle!«

Das Zittern ihrer krampfhaft vor dem Schoß verschränkten Hände verriet Gundas Erregung. Wolfger wußte nicht, ob er seiner Schwester glauben sollte. Anscher war ein hübscher Bursche. Nicht ausgeschlossen, daß Gunda es seinetwegen so eilig gehabt hatte, nach Minden zu kommen. Hatten sie sich auf dem letzten Markttag verabredet?

»Du gibst also zu, dich hier mit Anscher getroffen zu haben«, stellte Wolfger fest.

»Ja. Ist etwas dabei?«

»Allerdings! Du kommst aus dem Geschlecht eines Sattelmeiers, und Anscher ist nur ein Lite.«

»Wittich ist auch nur ein Lite, und du behandelst ihn wie einen Gleichgestellten, wie einen Freund.«

»Das ist etwas anderes!« brummte Wolfger unwirsch.

»Wittich hat seine Treue zu unserer Familie erwiesen. Außerdem versucht er nicht, dich auf sein Lager zu zerren.«

Gunda sah ihn lange an und sagte dann leise: »Komm von deinem hohen Roß herunter, Wolfger! Vater ist schon lange tot. Die Sattelmeier sind nur noch eine Legende. Und besonders unsere Familie genießt keine Vorrechte mehr, seit Vater sich der Taufe widersetzte.«

»Trotzdem sind wir von edlem Blut! Unsere Sitten verbieten eine Verbindung zwischen Edelingen und Liten.«

»Unsere Sitten haben nur noch Geltung, weil König Karl so gnädig war, sie uns zu lassen. Außerdem ist das Heiratsverbot sinnlos geworden. Als wir Sachsen dieses Land eroberten und die ursprünglichen Bewohner zu unseren Hörigen machten, sollte das Verbot sicherstellen, daß sächsisches Kriegerblut nicht durch das Blut der Unterworfenen verwässert wurde. Jetzt aber heißen wir alle Sachsen, und auch die Liten haben gegen Karls Frankenkrieger gefochten. Wie Wittich. Sollten ihnen nicht auch gleiche Rechte zustehen?«

Wolfger war die Diskussion leid. Er packte Gunda mit festem Griff und zog sie mit sich, bis er den Stand fand, wo die Frauen vom Wolfshof unter Gerhilds Aufsicht ihre Webarbeiten feilboten. Wolfger berichtete der Mutter von Gundas Treffen mit Anscher und schloß: »Du solltest besser auf deine Tochter aufpassen!«

»Ich werde deinen Rat befolgen, mein weiser Sohn«, erwiderte Gerhild spöttisch. »Da du dich um meine Geschäfte kümmerst, nehme ich an, die deinen sind erfolgreich abgewickelt.«

Er nickte und erzählte vom Verkauf der Pferde, woraufhin sich Gerhilds Miene verdüsterte.

»Es ist nicht gut, mit Asmund Geschäfte zu machen«, sagte sie kopfschüttelnd. »Nicht mit ihm.«

»Mir blieb kaum eine Wahl, Mutter. Hätte ich Asmund die Pferde nicht verkauft, hätte er sie sich mit Gewalt genommen.«

»Trotzdem gefällt mir der Gedanke nicht, daß fränkische Krieger auf unseren Pferden reiten, um gegen Sachsen Krieg zu führen.«

»Asmunds Männer führen keinen Krieg, sondern bewachen die Siedlung und den Flußübergang.«

Wolfgers Worte fanden bei Gerhild keinen Widerhall. Ihr Blick war düster und vorwurfsvoll.

Wolfger biß sich auf die Unterlippe. Heute war kein guter Tag für ihn. Weder der Herr Jesus Christus noch Wodan und die alten Götter schienen mit ihm zu sein. Was er auch anfaßte, es brachte ihm nur Verdruß.

Seine Hand fuhr an den Lederbeutel, in dem er die Bernsteinkette verstaut hatte. Hoffentlich geriet der Abend angenehmer als der Tag.

6. Kapitel

Die Brennenden Steine

Diese Nacht war dunkler als die vorhergehende. Gegen Abend waren große Wolkenfelder über der Weser aufgezogen und hatten sich wie ein Schild, den man zum Schutz gegen einen Schwertstreich hochriß, über Minden gelegt. Nur wehrte der Wolkenschild kein feindliches Eisen ab, sondern die Strahlen der Sonne und jetzt das Licht von Mond und Sternen.

Zwischen Hoffnung und Mißmut schwankend, hockte Wolfger auf der Sandbank, während das Wasser vorbeifloß und die Zeit verrann. Er wartete, doch Gisla kam nicht. Trotzdem gab er es nicht auf. Am nächsten Morgen würden sie zum Wolfshof zurückkehren. Dann konnte das Wiedersehen mit Brunolds Tochter erst in einem Monat stattfinden. Also blieb er und überlegte, wie ernst es Gisla gewesen sein mochte.

Während die Brennenden Steine, deren Kühle ihrem Namen Hohn sprach, in seinen Händen lagen, dachte er an Gisla, die gewiß viele fränkische Jünglinge kannte. War sie schon einem versprochen? Hatte sie nur mit Wolfger gespielt und ihn längst aus ihren Gedanken verdrängt?

Dann raschelte leise das Schilfrohr. Wolfgers Herz schlug schneller, und er sprang auf. Diesmal griff er nicht zum Sax, auch wenn die wolkenverhangene Nacht ihn kaum zwanzig Fuß weit sehen ließ. Er wußte, daß ihm keine Gefahr drohte, daß es Gisla war. Er fühlte sich plötzlich ganz leicht und schalt sich einen Narren, daß er an ihr gezweifelt hatte.

Aber die Gestalt, die aus Schilf und Zwielicht auftauchte, war nicht die liebliche Gisla. Sie war überhaupt nicht lieblich, sondern derb und furchteinflößend. Mit dem kahlen Kopf, der Augenklappe, dem knotigen Knorpel an der Stelle der fehlenden Nase und der blutigen Furche auf der Stirn, wo ihn Wittichs Axthieb getroffen hatte, glich der kräftige Mann einer Alptraumgestalt, einem Nachtdämon. Besonders das Fehlen der Nase verlieh ihm ein schreckenerregendes Aussehen. So mußte Asmund wirken, wenn er nicht seine Silbernase trug.

Wolfger stieß den angehaltenen Atem aus, ließ die Halskette achtlos zu Boden fallen und griff nach dem Sax. Zu langsam, zu spät ...

Mit einem flinken Sprung, der angesichts seiner Massigkeit überraschte, war Ogger bei ihm und umklammerte ihn mit seinen fleischigen Armen. Der kahlköpfige Bettler preßte ihn an sich. Wolfger hatte das Gefühl, seine Rippen brächen. Vergeblich versuchte er, sich zu befreien. Er konnte seine Arme nicht bewegen, vermochte kaum noch zu atmen. Ogger preßte die Luft aus seinem Leib, und Wolfger japste wie ein Ertrinkender.

»Laß ihn los, Ogger!« rief eine Stimme aus dem Schilf. »Du brichst dem armen Jungen noch sämtliche Knochen.«

Ogger gehorchte augenblicklich, und Wolfger sackte auf die Knie. So hockte er eine ganze Weile und rang nach Atem. Als er sich erhob, stand neben Ogger der alte Hraban, gestützt auf seinen knotigen Stock.

»Verzeih meinem Freund, edler Wolfger«, lächelte der Alte

und zeigte für einen Bettler erstaunlich gute Zähne. »Er sollte nur den Weg erkunden und ist wohl erschrocken, als er dir plötzlich gegenüberstand.«

»Das beruht auf Gegenseitigkeit«, krächzte Wolfger, der noch die kalte Hand des Todes an seiner Kehle spürte. »Du solltest deinen Freund nicht allein durch die Nacht laufen lassen, Hraban. Er wirkt so vertrauenerweckend wie ein Trupp fränkischer Panzerreiter.«

»Ein hübscher Vergleich«, kicherte der Alte und sah zu Wolfger auf. »Schön, daß wir dich gefunden haben. Wir suchen das Ufer schon seit geraumer Zeit nach dir ab.«

»Ihr habt mich gesucht?« wunderte sich Wolfger. »Woher wißt ihr überhaupt, daß ich hier bin?«

»Einigen von uns mögen Nasen und Augen fehlen, aber nicht die Ohren«, sagte Hraban mit einem Blick auf Ogger. »Ich bin gekommen, um dir zu danken und mich erkenntlich zu zeigen.«

»Wofür?«

»Für das Festmahl, das du unseren knurrenden Mägen beschert hast. Ich kann dir dafür weder Geld noch zwei Schweine geben, nur einen guten Rat.«

Wolfger blickte den Graubart mißtrauisch an. »Meinst du, den habe ich nötig?«

»Ich habe noch keinen Menschen getroffen, der nicht einen guten Rat nötig gehabt hätte. Besonders trifft das auf jemanden zu, der gegen einen tückischen Kerl wie Graf Silbernase zum Wettrennen antritt.«

»Auch davon hast du gehört, Hraban?«

»Ganz Minden spricht von nichts anderem.« Hraban sah Wolfger prüfend an. »Hast du dir die Sache auch gut überlegt, Junge?«

Die Vertraulichkeit des Bettlers irritierte Wolfger zwar,

aber sie verärgerte ihn nicht. Die ganze Situation hatte etwas Unwirkliches, und Hrabans Auftreten paßte dazu.

»Ich hatte nicht viel Zeit zum Überlegen.«

»Ah, verstehe.« Hraban nickte bedächtig und fragte: »Willst du das Rennen gewinnen?«

»Auf jeden Fall! Sturmwind, mein Rappe ... – ich darf ihn nicht verlieren!«

»Glaubst du, du schaffst es?«

»Ich hielt Sturmwind immer für das schnellste Tier. Aber wie du schon sagtest, Asmund ist so tückisch wie ein Christenpriester.«

Hraban grinste breit. »Deine Vergleiche sind ebenso erheiternd wie treffend, mein Junge. Eben weil man niemals weiß, wie man mit der Silbernase dran ist, will ich dir einen guten Rat geben: Bring dein Pferd vor dem Rennen zum Feuerschmied! Gute Hufeisen sind nicht zu unterschätzen, und er schmiedet die besten.«

»Der Feuerschmied?« Wolfgers Mißtrauen kehrte zurück. »Was weißt du von ihm, Alter?«

»Nicht viel. Nur daß man sagt, mit seinen Hufeisen laufen die Pferde so schnell wie Wodans achtbeiniges Roß. Und daß er die Franken nicht gerade schätzt. Graf Silbernase zu schlagen dürfte für ihn Grund genug sein, dir zu helfen. Weißt du, wo er zu finden ist?«

Wolfger nickte. »Am Nordhang des Wiehens, einen knappen Tagesmarsch von unserem Hof entfernt. Falls es ihn wirklich gibt.«

»Es gibt ihn. Geh zu ihm, Wolfger. Er wird wissen, was zu tun ist.« Hraban winkte Ogger. »Komm, mein Freund. Wir suchen uns jetzt ein wärmendes Feuer.« Der Alte blickte wieder Wolfger an. »Begleitest du uns durchs Schilf, Junge?«

»Nein, ich bleibe noch.«

»Ach ja, deine Verabredung.« Hraban hob mit der Stockspitze die Halskette auf und hielt sie Wolfger hin. »Vergiß nicht, Gisla diese einmaligen Steine zu geben.«

Verblüfft nahm Wolfger die Kette an sich. Ehe er fragen konnte, wieso Hraban von seiner Verabredung wußte, zerteilten die beiden Bettler schon das Schilf, um eins zu werden mit den oft mehr als mannshohen, sich sanft im lauen Nachtwind wiegenden Halmen.

Wolfger blickte ihnen noch nach, als längst nichts mehr von ihnen zu sehen war. Hraban erschien ihm ebenso rätselhaft wie sein Rat, den Feuerschmied aufzusuchen. Welches Interesse hatte der krumme alte Bettler daran, daß Wolfger das Rennen gewann? War es wirklich nur Dankbarkeit?

»Dem Herrn sei Dank, daß du noch da bist! Ich glaube, du hast sehr lange gewartet.« Hraban und der Feuerschmied hatten Wolfger so stark beschäftigt, daß er Gisla erst bemerkte, als sie dicht vor ihm auf der Landzunge stand. Sie lächelte, und ihre Sommersprossen tanzten vor Freude, daß der Sachse ausgeharrt hatte. Ihr Blick richtete sich auf seine Hände. »Was hast du da, Wolfger?«

»Oh, das ist für dich.« Er reichte ihr die Kette. »Ich hoffe, es gefällt dir.«

Ihr Lächeln wurde zu einem breiten Strahlen, als sie die Bernsteine an sich nahm und gegen das milchige, von den Wolken gedämpfte Nachtlicht hielt. »O ja, sie gefällt mir sogar sehr. Ich habe schon viele Brennende Steine gesehen, aber noch nie von dieser Art.«

»Wenn sie das Sonnenlicht einfangen, kommen sie erst richtig zur Geltung.«

»Sie sind auch jetzt wunderschön. Bist du sicher, daß du mir etwas so Wertvolles schenken willst?«

»Vollkommen sicher«, sagte er mit belegter, aber fester Stimme. Bei Gislas Anblick spürte er wieder dieses warme Kribbeln, das seinen ganzen Leib erfüllte.

»Warum?«

»Weil du mir viel bedeutest, Gisla.«

»Du kennst mich kaum.«

»Du kennst mich nicht mehr als ich dich, und trotzdem bist du mitten in der Nacht an den Fluß gekommen.«

Gisla sah ihn lange an und bat schließlich: »Hilf mir, die Kette umzulegen!«

Als er hinter ihr stand, um den vergoldeten Verschluß des Lederbands einzuhaken, kitzelte ihr Haar sein Gesicht, und er sog Gislas Duft in sich ein. Das Frankenmädchen roch nach einer Frühlingswiese, auf die gerade ein warmer Schauer gefallen war: frisch und berauschend, fast betäubend.

»Wir können uns auch gern wieder ansehen.«

Erst als Gisla das sagte, wurde Wolfger gewahr, daß er eine ganze Weile hinter ihr gestanden hatte, die Hände auf ihren Schultern, das Gesicht fast in den weichen Wellen ihres Haares versenkt. Ein wenig zu hastig ließ er sie los und murmelte etwas, um seine Verlegenheit zu überspielen. Schon Augenblicke später wußte er nicht mehr, was er gesagt hatte.

»Wie stehen mir die Brennenden Steine?«

Gisla trug ein blaues Kleid, von dem sich die Bernsteine leuchtend abhoben, als hätte sie beim Ankleiden von dem Geschenk gewußt. Selbst bei dem schwachen Licht war der Kontrast der Farben gut zu sehen.

»Du siehst wundervoll aus«, sagte Wolfger.

»Danke.«

»Du hast sicher viele schöne Ketten. Dein Vater kommt weit herum und sieht die schönsten Dinge.«

»Ich habe etwas Schmuck, ja, aber nichts davon ist so schön wie diese Halskette.«

Sie sprachen lange über sich, über ihre Familien und über die Wette, die Wolfger mit Asmund eingegangen war. Wolfger erzählte Dinge, über die er bisher zu niemandem gesprochen hatte: wie er als Kind seinen Vater vermißt hatte und sich gleichzeitig schuldig am Tod seines Bruders fühlte, weil nicht er in Verdi gestorben war. Gisla schien ihm vertrauter als jeder andere Mensch, mehr noch als Wittich, Gerhild und Gunda. Sie kannten sich erst seit einer Nacht, aber Wolfger erschien es wie ein ganzes Leben. Und er glaubte, daß Gisla ebenso fühlte. Gern hätte er sie berührt, um ihre weiche Haut zu spüren und sein Gesicht in ihrem duftenden Haar zu vergraben. Aber er wagte es nicht, wollte nichts Unbedachtes tun, nicht das zarte Band zwischen sich und Gisla zerstören.

Stunden mußten vergangen sein, als Gisla sich mit der Bemerkung erhob, sie müsse jetzt gehen, doch Wolfger erschien es viel zu früh.

Er brachte sie bis zum Rand der Kaufmannssiedlung und fragte: »Wann sehen wir uns wieder?«

»Wohl leider erst zum nächsten Markttag, wenn du mit Sturmwind zum Rennen kommst. An welchem Tag zieht ihr zur Sandfurt?«

»Erst am Markttag selbst, da wir die Pferde und die meisten Waren schon verkauft haben.«

»Sollten wir uns im Wik nicht begegnen, treffen wir uns am Abend des Markttages am Fluß. Du kennst die Stelle.«

Wolfger kannte sie und würde sie niemals vergessen. Wie er auch Gisla nie mehr vergessen würde. Sie war schon längst zwischen den Häusern und Lagerschuppen des Wiks verschwunden, da schlug sein Herz noch immer bis zum Hals. Für Gisla hätte er in dieser Nacht alles hergegeben, alles – sogar Sturmwind und die verschwommene Erinnerung an seinen Vater.

Gisla war froh, als sie das Haus ihres Vaters unbehelligt erreichte. Niemand schien ihr nächtliches Verschwinden bemerkt zu haben, auch nicht Tibor. Das Katzenkrautpulver, das sie in seinen Birnenmost geschüttet hatte, tat seine Wirkung schnell und zuverlässig. Schon beim Abendessen fiel der Kopf des Wilzen immer wieder zur Seite. Benommen schleppte er sich in den Gesinderaum und schnarchte fest, als er kaum auf sein Lager gesunken war.

Aber Gislas Herz war auch schwer, weil es so lange dauerte, bis sie Wolfger wiedersah. Und selbst wenn dieser Monat endlich verstrichen war, was würde weiter geschehen? Der Sohn des Heiden Wolfhard, dem Graf Asmund seine Silbernase verdankte, war nicht gerade der Mann, den Brunold sich als Schwiegersohn wünschte. Noch wußte Gisla keine Antwort, aber sie mußte eine finden.

Sie schob sich an der Hauswand aus Holz und getrocknetem Lehn entlang und nahm die schwere Flechtmatte von dem Fenster, das ihr geheimer Ein- und Ausstieg war. Die Öffnung war gerade groß genug für sie, um hindurchzuschlüpfen. Ein Koloß wie Tibor konnte sich wohl kaum vorstellen, daß jemand sich durch das Windauge zwängte. Sie zog die Matte wieder gerade und sah sich um. Wie erwartet, war der Vorratsraum menschenleer.

Gisla schlich zu der schmalen Stiege und kletterte hinauf zum Dachgeschoß, wo ihre Kammer lag. Sie war schon fast oben, als sie eine seltsame Beklemmung spürte. Wie eine unsichtbare Hand, die ihre Kehle zudrückte. Sie kannte dieses Gefühl nur zu gut, verspürte es stets, wenn *sie* in der Nähe war.

»Hast wohl gedacht, du kannst es mit deinem Schatz treiben und unbemerkt wieder unter deine Decke schlüpfen, was?«

Diese kreidige, gefühllose Stimme, das war *sie*!

Gisla verhielt auf den obersten Sprossen der Stiege und starrte erschrocken auf das Gesicht, das dicht vor ihr aus der Dunkelheit auftauchte. Die löchrige Flechtmatte, die vor dem Windauge nahe der oberen Stiege hing, ließ nur wenig vom schwachen Licht dieser bewölkten Nacht herein, aber die über Gisla kauernde Gestalt hielt einen breiten Kerzenstumpf in der Hand. Der durch das Windauge einfallende Luftzug brachte die Flamme zum Tanzen, und in dem unruhig flackernden Schein war das Gesicht noch unheimlicher und furchteinflößender, als Gisla es sonst empfand.

Die Züge waren grob, streng, verhärtet. Trotz seiner Breite wirkte das Gesicht scharf. Die gerade Nase sprang daraus hervor wie ein gezücktes Schwert. Die beiden seitlichen Haarknoten unterstrichen die unversöhnliche Strenge. Über den dünnen, kaum vorhandenen Brauen war die Stirn bleich, die Wangen aber waren stark gerötet. Nicht im leuchtenden Rot eines gesunden Menschen, sondern wie von einem inneren Feuer ergriffen, dessen Glühen die Sommersprossen fast verschluckte. Am Hals nahm die Haut wieder eine käsige Färbung an. Es sah aus, als habe ein böser Zauberer Gislas Gesicht zum Vorbild genommen, ihm aber alle Schönheit und Lieblichkeit geraubt, es in die Breite verzerrt und ihm Verbitterung und Haß eingemeißelt.

»Wo bist du gewesen?« Teida zischte wie eine wütende Schlange, und ihre Augen, ähnlich unnatürlich gerötet wie ihre Wangen, flackerten mit dem Kerzenlicht um die Wette.

»Sag schon, wer war der Glückliche?«

»Ich bin nur spazierengegangen«, antwortete Gisla in dem unterwürfigen Ton, in den sie wie von selbst verfiel, wenn sie mit Teida sprach.

»Die halbe Nacht hindurch?« Teida kreischte so laut, daß Gisla befürchtete, das Gesinde im Erdgeschoß könne erwachen. Teidas Augen folgten Gislas abwärts gerichtetem Blick, und die kreischende Stimme fuhr fort: »Das mögen dir die Blödiane da unten glauben, ich aber nicht!«

Gisla nahm allen Mut zusammen und sagte: »Wo ich war, geht dich nichts an!«

Sie wollte die letzten Sprossen erklimmen. Teidas fleischige Hände schossen vor und rüttelten an der wackligen Stiege. Fast wäre Gisla abgerutscht. Im letzten Augenblick fand sie wieder festen Halt.

»Willst du, daß ich mir die Knochen breche?« fauchte sie Teida an.

»Wäre doch nur gerecht, oder?«

Teidas Worte ließen die Erinnerung an die Vergangenheit aufleben. Gisla war ein kleines Mädchen gewesen, das an einem warmen Sommertag einem Falter nachjagte und unbedacht über den Hof seines Vaters hüpfte. Spät erst hörte sie das Hufgeklapper und sah den großen Schatten, der sie zu zermalmen drohte. Eine andere Gestalt sprang von der Seite herbei, packte die Zügel und schrie laut. Das Pferd hielt an, war erschrocken, stieg auf die Hinterhand. Dann der langgezogene Schrei, der in Gislas Ohren widerhallte wie damals, erst schreckgeboren, dann Ausdruck höchster Qual; in der Erinnerung wurde er zur Anklage. Gisla war gerettet, doch das Unglück war geschehen. Und Gisla trug die Schuld durch ihr ganzes Leben.

»Sag mir endlich, was war!« forderte Teida und hockte über ihr wie eine große, fette Spinne, in deren klebrigen Fäden Gisla sich verfangen hatte.

»Es betrifft nicht dich, nur mich. Es ist mein Leben«, versuchte Gisla, dem Spinnennetz zu entfliehen.

»Du schuldest mir ein Leben«, sagte Teida und wußte genau, daß sie mitten in Gislas wunde Stelle traf. »Mir schenkt niemand so schönen Schmuck.« Ihr Blick hing an der Kette, die um Gislas Hals lag.

»Vater schon.«

»Was zählt das?« fragte Teida so traurig, daß Gislas Mitleid die Furcht vor Teida überwog. Sie las in Teidas Augen nicht nur Haß, sondern auch die Sehnsucht nach einem Leben, das Teida für immer verwehrt war. Das glückliche, unbeschwerte Leben einer von Verehrern umworbenen jungen Frau. Daß Teida dies niemals erfahren würde, lastete sie Gisla an. Und Gisla war nicht in der Lage, die Last von sich abzuwälzen.

»Also schön«, sagte Gisla leise. »Ich habe mich mit einem Mann getroffen. Und er hat mir die Kette geschenkt. Zufrieden?«

Während sie sprach, kletterte Gisla schnell nach oben und war froh, von der Stiege zu kommen. Doch sie fühlte sich nicht erleichtert. Teidas bloße Anwesenheit und ihre anklagenden Blicke genügten, Gislas Seele wie mit einem Felsblock zu beschweren.

»Nenn mir den Namen!« verlangte Teida.

»Nein!«

Gisla scheute davor zurück, Wolfger beim Namen zu nennen. Sie befürchtete, das unsichtbare Band zwischen sich und dem jungen Sachsen dadurch zu zerreißen. Teida machte alles kaputt, was andere glücklich stimmte. Das war ihre Rache, verschaffte ihrer gequälten Seele auf eine böse Art Frieden, wenn auch nur für kurze Zeit.

»Du wirst schon noch reden, wenn ...« Teida unterbrach sich und starrte erneut auf die Kette, diesmal wie gebannt. »Der Falter! Willst du mich verhöhnen?«

Auch ihre Gedanken weilten jetzt in der Vergangenheit. Das Auge ihrer Erinnerung sah der kleinen Gisla zu, die dem bunten Falter nachjagte, ohne auf ihre Umgebung zu achten. Nur der eilig herbeispringende Haussklave Tibor konnte Teidas Pferd zurückhalten und im letzten Augenblick verhindern, daß Gisla von den Hufen zerstampft wurde. Doch Teida stürzte vom scheuenden Pferd und brach sich die Knochen, wurde für den Rest ihres Lebens ein Krüppel.

Teida griff zu und riß die Kette von Gislas Hals. Der Verschluß zersprang, die Brennenden Steine rutschten vom Lederband und rollten auf den Dielenboden. Einige fielen hinab ins Erdgeschoß. Teida bückte sich und hob den größten Stein mit dem eingeschlossenen Falter auf, der genau vor ihre Füße gekullert war. Haßerfüllt starrte sie auf das längst tote Tier, dann auf Gisla. Mit den seltsamen Verrenkungen, zu denen sie seit dem Unfall verdammt war, humpelte Teida zum nächsten Windauge, stieß die Flechtmatte beiseite und schleuderte den Falterstein in die Nacht hinaus. Wortlos drehte sie sich um und hinkte an Gisla vorbei in ihre Kammer.

Gisla kniete sich hin und suchte in der fast vollkommenen Dunkelheit die Brennenden Steine zusammen. Immer wieder hielt sie inne, um mit dem Ärmel die Tränen aus ihren Augen zu wischen. Dann wieder verfluchte sie Teida und empfand im nächsten Augenblick Schuldgefühle gegenüber ihrer älteren Schwester.

Früher, als ihre Mutter Begga noch lebte, war es mit Teida einfacher gewesen. Besonders schwer fiel es Gisla, Teidas Peinigungen zu ertragen, wenn ihr Vater Brunold auf Handelsfahrt war.

Gisla warf einen sehnsüchtigen Blick zum Windauge, als könne sie Flechtmatte, Finsternis und die Weite des Landes durchdringen. Ihr Vater hätte längst zurück sein müssen. Wo hielt er sich nur auf? Wo auf dem großen Weserstrom waren Brunold und seine Handelsschiffe abgeblieben?

7. Kapitel

Die Buckelschlange

»Der Weser Wellen tragen wogend die Schiffe
heimwärts zu den Häusern und Herdfeuern der Liebsten.
In Mindens mächtigen Mauern erwarten sie bang
die Rückkehr der Reichtum bringenden Reisenden.
Gold, Glas und Gewürze füllen die hölzernen Bäuche,
tief versunken treiben sie in vieler Quellen Tränen.
Gegen die Strömung helfen Sturm und Staken
und die rauhe Kraft der rudernden Rojer.«

»Erbarmen!« schrie der wuchtige Mann am Bug des größten und vordersten der drei Schiffe und brachte damit den
neben ihm an der Reling lehnenden Barden zum Verstummen. »Verschon meine Ohren endlich mit deinem Gejam-
mer, Hruodgar!«
»Aber mein Lied ist noch nicht zu Ende, Brunold.« Die
Finger von Hruodgars rechter Hand schwebten unsicher
über den Saiten der Leier, wagten es unter dem strengen
Blick des Kaufmanns aber nicht, sie zu berühren. »Ich
habe dir versprochen, dich während der Reise mit meinen
Gesängen zu erfreuen, zum Dank, daß du mich nach Minden mitnimmst.«
Brunold stieß einen Seufzer aus, wie er tiefer nicht sein
konnte, legte die wulstige Stirn in Falten aus einander fast
überlappenden Streifen sonnengebräunter, windgegerbter
Haut und stöhnte: »Ich hätte mich mit deiner Kunst ver-

traut machen sollen, bevor ich mich auf das Geschäft einließ, Barde. Fühl dich von jeder Verpflichtung entbunden. Schließlich habe auch ich mein Wort nicht gehalten, dich nach Minden zu bringen, um vor König Karl zu spielen. Wir sind zu spät dran, der Markttag liegt fünf Nächte zurück, und des Königs Heer dürfte längst abgerückt sein.« Er warf einen langen Blick auf Hruodgar und sagte mit einem erneuten Seufzer: »Glücklicher Karl!«

Der Kaufmann beugte sich vor, stützte die Ellbogen auf die Reling und starrte gedankenverloren, irgendwie suchend, auf das gewundene Band des Flusses, das, im hellen Licht der Nachmittagssonne glitzernd, wie eine riesige Silberschlange aussah, wie eines jener Urtiere, die gegen die alten Götter gekämpft hatten. In Anbetracht der Tatsache, daß die drei vollbeladenen Schiffe flußaufwärts fuhren, hatten sie an diesem Tag eine beträchtliche Entfernung zurückgelegt. Ein starker Nordwind, behaftet mit dem salzigen Geruch des Meeres, fuhr in die Segel und blähte sie mit solcher Gewalt, daß Wanten und Taue sich spannten und Masten und Rahen knarrten. Über den windgefüllten Segeln flatterten die blauen Wimpel mit den aufgestickten Silbervögeln. Selbst die gurgelnde Strömung der Weser, die sich der kleinen Flotte mit unermüdlicher Kraft entgegenwarf und die hölzernen Leiber immer wieder an den Bugen nach oben drückte, wie um die Schiffe empört an Land zu schleudern, konnte nicht verhindern, daß die Mindener Fernhändler an diesem Tag so schnell vorankamen wie an keinem anderen ihrer Rückreise.

Brunold und seine Gefährten hatten an den Handelsposten längs der Weser und an der friesischen Küste gute Geschäfte gemacht. Beladen mit Getreide, Rauchwerk und Schmiedearbeiten hatten die drei Knorren Minden kurz nach der

Schneeschmelze verlassen. Mit vollen Bäuchen kehrten die Schiffe wieder zurück, aber die Verzögerungen der Rückfahrt warfen einen großen Schatten auf die Heimkehr. Zu dem einträglichen Handel, den König Karls Heerlager versprochen hatte, kamen die mit friesischem Tuch, Schmuck, Glaswaren, Honig, Wachs, Gewürzen und Salz gemästeten Knorren zu spät. Laue Winde und eine starke Strömung hatten sie ebenso aufgehalten wie ein paar ägerliche Zwischenfälle. Seit Hruodgar sich in Bremon, dem bischöflichen Handelsplatz auf dem rechten Weserufer, der Kauffahrerflotte angeschlossen hatte, war es zu zwei unliebsamen und vor allem zeitraubenden Vorfällen gekommen.

Beim Verlassen Bremons lief die *Silbermöwe*, Brunolds neuestes und größtes Schiff, benannt nach der von ihm begründeten Hanse, auf eine Sandbank. Obwohl die *Silbermöwe*, was ungewöhnlich war, aufgrund ihrer Größe über zwei Steuerruder verfügte, eins an jeder Heckseite, hatte die Steuerung versagt, und die Knorre war von der Strömung auf die Sandbank getrieben worden. Schuld daran waren Schäden an den Ruderaufhängungen, die eindeutig von Menschenhand stammten. Brunold und seine Männer fluchten laut und redeten von einem Anschlag, verübt von Händlern einer konkurrierenden Hanse, die vor den Männern vom Bund der Silbermöwe in Minden sein wollten. Die Reparatur der Steuerruder dauerte zwar nur einen Tag, aber die Behebung der Schäden am Bug, verursacht durch die unsanfte Landung auf der Sandbank, beanspruchte die Mindener fünf weitere Tage. Verbogene, zum Teil aufgerissene Planken mußten entfernt, neue Bretter beschafft, zurechtgeschnitten, gedämpft und gebogen, dann eingesetzt und kalfatert werden.

Kurz hinter der Allermündung ereignete sich der nächste Zwischenfall, als ein überraschend aufkommender Sturmwind das Segel der *Begga* einfach fortriß wie ein von der Leine geklaubtes Wäschestück. Die Taue waren gerissen, und zwar an so vielen Stellen, daß man auch hier von einem hinterhältigen Anschlag sprach. Auch wenn die Fahrt am nächsten Tag mit einem eilig aus Fries zusammengenähten Ersatzsegel fortgesetzt werden konnte, blickten die Männer den Barden Hruodgar mißtrauisch an und tuschelten hinter vorgehaltener Hand über ihn. Seit er ihr Reisebegleiter war, verfolgte sie das Pech.

Daß Hruodgar jetzt betrübt aussah, lag nicht an dem allgemeinen Mißtrauen der Mindener, sondern an Brunolds Abneigung gegen seinen Gesang. Hruodgars große Hände, eigentlich viel zu grob für einen Spielmann, die Finger blutrissig vom Biß der Saiten, strichen traurig über den mit Schnitzereien verzierten Holzrahmen der verstummten Leier, ohne die festgespannten Tiersehnen zu berühren. Wer genau in das ovale Gesicht des Barden schaute, mochte verwundert feststellen, daß die verhärteten Züge nicht zu einem gefühlvollen Dichter und Sänger paßten. Auch war Hruodgar längst nicht so jung, wie es durch seine leichte, unbekümmerte Art schien. Wie Brunold hatte auch er das vierzigste Jahr überschritten. Aber das schulterlange Lockenhaar, der an den spitz zulaufenden Enden keck emporgedrehte Schnurrbart und das ebenfalls spitze Kinnbärtchen täuschten darüber hinweg und verliehen, ebenso wie die bunte Kleidung, dem Barden einen munteren Anstrich: der leuchtendblaue Mantel war, wie das scharlachfarbene Hemd und die aus gleichem Stoff gefertigten Hosen, mit verschiedenfarbigen Mustern verziert; sogar die Beinbinden und die niedrigen Schaftstiefel, auf deren rauhem Leder aufgenähte Stoffstreifen saßen, stachen durch grelle Buntheit in die Augen des Betrachters.

»Was meinst du, Kaufmann, wann erreichen wir Minden?« erkundigte sich Hruodgar, wobei nicht klar wurde, ob es ihn wirklich interessierte oder ob er nur das drückende Schweigen durchbrechen wollte, das sich nach Brunolds abfälliger Bemerkung über den Gesang des Barden auf das Vorschiff der *Silbermöwe* gesenkt hatte.

»Da vorn taucht schon die Buckelschlange aus dem Wasser auf«, brummte Brunold, den Blick vorausgerichtet. »Wenn nicht noch mehr Unfälle geschehen, sind wir noch vor Anbruch der Dämmerung im Wik.«

Das Wort »Unfälle« sprach der Mindener Fernhändler mit eigenartiger Betonung aus und sah dabei den Spielmann durchdringend an.

Hruodgar tat, als habe er das nicht bemerkt, und fragte: »Was für eine Buckelschlange?«

»Siehst du nicht die Erhebungen da vorn in der Flußbiegung?« Brunold zeigte mit ausgestrecktem Zeigefinger nach vorn. »Einer alten Legende nach schlummert dort ein riesiges Untier, eine Wasserschlange mit buckligem Rücken. Wenn sie von einem Boot berührt wird, erwacht sie und verschlingt den Störenfried samt Fracht und Besatzung.«

»Untiere sind Aberglaube«, grinste Hruodgar. »Sagen jedenfalls die Priester.«

»Dann betrachte es einfach als eine Anzahl gefährlicher Sandbänke.«

»Wieso gefährlich?«

»In dieser Flußbiegung herrschen seltsame Strömungen, die angeschwemmten Lehm und Sand immer wieder woanders ablagern. Man kann nie genau wissen, wo eine Sandbank lauert. Lediglich eine schmale Rinne auf der rechten Flußseite gilt als sicher. Wir werden sie nacheinander benutzen. Schon vielen unvorsichtigen Flußschiffern sind die Sankbänke zum Verhängnis geworden.«

Hruodgar grinste wieder. »Oder die Buckelschlange.«

Schulterzuckend wandte sich Brunold ab und rief den beiden Rudergängern zu, vorsichtig zu sein. Den übrigen, tatenlos zwischen den Fässern mit Salz, Honig und Wachs an Deck herumlungernden Besatzungsmitgliedern befahl er, die Riemen und Staken für den Fall klarzumachen, daß die Strömung die *Silbermöwe* zu nah an die Sandbänke trieb.

Hruodgar zählte über ein Dutzend verschieden großer Hügel, die sich wahrhaftig wie die gerundeten Buckel einer Seeschlange aus dem Wasser erhoben. Einige waren mit Gebüsch bedeckt. Wie viele tückische Aufschüttungen aus Sand, Erde und Gestein mochten, unsichtbar im Schutz der rauschenden Flut, unterhalb des Wassers lauern?

»Sollten wir nicht das Segel reffen?« wollte Hruodgar mit besorgter Miene von Brunold wissen. »Wenn die *Silbermöwe* nicht so schnell fährt, läßt sie sich vielleicht leichter zwischen den Sandbänken hindurchsteuern.«

»Dann ist sie aber auch um so mehr den unberechenbaren Gewalten der Strömung ausgeliefert«, sagte Brunold kopfschüttelnd. »So mancher Schiffer, der es auf diese Art versuchte, hat sein Schiff an die Buckelschlange verloren.«

Schon befand sich die *Silbermöwe* zwischen der unregelmäßigen Buckelreihe auf der einen und dem busch- und baumbestandenen Flußufer auf der anderen Seite. Hruodgar dachte daran, wie tief die Knorre mit ihrer schweren Fracht im Wasser lag. Jeden Augenblick erwartete er, das dumpfe Knirschen der auf Sand laufenden Rumpfplanken zu hören. Aber die Hügel wurden bereits spärlicher, die *Silbermöwe* schoß auch an den letzten vorbei und erreichte unter den Freudenrufen der Besatzung wieder sicheres Fahrwasser.

Die *Begga*, benannt nach Brunolds vor einigen Jahren verstorbener Gemahlin, folgte der *Silbermöwe*. Der junge Anwan, Schiffsführer und Brunolds Neffe, hatte mit seinen Mannen gehörig zu kämpfen, um das Schiff in der Fahrrinne zu halten, da die *Begga* nicht über den Vorteil eines zweiten Steuerruders verfügte.

Brunold war, gefolgt von Hruodgar, ans Heck der *Silbermöwe* getreten, starrte auf das heftig schwankende Schiff und knurrte: »Schüttel die *Begga* nicht so durch, Junge! Denk an das wertvolle morgenländische Glas, das du geladen hast!«

Als hätte Anwan die Mahnung seines Oheims vernommen, beruhigte sich sein Schiff, hielt jetzt geraden Kurs und passierte unbehelligt die letzten Buckel. Auch an Bord der *Begga* erscholl lauter Jubel.

Nun steuerte die *Otterschwanz*, die von Brunolds Vetter Benno befehligt wurde, auf die schmale Fahrrinne zu. Trotz ihrer länglichen Form, die Schnittigkeit und Schnelligkeit verhieß, hatte die *Otterschwanz* seit Bremon das Ende des Konvois gebildet, wie um ihrem Namen zu genügen. Hruodgar hatte sich keinen Reim darauf machen können, weshalb das verhältnismäßig schlanke Schiff im Laufe einer Tagesfahrt mehr und mehr hinter die beiden anderen Knorren zurückfiel. An der Ladung der *Otterschwanz* konnte es nicht liegen; so schwer wog friesisches Tuch nicht, auch nicht in dicken Ballen. Andererseits lag das Schiff ungewöhnlich tief im Wasser.

Die Anspannung auf der *Silbermöwe* und der *Begga* hatte

nachgelassen. Glücklich, die Buckelschlange hinter sich gelassen zu haben, scherzten die Männer miteinander und erwarteten, daß die *Otterschwanz* zu ihnen aufschloß. Doch alle Händler und Schiffer an Bord der beiden vorderen Schiffe verstummten schlagartig, als ein seltsames Geräusch hinter ihnen ertönte. Ein Knarren und Klirren, das wohl manch einen an den Schrei eines Ungeheuers gemahnte. Und schon drang ein Ruf aus vielen Kehlen: »Die Buckelschlange!«

Tatsächlich wurde der schmale Bug der *Otterschwanz* angehoben wie von unsichtbaren Klauen gepackt. Seltsamer noch: Bennos Schiff bewegte sich nicht mehr voran. Etwas hielt den Rumpf umschlungen.

Ungläubig beugte sich Hruodgar weit über die Reling der *Silbermöwe* und starrte mit aufgerissenen Augen zur *Otterschwanz*. Etwas Langes hatte sich aus dem Wasser erhoben und hielt die Knorre fest gepackt.

Die Buckelschlange?

Aber für den Leib eines gewaltigen Untiers war das, was so unvermittelt aus dem Wasser geschossen war, viel zu dünn. Und es glänzte im Sonnenlicht wie die Klinge eines Schwerts.

Erneut hörten die Besatzungen der beiden anderen Schiffe das seltsame Klirren, als die *Otterschwanz* sich unter den Schlägen der Rojer aufbäumte, um das Hindernis zu überwinden.

Es war eine Kette, das erkannte Hruodgar jetzt. Eine gewaltige Kette, wie er selten eine mit größeren, stärkeren Gliedern gesehen hatte. Sie spannte sich von einer der buschbestandenen Buckelinseln bis zum Ufer. Hinter der *Otterschwanz* war eine zweite Kette aus dem Fluß getaucht und hinderte die Knorre, sich mit der Strömung aus der

Falle treiben zu lassen. Das Handelsschiff saß fest, war gefangen.

»Flußräuber!« stieß Brunold wütend hervor und schüttelte in einer Mischung aus Verzweiflung und Unglauben seinen kantigen Schädel. »Auf dieser Fahrt ist der Allmächtige nicht mit uns, nein, wahrhaftig nicht!«

Etwas löste sich in Höhe der *Otterschwanz* vom rechten Weserufer, wie umgestürzte und entlaubte Bäume, die aber nicht von der Strömung davongetrieben wurden, sondern geradewegs auf das gefangene Schiff zuhielten. Es waren schlanke Boote, Einbäume, die von schnellen Paddelstößen angetrieben wurden. Darin saßen verwegen aussehende, zumeist langhaarige Gestalten mit Schwertern, Geren, Äxten und Keulen.

Die Besatzung der *Otterschwanz* verließ eilig das Schiff. An beiden Seiten sprangen die Männer über Bord und hielten, schwimmend oder sich an den dicken Ketten entlanghangelnd, auf die nächstgelegene Flußinsel zu.

»Warum stellen Benno und seine Männer sich nicht zum Kampf?« fragte Hruodgar, der das Geschehen gebannt verfolgte.

»Weil die Flußräuber in der Überzahl sind«, antwortete Brunold, während sich weitere Einbäume vom Ufer lösten. »Bennos Männer würden den Kampf verlieren und dazu noch ihr Leben und das Schiff.«

»Das sind sie auch so los.«

»Nicht unbedingt. Wenn wir die *Otterschwanz* kampflos aufgeben, erhalten wir sie vielleicht unbeschadet zurück.«

»Wie das?«

»Es ist wie ein Abkommen zwischen den Weserschiffern und den Flußräubern, eine Art stille Übereinkunft. Wehren wir uns gegen das Kapern eines Schiffes und unterliegen, verlieren die Verteidiger ihr Leben, und das Schiff wird nach der Plünderung in Brand gesetzt. Geben wir das Schiff aber kampflos auf, erhalten wir es zurück, sobald die Flußräuber es entladen haben. Jedenfalls in den meisten Fällen.«

»Wie kommen die Flußräuber zu dieser Großzügigkeit?« fragte der Barde mit einem Anflug von Spott in der Stimme.

»Sie leben davon, Schiffe zu plündern. Je weniger Schiffe es gibt, desto weniger können sie ausrauben.«

»Das klingt vernünftig«, nickte Hruodgar. »Gleichwohl ist es ein seltsames Abkommen. Wenn wir und die Mannschaft der *Begga* der *Otterschwanz* zu Hilfe kommen, könnten wir die Übermacht der Flußräuber wohl ausgleichen. Dann behaltet ihr das Schiff *und* die Ware.«

»Da sind die vermaledeiten Sachsen vor. Siehst du nicht die Fackeln, die einige von ihnen halten, Sänger? Sobald wir einen Angriff versuchen, setzen sie das Schiff in Brand.«

»Dann entgeht ihnen die Beute.«

»Und uns die *Otterschwanz*!«

Zur Untätigkeit verurteilt, sahen die Männer an Bord der beiden anderen Schiffe zu, wie die sächsischen Flußräuber die *Otterschwanz* enterten. Jeweils ein Mann blieb in jedem Einbaum, um das kleine Boot zurück ans Ufer zu bringen. Die starke, eigenwillige Strömung behinderte die Flußräuber nicht sonderlich. Die Sachsen schienen mit ihr vertraut, als wären sie Geister aus den Tiefen der Weser. Kaum waren genügend Männer an Bord, um das gekaperte Schiff zu manövrieren, lockerten unsichtbare Flußräuber am Ufer die Ketten, und die Eisen versanken wieder im Wasser. Die neuen Herren der *Otterschwanz* refften das rot-blau längsgestreifte Segel. Die Strömung trieb das Schiff fort, trug es um die Biegung und aus dem Blickfeld der Mindener Schiffer.

Ein vollbesetzter Einbaum legte an der Flußinsel an. Die Sachsen sprangen an Land und lösten die beiden Ketten, die augenblicklich von anderen Männern ans Ufer gezogen wurden. Benno und seine Gefährten hielten sich im Gebüsch versteckt. Es kam zu keiner Konfrontation zwischen ihnen und den Räubern, die wieder in ihr Boot stiegen und mit schnellen Paddelschlägen zum Ufer fuhren. Sie zogen den Einbaum an Land und verschwanden im dichten Unterholz.

»Und was nun?« fragte Hruodgar den Kaufherrn.

»Wir holen Benno und die anderen von der Insel. Und am Abend suchen wir nach der *Otterschwanz*.« Brunolds Gesicht war noch finsterer, seine Stirn weitaus zerfurchter als nach Hruodgars Gesang. »Den Fries sind wir los. Immerhin konnten wir Salz und Gewürze, Glas und Schmuck retten.«

»Warum haben die Sachsen nicht das größte Schiff gekapert?«

»Die *Silbermöwe* fuhr voraus. Hätten die Räuber sie festgehalten und die *Begga* wäre schon in der Fahrrinne gewesen, hätten die Schiffe leicht zusammenstoßen können. Die Schiffe und auch die Männer. Dann wäre es vielleicht doch zum Kampf gekommen. Den wollten diese gottlosen Kerle vermeiden.«

Die *Silbermöwe* und die *Begga* wendeten und fuhren mit gerefften Segeln, nur von den Rojern und der Strömung angetrieben, bis kurz vor die ersten Ausläufer der Buckelschlange, wo die Schiffer die Anker hinunterließen. Nach mehreren Versuchen gelang der Besatzung von Brunolds

128

Schiff, ein an einem Ende mit einem dicken Holz beschwertes Seil zu der Insel zu werfen, auf die sich die Männer von der *Otterschwanz* geflüchtet hatten. Natürlich hätten die Mindener Schiffe am Ufer festmachen und nach den vermutlich irgendwo dort versteckten Einbäumen der Flußräuber suchen können. Aber damit liefen sie Gefahr, in einen Hinterhalt zu geraten und auch die übrige Fracht zu verlieren.

Bis zur Brust tauchten Benno und seine Mannen ins Wasser ein, als sie sich, einer nach dem anderen, zur *Silbermöwe* hangelten. Die anderen Schiffer verfolgten gespannt den Rettungsversuch, so daß niemand auf Hruodgar achtete. Erst als er Mantel und Schuhe abgelegt hatte und kopfüber ins Wasser sprang, erregte er Aufmerksamkeit. Er hörte aufgeregte Schreie hinter sich, ohne auf sie zu achten. Die Strömung war an dieser Stelle mörderisch, und selbst ein hervorragender Schwimmer wie Hruodgar mußte alle Kräfte aufbieten, um heil an Land zu kommen.

Als er sich ermattet auf den schmalen Sandstreifen schob, hinter dem das Unterholz begann, sah er die Kaufleute und Schiffer an den Relings stehen. Alle Blicke waren auf den Barden gerichtet. Zum Zeichen, daß mit ihm alles in Ordnung war, winkte er ihnen zu. Dann verschwand er in einem Gesträuch, das von dem strengen, unangenehmen Duft der schwarzen Johannisbeere erfüllt war. Er lief durch einen Birkenwald und glaubte, sich die Richtung gut genug eingeprägt zu haben, um die Biegung der Weser abzukürzen.

Zu gut! Fast wäre er den Flußräubern in die Arme gelaufen. Nur ein lauter Fluch, dessen Grund er nicht kannte, warnte und rettete ihn. Er ließ sich fallen und kroch, jetzt vorsichtig geworden, im Schutz hohen Farns weiter voran, bis er die Sachsen sah. Sie hatten die *Otterschwanz* am Ufer vertäut und waren eifrig dabei, das Schiff zu entladen.

Hruodgar staunte über die perfekte Organisation der Flußräuber. Entgegen seiner Vermutung verstauten sie ihre Beute nicht in einem ufernahen Versteck, sondern luden sie auf bereitstehende Ochsenkarren. Sie mußten fest mit Brunolds kleiner Flotte gerechnet haben.

Der Fries wog schwerer, als Hruodgar geglaubt hatte. Immer wieder mußten die Flußräuber, obwohl durchweg kräftige, muskulöse Kerle, die Ballen absetzen und verschnaufen, bevor sie den Stoff auf Karren wuchteten.

Zwei Männer, die einen Ballen über den schrägen Laufsteg von der *Otterschwanz* an Land trugen, gerieten ins Stolpern und stürzten von der Planke. Der ihren Händen entglittene Ballen verursachte beim Aufprall ein seltsames Geräusch, das Hruodgar an das Klirren der über die Weser gespannten Ketten erinnerte. Er schob sich vorsichtig etwas weiter vor, um mehr erkennen zu können.

Da hörte er hinter sich ein Rascheln und drehte sich um. Eine massige Gestalt zerteilte den mannshohen Farn mit dem Sax in der einen und einer langstieligen Axt in der anderen Hand. Das fleischige, grobporige Gesicht des Sachsen machte bei Hruodgars Anblick einen raschen Wechsel von Erstaunen zu Befriedigung durch.

»Hab' ich mich also nicht getäuscht, als ich im Wald die Spuren sah«, knurrte er und hob die Rechte mit dem Sax. »Ein fränkischer Schnüffler!«

Und er warf sich auf Hruodgar.

Der Barde hatte sich mit erstaunlicher Gewandtheit auf den Rücken gedreht und ließ die aneinandergelegten Beine gleichzeitig vorschnellen. Seine Füße trafen den Flußräuber im Unterleib und stießen ihn zur Seite. Mit einem tiefen Stöhnen landete der überraschte Mann im Farn. Der Sax fiel ihm aus der Hand.

Hruodgar kam auf die Füße und schwang sich augenblicklich rittlings auf den anderen. Der stieß einen gutturalen Fluch aus und führte die Streitaxt mit wuchtigem Schlag gegen den Kopf des Barden. Hruodgar reagierte erneut mit unerwarteter Schnelligkeit, indem er den linken Unterarm des Räubers beidhändig packte und den Axthieb abblockte. Der wütend schnaubende Flußräuber versuchte, den Arm freizubekommen. Hruodgar ließ den Unterarm plötzlich los, die schmale Axtklinge fuhr nieder und fraß sich in den Oberschenkel ihres Besitzers. Der heulte auf, biß dann vor Schmerz die Zähne zusammen und schloß die tränenden Augen.

Hruodgar hatte den Sax erspäht, der ganz in der Nähe zwischen den Farnstengeln lag. Er griff nach der Waffe, stieß die lange, schmale Klinge bis zum Heft in die linke Brust des Gegners und nagelte dessen Leib am Boden fest. Ein heftiges Zucken lief durch den Körper des Räubers. Seine Augen weiteten sich, bevor sie einen glasigen Ausdruck annahmen und der Kopf kraftlos zur Seite fiel. Ein dünner Blutfaden rann aus dem Mundwinkel des Toten.

»Tut mir leid, daß es so kommen mußte«, sagte Hruodgar. »Vermutlich hätte ich vor einigen Jahren noch an deiner Seite gekämpft. Aber es ist eine neue Zeit, in der Freunde zu Feinden und Feinde zu Verbündeten werden.«

Mit einem Seufzer stieg er von dem Toten und wollte sich schon abwenden, als ihm etwas auffiel, was in dem Kampf aus dem Kittelkragen des Flußräubers gerutscht war: ein bronzenes Amulett, das an einer Lederschnur um den Hals des Toten hing. Es zeigte das Abbild eines Wolfskopfes mit weit aufgerissenem Rachen. Hruodgar griff nach der handtellergroßen Bronzearbeit, zerriß mit einem heftigen Ruck das Lederband und verstaute das Amulett in einem der Lederbeutel an seinem Gürtel.

Er kroch ein kleines Stück voran und spähte durch den Farn. Die Flußräuber hatten den vom Steg gefallenen Tuchballen wieder aufgenommen, aber merkwürdig lange dazu gebraucht.

Nach einem letzten Blick auf den Toten setzte sich Hruodgar nach hinten ab. Wo ein Räuber auf seine Spur gestoßen war, konnte es auch einem zweiten gelingen. Außerdem war es wahrscheinlich, daß die anderen Sachsen über kurz oder lang nach ihrem verschwundenen Gefährten suchten. Er entschied sich dagegen, den Leichnam zu verstecken. Es war zu umständlich, würde zu lange dauern.

Es dunkelte bereits, als Hruodgar die beiden Mindener Schiffe erreichte, die sicherheitshalber an einer Flußinsel festgemacht hatten, über eine Leuga von der Buckelschlange entfernt. Hruodgar schwamm hinüber und tauchte vor den erstaunten Gesichtern der um ein kleines Feuer gescharten Schiffer auf der schmalen Insel auf.

»Wo, zur Hölle, bist du gewesen, Barde?« schnaubte Brunold, als er sich von seiner Überraschung erholt hatte.

»Ich habe die Flußräuber beim Entladen der *Otterschwanz* beobachtet«, berichtete Hruodgar wahrheitsgemäß, verschwieg aber seine tödliche Begegnung mit dem massigen Sachsen und den Fund, den er in seinem Lederbeutel verwahrte.

»Für einen Spielmann zeigst du erstaunliche Fähigkeiten«, brummte Brunold, nicht ohne Anerkennung. »Manchem meiner Männer hätte ich so ein Wagnis nicht zugetraut. Warum hast du es auf dich genommen?«

»Um Stoff für meine Lieder zu sammeln«, erwiderte

Hruodgar zur Verblüffung des Kaufmanns. »Noch nie war ich Flußräubern so nah!«

Als die Schatten länger und länger wurden, begleitete Hruodgar Brunold und eine zwölfköpfige bewaffnete Schar, die sich von der *Begga* ans rechte Weserufer bringen ließen. Über Land ging es unter Hruodgars Führung zu der Stelle, wo die Flußräuber die *Otterschwanz* entladen hatten.

Das leere Schiff lag noch dort, so, wie Brunold es vorausgesehen hatte. Die Räuber waren verschwunden, ebenso der Leichnam, nach dem Hruodgar heimlich ausspähte. Da es schon zu dunkel war, um die Buckelschlange zu passieren, lagerten die Schiffer hier und nahmen mit Gleichmut hin, daß der Barde sich selbst ohne seine Leier nicht gehindert sah, die neuen Eindrücke zu einem Lied zu verarbeiten.

»Die Fahrt der Fernhändler führte die Weser hinauf,
die Herzen heiß, die Heimat nahe wissend.
Wütend wogten die Wellen gegen die Planken,
gebrochen vom groben Griff der Rudergänger.
Dann brachte Böses die Buckelschlange,
schnappte mit schrecklicher Gier sich ein Schiff.
Der Ladung verlustig, liegt es an Land,
geleert, gefügig, geheimnisbewahrend.«

8. Kapitel

Der Feuerschmied

»Bring dein Pferd vor dem Rennen zum Feuerschmied!«
Hrabans Rat spukte Wolfger im Kopf herum, als er sich aus
der buntgestreiften Wolldecke wickelte und mit müde blin-
zelnden Augen zu dem Windauge an der gegenüberliegen-
den Wand starrte. Durch die Ritzen um die Abdeckmatte
drang ein schwachblauer Schein, der die Nachtschwärze
abgelöst hatte. Noch war es nicht so hell, daß der alte Hahn
sich zum Krähen veranlaßt sah. Befriedigt stellte Wolfger
fest, daß er genau zu der Zeit aufgewacht war, die er sich
vorgenommen hatte. Er wußte nicht, woher diese Eigen-
schaft stammte. Vielleicht hatte er sie von seinem Vater geerbt. Ein Krieger mußte oft zu Zeiten wach sein, in denen
andere Menschen schliefen.

Als er sich von seinem Lager erhob, raschelte das Stroh in
der Matratze. Er verharrte in halbgebückter Haltung und
sah ängstlich zu dem dünnen Vorhang aus sonnengebleichtem Leinen, hinter dem das klobige Bett stand, in dem seine Mutter und seine Schwester schliefen. Als dort alles ruhig blieb, stieß er erleichtert den angehaltenen Atem aus
und schlüpfte möglichst leise in seine Kleider, zuletzt in
die rindsledernen Stiefel, die schon bessere Tage gesehen
hatten, dafür aber sehr bequem waren.

Dann legte er den Gurt mit Sax und Messer um, mit den
Zeichen eines freien Sachsen, oder was man in diesen Zeiten frei nannte. Er griff nach dem leicht gekrümmten Ur-

horn, das an einem Wandnagel hing, und band es an seinen Gürtel. Unter seinem Lager holte er die Ledertasche hervor, die er am Abend heimlich mit Speck, Käse und einem Stück Roggenbrot gefüllt und hier versteckt hatte; er hängte sie über seine Schulter. Nach kurzem Zögern unterließ er es, auch Ger und Schild an sich zu nehmen, die an der Wand lehnten. Das Klappern hätte ihn verraten können. Er ging ja nicht auf einen Kriegszug – wenn ihm auch nicht ganz wohl bei dem Gedanken war, den Feuerschmied aufzusuchen.

Das Herdfeuer verbreitete kein Licht, strahlte aber einen schwachen Wärmehauch aus, weil die Glut unter der am Abend von einer Magd sorgsam darüber ausgebreiteten Asche weiterglomm. Am Herd vorbei durchschritt Wolfger den Teil des großen Langhauses, in dem die Halbfreien und Schalke schliefen, die seiner Familie besonders nahestanden. Darunter auch Wittich, der auf der Seite lag und den fast kahlen Kopf auf den angewinkelten Arm gelegt hatte. Der alte Mann wirkte wie ein Säugling. Daß er schlief, nahm Wolfger mit großer Erleichterung zur Kenntnis.

Rasch durchquerte er den Wohntrakt und betrat den letzten Teil des Hauses, den Stall. Er mußte sich beeilen. Schon regte sich das Vieh. Aus dem vereinzelten Muhen und Meckern würde bald ein regelrechtes Konzert werden. Die Tiere würden nach Futter verlangen und danach, die Milch aus ihren prallen Eutern zu lassen. Nur die Pferde verhielten sich ganz ruhig, als seien sie klüger als die anderen Tiere und wüßten, daß es keinen Sinn hatte, die Menschen vor dem ersten Hahnenschrei aus dem Schlaf reißen zu wollen.

Wolfger glaubte, daß Pferde über Gefühle und Gedanken

verfügten, die denen der Menschen ähnelten. Sturmwind hatte seine Klugheit und die treue Anhänglichkeit zu seinem Herrn mehr als einmal unter Beweis gestellt. Weil Wolfger in dem Rappen mehr einen Menschen sah als ein Tier, bedeutete Sturmwind ihm so viel, war der Hengst wie ein Freund für ihn.

Wittich hatte ihm vor vielen Jahren eine alte Legende erzählt, nach der die Pferde einst Menschen gewesen waren. Diese Menschen wollten schneller und klüger sein als die Götter, worüber Wodan und sein Asengeschlecht erzürnt waren. Sie verwandelten die aufmüpfigen Menschen in Pferde, damit sie fortan im Dienen Bescheidenheit und Treue lernten. Deshalb, so hatte Wittich ihm erklärt, bestatteten die Sachsen nach alter Sitte hervorragende Männer mit ihren Pferden und aßen das Fleisch der Tiere. Dadurch wollten sie wieder eins werden mit dem Teil der Menschheit, der durch den Fluch der Götter von ihnen abgetrennt worden war.

Wolfger hielt es für möglich, daß die Legende auf Wahrheit beruhte. Sturmwind schien ihm der beste Beweis dafür zu sein. Fast jeder Sachse empfand diese besondere Verbindung zu den Pferden. Auch wenn das neue Recht der Franken die Verehrung Wodans, Donars und Saxnots ebenso untersagte wie die alten Bestattungsriten und den Verzehr von Pferdefleisch. Was die Franken mit aller Gewalt auszurotten versuchten, blühte im geheimen weiter. In versteckten heiligen Hainen trafen sich die Sachsen, die nur mit Worten, aber nicht mit dem Herzen ihren Göttern abgeschworen hatten, um den Verleugneten zu huldigen. Nach altem Brauch brachten sie ihnen Pferdeopfer dar und verzehrten das Fleisch der Tiere, alles in dem Bewußtsein, hart bestraft zu werden, vielleicht sogar mit dem Tod, sollten die Franken sie erwischen oder Spitzel sie verraten.

Sturmwind schien Wolfger zu erwarten. Der schwarze Hengst war wach, stand aufrecht in seinem hölzernen Kasten und blickte seinem Herrn neugierig entgegen. Als Sturmwind ein erfreutes Schnauben ausstoßen wollte, hob Wolfger mahnend die Hand, und das Tier blieb still. Wolfger sattelte es und führte es nach draußen, wo sich hinter der bewaldeten Kuppe des Wiehengebirges ein blaßrosa gefärbter Schimmer zeigte. Sunna würde nicht mehr lange auf sich warten lassen.

Aber noch lag der große Wolfshof im friedlichen Schlummer der scheidenden Nacht. Umgeben von mannshohem Dorngeflecht, erhoben sich rings um das große Langhaus die kleineren Wohn- und Wirtschaftsgebäude, die Werkhäuser, Scheunen und Speicher. Das Leben der alten, freien Zeit hatte sich hier erhalten, wenn auch die Bewohner des Hofes alle getauft waren und dem Christengott huldigten. Nur die wenigsten taten das aus Überzeugung oder gar mit Inbrunst.

Oft fragte sich Wolfger, weshalb Gerhild sich nach Wolfhards Tod ausgerechnet hier niedergelassen hatte, so dicht bei dem fränkischen Königshof an der Sandfurt. Und bei Asmund, Graf Silbernase, der die Schuld trug am Tod Wolframs und der mit seinen Eisenreitern auch Wolfhard in den Tod gejagt hatte. Fand Gerhild Erfüllung darin, sich selbst zu quälen? Oder wollte sie den Überläufer Asmund mit seiner Schuld konfrontieren? Manchmal hatte Wolfger das Gefühl, daß da noch mehr war, ein verborgener Grund. Oder die Erklärung war ganz einfach: Gerhild hielt es an jenem Ort, an dem ihr Gemahl gestorben war. Keinen halben Tagesritt entfernt lag die Wolfsschlucht, der ihr Hof seinen Namen verdankte. Und doch blieb der Wolfshof stets von den Überfällen der wilden Bestien verschont, die in der kargen Winterzeit auf anderen Höfen sogar in die Wohnhäuser eindrangen.

Einmal, vor drei Wintern, hatte Wolfger seine Mutter gefragt, weshalb sie hier siedelten. Aus ihrer Antwort war er nicht schlau geworden: »Wir begraben, was tot ist. Aber was wir bei uns behalten, das lebt weiter.«

Wolfger führte Sturmwind am Zügel über den großen Hof. Als er den von zwei Buchen flankierten Durchlaß im Dorngestrüpp erreichte, blieb er stehen und sah unsicher zurück. Die gekreuzten hölzernen Pferdeköpfe über dem Haupteingang des Langhauses schienen seinen Blick zu erwidern.

Tat er das Rechte? Oder jagte er einem Irrglauben nach, einem Hirngespinst? Waren die alten Götter und die Wesen der Zwischenwelt, wie der Feuerschmied und die Moorhexe, nur Einbildung, wie es manche christlichen Missionare verkündeten? Es gab auch andere Christen, die an die Existenz dieser Wesen glaubten, sie aber als Dämonen verteufelten.

War Wolfgers Verhalten gar ein Verrat an Wittich? Der Lite hatte sich redlich bemüht, Sturmwinds Ausdauer und Schnelligkeit noch zu steigern. Um den Rappen auf das Wettrennen vorzubereiten, hatte Wittich jeden Tag mit Roß und Reiter geübt. Zudem hatte der Lite einen besonderen Futterplan für Sturmwind aufgestellt, damit der Hengst bei Kräften war, aber nicht durch überflüssiges Gewicht belastet wurde. Und tatsächlich war der Rappe im vergangenen Monat noch schneller, noch ausdauernder geworden.

Gleichwohl wuchs in Wolfger die Unruhe, je näher der Markttag rückte. Er schlief nur schlecht ein, und wenn er

138

schlief, träumte er häufig von Sturmwind. Er träumte immer dasselbe. Es war kein schöner Traum. Der Hengst stand in einem reißenden roten Fluß und starrte mit traurigen Augen zu Wolfger herüber. Der konnte sich nicht rühren, war unfähig, dem vierbeinigen Freund zu helfen, der sich in panischer Angst gegen die Fluten stemmte. Und dann wurde die Kraft der Strömung zu stark. Sturmwind wurde von den Fluten fortgerissen, verschwand in den hochwogenden Wellen aus Blut.

Wolfger hielt das für ein böses Vorzeichen, wagte aber nicht, darüber mit Wittich zu sprechen. Er hatte Angst, sich lächerlich zu machen. Und er befürchtete auch, Wittich zu betrüben, der denken mochte, Wolfger habe kein Vertrauen zu ihm.

Aber war es nicht so? Dachte Wolfger insgeheim nicht mehr und mehr an die schreckliche Möglichkeit, daß er Sturmwind an Asmund verlor? Wie er schon Bruder und Vater an den ehemaligen Sattelmeier verloren hatte. Je mehr sich diese Furcht verdichtete, desto öfter kam ihm der Ratschlag des alten Bettlers in den Sinn: »Bring dein Pferd vor dem Rennen zum Feuerschmied! Gute Hufeisen sind nicht zu unterschätzen, und er schmiedet die besten.«

Wolfger sprach insgeheim mit den Alten auf dem Hof und horchte sie – unauffällig, wie er hoffte – aus, was sie über den Feuerschmied wußten und über ihn dachten. Er gewann kein einheitliches Bild aus diesen Gesprächen. Manche hielten den Feuerschmied für einen Menschen aus Fleisch und Blut, andere aber für ein übernatürliches Wesen, manche für einen Gefolgsmann der Götter, andere für einen Dämon. Aber selbst die, die den Feuerschmied fürchteten, waren sich einig, daß er ein Freund der Sachsen war und ein Feind der Franken. So erzählte man allgemein, und das hatte auch Hraban gesagt. Wolfger hatte beschlossen, den Feuerschmied um Hilfe zu ersuchen. Was hatte er schon zu verlieren?

»Komm, Sturmwind, wir müssen es einfach versuchen!« flüsterte er dem Rappen ins Ohr und schwang sich in den Sattel. »Nur der Mutige hat Glück!«

Sie verließen den Wolfshof und hielten in leichtem Galopp auf den Wald zu, der im Morgendämmer noch eine einzige dunkle Masse war, wie ein dichter Wall von Riesen. Sie ahnten nicht, daß ihnen der Blick aus einem Paar aufmerksamer Augen folgte, bis sie von den dunklen Reihen aus Eichen und Buchen verschluckt wurden.

Wolfger ließ Sturmwind nur noch im Schritt laufen. Solange das dichte Dach der Baumkronen das schwache Morgenlicht fast vollständig verschluckte, war die Gefahr zu groß, daß der Hengst in ein Dachsloch oder in einen Fuchsbau trat. Sie rasteten auf einer Lichtung kurz vor dem Gebirgskamm, wo ein kleines Rinnsal ihnen Wasser spendete. Sturmwind tat sich am saftigen Gras gütlich, während Wolfger etwas Brot und Käse aß. Der weitere Ritt führte sie über den Kamm zum Nordhang, wo Wolfger den Rappen westlich hielt, der Feuerschmiede entgegen.

Wo die Schmiede lag, wußte niemand, wo doch nicht einmal sicher war, ob es sie und den Feuerschmied wirklich gab. Manche hielten ihn für einen Wanderer zwischen den Welten der alten Götter und der Menschen, für einen Abkömmling Surturs, des Herrschers der Feuerriesen. Als Wodan, Donar und Saxnot auszogen, die ihnen feindlich gesinnten Feuerriesen aus ihrem flammenden Reich zu vertreiben, beteuerte Surturs Sohn, der Feuerschmied, auf der Seite der Götter zu stehen. Wodan glaubte ihm, aber der

Riesenschlächter Donar zweifelte. Die beiden Götter über-
ließen Saxnot die Entscheidung, und der Stammvater des
Sachsenvolkes wußte weisen Rat. In die Menschenwelt
verbannt, sollte Surturs Sohn Gelegenheit erhalten, seine
Treue zu den Göttern und den sie verehrenden Menschen
zu beweisen, indem er dem göttertreuen Sachsenvolk als
Schmied diente. So sagten es jedenfalls die Alten und be-
richteten auch, das Haupt des riesenhaften Feuerschmieds
werde von züngelnden Flammen umhüllt.

Doch wenn man die Leute genauer fragte, hatte niemand
den Feuerschmied jemals gesehen. Nur seinen Flammenschein, der des Nachts über dem Nordhang des Wiehens
aufleuchtete, wollten sie erspäht haben. Er blieb unfaßbar
wie jener Mannwolf, von dem abergläubische Seelen sprachen: eine blutgierige Mischung aus Mensch und Wolf, ein
Untier, das wie ein König über die Wölfe im Wiehengebirge herrschte.

Sunna hatte ihre Tagesreise fast beendet, als sich die uralten Eichen vor Wolfger emporreckten, höher und mächtiger als alle anderen Bäume, die er auf seinem Ritt gesehen
hatte. Er tauchte in ihren Schatten ein und spürte, wie ein
seltsames Gefühl von ihm Besitz ergriff. Eine alte, unheim-
liche Macht, von den Götterbäumen bewahrt, schien auf
ihn überzugehen. Auch Sturmwind fühlte es und schnaubte
nervös.

Andächtig hielt Wolfger den Rappen vor dem Baum an, der
alle anderen überragte. Die gespaltene Donareiche wachte
über den dunklen Opferstein, dessen Anblick ein flaues
Gefühl in Wolfgers Magen hervorrief. Der heilige Hain zog
ihn an und erschreckte ihn zugleich. Wenn es die alten Götter wirklich gab, mußten sie sich an einem Ort wie diesem
offenbaren, dessen war er sicher. Aber er wußte nicht, ob

sie den Menschen noch freundlich gesinnt waren, die ihnen abgeschworen hatten.

Langsam rutschte er aus dem Sattel, unsicher, ob er richtig handelte, und band Sturmwind an den rötlichen, warzenbesetzten Ast eines Haselnußstrauches. Er ließ dem Pferd dabei genügend Bewegungsfreiheit.

Dann stieß Wolfger in das Urhorn, dreimal kurz hintereinander, nach einer kurzen Pause noch einmal und dann erneut. Dreimal drei Hornrufe, das Zeichen für den Feuerschmied, daß Arbeit auf ihn wartete. Die Alten auf dem Wolfshof hatten Wolfger versichert, der Schmied wisse, was zu tun sei. Wolfger hoffte es, als er Sturmwind allein im Eichenhain zurückließ, wie es der Brauch verlangte. Die ängstlichen, flehenden Blicke, die Sturmwind ihm nachsandte, verstärkten den Zwiespalt, den Wolfger fühlte. Ihm war nicht wohl dabei, aber es hieß, der Feuerschmied wolle wegen seines schrecklichen Aussehens von niemandem gesehen werden. Wer es doch wagte, ihm aufzulauern, zog sich seine fürchterliche Rache zu.

Wolfger schlug sein Lager im Schutz hoch wuchernder Heckenkirschsträucher auf, direkt am Rand des Opferhains. Auch wenn er Sturmwind nicht sehen konnte, bei Gefahr würde er sein Wiehern hören. Jetzt bereute Wolfger, daß er Ger und Schild nicht mitgenommen hatte. Vielleicht würden in der Nacht Wölfe kommen und in dem Pferd ein williges Opfer sehen. Bewußt hatte Wolfger Sturmwind so locker angebunden, daß der Rappe sich in Erregung losreißen konnte. Wolfger versuchte sich mit dem Gedanken zu beruhigen, daß die Leute vom Wolfshof noch nie von Wölfen belästigt worden waren. Sein Vater Wolfhard schien den vierbeinigen Räubern Opfer genug zu sein.

Vielleicht war der Tag zu anstrengend gewesen. Trotz seiner inneren Unruhe und obwohl er sich vorgenommen hatte, die ganze Nacht zu wachen, fiel Wolfger in einen tiefen, traumlosen Schlaf. Als er erwachte, war es schon hell, und Sturmwind war spurlos verschwunden.

Der Feuerschmied! Es gab ihn also wirklich, und er hatte Sturmwind geholt.

Was aber war, wenn der Feuerschmied Sturmwind nicht zurückbrachte? Oder wenn der Rappe gar nicht in der Schmiede war, sondern ausgerissen? Oder von einem Raubtier geschlagen?

Wolfger entdeckte keine Spuren eines Kampfes. Der Boden war nicht zerwühlt, nicht mit ausgerissenem Haar und getrocknetem Blut bedeckt.

Gleichwohl fand er keine Ruhe, den ganzen Tag und die Nacht einfach abzuwarten, bis der Feuerschmied den Hengst zurückbrachte. Falls Sturmwind etwas zustieß, konnte sich Wolfger das niemals verzeihen. Er suchte das Gebiet um den heiligen Hain nach Spuren ab und zog dabei immer größere Kreise, ohne etwas zu entdecken.

Um sich etwas von der Hitze und der Anstrengung zu erholen, legte er gegen Mittag auf einer mit vereinzelten Farnen und Büschen bestandenen Lichtung eine Rast ein. Die rot leuchtenden Früchte einiger Himbeersträucher ergaben ein erfrischendes Mahl. Müdigkeit überfiel ihn ganz gegen seinen Willen, während er im kühlen Schatten der Sträucher hockte. Als er krampfhaft blinzelte, um die Augen offenzuhalten, bemerkte er etwas jenseits der Sträucher. Zwei Augen, die ihn beobachteten, umzüngelt von lodernden Flammen.

Der Feuerschmied?

Der Schreck lähmte Wolfger für einige Augenblicke. Die Augen verschwanden mit einem leisen Rascheln. Wolfger verdrängte alle Bedenken, sprang auf und tauchte an der Stelle in den Wald ein, wo die fremde Gestalt entschwunden war. Es lag nicht in Wolfgers Absicht, den Feuerschmied zu jagen. Er wollte einfach nur wissen, was mit Sturmwind war. Er folgte dem Knacken der Zweige und den schemenhaften Umrissen der fliehenden Gestalt, die er hin und wieder erblickte. Als der Wald lichter wurde, glaubte er einmal kurz, ein Gesicht zu erkennen. Es dauerte nur den Bruchteil eines Augenblicks, und er konnte sich keine Züge einprägen. Aber das Antlitz wirkte nicht abstoßend, ganz im Gegenteil, es hatte etwas Anziehendes an sich, fast wie die Züge einer Frau.

Daß es die Moorhexe war, die ihn ins Verderben lockte, kam ihm erst in den Sinn, als der Boden plötzlich unter seinen Füßen nachgab. Mitten im schnellen Lauf hatte er das Gefühl, in weichem Schlamm zu versinken. Er hatte es vorher nicht bemerkt, weil das Sumpfloch mit blühendem Kraut und niedrigem Gesträuch bedeckt war. Verzweifelt und vergebens suchte er mit ausgebreiteten Armen nach einem festen Halt. Das Moor war zu nachgiebig, aber doch stark genug, ihn saugend und schmatzend Stück für Stück in die Tiefe zu ziehen. Hatte die Moorhexe ein weiteres Opfer in den Tod gelockt?

Das Ende, das Wolfger erwartete, war so grausam wie das Schicksal des unheimlichen Wesens. Als die in einer Schlacht geschlagenen Sachsen vor König Karls Heer geflohen waren, soll die Moorhexe in dieses Gebiet gekommen sein. Ihr Gemahl war gefallen, ihr Dorf von den Franken eingeäschert worden. Mit vier kleinen Kindern schloß sie sich der fliehenden Sachsenmacht an, doch ihre Kräfte erlahmten beim Überqueren des Wiehens. Niemand erhörte ihr Flehen um Hilfe, zu sehr war jeder damit beschäf-

tigt, sein eigenes Leben zu retten. Ein sächsischer Unterführer gab ihr nur den höhnischen Rat, wenn sie nicht
mehr weiterkönne, solle sie sich und ihre Kinder doch ein-
graben, damit die Franken sie nicht fanden, folterten und
schändeten. Die verzweifelte Frau befolgte den Rat, doch
alle vier Kinder erstickten. Die Tränen der verzweifelten
Mutter weichten den Boden auf und ließen ihn zum Moor
werden. Und die Frau durchstreifte das Gebiet als Moorhexe, die in verschiedenartiger Gestalt Menschen in den
Sumpftod lockte, um Rache für ihre verlorenen Kinder zu
üben.

Diese Geschichte ging Wolfger durch den Kopf, während
er seine verzweifelten Rettungsversuche einstellte; sie
brachten ihn nur noch schneller zum Einsinken. Schon
reichte ihm die feuchte Masse bis an die Schultern. Seltsam, daß er auf einmal so ruhig wurde. War es für einen
Menschen so leicht, mit dem Leben abzuschließen?

»Träum nicht! Greif lieber zu!!« drang der Schrei einer tiefen Stimme an seine Ohren. »Wenn deine Hände erst versunken sind, bist du es auch!«

Wolfger erblickte den knorrigen Ast, dessen eines Ende vor
seiner Schulter in der Luft schwebte. Er umfaßte ihn mit
beiden Händen und bemerkte erleichtert, wie er allmählich
aus dem Sumpfloch gezogen wurde, dem festen, rettenden
Boden entgegen. Dann packten ihn hilfreiche Hände. Sie
zogen den schmutzigen, feuchten Sachsen vollends aus
dem verderbenbringenden Bruch.

Sein Retter schüttelte den fast kahlen Kopf und verzog das
hohlwangige, zerfurchte Gesicht zu einer mißbilligenden
Miene. »Was machst du nur für Sachen, Wolfger! Bist ein
erwachsener Mann und benimmst dich so unvorsichtig wie
ein halbwüchsiger Junge!«

»Die Moorhexe lockt jeden in den Tod, auch erwachsene Männer«, keuchte Wolfger in einer Mischung aus Erschöpfung und Trotz.

»In den Tod? Hm, ich weiß nicht«, brummte Wittich und trat vorsichtig an den Rand des Sumpfloches, wo er den langen Ast in den Morast senkte, bis es nicht mehr weiterging. »Dachte ich es mir doch. Das Loch ist nicht groß und auch nicht tief. Hast keinen Grund, mich als deinen Lebensretter zu feiern, Wolfger. Viel tiefer als bis zu den Schultern wärst du nicht eingesunken. Wer dich hierhergelockt hat, der wollte dich aufhalten, aber nicht töten.«

»Warum sollte die Moorhexe mich schonen wollen?«

»Vielleicht war es nicht die Moorhexe«, meinte der Lite und sah sich suchend um, ohne etwas zu entdecken.

»Wer dann?«

Wittich bleckte die lückenhaften Zähne zu einem verunglückten Grinsen. »Vielleicht dein Freund, der Feuerschmied.«

»Wieso nennst du ihn meinen Freund, Wittich?«

»Wendet man sich nicht an einen Freund, wenn man Hilfe sucht?«

Wolfger hörte aus Wittichs Worten den versteckten Vorwurf heraus und sagte: »Ich wollte dich nicht beleidigen, Wittich. Es war nur so, daß ...«

»... daß du Angst um Sturmwind hattest, ich weiß. Deine Aufgeregtheit in den letzten Tagen ist mir nicht entgangen. Auch nicht, daß du die Alten auf dem Hof nach dem Feuerschmied ausgefragt hast. Als ich dich gestern morgen heimlich den Hof verlassen sah, wußte ich Bescheid. Ich wollte mich nicht einmischen. Aber ich habe mir Sorgen gemacht und bin dir deshalb gefolgt.«

»Wie lange bist du schon in der Nähe?«

»In der Nacht schlug ich mein Lager unweit von deinem auf. Aber heute, als du dieser Gestalt nachjagtest, konnte ich dir kaum folgen.«

»Du hast dieses Wesen gesehen?«

»Nur einen Schatten, mehr nicht. Du mußt es deutlicher gesehen haben als ich.«

»Nicht deutlich genug«, erwiderte Wolfger in gedrückter Stimmung. Dann stieg neue Hoffnung in ihm auf, und er fragte: »Was ist mit dem Feuerschmied?«

Wittich legte den Kopf schief. »Was soll mit ihm sein?«

»Hast du ihn beobachtet, als er Sturmwind holte? Weißt du, wo Sturmwind ist?«

Zu Wolfgers Enttäuschung schüttelte Wittich den Kopf. »Ich weiß nicht, ob es den Feuerschmied wirklich gibt. Aber falls doch, sollte man nicht zugleich mit ihm im Opferhain sein.«

»Es muß ihn geben! Schließlich ist Sturmwind verschwunden.«

»Letzteres ist eine Tatsache, das erste bloß eine Folgerung, Wolfger. Aber ist sie zwingend?«

Wolfger zuckte ratlos mit den Schultern. »Wo sollte Sturmwind sonst sein?«

»Warten wir den nächsten Morgen ab«, schlug Wittich vor.

»Auch wenn's schwerfällt.«

Wolfger säuberte sich an einem nahen Bach und ging dann mit Wittich zurück zum Opferhain, wo seine gefleckte Stute ungeduldig wartete.

In dieser Nacht schlief keiner von ihnen. Sie saßen an einem Feuer, und Wolfger lauschte Wittichs Erzählungen aus alter Zeit, von Wolfhard und Widukind und von dem langen Kampf gegen die Franken. Wolfger gab sich äußerlich gefaßt und widerstand der Versuchung, in den heiligen Hain zu schleichen.

Erst als kurz vor dem Morgengrauen ein lautes, langgezogenes Wiehern den Wald erfüllte und von Winternacht, der Stute Wittichs, freudig beantwortet wurde, konnte er nicht länger an sich halten. Mit schnellen, weiten Sprüngen setzte er über Felsen und Baumwurzeln, bis er den Opferplatz erreichte und Sturmwind sah. Der Rappe stand dort, als sei er niemals fort gewesen, gebunden an den Haselstrauch.

Glücklich und dankbar schlang Wolfger die Arme um den Pferdehals. Bis ihm auffiel, daß etwas mit einer Schnur darumgebunden war. Ein schmales Ledersäckchen, in dem ein zwei Finger dicker, knapp unterarmlanger Holzstab steckte. Das Holz war mit eingeritzten Zeichen bedeckt: Runen.

»Sieht ganz so aus, als hätte der Feuerschmied dir eine Nachricht hinterlassen, Wolfger«, bemerkte der hinzugetretene Lite.

»Du meinst, es war wirklich der Feuerschmied?«

Wittich kniete sich hin und betrachtete Sturmwinds Hufe. »Offenbar. Die Hufe sind frisch beschlagen. Die Hufeisen sehen gut aus, aber sie sind ungewöhnlich leicht. So etwas habe ich noch nie gesehen. Wie auch immer, die Hauptsache ist, es macht Sturmwind schneller. Dein Rappe dürfte das Gewicht der Eisen gar nicht spüren.«

»Und der Runenstab?«

Wittich nahm ihn an sich und entzifferte die alten Schriftzeichen, deren Benutzung die Franken untersagt hatten. Leise las er die Nachricht: »Eisen gegen Eisen, Dienst gegen Dienst. Erfülle den Wunsch der anderen Hälfte!«

»Der anderen Hälfte?« wiederholte Wolfger.

Wittich zeigte mit dem Finger auf das eine, unregelmäßig geformte Ende des Stabes. »Hier ist das Holz zerbrochen worden. Es muß ein zweites Stück geben, das genau zu diesem paßt, und darauf steht eine Botschaft an dich, Wolfger. Du stehst fortan in der Schuld des Feuerschmieds!«

9. Kapitel

Der Bettlerkönig

Der Heumonat war angebrochen, und der von Sunna gezogene Sonnenwagen erstrahlte noch heller, noch heißer. Auch jetzt schon, am frühen Morgen, besaß die glühende Sonnenscheibe große Kraft. Unter den Speeren aus Hitze und Licht, die den wolkenlosen Himmel auf fast schmerzhafte Weise durchbrachen, vergossen freie Bauern, Schollenpflichtige und Knechte ihren Schweiß auf den Heuwiesen, die abzumähen bis zu diesem Zeitpunkt verboten gewesen war, um das Winterfutter für die Pferde zu sichern. Jetzt stöhnten und ächzten die Menschen unter der selbst für den Sommer ungewöhnlichen Wärme, hielten die Gesichter im Schatten breitkrempiger Strohhüte und zupften immer wieder unter leisen Flüchen an den schweißdurchtränkten Kitteln und Hosen, deren grober Stoff an der Haut klebte und sie wundscheuerte; viele hatten die feuchte Wolle ihrer Beinlinge bis unter die Knie gerollt. Mit gleichmäßigen, mechanischen Bewegungen schwangen die Männer die langen zweigriffigen Sensen, bis das hohe Gras nicht mehr zerschnitten zu Boden fiel, sondern sich einfach unter den stumpf gewordenen Eisenklingen beugte. Erst dann gönnten sich die Schnitter eine kurze Rast und einen Schluck aus ledernen Wasser- oder Mostschläuchen, bevor sie den Wetzstein vom Gürtel nahmen, um dem erschöpften Eisen wieder Zähne zu verschaffen. Frauen und Kinder folgten den Männern, um das Heu zu bündeln und auf die am Rand der Wiesen stehenden Wagen zu verladen.

Zwischen den teilweise abgemähten Wiesen und den unermüdlich arbeitenden Landleuten zogen größere und kleinere Gruppen von Bauern und Händlern mit Karren und Packtieren zum Mindener Wik, wo heute der Markttag abgehalten wurde. Es waren längst nicht so viele und so große Gruppen unterwegs wie am letzten Markttag, wo viele Händler schon vorher an die Sandfurt gekommen waren, um gute Geschäfte mit König Karls Heer zu machen, das jetzt irgendwo im äußersten Winkel zwischen Weser und Elbe stand und gegen die aufständischen Nordalbinger stritt.

Wolfger wäre auch gern dort gewesen und hätte mitgefochten, aber nicht auf der Seite des Königs. Lieber hätte er den gefürchteten fränkischen Panzerreitern gegenübergestanden, um zu erproben, ob ihre Rüstungen wirklich so gut waren, wie die Teilnehmer früherer Schlachten erzählten. So gut, daß der König verboten hatte, Rüstungen und Waffen aus fränkischen Schmieden an andere als Frankenkrieger zu veräußern. Aber Wolfger, der träge auf dem dahintrottenden Sturmwind saß, durfte nicht kämpfen, um seinen Vater und seinen Bruder zu rächen. Er war der letzte Mann in seiner Familie und trug die Verantwortung für Mutter und Schwester. Deshalb zog er nicht in die Schlacht, sondern zum Handeltreiben gen Minden. Viele Geschäfte waren allerdings nicht zu machen, die Pferde waren bereits veräußert. Trotzdem hatte sich jeder dem Zug angeschlossen, der auf dem Wolfshof entbehrlich war. Zu verlockend war die Aussicht, dem Wettrennen zwischen Wolfger und Asmund beizuwohnen und vielleicht durch eine Wette auf den stolzen Sturmwind leicht ein paar Pfennige zu verdienen. Auch Gerhild und Gunda waren mitgekommen, um sich das spannende Ereignis nicht entgehen zu lassen.

Wolfger wurde das Gefühl nicht los, daß es für Gunda noch einen anderen Grund gab, nach Minden zu reisen, und daß dieser Grund ein junger Lite namens Anscher war. Er hatte sich vorgenommen, ein besonders wachsames Auge auf seine Schwester zu haben.

Einzig die Bettler schienen diesem Markttag in ebenso großer Schar beizuwohnen wie dem letzten. Die großen Holzgebäude des Wiks und die Palisaden der Mission waren kaum mehr als kleine Punkte vor Wolfgers Augen, da strömte das gierige Pack schon wie von der Erde ausgespuckt herbei, um die Männer und Frauen vom Wolfshof mit kreischenden Bitten und zuckenden Klauen zu überfallen.

Wittich rammte die Hacken in Winternachts Flanken, sprengte unter wütendem Gebrüll um den Zug aus Wagen und Packpferden herum und ließ seine Franziska so ungezügelt kreisen, daß manch ein Bettler seinen Kopf nur im letzten Augenblick einziehen konnte und noch den Lufthauch der scharfen Axtklinge verspürte. Alwig, der Schmied des Wolfshofes, und sein Sohn Almar ritten hinter Wittich her und schwangen ihre Saxe. Aber vergebens, die Bettler waren wie die Wasser der nahen Weser, teilten sich zwar vor der eisernen Gefahr und wichen zurück, fluteten hinter den Pferden aber sofort wieder zusammen und umspülten die kleine Karawane.

Wolfger schnappte sich eine der zerlumpten Gestalten und zog das heftig zappelnde und strampelnde Wesen vor sich auf Sturmwinds Rücken. Es war ein etwa zehnjähriger Junge mit verfilztem Haar und schmutzfleckigem Spitzmausgesicht. Der kleine Bettler hatte keine Aussicht, sich dem Griff des körperlich überlegenen Sachsen zu entwinden, zumal das Kind nur über einen Arm verfügte. Doch wollte der kleine Strolch nicht aufgeben und ersetzte mangelnde Körperkraft durch Wut und Zähigkeit. Als das spitze Gesicht sich in Wolfgers Armbeuge vergrub und Wolfger die scharfen Zähne des Knaben durch das starke Hemdleinen in sein Fleisch eindringen spürte, versetzte er dem Bengel eine schallende Ohrfeige, die den kleinen Kopf zur Seite schleuderte. Das Kind stieß einen Schmerzensschrei aus und blinzelte Wolfger halb benommen an.

»Genug jetzt, kleine Kröte!« schnaubte Wolfger. »Wenn du dich weiter sträubst, gerbe ich dir das Fell!«

»Eine Kröte hat kein Fell«, erwiderte der Bengel mit trotziger Miene. »Und ich bin schon gar keine Kröte!«

»Nein, eher ein bissiger Köter!« sagte Wolfger mit einem rauhen Lachen und rieb die schmerzende Armbeuge an seiner Seite. »Hast du einen Namen?«

»Man nennt mich Welf«, antwortete der einarmige Junge zögernd, und Wolfger lachte noch lauter.

»Einen passenderen Namen hätte man dir nicht geben können, du junger Hund«, kicherte er. »Dein Vater muß sehr vorausschauend gewesen sein. Oder hast du ihn schon gebissen, als er dich das erstemal in die Arme nahm?«

»Ich kenne meinen Vater und meine Mutter nicht. Sie setzten mich aus, da war ich noch sehr klein. Als die Bettler mich fanden, nannten sie mich Welf.«

»Deine Eltern wollten wohl keinen Einarmigen durchfüttern«, seufzte Wolfger und empfand Mitleid mit dem Jungen, aber der grinste unverständlicherweise. »Du gehörst doch zu Hrabans Bande«, fuhr der Sachse fort, der unter den Bettlern weder den gekrümmten Alten noch die furchteinflößende Gestalt Oggers erblickt hatte. »Wo steckt Hraban? Im Wik?«

»Nein, in unserem Lager.«

»Wo ist das?«

Welf antwortete nicht, preßte die Lippen zusammen.

»Irgendwo im Wald, das ist mir schon klar«, sagte Wolfger leutselig. »Ich will euch nichts Böses, habe etwas mit Hraban zu besprechen. Er kennt mich. Wenn du mich zu ihm führst, gibt's noch einen davon.« Er drückte einen Silberpfennig in die einzige Hand des staunenden Kindes. »Einverstanden?«

Der Junge nickte, seine Augen leuchteten. Er ließ die glänzende Münze flugs unter seinem schmutzstarrenden, viel zu großen Kittel verschwinden und zeigte nach Südwesten. »Dorthin müssen wir.«

Wittich war es inzwischen mit Hilfe Alwigs und Almars gelungen, sich Respekt zu verschaffen und die Bettler auf Distanz zu halten. Wolfger drehte sich zu ihm um und rief: »Ich habe etwas zu erledigen und stoße später zu euch. Sichert euch gute Marktstände im Wik. Und, Wittich, gib auf Mutter und Gunda acht!«

Wittich wollte etwas einwenden, aber Wolfger hörte nicht darauf, sondern sprengte mitsamt seinem Gefangenen in südwestlicher Richtung davon. Die Stimme des alten Liten übertönte Sturmwinds Hufschlag: »Denk an das Rennen, Wolfger! Streng den Rappen nicht zu sehr an!«

Mutter, Schwester, Wittich und die anderen verschwanden aus Wolfgers Blickfeld, als Sturmwind einen buschbewachsenen Hügel umrundete. Je weiter der munter ausgreifende Rapphengst vorankam, desto öfter wurden Heuwiesen und Felder durch Böschungen und Haine abgelöst. Diese wuchsen sich schließlich zu dichtem Wald aus, der im Gegensatz zu dem offenen Gelände Schutz vor Sunnas erbarmungslosen Strahlen bot. Wolfger genoß den kühlen Schatten und setzte seinen Weg nach Welfs Anweisungen unbeschwert fort.

Zu unbeschwert, wie sich zeigte, als Bäume und Büsche rings um ihn plötzlich zum Leben erwachten. Im ersten Augenblick dachte Wolfger an ein hervorbrechendes Wolfsrudel, doch Wölfe sprangen nicht von Bäumen. Es waren Menschen, Bettler, die den Sachsen vom Pferd rissen und mit roher Gewalt am Boden festhielten. Er wollte aufspringen und nach seinen Waffen greifen, aber seine von rauhen Bettlerhänden heruntergezogenen Hosen brachten ihn unsanft wieder zu Fall.

Entsetzen lähmte ihn, als eine Hand seine entblößten Geschlechtsteile packte und eine zweite Hand eine scharfe Messerklinge gegen sein Fleisch drückte. Beide Hände gehörten einem wölfisch grinsenden Knaben: Welf.

Trotz der frühen Stunde ging es im Wik schon recht geschäftig zu. Kaum hatten die Leute vom Wolfshof ihre Karren auf dem Lagerplatz am Rand des Marktes abgespannt, sprengte auch schon ein Reitertrupp vom Königshof heran. »Der Gierschlund Asmund kann es nicht abwarten, den Marktzoll einzustreichen«, bemerkte Gerhild und blinzelte den Reitern entgegen, die geradewegs aus der blendenden Sonne zu kommen schienen. »Asmund führt die Reiter sogar persönlich an.«

»Er kommt wohl nicht nur wegen des Marktzolls«, brummte Wittich, der neben seine Herrin getreten war, und er sollte recht behalten.

Kaum hatten Graf Asmund und der Hauptmann Ermold ihre Pferde an der Spitze des zehnköpfigen Trupps, dem ein vierrädriger Karren folgte, gezügelt, fragte der Wikgraf auch schon, nach einem suchenden Blick in die Runde: »Wo ist Wolfger mit seinem edlen Rappen?« Die Züge rund um den silbernen Nasenersatz verfinsterten sich. »Er will sich doch nicht um das Rennen drücken?«

»Das wird er nicht, weil er dazu keinen Grund hat«, erklärte Gerhild mit abweisender Stimme, die klirrte, frostig wirkte wie das frühzeitig ergraute Haar der Frau.

»Keinen Grund?« polterte Ermold, und sein Doppelkinn zitterte im Rhythmus seines Gelächters. »Immerhin kann dein Sohn seinen geliebten Hengst bei dem Rennen verlieren.«

»Er könnte, wenn Wolfger ein schlechter Reiter und Sturmwind ein lahmer Zausel wäre«, erwiderte Wittich an Gerhilds Stelle. »Aber seid versichert, daß beides nicht der Fall ist.«

»Wir werden es sehen«, meinte Asmund, »falls Wolfger rechtzeitig zum Rennen erscheint. Ich habe es für morgen vormittag angesetzt, nach der Frühmette. Dann ist das Volk, das begierig aufs Zuschauen ist, eh in der Stadt, und die Sonne hat ihre lähmende Kraft noch nicht entfaltet.«

»Ich denke, Wolfger wird das recht sein«, nickte Wittich. »Was für ein Tier tritt gegen Sturmwind an?«

»Wenn Wolfger das wissen will, soll er bei mir vorbeisehen«, bellte Asmund hochnäsig. Das war seine Art, Wittich zu zeigen, daß der Wikgraf es nicht gewohnt war, mit einem Liten zu verhandeln.

»Ich werde es ihm ausrichten«, sagte Wittich und zog die rissigen Lippen zu einem aufgesetzten Lächeln auseinander.

Nachdem Ermolds Männer die vom Wolfshof mitgebrachten Waren begutachtet und den anteiligen Marktzoll auf den offenen Wagen verladen hatten, kehrten Reiter und Wagen zur Stadt zurück.

Im Schatten der Palisaden zügelte Asmund seinen Rotfuchs, blickte zu den Leuten vom Wolfshof, die mit geübten Handgriffen ihr Lager aufschlugen, und sagte düster. »Das will mir gar nicht gefallen.«

»Was, Graf?« fragte der massige Ermold, dessen Grauschimmel unter der Last keuchte.

»Die Überheblichkeit dieses Liten und Wolfgers Abwesenheit. Ob die Kerle eine Schurkerei vorhaben?«

Ermold beugte sich vor. »Sollen sich meine Leute unter dem Marktvolk umhören?«

Asmund nickte. »Ich will diesen Rapphengst haben, unbedingt!«

»Was liegt dir an dem Pferd?«

»Gar nichts«, antwortete Asmund zu Ermolds großer Verwunderung. »Aber der Besitz des Rappen bedeutet den Sieg über Wolfger, den Sohn des Mannes, dem ich das hier verdanke!« Asmund tippte an die Silbernase, und sein Gesicht war von blankem Haß gezeichnet. »Lange hat es mir Genugtuung bereitet, dabei zuzusehen, wie sich das einst so stolze Sattelmeiergeschlecht als Bauernpack herumschlägt. Der Reiz ist verflogen, das Gericht namens Rache ist erkaltet und schmeckt fade.«

»Du willst es wieder aufwärmen, Graf?«

»So ist es.« Asmund lächelte hintergründig. »Vielleicht können deine Männer mehr tun, als sich bloß umzuhören, Ermold. Wenn sie Gelegenheit haben, sollen sie die Leute vom Wolfshof in Schwierigkeiten verwickeln. Das Markttreiben bietet dazu die besten Möglichkeiten. Und König Karls strenge Gesetze bringen meinen sächsischen Landsleuten selten etwas Gutes.«

Ermold lächelte ebenfalls. »Du kannst dich, wie stets, auf mich verlassen, Asmund.«

Der Wikgraf nickte zufrieden. Wolfhards Familie ins Unglück zu stürzen würde ihm Befriedigung verschaffen. So, wie es ihn befriedigte, daß Ermold, ein verarmter fränkischer Edeling, seinem Wort gehorchte wie ein folgsamer Hund.

Für Asmund gab es nur zwei Sorten von Kreaturen auf der Welt: Herrscher und Beherrschte, Herren und Getier. Je mehr Menschen man zu Tieren herabwürdigte, um so größer wurde ein Herrscher, um so unanfechtbarer seine Macht. Asmund hatte das längst begriffen und den Weg zur Macht beschritten, als er sich damals dem Frankenkönig unterwarf und den jungen Wolfram Karls Blutgericht auslieferte. Es hatte sich bezahlt gemacht, Asmund war Wik- und Gaugraf geworden. Aber er wollte mehr, viel mehr!

Der Triumph über Wolfhards Nachkommen war für dieses Ziel fast bedeutungslos, diente nur seiner persönlichen Befriedigung. Größere, bedeutendere Taten, die das ganze Frankenreich erschüttern würden, sollten bald folgen.

Doch zunächst freute sich Asmund auf seine ganz persönliche kleine Rache, die er in vollen Zügen genießen wollte. Lange genug hatte er Haß und Zorn in seiner Brust verschlossen. Aber seine Macht wuchs, und er fühlte sich stark genug, mit den Verhaßten abzurechnen. Die Wutzeit war gekommen, und Wolfhards Geschlecht würde bald nur noch Erinnerung sein!

»Noch eine Bewegung, Drecksack, und du bist deinen Schwanz und deine Eier los. Ein schneller Schnitt genügt. Welf kennt sich darin aus!«

Während er mit entblößtem Unterleib rücklings auf dem moosbedeckten Waldboden lag und seine Unachtsamkeit verfluchte, wandte Wolfger langsam den Kopf zur Seite, um den Sprecher anzusehen. Er war einäugig wie Ogger, aber noch im Besitz seiner Nase. Grobknochig, untersetzt, verschmutzt, mitleidslos und mit einem raubtierhaften Grinsen im Gesicht, wie es auch die Mienen Welfs und der anderen kennzeichnete. Mit dem Knaben und dem Einäugigen waren es acht Bettler, die Wolfger umstanden oder auf ihm knieten und ihn am Boden festhielten. Er konnte der Falle, in die er wie ein Blinder getappt war, nicht mehr entkommen.

Welfs Bereitwilligkeit war nur vorgetäuscht gewesen, wie seine Einarmigkeit. Wohl von Anfang an war es seine Aufgabe gewesen, zum Markttag Anreisende in den Wald zu locken. Die Bettler hatten ihre Kniffe.

Wolfger hätte daran denken sollen. Vielleicht war ihm zuviel anderes im Kopf herumgegangen, vielleicht hatte die heiße Sonne sein Gehirn ausgelaugt. Egal, was es auch war, es half ihm nicht weiter. Er mochte die auf ihm hockenden Bettler abschütteln, Welf hatte noch Zeit genug für seinen unheilvollen Schnitt. Nur eins blieb Wolfger in der verhängnisvollen Lage: er mußte Zeit gewinnen.

»Ich will zu Hraban«, sagte er mit brüchiger Stimme und verfluchte sich dafür, daß sie nicht fester klang. »Ich kenne ihn gut. Bringt mich zu ihm!«

»Hraban ist nicht hier«, sagte der Einäugige. »Hier habe ich das Sagen.«

»Und wer bist du?«

»Elso.«

Er sprach mit Nachdruck und einigem Stolz, als müßte der Name dem Überrumpelten etwas sagen. Doch Wolfger kannte ihn nicht, konnte nur daraus ersehen, daß der Einäugige ein Friese war.

»Gehörst du nicht zu Hrabans Männern?«

»Hraban lebt im selben Lager wie ich«, knurrte Elso mit deutlich hörbarem Unwillen. »Aber er hat mir nichts zu befehlen.« Die unsicheren Blicke der anderen verrieten Wolfger, daß Elsos Worte nicht ganz die Wahrheit trafen. »Genausowenig, wie du mir was zu befehlen hast, du Narr!« fuhr der Friese fort.

»Das will ich auch nicht. Ich bitte euch nur darum, mich zu Hraban zu bringen. Ich werde euch auch dafür entlohnen.«

»Womit?« höhnte Elso und hielt die Linke mit Wolfgers ledernem Geldbeutel hoch. »Wir haben schon alles, was dir gehört, sogar dein Pferd und dich selbst!«

Als hätte Sturmwind den Bettler verstanden, stieß der Rappe ein lautes, wütendes Wiehern aus. Wolfger sah, daß ein klapperdürrer Mann das Pferd am kurzen Zügel gepackt hielt.

»Eigentlich könnten wir dir die Gurgel durchschneiden, Drecksack«, gackerte Elso. »Aber vielleicht ist es besser, wir schneiden dir was anderes ab und schicken es deinen Leuten. Scheinst nicht ganz arm zu sein. Kann sein, sie spucken noch mehr für dich aus, auch wenn du als Zuchthengst nicht mehr zu gebrauchen bist.«

Alle Bettler, auch Welf, fielen in Elsos hysterisches Gelächter ein. Einige schlugen den Gefährten auf die Schultern, andere krümmten sich vor Lachen. Doch Welf lockerte keinen Augenblick den Griff seiner Hand oder den Druck seiner Klinge.

Das Lachen erstarb, als sich etwas aus einer Buchenkrone über den Köpfen der Männer löste und mitten unter sie fiel, ähnlich, wie es die Bettler beim Überfall auf Wolfger getan hatten. Es war eine große, seltsam bunte Gestalt. Mit ihrem blauen und rötlichen Leuchten wirkte sie wie ein riesenhafter Eistaucher, der seine Beute ausgemacht hatte und sich ins Wasser stürzte, um mit seinem langen, spitzen Schnabel das Opfer zu packen.

Der Eisvogel war ein hochgewachsener Mann, auffällig bunt gekleidet in einen blauen Mantel und Hemd und Hosen aus leuchtendem Scharlach. Elegant und eines Vogels würdig federte er auf dem Boden ab. Seine Waffe war kein Schnabel, sondern ein Sax, der Elsos Gelächter buchstäblich erstickte. Mit einer schnellen Bewegung stieß der Fremde die Klinge in den Mund des Friesen und riß dabei die Oberlippe ein. Der Einäugige erstarrte. Blut tropfte aus der Wunde auf das scharfe Eisen.

»Ich weiß nicht, weshalb du diesen Burschen Drecksack nennst, Einauge«, sagte der Fremde. »So schmutzig wie du kann er niemals werden. Dein Gestank verpestet die Luft, daß man ohnmächtig werden möchte. Bete zum Allmächtigen oder deinen sonstigen Göttern, daß ich bei Bewußtsein bleibe. Wenn mir der Sax ausrutscht, hat dein faulig stinkender Rachen hinten einen zweiten Ausgang. Etwas Durchzug täte ihm vielleicht gut.«

»Was soll das?« blaffte der dürre Bettler, der Sturmwind festhielt. »Wer bist du? Was willst du?«

»Eine Menge Fragen für eine so angespannte Lage«, seufzte der Fremde. »Machen wir's also kurz. Ich heiße Hruodgar und bin Barde. Eigentlich wollte ich das Bettlerlager aufsuchen, um Stoff für meine Lieder zu sammeln. Sieht ganz so aus, als wäre ich schon unterwegs fündig geworden.«

»Ein Barde, ja«, murmelte der Dürre und richtete seinen

Blick auf die Leier, die mit einem Lederriemen auf Hruodgars Rücken geschnallt war. »Du solltest Lieder singen, aber dich nicht in Sachen einmischen, die dich nichts angehen.«

»Ich kann es nun einmal nicht haben, wenn viele über einen einzelnen herfallen. Laßt den Burschen aufstehen und seine Hosen anziehen, ehe ihm die Ameisen was wegknabbern!«

»Warum sollten wir das tun?« Der Dürre zwang sich zu einem Gesichtsausdruck, der überlegen wirken sollte. »Eine Bewegung von Welf, und der Nacktarsch ist seine Weichteile los!«

»Das wäre für ihn weitaus betrüblicher als für mich«, sagte der Barde ungerührt und lächelte. »Letztlich liegt die Entscheidung bei euch, ob euch mehr an den Weichteilen dieses Burschen oder an der Zunge eures friesischen Freundes gelegen ist.«

Die Entscheidung fiel zu Elsos sichtbarer Erleichterung zugunsten seiner Zunge aus. Als Wolfger seine Hose angezogen und seine Besitztümer wieder an sich genommen hatte, forderte der dürre Bettler von dem Barden, er möge ihren Anführer freilassen.

»Erst in eurem Lager«, beschied ihn Hruodgar und wies Wolfger an, Elsos Hände mit einem Stoffstreifen aus dem Kittel des Bettlers auf den Rücken zu fesseln. Dann erst nahm der Barde die Saxklinge aus Elsos Mund, hielt die Schneide aber immer dicht an der Kehle des Friesen. Neben seinem Retter ging Wolfger, ebenfalls mit gezücktem Sax, während er Sturmwinds Zügel in der Linken hielt.

Die Bettler hatten ihr Lager auf einer großen Lichtung aufgeschlagen und diese mit einem Gewirr von Laubhütten und notdürftigen Zelten aus aufgespannten Decken und

Fellen überzogen. Dazwischen gab es mehrere Feuerstellen. Über den meisten hingen Kessel, über einer sogar ein aufspießtes Schwein. Die Bettler, Wolfger schätzte ihre Zahl auf etwa hundert, schienen nicht so schlecht zu leben, wie er gedacht hatte.

Die teils mit neugierigen, teils mit finsteren Gesichtern um die Neuankömmlinge zusammenströmende Menge teilte sich für Hraban und Ogger. Der krumme Graukopf blieb, dicht gefolgt von seinem häßlichen Schatten, unmittelbar vor Hruodgar, Wolfger und Elso stehen und fragte, was der Aufzug zu bedeuten habe. Wolfger erklärte es ihm.

Ein gefährliches Glitzern trat in Hrabans Augen, als sie sich auf Elso hefteten. »Wie oft habe ich dir schon gesagt, daß du, wie jeder hier, meine Befehle zu beachten hast, sturer Friese!«

»Du hast mir nichts zu sagen, alter Mann«, blaffte Elso und reckte das stoppelige Kinn vor, an dem getrocknetes Blut aus seiner verletzten Oberlippe klebte. »Ich habe diesen Haufen schon angeführt, längst bevor du zu uns gestoßen bist!«

»Und jetzt führe ich ihn an«, erwiderte Hraban ruhig, aber mit unterschwelliger Drohung in seiner festen, volltönenden Stimme. »Vergiß nicht, die Männer haben mich zum neuen Bettlerkönig gewählt.«

»Du bist die längste Zeit Bettlerkönig gewesen. Ich fordere dich heraus, jetzt und hier!«

Hraban nickte schwer, als habe er das vorausgesehen. Die Linke auf den Arm des Häßlichen gelegt, erklärte er: »Ogger wird für mich kämpfen.«

»Warum? Ich fordere nicht ihn, sondern dich, Hraban!«

»Es ist mein Recht als Bettlerkönig, einen Vertreter für den

Kampf zu bestimmen. Und ich bin niemandem eine Erklärung schuldig, dir schon gar nicht, Friese.«

»Du hast Angst vor mir.« Elso grinste. »Du weißt, daß ich dich in der Luft zerfetzen würde.«

Hraban zuckte nur mit den Schultern, drehte ihm den Rükken zu und sagte zu der Bettlerschar: »Bereitet den Kampfplatz vor. Als Herausgeforderter wähle ich den Eisenpfahl.«

Die Augen des Barden leuchteten freudig erregt auf. »Welch ein Schauspiel, der Eisenpfahl! Es hat sich wahrhaft gelohnt, die Bettler aufzusuchen. Ich werde ein großes Lied davon singen.«

»Verschluck dich dabei nur nicht, Spielmann!« fuhr ihn Elso an.

Fasziniert beobachteten Wolfger und Hruodgar die Vorbereitungen für den Kampf. Von einer kleinen, mit großen Steinen eingehegten Feuerstelle wurden der Kessel und das Gestell entfernt und durch einen mehr als mannshohen, unterarmdicken Eisenpfahl ersetzt, der mit dem unteren, spitzen Ende mitten in die neu angeheizte Glut gerammt wurde. An einer Öse in halber Höhe des Pfahls waren zwei Ketten mit fingerdicken Gliedern befestigt, jede etwa sieben Fuß lang.

Die Kontrahenten traten mit entblößten Oberkörpern und nackten Füßen zu dem Feuer. Beide waren muskulös und verrieten durch zahlreiche Narben, daß sie schon in mehreren Kämpfen ihren Mann gestanden hatten. Und beide waren einäugig, was den furchteinflößenden Eindruck noch verstärkte. Jedem wurde das Ende einer Kette um die Hüften gebunden und dort fest verhakt.

»Ihr kennt die Regeln«, sagte Hraban und hielt Elso zwei Saxe mit gleich langen Klingen hin, von denen der Friese sich einen nahm. »Der Kampf endet mit dem Tod oder dem Aufgeben eines Kämpfers. Wer sich vorher von seiner Kette löst oder den Eisenpfahl herauszuziehen versucht, ist des Todes.« Er reichte Ogger das andere Schwert und trat zurück. »Die reinigende Kraft des Feuers möge Wahrheit aufzeigen und den Richtigen zum Bettlerkönig bestimmen!«

Hraban hatte kaum ausgesprochen, da stürmte Elso auch schon vor und hieb mit der scharfen Seite seiner Klinge nach Ogger, der den Schlag mit der hochgerissenen Kette abwehrte. Darauf hatte der Friese nur gewartet. Er tauchte unter Oggers Kette und stieß mit der Saxspitze nach der muskulösen Brust des Kahlköpfigen. Ogger sprang zur Seite, war aber nicht schnell genug. In seiner linken Seite klaffte eine handlange, stark blutende Wunde.

Einen Gegenangriff Oggers beantwortete Elso mit einer geschickten Drehung seiner Kette, die für Hrabans Kämpfer zu einer Stolperfalle wurde. Ogger schlug lang hin und fiel mit dem Gesicht in das Feuer, das begierig und unermüdlich an dem Eisenpfahl leckte. Ein Aufstöhnen ging durch die Reihen. Ogger stieß einen Schmerzenslaut aus, während Elso einen triumphierenden Schrei erklingen ließ. Ogger hatte sich aus dem Feuer gerollt, ließ den Sax fallen und preßte beide Hände vor das Gesicht, während er stöhnte und jammerte: »Mein Auge! Mein Auge!« Dabei rollte er in wahrhaft blindem Schmerz am Boden hin und her, immer ganz dicht am Feuer.

»Wenn man nur noch ein Auge besitzt, sollte man vorsichtig damit umgehen!« krähte Elso mit siegesgewisser Stimme und lachte: »Ich kann das beurteilen.« Langsam näherte er sich Ogger mit erhobenem Sax. »Ich werde Gottes Barmherzigkeit ausüben und dich von deinen Qualen erlösen, Blinder!«

Er stand nur noch einen halben Schritt von dem jammernden Kahlkopf entfernt, beugte sich über ihn und wollte die Klinge auf Ogger niedersausen lassen. Doch der zusammengekrümmte Leib des gefällten Kämpfers streckte sich unerwartet, die Hände schossen vor, umklammerten Elsos Unterschenkel und rissen den Friesen von den Füßen. Der Saxhieb verfehlte sein Ziel, und Elso schlug mit der Stirn auf die Steineinhegung des Feuers. Diesmal stöhnte er vor Schmerz und blieb benommen liegen.

Oggers Gesicht war von einigen Brandblasen gezeichnet, aber das Auge schien unverletzt. Der kahlköpfige Bettler erhob sich über Elso und wollte ihn mit der linken Hand hochziehen, um die rechte Faust gegen den Friesen zu schwingen. Elso schüttelte die Benommenheit von sich ab und wehrte sich mit dem Sax. Ogger tauchte unter der Klinge weg und rammte seinen schweißglänzenden Schädel in Elsos Magen.

Mit einem Laut, als würde sämtliche Luft aus seinem Leib gepreßt, taumelte der Friese rückwärts, stolperte über die Steine und fiel seitlich ins Feuer. Er ließ die Waffe los und schrie, brüllte, erhob sich schwankend. Ogger stand am Rand des Feuers, packte Elsos Arme und stieß den Friesen mit Gesicht und Brust gegen den Pfahl. Das erhitzte Eisen brannte sich mit deutlich vernehmbarem Zischen in Elsos Fleisch. Es stank wie angebranntes Essen.

Wieder schrie der Friese auf, wimmerte wie ein gepeinigtes Kind und versuchte, sich von dem Pfahl zu lösen. Aber Ogger hielt ihn unerbittlich von hinten gepackt und preßte ihn gegen das Eisen.

»Gnade!« winselte Elso und keuchte mit letzter Kraft: »Ich ... gebe ... auf ...«

Ogger fing Hrabans Blick auf, bemerkte das zustimmende

Nicken des Bettlerkönigs und ließ seinen Gegner los. Elso löste sich von dem Pfahl und offenbarte schlimme Brandwunden, die sich von seiner linken Wange, knapp unter der halb verrutschten Augenklappe beginnend, über die ganze linke Brust hinzogen. Der Anblick drehte Wolfger fast den Magen um, und er empfand es als Erlösung, als der Friese vor dem Feuer zusammenbrach, so daß seine Wunden verborgen waren.

»Der Kampf ist entschieden!« schrie einer der Bettler. »Hraban ist und bleibt unser König!« Immer wieder schrie er Hrabans Namen, und alle fielen darin ein.

Der graubärtige Alte nickte nur knapp, als bedeute ihm der Jubel nichts. Er wandte sich Wolfger zu und sagte: »Begleite mich in meine Hütte. Dort können wir reden.«

»Und Elso?« fragte Wolfger.

»Wir versorgen seine Wunden, dann muß er das Lager verlassen, noch heute.«

»Wohin soll er sich wenden?«

»Das geht mich nichts mehr an«, erwiderte Hraban hart.

Fast tat der Friese Wolfger leid. Ein Ausgestoßener selbst unter Ausgestoßenen. Welches Schicksal konnte schlimmer sein? Aber dann dachte Wolfger daran, was Welf ihm beinah auf Elsos Befehl abgeschnitten hätte, und er beschloß, kein Mitleid mit dem Friesen zu haben.

In einer großen Hütte aus Ästen, Zweigen und Flechtwerk bot Hraban seinem Gast Met in einer irdenen Schale an. »Du kannst den Honigtau ruhig zu dir nehmen, Wolfger. Er ist nicht stark, benebelt nicht die Sinne, aber erfrischt. Ich will doch nicht, daß du kurz vor deinem Rennen einen schweren Kopf hast.«

Dankbar nahm Wolfger die Schale entgegen, und auch Hraban füllte sich aus einem Tonkrug ein.

»Trinken wir auf Sturmwinds Sieg!« schlug der Bettlerkönig vor und setzte die Schale an seine ledrigen Lippen, über die er nach einem gehörigen Zug mit der Zunge leckte. »Hast du meinen Rat befolgt?«

»Deshalb bin ich hier.« Wolfger nahm noch einen Schluck, weil er sich reichlich ausgelaugt fühlte. »Der Feuerschmied hat Sturmwind nicht nur mit neuen Hufeisen beschlagen, sondern mir auch das hinterlassen.«

Er zog den Runenstab aus dem Lederbeutel an seinem Gürtel und reichte ihn Hraban, der ihn aufmerksam betrachtete und fragte, was das sei.

»Ein Runenstab.«

»Ja, schon«, krächzte der Bettlerkönig. »Aber was bedeuten die Runen?«

Als Wolfger in schallendes Gelächter ausbrach, fragte Hraban mit indigniertem Gesicht: »Was lachst du so blöde, Kerl?«

»Mein Lachen mag blöd sein, aber ich bin's nicht.« Wolfger kicherte noch immer. »Ich durchschaue dein Spiel noch nicht, Bettlerkönig. Aber ich glaube, dich gut genug zu kennen, um zu wissen, daß du die Sprache der Runen weit besser beherrschst als ich.«

Hraban sah ihn mit unbewegtem Gesicht an. »Wie kommst du darauf, Wolfger?«

»Deine ganze Art ist es, Hraban. Wie du sprichst, handelst, dreinsiehst. Manchmal wirkst du auf mich mehr wie ein König als wie ein Bettler.«

»Sag das nicht zu laut, sonst wird der große Karl noch eifersüchtig.« Jetzt lachte auch Hraban, fing sich endlich wieder, sah erneut auf den Runenstab und sagte: »Eisen gegen Eisen, Dienst gegen Dienst. Erfülle den Wunsch der anderen Hälfte!« Er gab das Holz Wolfger zurück. »Na und, was willst du? Ich habe nicht behauptet, daß der Feuerschmied ohne Gegenleistung arbeitet.«

»Aber worin besteht die Gegenleistung?«

»Das weiß nur der Feuerschmied. Du wirst es erfahren, wenn du die zweite Hälfte des Runenstabs in Händen hältst.«

»Und was soll ich dann tun?«

»Den Wunsch des Feuerschmieds erfüllen. Ist sicher besser so. Man sagt, mit dem Kerl sei nicht zu spaßen.«

»Wer sagt das?«

»Alle und niemand. Es sind nur Gerüchte.« Hraban erhob sich ächzend mit Hilfe seines Stockes. »Sei nicht böse, mein Sohn, aber meine Zeit ist begrenzt. Heute ist Markttag, und ich habe noch einiges zu regeln. Wir sehen uns beim Rennen.«

Wolfger war enttäuscht. Er hatte sich mehr von dem Besuch bei Hraban versprochen, wußte allerdings nicht, was. Doch er wurde das Gefühl nicht los, daß der Bettlerkönig mehr über den Feuerschmied wußte, als er zugab.

Als Wolfger Sturmwind bestieg, kam Hruodgar angelaufen und fragte: »Nimmst du mich mit nach Minden?«

»Nanu, schon fertig hier?«

»Ja«, antwortete der Barde und setzte ein zufriedenes Gesicht auf. »Es war ein aufregender Vormittag, und ich habe Stoff für ein halbes Dutzend neuer Lieder.«

»Ich kann dich nicht mitnehmen, weil ich Sturmwind für das Rennen schonen muß.«

»Reitest du schnell?«

Wolfger schüttelte den Kopf. »Sturmwind soll sich nicht anstrengen.«

»Dann werde ich dich begleiten, wenn du erlaubst.«

»Von mir aus, wenn du mithalten kannst, Barde.«

Und ob Hruodgar das konnte! Er hielt sich am Sattelriemen fest und lief so leichtfüßig neben Sturmwind her, als habe er sein Leben nicht mit Dichten und Singen, sondern mit körperlicher Ertüchtigung verbracht. Wolfger bemerkte es mit Erstaunen, sagte aber nichts. Andere Dinge beschäftigten ihn, als der Wald lichter wurde und die Umrisse der Wesersiedlung enthüllte.

10. Kapitel

In der Falle

Die buntgewandeten Akrobaten wirbelten auf Händen und
Füßen um Gerhild, Gunda und die anderen Frauen vom
Wolfshof, die zu einem Bummel über den Markt aufgebrochen waren. Ein paar mit billigen Ketten und Ohrringen
behängte Weiber, die zu dem fahrenden Volk gehörten,
schlugen mit Rasseln und Klappern einen irrwitzigen Takt,
zu dem sich die gelenkigen Gaukler bewegten, immer um
die Sächsinnen herum und herum, daß einem schon vom
Zusehen schwindlig werden konnte. Eine Falle aus Tanz
und Musik, aus der es nur einen Ausweg gab: Silber.
»Wir hätten auf Wittich warten sollen«, murrte Gerhild und
warf einen sehnsuchtsvollen Schulterblick zum Rand des
Wiks, wo der Lite den Aufbau des Lagers überwachte.
»Seine Axt würde diesen Fröschen in Menschengestalt das
Umherhüpfen schon austreiben.«
»Vielleicht sollten wir ihnen doch einen Halbpfennig geben«, schlug eine Litin vor. »Sonst kommen wir gar nicht
weiter.«
Nur einer jungen Frau aus der Gruppe kamen die Akrobaten sehr gelegen. Gunda löste sich von den anderen und bewegte sich, unbemerkt von ihren lamentierenden Begleite-
rinnen, zwischen den Tänzern hindurch, so wendig, als sei
sie eine von ihnen. Froh, der mütterlichen Aufsicht ent-
wischt zu sein, und in freudiger Erwartung des Bevorstehenden eilte das langzöpfige Mädchen zwischen Markt-

ständen und Gauklergruppen hindurch auf die Häuser der ansässigen Händler zu, die sich in zwei langen Reihen bis zu dem tiefen Graben erstreckten, der die Palisaden des Königshofes umgab.

Das große, hohe Haus des mächtigen Kaufmanns Brunold verbarg noch die aufsteigende Morgensonne und warf einen großen Schatten, in den Gunda eintauchte. Sie blieb an einem alten Pfahl stehen, der sein halbmorsches Holz trotzig aus dem Boden reckte und doch längst vergessen hatte, wofür er einmal gut gewesen war. Sorgsam betrachtete Gunda das Holz, fand aber keine frische Kreidemarkierung. Nur alte Striche, von der Sonne gebleicht, vom Regen verwaschen. Anscher war also noch nicht hiergewesen. Sie raffte den Saum ihres engen, mit bunten Stickperlen besetzten Kleides von den Knöcheln bis unter die Knie, ließ sich auf den Boden nieder, umschlang die angezogenen Beine mit den Armen, legte den Kopf auf die Knie und starrte aus ihrem kühlen Schatten verträumt auf das laute Treiben unter der heißen Sonne. War Anscher schon im Wik? War er eine der vielen Gestalten, die im unablässigen Gewimmel zu einer einzigen Masse verschmolzen? Falls nicht, würde er sicher bald kommen. So hatten sie es auf dem letzten Markttag abgemacht, bevor Wolfger erschienen war und Anscher vertrieben hatte.

Gunda biß die Zähne zusammen und ballte ihre schlanken Hände zu Fäusten. Manchmal haßte sie ihren Bruder oder glaubte zumindest, ihn hassen zu müssen. Er, der stets von der alten Freiheit der Sachsen und ihrer Unterdrückung durch die Franken sprach, wurde selbst zum Unterdrücker, wenn er Gunda zusammen mit einem Liten sah.

Dabei war Anscher kein schlechterer Mann als Wittich, den Wolfger wie einen Gleichgestellten behandelte, wie ein Familienmitglied. Hatten sich nicht längst die Grenzen verwischt zwischen Edelingen, freien Bauern und halbfreien Liten? Besonders für Wolfhards Familie, die vom angesehenen Sattelmeiergeschlecht zum Bauernstand herabgesunken war?

Aber das alte Gesetz der Sachsen, das sich unter Androhung der Todesstrafe gegen die Heirat von Angehörigen verschiedener Stände aussprach, besonders gegen die Verbindung von Edelblütigen mit Niederen, besaß noch Gültigkeit. Gunda wünschte, König Karl hätte ganze Arbeit geleistet und nicht nur mit der sächsischen Capitulatio ein Gesetz für das eroberte Sachsenland erlassen, sondern zugleich das alte Recht außer Kraft gesetzt. Doch das bestand fort, als wolle Karl den Besiegten nicht alles nehmen und ihnen wenigstens die Illusion lassen, noch freie Sachsen zu sein.

Anscher arbeitete als selbständiger Bauer und bewirtschaftete einen kleinen, aber aufgrund der fleißigen Beackerung ertragreichen Hof. Ein zusätzliches Einkommen sicherte ihm sein guter Ruf als Fährmann von Hockeleve. Wäre Anscher nicht der Abkömmling eines vor vielen Geschlechtern von den Sachsen unterworfenen Stammes gewesen, dessen Name längst vergessen war, wäre er jetzt kein Lite mit nur eingeschränkten Rechten, sondern ein freier Bauer, vielleicht gar ein Edeling. Durfte ein solcher Zufall über das Glück zweier Menschen entscheiden?

Glück war das, was Gunda in Anschers Anwesenheit empfand, allein bei dem Gedanken an ihn, bei seinem Anblick. Schon als sie sich vor zwei Jahren auf dem Herbstmarkt zu Sankt Martin zum erstenmal gegenübergestanden hatten, hatte Gunda dieses beseligende Gefühl in sich gespürt. Das sanfte, ein wenig schüchterne Lächeln des schlanken, gutaussehenden Liten hatte sie sofort für ihn eingenommen. Kaum in dem Alter, Männer anders zu betrachten denn als Erzieher und Spielkameraden, hatte Gunda sich schon entschieden, nur einen Mann zu lieben. Wann immer sie konnte, begleitete sie Wolfger und Gerhild zu den Markttagen, um mit Anscher zusammenzutreffen – heimlich. Doch sie wollte, daß die Heimlichkeiten ein Ende fanden.

Schritte ließen Gunda aufsehen, ein erwartungsvolles Lächeln im Gesicht. Das Lächeln zerbrach, als Gundas Blick nicht den erhofften Anscher traf, sondern zwei Männer in der Tracht fränkischer Krieger. Der größere und ältere von ihnen hatte kaum noch Haare auf dem Kopf und ein fast so zerfurchtes Gesicht wie der alte Wittich; an den Liten erinnerte auch die Franziska, die neben Messer und Kurzschwert im breiten Ledergürtel steckte. Sein jüngerer Begleiter hatte ein aufgedunsenes Schweinsgesicht, dessen winzige Äuglein die Ähnlichkeit mit dem Borstenvieh noch verstärkten. Gunda schrak beim Anblick der beiden Franken zusammen. Schon einer allein hätte auf sie keinen beruhigenden Eindruck gemacht. Die Franken gingen zwar mit lässigen Schritten auf die junge Sächsin zu, aber ihre auf Gunda fixierten Blicke verrieten ihre dunklen Absichten.

Daß Gunda plötzlich fror, lag nicht am Schatten. Sie spürte die Angst wie eine eiskalte Hand nach sich greifen, eine riesige Hand, die ihren Leib umklammerte und ihr die Luft zum Atmen rauben wollte.

Gunda sprang auf und rannte vor den beiden Franken fort, auf das andere Ende der Gasse zu, wo sich ein paar Lagerhäuser erhoben. Nur zwischen ihnen hindurch führte der Weg aus der Falle hinaus. Doch das enge Kleid, das Gunda angelegt hatte, um ihre fraulichen Formen zu Anschers Wohlgefallen zu betonen, wurde ihr zum Verhängnis. Der

174

hochgezogene Saum rutschte von den Knien bis zu den Knöcheln nach unten und raubte den Beinen die Bewegungsfreiheit. Gunda verlor das Gleichgewicht und schlug auf den staubigen Boden. Sie fühlte sich benommen und fand ihren klaren Verstand erst wieder, als sie erneut den eisigen Griff der Furcht verspürte.

Da war es schon zu spät. Die beiden Franken standen über ihr, beugten sich zu ihr herunter und rissen sie mit groben Händen auf den Rücken.

»Warum läufst du fort, kleine Sachsendirne?« fragte der ältere Soldat mit übertrieben hochgezogenen Brauen. »Das ist nicht nett von dir. Wer die Bezahlung annimmt, muß auch die Ware liefern!«

»Ihr müßt mich verwechseln«, schöpfte Gunda neue Hoffnung. »Ich weiß nichts von einer Bezahlung und habe auch keine Ware zu verkaufen.«

»O doch, das ist die Ware!« krähte der Mann mit dem Schweinsgesicht, hakte seine fleischigen Finger in Gundas Kragen und zerriß den Stoff von Kleid und Hemd mit solcher Gewalt, daß ihre Brüste offen lagen. Sofort umkrallte der Franke die beiden Hügel, bis Gunda einen spitzen Schmerzensschrei ausstieß. »Das ist die beste Ware, die ein Mann sich wünschen kann!«

Gunda konnte kaum noch atmen, ihr Herz schlug bis zum Hals. Sie zwang sich zu ruhiger Überlegung, während die gierig knetenden Finger des Schweinsäugigen ihr Schmerz und Ekel verursachten. Allein war sie den beiden Kerlen wehrlos ausgeliefert. Sie benötigte Hilfe, also schrie sie aus Leibeskräften.

Doch nur ein kurzer Laut kam über ihre Lippen, dann wurde ihr Mund durch die grobe Hand des älteren Franken verschlossen. In der anderen Hand blitzte die Klinge der Franziska im Licht der über die Dächer kriechenden Sonne auf. »Noch ein Ton, und ich schlage dir den Kopf ab! Verstanden?«

Gundas ganzer Körper hatte sich versteift. Starr lag sie auf dem Rücken und sah die beiden Peiniger aus geweiteten Augen an.

»Ich hab' dich was gefragt, Sachsenliebchen! Wenn du mich verstanden hast, dann nicke!«

Sie nickte leicht, und der Franke steckte die Axt zurück in den Gürtel.

»Gut so«, sagte er leise und löste die Hand von ihrem Mund. Er holte eine silberne Scheibe aus einem Lederbeutel und legte sie zwischen Gundas bebende Brüste. »Hier hast du deinen Lohn. Ein Silberpfennig ist eine gute Bezahlung. Dafür können Tjalf und ich einiges erwarten.«

»Recht hast du, Tanko«, kicherte der Schweinsgesichtige und riß Gundas Kleid auf, bis der nackte Schoß zu sehen war. Die fleischigen Finger strichen über Gundas Scham, und die Sächsin zuckte zusammen wie unter einem Axthieb. »Das Haar ist an der Fotze so blond wie am Kopf!« staunte Tjalf und verfiel über diese Feststellung in ein heiseres Gekicher. »Sieht aus wie Stroh. Wollen mal sehen, ob es auch kitzelt wie Stroh.«

Erregt fingerte er unter seinem vorquellenden Bauch herum, um die schwere, hufeisenförmige Gürtelschnalle zu öffnen. Schweiß perlte auf seiner Stirn.

Gunda schloß die Augen und hoffte, daß es möglichst schnell ging. An alles Weitere, daran, ob sie mit der Schande würde leben können, konnte sie jetzt nicht denken.

»Gunda!! Was macht ihr Schweine mit ihr?«

Der Schrei! Sie erkannte die Stimme und riß die Augen wieder auf.

176

Anscher kam aus derselben Richtung wie zuvor die beiden Franken in die Gasse und spurtete los, als er die Lage erkannte. Dabei zog er den Sax aus der Lederscheide an seiner Hüfte.

Murrend und ächzend erhob sich Tjalf und zog die halb herabgelassene Hose wieder bis über den fülligen Bauch. Tanko hatte bereits Franziska und Kurzschwert gezogen und stellte sich Anscher breitbeinig in den Weg.

»Verschwinde, Sachsenhund!« knurrte Tanko und hob drohend die Axt. »Dich geht das nichts an!«

»Laßt Gunda in Ruhe!« verlangte Anscher, der fünf Schritte vor Tanko angehalten hatte.

Tankos Antwort bestand in einer schnellen Armbewegung, und die Franziska sirrte, sich um sich selbst drehend, durch die Luft. Anscher entging der Beilklinge nur, weil er im selben Augenblick vorsprang. Die Franziska flog dicht über ihn hinweg und spaltete den hölzernen Pfosten, den Anscher und Gunda als Treffpunkt benutzt hatten.

Tanko wehrte Anschers Saxhieb mit der eigenen Klinge ab, stolperte aber unter dem Ansturm des wütenden Sachsen und ging rücklings zu Boden. Sofort wandte sich Anscher dem anderen Franken zu.

Tjalf hatte sein Schwert inzwischen gezogen und beschlossen, es nicht auf einen Kampf mit Anscher ankommen zu lassen. Die scharfe Klinge schwebte über Gundas Kopf.

Anscher hatte den Sax zum Stoß erhoben, hielt aber inne und wagte nicht mehr, sich zu rühren.

»Pech gehabt, Sachsenhund«, frohlockte Tjalf mit breitem Grinsen. »Deine Heidengötter sind nicht mit dir. Du hast das Schwert gegen die Männer des Wikgrafen erhoben, das kostet dich den Kopf. Und jetzt laß die Waffe fallen, sonst kostet's auch den Kopf deines Liebchens!«

Die letzten Worte gingen in raschem Hufgetrappel unter. Ein Reiter sprengte in schnellem Galopp in die Gasse und riß den großen Rappen so spät zurück, daß der zurückweichende Tjalf beim rettenden Sprung zur Seite neben seinen gestürzten Gefährten fiel.

Der Reiter beugte sich zu Anscher und zischte ihm ins Ohr: »Verschwinde! Verlaß die Sandfurt so rasch wie möglich, eh dich Asmunds Häscher erwischen!«

Der Lite nickte, warf Gunda noch einen halb besorgten, halb sehnsüchtigen Blick zu und verschwand zwischen den nahen Lagerhäusern.

Im Sattel aufgerichtet, rief der Reiter ihm lauthals hinterher: »Verfluchter Lite, ich werde dich noch erwischen! Wenn du dich noch einmal an meine Schwester heranmachst, hau' ich deinen Schädel in zwei Hälften!«

Mit übertriebener Freundlichkeit in den Zügen beugte sich Wolfger zu den beiden unter Flüchen aufstehenden Franken und sagte: »Ich danke euch, Männer! Wärt ihr nicht gewesen, hätte dieser Lumpenkerl meine unschuldige Schwester vergewaltigt. Wie schade, daß er uns entkommen ist. Hoffentlich kriegt ihr ihn bald zu fassen!«

»Uns entkommen?« kreischte Tjalf wütend. »Hättest du mich nicht über den Haufen geritten, wäre er gar nicht entkommen!«

»So?« Wolfger blickte verwundert drein. »Für mich sah das anders aus. Der Lite hat dich mit der Waffe bedroht. Wäre ich nicht erschienen, hätte er dich schwer verwundet, vielleicht gar getötet.«

Tjalf wollte etwas erwidern, biß sich dann aber auf die Unterlippe und schwieg.

Wolfger stieg ab und fragte Gunda, ob sie sich besser fühle. Sie nickte nur und schluckte. Er nahm den Silberpfennig von ihrer Brust und drückte ihn in Tjalfs fleischige Hand. »Nimm das, mein Freund, als Dank für eure Hilfe! Trinkt dafür auf unser aller Wohl. Sobald ich Graf Asmund sehe, werde ich euren Einsatz für Wohl und Ehre meiner Schwester lobend erwähnen.«

Tjalf nickte verwirrt und wollte die Silbermünze mit dem Kopf des Königs auf der einen und dem Kreuz der Christenheit auf der anderen Seite einstecken, aber Tanko grapschte sie ihm weg und zog dann mit einem mißmutigen Knurren die Franziska aus dem zersplitterten Holzpfahl. Zögernd, verstohlene Blicke über die Schultern werfend, verließen die beiden Franken die Gasse.

»Nicht Anscher wollte mich ...«, begann Gunda und schluckte erneut, war unfähig, das Wort auszusprechen.

»Ich weiß«, sagte Wolfger. »Ich kam gerade aus dem Wald zurück und suchte nach dir, als ich dich nicht bei der Mutter fand. Was sich hier abgespielt hat, kann ich mir vorstellen.«

»Was wird aus Anscher?« fragte sie ängstlich.

»Du solltest ihn dir aus dem Kopf schlagen, Gunda! Er ist ein Geächteter, weil er die Waffe gegen Asmunds Männer erhoben hat. Wenn sie ihn fassen, ist ihm der Tod gewiß.«

Gundas hervorschießende Tränen rührten Wolfger, aber er konnte nichts dagegen tun. Vielleicht war es für Gunda leichter, wenn sie weinte.

»Komm jetzt«, forderte er. »Wir sollten diesen Ort so schnell wie möglich verlassen!«

Gunda stand mit seiner Hilfe auf, raffte das zerrissene Kleid zusammen und steckte es mit einer der Schulterfibeln notdürftig über der Brust fest. Wolfger stieg in den Sattel und zog die Schwester hinter sich auf Sturmwinds Rücken.

»Warum beeilst du dich so?« wollte Gunda wissen.

»Weil ich nicht warten will, bis die beiden Franken mit Verstärkung zurückkehren.«

»Weshalb sollten sie das tun?«

»Um die Falle doch noch zuschnappen zu lassen. Ich glaube nicht, daß die beiden Kerle zufällig vorbeikamen. Asmund hat einen guten Grund, mich gegen sich aufzubringen. Vielleicht will er das Wettrennen gewinnen, bevor es begonnen hat.«

»Tölpel! Narren! Hohlköpfe! Dumpfbacken! Trottel! Einfaltspinsel! Hornochsen! Gimpel!«

Bei jedem mit Inbrunst hervorgestoßenen Schimpfwort krachte Asmunds Faust auf die Tischplatte. Das Eichenholz erzitterte. Schüsseln, Karaffen und Becher tanzten. Und bei jedem Schlag zuckten Tanko und Tjalf zusammen wie von einem Ochsenziemer getroffen. Mit gesenkten Häuptern standen sie in der großen Halle von Asmunds Haus und ließen die Strafpredigt über sich ergehen. Der Wikgraf hatte mit der Beschimpfung angefangen, noch bevor sie ihren Bericht über den Vorfall in der Gasse ganz beendet hatten.

Mit einer schwungvollen Armbewegung wischte Asmund die dicke Weißbrotscheibe mit dem Bratenstück, die vor ihm auf der Tafel lag, auf den Boden. Sein gläserner Weinbecher stürzte um und zersprang mit einem leisen »Patsch«. Die rote Flüssigkeit, ein kostbarer Wein aus dem Burgunderland, ergoß sich über den Tisch und tropfte auf den Schoß Ermolds, der zusammen mit Asmund und dessen Gespielin Alda tafelte. Ermold rückte den massiven Holzstuhl zurück, und der Wein rann auf den Boden.

»Nicht so zimperlich, Hauptmann!« bellte Asmund. »Immerhin bist du mitschuldig an der Misere!«

»Ich?« fragte Ermold protestierend, aber reichlich klein-
laut.

»In der Tat!« polterte Asmund. »Es sind deine Männer.
Deine Worte klingen mir noch in den Ohren: Du kannst
dich wie stets auf mich verlassen, Asmund.« Der Wikgraf
hatte den schleppenden Tonfall des Hauptmanns nachge-
ahmt und verfiel jetzt in ein heiseres Lachen.

Alda stimmte in das Lachen ein. Als sie gleichzeitig trinken wollte, verschluckte sie sich, keuchte und prustete. Der
rote Wein rann über ihr Kinn und tropfte zwischen ihre
prallen, weit aus dem tief ausgeschnittenen Kleid lugenden
Brüste.

Asmund versetzte ihr eine unerwartete Ohrfeige. »Hör auf
zu lachen, blöde Kuh! Die Sache ist nicht lustig. Ich wollte
Wolfger eine Falle stellen und ihn mit der Schändung seiner Schwester zur Weißglut reizen. Wenn er das Schwert
gegen meine Leute erhoben hätte, hätte ich nicht nur
Sturmwind gewonnen, sondern der Wolfssippe auch ihren
letzten Mann genommen, den Sproß des Sattelmeiers
Wolfhard!« Tiefer Haß zeichnete die Züge des Grafen, und
wie ein vorstoßender Raubvogel reckte er die Silbernase in
Richtung der beiden Soldaten. »Aber was tun diese
Schwachköpfe? Sie lassen sich von einem Liten stören und
dann von Wolfger als Retter seiner Schwester feiern!«

Als hätte er nur auf dieses Stichwort gewartet, öffnete ein
Diener die schwere Tür und meldete: »Wolfger, Wolfhards
Sohn, wünscht dich zu sprechen, Graf Asmund.«

Da schoben sich auch schon Wolfger und Wittich an dem
Diener vorbei und traten vor die Tafel.

»Könnt ihr nicht warten, bis man euch hereinruft?« raunzte
Asmund.

»Ich konnte meine Freude und meine Dankbarkeit nicht

länger bezähmen«, erwiderte Wolfger und verkniff sich ein Lachen. »Ich wollte dich persönlich zu deinen tatkräftigen Kriegern beglückwünschen, Graf. Wie ich sehe, hast du schon von ihrer Heldentat erfahren und sie zur Belobigung zu dir bestellt.« Wolfgers Blick blieb auf der Tafel haften. »Ist der Wein nicht gut?«

Asmund grunzte etwas Unverständliches und ließ die beiden Gescholtenen mit einer herrischen Handbewegung abtreten. »Ich dachte schon, du wolltest dich vor dem Rennen drücken, Wolfger.«

»Ich bin da, und Sturmwind ist bereit. Welches Roß wird sein Gegner sein?«

Asmunds schlechte Laune besserte sich, und ein verschlagenes Lächeln umspielte seine Lippen. »Ich habe ein Pferd im Stall, das kaum zu schlagen ist: Nachtblitz.«

»Nie davon gehört«, sagte Wolfger und sah, daß Wittich das Tier auch nicht kannte und darob den Kopf schüttelte.

»Ich kaufte Nachtblitz unlängst von einem Mann aus dem Hasagau, einem für seine schnellen Pferde berühmten Züchter.«

»Unlängst?« Wolfgers Blick durchbohrte den Grafen. »Du meinst wohl, eigens für dieses Rennen, wie?«

Asmund nickte und grinste. Ein Wink von ihm, und eine füllige Dienerin brachte ihm neuen Wein. Er nahm einen großen Zug, ohne den Besuchern einen Trunk anzubieten, ohne einen Trinkspruch auf sie auszubringen. Eine Beleidigung, und genau das wollte Asmund.

Als sie das Haus verlassen hatten, sagte Wittich betrübt zu Wolfger: »Dieser Nachtblitz muß ein verflucht schnelles Tier sein. Damit habe ich nicht gerechnet. Wenn er Sturmwind besiegt, werde ich mir nie verzeihen, dich in dieses Rennen hineingeredet zu haben.«

»Man soll das Trinkhorn erst leeren, wenn es gefüllt ist, Wittich. Warten wir ab, und vertrauen wir!«

»Worauf?«

»Auf die hervorragende Vorbereitung, die du Sturmwind und mir auf das Rennen gegeben hast. Und auf das, wovon Graf Silbernase nichts weiß: die Hufeisen des Feuerschmieds!«

Wolfger ließ den Liten allein zum Lager zurückkehren und wandte sich selbst dem Ort zu, an dem er seine Schwester vor den beiden Franken gerettet hatte. Von der Hoffnung getrieben, auf Gisla zu treffen, strich er um Brunolds Anwesen. Vergebens. Er nahm es nicht so schwer, weil er Gisla abends am Fluß treffen würde.

Aber diesmal wartete er umsonst. Nach Mitternacht verließ er enttäuscht die Landzunge, um sich schlafen zu legen. Er mußte für das Rennen ausgeruht sein. Doch er schlief erst spät ein. Mehr noch als der Gedanke an das Pferderennen beunruhigte ihn Gislas Fernbleiben. Es konnte nichts Gutes bedeuten. War auch Gisla in eine Falle getappt, wie es heute schon ihm und seiner Schwester geschehen war?

Er konnte nicht ahnen, wie nahe diese Überlegung der Wahrheit kam.

11. Kapitel

Der Blutpfaffe

Vielleicht wehte ein ganz besonderer Wind über das Fluß-
land, vielleicht lag es auch an der Stille des frühen Morgens,
daß der Klang der Mindener Glocken noch weit draußen
auf den Feldern und Höfen zu hören war. Die Menschen,
die dem Ruf auf beiden Seiten der Weser aus allen Him-
melsrichtungen folgten, waren zum Teil schon aufgebrochen, bevor die Glocken der Missionsstation zu schlagen
begonnen hatten. Es war der Tag des Herrn, und viele Franken und Sachsen mußten einen weiten Weg zurücklegen,
um an der Messe teilzunehmen. Einen kürzeren Weg und
einen längeren Schlaf hatte, wer schon tags zuvor zum
Markt nach Minden gekommen war.
Während die Sonne langsam über die Dächer stieg und die
weichende Nacht ihre letzten Dämmerschleier zurückzog,
füllte sich der umfriedete Platz des Königshofes mit den
Gläubigen und mit denen, die sich als gläubig ausgaben.
Sie trugen ihre besten Gewänder, die Frauen überwiegend
weiße Kleider, die Männer weiße Hemden unter ihren bunten Umhängen.
Das Flügelportal der Kirche stand weit offen, doch wie von
einer unsichtbaren Macht festgehalten, verharrten die Bauern, Knechte und Fischer, die aus dem nahen Dorf nördlich
von Wik und Königshof gekommen waren, außerhalb des
Gotteshauses. Erst als sich ein langer Zug vom Wik näherte, durch die Wartenden hindurchschritt und das große,

langgezogene Holzgebäude betrat, schlossen sich die anderen an. Den reichen und angesehenen fränkischen Kaufleuten des Wiks gebührten der beste Platz und das Vorrecht, zuerst im Angesicht des Vaters, des Sohnes und des Heiligen Geistes zu erscheinen.

Der hochgewachsene junge Sachse, der sich bislang im Schatten eines Pferdestalls gehalten hatte und jetzt in die Menge der Kirchgänger eintauchte, fiel in dem Gedränge niemandem auf. Dabei war es selten, daß jemand vom Wolfshof die Kirche besuchte. Wolfger tat es diesmal nicht um des Christengottes willen, an den er nicht glaubte. Er hatte sich erst entschlossen, an der Messe teilzunehmen, als er an der Spitze der Wikleute Brunold und seine Tochter gesehen hatte.

Gisla!

Nur die Aussicht, sie zu treffen, hatte ihn so früh in den Königshof gelockt. Und sie war tatsächlich erschienen und schritt an der Seite ihres Vaters mit feierlichem Ernst einher. So sah es aus, doch Wolfger glaubte, in ihrem schönen Gesicht einen traurigen Zug bemerkt zu haben. Er folgte ihr in die Kirche, weil er eine Erklärung für diese Trauer suchte, für ihr Fernbleiben in der vergangenen Nacht und dafür, weshalb sie nicht die Kette mit den Brennenden Steinen trug.

Aber in der Kirche war Gisla für ihn ebenso unerreichbar wie außerhalb. Die vornehmen Wikleute hatten auf den langen Holzbänken im vorderen Teil des Kirchenschiffs Platz genommen, Brunold und seine Tochter ganz vorn. Hinter den Bänken staute sich das gemeine Volk, Wolfger mitten unter ihnen, eingezwängt zwischen fremden Gesichtern, Rücken, Schultern und Ellbogen. Und es wurden immer noch mehr, die am Portal geweihtes Brot von den

Diakonen entgegennahmen und in Mindens Kirche drängten.

Selbst wenn es Wolfger gelungen wäre, sich mit Gewalt in die vordersten Reihen durchzuarbeiten, hätte er nicht unbemerkt mit Gisla sprechen können, die eingekeilt war zwischen ihrem Vater und einem knochigen Mittvierziger, in dem Wolfger Brunolds Vetter Benno erkannte. Neben diesem saß Brunolds Neffe Anwan und warf Gisla immer wieder verstohlene Blicke zu, die nicht erwidert wurden.

Auf der anderen Seite des schmalen Ganges befanden sich die Plätze von Asmund, Ermold und der aus einem Wolfger nicht bekannten Grund wie blöde kichernden Alda.

Die Glocken verstummten. Aus einem im Halbdunkel verborgenen Gang trat ein schlanker Mann in einer reich bestickten Albe in den Chor, der vom übrigen Kirchenschiff durch ein Eisengitter abgetrennt war, als fürchte sich der Leiter der Mindener Mission vor seinen Gläubigen. Wolfger erkannte Rutinus, als der Priester den blumengeschmückten Altar erreichte und das leinene Amikt, das bisher seinen Kopf bedeckt hatte, auf die Schultern herabzog. Zum Vorschein kam rötlich leuchtendes Haar, das die Tonsur in dichtem Kranz umschloß.

Während die Gläubigen in das von Rutinus angestimmte »Kyrie eleison« einfielen, tauchte Wolfgers Geist in die Vergangenheit ein, kehrte zurück zu jenem fernen Tag, als Herzog Widukind die christliche Taufe empfing. Rutinus hatte das Ritual zusammen mit dem Hofkaplan Angilram und dem Missionsbischof Erkanbert vollzogen. Wolfger erinnerte sich, wie sein Vater zum Fluß trat; das Herz des Sohnes hatte schneller geschlagen, denn trotz seiner Jugend hatte Wolfger um die Bedeutsamkeit des Ereignisses gewußt. Seltsam, Wolfhards Züge hatte er vergessen, nicht aber das, was sich abspielte. Genau erinnerte sich Wolfger, wie sich sein Vater gegen die Taufe sträubte und einen der beiden Priester, die ihm das weiße Gewand überstreifen wollten, in den Fluß stieß. Wolfhard erkämpfte sich ein Pferd und floh aus der Wesersiedlung, verfolgt von Wolfgers bangen Blicken. Das war das letzte, was Wolfger von ihm gesehen hatte. Jetzt, als er darüber nachdachte, spürte er ein seltsam flaues Gefühl in seiner Brust, als würde Vergangenheit zu Gegenwart und Gegenwart zu Vergangenheit. Er schob es auf die vielen Menschen in der Kirche, die ihm fast die Luft zum Atmen raubten.

Nach der Begrüßung der Gläubigen sangen alle unter Rutinus' Anleitung das »Gloria in exelsis Deo«, doch einmal stockte der Priester, und Wolfger glaubte, den Blick des Geistlichen auf sich zu spüren. Hatte der Missionar ihn erkannt? Hegte Rutinus Haß gegen ihn, den Sohn des Mannes, der Rutinus' Bruder in die Weser gestoßen hatte? Wolfger hatte erst Jahre später erfahren, daß der Ertrunkene Beatus geheißen hatte und der jüngere Bruder des Archidiakons gewesen war.

Rührte daher der glühende Zorn des Priesters auf diejenigen, die er Heiden nannte? Wann immer es einen Hain der alten Götter zu zerstören galt, ritt Rutinus an der Spitze der bewaffneten Frankenschar. Wo immer aufgespürte Sachsen die Wahl hatten zwischen Taufe und Tod, tauchte Rutinus auf, das Kreuz in der einen, das Schwert in der anderen Hand. Hinter vorgehaltener Hand nannten ihn die Sachsen, auch viele der hier Singenden und Betenden, den »Blutpfaffen«.

In seiner Predigt bewies Rutinus einmal mehr seine Einstellung. Er wetterte gegen die heidnischen Götter, nannte Wodan einen der Hölle entsprungenen Dämon, Donar einen verdammungswürdigen Wetterzauberer und Saxnot den Stammvater eines verachtungswürdigen Heidengezüchts. Rutinus forderte alle wahrhaft Gläubigen auf, jeden ihnen bekannten Heiden, jeden heiligen Hain und jedes heidnische Opfer, von dem sie Kenntnis erhielten, ihm oder dem Wikgrafen anzuzeigen.

Zorn stieg in Wolfger auf. Er war getauft worden, aber die alten Götter bedeuteten ihm mehr als die christliche Dreifaltigkeit. Wodan, Donar und Saxnot waren die Götter seiner Heimat und seiner Abstammung, Jesus Christus nur ein aufgezwungener Name. Wer ihm nicht huldigte, starb unter dem Frankenschwert. Aber Christus zu huldigen hieß nicht, ihn wirklich zu verehren. Die Heiligen auf den großen Wandteppichen, mit denen das Kirchenschiff und der Chor reich geschmückt waren, schienen Wolfger höhnisch anzustarren. Nach der Wandlung aß er im Gegensatz zu allen anderen nicht das geweihte Brot, sondern zerrieb es zwischen seinen Fingern. Und den Kelch mit dem geweihten Wein reichte er weiter, ohne das Blut Christi mit seinen Lippen berührt zu haben.

Am Ende der Messe läuteten wieder die Glocken, Hohngelächter in Wolfgers Ohren. Es dauerte merkwürdig lange, bis sich die Kirche leerte. Als der junge Sachse das Portal erreichte, sah er, weshalb. Die Diakone nahmen lächelnd die Opfergaben in Empfang: Schinken und Käse, Handwerksarbeiten, Kerzenwachs und Lampenöl. Oder auch Geld. Die Silbermünzen wanderten in Lederbeutel, die anderen Gaben in große Körbe, die ausgetauscht wurden, sobald sie gefüllt waren. Wolfger, der nicht darauf vorbereitet war, gab einen Silberpfennig für die heilige Kirche und die vollen Bäuche ihrer Diener.

Er war noch wie betäubt von Rutinus' Haßtiraden und den

188

schweren Schlägen der Glocken, die unter dem großen Eisenkreuz in ihrem hölzernen Turm hingen und mit jener gleichförmigen Unermüdlichkeit hin und her schwangen, die den sich immer weiter ausbreitenden Christen zu eigen war und ihnen Sieg um Sieg bei der Unterjochung Andersgläubiger bescherte. Wolfger nahm keine einzelnen Gestalten und keine Gesichter wahr. Alles war wie ein böser Traum, in dem die Menschen zu undeutlichen Schemen verkamen.

Vielleicht bemerkte er die schmutzige, furchteinflößende Kreatur, vor der die sauber und ordentlich gekleideten Kirchgänger zurückwichen, deshalb so spät. Der untersetzte Mann war in fleckige Fetzen gekleidet, das grobknochige Gesicht wirkte wie aus einem Alptraum: Über der linken Augenhöhle saß eine zerfranste Lederklappe; darunter war die Wange eine einzige frische Narbe, ein brandblasiger Wulst. Eine Narbe, die auf der linken Brustseite des Mannes weiterlief, wie Wolfger wußte, wenn die Wunde auch unter dem dreckstarrenden Kittel verborgen lag.

Mit der erhobenen Rechten, einen unmenschlichen Schrei ausstoßend, warf sich Elso auf Wolfger. Im Sonnenlicht blitzte die Saxklinge in der Hand des Friesen.

Vielleicht war es dieses Blitzen, vielleicht auch der gellende Schrei, jedenfalls erweckte etwas Wolfger aus jenem unwirklichen Dämmerzustand. Zu spät allerdings, um seinen Sax zu ziehen. Er riß beide Hände hoch und umklammerte Elsos Unterarm, fing den Saxhieb ab. Die eiserne Spitze schwebte eine Handbreit über Wolfgers Hals.

»Du wirst sterben, verfluchter Dreckskerl!« zischte Elso. »Sterben!«

»Warum?« keuchte Wolfger.

»Du bist schuld an allem! Du und dieser verdammte Barde!«

»Hruodgar ist mein Name«, sagte die rot-blau gekleidete Gestalt, die hinter Elso aus der erstarrten Menge auftauchte und die beiden ineinander verschränkten Hände in den Nacken des Friesen hieb. »Wenn du schon jemanden bis aufs Blut haßt, solltest du dir seinen Namen merken!«

Ob Elso den Rat hörte, erschien fraglich. Er brach unter Hruodgars schwerem Hieb zusammen und sackte, sich halb um sich selbst drehend, zu Boden, wo er stöhnend und keuchend zwischen Wolfger und dem Barden lag.

»Du hast mir schon zum zweitenmal beigestanden«, stellte Wolfger mit Erleichterung und Erstaunen fest.

»Als ich den einäugigen Friesen hier herumschleichen sah, hielt ich es für besser, ihn zu beobachten.«

»Eine kluge Entscheidung, Hruodgar. Vielleicht hast du mir gerade zum zweitenmal das Leben gerettet. Wie kann ich dir danken?«

»Gestatte mir, ein Lied darüber zu dichten.«

Wolfger nickte und lachte auf. »Du mußt bald genug Lieder zusammenhaben, um bis an dein Lebensende singen zu können.«

»Mit Liedern ist es wie mit Met und Frauen: man kann nie genug davon haben.«

Die Menge teilte sich und ließ eine Gruppe Bewaffneter durch, angeführt von Asmund und Ermold. Der Mann mit der Silbernase warf einen fragenden Blick auf den am Boden liegenden Friesen, dann auf Wolfger und Hruodgar.

»Der Bettler wollte diesem Mann an den Kragen, war wohl scharf auf seinen Geldbeutel«, beantwortete der Barde die unausgesprochene Frage.

»Und was hast du damit zu tun, Sänger?« fragte Asmund.

»Ich war gerade in der Nähe und stand dem Mann bei.«

»Du treibst dich schon ziemlich lange in Minden rum«, stellte der Wikgraf mit einem unwilligen Knurren fest.

»Fast einen Monat«, sagte Hruodgar. »Ich kam mit Brunolds Schiffen.«

»Ja, und eins der Schiffe wurde von den Flußräubern ausgeplündert.« Asmund sah wieder auf den stöhnenden Friesen hinab. »Immer wenn eine Missetat geschieht, bist du in der Nähe, Barde. Nennst du das nicht einen seltsamen Umstand?«

Hruodgar setzte eine Unschuldsmiene auf und krönte sie mit einem gewinnenden Lächeln. »Ich nenne es eher einen Glücksfall, kann ich so doch viele aufregende Lieder dichten.«

»Hat nicht bald jeder in Minden deine Lieder gehört?«

»Ich warte, daß König Karl von seinem Kriegszug zurückkehrt.«

»Warum?«

»Um vor ihm zu singen. Wenn ich Glück habe, lädt mich der König an seinen Hof ein. Er hat viel übrig für gute Kunst.«

»Ich nicht«, versetzte Asmund barsch. »Sieh zu, daß du mir nicht in die Quere kommst!« Er wandte sich an den Hauptmann: »Laß den zerlumpten Kerl einsperren, Ermold. Wir kümmern uns später um ihn. Ich möchte nicht, daß der Lump das Pferderennen stört. Wolfger fühlt sich hoffentlich trotz dieses Zwischenfalls in der Lage, mit seinem Sturmwind gegen meinen Nachtblitz anzutreten.«

»Ja«, sagte Wolfger geistesabwesend. Sein Blick hing wie festgeschmiedet an dem Gislas.

Sie stand mit ihrem Vater und dessen Vetter in der Menge und wirkte erleichtert, daß Wolfger nichts zugestoßen war.

Zugleich aber war ihr Ausdruck traurig und auf seltsame Art abweisend, als wolle sie nichts weiter mit Wolfger zu tun haben. Oder als dürfe sie es nicht. Brunold, Benno und Anwan gingen weiter, und Gisla schritt wie ein folgsames Opferlamm zwischen ihnen einher.

12. Kapitel

Nachtblitz

Nachtblitz war ein edles, beeindruckendes Roß. Groß und kräftig, ohne massig oder gar schwerfällig zu wirken. Mit Beinen von dichtem, gutem Knochenwuchs, die das Laufen gewohnt waren. Seinen Namen verdankte der Hengst dem schwarzglänzenden Fell und einer weißen Zeichnung, die zackenförmig von der Stirn bis zum Oberlippenrand führte. Nachtblitz kannte seine Stärken und gebärdete sich wie der König des Wiks, als er mehrmals den Kopf in den Nacken legte und ein lautes, stolzes Wiehern über den großen Platz schickte, auf dem das Rennen beginnen und enden sollte. Seine Zügel hielt ein schmächtiger, ganz in Leder gekleideter junger Bursche.

»Das muß Asmunds Reiter sein«, bemerkte Wolfger zu Wittich, während sie Sturmwind unter der bereits sehr heißen Vormittagssonne auf den Wikplatz führten. »Kennst du ihn?«

»Nein, und das ist kein Wunder«, antwortete der Lite in einem mißmutigen Tonfall. »Ich habe mich etwas umgehört. Dieser halbe Knabe heißt Rul und stammt von demselben Hof wie Nachtblitz. Asmund hat nicht nur ein erfahrenes Rennpferd gekauft, sondern den Reiter gleich dazu, ein eingespieltes Gespann. Graf Silbernase überläßt nichts dem Zufall. Er will das Rennen unbedingt gewinnen.«

»Das will ich auch«, sagte Wolfger mit Nachdruck, während er in der großen Zuschauerschar vergeblich nach Gisla ausspähte.

»Du und Sturmwind, ihr könnt es schaffen. Aber wenn Rul ein so guter Reiter ist wie Nachtblitz ein hervorragendes Rennpferd, wird es nicht leicht werden.« Zweifel und Bewunderung lösten sich auf Wittichs verwitterten Zügen ab, während er Nachtblitz begutachtete. »Die Knochen und Gelenke sind kräftig und gut gelagert. Die Sehnen treten deutlich hervor. Die Brust ist weit und tief, bietet dem Roß genügend Raum zum Atmen. Die ganze Haltung zeugt von Mut und Kampfgeist. Ich habe selten ein besseres Pferd gesehen.« Als er Wolfgers fragenden Blick auffing, fügte er rasch hinzu. »Außer Sturmwind natürlich.«

»Glaubst du wirklich, Sturmwind kann es schaffen?«

»Die Aussichten sind gut verteilt, aber weder zu Nachtblitz' noch zu Sturmwinds Gunsten. Vielleicht bringen die Hufeisen des Feuerschmieds den Ausschlag.«

»Ja, vielleicht«, seufzte Wolfger und stellte fest, daß Gisla sich nicht unter den Zuschauern befand. Er hatte Brunold, Benno und den jungen Anwan mit ihren Leuten entdeckt, nicht aber die Tochter des Kaufmanns. Obwohl sich einige Frauen aus angesehenen Familien, die Häupter zum Schutz gegen die Sonne unter weißen Leinenschirmen verborgen, das Rennen ansahen.

Der von ein paar Bewaffneten begleitete Ermold lenkte seinen Grauschimmel auf den Platz und erläuterte allen noch einmal die Bedingungen des Rennens: »Da nicht nur die Schnelligkeit, sondern auch die Ausdauer der Pferde zur Erprobung ansteht, geht das Rennen über eine Distanz von zehn Leuga. Zunächst fünf Leuga nach Westen und um den Königsstein herum, dann wieder zurück zum Wik. Sieger ist, wer diesen Platz zuerst erreicht.«

Wer in der Menge nicht aufmerksam lauschte, weil er die Regeln schon kannte, unterhielt sich mit anderen über die Aussichten der beiden Rivalen. Manch einer schloß letzte Wetten ab; auf Sturmwind setzten ebenso viele wie auf Nachtblitz. Wolfger erblickte in den Hunderten von Gestalten Hruodgar und, von anderen Bettlern umringt, Hraban und Ogger. Rutinus stand mit versteinertem Gesicht an der Spitze der Missionare und schien dem Schauspiel mehr Bedeutung beizumessen als der Pflicht, den Tag des Herrn zu heiligen.

Auch seine eigenen Leute sah Wolfger, ganz vorn Gerhild und die verheulte Gunda. Sie hatte die ganze Nacht hindurch geweint, um ihren Geliebten Anscher, der sich vermutlich irgendwo in den Bergen versteckt hielt. Die Augen in Gundas gerötetem Gesicht blickten den Bruder vorwurfsvoll an. Er kannte den Grund, sie hatte es ihm deutlich gesagt: »Du trägst die Schuld an Anschers Schicksal. Wegen deiner Sturheit mußten Anscher und ich uns heimlich im Wik treffen. Und deinetwegen haben Asmunds Männer mich überfallen.«

Fast war Wolfger erleichtert, als Asmund auf dem Wikplatz erschien und ihn auf andere Gedanken brachte. An seiner Seite ging Alda mit einem Sonnenschirm, dessen goldflirrende Bespannung mehr dazu geschaffen schien, Aufmerksamkeit zu erregen, als Sunnas heiße Strahlen abzuhalten.

Sie blieben vor Wolfger, Wittich und Sturmwind stehen, und Asmund fragte: »Nun, bis du bereit, Wolfger?«

Der Sachse nickte nur, stieg in den Sattel und ritt zu der Ausgangslinie, die einer von Ermolds Männern mit dem Stiefelabsatz in den Staub gezogen hatte. Auch Rul hatte sein Roß bestiegen und hielt Nachtblitz neben Sturmwind an, ohne Wolfger und seinen Rappen auch nur eines Blickes zu würdigen. Das wirkte ebenso hochnäsig wie selbstüberzeugt. Ob zu Recht, das würde sich gleich erweisen. Als Ermold die erhobene Hand mit der wimpelbesetzten Lanze sinken ließ, war der Moment gekommen.

Unter den anfeuernden Rufen der Versammelten stießen die beiden Reiter ihren Tieren die Hacken in die Flanken. Die Pferde schossen los, flogen an den Schaulustigen, an den Häusern und Lagergebäuden des Wiks vorbei und gewannen das offene Land, das in der Nähe der Siedlung ebenfalls mit einer gaffenden und schreienden Menge bevölkert war. Die Menschen standen Schulter an Schulter auf den abgemähten Heuwiesen. Die Bauern hatten alle Mühe, sie von den noch nicht geschnittenen Wiesen fernzuhalten.

Wiesen und Äcker verschwanden – und schließlich auch die Zuschauer. Wolfger und Rul waren allein mit ihren galoppierenden Pferden. Seite an Seite jagten die beiden Rappen zwischen Wäldern und Böschungen dahin, dem Königsstein entgegen. Dieser wie eine Krone geformte Fels war eine weithin bekannte Landmarke.

Kaum tauchte sie vor den beiden Rivalen auf, trieb Rul, der im Gegensatz zu Wolfger Sporen trug, die silberblitzenden Spitzen ins Fleisch seines Rosses, so tief, daß Blut hervorspritzte. Nachtblitz ließ ein empörtes Wiehern hören, griff aber noch schneller aus. Die Hufe flogen nur so dahin, und bald sah Wolfger den Rivalen nur noch von hinten.

Er widerstand der Versuchung, Sturmwind ebenfalls zu einem schnelleren Galopp anzuhalten. Gewiß hätte Sturmwind den Anschluß an Nachtblitz geschafft, aber Wolfger wollte das Rennen nicht dadurch gewinnen, daß er seinen vierbeinigen Freund zuschanden ritt. Deshalb hielt er seine Geschwindigkeit und beobachtete besorgt, wie Rul und Nachtblitz mehr als zehn Pferdelängen vor ihnen in das hohe Buschwerk rund um den Königsstein eintauchten.

Wolfger neigte seinen vom Sattel gelösten Körper weit nach vorn, wie Wittich es ihm beigebracht hatte. Beim Galopp lief ein Roß am schnellsten, wenn das Gewicht des Reiters auf den Vorderbeinen ruhte. So tauchte er in den Schatten der Bäume und Büsche rund um den großen Felsen ein. Die Kühle tat ihm gut. Längst klebten die Kleider an seinem Leib.

Er ließ Sturmwind in einen ruhigeren Galopp zurückfallen. Der Boden war hier tückisch: steinig und teilweise von Wurzelwerk überzogen. Den Blick fest nach unten gerichtet, wollte Wolfger vermeiden, daß sein Rappe durch eine Unachtsamkeit von Pferd oder Reiter zu Fall kam.

Aber die Gefahr kam von links, löste sich aus dem Schatten des Königssteins, schoß wie dunkler Blitz heran – ein Nachtblitz – und rammte Sturmwind. Gleichzeitig spürte Wolfger einen heftigen, schlagartigen Schmerz am Hinterkopf. Sturmwind strauchelte, und der Sachse hielt sich nur mit Mühe im Sattel. Wie durch einen Schleier, der plötzlich vor seine Augen gefallen war, sah er undeutlich Ruls höhnisch verzerrtes Gesicht ganz dicht vor sich. Dann drehte sich der halbwüchsige Bursche wieder um, blickte nach vorn und spornte Nachtblitz erneut mit den bereits blutüberzogenen Sporen an. Asmunds Roß griff gehörig aus und umrundete den Felsen, während Sturmwind zitternd anhielt.

Mit Erleichterung nahm Wolfger zur Kenntnis, daß Sturmwind nicht gestürzt war. Nachtblitz hatte den Konkurrenten gerammt, das war ihm jetzt klar. Und nicht zufällig. Rul hatte sein Tier mit aller Gewalt angetrieben, um hier im Schatten des Königssteins die Falle zu stellen. Eine schmerzhafte Falle. Als Wolfger die Hand vom pochenden, stechenden Hinterkopf nahm, war sie blutbeschmiert. Sein sich allmählich klärender Blick fiel auf einen abgebrochenen Ast, der ganz in der Nähe am Boden lag. Auch an ihm, Ruls Waffe, klebte Blut.

»Wir müssen weiter, Sturmwind!«

Wolfger ließ den Hengst antraben, dann galoppieren. Wenn er jetzt aufgab, hatte Rul sein Ziel erreicht. Und Asmund gewann das Rennen sowie Sturmwind!

Sie lösten sich vom Königsstein und kamen in offeneres Gelände. Nachtblitz hatte einen Vorsprung von einer halben germanischen Meile gewonnen.

Aber die Distanz schmolz rasch zusammen. Die Kräfte des führenden Pferdes ließen nach, sosehr Rul sich auch bemühte, das Tier mit Schlägen und Tritten anzutreiben. Die Gewaltakte, zu denen er den Rappen gezwungen hatte, forderten ihren Preis. Immer öfter warf Rul einen hastigen Schulterblick nach hinten, und jedesmal waren Sturmwind und Wolfger ihm ein gutes Stück näher gekommen.

Bis Sturmwind das andere Roß überholte, dem bereits Schaumflocken vom keuchenden Maul flogen. Es war fast zu einfach.

Am liebsten hätte Wolfger Sturmwind näher an den Gegner herangedrängt und seine Faust in Ruls erschrockenes Gesicht geschlagen. Aber zumindest Wolfger wollte das Rennen auf ehrliche Weise gewinnen. Asmund sollte keinen Grund haben, Sturmwinds Sieg anzufechten.

Rul stieß wütende Schreie aus. Wolfger wußte nicht, ob sie ihm oder dem erlahmenden Nachtblitz galten. Es war ihm auch gleichgültig. Hauptsache, Rul und Nachtblitz fielen weiter und weiter zurück.

Ein Wald, in den Sturmwind und Wolfger eintauchten, trennte sie von dem gegnerischen Paar. Wolfger kannte den Buchenhain und wußte, daß ihm der Sieg sicher war. Nur noch eine germanische Meile, und der Wik lag vor ihnen.

Doch dann drehte sich die Welt, wurde Himmel zu Erde und Erde zu Himmel. Das laute Gewieher, das seine Ohren schmerzen ließ, stammte von Sturmwind. Erst klang es erschrocken, dann voller Pein. Auch Wolfger verspürte starken Schmerz. Im weiten Bogen aus dem Sattel geschleudert, schlug er hart mit Schulter und Kopf gegen einen Baumstamm. Es fühlte sich an, als schlage jemand mit der Axt gegen seinen Schädel.

Etwas Rotes verklebte seine Augen. Blut. Er wischte es mit der Hand weg und erkannte Sturmwind, der sich schmerzgeplagt am Boden wälzte, unfähig aufzustehen.

Zwei andere Gestalten sahen wie Menschen aus, wie fränkische Krieger. Sie lösten ein Seil, das sie quer über den Waldpfad gespannt hatten. Wolfger erkannte die beiden Männer, die gestern Gunda überfallen hatten. Offenbar hatte Asmund ihnen befohlen, ihr Versagen wiedergutzumachen.

Der größere bemerkte, daß Wolfger ihn ansah, und trat mit erhobener Axt auf ihn zu. Wolfger wollte auch zur Waffe greifen, aber er war durch den Fall gegen den Baum wie gelähmt. Die Axtklinge stürzte auf ihn herab, einem hungrigen Raubvogel gleich. Sein Kopf schien in tausend Stükke zu zerbersten. Der Schmerz, der Wolfger durchfuhr, überwältigte ihn und riß ihn aus dem Bewußtsein. Damit wich auch der Schmerz einer Nacht ohne Traum und ohne Erinnerung.

13. Kapitel

Tränen, Blut und Leid

Wolfger hörte seinen Namen, seltsam undeutlich, als seien seine Ohren mit Moos verstopft. Dieses Gefühl der Taubheit lag auf seinem ganzen Körper. Wasser ergoß sich auf sein Gesicht, kühl, wohltuend, belebend. Das Naß füllte seinen Mund aus, rann in seinen Rachen, mehr und mehr. Er konnte nicht schlucken, spuckte deshalb, prustete – und kehrte dadurch ins Leben zurück. Um sich herum sah er vertraute, besorgte Gesichter. Sie gehörten Männern vom Wolfshof.
Wittichs schmales Antlitz war ganz nah. Die rissigen Lippen bewegten sich und fragten: »Wie fühlst du dich, Junge?«
»Als hätte jemand einen Felsblock auf meinen Kopf fallen lassen«, antwortete Wolfger. Er sprach dabei langsam und schleppend. Seine Zunge war schwer und mußte zu jeder Bewegung gezwungen werden.
»So ähnlich muß es gewesen sein«, meinte Wittich. »Dein Kopf sieht wirklich aus wie nach einem Steinschlag. Hast einiges an Blut verloren. Zum Glück hast du den harten Schädel deines Vaters geerbt. Als wir dich fanden, haben wir die Wunde sofort verbunden.«
Wolfger saß auf weichem Waldboden und lehnte mit dem Rücken gegen den hellen Stamm einer Birke. Das nahm er wahr, während er mit den Händen vorsichtig nach seinem Kopf tastete und den dicken Verband fühlte. Er mußte da-

mit aussehen wie die Kaufleute aus dem Morgenland, die vor einigen Wintern zum Handeltreiben im Mindener Wik gewesen waren und großes Aufsehen bei den Einheimischen erregt hatten; zumindest bei allen, die keine Fernhändler und einen solchen Anblick daher nicht gewohnt waren.

Ein langgezogenes Wiehern zog seine Aufmerksamkeit auf sich. Es war der verzweifelte Hilferuf eines gepeinigten Pferdes.

»Sturmwind!« stieß Wolfger hervor, als er die Stimme erkannte und sich an den Sturz erinnerte. »Was ist mit ihm?« Wittichs Gesicht wurde noch betrübter, und er schüttelte langsam den Kopf. »Beide Vorderbeine gebrochen, das rechte sogar mehrmals. Da ist nichts mehr zu machen. Wir hätten ihn längst erlöst, aber es steht dir zu, den Sax zu führen.«

»Nein!« keuchte Wolfger und kam taumelnd auf die Beine; Wittich stützte ihn. »Nein, das kann nicht sein!«

Er schleppte sich durch die Liten und Schalke hindurch bis zu Sturmwind, der am Boden lag und seinen Herrn traurig ansah. In den Augen des Rappen lag keine Hoffnung, nur das schmerzhafte Wissen des nahen Endes. Was der Mensch noch nicht wahrhaben wollte, das Roß hatte es längst erkannt.

Das sah auch Wittich und sprach: »Sturmwind weiß, daß er nie wieder laufen wird. Er bittet dich um den letzten Treuedienst, Wolfger.«

Stumm fiel Wolfger auf die Knie, schlang die Arme um Sturmwinds Hals und preßte seine tränenden Augen gegen das schwarze Fell. Er war wieder ein Kind, ein Junge.

Wie in jener fern geglaubten Nacht, als die Glocken der Sandfurt, die soeben den Namen Minden erhalten hatte, unentwegt sangen, um die Taufe des Sachsenherzogs und das – vermeintliche – Ende der Kriege im Sachsenland zu preisen. Die Franken feierten und auch die sächsischen Edelinge, die wie Asmund im Herzen längst Franken geworden waren, Fremde und Eroberer im eigenen Land.

Die Söhne Saxnots aber, die ihrem Stammvater bis zum letzten Augenblick treu geblieben waren, schwiegen, trauerten um die verleugneten Götter und die verlorene Freiheit. Und einige weinten. So wie Wolfger. Als die Nacht kam und er sein Gesicht vor den anderen verbergen konnte, flossen die Tränen, still, aber hemmungslos. Er weinte um den verlorenen Bruder und den Vater, für den der Freudentag so vieler zum Todestag geworden war. Er weinte, weil er sich so hilflos fühlte. Weil er hatte mit ansehen müssen, wie der edle Sattelmeier Wolfhard wie ein Friedloser floh, gehetzt von Asmunds eiserner Meute. Weil er seinem Vater nicht beigestanden hatte. Seitdem fühlte er sich schuldig an Wolfhards Tod.

Und jetzt traf ihn die Schuld an Sturmwinds Ende. Wolfger hätte besser achtgeben und damit rechnen müssen, daß Asmund einen Sieg des Gegners auf jeden Fall verhindern wollte. Hochmütig hatte Wolfger seinen Sieg schon für sicher gehalten, und der Preis für seinen Hochmut war Sturmwind. Wolfger, der seit des Vaters Tod geglaubt hatte, keine Tränen der Trauer mehr vergießen zu können, weinte wieder. Asmund hatte sein Ziel erreicht und neuen großen Schmerz über Wolfhards Sohn gebracht.

Wittich packte den Weinenden sanft und fest zugleich an den Schultern und zog ihn von Sturmwind weg. »Wir sollten es nicht länger hinauszögern. Sturmwind leidet nur. Du brauchst es nicht zu tun, Wolfger. Ich erledige es.«

Der Lite zog den Sax aus der mit Schnitzereien verzierten

Holzscheide, nahm breitbeinig vor dem Rappen Aufstellung und umfaßte den hölzernen Waffengriff mit beiden Händen. Er hatte die Arme schon erhoben, um die Klinge mit einem starken Stoß in Sturmwinds Herz zu versenken, als Wolfger ihn zurückriß.

»Nein, Wittich, nicht!«

Der Lite sah ihn traurig und streng an. »Es gibt keine andere Möglichkeit, Wolfger. Wir verlängern nur Sturmwinds Qual.«

»Ich weiß.«

»Aber warum willst du verhindern, daß ich Sturmwind töte?«

»Weil es meine Aufgabe ist«, antwortete Wolfger mit fester Stimme, wischte mit dem Ärmel die Tränen aus seinen Augen und nahm Wittich die Waffe aus der Hand.

Die Blicke von Reiter und Pferd trafen sich zum Abschied, dann stieß Wolfger zu, die Zähne zusammengepreßt, die Züge verhärtet. Blut spritzte, aber keine Träne rann. Denn Wolfger würde niemals um Asmund weinen – und an *den* hatte er gedacht, als er zustieß. Sturmwind verendete mit einem letzten Keuchen.

»Wieso seid ihr hier, Wittich?« fragte Wolfger, während er dem Liten den Sax zurückgab.

»Als dieser Rul mit Nachtblitz zurückkehrte und sich als Sieger feiern ließ, von dir aber nichts zu sehen war, ahnte ich, daß etwas nicht stimmte.«

»Ich hätte es auch ahnen sollen, viel früher.« Wolfger berichtete von den beiden Anschlägen und fragte: »Und Asmund? Was ist mit ihm?«

»Was schon? Er feiert seinen Triumph.«

Wolfger nickte mit grimmiger Miene. »Ich brauche ein Pferd.«

Wittich winkte einen Schalk heran, der dem Herrn seinen Braunen übergab. Als Wolfger sich in den Sattel schwang, stach ein bohrender Schmerz, wie von einem tief hineingerammten Messer, durch seinen Schädel. Der junge Sachse schwankte, umklammerte den Sattelknauf und konnte sich nur mit Mühe auf dem Braunen halten.

»Sieh dich vor, Junge«, sagte Wittich. »Du bist noch ziemlich schwach.«

Wolfger warf einen letzten Blick auf Sturmwind. »Der Gedanke an dies hier wird mir Kraft geben. Zwei Männer sollen Sturmwind auf einer Trage zum Wolfshof bringen.«

Wittich gab den Befehl weiter und folgte mit den übrigen Männern Wolfger, der trotz seiner Schwäche und seiner Schmerzen den Braunen zu einem scharfen Galopp anhielt. Winternacht hatte Mühe, zu ihm aufzuschließen.

»Ich sehe den Haß in deinem Gesicht«, rief Wittich über das Trommeln der Hufe und das Keuchen der Pferde hinweg. »Du mußt dich zusammenreißen, Wolfger. Ich verstehe dich. Aber denk bei allem, was du tust, an deine Mutter und deine Schwester!«

»Und was ist mit Sturmwind? Soll ich ihn vergessen? Vergessen, was Asmund ihm angetan hat?«

»Ihm oder dir?«

»Das ist doch gleich!« rief Wolfger mit bebenden Lippen. »Wichtig ist nur, daß Asmund die Schuld trifft!«

»Nein!« Wittich schüttelte den Kopf. »Wenn du Rache üben willst, dann an mir, Wolfger. Ich habe das Rennen vorgeschlagen.«

»Deine Absichten waren gut, Wittich, die von Asmund böse. Das ist der Unterschied.«

Wolfger bohrte die Hacken in die Flanken des Braunen und ließ den Liten hinter sich zurück. Er wollte nicht darüber reden, er wollte sich rächen. Eichen, Buchen und Birken flogen an ihm vorbei, Farn und Strauchwerk. Der Wald lag hinter ihm, und bald tauchten hinter den sanften Wellen des offenen Landes die hölzernen Befestigungen von Minden auf, wuchsen die unzähligen bunten Tupfer zu Menschen heran. Sie mußten zur Seite springen, um nicht unter die Hufe des Braunen zu geraten.

Gnadenlos trieb Wolfger das Tier voran und näherte sich dem Wikplatz, wo Asmund seinen Sieg feierte. In einer Hand einen im Sonnenlicht schimmernden Weinkelch, den anderen Arm um die üppigen Rundungen Aldas geschlungen, stieß der Wikgraf Hochrufe auf Nachtblitz und Rul aus. Sein heftiges Lachen versetzte die silberne Nase in einen zuckenden Tanz.

Das Lachen erstarb, als Wolfgers Brauner die Menge durchbrach und auf Asmund zuhielt. Die Wachen feierten auch und taten sich an dem von Asmund spendierten Wein und Met gütlich. Zu spät erkannten sie Wolfger und durchschauten seine Absicht. Als sie ihre Schwerter zogen und die Speere hochrissen, war der Sachse schon an ihnen vorbei.

Zwischen ihm und Asmund stand nur noch Ermold, der trotz seiner Körpermasse sehr schnell handelte. Er ließ seinen Becher fallen, zog das Schwert und schwang die Klinge in derselben Bewegung gegen den anstürmenden Reiter. Der Stahl fraß das Fleisch des Braunen zwischen Brust und Hals. Das Pferd strauchelte und stürzte. Zum zweitenmal innerhalb kurzer Zeit wurde Wolfger aus dem Sattel geschleudert.

Er fiel gegen Asmund und Alda, riß beide mit sich zu Boden. Die wie ein erschrockenes Schwein quiekende Metze beachtete er nicht weiter, sondern warf sich auf den Wikgrafen. Im ersten Moment dachte Wolfger, Asmund habe sich bei dem Sturz schwer verletzt, und tiefe Befriedigung erfüllte ihn. Aber dann erkannte er, daß es nur der verschüttete Rotwein war, der Asmunds Züge rot färbte.

Wolfger wollte schon dafür sorgen, daß sich der Wein mit Blut vermischte! Er bedauerte, vor dem Rennen sämtliche Waffen abgelegt zu haben. Aber sein Zorn war so groß wie seine Kraft, und seine Hände würden genügen.

Er schloß sie um Asmunds Hals und drückte fest zu. Der Graf röchelte, verdrehte die Augen, lief im Gesicht blau an. Wolfger drückte noch fester zu, von dem Gefühl getrieben, seinen Zorn nur durch Asmunds Tod besänftigen zu können. Wie Sturmwind sollte nun auch der Wikgraf durch Wolfgers Hände den Tod finden.

Wolfger war so sehr in seinem Haß auf Asmund gefangen, daß er kaum noch etwas anderes wahrnahm. Zu spät sah er die blutige Klinge, die mit der flachen Seite gegen seinen Kopf prallte. Der Schmerz kehrte zurück, viel schlimmer noch als zuvor. Er hatte das Gefühl, sein Magen würde herumgedreht, und er übergab sich, spie auf das verhaßte Gesicht mit der Silbernase, bevor rauhe Hände Wolfger packten, ihn schlugen und von Asmund herunterrissen.

Von den Soldaten zu Boden gedrückt und immer wieder geschlagen und getreten, sah Wolfger, wie sich Ermold und andere besorgte Franken um Asmund kümmerten. Der Wikgraf kam nur langsam wieder zu sich und schnappte, pfeifende Geräusche verursachend, nach Luft. Alda kniete neben ihm und gab die Versuche auf, ihr zerrissenes Kleid über die bloße Brust zu ziehen. Mit einem Tuch wischte sie Wolfgers Auswurf von Asmunds Gesicht, bis der Graf sie roh zur Seite stieß und schwankend auf die Beine kam.

Sein Arm stieß vor, als wolle er Wolfger mit der bloßen Hand durchbohren. Mit schriller, sich überschlagender Stimme bellte er: »Bindet den Hund an den Stauppfahl!«

Die Soldaten schleppten Wolfger in die Palisadenumfriedung und banden ihn an einen der hölzernen Pfähle, die vor Asmunds Anwesen standen und Reitern die Möglichkeit boten, ihre Pferde anzubinden. Aber auch die Staupe wurde hier vollzogen. Das eingetrocknete Blut geschändeter Liten und Schalke färbte das Holz mit dunklen Flecken. Die Staupe war keine Strafe für einen Friling und schon gar nicht für einen Edeling. Wer frei geboren war, beglich seine Schuld mit einem angemessenen Sühnegeld. Nur wer besitzlos war, bezahlte mit seinem Blut.

Aber Asmund wollte kein Geld und keine Wiedergutmachung. Er wollte Wolfger leiden und bluten sehen. Von zwei Soldaten gestützt, wankte der Silbernasige in den Königshof, der sich rasch mit Menschen füllte. Einige zeigten Mitleid für Wolfger, die meisten aber waren darauf aus, ein blutiges und dadurch nur noch aufregenderes Schauspiel zu erleben. Ermold ließ eine halbe Hundertschaft Speerträger aufmarschieren, um Asmunds Anwesen mit den Stauppfählen abzuriegeln.

Eine Frau schaffte es dennoch, den Kreis aus Eisenspitzen zu durchbrechen. Gerhild blieb mit zerrissenem Kleid und zerzaustem Haar vor Asmund stehen und bat um Gnade für ihren Sohn. »Du hast mir schon den Mann und den Ältesten genommen. Laß mir den einzigen Sohn, den ich noch habe!«

Asmunds Züge blieben hart, unversöhnlich, nur vom Haß bewegt, als er ohne jede Spur von Mitleid sagte: »Für die Welt ist es das beste, wenn das Gezücht, das du geworfen hast, ausgerottet wird.«

Er wollte Gerhild mit einer Handbewegung vertreiben, so, wie man eine lästige Fliege verscheucht. Aber die Frau fiel vor ihm auf die Knie, umschlang seine Beine und bat noch einmal, Wolfger zu verschonen.

Asmund beantwortete das mit einem Schlag ins Gesicht und einem kräftigen Fußtritt in den Leib. Gerhild rollte über den staubigen Platz und blieb am Rand der Absperrung liegen. Als sie sich aufrichtete, rann Blut aus ihrem Mund. Wittich kämpfte sich zu ihr durch, half ihr beim Aufstehen und zog sie aus Asmunds Gesichtskreis.

Erst als sich das stumpfe Ende eines Speers in seinen Magen bohrte, wurde Wolfger gewahr, daß er laut schrie. Er hatte seine Mutter angeschrien, nicht vor Asmund auf die Knie zu fallen, sich nicht wie eine Bettlerin zu benehmen, ihren Stolz nicht zu vergessen. Dann schrie er vor Wut und Entsetzen, als Gerhild von Asmund mißhandelt wurde. Der Speerstoß verwandelte sein Schreien in ein Keuchen. Er wäre zu Boden gesackt, hätten ihn nicht straff gespannte Schnüre am Blutpfahl gehalten.

Ein bulliger Mann kam eiligen Schrittes über den Platz, eine Peitsche mit rauher Lederschnur in der Hand. Vor Asmund hielt der Zuchtmeister an und fragte: »Wie viele Hiebe, Graf?«

»Fünfzig. Aber nicht aus deiner Hand.«

Asmund nahm dem verwunderten Zuchtmeister die Peitsche ab und befahl einem Soldaten, Wolfgers Rücken bloßzulegen. Der Soldat zerriß Wolfgers Hemd, bis es nur noch in Fetzen um seine Schultern hing. Die Menge staunte, daß der Graf selbst die Strafe vollstreckte.

Asmund trat an den Pfahl, dessen Gefangener Wolfger war, und sagte leise: »Bei deinem Bruder ging es sehr schnell. Bei deinem Vater war ich nicht dabei. Mit dir werde ich mir Zeit lassen, Wolfger. Du wirst nicht sterben, jetzt noch nicht. Du wirst leiden, lange.«

Der erste Hieb traf den Gefangenen. Wolfger zuckte zusammen und stöhnte auf, obwohl er sich vorgenommen hatte, hart zu bleiben. Zu überraschend kam der Schmerz, zu überwältigend war er für seinen geschwächten Leib.

»Tut das schon weh?« fragte Asmund, und es klang zutiefst befriedigt. »Dabei fängt der Schmerz erst an.«

Der zweite Hieb. Diesmal verbiß sich Wolfger jedes Stöhnen und sah mit starrem Gesicht über die Köpfe der Menge hinweg auf die große Kirche mit dem alles überragenden Glockenturm. War es Absicht, daß die Auszupeitschenden mit dem Gesicht zur Kirche festgebunden wurden? Sollte sie das an die vielgepriesene Barmherzigkeit des Christengottes erinnern?

Der dritte und der vierte Hieb ließen in Wolfger fast so etwas wie Gewöhnung entstehen. Wurde der Schmerz bedeutungslos, wenn die Welt nur noch aus ihm bestand?

Dem fünften Hieb folgte Asmunds Frage: »Warum sagst du nichts? Warum winselst du nicht um Gnade?«

»Ich weiß, daß ich von dir keine Gnade zu erwarten habe«, sagte Wolfger und versuchte, seinen rasselnden, stoßweisen Atem zu beruhigen. »Selbst wenn, von dir würde ich sie nicht annehmen.«

Der sechste, siebte und achte Hieb. Jedesmal legte Asmund mehr Kraft in seinen Schlag. Und Wolfger erkannte, daß die Gewöhnung an den Schmerz eine Illusion gewesen war.

»Wenn du von mir nur Schläge annehmen willst, das kannst du haben!« zischte Asmund und schlug zu, wieder und wieder, bis Wolfger die Übersicht über die Anzahl der Peitschenhiebe verlor.

»Gib mir lieber eine Antwort!« verlangte Wolfger irgendwann und stellte zu seinem Erschrecken fest, daß selbst das Sprechen ihn quälte. Die heißen Schmerzwellen, die von seinem Rücken über den Körper liefen, schienen bis in seinen Mund, bis zu seiner Zunge vorgedrungen zu sein.

Einem neuen Schlag folgte Asmunds Frage: »Was für eine Antwort?«

»Warum tust du das alles? Warum verfolgst du meine Familie mit solchem Haß?«

»Ich rettete deinem Vater das Leben«, antwortete Asmund zu Wolfgers Erstaunen und ließ abermals die gefräßige Lederzunge über den zerschnittenen, blutigen Rücken lecken. »Das ist jetzt mehr als zwanzig Winter her, damals, als König Karls Heer die Hohensyburg entsetzt hatte und im Sturmlauf zur Weser vordrang. Wolfhards Männer waren zusammengehauen worden, und er selbst hätte dasselbe Schicksal erlitten, hätte ich die Franken nicht mit meinen Männern zurückgedrängt.« Der heftigste Schlag von allen traf Wolfger, als wolle Asmund dadurch seine längst bereute Rettungstat ausmerzen. »Wolfhard versprach mir große Dankbarkeit. Doch als ich sie einforderte und seine Stimme erbat, um mich zum Herzog aller Sachsen wählen zu lassen, schlug er das aus und stimmte für Widukind. Es war die entscheidende Stimme!«

Zwei weitere Schläge ließen Wolfger erzittern. Seine Gedanken wollten sich verwirren, kaum konnte er das Gehörte begreifen. Er zwang seine Überlegungen zur Klarheit. Das Denken half ihm, lenkte ihn von den rasenden Schmerzen ab, die sich, so unglaublich es schien, noch immer steigerten. Standen ihm noch zehn Schläge bevor? Zwanzig? Oder mehr?

»Vater tat es sicher aus gutem Grund, weil er Widukind für den besseren Herzog hielt.«

»Genau das hat er auch gesagt.«

Worten folgten Hiebe – und Hieben Worte. Mehr und mehr Blut floß, ohne daß Wolfger bewußt wurde, daß die Pfütze um seine Füße von ihm selbst stammte.

»Wenn du gegen Widukind warst, Asmund, weshalb bist du ihm in mehrere Schlachten gefolgt, bist sogar einer seiner Sattelmeier geworden?«

»Neben dem Herzog waren seine Sattelmeier die mächtigsten Sachsen. Und so war ich immer in Widukinds Nähe, wußte, was er plante.«

»Und bist zu den Franken übergelaufen mit deinem Wissen, hast es verkauft für den Titel eines Grafen.«

»Ganz recht, kluger Wolfger. Widukinds Krieg war längst verloren, aber bei den Franken konnte ich noch etwas gewinnen.«

Die letzten Worte verstand Wolfger kaum noch. Fast bis zur Unkenntlichkeit verzerrt drangen sie an seine Ohren, wurden überlagert vom Pochen und Rauschen des eigenen Blutes, vom Pfeifen der Lederzunge, die die Luft durchschnitt, vom satten Klatschen und Schmatzen, wenn das Leder seinen Rücken traf und das mittlerweile blutigrohe Fleisch fraß.

So wie die Worte verzerrten sich auch die Bilder. Wolfger sah keine Menschen und Gebäude mehr um sich herum, sondern Dämonen, die aus ihren Höhlen krochen, um sich an seinem Leid zu weiden, sich an seinem Blut zu laben. Nur etwas blieb, hatte Bestand, wie um ihn zu verhöhnen: der Glockenturm mit dem eisernen Kreuz der Christenheit. In Wolfgers Augen füllte es den Himmel aus, beherrschte die Welt, brachte Tränen, Blut und Leid über die Menschen.

Sein Geist wollte den Körper verlassen, den Schmerzen entfliehen. Aber etwas in Wolfger sträubte sich dagegen. Eine Art von Stolz, der es Wolfger verwehrte, Asmund diesen letzten Triumph zu gönnen. Wolfger wußte nicht, ob die Worte des ehemaligen Sattelmeiers der Wahrheit entsprachen. Und er war nicht in der Lage, sich darüber Gedanken zu machen. Er wußte nicht einmal, ob er selbst die schrillen Schreie ausstieß, die er wie aus weiter Ferne hörte, oder ob es die erregten Zuschauer waren. Nur etwas wußte er, wollte er ganz fest: Asmund sollte nicht die Genugtuung verspüren, Wolfger die Seele aus dem Leib gepeitscht zu haben. Und Gerhild sollte nicht mit ansehen, wie ihr letzter Sohn unter Asmunds Hieben zerbrach. Er schaffte es und blieb bei Bewußtsein. Irgendwann hatten die Schläge ein Ende, banden ihn die Soldaten los und schleppten ihn über den Platz.

»Bringt ihn zu dem anderen Gefangenen!« befahl Asmund und setzte mit höhnischem Unterton hinzu: »Der wird schon dafür sorgen, daß unser zäher Bursche nicht zur Ruhe kommt.«

Als die Soldaten die Tür zu einem Verschlag neben Asmunds Stallungen aufrissen und Wolfger hineinstießen, erkannte er, was der Wikgraf meinte. Ein knochiger, untersetzter Mann hockte auf der dünnen Schicht Streu und blickte dem jungen Sachsen aus seinem einzigen Auge haßerfüllt entgegen. Freude zeichnete sich in dem durch schwere Brandwunden entstellten Gesicht ab. Die Wachen warfen die Tür zu und verriegelten sie.

»Schön, daß du mich besuchen kommst, Dreckskerl!« knurrte Elso, der jetzt nur noch ein Schemen in dem dunklen Zwielicht war, das durch die Risse in den Brettern und unter der Tür hindurch in den muffigen Verschlag drang. »Es gibt also doch noch Gerechtigkeit.«

»Wenn du damit die Gelegenheit meinst, mich zu töten, die hast du«, sagte Wolfger mit leiser, brüchiger Stimme.

»Fünfzig Hiebe, he?« lachte Elso. »Ich habe mitgezählt. Du dürftest so hilflos sein wie ein Neugeborenes, das eben aus dem Mutterleib gequollen ist. So einen zu töten macht mir keinen Spaß. Das hebe ich mir für später auf, wenn ich dich nicht mehr brauche.«

»Du brauchst mich?« fragte Wolfger erstaunt. »Wozu?«

»Na, um hier rauszukommen natürlich. Um mich kümmert sich doch keine Sau, die Bettler schon gar nicht. Sie hören jetzt alle auf den verfluchten Hraban. Aber du hast Freunde, wie ich gestern leider feststellen mußte. Sie werden versuchen, dir zu helfen. Und wenn du hier rauskommst, werde ich an deiner Seite sein!«

»Asmund wird dafür sorgen, daß niemand von uns hier rauskommt, jedenfalls nicht lebend.«

»Warten wir's ab«, brummte Elso und furzte laut. Er schien sich in dem engen, nach fauliger Streu stinkenden Verschlag beinah wohl zu fühlen.

Wolfger schloß die Augen und suchte im Schlaf Erlösung von seiner Qual. Aber der Schlaf kam gegen den beißenden Schmerz nicht an. Also lag er mit dem Bauch in der Streu und wartete, ohne zu wissen, worauf.

14. Kapitel

Gislas Flucht

»Weg da!« kreischte Teida, als Jubel und Geschrei aufbrandeten. »Jetzt laß mich wieder sehen!«
Ihre Finger verkrallten sich in Gislas Schulter, und sie riß die jüngere Schwester mit Gewalt von jenem Windauge im Obergeschoß, das freie Sicht auf den Wikplatz gewährte. Gisla drückte sich eng an Teida, die sich weit aus der Öffnung lehnte, und spähte zwischen ihr und der Holzwand nach draußen. Sie entdeckte einen Reiter auf einem Rappen, der, weit über den Pferdehals gebeugt, zum Wikplatz galoppierte. Die schreiende Menge hätte ihn aufgehalten, hätten Asmunds Soldaten nicht für eine freie Gasse gesorgt. Gisla ballte die Hände zu Fäusten und betete, daß der Reiter Wolfger war.
»Es ist Asmunds Mann«, zerstörte Teida Gislas Hoffnung. »Das Pferd des Grafen hat gewonnen. Nachtblitz ist der Sieger!«
Als Teida sich zu Gisla umdrehte, bemühte sich diese, ihre Erregung und ihren Kummer zu verbergen, doch es gelang ihr nicht ganz.
»Was hast du?« Teidas Stimme und ihr Tonfall wirkten von einem Augenblick auf den anderen mißtrauisch, lauernd. »Warum bist du so bleich geworden? Gönnst du Graf Asmund den Sieg nicht?«
»Doch!« sagte Gisla schnell. »Ich ärgere mich nur, daß ich hier im Haus hocken muß. Schon gestern am Markttag und

auch heute, wo alle draußen sind, um dem Rennen zuzusehen.«

»Ich bin auch nicht draußen«, stellte Teida fest, als sei dies eine Verpflichtung für Gisla, es ihr gleichzutun. »Und du könntest es sein, wenn du endlich damit herausrücktest, wer dein heimlicher Geliebter ist. Vater will nur Gewißheit haben, daß du dich nicht mit dem Falschen triffst. Wenn du ehrlich zu uns bist, darfst du auch wieder ohne Aufsicht aus dem Haus.«

»Ehrlich zu euch? Oder zu dir, Teida?«

»Wie meinst du das?«

»Du hast mich bei Vater verpetzt. Du hast ihm eingeredet, er müsse mich einsperren. Glaubst du, ich weiß das nicht?«

»Na und?« Teida zeigte ein Lächeln, das so kalt war wie ihr Herz. »Unsere Mutter ist tot, also muß ich auf meine kleine Schwester aufpassen.«

»Ich kann auf mich selbst aufpassen!«

Teida schüttelte den Kopf. »Wer sich nachts heimlich mit irgendwelchen Strolchen trifft, kann das wohl kaum. Willst du irgendwann mit einem dicken Bauch dastehen, geschwängert von einem Herumtreiber, vielleicht sogar von einem Sachsenbauern?«

»Warum nicht gleich von einem Liten oder einem Schalk?« ahmte Gisla den gehässigen Ton ihrer Schwester nach.

»Das würde ich dir zutrauen. Und Vater auch. Deshalb hat er dich unter meine Aufsicht gestellt.« Wieder lächelte Teida kalt und unecht, und ebenso falsch klang die plötzliche Süße ihrer Stimme: »Glaub mir, Schwester, ich will nur das Beste für dich. Viele Kaufmannssöhne haben ein Auge auf dich geworfen, da darfst du dich nicht an irgendeinen hergelaufenen Burschen wegwerfen. Wenigstens eine von uns beiden soll einen guten Mann bekommen.«

»Einen, den du und Vater aussucht und den ich nicht liebe, meinst du.« Gisla starrte ihre Schwester an, durch ihren Leib hindurch bis auf den Grund ihrer Seele. »Ich habe dich längst durchschaut, Teida. Du willst mich ins Unglück stürzen, willst mein Leben ruinieren, um dich daran zu weiden.«

»Und wenn schon?« Teidas Gesichtsausdruck war jetzt so starr wie ihre Stimme. »Wäre das nicht gerecht? Weidet ihr alle euch nicht auch an meinem Unglück?«

»Nein, das stimmt nicht. Die dich verhöhnen, sind Narren, die das Maul aufreißen, ohne nachzudenken. Nur ein Mensch weidet sich wirklich an deinem Unglück, Teida, und das bist du selbst. Deine Verkrüppelung ist der Quell deines Lebens und deine schärfste Waffe!«

Die Reaktion zeigte Gisla, daß sie die Wahrheit getroffen hatte. Teida schwang den Eichenholzstock, den Tibor ihr vor vielen Jahren als Gehhilfe geschnitten hatte. Der schwere, knotige Knauf schlug gegen Gislas Schulter. Beim Versuch, dem Schlag auszuweichen, wäre Gisla fast die Stiege hinuntergefallen.

Teida holte schon zu einem zweiten Schlag aus, doch neuer Lärm, der vom Wikplatz herüberscholl, lenkte sie ab. Sie sah wieder durch das Windauge, und Gisla spähte erneut über ihre Schulter.

Der zweite Reiter war eingetroffen. Wolfger! Aber er ritt statt Sturmwind einen Braunen und befand sich in einem erbarmungswürdigen Zustand. Sein Kopf war von einem Verband umschlungen. Selbst auf die Entfernung erkannte Gisla, daß der Stoff blutgetränkt war.

Und dann ging alles blitzschnell. Ermold zog das Schwert und brachte den Braunen zu Fall. Wolfger stürzte, kam aber rasch wieder hoch und warf sich auf Graf Asmund.

Das anschließende Gerangel konnte Gisla kaum verfolgen, weil neugierige Gaffer ihr die Sicht verstellten. Sie sah Wolfger erst wieder, als die Soldaten ihn hinter die Palisaden schleppten.

»Der Sachsenkerl scheint ein schlechter Verlierer zu sein«, meinte Teida schadenfroh. »Ich schätze, Asmund wird ihm schon Anstand einbleuen. Die Leute draußen rufen was von Stäupen.«

Jetzt war es Gisla, die ihre Schwester gewaltsam vom Windauge wegzerrte, um ungehindert ins Freie zu spähen. Aber die Wachen waren schon mit Wolfger hinter den Palisaden verschwunden. Die Menge drängte nach, um sich den blutigen Strafakt nicht entgehen zu lassen.

Die Staupe!

»Mein Gott, nein, laß das nicht zu!« flehte Gisla inbrünstig. »Verschon Wolfger vor der Staupe!«

Sie dachte dabei nicht nur an den Schaden, den sein Leib nehmen würde, sondern auch an den Geist, der gebrochen, entehrt werden sollte. Für einen freien Mann, einen von edler Abkunft gar, war es eine Schande, vor den Augen von Liten und Schalken am Stauppfahl zu bluten.

Als sie sich von dem Windauge abwandte, sah sie in Teidas geröteten Zügen den Triumph aufleuchten.

»Also er ist es, Wolfger! Der Sohn des Verfemten!«

»Ja, er ist es«, gab Gisla trotzig zu. »Und ich lasse nicht zu, daß sie ihn auspeitschen.«

Sie wollte zur Stiege eilen, das Haus verlassen und zum Königshof laufen, um etwas für Wolfger zu tun. Irgend etwas. Vielleicht konnte Brunold seinen Einfluß geltend machen, um Wolfger zu retten. Aber Teida stieß die Spitze ihres Stocks in Gislas Bauch und drängte sie zur Wand zurück.

»Du wirst nicht gehen!«

»Doch!«

Gisla packte mit beiden Händen den Stock und entwand ihn Teida mit solcher Heftigkeit, daß die Schwester das Gleichgewicht verlor und in ihrer ungelenken Art zu Boden fiel. Rasch sprang Gisla über sie hinweg und kletterte die Stiege hinunter.

»Tiiibooor!« erscholl über ihr Teidas Geschrei: »Halt Gisla auf!«

Die letzten Stufen nahm Gisla, um schneller zu sein, mit einem Sprung. Doch starke Arme umschlossen ihren Körper, hielten ihn so fest, daß Gisla kaum noch zu einer Bewegung fähig war. Sie blickte in das kantige, bärtige Gesicht des Wilzen. Tibor sah sie nicht böse an, aber entschlossen. Er befolgte Brunolds Befehle genau und fast noch genauer die Anweisungen Teidas. Als könne er dadurch wiedergutmachen, daß er damals ihr Pferd aufgehalten und sie zum Krüppel gemacht hatte.

Teidas Gesicht erschien in der Luke am oberen Ende der Stiege. »Bring sie herauf, Tibor. Wir müssen sie einsperren, bis Vater heimkommt.«

Gislas Schlafkammer wurde zu ihrem Gefängnis. Ein düsteres Gefängnis. Das kleine, nicht mehr als handgroße Windauge reichte selbst für den winzigen Raum nicht aus, der nur Platz für ein schmales Bett und eine große Kleidertruhe ließ. Zumal ein gegenüberliegendes Lagerhaus das meiste Sonnenlicht schluckte. Tibor wachte vor der dicken Flechtmatte, die den Durchgang verschloß, bis Brunold zurückkehrte.

Teida erzählte alles dem Vater, kaum daß dieser das Haus betreten hatte. Gisla mußte herunterkommen, um Brunold Rede und Antwort zu stehen. Wie oft, wann und wo sie sich mit Wolfger getroffen habe. Brunold schien erleichtert, daß ihre Bekanntschaft nur so kurz und flüchtig war. Und noch erleichterter war er darüber, daß Wolfger nicht versucht hatte, Gisla »einen dicken Bauch zu machen«, wie Teida es ausdrückte, die während des ganzen Verhörs anwesend war und dem Vater die Stichworte in den Mund legte. Fast konnte man glauben, sie sei die Herrin des Hauses.

Gisla beantwortete alle Fragen schnell und knapp, damit es nicht so lange dauerte und sie endlich die Frage stellen konnte, die sie die ganze Zeit mehr bewegte als alles andere: »Wie geht es Wolfger?«

»Wie soll's einem schon gehen, der fünfzig Peitschenhiebe abgekriegt hat? Daß er noch atmet, spricht für seine Zähigkeit. Ein Schwächling hätte längst seinen letzten Atemzug getan. Aber das kann noch kommen. Manch einer wurde lebend vom Stauppfahl gebunden, nur um am Blutverlust oder an den Schmerzen zu verenden.«

Gisla zuckte bei Brunolds Worten zusammen, als stehe sie selbst am Blutpfahl.

»Siehst du, wie sie mit dem Sachsenbauern leidet, Vater?« fragte Teida triumphierend. »Das ist der Beweis!«

»Der Beweis dafür, daß Gislas Gefühle aufrichtig sind«, sagte Brunold. »Darin kann ich nichts Schlechtes sehen.«

»Dann ... dann billigst du also, daß Gisla diesen Sachsen liebt?« schnappte Teida fassunglos.

»Nein, er ist der Sohn eines Verfemten und jetzt selbst ein Verfemter. Aber besser, Gislas Gefühle sind aufrichtig, als daß sie sich einem Kerl an den Hals wirft, nur damit er ihr ... einen dicken Bauch macht.« Brunold wirkte eine Weile geistesabwesend, sah dann seine jüngere Tochter an und sagte: »Ich sah in dir das kleine Mädchen von früher,

Gisla, doch du bist längst eine Frau geworden. Wird Zeit, daß du heiratest. Einen guten Mann, der dich liebt und dir Kinder schenkt, die in Ehre und Wohlstand aufwachsen. Dann hast du keine Zeit mehr für Flausen. Anwan erweist sich zunehmend als geschickter Schiffsführer und Kaufmann. Und er hat mir zu verstehen gegeben, daß er dich sehr schätzt, Gisla. Er wird bald wieder mit der *Begga* auslaufen, um an der Friesenküste Handel zu treiben. Wenn er zurück ist, wird Hochzeit gefeiert, am Tag des heiligen Martin.«

Anwan!

Gisla konnte es kaum fassen. Anwan war ein netter Kerl, zweifellos, aber er hatte ihr nie etwas bedeutet und würde es niemals tun. Er war eine Krämerseele, konnte nur an Gewinn und Verlust denken. Selbst in Sturm und Wellen sah er nichts anderes als Hindernisse oder Vorteile für seine Handelsfahrten.

Wolfger war da ganz anders. Wenn Gisla mit ihm sprach, fühlte sie sich unbeschwert und tief berührt zugleich. Wie Gisla blickte er hinter die Dinge, sah im Wind den Götteratem, im Rauschen der Weser die brodelnde Wut der Flußgeister. Vielleicht waren das nicht gerade Gedanken, die von den Priestern geschätzt wurden, doch sie entsprachen Gislas Empfinden, ihrer Seele, der Wolfger verwandter war als jeder andere Mensch, den sie kannte.

Aber Anwan? Ein Kaufmann, der vielleicht genauso werden würde wie ihr Vater, gefühlskalt und wortkarg. Die Anlagen trug Anwan in sich, war er doch der Sohn von Brunolds Halbbruder.

»Er ist dein Neffe!« stieß Gisla hervor. »Vater, Anwan ist der Sohn deines Bruders!«

»Damit sagst du mir nichts Neues.«

»Aber du willst, daß ich ihn heirate!«

»Ja. Es wird sehr vorteilhaft sein, wenn mein Geld in der Familie bleibt.«

»Du verstehst nicht, Vater. Anwan und ich dürfen gar nicht heiraten. Der Papst hat die Ehe innerhalb der Familie verboten.«

»Das laß nur meine Sorge sein«, gab sich Brunold unbeeindruckt. »Rutinus und seine Pfaffen leben nicht schlecht von dem Zehnten, den ich ihnen abliefern muß. Außerdem weiß ich so einiges von den geheimen Vorlieben der angeblich so frommen Brüder. Sie werden schon ihre barmherzigen Augen zudrücken, sonst sollen sie mich kennenlernen!«

»Aber ...«

»Und du wirst mich auch kennenlernen, wenn du dich meinem Willen widersetzt, Gisla!« erstickte er ihren neuerlichen Protest im Keim. »Solange dieser Wolfger in Minden ist, bleibst du im Haus, unter Teidas und Tibors Aufsicht.«

Das winzige Windauge warf einen dünnen, bleichen Lichthauch in Gislas Kammer. Mondlicht, Sternenlicht. Der Himmel war wolkenlos wie am Tag; ungehindert schien das Licht der Gestirne auf Minden hernieder. Das breite, gewundene Band der Weser mußte im zurückgeworfenen Himmelslicht jetzt aussehen wie eine Flut funkelnder, blitzender Edelsteine.

Gisla kannte den Anblick, wenn sie auch jetzt eine Gefangene im Haus ihres eigenen Vaters war. Oft genug hatte sie nachts am Fluß gesessen und die glitzernde Wunderwelt seiner Tausende und Abertausende von Tropfen genossen, jeder einzigartig, wunderbar, unverwechselbar und doch nur für einen kurzen Augenblick von Bestand. Gisla hatte sich gewünscht, einer dieser Tropfen zu sein, sich wegtragen zu lassen von der bedrückenden Erde des Vaterhauses, von Brunold, der mit jedem Jahr strenger und wortkarger wurde, und von Teida, die nicht mehr härter und kälter werden konnte. Gisla hätte ihre menschliche Existenz aufgegeben, um einer dieser schillernden Wassertropfen zu werden, selbst um den Preis, nach diesem flüchtigen Akt der Erfüllung nicht mehr zu existieren, aufgelöst im Wasserstrom.

Vielleicht würde sie mit der Weser ins Meer fließen und von den mächtigen Fluten bis zum Mittelpunkt der Welt, bis nach Jerusalem gespült werden. Oder zu den beiden anderen Kontinenten, die neben Europa im Weltenmeer schwammen: das unerforschte Afrika und das geheimnisumwitterte Asien, in dessen unzugänglichen Weiten das Paradies verborgen lag, wie die Priester sagten. Oder die Ozeane würden sie über den Rand der Weltenscheibe hinwegschwemmen, in jene fürchterlichen Schlünde, von denen die Schiffer nur hinter vorgehaltener Hand munkelten. Selbst solch ein Schicksal wäre Gisla wie eine Erlösung erschienen, eine Befreiung.

Doch immer hatte Gisla etwas davon abgehalten, ins Wasser zu gehen. Wie eine unhörbare Stimme, eine unsichtbare Hand. Manchmal dachte Gisla, es sei ihre Mutter, die im Himmel über sie wachte. Oder waren es nur Gislas Schuldgefühle, die Pflicht, die sie zu erfüllen hatte? Die Verpflichtung, Teidas Verbitterung zu ertragen und Brunold eine zweifach gute Tochter zu sein.

In dieser Nacht verfluchte sie zum erstenmal das Sternenleuchten, das als bläßliches Viereck von der Flechtmatte gegenüber dem Windauge aufgefangen wurde. Gisla wünschte sich dichte Wolken herbei, eine tiefschwarze Nacht, um ungesehen und ungehindert durchzuführen, was sie sich vorgenommen hatte. Doch keine Wolke zog auf, und nicht für einen Augenaufschlag verschwand der Lichtfleck auf der Türmatte. Gisla war keine Wetterhexe, kannte keinen geheimen Zauber, um ein Wolkengespinst herbeizurufen. Der Himmel war gegen sie – und gegen Wolfger.

Die Zeit verrann langsam, doch Gisla hatte keine Mühe, wach zu bleiben. Die Sorge um Wolfger vertrieb jede Müdigkeit. Nur scheinbar lag sie schlafend auf ihrer Bettstelle. Unter den halb geschlossenen Lidern spähte sie auf den Eingang zu ihrer Kammer, auf die lichtfleckige Matte, hinter der sie ihren Bewacher atmen und gähnen hörte. Mitternacht war schon vorüber, als das heftiger und in kürzeren Abständen auftretende Gähnen endlich zu einem tiefen Schnarchen geworden war.

Gisla stand auf, huschte auf Zehenspitzen die zwei Schritte zum Eingang und zog die Flechtmatte ein winziges Stück zurück, gerade so weit, daß sie Tibor sehen konnte. Der Wilze hockte auf dem Boden, die stämmigen Beine ausgespreizt von sich gestreckt. Der Kopf war auf die linke Schulter gesunken und bewegte sich im Rhythmus des Atmens. Es war der gleichmäßige Rhythmus eines Schlafenden.

Gisla widerstand der Versuchung, den einfachsten Weg über die Stiege zu nehmen. Die alten Sprossen würden unweigerlich knarren. Wenn das nicht Tibor weckte oder Teida aus ihrer Schlafkammer lockte, konnte es Brunold oder jemanden vom Gesinde aufscheuchen. Behutsam ließ Gisla die Matte zurückgleiten, drehte sich um und zog ebenso vorsichtig den schweren Deckel der bronzebeschlagenen Kleidertruhe hoch.

Sie hatte sich damals, vor vielen Jahren, als ihre Mutter

noch lebte, sehr gefreut, als Brunold die Truhe von einer Reise mitgebracht und ihr geschenkt hatte. Erst später hatte sie das Geheimnis der Truhe entdeckt, das ihrem Vater entgangen war, als er sie irgendwo an der Küste erstanden hatte: ein doppelter Boden, anzuheben durch einen Druck auf eine winzige Unebenheit in einer unteren Ecke. Damals hatte Gisla es nur für eine Spielerei gehalten und nicht geahnt, wie wertvoll die Entdeckung einmal für sie sein könnte. Inzwischen wußte sie es und hatte in dem Geheimfach versteckt, was sie für ihr nächtliches Unternehmen benötigte.

Gisla stopfte die Tücher in einen ledernen Umhängebeutel, den sie zu den beiden Lederschläuchen an der Außenwand legte. Bevor sie die Truhe wieder verschloß, nahm sie den schweren Dolch mit der breiten Stahlklinge heraus. Sie hatte Blut und Wasser geschwitzt, als sie den Dolch nach dem Abendessen aus Vaters Kammer gestohlen hatte. Das Seil hatte in dem Geheimfach keinen Platz gefunden, und sie hatte es deshalb unter der Matratze versteckt. Jetzt holte sie es hervor und stopfte danach die große wollene Bettdecke mit Kleidungsstücken so aus, als läge Gisla selbst darunter.

Vor der Wand mit dem Windauge hockend, machte sich Gisla an die Arbeit. Sie stieß die Dolchklinge in die Ritzen zwischen den Holzbohlen, schob den Stahl mit festem Druck hin und her und faßte zwischendurch immer wieder mit den Händen um die Ränder der Öffnung, um die Bohlen zu lockern. Sie achtete nicht auf den stechenden Schmerz, wenn lange Splitter in ihre Hände und Arme fuhren. Nur wenn das Holz nachgab und dabei knarrte oder ächzte, hielt sie inne, wagte nicht zu atmen und lauschte, ob sich draußen auf dem Gang etwas regte. Wenn sie Tibors Schnarchen hörte, stieß sie den angehaltenen Atem erleichtert aus und setzte ihre Tätigkeit in fieberhafter Eile fort.

Die erste Bohle lockerte sich, und Gisla mußte achtgeben, daß das schwere Holz nicht mit lautem Getöse an der Außenwand hinabfiel. Mit viel Mühe konnte sie es ohne großen Lärm ins Zimmer ziehen und unter ihrem Bett verstauen. Dann ging es sehr schnell, und sie hatte zwei weitere Bohlen gelöst. Die Öffnung schien groß genug, daß sie sich hindurchzwängen konnte. Sie band das Seil, in das sie in regelmäßigen Abständen Knoten gezogen hatte, an einem der bronzenen Tragegriffe ihrer Kleidertruhe fest und verstaute den Dolch in dem Lederbeutel, den sie zusammen mit den beiden Schläuchen um ihre Schulter hängte.

Sie hielt das Seil schon mit beiden Händen gefaßt, als sie erschrocken auf den Lichtfleck an der Flechtmatte starrte. Wie groß er geworden war!

Ihr ganzes Täuschungsmanöver mit der ausgestopften Bettdecke erschien ihr auf einmal sinnlos, lächerlich. Eine Zeitverschwendung. Wenn jemand in ihre Kammer sah, mußte ihm die Helligkeit auffallen, die durch das größere Wandloch einfiel, dann das Loch selbst und schließlich auch das an die Truhe gebundene Seil. Selbst ein schlaftrunkener Tibor würde sich kaum durch die Tuchrollen unter der Bettdecke täuschen lassen.

Gisla stieß einen leisen, kaum hörbaren Seufzer aus. Sie konnte nichts mehr ändern, nur hoffen, daß ihre Flucht möglichst spät entdeckt wurde.

Die rauhen Kanten und Spitzen des gewaltsam vergrößerten Windauges zerrten an ihren Haaren und rissen ihre Haut an mehreren Stellen auf, aber es war groß genug. Als Gislas Gewicht an dem Seil hing, rutschte die Truhe ein kurzes Stück mit tiefem Knarren ... Gislas Herz wollte stehenbleiben. Diesmal wartete sie nicht ab, ob sich etwas regte. Eilig kletterte sie an den Knoten nach unten. Es ging leichter als gedacht, und schon spürte sie festen Boden unter den Ledersohlen ihrer Schuhe. Ängstlich spähte sie nach oben, doch weder Tibors bärtiges Gesicht noch Teidas krebsrotes Antlitz erschien im Windauge.

Ein wenig beruhigt tauchte Gisla in die düstere Welt der Nachtschatten ein. Es war eine menschenleere Welt. Die Bewohner des Wiks hatten sich in ihre Häuser, die zum Markttag nach Minden geströmten Gäste in Zelte, Hütten und Unterstände zurückgezogen. Die Dunkelheit lockte die Menschen nicht. Jeder Schatten konnte ein gemeiner Mahr oder ein blutgieriger Dämon sein. In der Kirche beteten die Menschen zum Gott der Christen, außerhalb der Gott geweihten Stätte fürchteten sie die Ungeheuer und Schrecknisse der alten Zeit.

Nicht so Gisla. Wenn es diese Ungeheuer gab, taten sie ihr nichts, das hatte sie auf ihren nächtlichen Ausflügen, jeder eine kleine Flucht, längst festgestellt. Die Alten erzählten furchtsam von Nott, der Riesentochter, die mit ihren schwarzen Schleiern die Finsternis der Nacht über die Menschenwelt warf. Gisla dachte oft an Nott, wenn sie allein durch die Nacht lief, und die Riesentochter erschien ihr wie eine gute Freundin. Ihre dunklen Schleier umhüllten Gisla wie ein schützender Mantel und bewahrten sie vor neugierigen Blicken, vor Entdeckung. Das Gefühl der Freiheit und Unbeschwertheit, nach dem sie sich so sehnte, empfand sie nur in Notts Armen. Und bei Wolfger. Inständig bat Gisla die Göttin der Finsternis, ihr auch in dieser Nacht beizustehen.

Aber Nott warf keinen Schleier über die Sterne und die

fahle Mondscheibe. Deutlich traten die Umrisse der Palisaden und des sie überragenden Glockenturms hervor und wirkten im samtenen Nachtlicht doch seltsam weich. Das Eisenkreuz auf dem Turm zerschnitt das rundliche Gesicht des Mondes, wie um einen bösen Geist zu bannen, einen heidnischen Unhold. Schmerzhaft erinnerte sich Gisla an den Kirchgang in der Frühe, als sie so tun mußte, als kenne sie Wolfger nicht, um ihre geheime Liebe nicht zu verraten. Jetzt war das Geheimnis doch gelüftet und auch nicht mehr wichtig. Was zählte, war Wolfgers Leben.

Wie in jeder Nacht waren die Tore zum Königshof geschlossen, blieben der Wikgraf und die Priester mit ihrem Gott und der Kirche für sich. Jesus Christus war nur am hellichten Tag für alle da. Der Königshof schien den festen Schlaf des Wiks zu teilen.

Gisla wußte, daß dies eine Täuschung war. Jenseits der Palisaden machten Bewaffnete ihre Runden, müde und träge vielleicht, aber gleichwohl gefährlich. Gisla konnte den Graben und die Palisaden nicht unbemerkt überwinden. Aber sie kannte einen anderen Weg, löste sich aus dem Schatten der Kaufmannssiedlung und huschte in tief geduckter Haltung zum Fluß, wo sie in den dichten, schützenden Wald des Schilfrohrs eintauchte.

Dank ihrer nächtlichen Streifzüge kannte sie sich hier gut aus und fand den Weg zu der Höhle, die ihr Unterschlupf gewährt hatte, wenn das Haus des Vaters ihr zu eng und die Witterung draußen zu unfreundlich gewesen war. Ein düsterer Ort, aber für Gisla auch ein Platz zum Ausruhen und zum Träumen von einem schöneren Leben. Teida hatte ihr von der Höhle erzählt, als Gisla noch ein kleines Mädchen und ihre Schwester ein unbeschwerter Mensch gewesen war. Damals hatte Teida ähnliche Erkundungen im Wald und am Fluß unternommen wie später Gisla. Dabei war Teida auf den alten Gang gestoßen, der in der Höhle am Fluß begann und direkt in den Königshof führte, in das Haus Gottes. Der Felsgang stammte noch aus der Zeit, bevor Königshof und Kirche errichtet wurden. An ihrem Platz hatte sich ein Warenlager befunden. Durch den Gang wollten die Händler ihre Waren bei Gefahr rasch und unbemerkt zu ihren Schiffen bringen.

Gislas Hoffnung, daß der Gang noch begehbar war, erfüllte sich. Sie tastete sich durch die Dunkelheit, an dem feuchten Gestein entlang, bis sie die eisernen Sprossen fand, die geradewegs nach oben führten. So weit war sie noch nie in den Gang eingedrungen. Aber jetzt gab es kein Zurück mehr. Sie dachte an Wolfger und erkletterte die kalten Sprossen. Ihr Kopf stieß schmerzhaft gegen eine Holzplatte. Gisla hielt sich mit der linken Hand an einer Sprosse fest und drückte mit der rechten gegen das Holz. Die Luke schwang auf. Sie stieg hindurch und fand sich hinter einer Art Vorhang wieder: der große Teppich hinter dem Altar.

Gisla verschloß die Luke und spähte vorsichtig in den Chorraum. Zwei Kerzen brannten auf dem Altar. Die Kirche schien leer zu sein. Die Tür am Eingang zum Chor war unverschlossen. Gisla schlüpfte hindurch, lief gebückt über den palisadenumwehrten Platz und fand sich zwischen Graf Asmunds Stallungen wieder. Hinter den hölzernen Wänden wieherte hin und wieder ein unruhiges Roß.

Gisla schob sich an den Ställen entlang und verharrte, als sie den Wachtposten sah. Ein untersetzter Mann in eisenplattenbesetztem Lederwams, eher an einen Verschlag gelehnt als auf seinen eigenen Füßen stehend. Der kegelförmige Eisenhelm hatte sich tief in sein Gesicht geschoben und verdeckte die Augen. Nutzte der Franke das zum

Schlafen im Stehen? Eine Fähigkeit, die wohl allen Soldaten zu eigen war. Der Arm mit dem Rundschild hing lässig an seiner linken Seite herunter, der Speer mit der eisernen Spitze ruhte in der Armbeuge.

Nachdem sie ihr Haar geordnet und ihre Kleidung halbwegs sauber und glatt gestrichen hatte, ging Gisla ganz offen auf den Wächter zu. Es gehörte zu ihrem Plan, nicht länger Verstecken zu spielen. Sie glaubte sich ihrem Ziel nah. Der Verschlag mußte Wolfgers Gefängnis sein. Sie konnte sich keinen anderen Grund vorstellen, hier einen Soldaten Nachtwache schieben zu lassen.

Wenn der Mann geschlafen hatte, dann nur leicht, mit einem Auge. Plötzlich kam Bewegung in seine gedrungene Gestalt, und die Eisenbeschläge des Waffenhemds klirrten aufgeschreckt. Der Soldat packte den Speerschaft mit beiden Händen und stieß die Spitze in Gislas Richtung. Hätte Gisla nicht abrupt angehalten, hätte das Eisen ihren Hals aufgeschlitzt.

»Wer bist du?« fragte der Mann heiser, und sein buschiger Schnurrbart zitterte erregt. »Was hast du hier zu suchen?«

Gisla lächelte ihn offen an. »Ich bin die Tochter des Kaufmanns Brunold. Kennst du mich nicht?«

»Hm, doch«, murrte der Wachtposten unsicher. »Aber du hast hier nichts zu suchen, nicht in der Nacht.«

»O doch!« beharrte sie mit fester Stimme. »Ich will zu Wolfger, dem gefangenen Sachsen. Er ist doch da drin, oder?«

Sie zeigte auf den Verschlag, und der Soldat nickte, zog dann aber mißtrauisch seine Brauen zusammen.

»Was geht's dich an, Maid? Was kümmert dich der krumme Hund?«

»Er ist ein Freund unserer Familie.«

In den trüben Augen des Wächters blitzte es auf. Der unter dem Schnurrbart fast gänzlich verborgene Mund verzog sich zu einem dünnen Grinsen. »Ein Freund deiner Familie oder dein Freund, hm? Er ist wohl gar dein heimlicher Schatz, wie?«

Gisla nickte heftig und gab sich dabei bewußt verlegen. »Du hast recht, Soldat. Mein Vater darf gar nicht wissen, daß ich hier bin. Bitte, hab Mitleid mit mir, laß mich zu Wolfger! Die Wache am Tor hat mich auch durchgelassen.«

»So, hat sie das?«

Der Wächter sah nach Westen, wo das Tor zum Wik lag. Die Stallungen entzogen es seinem Blick. Gisla biß vor Aufregung die Zähne zusammen und bohrte die Fingernägel in ihre Handballen. Jetzt kam es darauf an. Würde der Mann ihr die Geschichte abnehmen und sie zu Wolfger lassen? Würde er sie wegschicken oder sich gar bei den Torwachen erkundigen?

»Warum sollte ich dich zu deinem Liebsten lassen?« raunzte er unwillig. »Ich werde nicht dafür bezahlt, barmherzig zu sein.«

Gisla hatte seinen klebrig-süßlichen Atem gespürt und den Geruch von Met erkannt. Deshalb schöpfte sie Hoffnung, als sie einen der Lederschläuche von der Schulter nahm und dem Soldaten reichte. »Guter Wein aus dem Vorrat meines Vaters. Er wird dir munden, bestimmt. Kein saures Zeug, bei dem sich einem die Zunge zusammenrollt. Es ist süßer Wein aus Italien.«

Sie verschwieg, daß sie den Wein mit etwas Honig verrührt hatte, um den leicht bitteren Geschmack des Katzenkrautpulvers zu verdecken. Wenn der Mann davon trank, würde er wohl kaum gleich entschlummern, aber das Pulver würde ihn träge machen und seine Sinne benebeln.

»Besuch deinen Liebsten, und kümmer dich um ihn, aber bleib nicht zu lange«, sagte der Wächter und zog den schweren Eisenriegel von der Tür, bevor er den Weinschlauch zur Hand nahm und mit den Zähnen entkorkte. Er drückte die Tür hinter Gisla zu, schob den Riegel aber nicht wieder vor. Sie hörte, wie der italienische Wein in seine Kehle gluckerte.

Obwohl sie kaum etwas sah und sich an das spärliche Licht erst gewöhnen mußte, das durch ein paar Ritzen hereinfiel, meldeten ihre Sinne Gefahr. Instinktiv zog sie den Dolch aus dem Lederbeutel und erkannte auch schon, daß sich außer ihr noch zwei Menschen in dem Verschlag aufhielten. Einer war Wolfger. Und der andere?

Ein Schatten löste sich aus dem Dunkel, riß den Dolch aus ihrer Hand und grunzte zufrieden: »Eine Waffe, endlich! Ich hab's doch gewußt, Sachse, du hast gute Freunde.«

»Gisla –?« Die schwache Stimme Wolfgers war voll ungläubigen Erstaunens. »Du hättest nicht kommen sollen. Es ist zu gefährlich!«

»Für dich mehr als für mich«, erwiderte Gisla und ging neben Wolfger, der bäuchlings auf der ranzigen Streu lag, in die Knie. Sein Rücken sah schlimm aus, war eine einzige Wunde, ein Gemisch aus verkrustetem Blut und Schmutz.

Sie wollte eins der mitgebrachten Tücher mit Wasser aus dem zweiten Schlauch befeuchten, aber der andere Mann riß ihr den Schlauch aus der Hand und trank das Naß mit gierigen Schlucken. Gisla sah gut genug, um den zerlumpten Einäugigen zu erkennen, der sich heute morgen zu ihrem Entsetzen auf Wolfger gestürzt hatte. Sie war zu weit weg gewesen, um dem Geliebten beizustehen. Von fern hatte sie mit pochendem Herzen mit ansehen müssen, wie Wolfger fast getötet wurde. Sie hatte nichts tun können, sowenig wie heute mittag, als Asmund Wolfger an den Stauppfahl binden ließ. Aber diesmal wollte sie nicht untätig verharren. Sie sprang auf und riß den Lederschlauch aus der schmutzigen Klaue des Einäugigen.

»Genug jetzt! Der Rest ist für Wolfger!« fuhr sie ihn an.

Elso wollte den Dolch gegen Gisla führen, besann sich aber anders und ließ sie gewähren. »Willst deinen Liebsten wohl wieder aufpäppeln, damit er aufrecht zu seiner Hinrichtung marschieren kann.« Er stieß ein heiseres Lachen aus.

»Nicht zu seiner Hinrichtung«, erwiderte Gisla, während sie vorsichtig Wolfgers Rücken säuberte. »Sondern in die Freiheit. Deshalb habe ich ihm ... euch den Dolch gebracht.«

»Einen ganzen Dolch gegen Asmunds gerüstete und bewaffnete Scharen, da ist unsere Flucht ja ein Kinderspiel!« höhnte der Friese.

Gisla achtete nicht auf ihn. Vorsichtig wickelte sie einen Verband um Wolfgers Leib und erneuerte dann den um seinen Kopf. Dabei erzählte sie ihm, weshalb sie nicht zum Fluß gekommen war. »Teida hat meinen Vater aufgehetzt, es war unmöglich.«

»Wenn sie deine Schwester ist, weshalb kenne ich sie nicht?« fragte Wolfger.

»Sie verläßt das Haus so gut wie nie, nicht einmal zum Kirchgang. Nach ihrem Unglücksfall, als sie wieder einigermaßen zu gehen lernte, wurde sie so lange von den Kindern und Dummköpfen als Krüppel verhöhnt, bis sie sich in ihre eigene Welt aus Gram und Haß zurückzog.«

»Hat sie dir die Brennenden Steine genommen?«

»Teida hat die Kette zerrissen. Ich suchte alle Steine zusammen, die ich finden konnte, aber Vater nahm sie mir weg.«

»Eine rührende Geschichte. Dieser Narr, dieser Barde Hruodgar würde sicher ein herzerweichendes Lied daraus machen«, ertönte Elsos kichernde Stimme. »Aber was soll's, wenn wir eh bald draufgehen.«

»Ich helfe euch bei der Flucht«, versprach Gisla. »Ihr könnt mich als Geisel nehmen.«

»Nein!« entfuhr es Wolfger.

»Warum denn nicht?« knurrte der Friese. »Das klingt nach einem vernünftigen Vorschlag. Trotzdem wird es schwer sein. Schon die Palisaden sind kaum zu überwinden. Asmund hat kein Mitgefühl, und ich glaube nicht, daß er auf eine Kaufmannstochter Rücksicht nimmt.«

»Es reicht, wenn wir es bis zur Kirche schaffen«, sagte Gisla und sprach dabei leise, damit der Wächter draußen sie nicht hörte. »Das Haus Gottes gewährt allen Unterschlupf, auch denen, die sich gegen die Gesetze des Herrn vergangen haben.«

»Ja, das Recht der Zuflucht«, zischte Elso. »Ein guter Gedanke, Mädchen!«

»Das Ganze gefällt mir nicht«, brummte Wolfger, der am Boden kauerte und zweifelnd zu dem Friesen aufsah. »Schon gar nicht, daß wir Gisla in die Sache reinziehen.«

»Sie steckt schon mittendrin, und das ganz aus freien Stücken.« Glucksend fügte der Bettler hinzu: »Die Liebe hat ihre Sinne verwirrt.«

Wolfger wollte noch einmal versuchen, Gisla von ihrem Plan abzubringen, da schwang knarrend die Tür auf. Der Wärter stand in der Öffnung, den leeren Weinschlauch in der einen, den Speer in der anderen Hand.

»Genug geschwatzt!« befahl er mit schwerer Stimme. »Das Mädchen soll rauskommen und ...«

Der Soldat stockte. Sein Blick war auf den großen Dolch in Elsos Hand gefallen. Die Augen des Wächters weiteten sich, und er wollte die Lippen zu einem Alarmruf aufreißen. Der Friese war schneller, sprang vor und rammte den Dolch durch das Leder der Halsberge in die Kehle des Soldaten. Aus dem Ruf wurde nur ein gurgelnder Laut. Der Verletzte spie Blut aus und sackte in die Knie. Elso zog den Dolch aus der Wunde und stieß sofort noch einmal zu. Als der Kopf des Soldaten auf den Boden schlug, war der Mann schon tot.

»Fein«, grinste Elso, ohne sich um die entsetzten Blicke der beiden anderen zu kümmern. »Die Sachen dieses Dreckskerls könnten mir passen. Wenn ich mich als Asmunds Soldat verkleide, haben wir gute Aussichten, aus dem Königshof zu entwischen.«

Ein gellender Schrei machte die Aussichten zunichte: »Der Verschlag ist offen! Die Gefangenen sind entflohen!«

»Raus hier, zur Kirche!« stieß Elso hervor und setzte das auch schon in die Tat um.

Gisla half Wolfger beim Aufstehen. Auf sie gestützt, verließ auch er den Verschlag. Sie sahen eine Gruppe von vier Bewaffneten, die im Laufschritt auf den Bettler zuhielten.

»Das muß die Wachablösung sein«, vermutete Wolfger. »Verdammtes Pech, daß die Kerle gerade jetzt vorbeigekommen sind.«

»Die Kirche hat einen Seiteneingang am Chor«, flüsterte Gisla. »Vielleicht schaffen wir es bis dahin, wenn die Wachen durch den Einäugigen abgelenkt sind.«

»Versuchen wir's!« entschied Wolfger.

Er und Gisla hielten sich, soweit es ging, in den Schatten der Gebäude verborgen.

Elso rannte dagegen direkt über den freien, vom Himmelslicht beleuchteten Platz, um das Hauptportal der Kirche auf kürzestem Weg zu erreichen. Dem schnellsten der vier Soldaten rammte er den Ellbogen ins Gesicht, und der Getroffene ging taumelnd zu Boden. Elso tauchte in den Schatten des Gotteshauses ein und umklammerte mit einer Hand den großen Eisenring eines Portalflügels.

»Geschafft!« jubelte er laut. »Ich bin im geweihten Bezirk und genieße den Schutz des Allmächtigen!«

Einer der drei heranstürmenden Soldaten sah das anders und durchschlug mit einem Schwerthieb Elsos Handgelenk. Die Hand hielt noch immer am Portalring fest, während der Friese mit dem blutenden Armstumpf zur Seite wegkippte. Ungläubig starrte er auf die abgetrennte Hand und jammerte: »Aber ... Zuflucht ...«

Er kroch mit dem unverletzten Arm auf das Tor zu. Ein Speer durchstieß seinen Leib und nagelte ihn ans Portal.

»Da hast du deine Zuflucht, stinkender Lump«, sagte der Soldat, der den Speer geführt hatte. »Für alle Ewigkeit. Amen!«

Der spitze Schrei, den Gisla angesichts der Bluttat unwillkürlich ausstieß, lenkte die Aufmerksamkeit der Soldaten auf sie und Wolfger, als die beiden nur noch wenige Schritte vom Kirchenchor entfernt waren. Sie rannten und erreichten die schmale Tür. Wolfger zerrte an dem Bronzegriff und stellte erleichtert fest, daß die Tür nicht verriegelt war. Er schlüpfte ins Innere. Gisla wollte ihm folgen, aber er stieß sie nach draußen und schrie aus Leibeskräften: »Verschwinde! Ich brauche dich nicht länger als Geisel!«

Gisla verstand, daß er sie schützen wollte. Aber sie war nicht damit einverstanden, wollte bei ihm sein, Wolfgers

Schicksal teilen. Und sie mußte ihm noch etwas sagen: »Es gibt einen Weg in die Freiheit! Hinter dem Abendmahl!«
Mehr konnte sie nicht für Wolfger tun. Er schlug die Tür zu, und die Soldaten umringten das Mädchen.
»Du hast es überstanden«, sagte der Mann, der Elso aufgespießt hatte, in tröstendem Tonfall zu Gisla. »Du bist in Sicherheit. Der Sachsenköter kann dir nichts mehr tun.«
Auf dem Gesicht der Kaufmannstochter zeichnete sich zu seiner und seiner Kameraden Verwunderung weder Dankbarkeit noch Erleichterung ab. Sie wußten nicht, daß sie gerade Gislas Flucht beendet, ihr den Weg in die Freiheit versperrt hatten.

15. Kapitel

Der Weg in die Freiheit

Im Chor der Kirche war es heller als draußen. Zwei große Kerzen standen auf dem Altar und tauchten den Raum in ein warmes Licht. Es ließ das Haar des mit gesenktem Haupt knienden Mannes noch rötlicher erscheinen, als es ohnehin war. Wolfgers Eintreten und das Rütteln der Wachen an der Tür hinter dem Sachsen rissen Rutinus aus der Zwiesprache mit seinem Gott. Der Mindener Archidiakon erhob sich und sah Wolfger ebenso überrascht an wie die hinter ihm eindringenden Soldaten. Rutinus war so in sein Gebet vertieft gewesen, daß er von dem Lärm draußen nichts vernommen hatte.

»Was wollt ihr hier?« fragte der Priester mit zerfurchter Stirn.

»Dieser Kerl ist aus dem Gefängnis entflohen«, schnarrte einer der Soldaten. Wir bringen ihn zurück.«

»Asyl!« keuchte Wolfger und stützte sich an einer Wand ab, um nicht umzufallen. Seine Beine waren weich und wacklig. Sein ganzer Körper erschien ihm so schwach wie der eines kleinen Kindes. Und dann war da dieser entsetzliche Schmerz, als wüte unablässig ein Feuer auf seinem Rücken. »Ich bitte die Kirche um Schutz vor meinen Verfolgern.«

»Missetäter haben nichts zu bitten!« schnauzte einer der Soldaten und wollte Wolfger an der Schulter fassen, um ihn aus der Kirche zu zerren. Aber die ausgestreckte Hand des Missionsleiters hielt den Bewaffneten zurück.

»Versündigt euch nicht am Allmächtigen!« warnte Rutinus die drei Soldaten. »Die Kirche des Herrn ist heilig, und König Karl hat ihr Immunität gewährt. Jeder genießt hier Schutz, auch ein Missetäter.«

Der Anführer der Soldaten sah den Priester ungläubig an. »Du willst dem Sachsen, der einen Mordanschlag auf Graf Asmund verübt hat, wirklich helfen, Rutinus?«

»Nein, ich will es nicht. Aber ich muß!«

Der Soldat schüttelte den behelmten Kopf. »Das wird Asmund dir nicht durchgehen lassen, nein, das wird er nicht. Er ist der Graf, der Vertreter des Königs.«

»Und ich bin hier der Vertreter Gottes«, erwiderte Rutinus scharf. »Verlaßt die Kirche, und berichtet Asmund, was sich ereignet hat. Sagt ihm, ich werde mit ihm beratschlagen, wie in dieser Angelegenheit weiter zu verfahren ist.«

»Wir werden Graf Asmund berichten, verlaß dich drauf, Rutinus!« versprach der Soldatenführer mit drohendem Unterton, bevor er mit seinen Männern den Chorraum verließ.

Trotz der Ablehnung, die Wolfger gegenüber dem Christenglauben empfand, konnte er nicht umhin, Rutinus und seine priesterliche Autorität zu bewundern. Die drei Soldaten waren bewaffnet und zu allem entschlossen gewesen, aber vor diesem unbewaffneten Mann, der nur ein langes weißes Leinengewand und ein eisernes Kreuz vor der Brust trug, waren sie zurückgewichen wie schuldbeladene Kinder vor dem gestrengen Vater. Lag es an der seltsamen Macht dieses Gottes, der ganze Länder unterwarf?

Wolfger stammelte ein paar Dankesworte, aber Rutinus tat sie mit einer Handbewegung ab. »Du hast keinen Grund zur Dankbarkeit. Was ich zu Asmunds Kriegern sagte, stimmt. Ich tat es nicht für dich, dir möchte ich gar nicht helfen.« Sein strenges Gesicht wurde noch verschlossener, seine Stimme härter. »Dir ganz bestimmt nicht, Sohn Wolfhards!«

»Wegen deines Bruders?«

»Natürlich wegen Beatus!«

»Ist das die Vergebung, die ihr Christenpriester predigt?«

»Vergebung verlange von unserem Herrn im Himmel, von mir kannst du nur die Hilfe erwarten, zu der mich Glaube und Gesetze verpflichten. Aber denk bloß nicht, du seist aus allem heraus! Asmund wird nicht zulassen, daß du entkommst. Sobald du den Fuß aus der Kirche setzt, bist du wieder sein Gefangener. Du siehst wohl ein, daß du wenig gewonnen hast. Nur dein Gefängnis ist ein bißchen größer geworden.«

»Größer und beeindruckender.« Wolfger nickte und sah sich im Chor um. Das Kerzenlicht fiel auf die bunt leuchtenden Wandteppiche. Auf einer Seite des Altars sah er einen bärtigen Mann mit Heiligenschein, der in einem Korb hockte und von drei anderen Männern eine Mauer hinabgelassen wurde. »Welcher Heilige ist das?«

»Paulus auf der Flucht aus Damaskus«, erläuterte Rutinus und schien verwundert über Wolfgers religiöse Wißbegierde. Plötzlich lächelte der Priester. »Das Bild ist gar nicht so unpassend. Auch Paulus, der damals noch Saulus genannt wurde, war ein Flüchtiger. Allerdings wurde er verfolgt, weil er zum wahren Glauben gefunden hatte. Von dir kann man das wohl kaum behaupten.«

Wolfger beachtete den Vorwurf nicht weiter, sondern erkundigte sich nach dem Wandbild auf der anderen Seite des Altars, auf dem ein bärtiger Mann, eine Frau und ein kleines Kind zu sehen waren, alle drei von der Gloriole umgeben. Rutinus erklärte, daß es sich um eine Darstellung Christi im Tempel handele.

»Und das da?« fragte Wolfger weiter, während er auf den riesigen Teppich hinter dem Altar zuschritt. Er kannte die Antwort schon, wußte, daß es sich um das letzte Abendmahl handelte. Doch er fragte trotzdem, weil er Gislas Zuruf nicht vergessen hatte: »Es gibt einen Weg in die Freiheit! Hinter dem Abendmahl!«

Rutinus trat neben Wolfger und erläuterte die überlebensgroße Szene genau, nannte den Namen jedes abgebildeten Apostels.

»Warum hängt der Teppich gerade dort?« Wolfger erkundigte sich wie beiläufig.

»Weil er groß ist und dort genügend Platz war.« Rutinus starrte ihn an. »Woher rührt bloß dein plötzlich erwachtes Interesse am Neuen Testament? Erzähl mir nicht, der Geist des Herrn sei in dich gefahren!«

»Nicht der Geist des Herrn«, antwortete Wolfger, »sondern der Wunsch zu überleben.«

Er hatte beide Arme in die Luft gestreckt, als wolle er Jesus Christus auf dem Abendmahlteppich anrufen. Doch beide Hände, ineinander verschränkt, fielen unvermittelt nach unten, genau auf den Kopf des Priesters. Rutinus sank auf die Knie. Ein zweiter Schlag ins Genick fällte ihn vollends und raubte ihm das Bewußtsein.

»Was für ein Gott ist das, der seinen Priester im eigenen Haus nicht beschützt!« sagte Wolfger leise, bevor er den Teppich mit beiden Händen packte und aus den Haken riß. Rutinus wurde vom letzten Abendmahl bedeckt.

Enttäuscht blickte Wolfger auf die nackte Holzwand und stieß einen heiseren Fluch aus. Hinter dem Teppich war nichts, schon gar nicht der Weg in die Freiheit!

Dann aber fiel sein Blick auf den Boden, der eigentlich aus festgestampftem Lehm bestand. Doch in dem Estrich befand sich, zuvor vom unteren Ende des Wandteppichs bedeckt, ein Holzstück, etwa drei Fuß lang und zwei Fuß breit. Eine Klappe mit einem kleinen Eisengriff. Wolfger zog das Holz mit einiger Anstrengung hoch und blickte auf Sprossen, die in ein dunkles Loch hinabführten.

Als er eine der Kerzen vom Altar geholt hatte, sah er, daß sich das Loch in zwanzig oder fünfundzwanzig Fuß Tiefe zu einem Gang vergrößerte. Woher auch immer Gisla von dem unterirdischen Gang gewußt hatte, er dankte ihr insgeheim für diesen Rat. Gleichzeitig sorgte er sich um die Geliebte, während er umständlich in die Tiefe stieg. Umständlich deshalb, weil sein schmerzender Körper und die Kerze, die er mitnahm, ihn behinderten.

Ihm blieb nichts anderes übrig, als dem leicht gewundenen Gang zwischen grobem Fels hindurch zu folgen. Der Weg war leicht abschüssig, irgendwann umspülte Wasser seine Füße und saugte schmatzend am Stiefelleder, dann hörte er ein leises Rauschen.

Die Weser!

Er mußte sich durch dichtes, dorniges Buschwerk kämpfen, bis er endlich im Freien stand, tatsächlich ganz in der Nähe des Flusses. Dichtes Schilf ließ diese Stelle unzugänglich erscheinen und schützte die Höhle, die den Einlaß zu dem Geheimgang verbarg.

Auf dem Fluß und im Himmel darüber lag ein zarter blaßrosa Schimmer. Der Morgen dämmerte.

»Da ist er!« kreischte eine helle Stimme ganz in seiner Nähe. »Hierher, zum Fluß! Hier ist der flüchtige Sachse!«

Wolfger zuckte vor Schreck zusammen, duckte sich und sah sich hektisch nach allen Seiten um. Vierzig bis fünfzig

242

Fuß entfernt stand eine junge Frau, die er im ersten Augenblick für Gisla hielt. Doch im zweiten Augenblick erkannte er, daß die Züge viel zu breit und von Haß gezeichnet waren. Er wußte, daß es Teida war, die immerfort kreischte.

Und er rannte los, ohne darauf zu achten, daß die scharfen Ränder der Schilfblätter seine Haut zerschnitten. Teida hörte erst auf zu schreien, als er kurz vor ihr stand; sie schlug mit einem Stock nach ihm. Als er zu spät auswich und der erste Schlag seine Schulter traf, wurde ihm bewußt, wie sehr die kurze Flucht seinen geschwächten Körper mitgenommen hatte. Teida holte zu einem neuen Schlag aus, aber Wolfger warf sich auf sie und entwand ihr den Stock. Beide fielen auf den sumpfigen Uferboden.

»Als ich Gislas Flucht bemerkte, wußte ich sofort, daß sie dir den Felsgang zeigt, Sachse!« Teida stieß es in triumphierendem Ton hervor und sprach das Wort Sachse mit Verachtung aus. »Aber du wirst nicht entkommen! Weder du noch Gisla!«

Als rauhe Hände ihm einen Schlag versetzten, erkannte Wolfger, daß Teida durchaus Grund zum Triumphieren hatte. Wolfger fiel neben Teida in den Schlamm. Eine massige Gestalt erschien über ihm, ein bärtiges Gesicht.

»Schnapp ihn dir, Tibor!« bellte Teida. »Mach den Sachsen fertig!«

Die Angst, seine mühevoll gewonnene Freiheit wieder zu verlieren, verlieh Wolfger neue Kräfte. Scherenartig umfaßten seine Beine Tibors Unterschenkel und brachten den zwar kräftigen, aber auch plumpen Wilzen zu Fall. Wolfger hatte noch Teidas Stock in der Hand und hieb mit dem dikken Knauf auf Tibors Kopf ein, bis sich der Sklave nicht mehr rührte. Blut bedeckte seinen Kopf und sein Gesicht, aber er atmete noch.

»Hier ist er!« fing Teida erneut an zu schreien. »Der Sachse hält sich hier im Schilf versteckt!«

Wolfger setzte auch sie mit einem Stockhieb außer Gefecht. Teida sank bewußtlos in den Schlamm zurück.

War es zu spät? Fränkische Reiter galoppierten am Ufer entlang und suchten nach dem Entflohenen. Sie schienen Teidas Rufe gehört zu haben und kreisten das Gebiet ein, in dem Wolfger sich versteckt hielt.

Er huschte in südlicher Richtung durch das Schilf, so tief gebückt, daß er den Augen der Häscher zu entgehen hoffte. Aber ein Franke entdeckte ihn doch, trieb seinen Apfelschimmel an und schwang die Franziska. Offenbar war er nicht unbedingt darauf aus, den Entsprungenen lebend zurückzubringen.

Wolfger tauchte unter der Eisenklinge, die pfeifend die Luft zerschnitt, weg und schlug mit Teidas Stock auf die Pferdenase. Der an Brust, Bauch und Beinen schwarzgetupfte Schimmel wieherte vor Empörung und Schmerz und stieg in einer Abwehrreaktion auf die Hinterbeine. Genau das hatte Wolfger beabsichtigt. Der Franke verlor den Halt, stürzte ungelenk zu Boden und rührte sich nicht mehr. Sein unnatürlich verdrehter Kopf verriet, daß er sich das Genick gebrochen hatte.

Wolfger griff nach den Zügeln des unruhig tänzelnden Pferdes und beruhigte es soweit, daß es den Sachsen aufsteigen ließ. In langsamem Galopp ritt er durchs Schilfrohr. Gern hätte er den Apfelschimmel schneller laufen lassen, aber er wollte nicht auffallen. Noch schienen ihn die anderen Reiter für einen der Ihren zu halten.

Aber sie fanden ihren toten Kameraden und verständigten sich durch laute Rufe. Wolfger wußte, daß seine Tarnung entdeckt war. Er lenkte den Apfelschimmel aus dem Schilf und jagte in schnellem Galopp am Wik vorbei über die Felder. Er ritt in südwestlicher Richtung, auf die dunkle Erhebung des Wiehens zu. Nur sie versprach jetzt noch Schutz. Hinter Wolfger zeichneten sich im unwirklichen Rot der aufgehenden Sonne die Konturen der Verfolger ab, vielleicht ein Dutzend Reiter, vielleicht auch mehr. Sein getupfter Schimmel war nicht das schnellste Tier – die Franken kamen langsam, aber unaufhaltsam näher.

Das Wiehengebirge!

Wolfger lenkte sein Roß in die buschbewachsenen Hügel an den östlichen Ausläufern, um aus dem Blickfeld der Verfolger zu entschwinden. Aber sie ließen sich nicht von seiner Spur abbringen und jagten ihn genauso unerbittlich, wie sie damals seinen Vater in den Tod gehetzt hatten.

Verwundert nahm Wolfger die Übereinstimmung wahr. Auch Wolfhard war allein gewesen, gejagt von einer Übermacht. Und er war ebenfalls in die Berge geflohen, wo sich sein Schicksal erfüllte. Hatten die Nornen beschlossen, daß der Sohn dem Vater folgen sollte?

Wolfgers Kräfte schwanden. Die Wunden waren durch die Anstrengungen aufgebrochen, tränkten die Verbände rot und sandten heiße Schmerzwellen durch den ganzen Leib. Sein leerer Magen krampfte sich zusammen. Erschöpfung und Müdigkeit wollten den Reiter verleiten, einfach vom Pferd zu rutschen, sich hinfallen zu lassen und die Augen zu schließen. Der Weg in die Freiheit war ein zu beschwerlicher Pfad.

Wolfger riß sich zusammen und trieb den Apfelschimmel immer weiter an – und ritt in eine Falle. Irgendwie, vielleicht nur durch einen Zufall, hatten es die Franken geschafft, ihm den Weg abzuschneiden. Auf einer farnbestandenen Lichtung sah er sich plötzlich drei Reitern gegenüber. Sie griffen sofort an, und ein Speerstoß verwundete Wolfgers Pferd.

Er kam nicht schnell genug aus dem Sattel des zusammenbrechenden Tieres und wurde unter der schweren Last begraben. Der Atem wurde ihm abgeschnürt. Nur Arme, Schultern und Kopf lagen im Freien. Und er war zu schwach, sich unter dem blutenden, wiehernden Roß hervorzuziehen. Hilflos mußte er mit ansehen, wie die drei Franken von den Pferden stiegen und mit gezückten Waffen auf ihn zutraten.

»Bringen wir ihn zu Asmund zurück?« fragte einer von ihnen.

»Ja«, antwortete sein Kamerad zur Rechten. »Aber als Leiche, das ist einfacher.«

Der dritte Soldat hob den Arm mit der Franziska und sagte: »Warum bringen wir Asmund nicht einfach den Kopf des Sachsen? Dann müssen wir uns nicht mit dem Leichnam abschleppen.«

Die beiden anderen äußerten sich zustimmend. Wolfger dachte daran, daß diese Lichtung ein passender Ort für seinen Tod war. Ganz in der Nähe lag die Wolfsschlucht, wo Wolfhards Gebeine in der Sonne bleichten.

Das vielfache Wolfsgeheul, das plötzlich die Lichtung erfüllte, hielt Wolfger erst für eine Einbildung. Hatte sich sein Geist so sehr mit der Wolfsschlucht beschäftigt, daß er die wilden, gefürchteten Raubtiere zu hören glaubte?

Aber auch die Franken hatten es gehört und fuhren erschrocken herum. Auf allen Seiten brachen Wölfe aus dem Unterholz, fünfzehn oder zwanzig Tiere, und kreisten die Franken ein. Die länglichen Schnauzen angriffslustig vorgereckt und die spitzen, scharfen Zähne gebleckt, kamen die rötlichgrauen Bestien unter drohendem Knurren langsam näher, schlossen einen dichten Ring um die Franken und den unter dem Apfelschimmel eingeklemmten Sachsen. Der Mann mit der erhobenen Franziska verlor zuerst die Beherrschung. Mit der Axt wild um sich schlagend, versuchte er, den Ring der bepelzten Leiber zu durchbrechen. Zwei Tiere zugleich sprangen ihn an und rissen ihn zu Boden. Wolfszähne bissen in seine Kehle, lockten spritzendes Blut und panische Schreie hervor.

Die übrigen Wölfe nahmen das als Angriffszeichen und erdrückten die beiden anderen Franken mit ihrer Übermacht. Dicht vor Wolfgers Augen wurden die Männer zerfleischt, zerrissen und ausgeweidet. Es roch süßlich nach dampfendem Blut und zugleich streng nach Eingeweiden. Mehr Wut und Raserei denn Hunger schienen die Raubtiere anzutreiben.

Wolfger wartete jeden Augenblick darauf, daß sie auch über ihn herfielen.

Der Apfelschimmel wieherte jetzt nicht mehr aus Schmerz, sondern aus panischer Angst vor dem wilden Wolfsrudel. Dabei drehte sich das Pferd hin und her, ohne sich auf die Beine erheben zu können. Aber die ungelenken Bewegungen verstärkten den schmerzhaften Druck, der auf Wolfger lastete. Er spürte, wie das Bewußtsein seinen Leib verließ, wie alles um ihn herum sich aufzulösen begann.

Das letzte, was er sah, war einer der Wölfe, der auf ihn zuhielt. Ein großes Tier. Und es lief auf zwei Beinen! Ein Mensch etwa?

Wolfger kniff die Augen zusammen und erkannte, daß das Wesen dunkel bepelzt war. Ein aufrecht laufender Wolf!

Der Mannwolf hatte ihn aufgespürt. Vielleicht war es eine Gnade der Götter, daß Wolfger die Sinne schwanden, bevor ihn das Untier erreichte ...

DRITTER TEIL

WOLFSZEIT

Anno Domini 797

Nicht alles ist tot in Westfalen,
was begraben ist.

Heinrich Heine

16. Kapitel

Der Totenhain

Donar hielt den Atem an. Kein Lüftchen regte sich, kein kühlender Wind fuhr über das Bergland an der Weser. Sunnas Hitze lastete dumpf und schwer wie ein körperlich spürbarer Druck auf Mensch und Tier. Das Vieh hielt sich träge im Schatten der Bäume, die Menschen, soweit sie nicht zur Arbeit im Freien gezwungen waren, in dem der Häuser. Doch auch hier hatte sich die Luft schon mit der atemabschnürenden Hitze aufgeladen, und selbst in den Webhütten auf dem Wolfshof, die tief ins Erdreich gebaut waren, um durch die feuchte Kühle die Webarbeiten zu erleichtern, verklebte der unablässig rinnende Schweiß Haar und Kleider der Sächsinnen.

In der Hütte, die dem großen Langhaus am nächsten lag, lehnten zwei Webstühle an den starken hölzernen Dachsparren. Die beiden Frauen, die in andächtigem Ritual die auf Spindeln gezogenen Wollfäden zu festem Tuch verarbeiteten, gingen vollkommen schweigsam zu Werke, als hätte die Hitze ihre Stimmbänder gelähmt und ihre Kehlen ausgedörrt. Neben dem Atmen der älteren und der jüngeren Frau waren nur die Geräusche der Arbeit zu hören: das dumpfe Schlagen des Litzenstabs, der beim Auflegen in die Astgabel auf das Holz des Rahmens stieß, und das leise Klackern, wenn die steinernen Gewichte aneinanderschlugen, die am unteren Ende des Webstuhls die Kettfäden strammzogen.

Aber die Siedehitze traf keine Schuld an der Schweigsamkeit der beiden Frauen. Auch war es nicht so, daß sie sich nach vielen Jahren des Zusammenlebens nichts mehr mitzuteilen gehabt hätten. Vielmehr war es die große Trauer, die ihnen den Mund verschloß, ihre Gedanken gefangenhielt und selbst die ältere Frau trotz ihrer vieljährigen Erfahrung im Weben von der Arbeit ablenkte. Mehr als einmal entglitt eine hölzerne Spindel der unsicheren Hand und fiel auf den festgestampften Lehmboden, durchtrennte ein hastig und ungeschickt geführtes Webschwert die Schußfäden, verhedderte sich ein Litzenstab im Wollgespinst. Unbeirrt fuhren die Frauen in ihrer Arbeit fort, auch wenn sie nur langsam vorankamen. Es ging ihnen nicht um das Ergebnis, sondern darum, ihre Gedanken von dem düsteren Eibenwald abzulenken, den die Menschen vom Wolfshof den Totenhain nannten.

Erst als eine im Gegenlicht dunkel erscheinende Gestalt den offenen Eingang ausfüllte und mit gesenktem Haupt, um nicht gegen die Dachsparren zu stoßen, die wenigen Stufen hinabschritt, sahen sie von ihrer Arbeit auf. Der Lite wirkte erschöpft, die Haut noch faltiger und älter als sonst, grau und eingefallen. Mit dem Ärmel seines dünnen Wollhemds wischte er das dichte Muster von Schweißperlen aus Stirn und Gesicht und sagte müde, mit schleppender Stimme: »Das Grab ist ausgehoben. Wir können den Leichnam in den Totenhain bringen.«

»Danke, Wittich.« Gerhild lächelte ihn an, aber es war ein trauriges Lächeln. »Ruf die anderen zusammen. Gunda und ich kommen gleich.«

Der Lite nickte, wollte sich schon umdrehen, zögerte aber und sagte: »Herrin, wenn du erlaubst, möchte ich etwas vorschlagen.«

Gerhild sah ihn verwundert an. »Seit wann bist du so förmlich, Wittich? Sind wir nicht immer offen zueinander gewesen?«

Wittich schluckte mehrmals, fand aber keine Feuchtigkeit für seine vor Hitze heisere Kehle. Seine tiefe, sonst so volltönende Stimme klang wie ein Rabenkrächzen: »Dann will ich auch jetzt offen sein. Ich halte es für einen Fehler, auf dem Wolfshof zu bleiben. Nachdem Wolfger sich offen gegen Asmund gestellt hat, ist es nur eine Frage der Zeit, bis Graf Silbernase sich an uns rächen wird.« Leiser fügte er hinzu: »An Wolfger kann er es jetzt nicht mehr.«

Gunda reckte ihr Kinn vor und sagte laut, mit sich vor Zorn überschlagender Stimme: »Wenigstens sind mit Wolfger auch drei von Asmunds Männern gestorben. Ich wünschte, die Wölfe würden Asmund und alle Franken an der Sandfurt zerfleischen!«

Gerhild warf ihrer Tochter einen besorgten Blick zu und richtete ihre graugrünen Augen dann auf den Liten. »Wohin sollen wir gehen, Wittich? Unser Stammsitz gehört uns nicht mehr, die Vorrechte des alten Sattelmeiergeschlechts sind nur noch Erinnerung. Nur dies hier, der Wolfshof, ist uns geblieben.«

»Asmund wird nicht ruhen, bevor er uns auch das genommen hat.« Unwillkürlich umfaßte die Rechte des Liten den Saxgriff an seiner Hüfte. »Ich fürchte nur, er wird sich damit nicht zufriedengeben. Der Graf von Minden wird nicht eher ruhen, bis Wolfhards Geschlecht ausgelöscht ist.«

»Auch alle, die Wolfhards Familie dienen?« fragte Gunda mit einem herausfordernden Blick auf Wittich.

»Um mein Leben fürchte ich nicht«, erklärte er. »Ich habe gelebt, geliebt und gelitten. Mein Weib ist längst von mir gegangen, und von meinen Kindern blieb Ulf. Wenn ich ihn ansehe, weiß ich, wofür ich gekämpft habe. Jetzt warte ich nur noch auf den Tod, mag der mich in den Himmel oder in die Hölle, nach Walhall oder ins Reich der Hel führen. Das alles schreckt mich nicht. Aber viele andere sind auf dem Hof, junge Männer, ihre Frauen und Kinder. Auch Ulf.«

»Ruf sie alle zusammen!« befahl Gerhild. »Ich werde zu ihnen sprechen, bevor wir zum Totenhain aufbrechen.«

Wittich verließ die Webhütte und sah auf dem Hof seinen Sohn Ulf, der vor einem schweren Holzblock stand und mit einer mächtigen Axt große Stücke von Kiefernstämmen in Feuerholz zerschlug. Wittich sah seinem kräftigen Sohn mit Stolz und Wohlgefallen zu. Wenn Wittich von der Menschenwelt abtrat, würde Ulf sein einziges Vermächtnis sein. Sunnas Strahlen trotzend, arbeitete der Jüngling unermüdlich. Unter der Schweißschicht, die seinen nackten Oberkörper bedeckte, tanzten die Muskeln, während die große Eisenklinge wieder und wieder das Holz zerteilte und die Späne in alle Richtungen davonflogen.

»Schwing statt der Axt lieber den Knüppel der Hillebille!« rief Wittich ihm zu. »Alle Männer und Frauen sollen sich auf dem Hof versammeln.«

Ulf stellte keine Frage, als er die Klinge so in den Holzblock hieb, daß die Axt zitternd steckenblieb. Er warf nur einen forschenden Blick auf die Webhütte, aus der Wittich getreten war. Der junge Lite ging zu dem großen Brettergestell vor dem Langhaus, nahm den daran lehnenden Eichenknüppel zur Hand und schlug in einem Rhythmus auf die Bretter ein, der einem Fremden nichts sagte, für alle Menschen vom Wolfshof aber das Zeichen zur sofortigen Versammlung bedeutete. Die vibrierenden Bretter gaben einen weithin hallenden Klang von sich, der die hitzestarre

Luft durchschnitt und bis auf die umliegenden Hügel und in die Wälder drang.

Erst traten die Liten und Schalke aus den Häusern und Hütten in die pralle Sonnenglut. Dann kamen die Hirten, die Feld- und die Waldarbeiter durch das natürliche Tor in der Dornenumfriedung, das von den zwei Buchen mit den sich berührenden Kronen gebildet wurde. Zuletzt trafen mit geschulterten Hacken und Schaufeln die Schalke ein, die im Totenhain das frische Grab ausgehoben hatten. Männer und Frauen, Greise und Kinder zusammengenommen, waren es über achtzig Menschen, die sich im Schatten von Vordächern und Baumkronen zusammendrängten. Einige murrten darüber, sich in der Hitze die Beine in den Bauch stehen zu müssen.

Nicht so Ulf. Er starrte, noch immer mit nacktem Oberkörper, auf den Eingang der Hütte, in der er Gerhild wußte – und Gunda. Als das blonde Mädchen hinter seiner Mutter ins Freie trat, leuchteten seine Augen auf.

Das Gemurre verstummte, als Gerhild die Versammlung auf die von Wittich vorgetragenen Bedenken hinwies und anfügte: »Ich kenne Wittich als klugen und besonnenen Mann, und ich teile seine Einschätzung der Lage. Asmund hat uns schon immer gehaßt. Jetzt, wo er Wolfgers Blut geleckt hat, wird er nicht ruhen, bis er auch unseres zu schmecken bekommt. Deshalb entlasse ich jeden, ob Lite oder Schalk, aus der Treue- und Gehorsamspflicht. Wer möchte, kann den Wolfshof noch heute verlassen, in dieser Stunde.«

Über das einsetzende Geraune erhob sich die Stimme einer jungen Litin, die ihr Kleid geöffnet hatte und ihr kleines Kind an der vollen Brust saugen ließ: »Wo sollen wir hin, wenn wir den Hof verlassen?«

»Begebt euch in die Obhut anderer Bauern, frankentreuer, oder am besten solcher Franken, wie König Karl sie zuhauf in unserem Land angesiedelt hat, um es seinem Reich einzugliedern. Auch die Kirche freut sich über jeden Bekehrten, der sich in ihre Obhut begibt.«

»Du meinst wohl, jeden, der sich an die Pfaffen verkauft und Höriger der Kirche wird!« höhnte die stillende Litin.

Gerhild zuckte mit den Achseln. »Ich sage nicht, daß es einen geringen Preis kostet, am Leben zu bleiben.«

Ulf trat einen Schritt vor und rief: »Der Preis, von dem Gerhild spricht, ist zu hoch. Ich bin nicht bereit, ihn zu bezahlen. Meine Treue gehört Wolfhards Geschlecht. Mein Platz ist dort, wo Wolfhards Gemahlin und seine Tochter sind!«

Während er sprach, waren seine Augen unverwandt auf Gunda gerichtet. Gunda erwiderte den Blick kurz, doch ohne die Leidenschaft, die in Ulfs Augen stand. Die Sächsin bemerkte es nicht einmal, denn all ihre eigene Leidenschaft gehörte Anscher.

Gerhild bedachte Wittichs Sohn mit einem dankbaren Nikken und fragte: »Wer noch so denkt wie Ulf, möge bleiben und mit uns hoffen, daß Wolfgers Verhängnis nicht das von uns allen sein wird. Wer den Wolfshof verlassen will, schließe sich Wittich an.«

Kaum hatte Gerhild seinen Namen ausgesprochen, erhob der Lite ein wütendes Protestgeschrei: »Ich habe niemals gesagt, daß ich den Wolfshof verlassen will! Und ich werde es auch nicht tun!«

»Doch«, sagte Gerhild mit ruhiger, fester Stimme. »Diejenigen, die den Schutz des Hofes fliehen, sollen von einem verläßlichen Mann geführt werden. Ich kenne keinen verläßlicheren als dich, Wittich.«

Noch einmal protestierte der Lite und betonte, er wolle den Wolfshof auf keinen Fall verlassen. Der Streit erledigte sich von selbst, als Gerhild diejenigen vorzutreten bat, die ihr Heil woanders suchen wollten. Kein Mensch bewegte sich, kein Mann und keine Frau trat vor.

»Ich freue mich über eure Treue und Zuversicht«, sagte Gerhild. »Aber täuscht euch nicht darüber, daß wir schweren Zeiten entgegensehen.«

Wie bald ihre Worte sich bewahrheiten sollten, wußte sie nicht, als sie mit Gunda und Wittich den Trauerzug zum Totenhain anführte. Nur wenige Menschen, Alte und Kinder zumeist, blieben auf dem Hof zurück. Die anderen folgten dem von vier klobigen Arbeitspferden gezogenen vierrädrigen Leiterwagen mit dem Leichnam, der in große Tücher gewickelt war und, obwohl seit dem verhängnisvollen Sonntag erst drei Tage vergangen waren, aufgrund der Hitze bereits zu stinken begann. Ein paar Männer schlugen mit Eichenstöcken auf kleine tragbare Hillebillen und entlockten den Brettern einen dumpfen, eintönigen Rhythmus. Dazu bliesen zwei kräftige Liten in die langen, gewundenen Bronzerohre ihrer Luren, im Klang viel heller als die Hillebillen, aber doch passend zu deren trauriger Melodie.

Ulf hielt sich auf dem ganzen Weg durch die bewaldeten Hügel nördlich des Wolfshofes an der Spitze des Zuges, bei seinem Vater, bei Gerhild und bei Gunda. Sein Blick hing so fest und verträumt an der jungen Sächsin, daß er vor Schreck zusammenfuhr, als er die Hand des Vaters auf seiner Schulter spürte.

Wittich nahm ihn ein Stück beiseite und sagte: »Schlag dir Gunda aus dem Kopf!«

Ulf blickte ihn groß an. »Weshalb, Vater?«

»Gunda macht sich nichts aus dir, sie bemerkt dich nicht einmal. Und das ist gut so. Edelinge sind Edelinge, Frilinge sind Frilinge, und Liten sind Liten. Es kommt nichts Gutes dabei heraus, wenn die Stände sich vermischen, nur Mißgunst und böses Blut. Laß dir Anschers Schicksal eine Warnung sein!«

Ulf holte tief Luft und sagte: »Ich liebe Gunda!«

»Sie liebt dich nicht, Ing sei Dank. Ihre Gedanken sind von Trauer bestimmt, und die gilt ihrem Bruder Wolfger und Anscher.«

»Wolfger ist tot, und Anscher steht im Bann, seit er sich gegen Asmunds Männer gestellt hat. Für Anscher führt kein Weg zu Gunda zurück, es sei denn, er nimmt den Tod in Kauf.«

»Würdest du das tun?« fragte Wittich.

»Für Gunda sterben?« In Ulfs blaugrauen Augen blitzte es auf. »Ja!«

»Auf dem Wolfshof, in den umliegenden Dörfern oder in Minden gibt es viele tüchtige, begehrenswerte Jungfrauen«, sagte Wittich in väterlich-mahnendem Ton. »Töchter von Liten, die zu dir passen. Such dir eine von ihnen aus, dann wirst du Gunda vergessen!«

»Hast du Mutter vergessen, seit sie nicht mehr bei uns ist?« erwiderte Ulf.

»Hathui?« Wittich sah seinen Sohn an, als sei dieser von Sinnen. »Wie könnte ich jemals die Frau vergessen, die dich und deine Geschwister geboren hat?«

Wittichs Gesicht umwölkte sich, als er an seine geliebte Hathui dachte. Er wußte nicht einmal, wie sie gestorben war. Er hatte an Wolfhards und Widukinds Seite gegen die Franken gekämpft, als es geschah. Fünfzehn Winter war es jetzt her, daß die Sachsen und die mit ihnen verbündeten

Friesen das stolze Frankenheer am Süntel vernichtet hatten. Karls wütenden Strafexpeditionen fiel auch Wolfhards Stammsitz zum Opfer. Während die Krieger im Feld standen, mußten Alte, Frauen und Kinder fliehen. Die Raserei der Franken trieb die Entwurzelten vor sich her. Die Menschen liefen um ihr Leben, um den Schwertern und Lanzen der Eisenreiter zu entgehen. Siedlungen und ganze Wälder wurden niedergebrannt, Felder unter Pferdehufen zertrampelt, das Vieh fortgetrieben oder einfach niedergemetzelt; mit den Kadavern verseuchten die Franken Brunnen und Wasserstellen. Hathui und drei ihrer kleinen Kinder waren seit dieser überstürzten Flucht nicht mehr gesehen worden. Nur Ulf, damals erst fünf Winter alt, wurde von einer Schalkin aufgegriffen und heil zu Wittich gebracht.

»Du denkst an Hathui nur, weil sie dir Kinder gebar?« riß Ulf seinen Vater aus den Gedanken.

Wittich schüttelte unwillig den Kopf. »Ich denke an sie, weil mein Herz bei ihr war und ist.«

»Und mein Herz ist bei Gunda, wird es immer sein!«

»Ja, ich verstehe dich«, seufzte Wittich. »Und doch ist es töricht. Die Liebe ist zuweilen so nah am Tod. Wir vom Wolfshof haben das Schicksal schon genug herausgefordert.«

»Die Nornen mögen mein Schicksal bestimmen, vielleicht auch ich selbst. Aber kein anderer entscheidet für mich, Vater!«

Wittich legte die Hände auf Ulfs Schultern, die höher waren als seine eigenen, und blickte seinem Sohn tief in die Augen. »Triff deine eigenen Entscheidungen, und begeh deine eigenen Fehler. Ich bin stolz auf dich, daß du den Mut dazu hast.«

Ulf war nicht entgangen, daß auch in diesen Worten seines

Vaters Besorgnis mitschwang, und er fragte nach dem Grund.

»Vielleicht mache ich mir zu viele Gedanken, unnötige Sorgen.« Wittichs Gesicht legte sich in Falten. »Schuld ist ein Traum, der mich in der Nacht so quälte, daß ich kaum richtig schlafen konnte.«

»Ich habe gehört, wie du dich auf deinem Lager herumgewälzt hast. Immer wieder hast du etwas im Halbschlaf gemurmelt, es klang fast wie ein Schrei. Mal hörte es sich an wie Widukinds Name, dann wie der Wolfhards.«

Wittich nickte. »Die seltsame Gestalt, die mir im Traum erschien, trug die Züge des einen wie des anderen. Ein Zauber, wie ihn nur ein Mahr bewirken kann. Die Traumgestalt trug einen schwarzen Umhang, und anfangs war ihr Gesicht wie von einer Wolke verhüllt. Sie kam auf einem riesigen Rappen auf den Wolfshof geritten und rief alle Sachsen zum Aufstand gegen König Karl. Doch kaum hatten sich die Mannen um den fremden Reiter geschart, ergoß sich eine Sturzflut von den Bergen und spülte alle hinweg. Eine rote Flut. Rot wie damals die Aller nach Karls Blutgericht. Nur einer stand unbeirrbar in der Flut. Der schwarze Reiter verharrte auf seinem schwarzen Roß und lachte und lachte. Jetzt sah ich sein Gesicht. Das Antlitz Widukinds, das sich in Wolfhards Züge verwandelte. Dann warf der Reiter seinen Umhang ab. Darunter war er nackt, schrecklich anzusehen, die Haut halb totenbleich, halb schwarz. Das Gesicht, noch immer schallend lachend, nahm die grimmigen Züge einer Frau an.«

»Hel!« stieß Ulf hervor.

»Ja, die Göttin des Totenreiches. Die Tochter Lokis und Schwester der bösen Untiere.«

»Es war nur ein Traum. Schlechtes Essen oder die drückende Luft können dir den Mahr gesandt haben, Vater. Es muß kein Vorzeichen gewesen sein.«

»Nein, das muß es nicht.«

Wittich sagte es ohne jede Überzeugung, während er mit Ulf wieder zur Spitze des Trauerzugs aufschloß. Der alte Lite sah Gunda an und befand, daß sein Sohn sich in ein hübsches Mädchen verliebt hatte. Nein, eher schon in eine hübsche Frau. Die weiblichen Formen drückten sich unübersehbar durch das rot-blau gemusterte Tuch ihres Trägerrocks. Zwei runde Bronzefibeln, auf denen kauernde Wölfe eingeritzt waren, hielten den Rock auf der Brust zusammen. Gundas Rundungen drückten die Fibeln mit jedem Atemzug sanft nach oben, als säßen die Bronzewölfe auf schwankenden Felsen. Ein Anblick, der das Blut eines jungen Mannes leicht in Wallung versetzte. Noch dazu bei einer so schlanken, anmutigen Frau wie Gunda, deren feine Züge selbst in ihrer ernsten Trauer schön wirkten. Die grüngrauen Augen blickten forschend in weite Ferne, suchten nach den Gesichtern der Verlorenen: Wolfger und Anscher. Gunda bemerkte nichts anderes, auch nicht Ulf, der jetzt wieder in ihrer Nähe ging und seinen Blick nicht von ihr lösen konnte, es auch nicht wollte.

Ja, dachte Wittich, *du hast dich wirklich in ein begehrenswertes Mädchen verliebt, mein Sohn, aber leider auch in eines, das für dich unerreichbar ist.*

Längst war der Zug in dichten Wald eingetaucht und folgte einem gewundenen Pfad zwischen Bäumen und Büschen hindurch. Eichen und Buchen traten immer mehr zugunsten niedrigerer Bäume zurück, zwischen deren weichen, himmelwärts dunklen und erdwärts hellen Nadeln rote, häufig sonnenvertrocknete Beeren saßen. Als diese Bäume den Wald ganz beherrschten und so licht wurden, daß die glänzenden Nadeln den Schutzwall für eine große Lichtung bildeten, hatten die Trauernden ihr Ziel erreicht. Noch einmal erhob sich der reine zweistimmige Lurenklang, bis er, den Hillebillen folgend, zitternd erstarb. Die Menschen und die Zugpferde verhielten auf der von Eiben umsäumten Lichtung, die sie den Totenhain nannten, weil sie hier ihre Toten begruben. Gleichzeitig war er ein Ort des Lebens. Die Kraft der langlebigen Eiben sollte in die Seelen der Verstorbenen übergehen und ihnen beim Weiterleben in der jenseitigen Welt helfen.

Vor dem frisch ausgehobenen Grab, aus dem der kühle Geruch feuchter Erde in den heißen Sommertag dunstete, nahmen die Männer und Frauen vom Wolfshof Aufstellung, die Gesichter nach Norden gerichtet, wo die Heimstatt der alten Sachsengötter lag. Wittich stand dicht an der großen Grube, über die sich bald ein Erdhügel wölben würde, ähnlich den anderen auf der Lichtung. Lange war kein neuer Hügel hinzugekommen. Das Recht der Franken verlangte die Bestattung auf Kirchhöfen, untersagte auch das Verbrennen der Leichen von Liten und Schalken. Aber das Grab Wolfgers, des Letzten dieses Sattelmeiergeschlechts, gehörte nicht unter die Augen eines Christenpriesters. Deshalb war die Grube hier entstanden, direkt neben dem von großen Steinen umfriedeten Erdhügel, der Wolfhard geweiht war.

Wittich schluckte, als er die wartenden Blicke auf sich spürte. Gerhild hatte ihn beauftragt, das Totengebet für Wolfger zu sprechen. Denn Wittich war schon Wolfhards Kampfgefährte gewesen und für Wolfger fast ein zweiter Vater. Gerade das machte dem Liten das Sprechen schwer, zog seine Kehle stärker zusammen als die dörrende Sonne, die mit ihren Hitzespeeren nach der Trauerversammlung stach.

Er hob die Arme zum Himmel, wie um den Sonnenball einzufangen, und begann: »Ich bitte die Götter für Wolfger, Wolfhards Sohn, der gefallen ist im Kampf gegen seine Feinde. Er starb im tapferen Kampf gegen eine Übermacht. Ihr Götter habt Wolfgers letzter Schlacht Beifall gezollt und die Wölfe geschickt, um Wolfgers Mörder noch auf der Walstatt zu richten. Nehmt euch also Wolfgers an, wie es einem edlen Sachsen gebührt. Du, Stammvater Saxnot, zähle Wolfger zu den Hervorragendsten deines Volkes. Du, Sieggott Wodan, Gott der gefallenen Krieger, gewähre Wolfger Einlaß nach Walhall und einen Platz an der Tafel deiner Einherier. Du, Riesentöter Donar, Verteidiger der Götter und der Menschen gegen die finsteren Mächte, stehe Wolfger bei bis zum letzten Kampf am Ende aller Zeiten.«

»Saxnot, Wodan, Donar, ihr mächtigen Götter, nehmt Wolfger bei euch auf«, riefen die Trauernden immer wieder, während die Männer mit den Luren und Hillebillen zu einem düsteren Lied ansetzten.

Ein paar kräftige Kerle hoben die Leiche vom Wagen und ließen sie vorsichtig an Seilen in eine der beiden mit Holz verkleideten Grabkammern nieder. Zwei Männer stiegen hinab, nahmen die Tücher von dem Kadaver und reichten sie nach oben. Sie blieben in der Grube stehen, um die Totengaben in Empfang zu nehmen und auf den glattgestampften Lehmboden der zweiten Grabkammer zu stellen. Jeder Trauernde trat an das Grab, empfahl den Toten den Göttern und gab ihm auf die Reise mit, was Wolfger von Nutzen sein konnte: ein beinerner Kamm und ein Signalhorn vom Ur, ein bronzener Trinkbecher und ein mit Met gefüllter Lederschlauch, Ohrlöffel und Pinzette an einem Bronzering, Kleidungsstücke und Decken, Messer in verschiedenen Größen und Waffen. Die Grabkammer füllte sich zusehends.

Ulf gab einen Ger mit starker Stahlspitze und einem mit Schnitzereien verzierten Schaft, Wittich eine Streitaxt, größer als seine Franziska, und Gerhild einen kostbaren Sax mit Wehrgehänge. Gunda mußte von ihrer Mutter mit sanfter Gewalt ans Grab gezogen werden und unternahm keine Anstalten, den mit leuchtenden Farben bemalten Rundschild aus den Händen zu geben. Die beiden Männer in der Grube traten auf Wittichs Wink an den Rand und nahmen Gunda den Schild ab, um ihn zu den Waffen zu legen. Dann stiegen sie nach oben und halfen, das Grab zuzuschütten, während die Hillebillen und Luren ein letztes Mal für Wolfger zu den Göttern sangen.

Gunda wirkte noch immer vollkommen teilnahmslos, bewegte sich nicht und starrte scheinbar die Eiben am Rand der Lichtung an, in Wahrheit aber durch sie hindurch. Ulf hielt sich in Gundas Nähe. Er sorgte sich um das Mädchen. Trotz der Sonne, die hell aus dem kaum bewölkten Himmel brannte, lagen Schatten auf Gundas Gesicht, als hätte sie Hel geschaut. Ulf dachte an den Traum seines Vaters, und ihm war, als stehe etwas Schreckliches bevor, ohne daß er eine bestimmte Gefahr hätte benennen können.

Kaum war das Grab zugeschüttet und der Erdhaufen darüber errichtet, erkannte Ulf die Gefahr, sah sie, roch sie, spürte sie. Sie war auf einmal da, jagte über die Lichtung, kam von allen Seiten. Eibenäste zerbrachen wie im Sturm, Büsche starben unter Pferdehufen. Reiter und Fußkrieger brachen aus dem Unterholz, Männer schrien, Pferde wieherten, Waffen klirrten, Signalhörner ertönten mit gellenden Schreien.

Franken!

Sie nahmen keine Rücksicht auf die heiligen Grabhügel der Sachsen, sprangen einfach über die Steinumfriedungen, zerpflügten die Erde mit Stiefeln und Hufen.

Die Sachsen waren nicht auf einen Überfall vorbereitet, einige nur leicht bewaffnet, andere gar nicht. Zudem galt es, die Frauen und Kinder zu schützen. Um das frische Grab gedrängt, warteten sie ab, bis sich um sie ein dichter Ring aus fränkischen Lanzen, Äxten, Schwertern und Schilden gebildet hatte. Kaum war dieser Ring geschlossen, entstand auch schon wieder eine Lücke, um drei Reiter durchzulassen: Asmund, Ermold und Rutinus. Sie hielten ihre Pferde dicht vor Gerhild, Gunda, Wittich und Ulf an.

Der Mann mit der Silbernase stützte die Unterarme auf den versilberten Sattelknauf, beugte sich weit über den schlanken Hals seines Rotfuchses und bedachte die Gruppe um Gerhild mit einem falschen Lächeln, das eher bedrohlich als beruhigend wirkte. »Bringt der Heumonat für die Leute vom Wolfshof zuwenig Arbeit? Oder hat die Sonne eure Kräfte so erlahmen lassen, daß ich euch hier finde und nicht auf den Feldern und Wiesen?«

»Wir sind weder deine Pächter noch deine Leibeigenen, Asmund«, erwiderte Gerhild spitz. »Wo, wie und wann wir arbeiten, geht dich nichts an.«

Die Augen über der Silbernase blickten über die Köpfe der Sachsen hinweg auf den frisch aufgeworfenen Erdhügel. »Aber vielleicht geht mich etwas an, was ihr hier treibt.«

»Wir trauern«, sagte Gerhild.

»Um deinen Sohn?«

»Natürlich.«

Asmund zeigte auf den Erdhaufen. »Wolfgers Grab?«

Gerhild nickte.

»Unfug!« zischte Rutinus aufgebracht. Seine Erregung übertrug sich auf den Falben unter ihm, der unruhig zu tänzeln begann. »Man kann nichts begraben, was es nicht gibt. Von den Soldaten, die den Wölfen zum Opfer fielen, fanden wir immerhin die blutigen Überreste. Aber Wolfger wurde so zerfleischt, daß nichts von ihm übrigblieb!«

Als niemand darauf antwortete und nur ein paar Sachsen verstohlene Blicke auf den Grabhügel warfen, sagte Asmund: »Diesen Ort nennt ihr den Totenhain. Ein Friedhof der Heiden! König Karl hat im Namen der heiligen Kirche angeordnet, daß alle Toten auf den Kirchhöfen zu bestatten sind. Und er hat heidnischen Zauber verboten. Ausgraben!«

Beim letzten Wort schoß seine behandschuhte Rechte vor und zeigte auf das neue Grab. Niemand von den Sachsen rührte sich. Auf einen Wink Asmunds rückten seine Bewaffneten vor und richteten ihre Speere auf die Menschen vom Wolfshof. Gerhild wollte nicht, daß es zu einem Blutbad kam. Ihr ergebenes Nicken war für Wittich das Zeichen, ein paar Männer den Erdhügel abtragen zu lassen. Sie arbeiteten schweigend, mit verschlossenen, verbitterten Gesichtern. Ein einmal geschlossenes Grab zu öffnen war nicht nur eine Störung der Totenruhe, sondern auch eine Mißachtung der Götter, denen das Grab geweiht war.

»Warum schmäht ihr unsere Trauer, Asmund?« erkundigte sich Gerhild, während Liten und Schalke die Erde beiseite schaufelten. »Weshalb seid ihr hergekommen?«

»Wir ritten zum Wolfshof und wunderten uns, dort kaum jemanden anzutreffen«, antwortete Asmund. »Erst waren die Zurückgebliebenen verstockt, aber als meine Männer etwas nachhalfen, verrieten sie uns doch, wo ihr zu finden wart. Wir brauchen nämlich jeden Mann als Treiber für die Wolfsjagd.«

»Wolfsjagd?« Gerhild sah den Mann mit der Silbernase fragend an.

»Der Wolfshof liegt günstig, um ihn als Ausgangslager für das Treiben zu benutzen. Wir werden ein für allemal Schluß machen mit dem Raubgesindel aus der Wolfsschlucht«, bellte Asmund. »Meine drei Reiter sollen die letzten gewesen sein, die von den Wölfen zerfleischt wurden.«

»Deine Männer und mein Sohn«, berichtigte Gerhild ihn, ohne daß Asmund darauf einging.

Der Graf starrte, wie auch Rutinus und Ermold, gespannt auf die Grube. Die Sachsen trugen die letzte Erdschicht ab und kletterten aus dem großen Loch. Ihre Blicke verrieten, daß sie die lehmbeschmierten Holzschaufeln am liebsten gegen die Köpfe der Franken geschlagen hätten.

»Heidnisches Zauberwerk!« stieß Rutinus beim Anblick des Grubenbodens hervor. Er betrachtete die Totengaben in der einen und den großen Kadaver in der anderen Kammer. »Ihr habt statt des Toten ein Pferd begraben!«

»Nicht statt des Toten, sondern für ihn«, sagte Wittich. »Sturmwind war für Wolfger mehr als ein Tier. Der Rappe wird Wolfger auch im Jenseits ein treuer Gefährte sein.«

Rutinus bekreuzigte sich und flehte den Allmächtigen um Gnade für die ungläubigen, verirrten Schafe an, wobei er erst in den Himmel und dann auf die Sachsen sah. Zu Asmund fuhr er fort: »Wir sollten auch die anderen Gräber öffnen. Ich ahne Schlimmes.«

Widerstrebend fügten sich die Sachsen Asmunds Befehl und den scharfen Eisen seiner Soldaten. Eins ums andere wurden die Gräber unter immer finstereren Blicken und leisen Verwünschungen auf die Franken freigelegt. Nicht nur menschliche Knochen lagen unter den Erdhügeln, auch jede Menge Grabbeigaben und Gebeine von Pferden und Hunden. Wie das Grab seines Sohns Wolfger war das Wolfhards nur die Ruhestätte für ein Pferdeskelett.

»Frevel!« donnerte Rutinus, küßte das große Eisenkreuz, das an einer Kette auf seiner Brust hing, und rasselte das Vaterunser herunter.

Er beriet sich leise mit Asmund, und der Graf verkündete mit lauter Stimme: »Dieser Totenhain ist ein Ort des Satans. Hier hausen die Dämonen und verleiten die Menschen, ihnen zu huldigen, Pferdeopfer zu bringen, ihre Toten in ungeweihter Erde zu bestatten. Deshalb verfüge ich als Graf von Minden und Vertreter des Königs, daß nie wieder eine Versammlung oder eine Bestattung an diesem Ort stattfindet. Nehmt eure Beile und Äxte, fällt die Eiben, die Bäume des Bösen!«

»Nein!« schrie Weerta auf, eine ältere Litin und heilkundige Frau, Verehrerin der alten Götter. »Die Eiben sind keine Bäume des Bösen. Im Gegenteil, sie halten bösen Zauber fern und fördern die Kräfte des Lebens!«

»Allein das zu behaupten ist ein Beweis für die Kraft des Bösen, das in diesem Hain heimisch ist!« stellte Rutinus fest.

Asmund nickte dazu und wiederholte seinen Befehl. Die Sachsen standen wie erstarrt und waren diesmal nicht zu bewegen, dem Mann zu gehorchen, der einst einer ihrer Anführer im Kampf gegen die Franken gewesen war, jetzt für sie aber die Verkörperung all dessen darstellte, was sie verabscheuten und haßten: die fränkischen Eroberer, den aufgezwungenen Christenglauben und sächsische Edle, die sich gegen ihr Volk stellten, um ihre Macht zu erhalten.

Gerhild sah zu Asmund auf. »Du kannst nicht erwarten, daß meine Leute Bäume fällen, die ihnen heilig sind.«

»Nicht Bäume sollen ihnen heilig sein, sondern der Allmächtige und sein Sohn Jesus Christus!« entgegnete Rutinus barsch.

»Was auch immer du sagst, Rutinus, nichts wird uns dazu bewegen, die Eiben zu fällen.«

»Dann tun wir es selbst!« entschied Asmund, und seine Männer schwangen die Äxte, zerhieben das viele hundert Winter alte Holz. Die Bäume erzitterten und stürzten auf die Lichtung. Um nicht von ihnen erschlagen zu werden, mußten die Menschen vom Wolfshof beiseite springen. Die alten, schweren Stämme prasselten kreuz und quer auf die geöffneten Gräber, zerschlugen die Gebeine von Mensch und Tier, begruben unter sich die Gaben für die Toten. Baum um Baum fiel unter lautem Getöse. Aufgewirbelter Staub erfüllte die Lichtung wie dichter Nebel, und die Menschen husteten.

Als endlich Ruhe einkehrte und alle Eiben rings um die Lichtung gefällt waren, rief Rutinus: »Feuer! Entzündet die Bäume! Verbrennt den Teufelsspuk!«

Gerhild flehte Asmund und Rutinus an innezuhalten. Ohne Erfolg. Ein paar Soldaten suchten Baumharz, abblätternde Haut von Birkenstämmen, Flugsamen und dünne, trockene Holzsplitter für den Zunder zusammen und schichteten darüber größere Stücke Trockenholz auf, von dem es dank der heißen Witterung mehr als genug gab. Ein massiger Franke, Tjalf, schlug so lange mit einem kantigen Eisenstück auf einen Flint, bis die sprühenden Funken den Zunder entfachten. Schnell fraßen sich die Flammen zum Trockenholz vor, griffen auf die gefällten Eiben über, und dann stand die ganze Lichtung in Flammen.

Die Sachsen vom Wolfshof standen am Rand des großen Feuers und sahen mit verbissenen Gesichtern und tränengefüllten Augen zu. Unter den lauten Flüchen der Männer und dem Wehklagen der Frauen verbrannten die Lebensbäume, die Gebeine der Toten und ihrer Tiere sowie die Opfergaben.

»Die Gier des Feuers wird sich nicht mit dem Totenhain zufriedengeben«, sagte Wittich mit besorgtem Blick auf die immer weiter um sich greifenden Flammen. »Der Wald wird brennen!«

»Na und?« Asmund sah den Liten vollkommen gleichgültig an. »Je weniger Wald, desto geringer die Möglichkeit für die Wölfe, Unterschlupf zu finden. Hoffen wir, daß viele von ihnen im Feuer verbrennen.«

Seit dem überraschenden Auftauchen der Franken hatte Gunda sich vollkommen teilnahmslos verhalten. Vielleicht war es das heißglühende Feuer, das sie jetzt zum Leben erweckte. Mit einem unmenschlichen Schrei, der das Knistern und Prasseln der Waberlohe mühelos übertönte, warf sie sich gegen Asmund, der noch immer auf seinem Rotfuchs saß, und krallte ihre Finger in ein Bein, daß der Stoff der blauen Hose zerriß.

»Hört auf, hört auf, hört auf!« kreischte sie. »Warum nehmt ihr uns alles? Vater und Wolfram! Dann Anscher und Wolfger! Jetzt auch noch die Toten und die Trauer! Hört auf damit!«

»Scher dich weg, verfluchte Hexe!« Ein kräftiger Fußtritt Asmunds schleuderte Gunda zu Boden. Sie überschlug sich und rollte in die Nähe des Feuers. Taumelnd kam sie auf die Beine und wollte zu ihrer Mutter zurückkehren.

Ein paar übermütige Soldaten, darunter Tjalf und Tanko, hinderten sie mit ausgestreckten Schwertern und Speeren, der Gluthitze zu entfliehen. Funken umschwirrten Gunda, brannten sich in ihre Haut und ihre Kleidung.

»Wenn sie eine Hexe ist, muß sie brennen!« kicherte Tjalf heiser und hieb spielerisch mit dem Schwert nach Gunda. Sie stolperte einen Schritt zurück und wäre fast in die Flammen gestürzt.

»Ja!« brüllte Tanko und stieß sein Schwert in die Höhe. »Rutinus hat befohlen, den Teufelsspuk zu verbrennen!«

Seine Schwertklinge senkte sich gegen Gunda, verfehlte aber ihr Ziel. Eine andere Klinge war schneller und durchbohrte Tankos Hals.

Ulf, der in den Kreis der Soldaten gesprungen war, zog das blutige Eisen seines Sax aus der Kehle des röchelnd Zusammenbrechenden, packte mit der freien Hand Gundas Arm und zog sie aus dem Gefahrenkreis. Gerhild nahm ihre Tochter in Empfang und drückte sie an sich, während Ulf unter den wütenden Schwert- und Axthieben der anderen Soldaten zusammenbrach.

»Ins Feuer mit dem Mörder!« verlangte Tjalf.

Die anderen Soldaten zögerten und blickten Rutinus an. Einer sagte: »Der König hat verboten, die Toten zu verbrennen. Leichen gehören auf den Friedhof.«

»Nur die Leichen von Christen«, sagte Rutinus, und seine Augen warfen den wild zuckenden Flammenschein zurück. Er zeigte auf den toten Ulf. »Dieser da hat bewiesen, daß er ein Heide ist, ein Frevler, ein Werkzeug Satans. Verbrennt ihn!«

Die Franken lachten, hoben den zerstückelten, blutüberströmten Körper auf und schleuderten ihn in die prasselnde Lohe, die ihn augenblicklich verzehrte.

Auf Gerhilds Befehl hielten mehrere Männer Wittich fest. Sonst hätte er sich hinterhergestürzt. Seine Augen füllten sich mit Tränen, und durch den feuchten Schleier sah er eine seltsame Gestalt, zur Hälfte dunkel, zur Hälfte bleich: die Totengöttin Hel.

Wenn er schlief, träumte er nicht, war er wie tot, wurde die Welt zum Nichts. Aber er träumte, wenn er wachte. Oder bestand das Wachsein nur in einem Traum, dem Traum eines Toten? Ein Lebender konnte kaum seine Qualen erdulden, dieses schreckliche Gefühl, am ganzen Körper zu verbrennen. Er wollte davonlaufen, sich in einen Bach oder Teich stürzen, um die Flammen zu löschen, aber es gelang ihm nicht. Schuld war sein Leib. Sein toter Leib. Reglos lag er auf einem Lager und glaubte manchmal, daheim zu sein. In den wenigen Augenblicken, in denen sein Geist klarer war, erkannte er, daß es nicht sein Haus war. Dies hier war kleiner, enger, und es roch anders, irgendwie ranzig.

Ja, er konnte riechen, er konnte sehen und hören, fühlen und schmecken. War das der Beweis, daß er noch lebte? Aber weshalb erschien ihm dann alles um ihn herum nebulös, kaum greifbar? Man gab ihm zu essen und zu trinken, aber er hätte nicht sagen können, was es war. Manchmal fühlte er, daß ihn jemand berührte, ihn umbettete, sich an ihm zu schaffen machte. Er hörte Stimmen, die leise miteinander sprachen, als wollten sie ihn nicht aus dem Reich der Toten reißen; doch was sie sagten, verstand er nicht, war undeutlich wie das leise Gluckern eines Wildbaches. Wenn er sich anstrengte, sah er sogar die Umrisse von Wesen, die man für Menschen halten konnte.

Waren es wirklich Menschen?

Fetzen von Erinnerung flatterten durch seinen schattigen Geist. Wieder sah er diese schreckliche Gestalt vor sich, umgeben von Wölfen, selbst ein Wolf und doch keiner. Aufrecht gehend kam das Wesen auf ihn zu, beugte sich über ihn, berührte ihn – und riß ihn in ein tiefes Loch von Schwärze und Nichts.

War dieses Wesen hier, bei ihm? Sosehr er sich auch anstrengte, er konnte nichts Genaues erkennen. Nur die Qualen wurden größer, das Feuer, das ihn zu verbrennen drohte, heißer. Flammen überall, eine einzige Glut, in der die Welt verkochte.

17. Kapitel

Wolfsjagd

Wittich stand am Windauge, starrte nach draußen und sah zu, wie Notts Schleier unter Sunnas ersten tastenden Lichtfingern allmählich verblaßten. Die ganze Nacht über hatte er hier gestanden und durch die offene Luke geschaut. Wie konnte ein Mann schlafen, der seinen Sohn verloren hatte, dem alles geraubt worden war, was das Schicksal ihm gelassen hatte? Grausame Nornen!

Die Franken, die den Wolfshof besetzt hielten, hatten das Schließen der Windaugen verboten. Asmunds Männer wollten jederzeit in die Häuser und Hütten sehen können. Sie ahnten nicht, daß Wittich ihnen dafür dankbar war. Er hätte es nicht ausgehalten in dem großen Langhaus, eingesperrt in Dunkelheit, ohne Ulf, aber mit dem Wissen, seinen Sohn nie mehr zu sehen, zu hören, zu spüren. So konnte Wittich wenigstens zu den dunklen Bergen hinausblicken und sich einbilden, daß Ulf irgendwo dort draußen war und auf seinen Vater wartete.

Aber ganz wurde Wittich das schreckliche Bild nicht los: die Franken, die auf Ulf einschlugen; der zerschundene, blutige Leib; die Flammen, die ihn verzehrten. Sie zuckten und flackerten in Wittichs Gedanken durch die sterbende Nacht. In Wahrheit brannte das große Feuer nicht mehr, das vom Totenhain aus ein riesiges Waldstück verschlungen hatte. Irgendwann hatte Donar Erbarmen gezeigt, vielleicht nicht mal mit den Menschen, die ihn verraten hatten, sondern mit seinen heiligen Bäumen, den Eichen. Der Sturmgott sandte starken Wind, der bis in die tiefe Nacht blies und die Flammen zurücktrieb, dorthin, wo sie schon gewütet hatten. Wo nur noch verbrannte Erde, verkohlter Wald und Asche war. Wo die Feuerzungen vergeblich nach Nahrung leckten und sich an ihrem eigenen Hunger verzehrten, bis nur noch schwarzer Rauch, der sich schwerfällig über den Wiehen wälzte, von ihnen kündete.

Die Flammen, die Wittich jetzt sah, stammten von den Lagerfeuern, die überall auf dem Wolfshof brannten. Die meisten Franken schliefen, eingerollt in ihre Decken. Aber Asmund achtete darauf, daß jeder zehnte Mann wachte. Der Graf von Minden war selbst ein Sachse und wußte, daß die Menschen vom Wolfshof von der Schändung ihres Totenhains schwer betroffen waren. Deshalb ließ Asmund seine Männer nicht in den Häusern übernachten, wo sie leicht Opfer eines Hinterhalts werden konnten. Nur Asmund, Rutinus und Ermold schliefen in einer abgelegenen Grubenhütte, von Soldaten bewacht. Es gab einige Menschen auf dem Wolfshof, die Graf Silbernase und dem Archidiakon mit dem Flammenhaar liebend gern ein scharfes Eisen zwischen die Rippen gejagt hätten.

Wittich selbst gehörte dazu und vielleicht auch die alte Weerta, die zwischen den schlafenden Liten hindurch zu ihm schlurfte, kaum mehr als ein vom Alter gekrümmter Schatten in der Dunkelheit. Neben Wittich blieb sie stehen, sah zu ihm hoch und öffnete ihren rissigen Mund mit den stark gelichteten Zahnreihen.

»Die Franken nehmen uns alles, Töchter und Söhne, die heiligen Bäume und selbst unsere Götter.« Weerta wisperte nur, aus Vorsicht wegen der fränkischen Wächter draußen oder aus Respekt vor den Schlafenden im Langhaus.

»Dein Sohn Ulf war ein guter Mann und hat nur Gutes getan, auch als er den Franken tötete. Dieser Christ war ein Mörder und wollte Gunda töten. Er hatte Strafe verdient, nicht Ulf. Aber das interessiert die Franken nicht und auch nicht solche Verräter wie Asmund und Rutinus.«

»Rutinus?« Wittich horchte auf. »Wieso nennst du ihn einen Verräter?«

»Er ist ein Sachse, auch wenn er es gut zu verbergen versteht. Achte darauf, wenn er spricht! Ganz kann der Blutpfaffe seine Herkunft nicht verleugnen. Er wußte, was uns die Eiben bedeuten.«

»Für Rutinus ist es nur heidnischer Zauber, Aberglaube.«

»Kein Aberglaube!« sagte die alte Litin grimmig. »Und wenn ein Zauber, dann ein guter. Im Holz des Eibenbaums wohnen heilende Kräfte. Nur vor den Nadeln und dem Samen muß man sich hüten. Sie enthalten ein starkes Gift, ein sehr starkes.«

»Ich weiß, Weerta. Man sagt es jedem Jungen, der zum erstenmal die Schweine im Wald hütet: Meide die Eibe!«

»Meide die Eibe!« wiederholte die Alte und kicherte abgehackt, während sie einen kleinen Lederschlauch hochhob, der an einer Schnur um ihre runde Schulter hing. »Hier habe ich das Gift der Eibe gesammelt. Wenn die Franken am Morgen ihren Durst löschen, können wir sie töten – alle!«

Wittich sah auf den prall gefüllten Schlauch in Weertas runzligen, knotigen Händen und starrte dann wieder durch das Windauge zu den Feuern der Franken. Bei dem Gedanken, Asmunds Männer sich im Todeskampf winden zu sehen, umspielte seine Lippen ein grimmiges Lächeln, und seine Züge nahmen einen sehnsüchtigen Ausdruck an. Seine Sehnsucht hieß Rache. Vergeltung für Ulfs Tod. Konnte es etwas Wichtigeres, Brennenderes geben als dieses Verlangen?

Langsam drehte Wittich sich um und blickte an Weerta vorbei ins Innere des großen Hauses, über die Schlafplätze der Liten hinweg zu dem abgetrennten Teil, wo Gerhild und Gunda ruhten. Das Mädchen war nach Ulfs Tod wieder in völlige Teilnahmslosigkeit verfallen, hatte kein Wort mehr gesprochen und war wie ein Schaf in der Herde mit den anderen zum Wolfshof zurückgetrottet.

»Asmund, Rutinus, Ermold und all die anderen hätten den qualvollen Tod verdient«, sagte Wittich schließlich. »Aber Gerhild und Gunda nicht und auch nicht die Männer, Frauen und Kinder auf dem Wolfshof, die leben wollen.«

»Du sprichst in Rätseln, Wittich.«

»Wir könnten viele der Franken töten, aber nicht alle. Ihre Rache wäre furchtbar, und keiner von uns würde überleben.«

»Vielleicht ist ein Tod im Kampf um die Freiheit besser als ein Leben in Knechtschaft.«

»Für den, der so denkt wie du und ich, ja! Aber auch für alle anderen?«

»Schade, ohne deine Hilfe kann es nicht gelingen«, seufzte Weerta und ließ den Schlauch sinken. »Aber ich hatte es mir schon gedacht. Du stehst treu zu Gerhild, was?«

»Natürlich. Ich war Wolfhards Waffenbruder.«

»Ich nicht. Und ich werde Wolfhards Geschlecht nicht länger dienen. Sachsen sind nicht geschaffen, Franken Knechte zu sein.«

Wittich verstand und fragte: »Wie viele noch?«

»Etwa zehn, darunter der Schmied Alwig und sein Sohn. Sie tun nur so, als schliefen sie.« Weerta senkte ihren Blick beschwörend in Wittichs Augen. »Wenn du dabei wärst, würden sich uns noch viel mehr anschließen.«

»Wolfhard, Wolfram, Wolfger – sie sind alle tot«, sagte Wittich und fügte noch leiser hinzu: »Auch Ulf. Ich schwor Wolfhard Treue und auch seinem Sohn Wolfger. Wer soll auf Gerhild und Gunda achten, wenn ich nicht mehr da bin?«

»Die Franken«, sagte Weerta bitter.

Wittich schüttelte den Kopf. »Geht ohne mich. Beeilt euch! Verlaßt den Wolfshof, solange Notts Schleier noch schwarz sind! Habt ihr ein Ziel?«

Weerta sah durch das Windauge und murmelte: »Saxnots Schwert.«

»Ich dachte es mir. Die Zuflucht der Verbannten.«

»Die letzte Heimstatt, die den freien Sachsen in diesem Teil der Berge geblieben ist.«

Wittich zog fragend die hohe Stirn in Falten. »Gibt es den Ort wirklich? Alle sprechen hinter vorgehaltener Hand von ihm, aber niemand hat ihn gesehen.«

»Auf meiner Suche nach heilenden Kräutern komme ich weit herum. Nur durch Zufall entdeckte ich einen schmalen Felsdurchlaß, hinter dem sich ein Talkessel auftat, bedeckt mit zahlreichen Hütten. In der Mitte erhob sich ein seltsamer Fels, sehr schlank und oben spitz zulaufend.«

»Saxnots Schwert!«

Weerta faßte nach Wittichs Unterarm und nickte. »Bete zu Saxnot, daß wir sein Tal erreichen!«

Dann verschwand Weerta und huschte zwischen den Schlafenden hindurch. Einige erhoben sich so rasch, daß ihr Schlaf nur vorgetäuscht sein konnte. Sie folgten Weerta durch den Viehstall in die Nacht. Wittich hoffte, daß sie es schafften: Die Franken waren fast überall auf dem Wolfshof, aber sie kannten nicht die geheimen Schleichwege, die Weerta und die Ihren benutzten.

Bei Saxnot, sie mußten es schaffen! Er wäre gern dabeigewesen. Aber welchen Sinn hatte es nach Ulfs Tod, sich den Franken zu entziehen?

»Sie fliehen! Sie fliehen tatsächlich!«

Die laute Stimme riß Asmund aus dem Schlaf und aus dem süßen Traum, in dem Alda ihn verwöhnt hatte. Er blinzelte in das Flackerlicht eines Kienspans und sah einen seiner Soldaten in voller Waffentracht im Eingang der engen Grubenhütte stehen. Links und rechts von Asmund erhoben sich Rutinus und Ermold von ihren fellgepolsterten Lagern.

»Was faselst du, Kerl?« raunzte Asmund müde.

»Etwa zehn Sachsen verlassen heimlich den Hof. Sie kriechen gerade durch eine Lücke in der Dornenhecke.«

»Gehörst du zu den Wachen?«

»Ja, Graf Asmund.«

»Habt ihr die flüchtigen Sachsen aufgehalten?«

»Nein, Graf.«

»Nein? Weshalb nicht?«

»Ich habe es untersagt«, kam Rutinus dem Soldaten zuvor, und dieser nickte dankbar. »Ich habe damit gerechnet, daß ein paar dieser halben Heiden es versuchen. Ich möchte sie heimlich verfolgen lassen.«

Asmund wackelte mit dem Kopf, wie um die Müdigkeit abzuschütteln. »Was willst du damit erreichen, Rutinus?«

»Saxnots Schwert!« erwiderte der Archidiakon von Minden. »Schon davon gehört, Graf Asmund?«

Der nickte. »Ja, die angebliche Zuflucht der Verbannten.«

»Und der Heiden! Eine Brutstätte des falschen Glaubens.

Wenn wir die Flüchtigen verfolgen, finden wir endlich das Versteck und können es ausräuchern, wie wir es gestern mit dem Totenhain getan haben.«

»Und wenn du dich irrst? Wenn die Flüchtigen gar nicht zu Saxnots Schwert wollen?«

»Dann können wir sie immer noch einfangen.«

»Oder wir verlieren ihre Spur.«

»Das glaube ich kaum«, sagte Rutinus gelassen. »Die Sonne geht bald auf. Unsere Männer haben gute Aussichten, den Sachsen auf den Fersen zu bleiben.«

»Also gut – lassen wir die Sachsen verfolgen«, seufzte Asmund. »Und wir begeben uns auf die Wolfsjagd!«

Schon bald riefen Signalhörner die Soldaten und die Sachsen zusammen, die die Wolfsjagd als Treiber unterstützen sollten. Nach einem kurzen, kargen Frühstück brachen die Männer auf. Auf Wagen und Packtieren führten sie getötete Rinder, Ziegen und Schweine mit sich – Köder für die Wolfsbrut.

Wittich führte die Treiber an und half damit den Franken, den Mördern seines Sohns. Er wünschte sich, mit Weerta geflohen zu sein. Wittich konnte sich nicht vorstellen, daß es an diesem Morgen einen unglücklicheren Menschen gab als ihn.

Bei ihrem Erwachen fühlte sich Gisla so unglücklich, wie es an diesem Morgen niemand sonst sein konnte. Dieser Tag würde ihr Schicksal besiegeln, den Rest ihres Lebens bestimmen. Aber schlimmer als der Kummer darüber war die Trauer über das, was sie verloren hatte. Die Trauer um Wolfger.

Als Asmunds Reiter mit der Nachricht zurückkamen, daß die Wölfe den Flüchtigen mitsamt einigen seiner Verfolger zerfleischt hätten, war mit der Hoffnung auch jeder Gedanke, jemals wieder einen Hauch von Glück zu verspüren, in Gisla gestorben. Willenlos hatte sie die Entscheidung ihres Vaters hingenommen, der sie in den nächsten Tagen mit Anwan verheiraten wollte. Mit Anwan, dem Kaufmann, dem Ungeliebten. Nun war es ihr gleichgültig. Vielleicht war alles besser, als länger mit Brunold und Teida unter einem Dach zu leben.

Schon bald waren Asmund und Rutinus dahintergekommen, daß Gisla dem gefangenen Wolfger zur Flucht verholfen hatte. Brunold hatte sie deshalb so verprügelt, daß es ihr jetzt noch, drei Tage später, überall weh tat. Ihr Vater hatte einige Mühe gehabt, Gisla vor einer Bestrafung durch Asmund zu bewahren. Er hatte sich nicht geäußert, aber es hieß, er habe einen großen Sack klingender Münzen dafür hingeben müssen. Um die verirrten Gedanken aus Gislas Kopf zu vertreiben, wie Brunold es nannte, hatte er die für den Martinstag geplante Hochzeit vorverlegt. Jetzt sollte sich Anwan um die aufsässige Tochter seines Oheims kümmern.

Gisla rieb ihre verklebten Augen und blinzelte in den undeutlichen Lichtschimmer, der in ihre Kammer fiel. Seltsam, daß sie überhaupt hatte schlafen können. Der Schmerz hatte sie entkräftet, und sie hatte wenig gegessen. Vermutlich suchte ihr geschwächter Leib im Schlaf Erholung. Jetzt war es Morgen. Das wußte Gisla, auch wenn ihre Schlafkammer nicht länger über ein Windauge verfügte. Brunold hatte Tibor befohlen, das Loch in der Wand mit dicken Brettern zu verschließen. Aber die Flechtmatte, vor der ein Knecht Wache hielt, ließ einen hellen Schimmer durch, der genügte, um Gisla die Tageszeit anzuzeigen. Doch die wenigen, noch schwachen Strahlen konnten sie kaum geweckt haben. Es war etwas anderes, ein Geräusch von nebenan, aus Teidas Schlafkammer.

Gislas Schwester war schon wach und rumorte herum. Dann hörte sie Teidas schlurfenden Gang. Schleppende Schritte, die sich Gislas Kammer näherten. Ihr Herz krampfte sich zusammen. Teidas Besuche bedeuteten nie etwas Gutes. Teida selbst bedeutete nie etwas Gutes, nicht seit dem Unglücksfall.

Eine käsige Hand schob die Türmatte beiseite, und das breite, feuerrote Gesicht erschien in der Öffnung. Teida grinste, als sie Gisla sah.

»Ah, du bist schon wach, Schwesterherz«, säuselte Teida. »Wohl unruhig, wie? Ich kann dich gut verstehen. Wie ich dich beneide! Darum bin ich auch gekommen. Ich wollte unbedingt die erste sein, die dir am Tag deiner Hochzeit einen guten Morgen wünscht!«

Für die Wölfe, die in den Bergen links der Weserscharte lebten, war es kein guter Morgen. Ein Todesmorgen. Kaum war die Nacht verblaßt und mit ihr die Zeit, in der die Wölfe auf der Jagd durch die Wälder streiften, wurden sie selbst gejagt.

Ein paar langgezogene Hornsignale jaulten über das waldreiche Gebirge, als die Gruben ausgehoben, die Kadaver als Lockmittel ausgelegt, die von Asmund und Rutinus geführten Jäger in ihre Stellungen gegangen waren. Die Signalrufe waren für die unter Ermolds Aufsicht stehenden Treiber bestimmt. Jetzt wußten die Sachsen, daß die Jagd begonnen hatte.

Sie hatten das Gebiet um die Wolfsschlucht weiträumig umgangen, damit der leichte Nordwind, der über den Gebirgskamm strich und durch seinen starken Brandgeruch an das gestrige Geschehen im Totenhain gemahnte, den feinen Wolfsnasen nicht vorzeitig die Witterung der Menschen zutrug. Jetzt, wo alles bereit war, durften die Wölfe die näher kommenden Treiber ruhig wittern; die vierbeinigen Räuber sollten es sogar. Deshalb kamen die Treiber mit dem Wind. Ihr Geruch und der Lärm, den sie mit dem Schlagen der Hillebillen verursachten, sollten die Wölfe in Schrecken versetzen und sie aus ihren Verstecken in der Wolfsschlucht treiben.

Zu dem Lärm kam Feuer. Ein von Wittich geführter Treibertrupp näherte sich der Wolfsschlucht von oben und warf Fackeln und trockenes Holz in die Tiefe. Rauch quoll in die Felshöhlen und trieb die Wölfe nach draußen, mehr und mehr, mit drohendem Knurren und ängstlichem Winseln. Einige fielen sofort den Speeren und Pfeilen der fränkischen Jäger zum Opfer. Andere wurden von Reitern gejagt, unter denen sich ebenfalls Bogenschützen befanden. Wer entkam und sich schon in Sicherheit wähnte, witterte auf einmal die Kadaver, näherte sich der unverhofften Beute und stürzte in die Fallgruben, pfählte sich selbst auf in die Erde gerammten spitzen Pflöcken.

Der Himmel über der Wolfsschlucht verwandelte sich in eine einzige Rauchwolke. Nicht so groß wie gestern die über dem Totenhain, aber dafür noch dichter. Die Sonne, die sich gerade erst munter über die Wipfel von Eichen, Buchen und Kiefern geschwungen hatte, verschwand hinter wabernden Schwaden aus Grau und Schwarz. Als hätten die Flammen in den Wolfshöhlen Tausende von bepelzten Leibern verschluckt und spien die verdauten Überreste in Form von Rauch wieder aus. Sachsen und Franken husteten und suchten mit tränenden Augen das Weite.

Nur Wittich nicht. Irgend etwas hielt ihn über der Wolfs-

schlucht fest. Ein innerer Zwang. Ein seltsames Gefühl von
– Mitleid. Ja, er empfand Mitleid für die armen Kreaturen,
die mit brennendem Pelz, laute, gellende Schreie ausstoßend, aus den Höhlen gekrochen kamen, nur um von fränkischem Eisen durchbohrt zu werden. Das war die Wahl,
die einem die Franken ließen: Feuer oder Eisen.

Wittich wußte, er hätte die Wölfe eigentlich hassen müssen
für das, was sie Wolfhard und Wolfger angetan hatten.
Aber er konnte es nicht. Vielleicht war Ulfs Tod dafür verantwortlich, daß er mit den Wölfen fühlte und nicht sie
haßte, sondern ihre Mörder, die auch die Mörder seines
Sohnes waren.

Ein tiefes Knurren, ganz nah bei ihm, ließ Wittich herumfahren. Das Knurren wiederholte sich, und etwas löste sich
aus den dichten Rauchschwaden. Die unentwegt tränenden
Augen weit aufgerissen, starrte der Lite auf das hinkende
Geschöpf, dessen gelbgraues Fell sich aus dem dunkleren
Grau des Rauches löste. Ein großer Wolf, aber am rechten
Hinterlauf schwer verwundet. Warum floh das Tier nicht
im Schutz des Rauchgewölks?

Die gerade nach hinten gestreckte Rute, die gebleckten
Zähne und das tiefe Knurren lieferten die Antwort: der
Wolf suchte Rache und hatte Wittich als Opfer erkoren.
Vielleicht hatte der Schmerz das Tier halb wahnsinnig gemacht. Die nach hinten gelegten Wolfsohren zeigten dem
Liten, daß die Bestie neben bitterer Wut auch erbärmliche
Angst empfand. Gerade dadurch wurde sie noch unberechenbarer und gefährlicher.

Wittich wollte langsam zurückweichen, aber es ging nicht.
Er stand so dicht am Rand der Wolfsschlucht, daß jeder
Schritt nach hinten unweigerlich zum Absturz geführt hätte. Und er hatte nicht einmal eine Waffe. Die Franken hat-

ten den Männern vom Wolfshof das Tragen von Waffen verboten, aus Angst, die Sachsen könnten Vergeltung für die Vernichtung des Totenhains suchen.

Der Wolf spannte sämtliche Muskeln an und sprang. Wittich ließ sich zur Seite fallen, spürte dabei aber, wie ihn der schwere Aufprall traf. Ganz war sein Ausweichmanöver nicht gelungen. Der Wolf drehte sich herum und warf sich auf den Liten. Wittichs Hände umklammerten den starken Wolfshals, um die spitze Schnauze mit den scharfen Zähnen von sich fernzuhalten. Geifer tropfte aus dem aufgerissenen Maul und benetzte Wittichs Gesicht. Fauliger Atem traf ihn, als das Wolfsmaul näher und näher kam. Für sein Alter war Wittich ein kräftiger Mann, doch jetzt begannen seine Armmuskeln zu zittern. Der Wolf war nahe daran, den Zweikampf durch Kraft und Ausdauer zu gewinnen.

Da ertönte über das Prasseln des Feuers, die Rufe der Jäger, das Klappern der Hillebillen und das Heulen der Wölfe hinweg ein schriller Pfiff, zweimal kurz hintereinander. Beim ersten Pfeifen wandte der auf Wittich kauernde Wolf den Kopf, beim zweiten stellte das Tier seine Anstrengungen schlagartig ein und entschlüpfte den Händen des Mannes. Der Wolf hinkte in den Rauch hinein, auf eine große Gestalt zu, die für Wittich nur schemenhaft zu erkennen war.

Trotz des Pelzes erinnerte das Wesen eher an einen Menschen. Es ging aufrecht. Der Wolf begrüßte es mit freudigem Bellen und wedelnder Rute. Das zweibeinige Wesen bellte zurück und verschwand mit dem Vierbeiner im Rauch. Aber für einen Augenblick hatte Wittich das Gesicht des Mannwolfs gesehen. Ein Anblick, der ihn überraschte, erschreckte und verwirrte. Als Wittich das Wesen rufen wollte, hatte es sich längst im Rauch aufgelöst.

»Was tust du da, Sachse?« Ein mit Speer und Schild bewaffneter Franke erschien über der Wolfsschlucht und starrte den am Boden liegenden Liten fragend an.

»Ich ruhe mich aus«, hustete Wittich, während er sich langsam erhob.

»Häh?«

»Ein Wolf hat mich angegriffen. Wenn das Ungeheuer nicht von mir abgelassen hätte, wäre ich jetzt tot.«

»Warum hat es von dir abgelassen?«

»Du hast es wohl verscheucht«, log Wittich.

Der Franke nickte. Die Antwort schien ihm zu gefallen. »War der Wolf verwundet?«

»Ja, am rechten Hinterlauf.«

Befriedigt reckte der Franke seinen Speer vor, und Wittich sah die blutverklebte Spitze. »Ich habe das Mistvieh erwischt, aber es ist mir entkommen. Dann sah ich auf einmal etwas Seltsames.« Die Augen des Franken weiteten sich, und er blickte suchend in den Rauchnebel. »Hast du es auch gesehen, Sachse?«

»Was?«

»Ein Wesen, groß. Es sah aus wie ... ein Mannwolf!«

»Ein Mannwolf?« Wittich lachte heiser, was den Franken verwirrte. »Der Rauch muß deinen Blick aber heftig getrübt haben, Soldat.«

»Hm«, machte der Franke. »So muß es wohl sein. Schade, daß der Wolf entkommen ist.«

»Ja, wirklich schade«, sagte Wittich und dachte etwas ganz anderes.

Er wußte jetzt, weshalb er keinen Haß auf die Wölfe empfunden hatte. Und er wunderte sich, weshalb die Tiere Wolfhards Sohn angegriffen hatten. Als er sich mit dem Franken durch den Rauch kämpfte, kreisten seine Gedanken um Wolfger.

Gislas Gedanken waren bei Wolfger, während Teida um sie herum einen quirligen Tanz aufführte, der wegen ihres krummen Körpers grotesk wirkte. Die ältere Schwester lachte, scherzte, und quietschte vor Vergnügen, zupfte Gislas Locken unter dem bunten Blumenkranz zurecht und strich über das blaue Seidenkleid, das reich mit Gold- und Silberstickerei verziert war – Gislas Hochzeitskleid. Immer wieder hob Teida den in schwere Bronze gefaßten Spiegel vor Gislas Gesicht, damit die jüngere Schwester ihre Schönheit bewundern konnte. Und ihr Unglück, das tief in Gislas Züge eingemeißelt war. Davon zeugten dunkle Schatten unter den Augen und herabhängende Mundwinkel, als habe Gisla niemals das Lachen erlernt.

Teida dagegen sah man nicht an, wie verbittert sie im Grunde ihres Herzens war. Gisla fragte sich, ob die Schwester ihren Frohsinn nur spielte, um Gisla noch tiefer ins Unglück zu stürzen, oder ob es gerade dieses Unglück Gislas war, das Teida zu ihrer guten Laune verhalf. Wie ein Mahr sich in die Träume anderer Menschen schlich, kroch Teida in fremde Seelen, fand sie Erfüllung in fremder Trauer und fremdem Schmerz. Je fröhlicher Teida wirkte, desto mehr sehnte sich Gisla nach Wolfger. Nur er hatte Gisla verstanden. Nur er konnte sie lachen machen. Aber er war tot. Mit ihm war ihre Hoffnung gestorben, und ohne Hoffnung gab es keinen Widerstand. Deshalb ließ Gisla alles mit sich geschehen.

Sie folgte der unentwegt plappernden Teida nach unten, wo Brunold alle Mindener Kaufleute auf dem Hof versammelt hatte, um von ihnen die Unterzeichnung des Ehevertrags bezeugen zu lassen. Die vom Brautvater zu leistende Aussteuer war in dem Pergament ebenso festgehalten wie Wittum und Morgengabe des Bräutigams. Als Gisla und Teida den blumengeschmückten Hof betraten, verlas Benno noch einmal den Inhalt der Urkunde. Danach ergriffen erst Brunold und dann Anwan die dünne Gänsefeder, um die Spitze in das Rinderhorn mit der dunklen Tinte zu tauchen und mit ungelenken Bewegungen das Namenskürzel unter den Text zu setzen. König Karls edelste Herren mochten sich dagegen sträuben, lesen und schreiben zu lernen, wie man allenthalben hörte, doch für einen Fernkaufmann war es eine unerläßliche Kunst.

Anwan kleckste Tinte auf das Pergament, weil er nur noch Augen für Gisla hatte. Der schlanke junge Kaufmann war in seiner festlichen Kleidung hübsch anzusehen. Die Perlenstickerei auf seinem grünen Wams funkelte im Sonnenlicht. Die mit Goldborten besetzten, rotleuchtenden Hosen verschwanden in den Schäften blankpolierter Stiefel. Die meisten der Jungfrauen, die sich kichernd um die Braut zusammendrückten, hätten Anwan mit klopfendem Herzen das Jawort gegeben. Anwan war von seiner Braut ebenso angetan wie alle anderen Mädchen von dem Bräutigam. Daß Anwan soviel für Gisla empfand, schmerzte sie noch mehr. Denn es bedeutete, daß sie heute zwei Herzen betrügen mußte.

Früher, nach altem Brauch, hatte es genügt, wenn Mann und Weib sich das Eheversprechen gaben, wenn der Vater die Tochter aus seiner Munt in die des Gemahls übergab. Rein rechtlich reichte das immer noch aus, eine Ehe zu schließen. Aber für Brunold als bedeutendsten Kaufmann von Minden war es keine Frage, daß er dem neuen Brauch folgte und die Vermählung seiner Tochter im Angesicht Gottes beging. Ein Knecht schwenkte ein buntes Tuch, als die Hochzeitsgesellschaft aufbrach. Die Diakone in der Mission sahen das Zeichen und begannen, die Glocken zu läuten.

Jubelnde und Glückwünsche rufende Menschen füllten den Wik. Der Hochzeitszug war ein großes Ereignis – in zweifacher Hinsicht: nicht nur Brunolds jüngste Tochter heiratete heute, auch ihre ältere Schwester zeigte sich zum erstenmal seit vielen Jahren wieder in der Öffentlichkeit. Grell herausgeputzt, schwang Teida ihre Krücke und humpelte mit breitem Lächeln hinter Gisla einher, als wolle sie den Gang ihrer Schwester verhöhnen. Gisla empfand es nicht als Zeichen besonderer Ehrerbietung, daß Teida am hellichten Tag das Haus verließ. Gisla wußte nur zu gut, daß Teida nur einen Grund hatte, sich den überraschten Blicken der Wikleute auszusetzen: sie wollte sich keinen Augenblick von Gislas Qual entgehen lassen.

Auf halbem Weg zwischen Wik und Königshof geriet der Zug ins Stocken. Groteske Gestalten, viele weitaus schlimmer mißgestaltet als Teida, umsprangen die Festschar, schlugen mit einfachen Klappern und streckten schmutzige Hände, Schalen und Beutel aus. Die Bettler baten um milde Gaben. Erst wollte Brunold aufbrausen, aber dann besann er sich und streute ein paar Silberpfennige unters Volk.

Gislas Blick traf einen alten Mann, der ebenso krumm ging wie Teida. Ihr fiel auf, daß der Alte sich nicht nach Brunolds Münzen bückte. Reglos stand der Bettler inmitten der tobenden Menge und erwiderte den Blick der unglücklichen Braut. Gisla vermochte nicht zu sagen, ob sie in den Augen des graubärtigen Alten Mitgefühl las; zumindest war es ein großes Interesse an ihr. Weshalb?

Musik lenkte sie ab. Leierklang, zu dem die kräftige, wenn auch nicht unbedingt melodiöse Stimme des auffällig gekleideten Spielmanns erklang. Hruodgar begleitete den Hochzeitszug auf dem Weg zur Kirche und sang:

»Farbenpracht, Freudenschreie und Festgebinde
begleiten Braut und Bräutigam,
sich das Gelöbnis zu geben in Gottes Haus,
Tränen zu vergießen, Treue zu schwören und tiefe Liebe.
Worte, die Wahrheit und Wohlergehen künden
wie die Gefühle, goldrein und glänzend.
Horcht in eurer Herzen Heim,
schon scheidet ihr Gold von Schlacke.«

Benno ließ einen Pfennig springen. Hruodgar fing die
Münze mit einer gelenkigen Bewegung im Flug und be-
dankte sich mit einer übertriebenen Verbeugung. Aber sein
Blick war ernst und ging Gisla ebensowenig aus dem Kopf
wie sein Gesang; besonders die Ermahnung zum Schluß
beschäftigte sie.

Anwans Worte mochten golden sein wie seine Gefühle,
doch Gisla fühlte nur Schlacke im Herzen, als sie dem jungen Kaufmann im Angesicht des Priesters das Eheversprechen gab. Das Geläute der Kirchenglocken betäubte sie,
und Teidas höhnische Blicke stachen in ihre Seele. Auf
dem Finger brannte der goldene Ring, den Anwan ihr überstreifte. Heiß wie aus dem Ofen gezogene Schlacke.

Mit Schrecken dachte Gisla an das, was ihr an diesem Tag
noch bevorstand, an Festschmaus und Feier. Und an das
Schlimmste, das ihr der Abend bringen würde: die Heim-
führung der Braut ins Haus des Bräutigams und in sein
Bett. Sie würde ihrem frisch angetrauten Gemahl gehören,
ohne etwas für ihn zu empfinden. Sie mußte Anwan Lust
spenden, während sie um Wolfger trauerte. Die lautlose
Stimme ihrer verwundeten Seele schrie den Namen des
Geliebten.

»Wolfger!«

Der Kranke öffnete die Augen, als er den Namen hörte, der ihm vertraut erschien und Erinnerung in ihm weckte. Es war sein eigener Name.

Er sah ein Gesicht dicht über seinem, vielleicht auch zwei. Sein verschwommener Blick weigerte sich, ihm Klarheit zu verschaffen, dem unsteten Antlitz Konturen zu verleihen. Mal erschien es ihm jung, schön und begehrenswert, sofern jemand in seiner Lage überhaupt Begehren empfinden konnte. Dann war es alt, runzlig, warzig, mit schlechten, lückenhaften, faulen Zähnen. Doch gerade dieses alte Gesicht kam ihm vertraut vor, schon von Kindheit an, und verlieh ihm das Gefühl von Geborgenheit.

Stimmen wisperten miteinander, leise wie Blätter im Wind. Der Kranke hörte das Rascheln, aber er verstand es nicht. Kaum nahm er wahr, wie sein Kopf angehoben wurde, wie Flüssigkeit in seinen Mund und in seine Kehle rann. Er hustete und spuckte. Und er spürte Wärme, als die Flüssigkeit sich in seinem Leib ausbreitete. Ein wohliges Feuer, das ihm Kraft und Leben gab, während eine plötzliche, überwältigende Müdigkeit seine Augen zudrückte.

»Schlaf wohl, kleiner Wolfger«, wisperte eine Stimme. Vielleicht war es auch nur raschelndes Laub. Oder ein Traum. Wie die ganze Welt für den Schläfer zum Traum wurde.

18. Kapitel

Saxnots Schwert

»Bist du endlich wach? Guten Morgen, edler Nachfahre der Sattelmeier. Oder soll ich sagen, guten Tag? Sunna steht hoch am Himmel, und die Bäume werfen kurze Schatten.«
Die spöttische Stimme vertrieb die letzten Schleier, die noch zwischen Schlaf und Erwachen lagen. Er fühlte sich schwach, doch gleichzeitig spürte er ein seltsames Kribbeln in seinem Nacken – das Zeichen von Gefahr. Als er die verklebten Augen aufriß, blendete ihn stechende Helligkeit. Mittag. Der Sprecher hatte recht.
Der Sprecher?
Der Mann auf dem Krankenlager, einer strohgefüllten Matratze, starrte in das hübsche Gesicht eines jungen Kerls, umrahmt von dunklem Haar. Aber ein grausamer Zug entstellte das Antlitz, und in der rechten Hand glänzte eine scharfe Messerklinge im Sonnenlicht, dicht an der Kehle des Erwachenden. Der bemerkte erst jetzt, daß sein Hals sich feucht anfühlte, als sei er über und über mit Blut bedeckt.
»Anscher«, krächzte der nicht mehr ans Sprechen gewöhnte Mann auf dem Krankenlager. »Warum?«
»Was?« fragte der Lite aus Hockeleve.
»Das Messer!«
»Ach, das.« Anscher sah auf den scharfen Stahl und lächelte versonnen. »Ich soll dich rasieren, damit du wieder wie ein Mensch aussiehst.«
Der Kranke führte eine Hand zu seinem Hals. Sie wurde

feucht. Er hielt sie vor seine Augen. Wasser. Jetzt erst sah er die Holzschale mit dem Schaum und dem langborstigen Pinsel, die nében der Matratze auf dem festgestampften Lehmboden stand. Fast hätte er laut gelacht, aber er fühlte sich zu schwach.

Anschers Augen verengten sich, und seine Stimme nahm einen gefährlichen Tonfall an. »Ich hätte nicht übel Lust, dir die Kehle durchzuschneiden, Edeling!«

Als die Klinge gegen Wolfgers Kehle drückte, reagierte er rein instinktiv. Schnell winkelte er die Knie an und rammte die Füße in Anschers Leib. Mit einem Stöhnen taumelte der Lite zurück und ging zu Boden.

Wolfger suchte nach Waffen und ertastete neben seinem Lager einen Gegenstand, den er für einen Messergriff hielt. Aber es war die Hälfte des Runenstabs, die ihm der Feuerschmied gesandt hatte.

Anscher erhob sich ächzend. Wolfger wollte sich auf ihn stürzen und ihm den schweren Holzstab über den Schädel ziehen, hatte jedoch seine Kräfte überschätzt. Seine Beine waren weich wie das zerdrückte Stroh in der Matratze. Kaum hatte er sich wankend erhoben, sackte er auch schon wieder zusammen und ging in die Knie.

Anscher stand über ihm, das Messer noch in der Rechten, und sah triumphierend auf ihn herab. »Der Edeling kniet vor dem Liten. Das hättest du nicht gedacht, was? Bist du dir jetzt immer noch zu fein, mir deine Schwester zum Weib zu geben?«

»Deshalb?« Wolfger sah den Liten ungläubig an. »Weil ich gegen deine Verbindung mit Gunda war, willst du mich umbringen?«

»Nein, nicht deshalb. Sondern weil du alle ins Unglück stürzt. Der Fluch des Sattelmeiers klebt an dir, Wolfger!«

»Was für ein Fluch?«

»Der Fluch deines Vaters, der Unglück über die Seinen brachte, als er sich Widukinds Befehl widersetzte und der Taufe entfloh. Jetzt bringst du das Unglück. Deinetwegen mußte ich Gunda heimlich treffen, was Asmunds Männern Gelegenheit bot, ihr aufzulauern. Deshalb bin ich jetzt ein Verfemter. Deinetwegen sind Asmund und Rutinus zur Wolfsjagd aufgebrochen, haben den Totenhain verwüstet und Wittichs Sohn getötet!«

»Ulf?«

Anscher nickte.

»Was ist geschehen?«

Der Lite berichtete dem erstaunten Wolfger von der Zerstörung des Totenhains.

»Du erzählst das, als seist du dabeigewesen«, staunte Wolfger.

»Ich nicht, aber Weerta. Sie hat es ausführlich geschildert, als sie gestern mit einigen anderen hier eintraf, die vom Wolfshof geflohen sind.«

Weerta! Jetzt wußte Wolfger, woher er das alte, faltige Gesicht kannte, das er undeutlich gesehen hatte, bevor ihn der Schlaf übermannte.

Ein anderer Gedanke beschäftigte ihn: »Hier? Wo sind wir?«

Anscher wies mit der Messerspitze zu einem der Windaugen, durch die das helle Sonnenlicht in die Hütte fiel. »Sieh hinaus, Wolfger! Auch wenn du noch nie hier warst, solltest du das erkennen.«

Wolfgers Blick folgte Anschers Stahl. Er sah ein Dorf mit unterschiedlich großen Hütten und Ställen. Menschen und Vieh. Und in der Mitte des Dorfplatzes eine schlanke Felsnadel, fünfmal so hoch wie das höchste Dach, die sich nach oben stark verjüngte und wie eine Schwertklinge aussah.

»Saxnots Schwert!« flüsterte Wolfger andächtig. »Das Dorf der Verfemten.«

»Ganz recht, meine neue Heimat«, sagte Anscher bitter. »Ich hatte Glück im Unglück, daß ich nach meiner Flucht aus Minden hierherfand. Ich hatte zwar von Saxnots Schwert gehört, wußte aber nicht, wo genau es zu suchen war.«

»Und?«

»Die Verbannten fanden mich. Sie schienen schon zu wissen, was sich an der Sandfurt ereignet hatte. Als ich erschöpft auf einer Lichtung zusammensank, umstanden mich plötzlich einige Männer und nahmen mich mit.«

»Hm«, machte Wolfger, dem die Geschichte unglaublich erschienen wäre, wäre sie nicht offenkundig wahr gewesen. Die Felsnadel draußen bestätigte es auf eindrucksvolle Weise. »Und wie komme ich hierher?«

»Du hast deine Rettung dem Mannwolf zu verdanken.« Anscher lachte trocken. »Das sagen jedenfalls einige hier.«

Wolfger war gar nicht zum Lachen. Stück für Stück kam seine Erinnerung zurück. Die Erinnerung an die drei Franken, die ihn in der Nähe der Wolfsschlucht gestellt hatten. An die Wölfe, die wie aus dem Nichts auftauchten und plötzlich überall waren. Und an die große Gestalt, halb Mensch, halb Wolf. Sie war das letzte, an das er sich erinnerte.

»Was ist mit dem Mannwolf, Anscher?«

»Keine Ahnung. Ich weiß nicht, ob es den gibt. Viele glauben an solche Wesen, andere nicht. Er soll der Anführer der Wölfe sein, der Herrscher der Wolfsschlucht. Jedenfalls war er es, wenn die Gerüchte über ihn stimmen.«

»Wieso *war*?«

»Späher haben gestern Rauch über dem Südhang gemeldet, Hornsignale, Kampfgeschrei. Sieht ganz so aus, als hätten Asmund und Rutinus ihren Plan verwirklicht und die Wölfe zu Tode gehetzt.«

»Den Mannwolf auch?«

Anscher zuckte mit den Schultern und fuhr in seiner Erzählung fort. »Wolfsgeheul lockte uns aus dem Tal, vier Tage ist's jetzt her. Wir fanden Zeichen: Hinweispfeile, aus Steinen am Boden gelegt. Sie führten uns zu dir. Du bist bewußtlos gewesen und ziemlich zerschunden. Hast in einer kleinen Höhle oberhalb der Wolfsschlucht gelegen.«

»Wölfe benutzen keine Steine und legen keine Wegpfeile.«

»Nein, tun sie nicht«, bestätigte Anscher. »Menschen schon eher. Und von denen treiben sich 'ne Menge merkwürdiger Exemplare in den Bergen rum.«

Wolfger sah auf den Runenstab in seiner Hand und dachte, daß Anscher recht hatte. Feuerschmied, Mannwolf und Moorhexe. Drei übernatürliche Wesen? Menschen? Oder nur Hirngespinste? Darauf gab es keine Antwort, zumindest jetzt nicht. Eins aber erkannte Wolfger: Anscher war ein vernünftiger Mann mit vernünftigen Ansichten. Jetzt, wo es zu spät war, bedauerte Wolfger seine ablehnende Haltung ihm gegenüber.

»Was ist, Anscher?« fragte eine knarrende Stimme aus dem hinteren Teil der Hütte. »Bringst du Wolfger um, oder rasierst du ihn? Was auch immer, tu's endlich! Da auf dem Boden zu hocken ist nicht gesund für den Jungen.«

»Ich rasiere ihn«, entschied Anscher und half Wolfger auf sein Lager, um in seiner Arbeit fortzufahren. Der Lite mußte die stoppelige Haut an Gesicht und Hals neu benetzen.

»Ein guter Entschluß, Anscher, ja wirklich.« Die alte Weerta trug einen Topf mit dampfendem Inhalt und stellte ihn neben Wolfgers Lager. »Ist 'ne kräftige Suppe mit vielen guten Kräutern, Wolfger. Die Heiltränke der letzten Tage haben dir zwar über den Berg geholfen, aber jetzt muß mal was Richtiges in deinen Magen. In der Suppe ist Lammfleisch, viel Lammfleisch.«

»Zu viel Fleisch ist für Wolfger nicht gut, nicht in seinem Zustand«, sagte eine junge Frau, die hinter Weerta in Wolfgers Gesichtskreis trat. »Sein Magen muß sich erst wieder an feste Nahrung gewöhnen.«

»Dazu ist eine ordentliche Portion mageres Lammfleisch genau richtig«, versteifte sich Weerta und reckte ihr spitzes, mit ein paar stacheligen Haaren besetztes Kinn in Richtung der jungen Frau. »Auch wenn du den Glauben hast, ein kranker Mensch sollte sich hauptsächlich von Grünzeug ernähren.«

»In der Tat, das ist meine Meinung.«

»Unfug!« keifte Weerta. »Wenn die Götter das gewollt hätten, hätten sie keine Schweine, Rinder und Schafe erschaffen.«

»Denen schmeckt das Grünzeug, wie du es nennst, auch«, entgegnete die junge Frau.

»Ja«, grinste Weerta. »Es heißt ja auch Kuhweide und nicht Menschenweide.« Sie blickte Wolfger an und zeigte auf die andere Frau. »Das da ist übrigens Heidrun, die in dieser Hütte lebt. Sie ist eine gute Heilerin, eine sehr gute. Man nennt sie auch die Kräuterheidrun.«

Die junge Frau lächelte, als sie Wolfgers prüfenden Blick spürte. Sie war in seinem Alter und für eine Frau sehr groß, fast so groß wie er, dazu grobknochig gebaut, was aber aufgrund ihrer Körpergröße nicht unangenehm auffiel. Feuerrotes Haar fiel in weichen Wellen auf die breiten Schultern.

Das Gesicht hatte eine herbe, fast ein wenig männliche Ausstrahlung und mochte manchem zu eckig, die Nase etwas zu groß erscheinen. Wolfger aber fand, daß es zu der Frau paßte. Und daß sie kein Mann, sondern eine Frau war, bewiesen die Rundungen, die unter Hemd und Hose deutlich hervortraten. Ja, Heidrun trug Hosen und Stiefel wie ein Mann. Etwas aber irritierte ihn an Heidruns Gesicht: ein vertrauter Zug, obwohl er die junge Frau niemals zuvor gesehen hatte. Doch er konnte nicht sagen, was ihm so vertraut erschien.

»Wie ist die Schätzung ausgefallen?« fragte Heidrun, während ihre grünen Katzenaugen Wolfger mit einem belustigten Funkeln musterten. »Ich habe gehört, daß du ein erfolgreicher Pferdezüchter bist. Würdest du für diese Stute einen guten Preis verlangen?«

»Nein.«

»Warum nicht?«

»Weil sie zuviel wiehert.«

Heidrun lachte schallend, aber Anscher knurrte: »Mach dich nicht zu sehr über Heidrun lustig, Wolfger. Ihr verdankst du, daß du überhaupt noch rasiert werden mußt.«

»Du hast mich gepflegt?« fragte Wolfger.

Heidrun nickte. »Ich war so frei.«

Wolfger sah an sich hinab. Er war seiner Kleider ledig und trug dicke Verbände, unter denen Kräuterpolster hervorlugten. Über seinen nackten Beinen lag eine rauhe Wolldecke.

»Aber wer hat mich ausgezogen und mir die Verbände angelegt?«

»Ich, wenn's recht ist.« Heidrun lächelte verschlagen. »Und gründlich gewaschen habe ich dich auch. Schmutz und Blut sind nicht sehr kleidsam. Und du hast gerochen wie ein ganzes Wolfsrudel.«

Wolfger lief rot an. Heidrun lachte erneut, Weerta kicherte, und sogar auf Anschers bisher so finsterem Antlitz erschien ein Grinsen.

»Nur keine Bange«, sagte Heidrun. »Ich habe dir nichts abgeguckt. Kannst gern nachsehen, wenn du mir nicht glaubst.«

Wolfger verzichtete darauf und befragte Weerta nach der Lage auf dem Wolfshof. Was er hörte, beunruhigte ihn.

»Ich muß zurück! Mutter und Gunda brauchen mich.«

»Überschätz dich nicht, du kannst ja kaum allein stehen«, warnte Weerta, während sie ihm mit einem tiefen Holzlöffel die heiße Suppe einflößte. »Du bist hübsch zerschunden und hast mehr Blut verloren, als mancher in seinen Adern hat. Es wird eine Weile dauern, bis du wieder den wilden Mann spielen kannst.«

»Aber Mutter und Gunda!«

»Ich mache mir auch Sorgen«, sagte Anscher. »Ich werde zum Hof schleichen und nachsehen, wie dort die Lage ist.«

»Wenn die Franken dich einfangen, ist die Staupe noch das wenigste, was sie dir antun«, sagte Heidrun zu dem Liten. »Wahrscheinlich ziehen sie dir den Hals lang, bis dein Gesicht nach hinten guckt. Aber schön langsam. Sie haben's gern, wenn die Sachsen beim Hängen um ihr Leben strampeln.«

Wolfger fiel auf, daß Heidruns Gesicht ernst und ihre Stimme bitter wurde, als sie von den Franken sprach. Hier, an Saxnots Schwert, schien niemand viel von den Eroberern zu halten. Er kannte den Grund für Heidruns Abneigung nicht, konnte es ihr aber nachfühlen.

Zu der Trauer um Sturmwind kam jetzt noch die um Ulf, einen Spielgefährten seiner Kindheit. Gemeinsam hatten sie die Wälder durchstreift, Rehen und Hasen nachgestellt und mit hölzernen Schwertern den Kampf gegen die Franken geübt. Zu der Trauer gesellten sich der Schmerz über die Schändung des Totenhains und die Sorge um seine Familie. Gerhild und Gunda hielten ihn für tot und waren Asmunds Willkür ausgeliefert. Er mußte zu ihnen! Sie konnten jede Hilfe brauchen.

Weerta hatte die Suppenschale abgesetzt und den Löffel weggelegt, mit der Höhlung nach unten, damit sich keine bösen Geister, die im Bauch für Unfrieden sorgten, hineinsetzten. Sie reinigte Wolfgers Kinn mit einem groben Tuch. Mit einer barschen Handbewegung stieß er die alte Frau zurück, daß sie auf ihren breiten Hintern fiel.

»Bist du von Sinnen?« fauchte Weerta.

»Du bist eine Verräterin!« fuhr Wolfger sie an. »Du und alle, die mit dir den Wolfshof verlassen haben. Ihr habt Gerhild und Gunda verraten und euer eigenes Leben über das eurer Herrschaft gestellt!«

»Das mag wohl sein«, sagte Weerta. »Aber ich hoffe, Wodan, Donar und Saxnot werden es uns nachsehen, daß wir nicht länger die Gewaltherrschaft der Christen ertragen wollten. Sie sind die wahren Herrscher, nicht du und die Deinen, Wolfger. Übrigens hat Wittich unsere Flucht gebilligt.«

»Aber er hat sich euch nicht angeschlossen.«

Weerta kam mit Heidruns Hilfe wieder auf die Füße und keuchte: »Schlag mir meinetwegen den Kopf ab für meinen angeblichen Verrat, Wolfger, aber komm vorher erst wieder zu Kräften!«

»Du solltest nicht ungerecht sein, Sohn des Sattelmeiers«, sagte Heidrun. »Weerta hat dir gestern einen Trank bereitet, der dir einen heilsamen Schlaf gesandt hat, ohne den du jetzt nicht so munter wärst. Vorher stand es ziemlich schlecht um dich. Ihr verdankst du also dein Leben nicht minder als mir.«

Wolfger kam sich vor wie ein gescholtenes Kind. Während er noch überlegte, ob die Schelte zu Recht oder zu Unrecht erfolgt war, erscholl draußen beträchtlicher Lärm: Schreie und Hufgetrappel. Die vier Menschen in der Hütte blickten zu dem Windauge, das hinaus auf den Dorfplatz mit der riesigen Felsnadel zeigte. Menschen und Tiere liefen durcheinander auf der Flucht vor bewaffneten Reitern, die ihre Schwerter, Lanzen und Streitäxte in jeden hieben, der sich nicht rasch genug in Sicherheit brachte. Aber wo gab es Sicherheit in der von hohen Felswänden begrenzten Schlucht?

»Die Franken!« keuchte Heidrun entsetzt. »Sie haben den geheimen Zugang zum Tal entdeckt. Wir müssen hier weg!«

Sie und Anscher stützten Wolfger beim eiligen Verlassen der Hütte. Weerta folgte ihnen.

Die Reiter kamen von Westen, wo sich die Schlucht verengte und wo der nun nicht länger geheime Zugang lag. Bewaffnete zu Fuß folgten ihnen. Die Franken trieben die letzten freien Sachsen, die noch an der Weserscharte lebten, zusammen und hielten sie mit Waffengewalt fest. Fränkische Hornsignale flogen wie Triumphschreie über das Dorf und hallten von den Felswänden wider.

Heidrun, Weerta, Anscher und Wolfger flohen durch dichtes Holundergestrüpp nach Norden.

»Wohin laufen wir?« fragte Anscher. »Gibt es dort einen zweiten Durchlaß im Fels?«

»Das nicht«, antwortete Heidrun. »Aber ein Versteck.«

Anscher sah entsetzt aus. »Wir sollen uns verstecken, während unsere Brüder und Schwestern sterben? Ist es nicht besser zu kämpfen?«

»Wir haben keine Aussicht, uns zu behaupten«, sagte die junge Kräuterfrau. »Wir sollten unser Leben aufsparen für einen sinnvolleren Kampf.«

Anscher wollte protestieren, wurde aber durch Weerta abgelenkt, die mit einem spitzen Schrei zu Boden stürzte. Ein Fuß hatte sich im Strauchwerk des schwarzen Holunders verfangen. Als sie sich erheben wollte, knickte sie augenblicklich erneut ein und stöhnte mit schmerzverzerrtem Gesicht: »Der Fuß ... verstaucht!«

»Ich helfe dir«, sagte Heidrun. »Anscher muß Wolfger allein stützen.«

Aber die alte Litin ergriff nicht Heidruns ausgestreckte Hand, sondern sagte: »Laßt mich zurück! Ihr würdet nicht schnell genug vorankommen. Vielleicht ist es der Wille der Götter, daß mich hier meine verdiente Strafe ereilt.«

»Verdiente Strafe?« fragte Heidrun. »Wofür?«

»Vielleicht dafür, daß ich meine Herrschaft im Stich ließ.« Weertas Blick glitt von Wolfger zu der Felsnadel, um die sich die Angreifer unter gellendem Horngeschmetter versammelten. »Oder dafür, daß ich die Franken zu Saxnots Schwert geführt habe.«

»Was redest du, Weerta?« schnappte Heidrun mit gerunzelter Stirn.

»Ist doch gut möglich, daß sie uns gefolgt sind.« Weerta sah traurig aus. »Daß sie so schnell nach uns hier auftauchen, wäre ein seltsamer Zufall.«

»Die Franken teilen sich, um nach Versprengten zu suchen. Wir müssen weiter!« drängte Anscher. »Mit oder ohne Weerta.«

»Ohne mich«, sagte Weerta und zwang sich zu einem bitteren Lächeln. »Lauft!«

Schon schwärmten die fränkischen Reiter aus, während

ihre unberittenen Kameraden die zusammengetriebenen Bewohner der Felsschlucht bewachten. Die Pferde zertrampelten blühende Sträucher und kleine Äcker, auf denen das Blau der Kornblumen leuchtete. Fruchtbarer Boden hatte den hierher geflohenen Sachsen das Überleben ermöglicht. Aber die Götter schienen nicht bereit, die Freiheit ihrer Anhänger zu verteidigen.

Dieser Gedanke betrübte Wolfger, als er zwischen Heidrun und Anscher die Flucht fortsetzte, ebenso wie das Gefühl, Weerta unrecht getan zu haben, als er sie vorhin des Verrats beschuldigt hatte. Sie hatte Wolfhards Familie lange und treu gedient, und jetzt verzichtete sie auf ihre Freiheit, damit Wolfger entkommen konnte. Und vielleicht verzichtete sie damit auch auf ihr Leben. So sah es aus, als ein Frankenreiter hinter einem langgestreckten Speicher hervorsprengte und die Lanze auf Weerta anlegte. Die alte Frau hockte im Holunder und sah ihrem Mörder scheinbar gefaßt entgegen.

»Nein!« entfuhr es Wolfger. »Das dürfen wir nicht zulassen!«

Er riß sich los und wollte zu Weerta laufen, stürzte aber schon nach den ersten Schritten.

Anscher stürmte mit dem Sax in der einen und dem Messer in der anderen Hand an ihm vorbei, um Weerta zu helfen. Doch der Franke war schneller und rammte die Lanze durch den Leib der Litin. Weerta bäumte sich noch einmal auf und fiel dann in sich zusammen wie ein altes Haus, das nicht länger von seinem morschen Gerüst getragen wurde.

Der Franke hatte Anscher entdeckt und wollte seine Lanze aus Weertas Körper ziehen, aber die Eisenspitze hatte sich verhakt. Während der Franke sich erfolglos bemühte, kam

Anscher ihm in großen Sätzen näher. Schließlich gab der Franke es auf und zog sein Schwert. Anscher schlug zuerst zu, und der Franke, am Leib nicht wie König Karls Eisenreiter durch einen Panzer geschützt, parierte den Saxhieb mit seinem Rundschild.

Das Schwert des Franken zerfetzte Anschers Kittel an der linken Schulter. Der Lite unterlief einen zweiten Schwerthieb und bohrte sein Messer tief in den rechten Oberschenkel des Gegners. Er ließ die Waffe dort einfach stecken und stieß, während der Franke noch unter Schmerzen auf sein Bein starrte, den Sax in die feindliche Brust. Mit einem lauten Röcheln kippte der Franke aus dem Sattel und fiel mit einem schweren Schlag neben die alte Litin.

Anscher beugte sich über Weerta und sagte: »Sie ist tot.«

Er wollte das Pferd des Franken zu Wolfger und Heidrun führen, aber die Kräuterfrau rief: »Verscheuch das Tier, Anscher! Es würde uns nur verraten.«

Anscher stieß einen gellenden Schrei aus und versetzte dem Schimmel einen starken Hieb auf die Kruppe. Das Tier rannte mit einem empörten Wiehern davon, auf ein kornblumengesprenkeltes Feld zu, das ihm Schutz vor weiterer übler Behandlung verhieß.

Anscher nahm sein Messer wieder an sich und steckte seine Waffen zurück in die Scheide.

»Ich danke dir, Anscher«, sagte Wolfger, als der Lite ihn wieder unterhakte und gemeinsam mit Heidrun weiterschleppte.

»Wofür? Ich kam zu spät.«

»Dafür, daß du es versucht hast.«

Anscher bedachte ihn mit einem wenig wohlwollenden Blick. »Ich tat es für Weerta, nicht für dich. Sie starb in dem Wissen, von dir angefeindet zu werden.«

»Warum hilfst du mir, wenn du mich so wenig leiden kannst?«

»Weil ich nicht als der Mann vor Gunda treten will, der ihren Bruder verrecken ließ. Außerdem bist du ein Sachse.«

Wolfger sagte nichts, sondern biß die Lippen fest zusammen, während er sich bemühte, keine zu große Last für seine beiden Helfer zu sein. Seine Gedanken kreisten um Weerta und Anscher. Zwei Menschen, denen er unrecht getan hatte in seinem Hochmut, sich selbst zu wichtig zu nehmen und Liten geringzuachten, obwohl sie Sachsen waren wie er. Er empfand Haß auf sich selbst und auf die Franken, die ihm die Möglichkeit genommen hatten, sich bei Weerta zu entschuldigen.

Zum Rand des Talkessels wurde das Gestrüpp immer dichter und unwegsamer. Brennesseln, Disteln und wilde Karden gesellten sich in großer Zahl zu dem Holunder. Brennhaare und Stacheln fraßen sich in Wolfgers nackte Beine. Er beschwerte sich nicht. Sein Schmerz war unbedeutend neben dem, was andere an diesem Tag erdulden mußten.

Anscher stieß einen Fluch aus, als die langen Dornen einer großen Kratzdistel den Rücken seiner linken Hand aufrissen. »Hier geht's bald nicht mehr weiter.«

»Ganz recht«, nickte Heidrun und zeigte auf die Felswand, die sich hinter dem Gestrüpp in die Höhe reckte. »Wir sind am Ziel.«

Sie führte die beiden Männer zwischen undurchdringlich erscheinendem Gestrüpp in eine schmale Felshöhle, wo sie sich auf dem hellen Gestein niederließen.

»Mir ist nicht ganz wohl dabei, mich zu verstecken, während die anderen in den Händen der Franken sind«, brummte Anscher und blickte finster zum Dorf hinüber.

»Wir können nichts tun, als zu hoffen, daß möglichst viele

den Franken entkommen«, erwiderte Heidrun. »Und daß von denen, die es nicht schaffen, die meisten am Leben bleiben. Es gibt noch mehr Höhlen dieser Art im Fels.« Sie besah sich Anschers Schulterwunde. »Ist zwar ein tiefer Schnitt, aber nur ins Fleisch. Es wird zuheilen und eine ordentliche Narbe hinterlassen, mit der du vor den Mädchen protzen kannst.«

Wolfger saß starr auf einem runden Felsblock und wirkte teilnahmslos. Er blickte unentwegt zum Dorf, kniff dabei die Augen zusammen und sagte endlich leise, wie zu sich selbst: »Also doch, ich habe mich nicht geirrt.«

»Was ist denn?« erkundigte sich die Kräuterfrau.

»Die Anführer der Franken sind Asmund, Ermold und Rutinus.«

»Graf Silbernase selbst!« Anscher stieß einen leisen Pfiff aus. »Dazu sein treuer Hauptmann und der oberste Pfaffe Mindens. Ihnen scheint wirklich viel an Saxnots Schwert zu liegen.«

»Aber nichts Gutes«, meinte Wolfger und streckte die Hand aus. »Seht doch, sie machen sich an dem Felsen zu schaffen.«

Anscher sagte: »Ja, sie wollen das Zeichen unseres Stammvaters zerstören, wie sie schon vor vielen Wintern die Irminsul zerstört und wie sie gestern den Totenhain entweiht haben. Mit unseren Heiligtümern wollen sie auch unsere Götter und unseren Glauben ausrotten.«

»So ist es die Art der Franken, der Christen«, meinte Heidrun leise. »Und wo sie die alten Bräuche nicht zerstören können, scheuen sie sich nicht, das angebliche Heidentum ihrem Christengott zuzuschreiben. An den heiligen Plätzen Wodans, Donars und Saxnots errichten sie Kirchen und Kapellen. Die Wintersonnenwende ist bei den Christen der

Geburtstag ihres Gottessohns, und zu unserem Frühlings-
fest, an dem wir der Göttin Ostara huldigen, soll jener Jesus Christus von den Toten auferstanden sein. Wer das
glaubt, ist ein Narr!«

Heidrun hatte sich in Zorn geredet und starrte mit verhärte-
tem Gesicht zu den Franken, die den Sockel von Saxnots
Schwert unablässig mit Äxten und Hacken bearbeiteten.
Die junge Kräuterfrau sah aus, als wäre sie am liebsten zu
den Franken gerannt, um ihnen ihre Abscheu ins Gesicht
zu schreien. Wolfger war bereit, Heidrun festzuhalten.
Nicht nur, weil sie dadurch auch Anscher und ihn selbst
verraten hätte. Er war besorgt um Heidrun. Er mochte sie.
Zwar gefiel ihm ihre heitere Seite besser als die zornige,
aber er konnte ihre düsteren Gefühle nur zu gut verstehen.

Asmund, an seinem großen, kräftigen Rotfuchs und an dem
silbernen Blinken mitten im Gesicht gut zu erkennen,
sprengte zwischen die an der Felsnadel arbeitenden Männer und befahl ihnen mit lauter Stimme einzuhalten. »Die
Arbeit gebührt den Sachsen. Damit können sie beweisen,
daß sie ihrem alten Glauben abschwören.« Er wandte sich
an die zusammengedrängten Gefangenen, mit Frauen und
Kindern ungefähr zweihundert Menschen. »Seid ihr bereit,
Wodan und seinem Dämonengezücht zu entsagen und dem
allmächtigen Gott und seinem Sohn Jesus Christus Treue
zu geloben? Seid ihr bereit, das heilige Sakrament der Taufe zu empfangen?«

Ein älterer Mann mit schlohweißem Haar trat langsam vor
die Reihen der Gefangenen.

»Das ist Buddo, der Dorfvorsteher«, erklärte Heidrun
Wolfger.

Buddo stellte sich den Franken vor und fragte: »Was geschieht mit uns, wenn wir uns nicht taufen lassen, Herr?«

306

»Ihr habt Gott gelästert und die falschen Götter angebetet, obwohl darauf die Todesstrafe steht«, antwortete Asmund und zeigte auf die schlanke Felsnadel. »Dem sofortigen Tod könnt ihr nur entgehen, wenn ihr die Taufe augenblicklich empfangt.«

»Und dann bleiben wir am Leben, bleiben wir freie Männer?«

»Ihr bleibt am Leben. Was weiter mit euch geschieht, wird sich noch zeigen. Immerhin sind einige meiner Männer von euch verletzt, einer sogar getötet worden. Diesen verfluchten Ort müßt ihr auf jeden Fall verlassen.«

Buddo erbat sich, kurz mit den Seinen Rücksprache halten zu dürfen.

Währenddessen meinte Anscher mit säuerlicher Miene: »Der Tote, von dem Graf Silbernase sprach, muß der Franke sein, der meinen Sax geschmeckt hat. Schade, daß es bei dem einen geblieben ist!«

Buddo trat erneut vor und erklärte: »Ich habe mich für die Taufe ausgesprochen und will sie als erster empfangen. Dann sind auch die anderen bereit.«

Alle Berittenen stiegen von den Pferden. Asmund und Rutinus gingen mit Buddo zu einem kleinen Weiher. Einige Kühe und Ziegen, denen der Zwist der Menschen gleichgültig war, weideten dort. Auf Asmunds Befehl vertrieben ein paar seiner Krieger die Tiere. Dann fielen alle auf die Knie – mit Ausnahme von Rutinus, der laut das Credo und das Vaterunser vorbetete. Auch die gefangenen Sachsen mußten sich hinknien und den fremden Gebeten lauschen. Als Rutinus fertig war, durften sich alle wieder erheben.

Auf Rutinus' Geheiß trat Buddo zögernd in den Weiher und drehte sich zu dem rothaarigen Archidiakon um, der ihn fragte: »Widersagst du dem Teufel?«

Buddo runzelte die Stirn und fragte: »Wer ist das?«

»Der Verleumder, der Widersacher, der Feind Gottes und alles Guten!« erklärte Rutinus mit Inbrunst.

»Der Feind Gottes«, murmelte Buddo nachdenklich. »Ist er wie Loki und spielt den Göt ... dem Christengott böse Streiche?«

»Er ist tausendmal schlimmer als Loki, böser, gemeiner, gerissener.«

»Dann widersage ich dem Teufel«, nickte Buddo verständig.

»Widersagst du den Werken und allen Wünschen des Teufels?«

»Ja, natürlich.«

»Ich widersage, muß es heißen«, belehrte Asmund den Dorfvorsteher, und Buddo korrigierte seine Worte.

Rutinus fuhr in der Zeremonie fort: »Widersagst du allen Blutopfern, die von den Heiden dargebracht werden, und allen Abgöttern und Götzenbildern, die sie als Gottheiten verehren?«

Buddo sandte einen forschenden, ängstlichen Blick zu der Felssäule, als erwarte er von dort ein Zeichen. Aber Saxnots Schwert stand still und starr, und der Stammesgott schwieg. Mit brüchiger Stimme widersagte der Dorfvorsteher.

»Widersagst du den falschen Göttern Wodan, Donar und Saxnot?«

Rutinus mußte die Frage zweimal wiederholen, bevor Buddo stockend antwortete. Ein Raunen ging durch die gefangenen Sachsen, und auch Wolfger stöhnte auf. Irgendwie hatte er gehofft, daß Buddo sich dem Zwang nicht beugte. Das Ganze erinnerte Wolfger an die Taufe Widukinds an jenem verfluchten Tag, als der Sachsenherzog sich der

Frankenmacht ergab und Wolfhard vom geachteten Sattel-meier zum Verfemten und zu Tode gehetzt wurde.

Wie damals Widukind und seine Getreuen bezeugte jetzt Buddo seinen Glauben an den Gottvater und seine Kirche. Daß dieser Glaube dem weißhaarigen Sachsen so fremd war wie einem blind Geborenen die Farben des Herbstwal-des, schien weder Rutinus noch Asmund zu stören.

Rutinus sagte: »Tauche jetzt ein in das Wasser, mein Sohn, damit du als Getaufter daraus hervorgehst und das ewige Leben dein ist.«

»Das ewige Leben?« Buddo legte den Kopf schief und starrte den Archidiakon ungläubig an. »Ich werde also nie-mals sterben?«

»Doch, aber deine Seele fährt auf in den Himmel, zu Gott-vater und seinem Sohn.«

Buddo nickte langsam, als beginne er zu begreifen. »Treffe ich dort auch meinen Vater und meine im Kampf gefalle-nen Brüder?«

»Waren sie Christen?« fragte Rutinus.

»Nein, sie haben unter Widukind gegen die Christen ge-kämpft.«

»Wenn sie nicht getauft sind, kommen sie auch nicht in den Himmel.«

Buddos Miene verhärtete sich, und er stapfte aus dem Wei-her. »Dann will ich auch nicht in den Himmel! Lieber zie-he ich mit meinen Vorfahren und Brüdern in Walhall ein, um mit Wodans Einheriern zu fechten, als allein in diesem Himmel zu versauern.«

Unter den fränkischen Kriegern brach lautes Gelächter aus. Buddo wollte sich zwischen ihnen hindurchschieben, aber auf einen Wink des Archidiakons bildete sich vor dem Dorfvorsteher ein Wall aus Speerspitzen.

Rutinus riß einem Franken das Schwert aus der Scheide und rief: »Du hast Gott gelästert und die Taufe mit dem Wasser des Herrn verweigert. Nimm denn die Bluttaufe, Heide!«

Die mit Wucht geführte Schwertklinge trennte den weißhaarigen Kopf vom Rumpf. Während der enthauptete Leib zusammenbrach und sich noch am Boden krümmte, rollte der Kopf zurück in den Weiher und versank im Wasser.

»Jetzt hat der Heide doch noch seine Taufe bekommen«, grölte ein Franke. »Und was für eine!«

»Ja«, pflichtete ihm ein Kamerad bei. »Das gefällt dem Kerl so gut, daß er seinen Kopf gar nicht mehr aus dem Wasser nehmen mag.«

Während sich unter den Kriegern lautes Gelächter breitmachte, rammte Rutinus die blutige Schwertklinge neben dem kopflosen Leib in den Boden. Er fiel auf die Knie, küßte das eiserne Kruzifix, das er um den Hals trug, schlug mit der Rechten das Kreuzzeichen und murmelte: »Mea culpa! Vergib mir, Herr, denn ich habe gesündigt. Blut befleckt meine Hände. Aber ich vergoß es zu einem guten Zweck. Vielleicht führt das Blut eines Heiden zur Bekehrung der anderen.«

Die anderen Heiden, wie er die gefangenen Sachsen nannte, murrten unwillig, aber die bewaffneten Franken ließen ihnen keinen Raum, ihren Unmut zur Revolte zu entfalten. Asmund hatte sich wieder in den Sattel geschwungen und ritt, neben sich Ermold, an den Kriegern entlang, um ihnen Wachsamkeit einzuschärfen.

Rutinus hatte sich erhoben, trat vor die Sachsen und fragte: »Wer ist mächtiger, unser Gott oder die Dämonen, die ihr verehrt? Haben Wodan, Donar und Saxnot diesem Buddo etwa beigestanden? Nein, Gottvater hat seine Macht bewiesen und den Frevler auf der Stelle bestraft. Mein Arm war Gottes Arm, mein Schwert seine Waffe. Aber er kann auch barmherzig sein. Schwört euren Göttern ab, und laßt euch taufen! Wählt Wasser statt Blut, und Gottes Gnade wird euch zuteil!«

Buddos Tod hatte Mut und Widerstandsgeist der Sachsen gelähmt. Erst war es den Franken gelungen, das Dorf um Saxnots Schwert ohne nennenswerten Widerstand einzunehmen, dann war der Dorfvorsteher gefallen. Was sollte da ein Aufbegehren noch bringen? Und so nahmen sie die Taufe an, sprachen im Chor »Ich widersage« und »Ich glaube« und traten gruppenweise in den Weiher, um den nassen Segen zu empfangen. Mit dem Wasser, das Buddos Haupt verschluckt hatte. Blutwasser.

Hilflos mit anzusehen, wie die Männer, Frauen und Kinder ihre Götter verleugneten, war noch nicht das schlimmste für die drei Menschen in ihrem Felsversteck. Den frischgebackenen Christen wurde befohlen, den als heilig verehrten Felsen, Saxnots Schwert, zu Fall zu bringen. Die Werkzeuge droschen auf den Stein ein, daß die Funken flogen.

Die Sonne berührte schon die westliche Felswand, als ein lautes Knirschen das Tal erfüllte und die schweißgebadeten, staubverklebten Sachsen zur Seite sprangen. Saxnots Schwert neigte sich, ganz langsam erst, dann immer schneller, und stürzte zwischen die Hütten, von denen einige unter dem steinernen Schwert zusammenbrachen. Als wollte Saxnot das Dorf aus Verbitterung über die Verleugnung durch sein Volk zerstören. Stumm und starr blickten die Sachsen auf den Stein, der bei seinem Sturz in mehrere Teile zerbrach. Die Franken jubelten laut, bis Rutinus alle zu einem Dankgebet auf die Knie rief.

Danach wurden die Sachsen gefesselt, immer mehrere aneinander. Bevor sie ihr Tal verließen, mußten sie zusehen, wie die Franken Brand an ihre Hütten und Ställe, an die Felder und Obststräucher legten. Nichts sollte übrigbleiben vom Tal der Heiden als Flammen und Rauch.

»Die Franken sollten gleich die ganze Welt in Brand stekken«, zischte Heidrun. »Ihr Christengott wird erst zufrieden sein, wenn sein Feuer den letzten Flecken Erde verbrannt und sein Schwert den letzten Leib durchbohrt hat.«

»Zetern können wir später«, sagte Anscher. »Jetzt sollten wir lieber nachsehen, ob ein paar der zurückgelassenen Leichen vielleicht gar keine Leichen sind. Außerdem müssen wir achtgeben, daß das Feuer uns nicht erwischt.«

Wolfger bedauerte, daß er zu schwach war, um Anscher und Heidrun zu helfen. Aber Heidruns Vermutung, noch andere könnten sich in den Felshöhlen versteckt haben, erwies sich als richtig. Vier Männer, drei Frauen und zwei kleine Mädchen krochen aus ihren Verstecken. Soweit das sich ausbreitende Feuer es zuließ, untersuchten die Männer und Frauen die von den Franken zurückgelassenen Sachsen. Die Christen hatten ganze Arbeit geleistet. Alle aufgefundenen Sachsen waren so tot wie Buddos geköpfter Leichnam.

Die Franken hatten Pferde, Rinder, Schweine, Schafe und Ziegen mitgenommen, aber zwei alte Mähren entweder übersehen oder des Wegtreibens nicht für wert befunden. Auf ihnen ritten Wolfger und die beiden Kinder, als die kleine Gruppe unter Heidruns Führung das brennende Tal verließ.

»Wohin gehen wir?« fragte Anscher.

»Zu meinem Vater«, sagte Heidrun und traf keine Anstalten, ihre Antwort zu erklären.

Schweigend zogen die Sachsen durch den dichten Wald

des Wiehens, über den sich schon die Abendschatten senkten, während hinter ihnen der Rauch aus dem Felstal aufstieg wie ein sichtbar gewordenes Klagelied. Aber würden die Götter die Menschen erhören, die ihnen gerade abgeschworen hatten?

19. Kapitel

Die Sklaven Gottes

Sunna streckte ihre Finger gerade erst zaghaft über die bewaldeten Höhen des Wiehengebirges, als Gerhild mit Wittich den überfüllten Hof durchschritt. Spät am Abend waren Asmund und Rutinus heimgekehrt, nicht nur mit ihren Kriegern, sondern auch mit zweihundert Gefangenen, die auf dem Wolfshof übernachtet hatten. Da erst hatten die Menschen auf dem Hof erfahren, welche Mission der Zug der Franken gehabt hatte: die Zerstörung von Saxnots Schwert. Bis zum Morgengrauen hatten die Hofsassen in ihren Häusern und Hütten bleiben müssen. Jetzt erst, als die Franken sich im erstarkenden Tageslicht sicherer fühlten, war es Gerhild und Wittich gestattet, ins Freie zu treten.

Auf Gerhilds Anweisung wurden die Menschen aus dem verbrannten Tal mit Wasser, Milch und Haferbrei versorgt. Zu mehreren aneinandergebunden, hockten sie wie Tiere auf dem nackten Boden und starrten stumpfsinnig ins Leere. Und wie Tiere mochten sie sich fühlen. Ihrer Freiheit und ihrer Götter beraubt, sahen sie einem ungewissen Schicksal entgegen, das in fremden Händen lag.

»Hast du Weerta schon entdeckt?« fragte Gerhild, aber Wittich schüttelte den Kopf.

Beide hielten weiterhin Ausschau nach den Liten, die den Wolfshof am Ende der vorletzten Nacht heimlich verlassen hatten. Gerhild hegte ihnen gegenüber keinen Haß. Als

Wittich ihr von der Flucht berichtete und davon, daß Weerta ihn in den Plan eingeweiht hatte, hatte Wolfhards Witwe nur genickt und gesagt: »Vielleicht tun sie das Richtige. Mögen die Nornen mit ihnen sein!«

Aber das waren die Schicksalsknüpferinnen nicht gewesen. Wie die alten Götter schienen auch sie sich von Saxnots Kindern abgewendet zu haben. Jetzt war klar, daß die Franken gewußt oder zumindest geahnt hatten, was Weerta und die Ihren planten. Ihrer Fährte waren Asmund und Rutinus gefolgt, um im Namen des Christengottes Tod und Vernichtung zu säen.

»Ist das dort Alwig?« fragte Wittich. Er blieb stehen und zeigte nach links, wo eine Gruppe von Gefangenen zwischen den Webhütten und einer großen Scheune lagerte. Einer der Männer hatte einen auffallend eckigen Kopf und ein so kräftiges Kreuz, daß er bei seiner geringen Größe ebenso breit wie hoch wirkte.

»Ja, das ist er«, bestätigte Gerhild. »Ist Alwig nicht mit seinem Sohn Almar geflohen?«

Wittich grunzte ein undeutliches »Ja« und ging mit Gerhild auf die Gefangenen zu, von denen viele noch schliefen. Nicht so Alwig, der Hofschmied. Er hockte mit angewinkelten Knien und darauf gelegtem Kopf unter dem rohrgedeckten Vordach der Scheune und sah unentwegt zum nahen Wiehen hinauf, als gäbe es nichts anderes auf der Welt. Die fränkischen Wachen ließen Gerhild und Wittich ungehindert passieren. Sie blieben vor Alwig stehen, und Wittich sprach ihn mit Namen an. Erst beim zweiten Versuch bewegte sich Alwigs kantiger Schädel, und sein verlorener Blick entschleierte sich. Jetzt erst nahm der Schmied seine Herrin und den Liten wahr.

»Was ist mit euch geschehen, Alwig?« fragte Gerhild.

»Wir fanden die Freiheit und verloren sie am nächsten Tag schon wieder. Soviel zur Macht unserer Götter.« Er seufzte schwer. »Aber das sind sie ja nicht länger, jetzt, wo wir dem Vater des Jesus Christus Treue geschworen haben. Für uns vom Wolfshof war es schon das zweite Mal.« Er lachte falsch und bitter. »Doppelt genäht hält besser. Wenn's stimmt, kann der Allmächtige frohlocken.« Er berichtete von dem Überfall und von der Massentaufe, auch von der vorangegangenen Bluttaufe des Dorfvorstehers Buddo.

»Und dein Sohn?« erkundigte sich Gerhild besorgt.

»Almar stellte sich beim ersten Ansturm der Franken gegen sie. Ich sah, wie sie ihn einfach über den Haufen ritten, unter ihren Hufen zerquetschten. Er ist tot wie Buddo und Weerta. Aber Weertas Mörder wurde wenigstens von Anschers Sax getroffen.«

»Anscher war dort?« fragte Gerhild.

»Ja, schon als wir ankamen. Von fern sah ich, wie Weerta von einem berittenen Franken aufgespießt wurde. Anscher war als Helfer nicht erfolgreich, aber als Rächer. Mehr konnte ich nicht sehen. Keine Ahnung, ob ihm und Wolfger die Flucht gelang, aber ich glaube es nicht. Die Franken waren überall ...«

»Wolfger?« Nur mit Mühe brachte Gerhild den Namen heraus. Ein Zittern lief durch ihren ganzen Körper. Schwindel packte sie und ließ sie schwanken. Sie wäre gestürzt, hätte Wittich sie nicht festgehalten. »Mein Sohn ...« In Alwigs Gesicht zuckte es. Erst jetzt begriff der Hofschmied. Eilig sagte er: »Ja, Wolfger lebt. Zumindest hat er gelebt, als wir zu Saxnots Schwert kamen, wenn es ihm auch nicht besonders gutging. Weerta hat sich um ihn gekümmert.«

»Wie kam Wolfger dorthin?« fragte Wittich. »Wie hat er den Überfall der Wölfe überlebt?«

Alwig wußte es nicht.

Gerhild hatte sich wieder gefaßt und fragte: »Du weißt wirklich nicht, ob Wolfger den Franken entkommen ist?«

Alwig schüttelte den Kopf. »Als die Franken uns zusammentrieben, verlor ich ihn und Anscher aus den Augen. Die rothaarige Frau, die Wolfger zusammen mit Weerta gepflegt hat, war noch bei ihm. Seitdem habe ich keinen von ihnen mehr gesehen.«

»Auch nicht unter den Gefangenen?« vergewisserte sich Gerhild.

»Nein.«

Einer der fränkischen Wachtposten trat mit mißtrauischem Blick näher. Offenbar war ihm Gerhilds starke Erregung aufgefallen.

»Machen wir, daß wir weitergehen!« drängte Wittich und warf dem gefesselten Schmied einen letzten Blick zu. »Und hoffen wir, daß alles gut wird!«

»Ja, vertrauen wir auf Gottes Barmherzigkeit«, sagte Alwig bitter und spie aus.

Als sie ihren Weg zu der Grubenhütte fortsetzten, in der Asmund, Rutinus und Ermold übernachteten, stützte Wittich seine noch immer stark erregte Herrin und sagte leise, aber eindringlich: »Du mußt dich beruhigen, Gerhild. Die Franken dürfen nicht erfahren, daß Wolfger noch lebt. Sie würden nur erneut zur Jagd auf ihn blasen.«

»Falls er den Angriff auf Saxnots Schwert überlebt hat«, meinte Gerhild zweifelnd.

Die Wachen vor der Grubenhütte am Rand des Wolfshofes wollten ihre Herrschaft nicht stören, als Gerhild und Wittich Asmund zu sprechen wünschten. Während sie noch lamentierten, erschien das Raubvogelgesicht des Wikgrafen hinter der vorgeschobenen Eingangsmatte, und angriffslustig reckte Asmund seine glänzende falsche Nase vor.

»Was soll der Lärm?« Da entdeckte er Gerhild und Wittich. »Ah, hoher Besuch!«

»Wir müssen dich sprechen, Asmund.« Gerhild riß sich zusammen, ließ nichts von ihrer inneren Aufregung spüren und sprach mit ruhiger, fester Stimme. Sie zeigte hinter sich, auf die Gefangenen. »Die vielen Menschen hier müssen versorgt werden, deine Soldaten auch. Wie lange wollt ihr hier noch lagern? Und was soll mit den Gefangenen geschehen?«

Asmunds breites, triumphierendes Grinsen beunruhigte Gerhild zutiefst. Der Wikgraf erschien ihr jetzt noch mehr wie ein Raubvogel, der das angstvolle Zappeln seines Opfers genoß, bevor er zum Todesstoß ansetzte. Sollte Asmunds Todesstoß die Nachricht sein, daß er Wolfger im Tal der Heiden aufgespürt und getötet hatte? Hätte Wittich nicht mit sanftem, aber festem Druck ihren Arm gehalten, hätte sie wohl kaum länger Ruhe bewahrt. Sie wußte nicht, ob sie es verwinden konnte, ihren schon totgeglaubten Sohn zum zweitenmal zu verlieren.

»Keine Sorge, wir werden den Wolfshof noch heute verlassen, mit den Gefangenen.« Als Gerhild aufatmete, kannte der Graf den wahren Grund ihrer Erleichterung nicht; so fuhr er fort: »Du wirst also nicht länger für die Gefangenen und meine Männer aufkommen müssen, Gerhild. Genaugenommen wirst du für niemanden auf dem Wolfshof mehr zu sorgen haben.«

Ein Aufblitzen in Asmunds weit auseinanderliegenden Augen zeigte Gerhild, daß der Raubvogel gerade seinen spitzen Schnabel in ihr Fleisch gebohrt hatte. Sie spürte es, aber sie verstand es nicht. Worin lag Asmunds Triumph?

»Ich werde weiterhin für die Menschen sorgen, die mir treu dienen und den Hof bewirtschaften«, sagte sie.

»Wohl kaum.« Asmund rief nach Rutinus und Ermold, die neben ihm ins Freie traten, nur halb angezogen und mit schlaftrunkenen Blicken. Der Graf wandte sich an sie: »Haben wir Gerhild und die Ihren nicht dabei ertappt, wie sie im Totenhain den Heidengöttern huldigten und heidnische Bräuche pflegten?«

Rutinus und Ermold bestätigten das.

»Und welche Strafe steht darauf?« fragte Asmund, der es zweifellos selbst wußte.

Rutinus straffte sich und erklärte: »Der Reichstag hat in seiner *Capitulatio de partibus Saxoniae* für die Ausübung heidnischer Bräuche eine Strafe von sechzig Schillingen für jeden Edeling, dreißig Schillingen für jeden Freien und fünfzehn Schillingen für jeden Hörigen festgelegt.«

Asmund wandte sich wieder Gerhild und Wittich zu: »Wie viele Menschen leben auf dem Wolfshof?«

»Etwa achtzig«, antwortete Gerhild, Böses ahnend.

»Achtzig Hörige und Schalke, das ergibt eine Summe von eintausendzweihundert Schillingen. Dazu kommen noch hundertzwanzig Schillinge für dich und Gunda. Hast du soviel Geld, Gerhild?« Als sie den Kopf schüttelte, fragte Asmund: »Nun, Rutinus, was geschieht mit den Teilnehmern heidnischer Riten, die ihre Strafe nicht bezahlen können?«

»Die Capitulatio sagt, sie müssen so lange als Kirchenknechte arbeiten, bis diese Summe abbezahlt ist.«

»Hast du denn für so viele Knechte Verwendung, Rutinus?« fragte Asmund mit nur vorgetäuschtem Erstaunen.

»Wohl kaum. Aber im Süden des Reiches werden Arbeiter benötigt.«

Gerhild und Wittich erschraken. Schon viele Sachsen waren in den Süden deportiert worden, und keiner von ihnen war zurückgekehrt. Dort war König Karl ihrer sicher. Im fremden Land wagten die Söhne und Töchter Saxnots gewiß keinen Aufstand.

»Wir können auch als Kirchenknechte unseren Hof bearbeiten«, schlug Gerhild vor. »Alle Einkünfte gehören der Kirche, bis die Schuld abgetragen ist.«

»Abgelehnt!« sagte Asmund. »Ich kann euch unmöglich hier auf dem Wolfshof lassen, in der Nähe der alten heidnischen Heiligtümer. Ihr kämt nur in Versuchung, erneut dem falschen Glauben zu huldigen.«

»Du würdest uns auch von unserem Land vertreiben, wenn wir die Schuld bezahlen könnten?« fragte Gerhild.

Asmund wiegte den Kopf bedächtig von einer Seite zur anderen. »Nun, darüber ließe sich reden. Eine Begleichung der Strafe wäre immerhin ein Zeichen ernsthafter Reue. Nicht wahr, Archidiakon?«

Rutinus pflichtete ihm bei.

Gerhild wechselte einen tiefen Blick mit Wittich und sagte: »Wärt ihr auch mit einer Anzahlung zufrieden?«

Asmund sah Gerhild zweifelnd an. »Wohl mit ein paar Pfennigen, wie?«

»Nein, etwa mit der Hälfte der Summe.«

Der Graf runzelte die wulstige Stirn. »Das glaube ich erst, wenn ich's sehe.«

»Ich werde es euch zeigen. Wollt ihr mitkommen?«

Asmund, Rutinus und Ermold begleiteten zusammen mit ein paar Wachen Gerhild und Wittich ins große Langhaus. Die Windaugen waren geöffnet und ließen das junge Tageslicht herein. Die Liten waren inzwischen erwacht und warfen den Franken unruhige, furchtsame Blicke zu. Gerhild führte die Männer in den Teil des Hauses, der Wolfhards Familie vorbehalten war, und zog den fadenscheinigen Vorhang von dem Bett fort, in dem Gunda wie schlafend lag, aber mit weit geöffneten Augen. Ihr Blick zeigte weder Angst noch Überraschung. Er ähnelte Alwigs Blick, schien in eine andere Welt gerichtet.

Wittich bückte sich und zog eine flache, aber große und schwere Truhe unter dem Bett hervor. Gerhild öffnete die beiden Eisenschlösser an der Truhe mit einem Schlüssel von ihrem Leibbund. In der Truhe lagen mehrere Leder- und Leinensäcke, gefüllt mit silbernen Münzen.

Gerhild zeigte auf das Geld. »Das sind etwa sechshundert Schillinge, mit dem Hof erwirtschaftet.«

»Das meiste dürfte aus meiner Kasse stammen«, sagte Asmund. »Für den Ankauf der Pferde.«

»Gleichwohl ist es mein Geld«, stellte Gerhild fest.

»Keineswegs.« Asmund klappte die Truhe zu. »Es gehörte Wolfger, wie auch der Hof. Er war euer Muntwalt.«

»Aber ... Wolfger ... ist tot.« Gerhild sprach zögernd, wollte es nicht beschreien. »Er hinterließ keinen männlichen Erben, also fiel alles an mich, seine Mutter.«

»Er hatte nichts, was an dich fallen konnte.« Asmund sah Rutinus an. »Archidiakon, du kennst dich doch so gut mit den Gesetzen für das Sachsenland aus. Welche Bestimmung ist darin für Grafenmord enthalten?«

»Wer einen Grafen tötet oder einen dahin weisenden Rat erteilt, werde dem entsprechenden Rechte übergeben«, zitierte Rutinus König Karls Gesetz. »Seine Hinterlassenschaft aber verfalle dem König.«

Asmund lächelte verschlagen. »Nun, ich bin der Wik- und

Gaugraf und wurde nach dem Pferderennen von Wolfger mit Mordabsicht angegriffen; dafür gibt's Hunderte von Zeugen. Und als Sachwalter des Königs übe ich die Gewalt über seine hiesigen Güter aus. Nach der eben von Rutinus genannten Bestimmung zählt dazu alles, was Wolfger gehört hat: das Geld, der Hof, das Land. Du hast nichts mehr, Gerhild, schon gar kein Geld, um dich und die Hofsassen freizukaufen. Ab sofort seid ihr Hörige der Kirche.«

»Sklaven des Christengottes«, sagte Wittich verächtlich.

»Nennt es, wie ihr wollt, es ändert nichts«, erwiderte Asmund gelassen und sagte zu Ermold: »Alle Männer und Frauen vom Wolfshof sollen sich draußen versammeln und auf den Abmarsch nach Minden vorbereiten. Und sorg dafür, daß die Geldkiste wohlbehalten zu uns kommt.«

Der Graf nahm Gerhild den Schlüssel ab und verschloß die Truhe. Den Schlüssel behielt er bei sich, als er mit Rutinus das Haus verließ. Ermold wies zwei Soldaten an, die Kiste hinauszutragen. Die anderen Franken sollten die Liten nach draußen scheuchen.

»Ihr und das Mädchen müßt auch gehen«, sagte Ermold zu Gerhild und Wittich.

»Wir kommen gleich«, antwortete Gerhild leise und schüttelte Gunda leicht. »Steh auf, wir müssen den Hof verlassen!«

»Warum?«

»Du hast es doch gehört, Gunda. Der Hof gehört uns nicht länger, nichts gehört uns mehr. Die Franken und der Christengott schlucken alles, was sie kriegen können. Ihre Gier ist unersättlich.«

»Geht schon«, sagte Gunda. »Ich wasche mich kurz und kleide mich an, dann komme ich nach.«

»Ist gut, Kind«, seufzte Gerhild und ging mit Wittich nach draußen.

Die meisten Liten hatten das Haus bereits verlassen. Die übrigen trieben das Vieh hinaus, das jetzt dem König gehörte – oder Asmund, es blieb sich wohl gleich.

Der Hof füllte sich zusehends, und schließlich hielt sich nur noch Gunda im Langhaus auf. Sie kam nicht heraus. Statt dessen ertönte ein Knistern und Knacken, und die leichte Morgenbrise trieb Brandgeruch über den Hof.

»Guuundaaa!« schrie Gerhild erschrocken.

Das Mädchen, noch im Nachthemd, erschien im Eingang des Hauses und rief: »Asmund wird unser Haus nicht bekommen! Und ich werde auch keine Sklavin der Kirche!«

Gunda verschwand wieder im Halbdunkel des Hauses, während die Flammen aus den Windaugen schlugen, um auch an den Außenwänden zu lecken. Gunda mußte sich Feuer aus der Herdglut geholt und es überall im Haus verteilt haben, sogar im Viehstall. Anders war nicht zu erklären, wie schnell sich die Flammen ausbreiteten.

»Ich hole sie!« stieß Wittich hervor und lief auch schon zum Haus, verschwand zwischen den brennenden Wänden. Gerhild war zu keinem Wort und zu keiner Regung fähig. Sie sah einfach nur zu dem brennenden Haus, bis endlich Wittich wieder im Eingang erschien. Er hielt die sich sträubende Gunda in festem Griff und versetzte ihr einen Stoß, der sie ins Freie beförderte. Der Lite wollte nachkommen, aber in dem Augenblick brach über ihm das brennende Dach zusammen und begrub ihn unter sich. Gunda rappelte sich auf und wollte in die Flammen zurücklaufen. Ein paar Liten hielten sie fest und brachten sie zu ihrer Mutter.

»Jeden Tag ein neues Freudenfeuer, ich werde mich noch daran gewöhnen«, lachte Asmund. »Erst Wolfhard, dann sein Sohn und jetzt das Haus seiner Familie. Sag nur einer, Gottvater sei nicht gerecht!«

Niemand löschte die Flammen, und niemand kümmerte sich darum, daß sie auf die anderen Gebäude übergriffen. Als der Wolfshof niederbrannte, waren die Franken mit ihren Gefangenen schon unterwegs zur Weser, nach Minden.

20. Kapitel

Der Sohn des Sattelmeiers

War das Feuer der Fluch, mit dem die alten Götter ihr ungetreues Volk für den Abfall bestraften? Hatten Wodan und Donar den bösen Feuergott Loki entfesselt, losgelassen auf die Menschenwelt, um in Schutt und Asche zu legen, was nicht länger den Asen gehörte? So schien es Wolfger, als er durch die Lücken zwischen den Kronen der hohen Eichen und Buchen die Rauchwolke im Südosten erspähte. Dunkel und bedrohlich wirkend, breitete sie sich langsam aus, als wollte sie Mensch und Tier an diesem Morgen hindern, Sunnas Antlitz zu erblicken. Je länger Wolfger zu dem fernen Rauch starrte, desto fester und eisiger spürte er die unsichtbare Hand, die sein Herz umklammert hielt. Der neue Tag begann, wie der alte geendet hatte: mit Feuer und Rauch. Auch mit Tod?

Nach dem Verlassen des gebrandschatzten Tals war die kleine von Heidrun geführte Gruppe nach Westen gezogen, tiefer in den Wiehen hinein. Den verhältnismäßig leicht zu überquerenden Gebirgskamm hatten sie gemieden, weil die Gefahr zu groß war, von fränkischen Streifen aufgespürt zu werden. Vielleicht rechneten Asmund und Rutinus mit der Möglichkeit, daß einige Sachsen der Zwangstaufe entkommen waren. Deshalb wählte Heidrun einen Weg, der nur bedingt als solcher bezeichnet werden konnte. Auf schmalen Graten ging es an den südlichen Felsabstürzen und Schluchten entlang, zuweilen ein Unterfangen, das kaum weniger gefährlich schien als ein Zusammenprall mit fränkischen Kriegern. Als die Nachtschatten zu stark wurden und man ohne Lebensgefahr keinen Fuß mehr vor den anderen setzen konnte, bezeichnete Heidrun eine schmale Klamm als Rastplatz.

Es wurde ein trauriges, schweigsames Abendmahl. Die Flüchtlinge entfachten aus Angst, sich zu verraten, kein Feuer. Ein Sack mit getrockneten Beeren und ein altes, hartes Stück Käse, beides aus dem brennenden Dorf erbeutet, lieferten die wenig schmackhafte Speise. Immerhin gewährte der sprudelnde Wildbach, der die Klamm in zwei Hälften teilte, ausreichend frisches Wasser.

Heidrun wusch Wolfger und erneuerte seine Verbände, so gut es mit den beschränkten Möglichkeiten ging. Er empfand keine Scham, nur Dankbarkeit, Zuneigung – und auch Erregung, als ihre warmen Hände seinen Leib berührten. Sie ging nicht darauf ein, doch er glaubte, einen leicht belustigten Zug um ihre Lippen zu erkennen.

Von Anscher und den anderen Männern erhielt Wolfger einen Kittel, eine Hose sowie ein paar feste Lappen, die er um seine Füße wickeln konnte.

Die beiden kleinen Mädchen begannen irgendwann in der Nacht zu weinen, und ihre Mutter tröstete sie. Allerdings nicht sehr erfolgreich. Und die Mutter hätte selbst Trost benötigt. Ihr Mann gehörte zu den Gefangenen der Franken. Sie wußte nicht, ob sie ihn jemals wiedersehen würde. Wolfger erinnerte sich an das Weinen der Kinder, an den geflüsterten Trost der Mutter, aber nicht an seine Träume.

»Schläfst du noch, Wolfger?« holte Anscher ihn aus den Gedanken an die vergangene Nacht. »Wir müssen weiter!« Der Lite hatte neben Wolfgers altem Gaul angehalten. Die anderen waren mit dem zweiten Pferd schon ein Stück voran und erklommen gerade eine steile Erdfalte.

»Hast du den Rauch nicht bemerkt?« fragte Wolfger und zeigte in den blauen Himmel, der sich im Südosten zusehends mit dunklen Schwaden füllte. »Das gefällt mir ganz und gar nicht. Dort ungefähr muß der Wolfshof liegen.«

»Ich weiß.« Auch Anschers Stimme klang besorgt. »Aber wir können nichts tun, nicht jetzt. Wir haben hier Frauen und Kinder, die in Sicherheit gebracht werden müssen.« Sein Blick heftete sich auf Wolfger. »Und einen Verletzten.«

Wolfger nickte gedankenverloren. »Ja, in Sicherheit, zu Heidruns Vater, wer immer das ist. Hast du eine Ahnung, Anscher?«

»Nein. Bis Heidrun ihn erwähnte, wußte ich nicht einmal, daß sie einen Vater hat.«

»Jeder Mensch hat einen Vater.«

Anscher zuckte mit den Schultern. »Lassen wir uns überraschen.«

Und eine Überraschung war es tatsächlich, als sie ihr Ziel gegen Abend erreichten. Heidrun hatte sich plötzlich nach Norden gewendet, sie hatten den Bergkamm überquert und waren zum Nordhang marschiert. Auf Wolfgers Bemerkung, sie hätten einen gehörigen Umweg gemacht, antwortete Heidrun: »Der Weg war länger, aber dafür sicherer.«

Am Nordhang ging es zwischen hohen, scharfkantigen Felsen und Dornenhecken hindurch. Ein Weg, den wohl niemand ohne besonderen Grund zurückgelegt hätte. Er erweiterte sich schließlich zu einem Talkessel, nicht unähnlich dem um Saxnots Schwert. Nur standen hier nicht so viele Hütten, lebten hier augenscheinlich nicht so viele

Menschen. Die Handvoll Häuser und Stallungen ließ auf ein Dutzend, höchstens zwanzig Bewohner schließen.

»Was ist das für ein Ort?« fragte Anscher, der sich neugierig nach allen Seiten umsah.

Wolfger kannte die Antwort, als ihnen aus einer offenen Schmiede ein großer, bulliger Mann mit roter Mähne und rotem Bart entgegentrat, in der rechten Hand noch den schweren Hammer, mit dem er eben ein rotglühendes längliches Eisenstück durch schnelle, gezielte Schläge zu einer Speerspitze geformt hatte. Der unbekleidete massige Oberkörper und die muskelbepackten Arme waren mit unzähligen winzigen Brandnarben übersät. Unter dem roten Vollbart entdeckte Wolfger dieselben eckigen Züge wie bei Heidrun. Und die Augen des Mannes leuchteten im selben Grün wie die der Kräuterheilerin. Kein Zweifel, dies war Heidruns Vater – und ...

»Der Feuerschmied!«

Wolfger stieß es laut hervor. Die Erkenntnis traf ihn wie ein Faustschlag. Aber alles paßte zusammen: das Waldversteck mit der Schmiede konnte höchstens eine Reitstunde vom Opferhain entfernt liegen.

Der Schmied blieb vor Wolfger stehen und sagte mit einer sehr dunklen Stimme: »Ich hoffe, du bist nicht von mir enttäuscht, Sohn des Sattelmeiers.«

»Enttäuscht, warum?« stammelte Wolfger verwirrt. »Deine Hufeisen waren gut, und Sturmwind hätte das Rennen gewonnen, hätten Asmunds Männer mir nicht einen Hinterhalt gelegt.«

»Ich habe davon gehört«, sagte der Schmied in mitfühlendem Ton. »Aber ich meinte nicht die Hufeisen, sondern mich selbst. Wer mich nicht kennt, rechnet oft mit einem übernatürlichen Wesen, mit Surturs Sohn, groß wie Saxnots Schwert, mit Flammen am Haupt statt Haaren.« Die schwielige Linke des Schmieds fuhr durch seine rote Haarpracht, und er lachte dumpf. »Na, wenigstens sind sie feurig rot!«

»Saxnots Schwert steht nicht mehr, Vater, und das verborgene Tal wurde von den Franken verheert«, sagte Heidrun und berichtete in knappen Worten, was sich ereignet hatte.

»Wodan verfluche dieses Frankengezücht und ganz besonders den Verräter Asmund!« schrie der Schmied, als seine Tochter mit ihrem Bericht fertig war, und er schüttelte den Kopf, daß die umherfliegenden Haare tatsächlich wie züngelnde Flammen wirkten. »Herzog Widukind hätte sich niemals mit Karl dem Sachsenschlächter einlassen dürfen!«

Der Schmied beruhigte sich und bat die Flüchtlinge zur Stärkung in sein Haus, wo Knechte und Mägde eine lange Tafel mit Speisen und Getränken füllten. Offensichtlich litt man in der Feuerschmiede keine Not.

Wolfger wollte sich neben Anscher auf eine der Bänke setzen, die an den Längsseiten der Tafel aufgestellt wurden. Aber der Feuerschmied, der sich einen hellen Kittel übergestreift hatte, hielt ihn fest und drängte ihn zu dem wuchtigen Lehnstuhl am Kopfende der Tafel.

»Das ist der Platz des Hausherrn!« protestierte Wolfger.

»Es ist der Platz des vornehmsten Mannes«, brummte der Schmied. »Also gebührt er dir, denn du bist ein Edeling, der Sohn des Sattelmeiers Wolfhard, der dem Frankenkönig noch trotzte, als selbst Widukind sein Haupt zur Taufe beugte.«

Widerwillig nahm Wolfger auf dem großen Stuhl Platz. Rechts von ihm saß der Schmied, diesem gegenüber Heidrun. Sie saß mitten zwischen den Männern, sogar an bevorzugter Stelle, obwohl alle anderen Frauen ihre Plätze am unteren Ende der Tafel hatten. Bevor der Schmied sich setzte, schüttete er nach alter Sitte einen kleinen Teil von jeder Speise ins große Herdfeuer, um Donar, dem Herrn der guten Ernten, für seine Gaben zu danken.

Eine ältere Magd brachte ein silbernes Trinkhorn, das mit goldenen Einlegearbeiten verziert war. Als sie näher trat, erkannte Wolfger in dem Einlegemuster Runen. Zögernd blieb die Magd vor dem Schmied stehen, der sie mit einem knappen Nicken zu Wolfger weiterwies.

»Du sitzt auf dem Ehrenplatz, Sohn des Sattelmeiers«, sagte der Hausherr. »Dir gebührt der erste Schluck Met. Du sollst den Trinkspruch ausbringen, der Segen über diese Tafel und dieses Haus bringt.«

Wolfger hob das schwere Horn mit der süßlich duftenden Flüssigkeit und sagte laut: »Auf Freundschaft und Verbundenheit. Mögen sie sich als stärker erweisen denn Neid und Verrat!« Dann trank er von dem süßen, würzigen Met, bevor er das Horn an den Schmied weiterreichte.

»Ein guter Spruch und ein weiser Wunsch«, befand der Schmied und trank ebenfalls aus dem Runenhorn. »Wenn er in Erfüllung geht, sind die Tage der Frankenwillkür hoffentlich gezählt.«

Das Runenhorn ging reihum bis zu Heidrun, und jeder an der Tafel trank einen Schluck daraus. Erst danach füllte die ältere Magd die tönernen Trinkbecher mit Met oder Bier, Milch oder Wasser, ganz nach Belieben.

»Ihr könnt natürlich hierbleiben«, sagte der Schmied zu den Flüchtlingen. »Wenn jemand einen Wunsch hat, soll er ihn nennen.«

»Ich habe gleich zwei Wünsche«, erwiderte Wolfger.

»Nenne sie!«

»Erstens: Sag uns, wie wir dich ansprechen sollen, Schmied!«

»Schmied«, sagte der Schmied und fügte mit einem gurgelnden Lachen hinzu: »Meinetwegen auch Feuerschmied, wenn euch das leichter fällt.«

»Ein seltsamer Name«, meinte Wolfger.

»Einen anderen brauche ich nicht. Wie meine Eltern mich nannten, ist nicht wichtig, ist Vergangenheit.«

Der Schmied, gerade mit dem Zerfleischen einer großen Hühnerkeule beschäftigt, hielt im Essen inne und sah plötzlich sehr ernst drein. Draußen war es dunkel geworden. Im Haus sorgte das Herdfeuer für Helligkeit. Sein flackernder Schein tauchte das Gesicht des Feuerschmieds in ein unwirkliches, geisterhaftes Licht. Mit dem unsteten Rot überzogen, wirkte er tatsächlich wie ein Abkömmling der Feuerriesen.

Endlich entspannten sich seine Züge wieder. Er trank einen ordentlichen Schluck Met, rülpste vernehmlich und forderte Wolfger auf, seinen zweiten Wunsch zu nennen.

Wolfger erzählte von dem Rauch, den sie am Morgen gesehen hatten. »Ich mache mir große Sorgen um meine Familie und um die anderen Menschen vom Wolfshof, auch um die, die man von Saxnots Schwert wegschleppte. Heidrun wird es mir sicher untersagen, aber am liebsten würde ich sofort auf einem frischen Pferd zum Wolfshof reiten.«

»Und ob ich das untersage!« fauchte die Frau zu Wolfgers Linken. »Meinst du, ich pflege dich, damit du deinen geschwächten Körper mit einem Gewaltritt ruinierst? Ganz zu schweigen davon, daß das Pferd in der Nacht stolpern und sich die Knochen brechen könnte. Und deine gleich mit, Wolfger!«

»Tja, da ist wohl nichts zu machen«, grinste der Schmied.

»In solchen Dingen versteht Heidrun keinen Spaß. Aber da du nicht selbst reiten kannst, schicke ich einen Kundschafter zum Wolfshof, sobald der Tag anbricht.«

»Ich werde reiten!« sagte der links von Heidrun sitzende Anscher augenblicklich.

»Wieso du?« fragte der Feuerschmied.

»Weil ich ...«

»Weil er meine Schwester Gunda liebt und sie ihn«, antwortete Wolfger anstelle des zögernden Liten.

»Dann lehne ich dein Ersuchen ab, Anscher«, sagte der Schmied. »Liebe und Sorge sind schlechte Ratgeber, wenn es darum geht, Vorsicht zu üben. Außerdem kennen meine eigenen Leute das Gelände hier besser. Du könntest leicht in eine der Fallen geraten, die auf ungebetene Gäste warten. Einer meiner Liten wird reiten.«

Nach dem Mahl wurde den Flüchtlingen eine leerstehende Hütte zugewiesen, die der Feuerschmied als Gästehaus bezeichnete. Auf Wolfgers Bemerkung, das höre sich so an, als bewirte er des öfteren Gäste, antwortete er ausweichend: »Es kommt schon mal vor.«

Heidrun, die im Haus ihres Vaters schlief, kam, um Wolfger mit neuen Kräutern einen frischen Verband zu machen. »Dein Rücken verheilt gut«, stellte sie fest, »obwohl man dich bei der Staupe wahrlich nicht geschont hat.«

Er antwortete nur einsilbig, obgleich er Heidruns Nähe und ihre Berührungen als sehr angenehm empfand. Seine Gedanken weilten beim Wolfshof, bei Gerhild, Gunda und Wittich, bis er durch die von Heidrun offengelassene Tür einen hellen Feuerschein bemerkte, der hoch über der Schmiede von einem nahen Felsen kam.

»Was ist das?« fragte er und erinnerte sich an den Flammenschein, der hin und wieder nachts über dem Nordhang des Wiehens gesehen wurde und dem der Feuerschmied vielleicht seinen Namen verdankte, wenn er schon kein Abkömmling des Feuerriesen Surtur war.

Jetzt war es an Heidrun, knapp zu antworten: »Es ist ein Zeichen.«

»Wer gibt dieses Zeichen?«

»Mein Vater.«

»Aber warum?«

Heidrun ließ ihren Blick kurz über Anscher und die anderen streifen, die im Gästehaus untergebracht waren. »Das wirst du erfahren, wenn es an der Zeit ist, Wolfger.«

»Wird durch dieses Signalfeuer nicht der Standort der Feuerschmiede verraten?«

»Nein. Die umliegenden Felsen üben eine seltsame Wirkung auf den Feuerschein aus. Auf eine größere Entfernung wirkt er wie durch Spiegel verzerrt, als wanderten die Flammen über den Wiehen.«

Heidrun wünschte Wolfger eine gute Nacht. Aber der Wunsch erfüllte sich nicht. Obwohl ein anstrengender Tag hinter ihm lag, konnte er vor Sorge kaum schlafen. Und wenn er doch einmal für kurze Zeit einschlief, träumte er von Feuer. Es zog in wildem Tanz über den Berg, fraß das verborgene Tal und den Wolfshof und umfing das Gesicht des Schmieds, der dabei laut lachte. Dann aber wurde das Lachen zu einem qualvollen Schreien, und der kantige Schädel des Feuerschmieds verwandelte sich in den schmalen Kopf von Wittich.

Der Traum, in dem Wittich einen schrecklichen Feuertod starb, war nicht nur ein Traum gewesen. Das erfuhr Wolfger drei Abende später, als der vom Feuerschmied ausgesandte Späher, ein junger Lite namens Hidde, zurückkehrte. Als das Hufgetrappel seines Grauschimmels zwischen den Felsen ertönte, strömten Männer und Frauen erwartungsvoll zusammen. Hiddes düstere Miene verhieß nichts Gutes, und sein Bericht bestätigte diese Verheißung: Der Wolfshof war menschenleer und bestand nur noch aus verkohlten Trümmern. Seine Bewohner und die Menschen aus dem verborgenen Tal waren nach Minden verschleppt worden. Asmund hielt sie auf der Weserinsel südlich der Stadt gefangen. Und jegliches Eigentum Wolfgers beanspruchte er für den König.

»Es geht ihnen nicht gerade gut«, berichtete Hidde. »Wasser haben sie zwar dank des Flusses in Hülle und Fülle, aber Graf Silbernase hält sie sehr knapp mit Lebensmitteln. Sieht fast so aus, als wolle er sie verhungern lassen.« Hidde blinzelte in den Abendhimmel hinauf; wie schon seit etlichen Tagen war kaum eine Wolke zu sehen. »Außerdem sind die Gefangenen Sunnas Strahlen schutzlos ausgesetzt.«

»Warst du da?« fragte Wolfger. Heidruns Fürsorge hatte ihn wieder zu Kräften gebracht. »Hast du mit den Gefangenen gesprochen?«

»Ich war im Wik, aber nicht auf der Weserinsel.« Hidde rieb über seinen unrasierten Hals. »Das wäre mir nicht gut bekommen. Die Gefangenen mußten um ihr Lager einen hohen Zaun errichten. Asmund hat auf der Insel und an den Ufern Wachen aufgestellt.«

»Dann weißt du also nicht, ob Gerhild, Gunda und Wittich noch leben«, sagte Wolfger mit unverhohlener Enttäuschung.

»Doch, das weiß ich. Im Wik hat man mir erzählt, daß deine Mutter und deine Schwester nicht auf der Weserinsel sind, sondern im Königshof.«

»Warum?«

»Ich habe Graf Silbernase nicht gefragt. Vielleicht wollte er den adligen Gefangenen eine zuvorkommende Behandlung angedeihen lassen.«

»Das sieht dem verfluchten Überläufer gar nicht ähnlich«, meinte Wolfger.

»Vielleicht will er sie als Geiseln bei sich haben, damit ihm niemand das Recht an den beschlagnahmten Gütern streitig macht«, sagte der Feuerschmied zu Wolfger.

»Möglich«, brummte Wolfger nachdenklich und blickte Hidde an. »Ist wenigstens Wittich bei Gerhild und Gunda, um auf sie achtzugeben?«

»Ja, Wittich«, erwiderte der junge Lite zögernd und erzählte dann, was er über den Brand auf dem Wolfshof gehört hatte. Er hatte den Mund noch nicht geschlossen, da sprang Wolfger ihn an und riß ihn vom Pferd. Sie wälzten sich im Staub.

Wolfger gewann die Oberhand, hieb immer wieder seine Fäuste ins Hiddes Gesicht und rief: »Das ist nicht wahr! Du bist ein verdammter Lügner! Die Franken haben dich bestochen, damit du Lügen erzählst! Wittich ist nicht tot! Gunda hat ihn nicht umgebracht! Sie ... sie würde niemals unseren Hof anzünden!«

Der Feuerschmied packte Wolfger an den Schultern und riß ihn von Hidde weg, dessen Gesicht blutverschmiert war. Als Wolfger sich erneut auf den Liten werfen wollte, versetzte der Schmied ihm einen so gewaltigen Schlag in den Nacken, daß er benommen zu Boden ging.

»Jetzt ist's genug, Vater«, vernahm Wolfger Heidruns Stimme wie aus weiter Ferne. »Ich habe ihn nicht gepflegt, damit du ihn zum Krüppel schlägst.«

»Hidde ist bestimmt kein bestochener Lügner«, grollte der

Schmied. »Ich kann Wolfgers Schmerz nachempfinden, aber er sollte seinen Zorn nicht an Unschuldigen auslassen, sondern an denen, die ihm das angetan haben.«

Heidrun half Wolfger auf die Beine und wollte nach seinem schmerzenden Nacken sehen. Aber er stieß sie beiseite und lief vom Schmiedehof, zwischen Felsen und Dornenhecken hindurch in den dämmrigen Wald hinein. Er wollte fort von allen Menschen, um allein zu sein mit seinem Schmerz, seinem Zorn und seiner Trauer. Von allem Verlust, den er in der jüngsten Zeit erlitten hatte, traf ihn Wittichs Tod am stärksten. Jetzt erst wurde er sich bewußt, wie sehr der alte Lite bei ihm die Vaterstelle eingenommen hatte.

Immer wieder sah er das schmerzverzerrte, flammenumzüngelte Traumgesicht zwischen den dunklen Baumstämmen und hörte die qualvollen Schreie. Wolfger rannte auf das Gesicht zu, um Wittich zu helfen. Er stolperte über verschlungenes Wurzelwerk und schlug schmerzhaft hin, stand auf, lief taumelnd weiter, stolperte und fiel erneut, stand wieder auf und erreichte das gequälte Antlitz doch nicht. Mit letzter Kraft wankte er weiter und wollte sich einfach nicht eingestehen, daß er nicht fähig war, Wittich zu helfen. Sowenig, wie er Wolfhard oder Wolfram hatte helfen können.

Irgendwann stand er nicht mehr auf, fühlte er keine Kraft mehr in sich, dem Verlorenen nachzujagen. Die Nornen knoteten jedes Ereignis nur einmal in ihrem Schicksalsnetz. Die Toten waren tot, und den Lebenden blieb nur der Schmerz.

Lang ausgestreckt lag Wolfger bäuchlings auf dem abkühlenden Waldboden, der Sunnas wärmende Strahlen schon seit Stunden entbehrte. Er wünschte sich, seinen Schmerz abzuschütteln, aber es ging nicht. Das bohrende Gefühl in seiner Brust wurde nur mit jedem Atemzug stärker. Schmerz wurde zu Wut, Wut zu Zorn, Zorn zu Haß, Haß zu Rachsucht, Rachsucht zum Schwur: Alle, die ihm das angetan hatten, sollten dafür büßen, mit ihrem Leben!

»Weinst du, Wolfger?« fragte eine besorgte Stimme.

Erschrocken drehte er sich um. Heidrun stand vor ihm. Sie mußte auf der Suche nach ihm schnell gelaufen sein. Ihr Atem rasselte. Ihre weiblich gerundete Brust unter dem engen Hemd hob und senkte sich in schnellem Takt. Im Dämmerlicht wirkte sie wie ein Waldgeist: eine Waldfrau, die vor ihm aus dem Boden gewachsen war.

In seiner Kindheit hatten Gerhild und Weerta ihm von den Waldgeistern erzählt, um ihn davon abzuhalten, nachts allein in den Wald zu laufen. Er kannte all die Geschichten von wilden Weibern, die durch ihre Schönheit und ihren Gesang junge Menschenmänner anlockten, um sich mit ihnen zu paaren und sie hiernach zu verzehren. Von Holz- und Moosfrauen, die in hohlen Bäumen oder in Mooshütten lebten. Von den Fangas, die, hatten sie einen Menschen erst mal in ihren Klauen, ihn nicht mehr losließen, bis sie ihn an vertrockneten Bäumen zerrieben und zu Staub zerraspelt hatten.

War das der Grund für Heidruns große, kräftige Gestalt? Tötete sie die Männer, die sie betört hatte? Hieß es nicht, die Waldfrauen seien kräuter- und heilkundig?

Heidrun ging neben ihm in die Knie und strich sanft über seine Wangen. »Heiß und trocken ist deine Haut. Du hast auch nicht eine Träne vergossen.«

»Ich kann nicht mehr weinen«, sagte Wolfger leise, während er sich aufsetzte.

»Vielleicht doch«, sagte Heidrun und hockte sich neben

ihn ins dichte Moos. »Hidde hat nämlich noch mehr berichtet, was dich betrifft, jedenfalls in gewisser Weise. Es ist für dich bestimmt nicht angenehm. Aber ich finde, du solltest es erfahren.«

»Wer wurde ermordet, wessen Vieh niedergemetzelt, wessen Hof verbrannt?« fragte Wolfger mit bitterem, trotzigem Hohn.

»Es geht nicht um Tod, sondern um Leben. Nicht um Zerstörung, sondern um die Schaffung einer neuen Verbindung.«

»Rede nicht in Rätseln, Heidrun, um so eher hast du's ausgesprochen.«

Sie nickte und sagte: »Gisla, die Tochter des Kaufmanns Brunold, hat Brunolds Neffen Anwan geheiratet. Fünf Tage ist das her.« Als sie in Wolfgers Gesicht Verwirrung und Unglauben las, fügte sie hinzu: »Es heißt, daß Gisla Anwan das Jawort nicht freiwillig gab. Ihr Vater und ihre Schwester sollen sie mehr oder weniger gezwungen haben. Und außerdem hielt sie dich für tot.«

»Ihre Schwester, ja, der trau' ich's zu«, murmelte Wolfger und faßte Heidrun auf einmal so fest an den Armen, daß sie ein schmerzerfülltes Stöhnen ausstieß. »Woher weißt du überhaupt von Gisla und mir?« Er erinnerte sich, daß den Waldfrauen auch die Gabe der Weissagung und des zweiten Gesichts zu eigen sein sollte.

Heidrun schüttelte seinen festen Griff ab. »Hidde hat es erzählt. In Minden muß es ein höchst offenes Geheimnis sein. Was nicht verwundert, da Gisla dir bei der Flucht geholfen hat.«

»Ja ...«

Mehr konnte Wolfger nicht sagen. Seine Stimme erstarb, als die Verzweiflung übermächtig wurde. Die Nornen mußten ihn hassen, anders konnte er sich nicht erklären, daß sie ihm einen Ger nach dem anderen ins Herz rammten. Urd hatte ihm Wolfhard und Wolfram geraubt, Vater und Bruder, seine Vergangenheit. Verdandi hatte den Wolfshof zerstört, ihm Mutter und Schwester genommen, die Gegenwart. Und Skuld entriß ihm Gisla, seine Zukunft. War seine Vernichtung jetzt vollkommen? War es die Strafe der alten Götter für ihre Verleugnung? Tausend Gedankenfetzen, Fragen und Zweifel peitschten ihn, drohten seinen Kopf und sein Herz zu zersprengen.

Erst nach einer ganzen Weile nahm er war, daß er in Heidruns Armen lag. Sie hielt ihn, drückte ihn an sich, als sei er ein kleines Kind, dem die Mutter Trost und Wärme spenden mußte. Er ließ es geschehen, genoß es sogar. Heidruns Berührungen verursachten ein wohliges Kribbeln auf seiner Haut, das tief in ihn drang und in sanften Wellen durch seinen ganzen Körper strömte. Ein Hauch von frischen Kräutern ging von ihr aus und vermischte sich mit dem Duft des abendlichen Waldes, der nach deftigem Harz, süßen Beeren und frischem Moos roch.

Der Wohlgeruch und Heidruns Berührungen versetzten ihn in eine nie gekannte Erregung. Ein Feuer, das bislang tief in ihm verborgen gewesen war, fraß sich hervor, ergriff von ihm Besitz und sprang auf Heidrun über.

Sie schien ebenso zu empfinden wie er und wehrte sich nicht, als er sie ins weiche Moos zog. Im Gegenteil, mit flinken und zugleich sanften Fingern öffnete sie das Lederband, das ihm als Gürtel diente, und streifte seine Hose nach unten. Mit Händen und Lippen verstärkte sie seine Erregung noch.

Er gab sich dem brennenden Verlangen hin und dachte dabei nur kurz an Gisla. Das Schuldgefühl, das ihn übermannen wollte, schob er beiseite. Gisla war für ihn unerreichbar geworden, weil sie die Frau eines anderen war und er ein Verfemter, ein Totgeglaubter. Aber er wollte allen zeigen, daß er nicht tot war und sich nicht unterkriegen ließ, nicht von den Schicksalsfrauen, nicht von den Franken und nicht von dem silbernasigen Verräter!

Heidrun hatte ihre Hose heruntergestreift, und ihr Körper verschmolz mit seinem. Mit seiner Lust stieg auch sein Lebenswille, die Entschlossenheit, sich dem Schicksal zu stellen, dagegen anzukämpfen. Mit aller Macht, um jeden Preis!

Seine Finger verkrampften sich bei diesen Gedanken so fest in Heidruns Fleisch, daß sie vor Schmerz aufschrie. Aber schnell wurden die Schreie höher, spitzer, entstammten nicht länger dem Schmerz, sondern dem Lustgefühl. Ihre gemeinsame Raserei erreichte fast gleichzeitig den Höhepunkt, und Wolfger wünschte, für immer mit Heidrun zu verschmelzen.

Aber irgendwann, nachdem sich ihre Lust dreimal entladen hatte, lösten sich ihre schweißbedeckten, dampfenden Leiber. Mann und Frau lagen rücklings im Moos, ausgepumpt, schwer atmend, und sie starrten zu den Sternenlichtern empor, die vereinzelt durch die Lücken in den Baumkronen funkelten.

Erst daran, daß es schon dunkel war, daß die Sterne den Himmel überzogen, erkannte Wolfger, wie lange seine Vereinigung mit Heidrun gedauert hatte. Er wollte etwas sagen, sich ihr voller Dank mitteilen, aber er fand keine Worte, fühlte sich zu schwach und zu beglückt zugleich. Über ihnen lag ein stiller Zauber, den jedes Wort vertrieben hätte.

Passend dazu tanzte ein seltsamer Lichtschein in der Ferne,

verschwand und erschien dann wieder in einer Schneise zwischen hohen Buchen und Eichen. Wie ein von den Waldgeistern gesandtes Irrlicht. Dann erkannte Wolfger die Wahrheit. Es war das Feuer, das in jeder Nacht, seit sie zu der Waldschmiede gekommen waren, auf den Felsen brannte, mal kleiner, mal größer. Zuweilen deckten die Männer, die es unterhielten, die Flammen mit einem großen Tuch ab. Der Feuerschmied sandte Signale in die Nacht, für wen, das behielt er für sich.

Vielleicht war der Zeitpunkt günstig, Heidrun um Aufklärung zu bitten. Während er noch darüber nachdachte, hörte er leises Hufgetrappel. Das Pferd näherte sich in leichtem Galopp. Wer in der Dunkelheit den Wald durchritt, mußte sich hier gut auskennen. Das Geräusch kam aus der Richtung, wo die Schmiede lag und das Nachtfeuer tanzte.

Und dann, für wenige Augenblicke nur, erspähte Wolfger in der Baumschneise den schemenhaften Umriß von Pferd und Reiter. Es war ein großer, bulliger Mann mit langem Haupt- und Barthaar, die im Schein des Nachtfeuers rötlich aufleuchteten. Das Bild gemahnte Wolfger an Wodan, der das Wilde Heer anführte. Aber es war ein Mensch, der Feuerschmied. Schon war er aus Wolfgers Blickfeld verschwunden, verschmolzen mit den mächtigen Stämmen uralter Bäume, nicht wie ein Mensch, sondern wie ein Geist.

Wolfger sah Heidrun an. »Das war dein Vater!«

»Ja.« Sie schien sich nicht über den Nachtritt ihres Vaters zu wundern.

»Wohin reitet er?«

»Zu einem Treffen.«

»Daß er nicht zum Pilzesammeln unterwegs ist, dachte ich mir. Mit wem trifft er sich? Und aus welchem Grund?«

»Glaubst du, das geht dich etwas an, Wolfger?«

»Das kann ich erst sagen, wenn ich die Antwort kenne.«

»Du wirst es erfahren, wenn es an der Zeit ist.«

»Wann?« fragte er drängend.

»Schon bald.«

»Ich weiß nicht, ob ich euch für Menschen halten soll oder für Geisterwesen«, meinte Wolfger kopfschüttelnd und streichelte einen ihrer entblößten runden Oberschenkel. »Dein Fleisch ist warm wie das eines Menschen, aber alles andere ist nebelhaft wie eine Geisterwelt. Die Schmiede, das seltsame Feuer, du und dein Vater.« Er kicherte. »Als du vorhin hier auftauchtest, habe ich tatsächlich überlegt, ob du ein Buschweib oder eine Fanga bist.«

Heidrun fiel in sein Kichern ein und fragte dann: »An die Moorhexe hast du nicht gedacht?«

»Was hat die Moorhexe mit dir zu tun?«

Sie grinste breit. »Immerhin habe ich dir zu einem unfreiwilligen Bad im Morast verholfen.«

Wolfger dachte an das geheimnisvolle Wesen, das er verfolgt und das ihn ins Sumpfloch gelockt hatte. »Du warst das? Ich hätte dabei umkommen können!«

»Niemand ertrinkt in einem Sumpfloch, das ihm nur bis zur Brust reicht. Ich kenne mich gut mit dem Moor aus. Es schützt die Schmiede vor ungebetenen Gästen.«

»Jedenfalls hast du mir einen gehörigen Schrecken eingejagt.«

»Du mir auch, als du mich verfolgt hast.«

»Ist das meine Schuld?« fragte Wolfger mit einer säuerlichen Miene, die aber nur aufgesetzt war. In Wahrheit war er mehr belustigt und neugierig als verärgert. »Warum hast du mich heimlich beobachtet und bist vor mir weggerannt?«

»Ich besuchte meinen Vater, als du dein Pferd zum Beschlagen brachtest. Da wollte ich den Sohn des berühmten Sattelmeiers Wolfhard sehen. Aber ich wollte nicht, daß er mich sieht.«

»Warum nicht?«

»Weil ich damals noch nicht wußte, ob du einer von uns bist, Wolfger.«

»Einer von euch? Kaum löst du ein Rästel auf, spinnst du schon ein neues. Was soll das heißen?«

»Du wirst ...«

»Ja ja, ich weiß«, knurrte er. »Ich werde es bald erfahren, sobald es an der Zeit ist.«

»Du hast es verstanden. Die Zeit, die uns jetzt noch bleibt, sollten wir für etwas anderes nutzen.«

Heidrun lächelte und zog ihr Leinenhemd aus. Bis auf die Stiefel und die Hose, die um ihre Unterschenkel hing, war sie jetzt vollkommen nackt. Und wunderschön anzusehen. Bei jeder Bewegung erzitterten ihre großen, festen Brüste. Sie wirkten wie saftige Birnen, verlockten fast zum Anbeißen. Besonders verzaubert war Wolfger von den großen dunklen Knospen in ihrer Mitte. Er senkte seinen Kopf, und seine Lippen umfingen eine der Knospen, während er wieder den betörenden Duft einatmete, den Heidruns erhitzter Leib verströmte.

Spielerisch zuckte seine Zunge vor, und die Knospe versteifte sich, schien in seinem Mund zu wachsen. Er öffnete die Lippen und umschlang mehr von der herrlichen warmen Frucht, saugte an ihr wie ein Neugeborenes an der Mutterbrust. In diesen Augenblicken war Heidrun alles für ihn: Mutter und Schwester, Gefährtin und Geliebte – besonders letzteres.

Seine Erregung wuchs erneut, während er an Heidruns Brust saugte. Er spürte, wie ihre Hand sein Geschlecht umfaßte und zwischen ihre Schenkel führte, zurück in jene glutwarme, feuchte Höhle, die rauschhafte Lust bedeutete. Momente, in denen alles andere, Leid und Sorgen vergessen waren. Wieder vereinigten sie sich und löschten die Welt um sich herum aus.

Scheinbar. Denn tief in Wolfger nagte beständig der Gedanke an die geheimnisvolle Mission des Nachtreiters, des Feuerschmieds.

Der Nachtreiter zügelte seinen Braunen, als die mächtigen Donarbäume ihre belaubten Arme über ihn erhoben. Langsam ritt er in den heiligen Hain, den alten Eichen ehrfürchtige Blicke zuwerfend. Sie verkörperten die Götter, schufen mit ihren Zweigen die Verbindung zum Asenheim, während ihre Wurzeln vom Opferblut genährt waren. Das Ziel des Nachtreiters lag in der Mitte des Opferhains: die gespaltene Eiche, deren zwei Hälften in der Dunkelheit wie Donars ausgestreckte Arme wirkten, kraftvoll und bereit, jeden Feind mit einem Schlag zu zermalmen.

»Würdest du die verfluchten Christen doch mit einem Schlag auslöschen, o Donar«, seufzte der Feuerschmied leise, während er den Braunen unter der Donareiche anhielt und an dem borkigen Stamm emporblickte.

»Mit einem Schlag wird es nicht gehen, er kann nur der Auftakt sein«, sagte eine dumpfe Stimme hinter ihm. »Und wir müssen es selbst tun. Donar und seine Asenbrüder sind verärgert, weil so viele von uns ihnen abgeschworen haben, auch ich. Nur mit dem Blut der Franken, das wir eigenhändig vergießen müssen, können wir uns reinwaschen und die Gunst unserer Götter zurückgewinnen. Dazu gehören Mut, Kraft und Entschlossenheit.«

Der Schmied drehte sich langsam im Sattel um und erspähte den anderen Reiter zwischen zwei Eichen: eine schwarze Gestalt auf einem Rappen, fast eins mit der Finsternis. Selbst wenn es heller gewesen wäre, hätte der Schmied nicht mehr erkannt. Gesicht und Kopf des anderen waren mit einem eisernen Helm bedeckt, der nur zwei schmale Löcher für die Augen frei ließ. Der dunkle Reiter trug schwarze Kleidung, schwarze Lederstiefel und um die Schultern einen Umhang aus Pelz, Wolfspelz. Auf der rechten Schulter wurde der Umhang von einer goldglänzenden Fibel zusammengehalten: ein Wolfshaupt mit weit aufgerissenem Rachen.

»Über dem Wiehen flackert das Nachtfeuer, in dieser Nacht wie in den Nächten zuvor«, fuhr die dumpfe Stimme des Schwarzen Reiters fort. »Sie sagen, die Götter hätten das Zeichen zum Kampf gegeben. Wie kommst du darauf, Feuerschmied?«

»Der Sohn des Sattelmeiers ist zu uns gekommen.«

»Es gab mehrere Sattelmeier.«

»Ich meine den, der sich nicht unterwarf: Wolfhard.«

Der Schwarze Reiter zögerte mit seiner Antwort, als sei er von der Mitteilung sehr überrascht. Schließlich fragte er: »Du sprichst von Wolfger? Heißt es nicht, die Wölfe hätten auch ihn zerfleischt?«

Der Feuerschmied berichtete, was wirklich geschehen war. »Ist das nicht ein göttliches Zeichen? Wie sonst hätte Wolfger dies alles überleben können? Glaub mir, die Wolfszeit ist gekommen. Es muß sein. Die Franken und dieser Verräter Asmund werden immer übermütiger, dringen in unsere letzten Heiligtümer vor und zerstören sie.« Der Blick des bärtigen Mannes streifte über die alten Eichen. »Wenn wir sie nicht aufhalten, werden bald auch Donars Bäume brennen!«

»Vielleicht hast du recht, Schmied, und die Zeit ist gekommen«, sagte der Vermummte nach einigem Nachdenken und besprach sich mit dem Feuerschmied. Am Ende ihrer Unterredung rief der Schwarze: »Widukinds Wölfe sollen reiten!«

Er riß den Rappen herum und trabte langsam ins Dunkel des Waldes. Ein plötzlicher Windstoß frischte die Nachtschwüle auf und brachte selbst die dicksten Äste zum Schwingen. Als sich die Brise legte, war der Schwarze Reiter verschwunden, wie von der Nacht verschluckt. Auch Hufschlag war nicht mehr zu hören.

Nachdenklich lenkte der Feuerschmied seinen Braunen aus dem Opferhain und ritt zurück zur Waldschmiede.

21. Kapitel

Widukinds Wölfe

Schritt um Schritt, Raddrehung um Raddrehung quälte sich die aus einem Dutzend Wagen und etwa dem Fünffachen an Lasttieren bestehende Karawane über den alten Hellweg, der auf diesem Teilstück immer am Nordhang des Wiehengebirges entlang nach Minden führte. Die Sonne strahlte grell und heiß wie an jenem so fern erscheinenden Tag, als sich der Handelszug in Throtmani formiert und auf die lange Reise begeben hatte.

Anfangs waren die Kaufleute und ihre Knechte froh gewesen über das trockene Wetter, das verhinderte, daß die schwerbepackten Wagen und Tragetiere im Schlamm der aufgeweichten Straßen versanken. Aber schon in Mimigernaford hatten die Männer mit fernerem Ziel diejenigen Gefährten beneidet, die hier zurückbleiben und ihre staubvertrockneten Leiber im Wasser der Aa erfrischen konnten. Die weiterziehenden Händler hatten schwitzend und Staub schluckend den Osning hinter sich gebracht, in Osnabruggi noch einmal gerastet und zum Teil recht ansehnliche Geschäfte getätigt und waren dann zum nächsten großen Ziel ihrer Reise aufgebrochen: Minden, dem Wik an der Sandfurt. Hier hoffte man auf guten Handel mit den einheimischen Wikleuten, die dann die frisch erworbene Ware auf ihren Flußschiffen weitertransportieren würden. Wer seine Tuche und Webwaren, die kostbaren Arbeiten aus Glas und Bernstein, Öle und Wachs allerdings nicht in Minden losschlug, mußte auf dem beschwerlichen Landweg weiterreisen. Entweder links der Weser nach Norden, dem Weg folgend, den König Karls Heer vor eineinhalb Monaten genommen hatte. Oder nach der Überquerung des Flusses bei Minden ins Ostfälische hinein.

Aber darüber machte sich zu diesem Zeitpunkt kein einziger der etwa dreißig Männer Gedanken. Sie wollten nur die letzte beschwerliche Tagesreise hinter sich bringen, um in Minden auszuruhen. Die letzte längere Rast lag schon drei Tage zurück, und der kleine sächsische Flecken Hlidbeki, der sich an den Nordhang des Wiehens schmiegte, bot nicht viele Möglichkeiten zur Zerstreuung. Aber in Minden würden die Männer ihre Kehlen mit Met und Dinkelbier anfeuchten und auch das Fleisch nicht vergessen, sowohl das, welches man aß, als auch das lebendige an den drallen Leibern williger Mädchen.

Nur dieser Gedanke hielt die Männer aufrecht, als sie um die Mittagszeit in ein Gebiet kamen, in dem die Bäume weitgehend verschwanden und die heißen Sonnenstrahlen ungehindert auf Mensch und Tier herabbrennen konnten. Weder der zur Rechten aufragende waldreiche Buckel des Wiehens noch ein kleiner Weidenhain zur Linken spendete Schatten. Der Weg der Karawane führte gut fünfhundert Fuß, an dem Weidenbruch vorbei, über Gelände, das nur von Seggen und Torfmoos bedeckt war. Die Händler hatten keine Mühe, ihren Weg zu finden. Auf dem Hellweg waren alle Pflanzen von Rädern niedergewalzt, von Hufen zertrampelt und abgestorben. Rotbraun verdorrte das tote Riedgras in der Sonnenglut.

In der Hitze schien jedes Lebewesen auszutrocknen. Obwohl die Händler es eilig hatten, Minden zu erreichen, ertönten Peitschengeknall und die Ochsen, Pferde und Maultiere anfeuernden Rufe seltener. Die Stimmen der Wagenlenker und Treiber klangen ebenso müde wie die der Tiere, wenn sie sich hin und wieder zu einem unwilligen Schrei aufrafften. Lustlos und müde trottete die Karawane durch die Landschaft, die weder Schatten noch eine Überraschung verhieß. Es gab nur eine fast unerträglich drückende Schwüle.

Vielleicht lag es an der apathischen Erwartungslosigkeit der Händler, daß sie den einsamen Reiter, der vor ihnen aus dem rotgrünen Meer der halb mannshohen Seggen auftauchte, erst spät bemerkten. Er traf allerdings auch keine Anstalten, ihre Aufmerksamkeit zu erregen, obwohl sein kräftiger Falbe mit langsamem, hinkendem Schritt geradewegs auf die Karawane zuhielt. Als die vordersten Händler ihn endlich erblickten, vermochten sie nicht einmal zu sagen, ob er bei Bewußtsein war. Er lag wie tot über dem Hals des Falben, und seine Arme baumelten lose an beiden Seiten. Als das lahmende Tier angesichts der Karawane mit einem leicht erschrockenen Wiehern anhielt, rutschte der große Mann aus dem rissigen Ledersattel und blieb reglos auf dem Hellweg liegen.

»An-hal-ten«, rief zerdehnt der kräftige Vorreiter, der Kaufmann Ditmar aus Throtmani, der dem Gestürzten am nächsten war, und hob die Rechte als Zeichen für die hinteren Gespannführer. Als der vorderste Wagen, ein leichtes, planenbespanntes Pferdefuhrwerk, nicht schnell genug zum Stehen kam, griff Ditmar helfend ins Geschirr eines der beiden Zugtiere und brummte: »Wenn ihr verfluchten Klepper nicht anhaltet, zerstampft ihr den Burschen da vorn zu Brei.«

»Na und, was macht's?« fragte Eudo, der Mann auf dem Bock. »Scheint eh nicht mehr viel Leben in dem Kerl zu stecken.«

Eudo gehörte zu Ditmars Knechten. Ditmar war der bedeutendste unter den in Throtmani ansässigen Kaufleuten, und die ersten drei Wagen des Zuges gehörten ihm. Er warf seinem Knecht einen bösen Blick zu.

»Bevor du einen Mann ins Jenseits schickst, Eudo, solltest du dich überzeugen, ob er auch wirklich tot ist.«

»Schon gut, ich hab's verstanden, Herr.«

Eudo kletterte ächzend vom Bock, kniete sich neben den gestürzten Reiter und drehte ihn unter erneutem Ächzen auf die Seite. Der Mann am Boden hatte einen großen, kräftigen Körper. Allerdings auch einen, der offenbar sehr mitgenommen war. Blut klebte an der zerschlissenen Kleidung und im Gesicht des Jünglings, den sein langes Haar als Sachsen auswies.

»Das ist doch der Junge vom Wolfshof!« entfuhr es Ditmar.

»Du kennst den Sachsen, Herr?« fragte Eudo überrascht.

Ditmar rutschte von seinem Braunen und ging neben Eudo in die Knie. »Er fiel mir vor zwei Jahren auf, als ich den Frühlingsmarkt in Minden besuchte. Als ihn jemand als Sohn des rebellischen Sattelmeiers bezeichnete, erwachte mein Interesse, und ich sah ihn mir genau an. Ich erkenne ihn wieder, auch wenn er älter aussieht, reifer.«

»Der Sohn eines rebellischen Sattelmeiers?« Eudo kratzte ratlos die schweißnasse Kopfhaut unter seinem dünnen Haar. »Waren nicht alle Sattelmeier rebellisch, bis Widukind sich ergab?«

»Der, den ich meine, war auch noch rebellisch, als Widukind drüben an der Sandfurt die Taufe empfing. Er verweigerte Gottes Segen und floh in die Berge. Sein Name war Wolfhard, und dies hier muß sein Sohn sein.«

»Wolfger ...«

Der dies sagte, war der gestürzte, bislang wie tot auf dem

Hellweg liegende Reiter. Er schlug die Augen auf und atmete unregelmäßig, als bereite es ihm Schmerzen.

»Was hast du?« fragte Ditmar.

»Ein gutes Messer, scharf genug, dir mit einem Schnitt die Gurgel durchzutrennen!« zischte Wolfger.

Mit der linken Hand faßte er den Kaufmann am schweißfleckigen Hemd und zog ihn zu sich herunter, während die rechte das besagte Messer gegen Ditmars Kehle drückte. Wolfger wirkte jetzt hellwach und sah gar nicht mehr mitgenommen aus. Seine Augen blitzten bedrohlich.

Ditmar verzog sein schnauzbärtiges Gesicht vor Schreck und röchelte unter Wolfgers hartem Griff. Der Griff löste sich, als Eudos Fuß gegen Wolfgers Kopf trat und den Sachsen zu Boden schleuderte.

Gleichzeitig ertönten aus dem Wagenzug laute Schreie: »Eine Falle!« – »Alarm!« – »Ein Hinterhalt!« – »Schnell weg von hier!« – »Die Sachsen kommen!«

Die Sachsen kommen!

Dieser Ruf wurde am lautesten ausgestoßen, mit größter Panik. In ihm schwang die Erinnerung an die blutige Zeit von Widukinds Kriegen mit. An niedergebrannte Kirchen, überfallene Klöster, geplünderte Kaufmannssiedlungen, an Vergewaltigung, Verstümmelung und Tod.

Und die Sachsen kamen ...

Wilde, waffenschwingende Reiter. In breiter Front stürmten sie aus dem Weidenbruch hervor, wo sie nur darauf gewartet hatten, daß Wolfger die Karawane zum Anhalten brachte. Es war eine ganze Hundertschaft. Ungefähr dreimal so viele Männer, wie zu dem Kaufmannszug gehörten. Viele von ihnen ritten mit nackter Brust. Hinter manchen flatterten Umhänge aus Wolfsfell. Andere trugen Ketten aus Wolfszähnen um den Hals. Aber fast jeder hatte ein

Amulett oder eine Fibel aus Eisen oder Bronze mit dem Bild eines aufgerissenen Wolfsrachens.

Widukinds Wölfe griffen an!

Nur kurz nahm Wolfger dieses berauschende Bild in sich auf. Sein Kopf schmerzte noch von dem Fußtritt. Und schon war Eudo wieder da, beugte sich über ihn und schwang ein krummes Messer mit rostiger Klinge. Die Absicht war eindeutig. Wolfger stieß mit seinem eigenen Messer zu, und das scharfe Eisen fuhr tief in Eudos Brust. Der Knecht brach über dem Sachsen zusammen, und sein blutiger Leib bedeckte ihn.

Die Reiter hatten den halben Weg zwischen dem Weidenhain und der Karawane zurückgelegt. Deutlich war ihr wildes Kriegsgeschrei zu hören: »Rache für Verdi!« – »Tod den Franken!« – »Für Widukind!«

Hastig versuchten die fränkischen Händler, ihre Wagen und Packtiere wieder in Bewegung zu setzen, behinderten sich dabei aber gegenseitig. Ein schwerer Ochsenkarren wollte um die vor ihm stehenden Wagen herumfahren, kam ins Schlingern und wirbelte eine riesige Staubwolke auf, als er auf die Seite kippte. Ölfässer rollten von der Ladefläche. Einige platzten auf und gossen ihren scharf riechenden Inhalt über das Riedgras. Die Ochsen lösten sich aus dem Joch und stürmten unter Gebrüll eilig davon. Der Fahrer wurde mit den Beinen unter Wagenkasten und Fässern eingeklemmt – er schrie ohne Unterlaß, bis einer der vorderen Sachsenreiter ihm mit der Kriegsaxt den Schädel spaltete.

Wolfger und Ditmar kamen gleichzeitig auf die Beine. Der Kaufmann wollte sich in den Sattel seines Braunen schwingen. Doch der Sachse sprang eilig herbei und riß den untersetzten Händler mit sich zu Boden. Ditmar war nicht so jung, so groß und so gewandt wie Wolfger, verfügte aber über beträchtliche Körperkraft. Die beiden Männer rangen miteinander und wälzten sich durch den Staub, während um sie herum der Kampf tobte. Schließlich gelang es Wolfger, seine Hände um Ditmars kräftigen Hals zu legen und zuzudrücken. Allmählich erlahmte der Widerstand des Franken, und sein Gesicht lief blau an.

In Ditmars hervorquellenden Augen las Wolfger Todesangst und die Frage nach dem Warum. Die Antwort hieß Rache. Für Wolfhard. Für Wolfram. Für Wittich. Für Sturmwind. Für die viereinhalbtausend Ermordeten von Verdi.

Und dann war da noch der Runenstab. Wolfger hatte geglaubt, ihn bei der Flucht aus dem verborgenen Tal verloren zu haben. Doch Heidrun hatte ihn mitgebracht, und der Feuerschmied hatte ihm gestern morgen, am Morgen nach der Liebesnacht mit Heidrun, den zweiten Teil überreicht. Die Runenbotschaft war nun vollständig: »Eisen gegen Eisen, Dienst gegen Dienst. Erfülle den Wunsch der anderen Hälfte! – Eisen in Sachsenhand, daran Frankenblut. Reite mit Widukinds Wölfen!«

Die beiden Stabhälften paßten haargenau zusammen, und ein leichter Schauer war bei diesem Anblick über Wolfgers Rücken gelaufen. Als der Feuerschmied damals die Nachricht in den Stab geritzt hatte, mußte er schon gewußt haben, daß sich Wolfger eines Tages den Freiheitskämpfern anschließen würde, die sich »Widukinds Wölfe« nannten. Ja, Wolfger wollte zu ihnen gehören! Um Rache zu nehmen und um die Gefangenen von Minden zu befreien: die Männer, Frauen und Kinder auf der Weserinsel – und seine Familie, Gerhild und Gunda.

Ditmars Augen blickten verdreht und tot in den Himmel. Der Kaufmann zappelte nicht länger, keuchte nicht mehr, bewegte sich nicht. Der zweite Franke, der an diesem Tag den Tod aus Wolfgers Hand empfangen hatte. Bei dem Gedanken, daß Ditmar dem vermeintlich schwerverletzten Sachsen hatte helfen wollen, fühlte sich Wolfger plötzlich schuldig. Er unterdrückte das unliebsame Gefühl, weil es ihn hinderte, seine Rache zu genießen. Ditmar war ein Franke gewesen, und die Franken mußten sterben, wenn sie das Sachsenland nicht freiwillig räumten.

»Weg hier, Wolfger, aus dem Weg!«

Der Schrei traf ihn ebenso unvorbereitet wie der heftige Schlag gegen die Schulter, der Wolfger über den staubigen Boden schleuderte. Ein Reiter, tief über den Hals seines Hellfuchses gebeugt, hatte Wolfger weggestoßen. Im letzten Augenblick, sonst wäre er unter einen offenen Pferdewagen geraten, der mit einer Höllengeschwindigkeit davonjagte, verfolgt von Widukinds Wölfen. Der Fahrer, dem Todesangst im schmalen Gesicht stand, peitschte seine beiden Tiere gnadenlos voran. Die Metallwaren im Wagenkasten rumpelten und hüpften, als der Wagen vom Weg abkam. Der Fahrer lenkte nicht zurück. Er wußte, daß diese Zeit den berittenen Verfolgern genügen würde, ihn einzuholen.

Immer tiefer tauchte der Wagen in das Grasmeer links des Hellwegs ein – im wahrsten Sinne des Wortes. Er bewegte sich nicht mehr vorwärts, sondern steckte tief im Morast. Trotz aller Peitschenhiebe schafften es die kräftigen Klepper nicht, den Karren aus dem weichen Boden zu ziehen. Als der Franke das einsah und vom Bock sprang, war es schon zu spät. Er geriet unter die Hufe der Verfolger. Danach war er nicht mehr wiederzuerkennen – aber das spürte er schon nicht mehr.

»So hättest du jetzt auch ausgesehen, Wolfger«, sagte Anscher, der Reiter, der ihn gerettet hatte, mit einem bitteren Lächeln. »Bedank dich nicht bei mir, Edeling. Ich bin nur ein Lite und zum Dienen geboren.«

Anscher wollte den Hellfuchs herumreißen, um sich wieder ins Kampfgetümmel zu stürzen. Aber die Franken, soweit sie noch am Leben waren, hatten jeden Widerstand eingestellt. Ein paar der Sachsen waren damit beschäftigt, entsprungene Packtiere einzufangen.

Als Wolfger sich aufrappelte und die dicke Dreckschicht von seinem Körper abklopfte, bemerkte er einen kleinen Reitertrupp, der sich in leichtem Galopp von einem Ausläufer des Wiehens näherte. Etwa zehn Mann. Und eine Frau. Das war Heidrun, die ihren Vater begleitete, den Anführer der Reiter. Bei den Wagen hielten sie an, und der Feuerschmied nickte zufrieden.

Während Heidrun abstieg und sich um Wolfger kümmerte, sagte der Schmied: »Sehr gut gemacht. Jetzt seht zu, daß ihr alle Wagen wieder fahrbereit bekommt. Wir brauchen sie noch.« Er wandte sich Wolfger und Anscher zu: »Das Lob gilt auch euch. Ihr seid würdig, in die Reihen von Widukinds Wölfen aufgenommen zu werden. Besonders über dich, Wolfger, wird der Herzog heute nacht hoch erfreut sein.«

Der Herzog!

Wolfger ahnte, wen der Feuerschmied damit meinte. Doch er versuchte nicht, durch Nachfragen Gewißheit zu erlangen. Die Erregung bei dem Gedanken an die kommende Nacht schnürte ihm die Kehle zu.

Die Nacht war rot von Feuer. In regelmäßigen Abständen zuckten und prasselten große Lagerfeuer und überzogen die alten Eichen mit ihrem glühenden Schein. Die Baumkronen und die starken Äste erhielten flackerndes Leben aus dem Flammenlicht, schwankten, tanzten und winkten die Krieger herbei. Und die Männer kamen, alte und junge, Frilinge und Liten, zu Pferd und zu Fuß, bewaffnet mit Framen und Geren, Spathas und Saxen. Sie füllten den Opferhain und versammelten sich unter den mächtigen Armen des heiligen Götterbaums, der gespaltenen Eiche.

Inmitten der andächtig bis grimmig blickenden Schar stolperten ein paar an den Händen Gefesselte mit angstgezeichneten Gesichtern vor den drohenden Gerspitzen ihrer Bewacher einher. Nur zwölf Franken hatten den heutigen Überfall auf ihren Handelszug überlebt, und kaum einer war ohne Wunden. Teilnahmslos ließen sie sich auf einen Befehl ihrer Wächter zwischen kniehohen Baumwurzeln nieder.

Eine seltsame Stimmung herrschte im Opferhain. Wolfger, der mit Anscher, Heidrun, ihrem Vater und den Männern von der Feuerschmiede zwischen Bäumen, Feuern und Kriegergruppen hindurchschritt, sah es auf den Gesichtern der Männer, hörte es in ihrem Gemurmel und im Knistern der Flammen, sog es mit jedem Atemzug in sich auf: Erwartung, Erregung, Freude und Wiedergeburt, aber auch Tod und Zerstörung, Verwesung und Asche.

Kaum waren Wolfger und seine Begleiter von den Pferden gestiegen, flog ein langgezogenes Heulen durch den Hain, wieder und wieder, wie um alle Ohren zu betäuben. Es klang wie Wolfsgeheul, doch wer näher hinhörte, erkannte den Hörnerschall. Die Gespräche verstummten und wichen einem andächtigen Wispern: »Wi-du-kind!« Die Sachsen wiederholten es, jedesmal lauter, bis der Name ihres Herzogs, einem Sturmbrausen gleich, durch den Eichenwald hallte.

Reiter erschienen im Feuerlicht und hielten in leichtem Trab auf den gespaltenen Baum zu. Bis an die Zähne bewaffnet, mit Wolfsfellen und Ketten aus großen, scharfen Wolfszähnen behängt, wirkten sie bedrohlich und geheimnisvoll zugleich. Wie Wesen aus einer Zwischenwelt, halb Mensch, halb Tier – Mannwölfe. Zwanzig an der Zahl, verhielten sie unter dem heiligen Baum, blieben in den Sätteln und bildeten einen Halbkreis, um den zu empfangen, den alle mit Begeisterung, Sehnsucht und Verzückung riefen.

»Wi-du-kind!«

Als Wolfger den Schwarzen Reiter mit dem eisernen Helm sah, fühlte er Enttäuschung, dem Herzog nicht ins Gesicht blicken zu können. Er hatte keine klare Erinnerung mehr an den Sachsenherzog. Wolfger war zu klein gewesen, als Widukind auf Wolfhards Hof zu Gast war, um Kriegspläne zu schmieden, und auch noch, als Widukind und Wolfhard zur Sandfurt ritten, um den Krieg durch Unterwerfung zu beenden. Der Herzog war für Wolfger, wie sein eigener Vater, nur noch ein Schatten aus der Welt der Erinnerungen und der Träume. Doch jetzt sah Wolfger Widukind vor sich, einen schwarzen Mann auf einem schwarzen Pferd, wie ein geisterhaftes Wesen, das die Menschenwelt heimsuchte.

»Warum trägt er den Helm?« fragte Wolfger im Flüsterton.

»Aus Scham.«

Heidruns Antwort überraschte ihn, und Wolfger drang auf eine Erklärung.

»Widukind hat eingesehen, daß seine Unterwerfung ein Fehler war. Daß er durch seine Taufe sein Volk ins Unglück gestürzt hat. Als er das erkannte, floh er aus der Benediktinerabtei von Reichenau und aus den Armen des fremden Gottes, des Herrn der falschen Barmherzigkeit.«

Wolfger nickte. Natürlich hatte er davon gehört, auch wenn er nicht wußte, ob die Insel im Bodensee, auf die sich der Sachsenherzog nach seiner Taufe zurückgezogen hatte, ein von König Karl bestimmtes Gefängnis oder ein freiwilliges Exil gewesen war. Widukind hatte die Insel vor Jahr und Tag verlassen, und niemand schien zu wissen, mit welchem Ziel. Er war einfach verschwunden; man sagte ihn tot oder wollte ihn an hundert verschiedenen Orten zugleich gesehen haben. Jetzt war er hier, und Wolfger konnte es kaum glauben.

»Aber der Helm?« hakte er nach.

Der Feuerschmied antwortete anstelle seiner Tochter: »Der Helm ist das Ergebnis und das Zeichen von Widukinds Schwur. Aus Scham vor seiner Schandtat hat er sein Gesicht vor den Göttern und vor den Menschen verhüllt. Er will es erst wieder zeigen, wenn das Sachsenland frei von allen Franken ist.«

Das Beben der Stimme und das Glühen der Augen zeigten deutlich, daß der Schmied Widukinds Entschluß guthieß und von den Franken sowenig hielt wie ein Bauer von dem Überfall saatkornpickender Krähen.

Fragen über Fragen lagen Wolfger auf der Zunge. Wie kam Widukind hierher? Wie lange hielt er sich schon im Grenzland zwischen Westfalen und Engern auf?

Wolfger kam nicht dazu, die Fragen zu stellen. Eine Handvoll Männer bliesen in ihre leicht gewundenen Bronzehörner, und erneut flog das Wolfsheulen über die Lichtung. Alles erstarrte, verstummte.

Nur ganz weit hinten, jenseits des Feuerlichts, erscholl ein seltsames, tiefes Brummen. Ein Geräusch, das einen frösteln ließ. Es klang weder nach Mensch noch nach Pferd, auch nicht nach einem Wolf.

Ehe Wolfger noch versuchen konnte, es einzuordnen, trat der Feuerschmied vor, drehte sich langsam in die Runde und erhob die muskulösen Arme wie zum Gebet. Die Wolfshörner verstummten.

»Brüder, Sachsen, Wolfskrieger, unser Herzog ist da, und der Sieg ist nahe! Heute raubten wir den Franken an der Sandfurt ihre Ware, morgen rauben wir ihnen das Leben!«

Jubel erscholl und wuchs erneut zu Widukinds Namen an.

Der Schmied wartete, bis sich die Welle der Begeisterung gebrochen hatte, und rief in das abebbende Johlen: »Vor sechs Tagen überfielen die Frankenhunde das verborgene Tal und brachten Saxnots Schwert zu Fall. Aber Saxnot hat viele Schwerter. Sechs Männer konnten dem Verhängnis entkommen. Sie nahmen teil am heutigen Überfall und erwiesen sich als würdig, in unseren Bund aufgenommen zu werden. Einer von ihnen ist Wolfger, der Sohn des unvergessenen Sattelmeiers Wolfhard!« Die etwa zweihundert Männer riefen Wolfgers Namen, den Wolfhards und dann wieder den des Herzogs. Bis der Schmied mit lauter Stimme sagte: »Macht euch bereit, ihr neuen Brüder, zur letzten Probe. Entkleidet eure Leiber!«

Wolfger, Anscher und die vier Männer, die mit ihnen aus dem verborgenen Tal entkommen waren, legten Hemden und Kittel ab. Die laue Nachtluft und der warme Feuerdunst strichen über ihre nackten Oberkörper. Wolfgers Rücken war noch immer eine einzige Narbe, gut verheilt zwar dank Heidruns Kunst, aber doch ein deutliches Zeichen der Staupe.

Die Wolfshörner sangen ein leises, nach und nach anschwellendes Lied, während zwei Wolfskrieger einen der Gefangenen zum Opferstein führten. Es war der größte und kräftigste der zwölf Überlebenden. Als der Franke den blutverdunkelten Felsen erblickte, stieß er einen unterdrückten Schrei aus, stemmte die Fersen in den Boden und weigerte sich weiterzugehen.

Ein Wolfskrieger schlug den Gerschaft über den Kopf des Gefangenen, und die beiden Wachen schleppten den halb Benommenen zur Opferstätte, wo sie ihn in die Knie zwangen. Dort verharrte der Franke reglos, bis er die beiden anderen Sachsen sah, die einen großen Bronzekessel herbeischleppten und neben dem Opferstein abstellten.

Der Franke schrie erneut, diesmal so laut, daß er die Wolfshörner übertönte. Er sprang ruckartig auf, hieb seine gefesselten Hände in das Gesicht eines Bewachers und rammte eine Schulter unter das Kinn des zweiten Wächters. Doch seine Flucht währte nur wenige Schritte. Mehrere Sachsen warfen sich auf ihn und drückten ihn allein durch ihr Gewicht zu Boden. Er schrie, wand sich, spuckte, biß und strampelte, wie es wohl jeder Mann getan hätte, der nicht sterben wollte.

Der Feuerschmied trat zu dem wirren Knäuel aus menschlichen Leibern. »Macht der Posse ein Ende, und hindert ihn endlich am Fortlaufen!« donnerte er.

»Wie?« keuchte einer der Sachsen, die mit dem um sein Leben kämpfenden Franken rangen.

»Zerschmettert ihm die Knie!«

Ein Sachse zog seine Streitaxt aus dem Gürtel und führte den Befehl des Feuerschmieds aus. Zwei schnelle Hiebe, und der Franke konnte nur noch winselnd am Boden kriechen.

Seine Gefährten verfolgten mit entsetzten Blicken, wie er zurück zum Opferstein geschleppt wurde. Diesmal blieb er dort liegen. Seine Beine konnten ihn nicht mehr tragen, und sein Mut wurde vom Schmerz verzehrt. Die Wolfskrieger legten eine Schlinge um seine Füße und warfen das Seil über einen abstehenden Ast der gespaltenen Eiche.

Die Wolfshörner verstummten, und der Feuerschmied rief die Götter an. Den Allvater Wodan, Kriegs- und Sieggott, den mächtigen und starken Donar und den mutigen Stammvater Saxnot, den Herrn der Schwertkämpfer. »Nehmt unser Opfer an, ihr mächtigen Götter, und segnet uns mit eurem Wohlwollen und eurer Kraft!«

Den letzten Satz wiederholten alle im Chor. Der Schmied zog seinen Sax, eine große Waffe mit breiter Klinge, und hob sie hoch über seinen Kopf. Zwei Wolfskrieger legten den Oberkörper des nur noch leise winselnden Franken auf den Opferstein, und der Schmied schlug zu. Es war ein sauberer Schlag. Die Kehle des Franken war durchgetrennt, und der Kopf hüpfte vom Felsen. Das Blut schoß aus der großen Wunde.

Kräftige Hände packten das Seil und zogen zu gleicher Zeit. Die Schlinge zog sich um die Füße des Enthaupteten zusammen, und er wurde mit den Beinen zuerst in die Luft erhoben, bis er eine Armlänge über dem Opferstein leicht hin und her pendelte. Die Sachsen hielten den Leichnam fest und stellten den Bronzekessel darunter, um das hervorschießenden Blut aufzufangen. Der Kopf des Franken lag mit schräg aufwärts gerichteten Augen zwischen alten Baumwurzeln und schien zu dem Leib hinaufzustarren, zu dem er vor kurzem noch gehörte, als wolle er sich keinen Tropfen des eigenen Blutes entgehen lassen.

Es war ein schauriges Bild, und doch konnte Wolfger das Gesicht nicht abwenden, die Augen nicht verschließen. Der Tote war ein Franke gewesen. Und nach allem, was die Franken ihm und den Seinen angetan hatten, war Mitleid fehl am Platz. Also starrte er auf den Blutstrom. Und je länger er hinsah, desto stärker wurde in ihm der Wunsch, selbst Frankenblut zu vergießen.

Heidrun ging zum Opferstein und schüttete den Inhalt eines Schlauches in den Kessel. Wolfger konnte nicht erkennen, ob es Wasser oder Wein oder sonst etwas war. Aus einer Ledertasche nahm sie Kräuter und streute sie hinzu, bevor sie mit einem Ast im Kessel herumrührte. Daß sie dabei vom Blut des Franken bespritzt wurde, störte sie nicht. Heidrun schien es nicht einmal wahrzunehmen, so sehr war sie in ihre Aufgabe vertieft.

Der Feuerschmied rief die sechs Männer, die in den Wolfsbund aufgenommen werden sollten, zum Opferstein. Der Tote hatte zu bluten aufgehört. Der Schmied tauchte einen dicken Roßhaarwedel in den Blutkessel, um Gesichter und Oberkörper der sechs neuen Wolfsbrüder mit der roten Flüssigkeit zu bestreichen.

»Nimm das Blut deines Feindes, und werde eins mit dem Willen der Götter!« raunte der Schmied bei jedem der Männer.

Wolfger kam zuletzt dran. Das mit Kräutern und jener unbekannten Flüssigkeit vermischte Blut brannte auf seiner Haut. Das Brennen war stark, aber nicht unangenehm. Es gab ihm das Gefühl ungeheurer Stärke, unbesiegbarer Macht. Noch heftiger verspürte Wolfger jetzt den Wunsch, mit eigener Hand Frankenblut zu vergießen.

Und der Wunsch wurde erfüllt. Sechs weitere Gefangene wurden kopfüber an sechs Eichen rund um den Opferstein und den gespaltenen Baum aufgehängt. Die Männer lebten noch und schaukelten, wie zum Hohn auf ihre ungeheure Angst, sanft hin und her. Aber Wolfger und die fünf anderen Neulinge sahen in den Gefangenen nicht die angsterfüllten Menschen, sondern verhaßte Franken, Feinde, Gegner, die Mörder und Vernichter der eigenen Familien.

»Du hast des Feindes Blut genommen, jetzt nimm sein Leben!« forderte der Feuerschmied jeden der sechs Neulinge auf und drückte ihm einen Sax in die Hand.

Wolfger trat unter einen baumelnden Franken, wie es auch die fünf anderen taten. Der Gefangene, vor Angst von Sinnen und wirres Zeug stammelnd, war jung, jünger noch als Wolfger. Er hatte gewiß nicht unter König Karl in den Sachsenfeldzügen gekämpft und war auch nicht am Blutbad von Verdi beteiligt gewesen. Ebensowenig konnte er für Wolfhards Tod, für die Vernichtung des Wolfshofes und die Verwüstung des verborgenen Tals. Das alles wußte Wolfger, doch das Wissen wurde von der brennenden Wut überlagert.

Wut wurde zu Zorn, Zorn zu Rache und Rache zum Blut des jungen Franken, als Wolfger dessen Kehle durchschnitt, den Kopf vom Rumpf trennte. Mit der Linken hatte er das Haupt am hellen Schopf gehalten. Er schleuderte es achtlos davon, badete im hervorquellenden Blut und trank es. Es war ein Rausch.

Er kam erst wieder halbwegs zu sich, als er mit Anscher und den vier anderen neuen Wolfskriegern, alle blutüberströmt, vor dem Feuerschmied stand. »Ihr habt euch als würdig erwiesen, mit unserem Herzog gegen die Franken zu streiten. Ab morgen tragt ihr das Wolfshaupt und dürft euch Widukinds Wölfe nennen.«

Mit dem Wolfshaupt meinte er den Guß aus Eisen oder Bronze, den Widukinds Wölfe als Amulett oder als Fibel trugen. Auch der Schmied und seine Tochter hatten den Wolf mit dem wütend aufgerissenen Rachen auf der Brust. Widukind lenkte seinen Rappen vor den Schmied und die sechs blutbesudelten Männer. Als er sprach, erkannte Wolfger die Stimme nicht wieder. Zu dumpf hallte sie unter dem Eisenhelm hervor, der nicht einmal einen Mundschlitz aufwies, nur zwei kleine Augenlöcher.

»Ich bin stolz, sechs so tapfere Krieger in meiner Schar zu haben. Noch ist sie klein, doch in den nächsten Tagen werden alle freiheitsliebenden Sachsen aus ihren Verstecken im Wiehen strömen, um sich uns anzuschließen. Wenn zum drittenmal die Sonne aufgeht, werden wir stark genug sein, um Minden zu nehmen. Wir werden die Gefangenen aus dem verborgenen Tal und vom Wolfshof befreien und in unsere Reihen aufnehmen. Wenn Minden fällt, wird ganz Sachsen dies als Zeichen zum Aufstand auffassen. Karl, der weit im Norden kämpft, wird auf einmal abgeschnitten sein, umringt von Feinden, nur noch von Feinden. Es wird sein Ende sein und das aller Franken in unserem Land. Wir werden sie aus unserer Heimat werfen, wie es unsere Vorväter mit den Römern getan haben. So, wie die viel besungenen Recken Armin und Thorag den römischen Statthalter Quintilius Varus geschlagen und den Caesarensohn Germanicus vertrieben haben, wollen wir es mit den Franken halten!«

Der Jubel, der ob dieser Mitteilung entbrannte, wollte kaum ein Ende nehmen. Es dauerte lange, bis Widukind wieder zu Wort kam: »Ganz besonders freue ich mich, daß Wolfger jetzt zu uns gehört. Sein Vater Wolfhard war mein treuester Sattelmeier und der einzige, der so klug war, die Christentaufe zu verweigern. Er ging für seine Überzeugung in den Tod. Ich und Wolfger und ihr alle, wir werden es ihm nachtun, wenn es nötig ist.«

Widukind legte eine Hand auf Wolfgers blutige Schulter. Die Hand war kalt, eine ledrige Klaue. Ein dicker schwarzer Handschuh. In das Brennen auf Wolfgers Haut mischte sich ein Frösteln, das tief nach seinem Herzen griff.

Der Herzog schien das zu spüren, nahm die Hand rasch wieder weg und fuhr fort: »Ein paar ganz besondere Verbündete werden uns beim Kampf um Minden helfen.« Er wandte sich an den Feuerschmied: »Die Bärmeier sollen kommen!«

Der Schmied sandte einen Läufer in den Wald. Kurz darauf kehrte dieser in Begleitung dreier Männer zurück, deren Erscheinen Oh- und Ah-Rufe auslöste. Die Männer waren kräftige Kerle und trugen allesamt Westen aus Bärenfell. Jeder hielt an einer Kette einen großen Bären mit dichtem braunem Pelz. Die Ketten liefen in Eisenringen aus, die durch die großen Nasen der Bären gezogen waren. Die Tiere folgten ihren Herren scheinbar willig, doch das tiefe Brummen, das sie hin und wieder ausstießen, klang beunruhigend. Jetzt wußte Wolfger, was für seltsame Geräusche er vorhin gehört hatte.

»Die Bären spielen eine wichtige Rolle in meinem Plan zur Eroberung Mindens«, erklärte der Herzog. »Ihren Herren, den Bärmeiern, sind sie folgsam, aber zu allen Feinden unerbittlich. Bringt die fünf restlichen Gefangenen, dann werdet ihr es sehen.«

Einige der Franken mußten fast getragen werden, als man sie zu einer grasbewachsenen Senke führte. Der Herzog mit seiner Wache und alle anderen folgten ihnen, auch die Bärmeier mit ihren beeindruckenden Tieren. Es sah fast gemütlich aus, wie die ungewöhnlich großen Bären – jeder mindestens so lang wie ein hochgewachsener Mann – ihren Herren in eigentümlich schaukelndem Gang folgten.

Am Rand der Senke wurden die Fesseln der Gefangenen auf Widukinds Geheiß durchgeschnitten. Dann stieß man die fünf Franken den Abhang hinunter. Sie stürzten und überschlugen sich.

Als sie wieder auf die Beine kamen, rief der Herzog: »Lauft um euer Leben, Franken! Ich verspreche euch, kein einziger Sachse wird euch verfolgen.«

Die Franken sahen ihn und dann einander an. Sie mochten kaum glauben, was der Behelmte sagte. Und doch schien es der einzige Ausweg aus dem sonst sicheren Tod. Der erste begann zu rennen, und alle anderen folgten ihm. Das silbrige Licht von Mond und Sternen, das ungehindert auf die baumlose Senke fiel, verlieh der Flucht etwas Unwirkliches.

Und als unwirklich erwies sich für die Franken die Aussicht zu überleben. Sie hatten den Boden der Senke schon zur Hälfte durchquert, da gab Widukind den Bärmeiern ein Zeichen. Die drei Männer ließen die Ketten los, deuteten in die Senke und stießen Rufe aus, die Wolfger nicht verstand. Die Bären jagten mit einer Geschwindigkeit los, die ihre vorherige schaukelnde Gemütlichkeit Lügen strafte. Ohne einmal zu stolpern, brausten sie den steilen Hang hinunter.

Als der erste Franke sich erschrocken umsah, war es längst zu spät. Ein Prankenhieb riß ihn von den Beinen. Der Bär warf sich auf sein Opfer, zerbiß ihm mit seinen starken Zähnen das Genick und hetzte schon weiter, um mit den langen, scharfen Krallen einen weiteren Mann zu zerfleischen. Binnen kurzem waren alle fünf Gefangene nur noch grauenhaft zugerichtete Haufen.

»So soll es allen Franken ergehen!« hallte Widukinds dämpfige Stimme unter dem Helm hervor. »Erlegt und zerfetzt von den Bären und von Widukinds Wölfen!«

Begeistert schlugen die Sachsen ihre Waffen aneinander.

Das Klirren und Schreien wuchs zu einem Donner an, der Donar zur Ehre gereichte.

Und die Nacht war rot von Blut.

Als Sunna am nächsten Morgen auf den Wiehen hinabbrannte, glaubte Wolfger, noch immer den Waffendonner der vergangenen Nacht zu hören. Splitternackt aalte er sich an einer schattigen Stelle in dem Wildbach, der an der Waldschmiede vorbeifloß und den Menschen das zum Leben und Arbeiten nötige Wasser lieferte. Absichtlich hatte er sich diesen abgelegenen Ort, fast eine halbe Leuga von der Schmiede entfernt, ausgesucht. Er wollte allein sein mit sich und seinen Gedanken, die unentwegt um die Ereignisse der vergangenen Nacht kreisten.

Alles erschien ihm so unwirklich. Aber das leichte Brennen auf seiner Haut und die rote Farbe, die sich nur ganz allmählich im klaren Wasser auflöste, zeigten deutlich, daß es kein Traum gewesen war. Hatte er Schuldgefühle, einen Wehrlosen getötet und dem Tod anderer zugesehen zu haben? Wenn es so war, gestand er es sich nicht ein. Er wollte töten und hassen, um dadurch den Schmerz zu übertönen, der ihn von innen zu zerreißen drohte. Aber Frieden hatte er nicht gefunden. Eine seltsame Anspannung hielt ihn in den Klauen, machte ihn unruhig wie einen hungrigen Bären.

Er dachte an die Bärmeier und ihre tödlichen Tiere. Er hatte schon von Bären gehört, die in den Kampf geführt wurden, um den Gegner zu erschrecken. In der Nacht hatte er zum erstenmal gesehen, wie verheerend von Menschen abgerichtete Tiere unter anderen Menschen wüteten. Es sollte nicht das letztemal gewesen sein.

»Nur mit Wasser geht es schlecht ab, Wolfger. Warte, ich

helfe dir!« Heidrun bückte sich auf der mit Gänseblümchen gesprenkelten Uferwiese, um Blumen und Gras abzureißen. Daraus formte sie einen handgroßen Ballen, den sie fest zusammenpreßte. Sie streifte Stiefel und Kleider ab und stieg zu Wolfger in den Bach. Als das kalte Wasser ihre Haut berührte, jauchzte sie vor Vergnügen. Dann begann sie, seine blutgefärbte Haut mit dem Ballen abzureiben. »Der Saft aus den Blüten und Blättern des Gänseblümchens reinigt die Haut. Ich habe ihn in die Gräser gepreßt.«

Beharrlich rieb Heidrun ihn mit dem Ballen ab, und tatsächlich nahm seine Haut bald ihre natürliche Färbung an. Das Brennen spürte er kaum noch. Erst hatte er sich durch Heidrun gestört gefühlt, doch jetzt genoß er ihre Fürsorge, ihre Nähe und die Berührungen ihres schönen, üppigen Körpers.

Heidrun erging es ebenso. Sie ließ den Ballen aus Blumen und Gras fallen und rieb mit den bloßen Händen weiter, zwischen seinen Schenkeln. Sie mußte sich nicht groß bemühen, bis sein Geschlecht sich ihr entgegenreckte. Wolfger umarmte Heidrun, und sie sanken ins sprudelnde Wasser. Unter ihnen knirschte der Kies im Bachbett, als sich ihre Leiber vereinigten und sich in gemeinsamer Lust hin und her wälzten. Auf dem Höhepunkt peitschten sie das Wasser wie zwei wild gewordene Barsche.

»Bei Ing, Frija und allen anderen Göttern der Fruchtbarkeit, du stößt zu wie von Sinnen, Wolfger!« keuchte Heidrun in abgehackten, schubweise hervorgebrachten Worten. »Als winde sich ein wütender Aal in mir. Bislang galt der Saft des Gänseblümchens unter den Heilkundigen als harntreibend. Sieht ganz so aus, als hätte ich gerade eine weitere Wirkung entdeckt.«

Erschöpft lagen sie danach auf der durch die Gänseblümchen mit zahllosen weiß-rosa Sprenkeln übersäten Wiese
und ließen sich von Sunnas warmen Strahlen trocknen.
Heidruns Rechte wanderte spielerisch über Wolfgers Unterleib und zerrieb die perlenden Wassertropfen, aber er
stieß die Hand beiseite und fragte: »Warum haßt ihr die
Franken so?«

»Du haßt die Franken auch. Nur die Sachsen, die sich ihnen unterwürfig andienen, hegen keinen Haß auf sie. So
wie Graf Silbernase. Aber sind das noch Sachsen?«

»Ich meine dich und deinen Vater. Ihr habt den Tod der Gefangenen genossen. Warum? Was ist euer Schmerz?«

»Heilmar und Heilwig.« Sie bemerkte seinen fragenden
Blick und erklärte: »So hießen meine älteren Brüder.«

Wolfger glaubte zu verstehen. »Ich kann es dir und deinem
Vater nachfühlen. Du verlorst deine Brüder und er seine
Söhne an die gefräßigen Schwerter der Franken. Bei mir
sind es Vater und Bruder.« Er dachte an Wittich und Ulf
und setzte leise hinzu: »Eigentlich sogar zwei Väter und
zwei Brüder.«

»Heilmar und Heilwig dürfen in Vaters Gegenwart nicht
erwähnt werden. Ob sie tot sind, wissen wir nicht. Aber Vater hat es sich mehr als tausendmal gewünscht, hat Wodan
darum angefleht.«

Wolfger sah Heidrun entsetzt an. »Um den Tod seiner eigenen Söhne?«

»Sie mögen aus seinem Fleisch, seinem Blut und seinem
Samen hervorgegangen sein, aber für ihn sind es nicht
mehr die eigenen Söhne, sondern die ärgsten Feinde. Sie
haben uns und alle freien Sachsen verraten, als sie freiwillig dem Ruf der Missionare folgten und in das Kloster
Sankt Bonifatius eintraten. Damals war ich noch ein klei-

nes Kind. Mutter starb kurz darauf, und ich versuchte, Vater die fehlenden Söhne zu ersetzen.«

»Nur deshalb?«

»Was meinst du, Wolfger?«

»Haßt du die Franken nur, weil dein Vater sie haßt?«

»Ich hasse sie, weil sie meine Familie und mein Volk ins Unglück gestürzt haben. Weil sie mir die Brüder raubten und die Mutter, die aus Gram starb.«

»Und dein Vater wurde zum Einsiedler, zum Feuerschmied.«

Heidrun nickte.

»Einen besseren Verbündeten hätte Widukind sich nicht wünschen können«, meinte Wolfger. »Der Feuerschmied stellt Waffen für den Kampf her und sammelt die kampfeswilligen Sachsen um sich. Und die Kräuterfrau Heidrun hält die Verbindung zwischen den einzelnen Gruppen, ohne Verdacht zu erregen. Für ein Kräuterweib ist es nur natürlich, durch Berge und Wälder zu wandern. Und wer verdächtigt schon eine Frau!«

»Nicht wahr?« Heidrun strich ihre rote Mähne zurück und grinste schelmisch. Sie nahm etwas aus ihrem Kleiderbündel: ein Lederband mit dem bronzenen Wolfskopf. »Und schon hat Widukind einen starken Krieger mehr auf seiner Seite. Ich kam, um dir das zu bringen, Sohn des Sattelmeiers.«

Wolfger ließ sich das Amulett von ihr umhängen, ohne es groß zu beachten. Seine Gedanken wanderten weiter, und er fragte: »Hast du Widukind schon einmal ohne seinen Helm gesehen?«

»Nein. Du weißt doch von seinem Schwur.«

»Ein seltsamer Schwur und ein seltsamer Mann«, sagte Wolfger und blickte nach Nordosten, wo jenseits des Berges und der Wälder die Siedlung an der Sandfurt lag, Minden. »Mögen die Götter geben, daß sein Plan gut und erfolgreich ist.«

Heidrun drückte sich eng an ihn und streichelte ihn sanft. »Ich weiß, du sorgst dich um deine Mutter und deine Schwester. Aber die beiden Tage werden schnell vergehen, und dann bist du wieder mit ihnen vereint.«

Die Tochter des Feuerschmieds sorgte auf ihre Art dafür, daß Wolfger nicht zuviel Zeit mit Grübeln verbrachte. Und wenn es etwas gab, was einen Mann von seinen Sorgen ablenken konnte, waren es Heidruns Schoß, ihr gerundeter Hintern, ihre kundigen Hände, ihre warmen Lippen und ihre weiche Zunge. Heidrun war anders als die Liten- und Schalkmädchen vom Wolfshof, denen Wolfger schon beigewohnt hatte. Bei diesen Mädchen steigerte sich die Lust schnell und war nach dem Höhepunkt ebenso rasch verflogen. Heidrun dagegen verstand es, einen Mann zu verwöhnen, seine Glut langsam zu schüren und immer wieder von neuem zu entfachen, als hätte sie ihr Leben lang nichts anderes getan. Sie schien für die Leidenschaft geboren.

Er genoß es und war dabei doch niemals ganz unbeschwert. Waren die Zeiten des leichten Herzens auf ewig dahin, eine blasse Erinnerung wie sein eigener Vater?

22. Kapitel

Donars Rache

Hatten die Christen ihren Gott gnädig gestimmt? Hatte der Allbarmherzige die Gebete der Bauern um Regen erhört? Dunkle Wolken trieben über Wiehen und Süntel, um sich über Minden und dem Umland auszubreiten. Der Himmel verdunkelte sich zusehends, und das am Dies Domenica, dem Tag des Herrn. Das Läuten der Glocken vertrieb die sonntägliche Stille, aber nicht das dichte Wolkengespinst, das die Sonnenstrahlen gierig verschluckte.

Vielleicht war der Gott der Christenheit gar nicht der Wolkenbringer, sondern der alte Wettergott Donar, der Lenker von Donner und Blitz, Wind und Regen. Die sächsischen Bauern, obwohl getauft und am Tag des Herrn in der kreuzgeschmückten Kirche versammelt, ließen nichts unversucht, den ersehnten Regen herbeizulocken. Das Heu war eingebracht, und der Ährenmonat stand bevor, die Zeit der Ernte. Doch die Ähren drohten auf dem Halm zu vertrocknen. Also beteten die Menschen am Sonntag in der Kirche um Regen und beschworen anderntags daheim auf ihren Höfen Donar nach altem Brauch.

Ein junges Mädchen, keusch und rein, mußte nackt und baren Fußes zum nächsten Bilsenkraut gehen und mit dem kleinen Finger der rechten Hand die Zauberpflanze entwurzeln, die an die kleine Zehe des rechten Fußes gebunden wurde. Die Hof- oder Dorfsassen hielten Zweige in den Händen und führten die Kleine zum nächsten Bach, um sie mittels der Zweige mit Wasser zu besprengen und dabei Donar zu beschwören. Rückwärts ging man wieder heim, um den Regen anzulocken. Aber das erzählten die Sachsen natürlich nicht den Pfaffen. Besonders verschwiegen zeigten sie sich angesichts der von König Karl verbotenen Menschenopfer bei dem noch mancherorts gepflegten Brauch, das nackte Kind nicht wieder mit nach Hause zu nehmen, sondern es Donar zu weihen, als Blutopfer. Blut gegen Wasser, Tod gegen Leben. Die Wolken verhießen, daß der Regengott das Flehen erhört hatte.

Aber noch war es sehr warm und schwül, auch in der Kirche, als sich die Gläubigen zur Frühmesse zusammendrängten. Sie atmeten ein wenig erleichtert auf, als sie nach der Kommunion, dem gottpreisenden Schlußgesang und dem Segen des Archidiakons Rutinus aus dem stickigen Dunst von Schweiß und Weihrauch ins Freie traten, wo wenigstens ein lauer Südwind für etwas Erfrischung sorgte und die Wolkenfront gemächlich nach Norden schob. Eilig drückten die Hinaustretenden den lächelnden Diakonen am weit geöffneten Portal ihre Gaben in die Hände und empfingen als Gegenleistung ein ausgeleiertes »Der Herr wird dich segnen«. Niemand unter den Händlern, Handwerkern und Bauern wußte, daß früher einmal, zur Zeit der frühchristlichen Gemeinden, am Schluß der Messe die Verteilung von Gaben an die Armen und Notleidenden gestanden hatte. Geben war in den Augen der Kirche zwar noch immer seliger denn Nehmen, nur wandte sie das Gebot jetzt in umgekehrter Richtung an. Gewisse Elemente innerhalb der Geistlichkeit hielten es für eine gute Tat, das Seelenheil der Gläubigen zu fördern, indem man sie zum Geben anhielt.

Brunold schob sich schnell an dem Diakon zu seiner Rechten vorbei und drückte ihm mit mürrischem Grunzen ein paar Silberlinge in die augenblicklich zupackende Rechte. Es schmerzte Brunolds Krämerseele, Geld ohne Gegenleistung aus den Händen zu geben. Und seinen Seelenfrieden sah er weiß Gott nicht als Gegenwert an. Den fand er nur, wenn er gute Geschäfte tätigte und seinen Reichtum mehrte. Aber als erster Kaufmann im Wik durfte er die mächtige Kirche, die zudem ein wichtiger Geschäftspartner war, nicht schmähen. Also ging er jeden Sonntag, den er zu Hause verbrachte, in die Messe, betete und sang und überlegte sich beim Betrachten der betenden und singenden Menge, mit wem sich welcher Handel lohnte.

Als aber eine Bettlerschar Brunold und seine Leute umringte, wurde er zornig und bereute, zum Kirchgang die Waffen abgelegt zu haben. »Eine milde Gabe, die Herren!« flehten schmale, verdreckte Gesichter. »Heiligt den Sonntag, und gebt den Armen!« Hände formten sich zu Klauen, ähnlich denen der Diakone am Portal. »Denkt an die Hungernden und Frierenden, ihr reichen Herren!«

»Ich denke vor allem an die Faulpelze und Schmarotzer, die sich vor ehrlicher Arbeit drücken und ihre dreckigen Pfoten nach dem ausstrecken, was anständige Christen im Schweiße ihres Angesichts erschuftet haben!« Wütend stieß Brunold Männer und Jungen beiseite, ohne daß ihm auffiel, daß im Gegensatz zu sonst keine Frauen im Bettlerhaufen zu finden waren. »König Karl hat euch arbeitsscheues Pack durchschaut und deshalb verboten, gesunde und arbeitsunwillige Bettler mit Almosen zu unterstützen.«

Sofort beteuerte die Meute, nicht arbeitsunwillig zu sein, aber keine Arbeit zu finden. Andere reckten ihre verfaulten oder amputierten Glieder vor, um zu beweisen, daß sie nicht gesund waren und somit nicht unter Karls Verbot fielen.

»Hab Erbarmen, edler und gnädiger Brunold!« flehte mit krächzender Stimme der krumme Alte, der Hraban hieß und den sie Bettlerkönig nannten. »Der Barde Hruodgar, der mit dir reiste, pries deine Güte und Freigebigkeit. Sei auch von uns gepriesen, wenn du uns dein Wohlwollen angedeihen läßt!«

»Mein Wohlwollen könnt ihr haben, aber nicht mein Geld, elendes Rattengezücht!«

Brunold stieß Hraban zurück. Hätte Ogger den Bettlerkönig nicht aufgefangen, wäre der Alte gestürzt. Mit einem wütenden Knurren, mehr einem Tier als einem Menschen ähnlich, wollte sich der entstellte Kahlkopf auf den Kaufmann stürzen, aber Hraban hielt ihn zurück und zischte: »Nicht doch, mein Freund! Ein kleiner Zwist lenkt von unserem wahren Ziel ab, ein großer Streit aber könnte alles verderben.«

Die Bettler ließen Brunold mitsamt seinen Angehörigen und Begleitern ziehen und gingen die anderen Kirchenbesucher um milde Gaben an. In dem großen Gewirr menschlicher Leiber fiel es nicht auf, daß Hraban sich mit einer kleinen Gruppe absetzte, den großen Kirchenbau umrundete und, immer eng an Wände und Zäune gepreßt, den Stallungen zustrebte, die zum Kirchenbesitz gehörten. Ihr Ziel war ein kleines, würfelförmiges, aus nur grob behauenem Holz errichtetes Gebäude, das fensterlos war und vollkommen unscheinbar wirkte. Doch zwei Franken standen vor dem schmalen Eingang, mit gelangweilten und durstgequälten Gesichtern zwar, aber jeder mit Speer und Schwert gerüstet.

Hraban, mit seiner kleinen Gruppe im Schatten eines wuchtigen Vorratshauses verborgen, streckte eine knotige Hand aus, deutete zu der kleinen Tür und flüsterte: »Hinter dieser Pforte liegt unser Ziel!«

Die Tür wurde mit einem Quietschen geöffnet, das nach den Lauten einer gequälten Ratte klang. Die beiden Gefangenen kannten das Geräusch gut, denn die gefräßigen Nager mit den häßlichen langen, nackten Schwänzen und den drohend vorgeschobenen Zähnen waren ihre ständigen Gäste. Im Wachsein und im Schlaf wurden die Frauen von den grauschwarz Bepelzten heimgesucht, und die Tiere wurden immer dreister, bohrten ihre Zähne frech ins Fleisch der Sächsinnen, während diese auf sie hinabsahen.
Die weißhaarige Frau blinzelte ohne viel Hoffnung ins einfallende Licht. Das Mädchen lag apathisch, den Kopf in der Mutter Schoß gebettet, in der alten Streu und tat nichts, außer flach zu atmen. So flach, daß es fast nicht zu hören war, daß es der scharfen Augen eines Falken bedurfte, das kaum merkliche Heben und Senken des Brustkorbs zu erkennen.
Als die ältere Frau den rothaarigen Mann im weißen, goldbestickten Priestergewand erblickte, verfinsterten sich ihre harten Züge noch mehr. Sie wußte, daß sie von dem Besucher weder Mitleid noch Hilfe zu erwarten hatte. Nicht von einem Priester des barmherzigen Christengottes.
»Schließt die Tür wieder, und laßt mich mit den Gefangenen allein!« befahl Rutinus den beiden Wachen.
Wieder ertönte das Rattenquietschen, und fast völlige Finsternis umhüllte die drei Menschen in dem kleinen Geräteschuppen, der, seines ursprünglichen Inhalts beraubt, jetzt ein Gefängnis war. Die dünnen Lichtsplitter, die durch Ritzen im Holz einfielen, wirkten lächerlich karg im Vergleich

zu dem Lichtschein, der eben noch durch die offene Tür hereingeflutet war. Der Besucher verströmte den süßlich-beißenden Geruch von Weihrauch und Myrrhe, Anhängsel der eben zelebrierten Frühmesse.

Rutinus blieb an der Wand stehen und blickte auf die beiden dunklen Flecke nieder, die Gefangenen. »Habt ihr euch entschlossen, Weiber? Schwört ihr dem Teufelsglauben ab?«

»Haben wir das nicht längst getan, als wir die Taufe empfingen?« erwiderte Gerhild matt.

Sie hatte nicht mehr viel Kraft. Die täglichen Besuche des Archidiakons zehrten an ihr. Fast beneidete sie ihre Tochter um die Apathie, die Gunda vielleicht alles leichter nehmen ließ. Immer fragte und sagte Rutinus dasselbe, mochten seine Worte auch andere sein. Und immer antwortete Gerhild dasselbe, weil sie nichts anderes sagen konnte.

»Ihr habt die Worte der Entsagung gesprochen, aber ihr habt es nicht in euren Herzen gefühlt. Insgeheim seid ihr Anhänger Wodans und Saxnots geblieben, habt ihr Donar um gutes Wetter und Ing um die Fruchtbarkeit eurer Kinder und eures Viehs angefleht. Eure heidnischen Rituale im Totenhain beweisen es.« Rutinus faßte mit der Rechten das eiserne Kruzifix, das um seine Brust hing, und hielt es vor sich, soweit es die feingliedrige bronzene Halskette erlaubte. »Jetzt habt ihr die Gelegenheit, dem falschen Glauben auf ewig zu entsagen.«

»Ich habe mich vielleicht mit verschlossenem Herzen taufen lassen, aber nicht mit verschlossenen Ohren. Ich habe gehört und begriffen, was euer heiliger Augustinus geschrieben hat: Die Taufe wirkt allein durch ihren Vollzug. Als Gunda und ich das Taufwasser empfingen, wurden wir zu Gliedern am Leib Christi. Die Macht der Erbsünde erstarb in uns, auf alle Zeiten. Ist es nicht so, Erzdiakon?«

»Schweig! Willst du mir meinen Glauben erklären, du, eine Heidin, ein Weib?«

»Was stört dich mehr, die Heidin oder das Weib?« Gerhild lächelte schwach. »Bin ich durch die Taufe nicht zur Christin geworden? Begründet die Taufe nicht die Gleichheit von Mann und Frau?«

»Diesem Irrglauben hing man früher an. Inzwischen wurde von den Gelehrten erkannt, daß die durch die Taufe begründete Gleichheit nur vergeistigt zu verstehen ist.«

»Eine hübsche Ausrede von euch Männern, uns Frauen zu unterjochen und von allen Kirchenämtern fernzuhalten. Nicht mal dem Altar, der die Gegenwart Christi verkörpert, dürfen wir uns nähern. Fürchtet der Sohn des Christengottes die Frauen so sehr? Warum?«

»Satan spricht mit deiner Zunge, Heidin. Ich höre es deutlich. Wende dich ab von ihm und seinen heidnischen Gefährten, die sich Wodan, Donar und Saxnot nennen!«

»Warum bist du nur so erpicht darauf? Was gibt es dir, zwei Heidenweiber zu bekehren?«

»Ihr Sachsen müßt endlich erkennen, daß Gottvater, sein Sohn Jesus Christus und der Heilige Geist eure wahren Herren sind.«

»König Karl nicht zu vergessen«, sagte Gerhild mit spottgeschürzten Lippen. »Liegt dein Eifer darin begründet, daß du selbst zweifelst, Erzdiakon? Vielleicht, weil du auch ein Sachse bist? Oh, leugne es nicht, ich höre es deutlich an deiner Art zu sprechen!«

»Was ich war, bevor ich ein Jünger des Herrn wurde, geht dich nichts an!«

Gunda erwachte unerwartet zum Leben, entglitt Gerhilds Schoß, erhob sich schwankend und sagte: »Er war ein Sünder und ist es immer noch. In uns sucht er die Sünde und glaubt, seine eigene Schuld mit der unseren zu töten.« Während sie sprach, riß und zerrte sie an ihrem Kleid. Die Fibeln zersprangen, der Stoff zerriß und fiel um ihre Schenkel. Mit nackten Brüsten und nacktem, von hellem Flaum belocktem Schoß stand sie vor dem Archidiakon, selbst im Zwielicht des Verschlags deutlich zu sehen. »Nimm die Sünde an, Rutinus! Du kannst ihr doch nicht entfliehen. Nimm mich!«

Das hagere Gesicht des Kirchenmannes verzerrte sich vor Entsetzen. Er bekreuzigte sich und keuchte: »Weiche von mir, Satan! Der Herr bewahre mich vor dem Bösen!«

Gerhild sorgte sich um Gunda. Das Mädchen brachte sich in höchste Gefahr. Sie stand auf und zog Gunda zurück auf die Streu, wo die Mutter sich bemühte, das Kleid der Tochter zusammenzuraffen und mit den Bronzefibeln über den Schultern zu befestigen.

»Der Satan ist in ihr!« Rutinus deutete mit ausgestrecktem Arm auf Gunda. »Das Böse muß der Heidin ausgetrieben werden! Ich lasse geweihtes Wasser bringen.«

»Laß lieber klares Flußwasser bringen und etwas zu essen!« verlangte Gerhild. »Wenn du uns in diesem Loch einsperrst und uns dürsten und hungern läßt, darfst du dich nicht wundern, wenn Gunda allmählich den Verstand verliert.«

»In der Heiligen Schrift steht: Der Mensch lebt nicht vom Brot allein. Fasten reinigt Leib und Seele. Jesus Christus, Gottes Sohn, hat es vierzig Tage erduldet.«

»Der hat's wohl freiwillig getan«, sagte Gerhild und sah Rutinus durchdringend an. »Ich durchschaue dich. An unserem Seelenheil ist dir nichts gelegen. Du haßt uns. Vielleicht nur, weil wir Sachsen sind. Vermutlich auch, weil mein Gemahl Wolfhard deinen Bruder in den Fluß stieß, in den Tod. Du hältst uns hier fest, um uns zu quälen. Willst du uns hier elendig zugrunde gehen lassen?«

»Das hat hoffentlich noch etwas Zeit«, erwiderte der Archidiakon ohne jede Anteilnahme. »Ich brauche euch als Lockvögel. Wo die Heiden aus Wolfhards Sattelmeiergeschlecht festgehalten werden, da tauchen auch die anderen Heiden auf, früher oder später.«

Unterdrückte Schreie und Gestöhn ertönten vor dem Verschlag. Wenige Augenblicke später wurde die Tür aufgerissen, und eine Männerstimme sagte: »In diesem Fall früher!«

Hraban und Ogger drängten herein, und der grobschlächtige Kahlkopf schlang seine Arme um Rutinus, daß der sich nicht mehr bewegen konnte. Der Bettlerkönig ließ seinen Stock zweimal mit wuchtigem Schlag auf die Tonsur des Archidiakons niederfahren. Blut sickerte Rutinus über Stirn und Gesicht, als er betäubt zu Boden sackte.

»Kommt!« sagte Hraban zu den beiden Frauen. »Wir werden nicht viel Zeit haben, uns aus dem Königshof zu schleichen.«

Überrascht vom Auftauchen der Bettler und geblendet vom Tageslicht, folgten Gerhild und Gunda Hraban und Ogger ins Freie. Ein paar Bettler schleppten die beiden reglosen Wächter in den Verschlag. Dem einen hatte man die Kehle durchgeschnitten, so daß es aussah, als trage er ein rotes Halsband. Der andere blutete aus einer großen Wunde direkt über dem Herzen. Beide waren tot. Hinter den Franken schob ein Bettler die Tür zu.

Ein anderer Bettler hielt den Frauen schmutzige Tücher hin, und Hraban sagte: »Zieht euch das über die Köpfe, damit man euch nicht erkennt. Als Bettler könnt ihr den Königshof ungehindert verlassen.«

Gerhild hielt das Tuch schon in der Hand, zögerte aber und starrte Hraban an wie einen Geist. »Ich ... ich erkenne dich«, sagte sie stockend. »Du bist kein Bettler, sondern ...«

»Laß uns nachher darüber sprechen, Gerhild, wenn wir in Sicherheit sind«, schnitt Hraban ihr das Wort ab. »Jetzt sollten wir diesen ungastlichen Ort verlassen, wo man Frauen einsperrt und Bettlern keine Almosen gewährt.«

Welf hockte an der nächsten Ecke und spähte hinaus auf den großen Platz zwischen Kirche und Asmunds Anwesen. Der Bettlerjunge drehte sich herum und winkte.

»Die Luft ist rein«, stellte Hraban befriedigt fest. »Gehen wir, aber nicht zu eilig. Und vergeßt nicht, die Kirchgänger um Almosen zu bitten!«

Die Gruppe um Hraban, in ihrer Mitte die tuchbedeckten Frauen, zog auf den großen Platz und vermischte sich mit den anderen Bettlern, die hier zur Ablenkung der Franken fleißig gebettelt hatten. Noch immer hatte sich die Kirche nicht ganz geleert. Auf dem freien Platz standen die Menschen zusammen und unterhielten sich. Für die Kirchgänger, die in den entlegenen Dörfern und Höfen wohnten, war der Tag des Herrn eine willkommene Gelegenheit, Freunde zu treffen und mit ihnen Neuigkeiten auszutauschen. In dem Gewimmel mußte es Hrabans Leuten leichtfallen, den Königshof ungehindert zu verlassen. Die Bettler hielten auf das Westtor zu, als wollten sie die Kaufleute im davorliegenden Wik um milde Gaben angehen.

Doch von einem Augenblick zum anderen herrschten Chaos und Panik im eben noch so friedlichen Königshof. Blitze zuckten aus den schwarzen Wolken herab, grollender Donner ließ das Glockengebimmel kläglich erscheinen, und laute Schreie flogen über die Menge: »Alarm, ein

Überfall!« – »Die Sachsen greifen den Wik an!« – »Schließt die Tore!«

Die drei Tore des Königshofes wurden geschlossen und verriegelt. Hörnerschall mischte sich in den Lärm, und die Soldaten, die auf einen gemütlichen Sonntag gehofft hatten, kamen, soweit sie nicht an der Messe teilgenommen hatten, halb bekleidet und mit fragenden Gesichtern aus ihren Unterkünften gelaufen. Plötzlich einsetzender Regen empfing sie und prasselte mit solcher Macht auf die Menschen herab, daß die dicken Tropfen wie Steinschlag schmerzten.

Verwirrt wie alle anderen auch, blickten sich die Bettler um. Sie saßen in der Falle. Und wenn Rutinus aus seiner Ohnmacht erwachte, war es übel um sie bestellt.

»Zurück zum Verschlag!« rief Hraban den Seinen zu. »Wir brauchen Rutinus als Geisel!«

Er schickte einen unchristlichen Fluch hinterdrein und fragte sich, was im Wik vorgefallen sein mochte.

Im Wik war es noch ruhig, als Brunold und seine Angehörigen aus dem Westtor des Königshofes traten. Als verschlucke die immer dichter und düsterer werdende Wolkendecke, die über Minden lag, jedes Geräusch. Sonntagsruhe. Erst allmählich füllte sich die Kaufmannssiedlung mit den Kirchgängern. Doch heute würde man kein lautes Gefeilsche hören, keine Waren und keine Silberpfennige würden den Besitzer wechseln. Innerlich verfluchte Brunold jenen Tag im Jahre 789, an dem König Karl die *Admonitio generalis* mit den Anordnungen über den Tag des Herrn erlassen hatte. Karl untersagte für den Sonntag Feld- und Gartenarbeit, den Frauen Nähen und Weben, Sticken und Waschen. Selbst die Jagd und die Gerichtsbarkeit waren unterbunden. Und der Handel! Solch ein Tag war für Brunold langweilig, nutzlos, verloren. Und der Gedanke daran verstärkte den Grimm noch, den die aufdringlichen Bettler in ihm geweckt hatten.

»Verfluchter Sonntag, der nur zum Betteln taugt«, brummte er. »Karl sollte lieber mit dem Lumpenpack aufräumen, anstatt unsinnige Verordnungen zu erlassen.«

Benno grinste ihn an. »Du bist selber schuld, daß die Bettler dich belagern, Vetter. Hast doch gehört, der Barde Hruodgar hat Loblieder auf deine Großzügigkeit gesungen. Ich war gleich dagegen, den Kerl an Bord zu nehmen. Er steckt seine Nase in zu viele Dinge.«

»Wohl wahr, aber ich hielt seine Anwesenheit für einen guten Schutz vor Verdächtigungen«, grunzte Brunold und blickte sich auf einmal um, wie suchend. »Wo steckt der Sänger eigentlich? Wochenlang kann man ihm nicht entgehen, weil er einem von Sonnenauf- bis Sonnenuntergang mit seinem Gekreische in den Ohren liegt. Und jetzt habe ich ihn schon seit Tagen nicht gesehen. Und zum Glück auch nicht gehört.«

Es stellte sich heraus, daß niemand wußte, wo Hruodgar sich aufhielt. Einig waren sich alle aber darin, ihn seit einigen Tagen nicht mehr gesehen zu haben.

»Er ist ungefähr seit dem Tag verschwunden, als Asmund zu seinem Inspektionsritt über die Dörfer aufbrach«, meinte Anwan, der seine schweigsame Gemahlin Gisla am Arm führte. »War das nicht am vergangenen Sonntag?«

Brunold nickte mit grimmigem Gesicht. »Ja, offenbar hat Karl nicht untersagt, daß seine Grafen am Tag des Herrn ihre Arbeit verrichten. Falls Asmund den Barden mitgenommen hat, ist's für uns um so besser.«

»Wird eigentlich Zeit, daß Asmund zurückkehrt«, sagte Benno.

»Soll er doch in den Wäldern seiner Sachsenheimat bleiben!« Brunold spie verächtlich aus. »Er und dieser Barde. Mögen Asmunds Ohren beim Anhören von Hruodgars Liedern platzen!«

Fast alle lachten, sogar Teida. Mit der verkrüppelten Kaufmannstochter war eine seltsame Wandlung vor sich gegangen, seit Gisla Anwans Gemahlin geworden war. Während Gisla mit jedem Tag mehr verkümmerte, schweigsamer wurde, ernster und trübsinniger, blühte die ältere Schwester auf. Sie ging wieder vor die Tür und nahm am Kirchgang teil, scherzte und lachte, schien all das nachholen zu wollen, was sie in den vergangenen Jahren versäumt hatte.

Aber Gisla wußte den wahren Grund. Sie kannte ihre Schwester besser als jeder andere Mensch. Teida war kein fröhliches Wesen, und ihr Gelächter kam nicht von Herzen. Auch jetzt lachte sie in Wahrheit nicht über die Bemerkung ihres Vaters, sondern über das Leid ihrer Schwester. Deshalb verließ Teida das Haus: sie wollte möglichst oft bei Gisla sein, die ihrer Verheiratung unter Anwans Dach lebte. Teida wollte sehen, wie Gisla litt, einging wie eine Pflanze, der man das Wasser verweigerte. Und Gisla verdurstete tatsächlich – ihr fehlten Liebe und Glück.

Anwan bemühte sich zwar, aber zwischen ihm und Gisla stand eine unsichtbare Mauer, an der jegliche Zuneigung und Wärme abprallte. Als er ihr in der Hochzeitsnacht beiwohnte, war Gisla sich vorgekommen wie eine Fremde. Ihr war, als hätte sie sich selbst zugesehen, wie sie fast teilnahmslos unter Anwan lag und nichts fühlte außer Schmerz und Trauer.

Sie durchschritten den Wik und hielten auf Brunolds Haus zu, um hier gemeinsam ein üppiges Sonntagsmahl einzunehmen.

Benno bemerkte: »Deine Laune scheint sich mit jedem Tag zu verschlechtern, Vetter.«

»Ist das ein Wunder?« Brunold legte den klobigen Kopf in den Nacken und sah in den dunklen Himmel hinauf. »Bis gestern hat einem die Sonne das Gehirn ausgebrannt, ohne daß man ihr entfliehen konnte. Wir hätten das ruhige Wetter ausnutzen und längst wieder auf Fahrt gehen sollen.«

»Du warst es doch, der auf Ditmars Karawane warten wollte«, erwiderte Benno erstaunt.

»Weil er meist gute Ware zu günstigen Preisen bringt. Aber ich hätte nicht gedacht, daß er so lange auf sich warten läßt. Vielleicht hat er seine Fracht unterwegs verkauft und kommt überhaupt nicht mehr.«

»Ich denke, du irrst dich, Brunold«, sagte Anwan und zeigte nach Süden, wo sich unterhalb des Steilhangs, der Minden im Westen begrenzte, ein langer Zug von Wagen, Tieren und Menschen näherte. »Das muß Ditmar sein!«

»Wenn er's ist, verstößt er gegen Karls Gesetz, da er am Sonntag reist«, kicherte Benno mit einem langen Seitenblick auf Brunold. »Nur drei Arten von Transportdiensten sind an diesem Tag erlaubt: erstens für das Heer, zweitens zur Lebensmittelversorgung und drittens, wenn erforderlich, für eine Bestattung. Wollen wir zu Ditmars Gunsten annehmen, daß sich unter seinen Waren auch Lebensmittel befinden.«

»Oder ein Toter«, schlug Teida mit schalkhafter Miene vor.

»Ich scheiß' was auf Karls Gesetz!« stieß Brunold hervor. »Hauptsache, Ditmar kommt und unsere Geschäfte gehen wieder voran.«

Der Handelszug war auch von anderen bemerkt worden. Immer mehr Menschen versammelten sich am Rand des

Wiks, neugierig auf das, was die weitgereisten Kaufleute zu berichten hatten.

»Seht zu, daß Ditmar nicht mit der Konkurrenz spricht!« ermahnte Brunold seine Leute. »Ich will als erster mit ihm verhandeln.«

Aber sosehr Brunold und die Seinen auch ausspähten, die untersetzte, kräftige Gestalt des Kaufmanns Ditmar aus Throtmani konnten sie unter den staubbedeckten Männern nicht entdecken, die an ihnen vorbei in den Wik zogen.

Schließlich griff Brunold einem Reiter in die Zügel und fragte: »Seid ihr nicht Ditmars Karawane?«

»Doch, das sind wir«, erklang die dumpfe Antwort des Reiters, der sein Gesicht, offenbar zum Schutz gegen den Staub, hinter einem Tuch verborgen hielt. Das Tuch war so um den Kopf geschlungen, daß nur die Nase und die blauen Augen hervorlugten.

»Und wo zum Teufel steckt Ditmar?«

Der vermummte Reiter deutete mit dem Daumen nach hinten, während sein kräftiger Falbe unruhig tänzelte. »Er liegt in einem der hinteren Wagen. Hat sich den Magen verdorben, als er in Hlidbeki zuviel sächsisches Bier in sich hineingeschüttet hat.«

»Sächsisches Bier?« Brunolds wettergegerbtes Gesicht nahm einen alarmierten Ausdruck an. »Ditmar verabscheut Bier. Er mag nicht einmal den Geruch, geschweige denn den Geschmack. Wer bist du, Kerl?«

Brunold riß das Tuch vom Kopf des Reiters und enthüllte das Gesicht eines jungen Mannes, das hübsch anzusehen gewesen wäre, hätten sich nicht tiefe Linien der Verbitterung um die Augen und an den Mundwinkeln eingegraben. Er trug das blonde Haar nicht kurzgeschnitten wie die Franken, sondern schulterlang wie die freien Sachsen.

»Wolfger!«

Der gellende Schrei Gislas beim Anblick des totgeglaubten Geliebten ging unter im ausbrechenden Tumult. Menschen riefen durcheinander. Pferde scheuten und wieherten. Die hinteren Wagen scherten aus und preschten mit irrer Geschwindigkeit in den Wik, daß die Menge auseinanderspritzte. Ein halbwüchsiger Junge geriet unter die Räder eines Ochsenkarrens, und seine Beine zerbrachen mit einem häßlichen Knirschen. Er schrie und stöhnte, doch niemand kümmerte sich um ihn. Man schien ihn nicht einmal zu hören, denn im selben Augenblick spaltete ein silbriger Blitz den Himmel und folgte fast unmittelbar ein ohrenbetäubender Donnerschlag, öffneten sich die Wolken und stießen Regenfluten aus, als hätten sie zuvor alles Wasser aufgesogen, das die Weser jemals hinabgeflossen war.

Die Wagen hielten im Wik an und spuckten Bewaffnete aus, darunter Heidrun und ihren Vater. Beim Anblick des Feuerschmieds erstarrten die Leute aus dem Wik, und jemand schrie: »Donar ist zu uns gekommen! Der Riesentöter nimmt Rache an denen, die ihn verraten haben!«

Wolfger wunderte sich nicht, daß man den Schmied für den Donnergott hielt. Viele stellten sich Donar mit lang wallendem Rotbart vor, und das schlagartig ausgebrochene Gewitter tat ein übriges, der ohnehin beeindruckenden Gestalt des Feuerschmieds noch mehr Wirkung zu verleihen.

»Die Bärmeier!« schrie der vermeintliche Donnergott. »Wo bleiben die Bärmeier?«

Den sächsischen Kriegern, die alles niedermetzelten, was sich ihnen in den Weg stellte oder einfach nicht schnell genug vor Schwertern, Äxten und Geren fliehen konnte, folgten die drei Bärmeier mit ihren Untieren. Drei der erbeuteten Karren hatten ihrem Transport gedient. Kaum waren sie aus den Wagenkästen geklettert, ließen die Bärmeier auch schon die Ketten los und hetzten die Tiere auf die Wikleute.

Teida stieß einen Entsetzensschrei aus und humpelte davon, so schnell es ihre verkrümmten Gliedmaßen erlaubten, um sich ins Haus des Vaters zu retten. Vielleicht durch ihre seltsame Art des Fortbewegens machte sie einen der Bären auf sich aufmerksam. Das Tier hetzte in weiten Sätzen hinterher, durchbrach die hölzerne Umzäunung von Brunolds Anwesen, als wäre sie gar nicht vorhanden, und stellte die flüchtende Frau kurz vor dem Eingang.

Teida schleuderte ihren Stock gegen die große Bärennase, und der Bär antwortete mit einem wütenden Schnauben. Dem folgte ein schneller Prankenhieb, der Teida zu Boden warf und ihre ganze rechte Seite aufriß.

Der bärtige Tibor erschien im Eingang, schwang eine langstielige Axt und hieb die Klinge in eine Schulter des Bären. Dann wurde auch der massige Wilze umgeworfen und unter dem Gewicht des verletzten Tieres erdrückt, das sich unter ständigem Geheul vor dem Haus hin und her wälzte. Als der Bär sich etwas beruhigte, waren Tibor und Teida nur noch totes Fleisch und zerbrochene Knochen, ähnlich den fünf Franken, die den Bären vor zwei Nächten zum Opfer gefallen waren.

Tränen traten in Gislas Augen. Sie hätte nicht gedacht, daß in ihr noch Mitgefühl für die Schwester steckte. Und Trauer. Doch es war so. Nicht die häßliche, gemeine, kalte Tyrannin war ihr genommen worden, sondern die fröhliche, lebenslustige Schwester und Freundin der frühen Jahre. Obwohl Gisla wußte, daß für Teida jede Hilfe zu spät kam, wollte sie zu ihr laufen, aber Schwerter und Gere der Sachsen hielten sie auf.

»Ihr seid unsere Gefangenen«, verkündete der Feuer-schmied den Kaufleuten. »Wer zu fliehen oder sich zu wehren versucht, stirbt. Das gilt auch für Frauen, wie ihr gerade gesehen habt.«

Wolfger drängte seinen Falben, der seit der Entfernung des in den Huf getriebenen Nagels nicht mehr lahmte, durch die Bewaffneten, beugte sich zu Gisla hinab und sagte: »Ihr solltet die Worte beachten, sie sind ernst gemeint. Gib auf dich acht, Gisla.« Er warf Anwan einen harten, nicht zu deutenden Blick zu. »Bleib bei deinem Gemahl!«

»Genug geschwatzt!« mahnte der Feuerschmied, und seine Worte wurden vom Donner fast verschluckt. »Wir müssen zum Königshof!«

Die Worte waren noch nicht verhallt, da galoppierte Wolf-ger schon durch den Wik. Der Schmied und seine Tochter folgten ihm zu Fuß. Ein Teil der sächsischen Krieger schloß sich ihnen an, während sich der Rest um die von Pa-nik befallenen Menschen in der Siedlung kümmerte.

Die Sachsenkrieger trieben die Wikbewohner unter Bewa-chung zusammen. Wer von den fränkischen Männern auch nur den Anschein einer Gegenwehr erweckte, wurde erbar-mungslos zusammengehauen und oft grausam verstüm-melt. Waffenlos waren die Franken zur Kirche gegangen und hatten den zu allem entschlossenen Sachsen daher kaum etwas entgegenzusetzen. Viele der fränkischen Frau-en und Kinder wurden vergewaltigt und gequält. Ihre Schreie kämpften gegen den Donner. Die Franken waren die erbitterten Feinde der Sachsen. Ihnen gegenüber galt nicht länger das Gesetz der Menschlichkeit, sondern das des Krieges.

Wolfger hoffte inständig, daß Gisla nichts zustieß. Auch wenn sie einem anderen gehörte. Auch wenn er versuchte, sie sich aus dem Kopf zu schlagen. Aber sie bedeutete ihm immer noch sehr viel. Nicht weniger als vor ihrer Heirat mit Anwan.

Zu der Sorge um Gisla kam die um Gerhild und Gunda. Als die Sachsen die Palisaden erreichten, waren die Tore zum Königshof verschlossen, und fränkische Pfeile schwirrten ihnen entgegen.

»Zu spät!« keuchte Wolfger enttäuscht.

»Ach was, wir werden den Königshof erstürmen, sobald Widukind mit der Hauptmacht eingetroffen ist«, erwiderte der Feuerschmied. »Allein sind wir leider zu schwach.«

Wolfgers Züge versteinerten, als er daran dachte, daß Gerhild und Gunda im Königshof eingeschlossen waren. Was geschah, wenn Rutinus auf den Gedanken kam, sie als Geiseln zu benutzen?

Waren die Götter nicht auf der Seite der Sachsen? War das Gewitter kein Zeichen Donars, daß er sein Volk unterstützte?

Die Dinge verliefen nicht ganz so, wie Widukind, Wolfger und der Feuerschmied es sich vorgestellt hatten, als sie den Schlachtplan besprachen. Der erste Ansturm auf den Königshof war gescheitert. Und Anscher hatte die Weserinsel nicht zeitgleich mit dem Wagenzug erreicht, wie Wolfger mit einem Blick nach Süden feststellte. Kurz vor der Flußinsel mit dem Gefangenenlager kämpften die Sachsen in den Einbäumen verzweifelt mit der durch das Unwetter schnell und unerwartet angeschwollenen Flut.

Anscher hockte in einem der schwankenden Einbäume und fluchte lauthals, als Donar Blitze, Donner und Regen herniedersandte. Innerhalb von Augenblicken schwoll die Strömung an und wurde unberechenbar. Erst hatten sich die Sachsen, die mit der Erstürmung der Gefängnisinsel betraut waren, verspätet, weil eine unvermutete Sandbank zwei Einbäume zum Kentern brachte; mühsam waren die schlanken Boote wieder umgedreht worden und die Besatzungen zurück an Bord geklettert, aber einige Paddel fehlten, trieben mit der Strömung davon. Und jetzt war der Fluß auf einmal so reißend, daß er die Einbäume an der Insel vorbeizutragen drohte. Hatten die Frilinge recht, die Einwände dagegen erhoben hatten, einen Liten mit der Führung der Boote zu betrauen? Doch Widukind und der Feuerschmied hatten nicht auf sie gehört. Anscher hatte sich beim Überfall auf den Wagenzug hervorgetan und kannte sich als erfahrener Fährmann mit dem Führen von Einbäumen aus.

Fünf Boote und vierzig Krieger standen unter Anschers Befehl. Das sollte genügen, um die geringe Zahl an Wachen auf der Flußinsel auszuschalten. Die Sachsen rechneten dort mit etwa zehn bis fünfzehn Franken, die sie hinterrücks überfallen wollten. Jetzt waren die Wachen alarmiert, weil der Kampf um Minden entbrannt war. Zum Glück schienen sie nicht mit einem Angriff vom Fluß aus zu rechnen. Das palisadenumwehrte Gefangenenlager nahm den Nordteil der Insel ein. Dort standen die Franken und spähten nach Norden, hinüber zum Wik und zum Königshof. Doch die Gefahr kam aus dem Süden, näherte sich mit der reißenden Kraft des Flusses.

Die Stelle jenseits der Weserscharte zwischen Wiehen und Süntel, wo die Weser sich in drei Flußarme aufspaltete, lag längst hinter den Einbäumen. Auf dem linken Flußarm, der sich erst kurz vor der Siedlung wieder mit dem Hauptstrom vereinigte, schossen die Boote dahin. Anscher paddelte wie von Sinnen und schrie seine Befehle gegen das Rauschen der Weser, gegen das Prasseln und Klatschen des Regens und gegen Donars Gelächter, das mit den grellen, blendenden Blitzen aus den Wolken fiel. Zwischen Blitzstrahl und Donnerschlag lagen nur noch wenige Augenaufschläge. Der Gewittersturm zog schnell näher. Nicht mehr lange, und der Donnergott würde sich direkt über der Wesersiedlung austoben.

Die nicht besonders hohen Palisaden auf der Flußinsel waren schon recht nah, keine sechshundert Fuß mehr vor dem ersten Einbaum, in dem Anscher mit sieben weiteren Männern saß. Auf seinen Befehl paddelten alle zum Ufer, wo sich Schilf, Rohrkolben und Wasserminze im Sturmwind beugten: ein wogendes Meer aus Grün, Braun und Lila. Mit einem heftigen Ruck schrammte der ausgehöhlte Baumstamm auf den flachen Sand. Augenblicklich sprangen die Männer heraus, zogen das Boot an Land und griffen nach ihren Waffen. Das zweite und das dritte Boot durchschnitten die spritzende Gischt und landeten heil am Westufer der Insel, nicht weit von Anschers Einbaum entfernt. Dann das vierte. Aber das fünfte kenterte und warf seine Besatzung ins Wasser. Fluchend und prustend schwammen und stapften die Männer an Land.

Anscher schickte sie noch einmal zurück in den Fluß, den Einbaum zu holen. »Wir brauchen den Kahn noch!« Er überhörte die Flüche, mit denen der »Hundesohn von einem Liten« bedacht wurde. Mochten unter seiner Schar auch Frilinge sein, die ihn nur ungern als Anführer sahen, sie gehorchten ihm, denn er war der verlängerte Arm Widukinds.

Als auch der fünfte Einbaum an Land gebracht war, führte Anscher seine von Regen und Flußwasser bis auf die Haut durchnäßten Krieger zu den kaum mehr als mannshohen

Palisaden. Es ging viel leichter, als Anscher geglaubt hatte. Die fränkischen Wachen waren so sehr damit befaßt, das Getümmel im Wik zu beobachten, daß Anschers Männer mit ihren Äxten und Beilen eine Lücke in die Umzäunung reißen konnten.

Als die Franken auf sie aufmerksam wurden, waren die Sachsen bereits im Lager. Dadurch ermutigt, erhoben sich die Gefangenen gegen ihre Bewacher. Anschers Trupp mußte seine Waffen kaum benutzen. Die meisten Franken wurden von den Gefangenen niedergemacht oder ergaben sich.

Ein kleiner, aber kräftiger Mann mit auffallend eckigem Kopf stapfte durch den Regen auf Anscher zu. Anscher erkannte Alwig, den Schmied vom Wolfshof.

»Euch schicken die Götter!« rief Alwig, der in der Rechten ein blutbeschmiertes Frankenschwert hielt.

»Nein, Herzog Widukind«, erwiderte Anscher.

Die Gesichter Alwigs und der umstehenden Gefangenen formten sich zu einer einzigen Frage. Einige Männer wiederholten andächtig und ungläubig den Namen des berühmten Herzogs.

»Ja, Widukind ist zurückgekommen, um uns vom Frankenjoch zu befreien!« rief Anscher. »Und wir können ihm helfen, Minden einzunehmen. Seid ihr bereit zum Kampf?«

Sie waren es und taten es durch laute Schreie kund. Wer von den Männern ohne erbeutete Waffe war – und das waren die meisten –, wollte mit bloßen Händen gegen den Feind antreten. Widukinds Name bewirkte Wunder, erweckte alten, längst verlorengeglaubten Kampfgeist zu neuem Leben.

Frauen und Kinder sollten einstweilen auf der Insel bleiben. Anscher ließ die Einbäume zur schmalsten Stelle des linken Weserarms schaffen, wo sie dank der viereckigen Verbundlöcher mit hölzernen Verstrebungen zu einer großen Fähre vereinigt wurden. Der reißende Fluß erschwerte das Übersetzen, und es dauerte lange, bis alle Männer, mit Ausnahme eines kleinen Schutztrupps für die Frauen und Kinder, am Ufer standen.

Widukind war mit seiner Hauptmacht schneller. Angeführt von dem vermummten Herzog, brachen etwa zweihundert Reiter und eine noch größere Anzahl Fußkrieger aus den Wäldern am linken Weserufer hervor und hielten auf Minden zu. Die Reiter gewannen in scharfem Galopp rasch einen Vorsprung vor den anderen. Unter ihrem Hufschlag dröhnte die Erde, wie es der Himmel im Donnerhall tat. Und schon erreichten sie den Wik ...

Widukinds Wölfe hatten den Wik durchritten und zügelten ihre Pferde vor dem Königshof, als Wolfger von seinem eiligen Ritt zum Ufer zurückkehrte. Die scharfen Blattränder des Schilfrohrs hatten die Haut des Falben aufgerissen und Wolfgers Hosenbeine zerschlissen, ohne daß er in seiner Hast darauf geachtet hatte. Wichtig war ihm nur die Höhle gewesen, der Gang, durch den er vor dreizehn Nächten aus der Kirche im Königshof geflohen war.

»Und?« fragte erwartungsvoll der Feuerschmied, der neben Widukinds Rappen stand und mit dem Herzog die Lage besprach.

Wolfger schüttelte den Kopf. »Asmund und Rutinus sind nicht dumm. Der Gang ist verschüttet.«

»Schwer?« fragte die dumpfe Herzogsstimme unter dem Eisenhelm.

»Das konnte ich in der Eile nicht feststellen. Auf jeden Fall würde es zu lange dauern, den Weg freizuräumen. Länger als die Erstürmung der Palisaden. Aber wir dürfen nicht länger warten als nötig. Mutter und Gunda sind in Gefahr!«

»Wir sind stark genug«, stellte Widukind mit Blick auf die heranstürmenden Männer von der Gefängnisinsel fest. »Wir greifen an.«

Doch bis sich alle Sachsen zum Sturm auf den Königshof formiert hatten, dauerte es. Der unablässige Donner machte es unmöglich, daß sich die Krieger durch Hornsignale verständigten. Für jeden Befehl mußte Widukind Kuriere aussenden.

Die unbewaffneten Männer von der Weserinsel schleppten aus dem Wik Holz und Tuchballen herbei, alles, was nicht niet- und nagelfest war, um damit den Graben rund um den Königshof aufzufüllen. Die Bogenschützen und Speerwerfer jenseits der Palisaden brachten viele Sachsen zu Fall, aber andere drängten nach. Zorn und Rachsucht waren stärker als die Furcht vor dem Tod.

Auch die Franken hatten Verluste zu beklagen. Sobald ein Soldat seinen Kopf über die Palisaden schob, warfen die Sachsen ihre Gere. Manche Sachsenspeere flogen über das Ziel hinaus, andere blieben federnd im Holz der Palisaden stecken oder zerbrachen beim Aufprall, aber viele fanden auch ihr Ziel, und mit verletzter Schulter oder durchbohrtem Hals stürzten die Getroffenen vom Wehrgang.

Aus den Wikhäusern gerissene Balken dienten den Sachsen als Rammböcke beim Ansturm gegen die Tore. Sobald der Graben aufgefüllt war, rannten Widukinds Wölfe und ihre Verbündeten von allen Seiten gegen das Palisadenviereck an. Einige Männer stellten sich mit dem Rücken ans Holz und hoben die anderen hinüber. Mehr und mehr Sachsen überschwemmten den Königshof, unaufhaltsam wie der Regen. Dann gaben auch die Tore nach – bis auf eins, das von innen geöffnet wurde. Es war das Westtor, das zur Weser zeigte.

»Zurück!« rief halblaut der kleine Späher. Im allgemeinen Getöse klangen die Worte wie hingehaucht. Welf rannte zu den Bettlern und keuchte, nach Atem ringend: »Die Soldaten haben den Blutpfaffen gefunden und befreit.«

Ogger machte ein wütendes Gesicht und grunzte: »Wir hätten Rutinus gleich umbringen sollen!«

»Verpaßte Gelegenheiten kann man nicht nachholen«, erwiderte Hraban. »Wir sollten zusehen, daß wir nicht von Rutinus erwischt werden. Er denkt bestimmt, wir stecken mit den Sachsen, die den Wik überfallen, unter einer Decke.«

»Tut ihr das nicht?« fragte Gerhild.

Hraban schüttelte das graue Haupt. »Hätten wir von dem Überfall gewußt, hätten wir uns dieses gefährliche Unternehmen sparen können.«

»Vielleicht habt ihr Gunda und mir gleichwohl das Leben gerettet. Ich traue Rutinus zu, daß er uns als Geiseln benutzt hätte.«

Hraban nickte, blickte in den dunklen Himmel, der sein Haupt mit Regen überschüttete, und sagte: »Wir müssen den Sachsen da draußen helfen und ein Tor für sie öffnen. Ich schätze, von der Flußseite wird der Ansturm am schwächsten sein. Dann halten sich dort auch weniger Verteidiger auf. Versuchen wir es dort!«

Die Bettler kämpften sich gegen den Sturm, gegen die zu ihren Stellungen eilenden Soldaten und gegen die aufgeschreckt hin und her rennenden Kirchgänger, die jetzt im Königshof eingeschlossen waren, nach Westen vor.

Die Glocken sangen trotzig gegen das Gewitter an und riefen alle nicht am Kampf Beteiligten zum Gebet in die Kirche. Und wer nicht beten mochte, weil er zu erregt oder zuwenig gläubig war, fand hier zumindest Schutz gegen Sturmwind und Regenflut.

Die fränkischen Soldaten am Westtor rechneten nicht mit einem Überfall aus dem Königshof. Sie standen auf dem Wehrgang, um die Sachsen von dem Tor fernzuhalten. In dem allgemeinen Durcheinander fielen die heranhuschenden Bettler nicht auf. Bis sie ihre Messer in die Hälse der Franken bohrten, den dicken Querbalken aus den Eisenstäben an den Torflügeln zogen und die Flügel aufstießen.

Doch zur Überraschung Hrabans und seiner Leute drängten nicht die Sachsen durch das Tor, sondern fünfzig berittene Frankenreiter unter Ermolds Führung galoppierten hinaus, kämpften sich draußen durch die verwirrten Sachsen hindurch, jagten an den kleinen Hütten der Fischersiedlung entlang und sprengten flußabwärts davon.

»Ermold scheint seinen Herrn Asmund zu suchen«, meinte Hraban.

»Oder sein Heil in der Flucht«, ergänzte Gerhild.

Sie mußten zurückweichen, weil die Sachsen hereinströmten. Die Franken auf den Wehrgängen wurden von Furcht und Verwirrung ergriffen und versuchten, sich ins Innere des Königshofes zurückzuziehen. Die meisten fielen unter den Klingen der Sachsen. Selbst wenn ihnen der Rückzug gelang, war es nur ein Aufschub um kurze Zeit. Auch die anderen Tore wurden gestürmt, und auf einmal waren die Angreifer überall, auch auf dem großen Platz vor der Kirche.

Rutinus drehte sich auf dem Kirchenvorplatz um sich selbst und fühlte, wie Verzweiflung von ihm Besitz ergriff.

Er sah Sachsen, überall Sachsen. Regendurchnäßte Gestalten, vielfach verwundet, Haß in den Augen, blutige Klingen schwingend. Wie vom Regen in den Königshof gespült, überschwemmten sie alles mit Wut und Tod.

Und Ermold, dieser fette Feigling, ergriff die Flucht! Vergeblich hatte Rutinus die Reiter aufzuhalten versucht, als er sah, wie sie eilig ihre Pferde sattelten. Er hatte ihnen mit Asmunds Strafe, mit dem Zorn Gottes und mit der ewigen Verdammnis gedroht. Ohne Erfolg. Das Überleben in dieser sündhaften Welt erschien den Kriegern wichtiger als ihr Seelenheil. Zumindest war es das drängendere Problem. Sie ritten davon und hätten Rutinus unter den Pferdehufen zerstampft, hätte ihn nicht ein Diakon im letzten Augenblick beiseite gezogen.

Der Diakon verschwand in der Kirche. Rutinus blieb auf dem Vorplatz, sank mit ausgebreiteten Armen in die Knie, blickte in den schwarzen Himmel und schrie: »O Herr, hab Erbarmen mit denen, die rechten Glaubens sind. Ich weiß, nicht der Dämon Donar schickt Sturm und Blitz, sondern du, Allmächtiger, Zorniger, Barmherziger. Fege die Ungläubigen hinweg, ersaufe sie in Regenflut, verbrenne sie mit deinem grellen Himmelslicht!«

Blitz und Donner kamen gleichzeitig. Der Donner lauter als jedes Geräusch, das Mensch oder Tier verursachen konnte. Ein Gebrüll wie von sämtlichen gequälten Seelen der Hölle ausgestoßen. Ein Dröhnen, daß die Ohren sterben wollten. Der Blitz, groß und gewaltig wie ein Riese, blendete die Augen. Er fuhr in die Kirche, dort wo das Schiff an den Glockenturm stieß.

Aus dem Kirchenschiff drang ein vielstimmiger Todesschrei. Hohe Flammen schossen empor und störten sich nicht daran, daß der Regen das Holz benetzte. Widerlicher

Gestank wälzte sich über den Königshof: gebratenes, verbranntes Fleisch.

Der Turm wankte und stürzte. Die Glocken lösten sich aus den Halterungen, fielen dröhnend zu Boden und rissen mehrere Menschen um, Sachsen wie Franken.

Auch das große Eisenkreuz, das auf dem Turm saß, machte sich selbständig. Wie eine Botschaft Gottes flog es aus dem düsteren Himmel auf Rutinus zu ...

»Donars Rache!« keuchte Wolfger und riß den Falben zurück, als er sah, wie der Blitz in die Kirche fuhr. »Der Donnergott vernichtet diejenigen, die sich im Haus des feindlichen Gottes vor ihm verbergen.«

»Und er vernichtet den obersten Priester des Christengottes«, sagte Heidrun, die an seiner Seite stand.

Sie sahen, wie das fast mannshohe Kreuz vom zerstörten Glockenturm fiel und mit dem langen Ende die Brust des Archidiakons durchbohrte. Blut spritzte. Das Eisen spießte den Missionsleiter regelrecht an den Boden.

»Rutinus ist tot!« Heidrun sagte es mit großer Befriedigung. »Er hat es nicht besser verdient. Wie er Saxnots Schwert zerstörte, hat Donar nun ihn und das Heiligtum seines Gottes vernichtet.«

»Nein«, sagte der Feuerschmied so leise, daß seine Stimme kaum zu verstehen war. »Das ist nicht Rutinus.«

»Natürlich ist das der Archidiakon«, widersprach Wolfger. »Ich kenne ihn schon lange, seit Widukinds Taufe. Seit mein Vater seinen Bruder Beatus in die Weser warf.«

Langsam trat der Feuerschmied auf den Gepfählten zu, der mit gebrochenem Blick himmelwärts starrte, als versuche er verzweifelt, seinen Gott zu schauen. Der Schmied blieb über dem Leichnam stehen und sagte: »Wenn das Rutinus

ist, so hat er früher einen anderen Namen getragen: Heilmar.«

Wolfger stieg vom Pferd und trat mit Heidrun näher. Beide
sahen mit ungläubigen Blicken abwechselnd den Toten und
den Schmied an. Sie begriffen, was der Schmied sagte,
aber ihr Verstand wollte es nicht glauben. Und bei Heidrun
weigerte sich auch das Herz.

Schließlich sagte Wolfger: »Wenn das wahr ist, dann hat
mein Vater nicht nur Beatus in den Fluß gestoßen, sondern
mit ihm auch Heilwig.«

»So nah war er die ganze Zeit«, meinte der Schmied und
sah den Toten an, der einmal sein Sohn gewesen war. »So
nah! Warum?«

»Vielleicht suchte er, ohne es zu wissen, die Vergebung seines Vaters«, vermutete Wolfger.

»Er?« Der Schmied spie aus, spuckte auf seinen toten
Sohn. »Eher wollte er mich bekehren, mit Taufwasser oder
Blut, ganz nach Belieben!«

Mit langsamen Schritten ging Heidrun um den aufgespieß-
ten Archidiakon herum, als betrachte sie auf dem Markt
sorgsam eine Ware vor dem Kauf. »Ich erkenne ihn nicht
wieder. Ich erkenne meinen Bruder nicht.«

»Du hast keinen Bruder mehr«, sagte der Feuerschmied
mit eisenharter Stimme. »Du hast deine Brüder schon verloren, als aus Heilmar und Heilwig Rutinus und Beatus
wurden. Wolfgers Vater gebührt Dank, daß er Beatus er-
säuft hat.« Er sah in die triefenden, grollenden, blitze-
schleudernden Wolken hinauf. »Und Donar gebührt Dank
für den Vollzug seiner Rache!«

»Ja, Donar gebührt Dank«, sagte der Herzog. »Saxnot und
Wodan auch. Allen Göttern, daß sie uns den Sieg geschenkt
haben.«

Widukind war mit seiner Leibwache in den Königshof geritten. Das Feuer der brennenden Kirche spiegelte sich auf
dem nassen Eisen seines Helms. Es wirkte auf Wolfger wie
das Sternenfunkeln auf der nächtlichen Weser. Nur nicht so
friedlich, so beruhigend. Eher bedrohlich. Feuer und Eisen
waren die Waffen der Zerstörung.

»Der Sieg ist unser, jeder Widerstand gebrochen«, verkündete Widukind mit lauter Stimme. Die umstehenden Sachsen lauschten ergeben seinen Worten, und selbst der Donner hielt sich zurück. »Aber die Einnahme Mindens ist nur
der Anfang. Der Klang der Hillebillen und Sendboten mit
Runenstäben werden von unserem Sieg künden, überall im
Sachsenland. Und wie Donars Sturm wird sich unser Aufstand über Berge und Wälder ausbreiten, um die Franken
zu dem Ort zu schicken, den sie Hölle nennen.«

Lautes Waffenklirren verkündete den Beifall der Sachsen.

Wolfger beteiligte sich nicht daran. Er stieg wieder auf den
Falben und hielt Ausschau nach den zwei Menschen, die
für ihn wichtiger waren als die Einnahme Mindens und des
Königshofes. Und im gleißenden Licht eines neuen Blitzes
entdeckte er sie. Gerhild und Gunda standen inmitten einer
Gruppe Bettler. Er sah auch andere Bekannte: den geheim-
nisvollen Bettlerkönig Hraban, den starken Ogger und den
heimtückischen Welf.

Wolfger trieb den Falben durch die Menge, rutschte vor dem
Bettlerkönig aus dem Sattel und fiel seiner Mutter in die
Arme. Er hätte nicht geglaubt, daß er es als erwachsener
Mann so genießen würde, die Wärme der Mutter zu spüren.
Aber jetzt, wo Wittich tot und Gisla verloren war, fand er bei
Gerhild Trost und die Gewißheit, nicht ganz allein zu sein.

Als er sich seiner Schwester zuwenden wollte, lief schon
ein anderer Mann auf Gunda zu.

»Anscher!« rief sie, und zum erstenmal seit vielen Tagen strahlte ihr Gesicht wieder ein frohes Leuchten aus. Gunda war ins Leben zurückgekehrt.

Kurz vor Gunda blieb Anscher stehen und warf Wolfger einen scheuen, fragenden Blick zu. Wolfger war das Oberhaupt der Familie, und Gunda unterstand seiner Munt.

»Worauf wartest du noch, Anscher?« fragte er. »Ich stelle mich doch nicht gegen einen Mann, der mich leicht mal wieder rasieren könnte!«

Während Anscher und Gunda sich umarmten und küßten, wandte Wolfger sich Hraban zu, der den Kopf zum Schutz gegen den Regen fast gänzlich mit seinem Umhang umhüllt hatte; nur die Augen, die Nase und etwas Bartgestrüpp waren zu sehen. Gerhild erzählte in knappen Worten, wie die Bettler sie und Gunda gerettet hatten.

Widukind kam herbeigeritten, hörte den Bericht und fragte Hraban: »Weshalb habt ihr das gewagt?«

»Weil Gerhild die Gemahlin des Sattelmeiers Wolfhard ist und wir keine fränkischen Bettler sind, sondern sächsische und friesische. Ohne die verfluchten Franken wären wir nicht von unseren Höfen vertrieben worden, hätten wir es nicht nötig, um Almosen zu betteln.«

Hrabans Worte schienen den Herzog zu beeindrucken. Er nickte und sagte: »Wenn ihr wollt, könnt ihr das Betteln mit dem Kämpfen vertauschen.«

»Liebend gern!« erwiderte Hraban.

»Dann seid willkommen bei Widukinds Wölfen!«

Donar begleitete Widukinds Worte mit lautem Grollen.

Das Gewitter ließ erst gegen Abend nach. Aber da hatten die Sachsen Minden schon verlassen.

Wik und Königshof waren menschenleer und verwüstet, die Palisaden niedergerissen, die Kirche ein rauchender

Trümmerhaufen. Die Weserbrücke, die Karl zwischen Königshof und Fischerdorf hatte erbauen lassen, war eingerissen, die am Wikufer liegenden Schiffe der Fernhändler zerstört und verbrannt. Die Franken sollten keine Truppen mehr über die Brücke marschieren lassen, keinen Nachschub mit den Schiffen ins Sachsenland bringen können.

Die sächsischen Fischer hatten ihre Siedlung im Norden des Königshofes aufgegeben und sich zum größten Teil Widukind angeschlossen. In Kriegszeiten war es immer besser, auf einer Seite zu stehen als zwischen beiden.

Nur die Toten blieben zurück. Wie Rutinus, der einmal Heilmar gewesen war; fast aufrecht stand das Kreuz, das seinen Körper durchbohrte.

Bald erhielten die Gefallenen Besuch von Geiern, Krähen und Wölfen. Die Aasfresser schlugen sich die Bäuche voll, aber um Rutinus und das eiserne Kreuz machten sie einen großen Bogen.

23. Kapitel

Wodans Wut

Erst zaghaft und vereinzelt, dann in immer größerer Zahl und Pracht leuchteten die Sterne auf den Opferhain herab, als wollten sie Widukind und seine Krieger zu ihrem Sieg beglückwünschen. Das Wolkengeflecht zerriß mehr und mehr, und auch der Mond schien durch die Wolken. Es sah aus wie ein gigantisches Netz, das ein Riese auf der Jagd nach seltsamen Himmelsfischen über das Firmament geworfen hatte und über dem viele kleine Kerzen – die Sterne – und eine große Öllampe – der Mond – brannten.

Von der Senke aus, wo vor drei Nächten die blutrünstigen Bären über die fünf Franken hergefallen waren, sah man es besonders gut. Keine Baumkronen versperrten hier die Sicht. Aber Wolfger hatte keinen Sinn für die Schönheit von Mond und Sternen, nicht in dieser Nacht. Zwar waren Gerhild und Gunda gerettet – erschöpft, doch unversehrt –, aber seine Sorgen waren nicht weniger geworden. Jetzt war es Gisla, über die er sich den Kopf zerbrach. Es zog ihn zu ihr hin wie ein unwiderstehlicher Lockruf, ohne daß er zu sagen vermocht hätte, was er sich von einer Unterredung mit ihr versprach.

In der Senke lagerten unter strenger Bewachung die gefangenen Franken, etwa zweihundert an der Zahl. Der grasbewachsene Boden verdampfte die Feuchtigkeit des Regens, vermischt mit Schweiß, Blut und Tränen der Männer, Frauen und Kinder. Viele von ihnen waren verletzt, alle verzweifelt. Sie jammerten und stöhnten und flehten Wolfger, als sie ihn erkannten, um Hilfe an.

»Ihr habt den sächsischen Gefangenen auf der Flußinsel auch keine große Hilfe angedeihen lassen!« fuhr er sie an, und sein Blick fiel auf eine Mutter mit kleinen, schlaffen Brüsten, die vergeblich ihr wenige Monate altes Kind zu säugen versuchte. Es schrie vor Hunger, vielleicht auch aus Angst, weil es die Bedrohung, die es noch nicht verstand, spüren mochte. »Ich werde zusehen, daß wenigstens für Frauen und Kinder gesorgt wird«, versprach Wolfger und setzte seinen Weg fort.

Wie die meisten anderen Gefangenen auch hockten Brunold und seine Angehörigen stumm und stumpfsinnig im feuchten Gras. Gisla blickte neugierig auf, aber bevor sie etwas sagen konnte, fragte Brunold: »Kommst du, um uns zu holen?«

»Nein, ich will mit Gisla sprechen.«

Eben noch hatte aus einem Wolfger unbekannten Grund Hoffnung auf dem lederhäutigen Gesicht des Kaufmanns gelegen. Jetzt wirkten seine Züge wieder gleichgültig, und er starrte teilnahmslos ins Leere.

»Was willst du von mir, Wolfger?« Gislas Stimme klang kalt. Wie Eis, das im Winter unter den Schuhen knirschte.

»Ich ... ich wollte fragen, ob dir irgend etwas fehlt?«

Gisla lachte auf, laut und bitter. »O nein, was soll mir schon fehlen? Hier habe ich alles, was ich brauche. Das Gras ist mein Bett, und was zählt schon ein knurrender Magen. Außerdem ist ja mein Vater bei mir.« Sie sah Anwan an. »Und mein Gemahl. Nur meine Schwester nicht, aber das ist entschuldbar. Schließlich wurde sie heute von einem Bären zerfleischt.«

Jeder Satz, jedes Wort traf Wolfger härter als Asmunds

Peitsche an jenem düsteren Tag der Staupe und der Enteh-rung. Asmund hatte seinen Leib und seinen Stolz verletzt, aber Gislas Worte schnitten in sein Herz. Und ihre Blicke, enttäuscht, verbittert, hoffnungslos, waren wie Salz, das in seine Wunde gestreut wurde. Er dachte an Teida, an das, was Gisla über ihre Schwester erzählt hatte, und an die Nacht, als er durch den Geheimgang geflohen war und von dem verkrüppelten Mädchen erwartet wurde.

Er verstand Gisla nicht und sagte: »Ich hatte nicht das Ge-fühl, daß dir besonders viel an Teida lag. Und ich denke, noch weniger lag ihr an dir.«

Gislas Augen glitzerten feucht, ihre Stimme klang gebro-chen: »Ist das ein Grund, einen Menschen zu töten?«

»Menschen töten Menschen aus vielen Gründen. Es kann zur Gewohnheit werden, und dann ist das Töten selbst der Grund.« Hilflos zuckte er mit den Schultern. »Ich kann nicht ungeschehen machen, was mit Teida geschah. Was kann ich tun?«

»Nichts. Du hast schon alles getan, Wolfger, heute vormit-tag in Minden.«

Unsicher sah er sie an, zweifelnd, ob jede Liebe für ihn in Gisla erloschen war. Selbst wenn nicht, lagen die Toten zwischen ihnen. Eine trennende Mauer aus erkalteten Lei-bern – Franken und Sachsen.

Reiter bahnten sich einen Weg durch die Senke, angeführt vom Feuerschmied, und hielten direkt auf Wolfger zu. Aber sie kamen nicht seinetwegen, sondern um Brunold zu holen. Der rotbärtige Schmied forderte den Kaufmann auf, ihm mit all seinen Angehörigen, Liten und Knechten zu folgen. Brunold erhob sich überraschend schnell, und wie-der war sein Antlitz von der irritierenden Hoffnung be-herrscht.

»Na endlich!« atmete er auf. »Wurde auch Zeit, daß wir aus diesem Loch geholt werden.«

Der Feuerschmied sah Brunold an, als sei der Kaufmann ein Fabeltier. »Du bist ein erstaunlicher Kerl, Franke, das muß ich dir lassen. Ich habe schon viele sterben sehen, aber darunter keinen, der so erpicht darauf war wie du!«

»Sterben?« krächzte Brunold, als habe er nicht richtig gehört.

»Ja, sterben, dahinscheiden, verröcheln, verenden – nenn es, wie du willst, das Ergebnis bleibt dasselbe.«

»Aber ich will nicht sterben!« brüllte Brunold.

Eine Hand des Feuerschmieds strich, wie aus Verlegenheit, durch seinen Bart. »Ich fürchte, Kaufmann, Herzog Widukind fragt dich nicht groß nach deinem Einverständnis. Er hat befohlen, die Opferungen mit dir und deinen Leuten zu beginnen.«

»Opferungen?« fragte Wolfger. »Wer wird geopfert?«

Mit einer kreisenden Geste zeigte der Feuerschmied über die Senke. »Alle hier. Wenn Sunnas Strahlen Notts Schleier verblassen lassen, wird keiner von denen mehr leben.«

»Aber ... das ist Wahnsinn!« keuchte Wolfger fassungslos.

»Nein, es ist Widukinds Wille.«

Heller Lurenklang mischte sich mit dem dumpfen Dröhnen von Hillebillen. Die monotone Melodie kam aus dem Opferhain.

»Da hörst du's, Wolfger, die Opferzeremonie beginnt. Fehlen nur noch die Opfer.« Der Feuerschmied wandte sich an seine Begleiter. »Treibt die Franken in den Hain! Wer nicht spurt, soll scharfes Eisen schmecken!«

Mit einem letzten Blick auf Gisla, die dem Feuerschmied schicksalsergeben folgte, rannte Wolfger los. Sein Herz pochte stärker als bei dem Überfall auf Minden. Er dachte an Widukind und den grausamen Opferbefehl. Und die Bilder jener Nacht tauchten vor ihm auf, als er in den Wolfsbund aufgenommen wurde. Er sah die Franken vor sich, die ihr Heil in der Flucht suchten und denen der Tod in der grasbewachsenen Senke doch schon bestimmt war. Er dachte an den großen Kerl, der über dem Opferstein verblutet war, und an den Jüngling, den er selbst im Blutrausch geschlachtet hatte. Mit Widukinds Rückkehr schien sich der Sieggott Wodan wieder den Sachsen zugewandt zu haben, aber Wodan war auch der Gott der Toten, der Gott der Tücke und der Masken, der Gott der Menschenopfer und der Qualen. Ein grausamer Gott und ein grausamer Herzog. Doch der Widukind, den Wolfger aus den Erzählungen Wittichs und Gerhilds kannte, war ein anderer. Ein harter Recke, aber auch ein Mann, der die Menschen liebte.

Wolfger erreichte den Opferhain vor dem Trupp des Feuerschmieds. Zahlreiche Feuer brannten wie schon drei Nächte zuvor. Nur waren jetzt noch viel mehr Sachsen hier versammelt, auch Frauen und Kinder. Wolfger kam gerade zurecht, um zu sehen, wie Widukind unter dem beifälligen Waffengeklirr Hunderter Sachsen auf den Platz mit der gespaltenen Eiche und dem Opferstein ritt.

»Wodan war mit uns und hat uns heute den Sieg geschenkt«, verkündete der Herzog. »Heil dem Sieggott!«

»Heil dem Sieggott!« wiederholte der vielhundertstimmige Sachsenchor.

»Wie Minden werden auch alle anderen Höfe, Siedlungen und Klöster der Franken fallen, wenn wir unter Wodans wohlwollenden Augen den Krieg gegen Karl den Sachsenschlächter führen«, fuhr Widukind fort. »Heil dem Kriegsgott!«

»Heil dem Kriegsgott!« Die Menge wogte vor Begeisterung und hing an den vom Eisen verborgenen Lippen des Herzogs.

»Wodans Wut wird über Berge und Täler fahren und die Franken mitsamt ihrem Christengott hinwegfegen wie entwurzeltes Strauchwerk im Sturm. Heil dem Wutgott!«

»Heil dem Wutgott!«

»Wir danken Wodan für seinen Beistand und dafür, daß wir die Arme und Hände seiner Wut sein dürfen. Zum Zeichen für unsere Ergebenheit bringen wir ihm die gefangenen Franken als Opfer dar. Heil dem Opfergott!«

»Heil dem Opfergott!«

Das metallische Klirren und das hölzerne Pochen des begeisterten Waffenschlagens dröhnten in Wolfgers Ohren, als er vor Widukind trat und mit lauter Stimme sagte: »Verschone die Franken, Herzog! Der Tag hat so viel Blut gesehen, daß die Nacht keins mehr benötigt. Es sind viele Frauen und Kinder unter den Gefangenen, Alte und Schwache. Und die Männer sind größtenteils verletzt.«

»Haben die Franken jemals darauf Rücksicht genommen?« entgegnete Widukind. »Haben sie beim Schlachtfest von Verdi die Kinder von den Männern getrennt? Ist nicht dein eigener Bruder Wolfram dort ermordet worden, obwohl er erst an der Schwelle zum Mannestum stand? Wie kannst gerade du, Sohn des Sattelmeiers Wolfhard, Schonung für die Franken fordern?«

Eine helle Stimme in Wolfgers Rücken rief: »Wolfger meint nicht alle Franken, sondern die Händlerstochter Gisla, der sein Herz verfallen ist. Sie will er retten und spricht deshalb von Gnade für die Franken!«

Heidrun hatte die Worte mit wilder Stimme ausgestoßen. Als sie vortrat, verwandelte der Feuerschein sie in ein dämonisches Wesen. Wirr hing das lange rote Haar an ihr herunter, einige Strähnen klebten auf Stirn und Wangen. Getrocknetes Blut hielt die Haare dort fest. Heidrun, die sich um die verwundeten Sachsen gekümmert hatte, war mit Blutflecken übersät. Wolfger las keine Zuneigung mehr in ihren Augen, sondern Haß. Weil er Gisla noch immer liebte? Weil er sich für die verhaßten Franken einsetzte? Oder weil Wolfgers Vater Heidruns Bruder Heilwig getötet hatte? So, wie Gisla ihm den Tod Teidas vorwarf?

Der Feuerschmied war mit seiner Gruppe eingetroffen. Brunold rannte mit einer Flinkheit, die angesichts seines massigen Leibes überraschte, an seinen Bewachern vorbei, auf Wolfger und Widukind zu. Der Feuerschmied trieb seinen Braunen an, holte den laufenden, keuchenden Kaufmann ein und warf ihn mit einem Stiefeltritt in den Nacken zu Boden.

Brunold erhob sich auf die Knie, blickte zu Widukind und japste: »Du mußt uns verschonen, Herzog. Wir haben dir treu gedient.«

Unter dem Helm erscholl dröhnendes, metallisches Gelächter. »Ist dein Geist vor Angst verwirrt, Franke? Du verwechselst mich mit Karl, den ihr den Großen nennt und der ein großer Heuchler und Mörder ist.«

»Nein, ich habe nur so getan, als diente ich Karl. In Wahrheit habe ich euch geholfen, euch mit Waffen versorgt. Ich schmuggelte sie an Bord meiner Schiffe ins Sachsenland und verstieß damit gegen Karls Gesetze, um euch zu helfen.«

»Warum solltest du, ein Franke, uns Sachsen unterstützen?«

»Ich tat es für Geld, Silber gegen Waffen.«

»Unsinn!« wetterte Alwig der Schmied. »Unter den Augen von Karls Soldaten ist es unmöglich, Waffen an die Sachsen zu verhökern.«

»Wir taten es heimlich. Die Überfälle auf unsere Schiffe waren nur vorgetäuscht. Deshalb bekamen wir auch all unsere Schiffe heil zurück, nachdem die Sachsen die Waffen entladen hatten. Auch beim letztenmal war es so. Fragt meine Leute, sie können es bestätigen!«

»Das werden sie zweifellos tun«, höhnte Widukind. »Schon um ihre Haut zu retten.«

»Der Barde war damals auch an Bord. Er kann es bezeugen. Fragt Hruodgar!«

»Wer ist das?« wollte Widukind wissen. »Wo ist er?«

»Man hat ihn in Minden schon seit etlichen Nächten und Tagen nicht mehr gesehen«, kam die Antwort aus den Reihen der Sachsen.

Der Herzog sprach zu Brunold: »Schöne Zeugen führst du an, die entweder um ihr Leben fürchten oder nicht aufzutreiben sind.«

Brunolds sonst so dunkle Haut wirkte bleich, käsig. Schweiß stand auf seiner Stirn, rann an seinen fleischigen Wangen hinunter und fiel in dicken Tropfen auf den Boden. Seine Augen zwinkerten unaufhörlich, die Nasenflügel flatterten. »Alles, was ich sage, ist wahr!« Er schrie wie ein Ertrinkender, der kurz vor dem Absaufen war. »Die Sachsen bezahlten mich mit Silbergeld, das sie bei Überfällen auf die Franken erbeutet hatten. Ihr müßt diese Männer kennen, sie gehören zu eurem Bund!«

Der Feuerschmied trat von seinem Braunen aus erneut zu, und sein Stiefel traf Brunolds Schulter mit einem dumpfen Schlag. Der Kaufmann kippte zur Seite.

»Wie kannst du so etwas behaupten, fränkisches Lügenmaul? Du, der mächtigste Händler im Frankenwik, willst dich als unser Verbündeter aufspielen?«

Brunold kam wieder auf die Knie, hielt seine schmerzende Schulter mit der anderen Hand und stöhnte: »Aber ich weiß, daß es eure Leute gewesen sind. Sie trugen um den Hals den Wolfskopf, so wie ihr.«

»Noch so ein Beweis, der nichts taugt«, sagte Widukind. »Du hast den Wolfskopf bei uns gesehen und berufst dich hinterher darauf. Niemand kann deine Worte nachprüfen. Also winde dich nicht länger wie ein Wurm, stirb wie ein Mann!«

Spöttisches, feindseliges Gejohle verhieß, daß auch die Mehrheit der Sachsenkrieger Brunold keinen Glauben schenkte und seine Worte für den Versuch eines Feiglings hielt, dem Opfertod zu entrinnen.

Aber Wolfger glaubte Brunold. Die scheinbar unbegründete Hoffnung, die er zuvor im Gesicht des Händlers gesehen hatte, erhielt durch seine Aussage einen Sinn. Brunold hatte geglaubt, nicht zum Gottesopfer geholt, sondern als Verbündeter der Sachsen in die Freiheit entlassen zu werden. Das sagte Wolfger laut, doch Widukind schüttelte den behelmten Kopf.

»Die Liebe zu dem Frankenmädchen vernebelt deinen Verstand, Sohn des Sattelmeiers. Wenn Widukinds Wölfe mit diesem Franken Geschäfte gemacht hätten, müßte es einer ganz genau wissen. Ich, Widukind!«

»Aber du bist nicht Widukind!« Der Sprecher trat vor, und Feuerschein erhellte das bärtige Antlitz des Bettlerkönigs. Mit seinem Stock zeigte der bärtige Alte auf den behelmten Reiter. »Du bist nicht der Herzog der Sachsen. Das ist der Grund, weshalb du dein Gesicht unter dem Eisen verbirgst.«

Ein Raunen ging durch die Menge.

»Woher willst du das wissen, Alter?« fragte der Mann, der sich Widukind nannte.

»Keiner weiß das so genau wie ich.« Der Bettlerkönig lächelte. »Denn ich bin Widukind, einstmals Herzog der Sachsen.«

Erneutes Raunen, über das schepperndes Gelächter fiel. Der Schwarze Reiter bog sich vor Lachen und zeigte mit der behandschuhten Rechten auf den Bettlerkönig.

»Du willst der Herzog sein, krummer alter Mann? Mir scheint, daß nicht nur Wolfgers Verstand vernebelt ist.«

Viele lachten, aber nicht alle. Mancher verhielt sich abwartend und ließ seine Blicke unsicher zwischen dem Schwarzen Reiter und dem Bettlerkönig hin und her huschen.

Wolfger war von Hrabans Mitteilung ebenso überrascht wie die meisten. Er hatte schon lange gespürt, daß den Bettlerkönig ein Geheimnis umgab, aber nie daran gedacht, er könne der Herzog sein. Vergebens versuchte er, die verwaschenen Bilder seiner Kindheit, die ihm den Sachsenherzog als stolzen Reiter zeigten, mit dem stockbewehrten Alten in Einklang zu bringen. Ihm erschienen sie wie zwei verschiedene Männer.

»Mein Rücken schmerzte schon, als ich noch gegen Karl focht. Mein Bart mag euch täuschen, aber eben das war meine Absicht«, wandte sich der Bettlerkönig an die Sachsen. »Unerkannt wollte ich als Bettler Hraban herausfinden, wer die Aufstände in Sachsen schürte, obwohl ich, Widukind, mit meinem Namen und meiner Ehre dafür eingetreten bin, daß Frieden herrscht zwischen Sachsen und Franken. Mit Karls Billigung verließ ich die Reichenau – und fand den schlimmsten Verrat vor, den man sich denken kann: den Mißbrauch und die Schändung meines Namens!«

Der Schwarze Reiter gab sich unbeeindruckt. »Eine hübsche Geschichte. Erzähl sie der Hel! Es wird nicht lange dauern, bis du der Totengöttin gegenüberstehst. Ergreift den Verräter, der sich meinen Namen anmaßt!«

Aber die Sachsen zögerten. Die älteren tuschelten und fragten sich, ob der alte Bettler der stolze Sachsenherzog sein konnte. Einige hatten unter seinem Befehl gekämpft, aber mit jedem Winter, der ins Land zog, war die Erinnerung unklarer geworden. Vier Reiter aus der Leibwache des Behelmten rückten langsam vor, um den Bettlerkönig einzukreisen.

Da stellte sich eine Frau neben Hraban, und Wolfger erschrak, als er seine Mutter erkannte. »Ich, Gerhild, Gemahlin des Sattelmeiers Wolfhard, erkenne diesen Mann und bezeuge, daß er die Wahrheit spricht. Er ist Widukind, unser Herzog!« Sie zeigte auf den Schwarzen Reiter. »Der da aber verbirgt nicht nur sein Gesicht, sondern auch seine Lügen. Nimm den Helm ab, und zeig uns, wer du wirklich bist!«

»Weib, du weißt, das kann ich nicht!« rief der Schwarze Reiter wütend. »Ich habe meinem Ahnherrn Wodan geschworen, mein Antlitz bis zum endgültigen Sieg über die Franken zu verhüllen. Den Schwur zu brechen hieße, Wodans Wut auf uns zu lenken.«

Gerhild lächelte kalt. »Ich weiß, warum du den Helm nicht abnimmst. Er dämpft zwar deine Stimme, und du magst sie zusätzlich verstellen, aber ich erkenne dich doch. Du bist ...«

Der Schwarze Reiter stieß einen anfeuernden Schrei aus, rammte die Absätze in die Flanken des Rappen und galoppierte vor, ritt Gerhild einfach über den Haufen. Verkrümmt und reglos lag sie am Boden.

Der Behelmte riß das Pferd herum und wollte erneut anreiten, aber Bewaffnete stellten sich ihm in den Weg: Wolfger sowie Männer vom Wolfshof und aus der Bettlerschar, darunter Ogger. Auch Anscher war mit gezücktem Sax herbeigesprungen.

Andere Sachsen ergriffen für den Schwarzen Reiter Partei, angeführt von den zwanzig Mann seiner Leibwache. Mit einem Schlag waren die Sachsen gespalten, drohten sich gegenseitig zu zerfleischen.

Der Feuerschmied hatte das alles mit ungläubigen Augen beobachtet. Jetzt rief er: »Haltet ein! Wir Sachsen sollten uns nicht gegenseitig abschlachten. Es gibt zu viele Franken in unserem Land, denen diese Ehre eher gebührt. Ich weiß nicht, wer die Wahrheit sagt, aber wegen dieser Frage sollte nicht das Blut aller Männer hier vergossen werden. Dann wäre der Aufstand gegen König Karl beendet, ehe er richtig begonnen hat.«

»Und was ist mit dem Blut meiner Mutter?« fragte Wolfger, der sich zusammen mit Gunda über Gerhild beugte. Aus ihrem Mund floß ein rotes Rinnsal.

»Ist sie tot?« fragte der Feuerschmied.

»Nein«, antwortete Wolfger. »Aber viel Leben ist nicht mehr in ihr, und über ihrem Geist liegen Nachtschleier.«

Der Feuerschmied winkte seine Tochter herbei und trug ihr auf, sich um Gerhild zu kümmern. Vorsichtig trugen ein paar Männer vom Wolfshof ihre bewußtlose Herrin unter Heidruns Aufsicht vom Platz. Gunda ging mit ihnen, begleitet von Wolfgers besorgten Blicken.

»Wenn Wahrheit wie Lüge und Lüge wie Wahrheit erscheint, wenn zwei Worte fest sind und doch einander widersprechen, müssen die Götter entscheiden!«

Der Feuerschmied hatte mit lauter Stimme gesprochen, und seine Worte fanden den Beifall beider Parteien.

Aber die Stimme des Schwarzen Reiters klang mürrisch: »Ein Gottesurteil? Soll ich gegen einen alten, lahmen Mann kämpfen?«

»Die Götter erlauben, Stellvertreter in den Kampf zu schikken«, erwiderte der Feuerschmied.

»Einverstanden«, sagte der Schwarze Reiter schnell. »Von den Göttern sind drei die mächtigsten: Wodan, Donar und Saxnot. Deshalb soll jede Seite drei Krieger in den Kampf schicken, einen für jeden Gott. Jeder Kämpfer erhält eine Waffe nach freier Wahl. Alle kämpfen zugleich, jeder gegen jeden, und beendet ist der Kampf erst, wenn nur noch die Krieger einer Seite aufrecht stehen – oder einer von ihnen.«

»Das sind klare Bedingungen«, fand der Feuerschmied mit Blick zu Hraban und Wolfger. »Nehmt ihr sie an?«

»Ja«, sagten beide fast gleichzeitig.

Der Feuerschmied wirkte erleichtert und verkündete laut: »Die Götter werden entscheiden, um uns vor Wodans Wut zu bewahren!«

24. Kapitel

Die Rückkehr der Toten

Gerhild lebte und atmete flach, aber noch immer fehlten ihr Bewußtsein und Sinne. Sie lag in einer der Laubhütten, die man zur Pflege der im Kampf um Minden verletzten Sachsen errichtet hatte, und wurde sorgsam von Heidrun abgetastet. Manchmal zuckte der Leib der Bewußtlosen unter den Händen der jungen Heilerin. Dann röchelte Gerhild und spuckte blutigen Auswurf.

»Und?« fragte Wolfger gespannt. »Wie geht es ihr?«

»Schlecht, sehr schlecht.« Heidrun antwortete, ohne ihn anzusehen. »Außen ist ihr Leib fast unverletzt bis auf ein paar Prellungen, aber sie erleidet starke innere Blutungen.«

»Was heißt das?« wollte Gunda wissen, die neben Anscher stand. »Wird Mutter überleben?«

»Ich kann es nicht sagen.«

»Tu alles für sie, was in deinen Kräften steht, Tochter«, sagte der Feuerschmied und wandte sich dem Bettlerkönig zu. »Du willst Widukind sein, unser Herzog?«

»Ich bin es.«

»Ich sah Widukind früher in den Versammlungen und im Kampf, aber nie von nahem. Nicht nah genug, um dich zu erkennen – falls du es wirklich bist. Aber wenn du die Wahrheit sagst, wer ist dann der Schwarze Reiter?«

»Das möchte ich auch gern wissen«, seufzte der Bettlerkönig.

»Die Götter werden richten, und die Luren werden die

Kämpfer auf den Richtplatz rufen, wenn es an der Zeit ist.« Der Feuerschmied verließ die Hütte.

Der Bettlerkönig blickte ihm nach und sagte leise: »Ein bemerkenswerter Mann und eine große Hilfe für Widukind – leider für den falschen. Wenn ich ehrlich sein soll, hatte ich zeitweilig ihn in Verdacht, meinen Namen zu mißbrauchen.«

»Hast du mir deshalb geraten, den Feuerschmied aufzusuchen?« fragte Wolfger. Er war sich sicher, daß der Mann, der sich Hraban genannt hatte, der wahre Herzog war. Sein Gefühl sagte es ihm, und Gerhilds Aussage war eindeutig. Wolfger begann zu begreifen. Es war wie ein zerbrochener Tonkrug, dessen zahlreiche Splitter wieder zusammengesetzt wurden, sich aneinanderfügten und die ursprüngliche Gestalt annahmen. Aber noch blieben Fragen. »Warum hast du dich nicht zu erkennen gegeben?«

Der Bettlerkönig lächelte, und fast wirkte es entschuldigend. »Ich wußte nicht, was du weißt, wo du stehst, wo die Fronten verlaufen. Es war ähnlich wie bei diesem neuen Brettspiel aus dem fernen Indien, Schach. Ich war der Spieler und mußte möglichst viel über den noch unbekannten Gegenspieler herausfinden, den gegnerischen König.«

»Und ich war eine Figur, die du benutzt hast, ein dummer Bauer!«

»Eher ein Springer, zieht man deinen verwinkelten Weg in Betracht. Außerdem bist du zurückgekehrt, was einem Bauern verwehrt ist. Aber du hast recht, Wolfger, ich benutzte dich, um mehr über den Feuerschmied und den falschen Herzog herauszufinden. Der Sohn des Sattelmeiers Wolfhard mußte den Feind zum Gegenzug reizen, ihn verlocken, die Linien aufzubrechen, sich eine Blöße zu geben. Das war mein Plan, und er ist nicht ganz mißlungen. Nur die Ereignisse haben sich leider überschlagen, und einiges geschah, was ich lieber verhindert hätte.«

Hraban, der Bettlerkönig, – Herzog Widukind – warf einen unglücklichen Blick auf Gerhild.

Heidrun sprach leise mit Gunda, stand auf und wollte die Hütte verlassen, aber Wolfger hielt sie mit hartem Griff fest. »Wohin willst du?«

Sie streifte seine Hand ab, ihre Stimme klang hart: »Keine Angst, Wolfger, ich lasse Gerhild nicht im Stich, fordere nicht das Blut deiner Mutter für das meines Bruders. Gunda weiß, was zu tun ist. Ich benötige noch Lattich sowie Rinde und Blüten der Linde für einen Sud, der die inneren Blutungen hoffentlich stillt. Versprechen kann ich's nicht.«

Sie verließ die Hütte. Die Berührung mit ihrer Haut war eisig und doch brennend gewesen, als lege man im Winter die Hand auf einen zugefrorenen Tümpel. Liebe hatte sich in Abscheu, Wärme in Kälte verwandelt, jedenfalls auf Heidruns Seite. Wolfger selbst wußte nicht, wo er stand. Heidrun hatte sein Verlangen geweckt, Gisla seine Liebe. Beide schienen unerreichbar. Das Nachdenken darüber bereitete ihm Kopfschmerzen.

Der fordernde Ruf der Luren erlöste ihn von den schmerzenden Gedanken. Das Gottesgericht sollte beginnen.

Kaum war der große Platz vor dem Opferstein für den Kampf geräumt, trat Wolfger auch schon in die Mitte. Der erste Kämpfer. Rotflackernder Feuerschein leckte über sein entschlossenes Gesicht und über die Waffe, die er erwählt hatte: seinen Sax, das kurze Schwert mit der einschneidigen Klinge, die Waffe des freien Sachsen. Mochte sein noch unbekannter Gegner auch mit einer langen zweischneidigen Spatha gegen ihn antreten, Wolfger fühlte sich

mit dem Sax vertraut. Der Schlag der Spatha war fürchter-
licher, verheerender, aber der Sax war schneller, wendiger –
Wolfgers rasendem Zorn angemessen.

Er fühlte sich verraten von dem Schwarzen Reiter. Gewiß,
der geheimnisvolle Mann mit dem Eisenhelm hatte ermöglicht, Gerhild und Gunda zu befreien. Aber er hatte Wolfger auch ausgenutzt, für einen Kampf eingespannt, der
wohl nur vorgeblich Sachsens Freiheit diente. Und, was für
Wolfger am schlimmsten wog, der Unbekannte hatte Gerhild an den Rand des Todes gebracht. Gerhild hatte ihn erkannt, konnte ihr Wissen aber niemandem mitteilen, der-
zeit jedenfalls nicht. Wolfger war fest entschlossen, das
Geheimnis des Schwarzen Reiters zu lüften – mit dem Sax
in der Hand.

Der zweite Kämpfer sah aus wie ein wilder Dämon, der am
Ende der Zeiten mit den Ungeheuern und dunklen Mächten
gegen die Götter antrat. Verwegen wie sein mißgestaltetes
Gesicht wirkte auch seine Waffe: eine Axt mit langem,
kräftigem Stiel, der zur besseren Griffigkeit eng mit Leder-
schnüren umwickelt war. Am ungewöhnlichsten war die
große Klinge: sie war doppelköpfig, war vorn wie hinten
gleich groß und scharf. Als Ogger Wolfgers staunenden
Blick bemerkte, grinste der einäugige Bettler und zeigte
auf die rote Kerbe in seiner Stirn, die Wittichs Franziska
hinterlassen hatte.

»Wenn mich noch mal einer mit der Axt schlägt, bin ich's
höchstens selbst. Aber dazu wird's nicht kommen. Halt
dich ran, Sattelmeier, wenn du einen Gegner abbekommen
willst. Ich habe nicht vor, eine der beiden Klingenköpfe
unbefleckt von Verräterblut zu lassen!« Verzückt tätschelte
Ogger die Klinge wie die Hinterbacken eines heißbegehr-
ten Weibes.

Sattelmeier!

Zum erstenmal war Wolfger als Sattelmeier bezeichnet worden. War er jetzt, wo er auf der Seite des wahren Widukind stritt, in seines Vaters Fußstapfen getreten? Der Gedanke machte ihn stolz, aber auch unsicher bezüglich der Absichten des Herzogs.

Der dritte Streiter hielt eine Frame mit dickem Schaft und scharfkantiger, mit kleinen Widerhaken besetzter Stahlspitze in den Händen. Anscher hatte darauf bestanden, zu den drei Kriegern zu gehören, die für den echten Widukind und für die Wahrheit antraten.

»Auf der einen Seite ein Edeling, auf der anderen ein Bettler, da fehlt der Lite in der Mitte«, hatte er mit rauhem Lachen gesagt und Gundas besorgte Blicke wohl bemerkt.

Auch Wolfgers Hinweis, im Falle seines Todes müsse Anscher für Gunda und Gerhild sorgen, hatte den Liten nicht umgestimmt. Er fühlte sich von dem Schwarzen Reiter ebenso mißbraucht und ausgenutzt wie der junge Sattelmeier. Seine Erbitterung stand deutlich in das schmale Gesicht geschrieben, das hart wirkte, bereit, dem Tod ins Antlitz zu schauen und selbst den Tod zu bringen.

Dann traten die Kämpfer der Gegenseite auf den Platz, und erstaunte, erschrockene Rufe flogen mit dem schwarzgrauen Rauch der Lagerfeuer in den Nachthimmel. Drei kräftige, aber unbewaffnete Männer mit Fellwesten, in den Händen dickgliedrige Ketten, an denen die großen Bären unruhig zerrten. Ahnten die mächtigen Tiere den bevorstehenden Kampf? Rochen sie das Blut, das bald den Opferplatz tränken würde? Auch der Bär, den Tibors Axthieb in die Schulter getroffen hatte, trat in den Feuerschein. Die Schulterwunde glänzte von verkrustetem Blut, aber das Tier schien nicht in seiner Bewegungsfreiheit behindert.

Der Bettlerkönig trat vor den Schwarzen Reiter, zeigte auf die Bärmeier und fragte: »Das sind deine Kämpfer?«

Ein langsames Nicken des helmbewehrten Kopfes war die Antwort.

»Meinetwegen«, sagte der Bettlerkönig und Sachsenherzog. »Aber weshalb haben sie ihre Bären mitgebracht?«

»Drei Krieger, jeder mit einer Waffe seiner Wahl, so war es ausgemacht.« Die dämpfige Stimme gab sich keine Mühe, den Triumph zu verbergen.

»Von Tieren war keine Rede!«

»Von der Beschaffenheit der Waffen auch nicht. Ein Tier kann eine Waffe sein. Wie ein Sax, eine Frame oder eine Franziska. Deine Männer haben ihre Waffen frei gewählt, meine auch. So haben wir es vorhin beschlossen. *Jeder Kämpfer erhält eine Waffe nach freier Wahl.*«

Das Zucken im bärtigen Gesicht des Herzogs verriet die schmerzhafte Erkenntnis, dem Widersacher in die Falle gegangen zu sein. Nicht umsonst war es der Schwarze Reiter gewesen, der die Bedingungen für das Gottesgericht formulierte. Widukind wandte sich an den Feuerschmied mit der Frage, ob es rechtens sei, die Bären als Waffen anzusehen.

»Ich bin selbst von dieser Wendung überrascht und weiß nicht, ob ich solch einen Kampf ehrlich nennen kann«, gab der rotbärtige Schmied zu. »Andererseits ist ein Tier gefährlich wie scharfer Stahl, und es gehört, wie eine Waffe aus Holz und Eisen, dem Menschen. Ich sehe keinen Grund, die Bären nicht als Waffen anzusehen. Doch soll die Versammlung der Krieger entscheiden.«

Die Sachsen stimmten durch das Klirren der Waffen ab. Am lautesten war das Getöse bei denen, die dafür waren, die Bärmeier mitsamt ihren Bestien gegen Wolfger, An-

422

scher und Ogger antreten zu lassen. War das die aufrechte Meinung der Mehrheit? Bedeutete es, daß der Schwarze Reiter mehr Anhänger unter den Kriegern hatte als der Bettlerkönig?

Rings um den Kampfplatz wurde Feuerholz aufgeschichtet. Ein Flammenring sollte die Kämpfer an der Flucht, die Zuschauer am Eingreifen und die Bären am Verletzen Unbeteiligter hindern.

Gespannt und gierig waren die Blicke der Sachsen, der bevorstehende Kampf versetzte ihr heißes Kriegerblut in Wallung. Der Feuerschmied sah skeptisch drein, schien sich zu fragen, ob drei Männer gegen drei wilde Bestien wirklich ein Kampf war, der dem Willen Wodans entsprach. Bei den gefangenen Franken mischten sich Anspannung und Angst um das eigene Leben, für das Wolfger eingetreten war.

Bei Gisla kam noch etwas anderes hinzu, was ihre Züge verzerrte. War es die Sorge um Wolfger, Todesangst?

»Wodan, laß deine Weisheit walten«, sprach der Feuerschmied mit himmelwärts gerichtetem Blick. »Wache über die Wahrheitsliebenden, und strafe die Lügner mit dem Tod, Vater der Götter und des Wissens.« Er blickte in den Flammenkreis und rief: »Der Kampf möge beginnen!«

Ungefähr fünfzig Fuß betrug der Durchmesser des Kampfplatzes. Viel zuwenig für Wolfger und seine Mitstreiter, um dem tödlichen Tumult zu entkommen, der ausbrach, kaum daß der Feuerschmied geendet hatte. Die Bärmeier ließen die Ketten los, zeigten mit ausgestreckten Armen auf die drei Gegner und stießen seltsame Schreie aus, kehlige Laute, als beherrschten sie die Sprache der Bären. Und die Bären verstanden, hetzten los, jeder auf einen ausgewählten

Feind. Das Feuerflackern verzerrte ihre Mäuler zu Dämonenfratzen und ihre Krallen zu Höllenschwertern.

Der Bär mit der Schulterwunde warf sich auf Wolfger. Wegtauchen und dem Angriff entgehen! Der Gedanke war schnell, die Ausführung nicht schnell genug. Ein harter Schlag wie von einem umstürzenden Baum warf den Sachsen zu Boden, raubte ihm den Atem.

Lautes Schnauben und Heulen direkt hinter ihm. Heißer, fauliger Atem in seinem Nacken. Gefahr!

Wolfger wälzte sich instinktiv über den Boden und entging dadurch dem zweiten Angriff.

Aus den Augenwinkeln sah er die Bärmeier, die gelassen und siegesgewiß dem Kampf zuschauten.

Und er erblickte seine Gefährten. Anscher stieß immer wieder mit der Frame zu und schien seinen Gegner schon verwundet zu haben, hielt ihn zumindest auf Abstand. Ogger hatte weniger Glück. Von einem Axthieb am Ohr verwundet, begann der Bär einen wilden Zornestanz, schlug um sich und schleuderte den Bettler zehn Fuß weit über den Kampfplatz.

Der Bär, der es auf Wolfger abgesehen hatte, fuhr herum. Der Sachse sprang auf und bemerkte einen grauen Streifen, der quer über den Kopf des bepelzten Riesen lief, von Ohr zu Ohr. Die innere Stimme des Menschen, die unentwegt, auch in größter Gefahr damit beschäftigt ist, die Dinge um sich herum zu ordnen und mit Namen zu versehen, nannte den Bären »Graukopf«.

Graukopf kannte seinen Namen nicht. Hätte er ihn gekannt, wäre er ihm gleichgültig gewesen. Für den Koloß gab es nur eins, ein Ziel: Wolfgers Tod.

Und Wolfger mußte Graukopf töten, um zu überleben. Flucht war unmöglich. Also griff Wolfger an, sprang mit ausgebreiteten Armen auf den Bären zu und schrie so gellend, daß selbst Asgards Götter ihn hören konnten.

Graukopf erschrak. Vielleicht nicht aus Angst, nur vor Überraschung. Er war es gewohnt, daß die Menschen vor ihm flohen, daß sie sich allenfalls, von Todesangst gelähmt, kampflos in ihr Schicksal ergaben. Aber daß ein einzelner Mensch es wagte, ihn anzugreifen, war neu für den Bären.

Wie er es von seinen Vorfahren gelernt hatte, beantwortete Graukopf Drohung mit Drohung. Er richtete sich auf und wirkte jetzt, wo er nur noch auf den kräftigen Hinterbeinen stand, wahrhaft riesig. Sein Geheul übertönte sogar Wolfgers Schreie. Die Bärenarme mit den langen gebogenen Krallen zerteilten die Luft, wie um den Gegner einzuschüchtern.

Wolfger kannte das Kampfverhalten der Bären und hatte damit gerechnet. Er bückte sich und entging den Hieben Graukopfs. Er lief geradewegs in die Arme des Bären und rammte den Sax tief in die linke Brust – ins Herz. Er drehte die Klinge herum, und warmes Blut spritzte in sein Gesicht, besudelte seine Hände. Als der Bär die Arme schließen wollte, um Wolfger zu zerquetschen, ließ sich der Sachse blitzschnell fallen. Er wollte den Sax aus der Wunde ziehen, aber der blutglitschige Holzgriff entglitt seinen Händen.

Kurz nach Wolfger stürzte der Bär, klagende Schreie ausstoßend, unablässig blutend, und wälzte sich im Todeskampf hin und her, als ringe er mit einem unsichtbaren Feind.

Schwankend kam Wolfger auf die Beine, erhitzt und benommen vom Kampf. Der Feuerkreis tat ein übriges. Wolfger sah die Welt in Fetzen aus flackerndem Rot.

Mühsam erkannte er Anscher, der sich noch immer mit der Frame gegen den Bären wehrte. Der Kittel des Liten war auf der Brust zerfetzt und blutig. Die Bärenkrallen mußten eine fürchterliche Wunde gerissen haben.

Die Suche nach Ogger brachte Wolfger einen doppelten Schreck. Der Bettler stand nicht mehr, konnte nicht mehr leben. Sein Leib war verstümmelt, der Bauch aufgerissen, die Eingeweide hingen heraus. Er lag verkrümmt in einem kleinen roten See, der beständig anwuchs, so rasch lief das Blut aus dem Getöteten.

Und der Bär? Oggers Mörder!

Der zottelige Gigant hatte einen Zuruf seines Bärmeiers aufgefangen und flog in schnellen Sprüngen auf Wolfger zu. Wolfger spürte die Bedrohung wie eine Schlinge, die sich um seine Kehle zusammenzog. Ihm blieb weder Zeit zum Ausweichen noch dazu, seinen Sax aus Graukopfs Leib zu ziehen. Schon war die Bestie, die Ogger getötet hatte, über ihm. Wolfger konnte sich nur noch zusammenrollen, damit ihn der Aufprall nicht zu heftig traf.

Und doch hatte er das Gefühl, von dem massigen Tier zerquetscht zu werden. Hunderte von Pfund lasteten auf ihm, preßten das Leben aus seinem Leib. Fleisch, Fett, kräftige Muskeln und schwere Knochen drohten ihn zu erdrücken. Es war nur eine Frage von Augenblicken und des unwesentlichen Unterschieds, ob der Bär ihm zuerst die Atemluft abdrückte oder sämtliche Knochen brach.

Seltsam! Wollte ihn sein Bewußtsein gnädig über den bevorstehenden Tod hinwegtäuschen, indem es sich mit dem Leid eines anderen beschäftigte? In dem schmalen Blickfeld, das ihm unter dem behaarten Fleischberg verblieben war, konnte er Anscher erspähen, und auch mit dem Liten ging es zu Ende. Seine Frame war zerbrochen, die Spitze steckte im Leib des Bären. Aber nicht tief genug, um ihn zu schwächen oder gar zu töten. Nur so tief, um Wut zur tödlichen Raserei zu steigern. Das Tier tobte und schlug zu, als verfüge es statt über vier über vierzig Pranken. Anschers Kräfte erlahmten, seine Ausweichversuche gerieten zunehmend erfolgloser. Der Bär riß das Leben in großen Fleischfetzen aus Anschers Leib.

Wolfgers Blick vernebelte sich. Ein Zeichen des nahen Endes. Selbst die dicht an dicht aufgeschichteten Feuer schienen unter heranfliegenden Schatten zu verschwinden. Die Schatten jagten über den Kampfplatz, fielen die beiden noch lebenden Bären an, verbissen sich in die Kolosse und entrissen ihnen Fleisch und Blut, wie die Bären es mit Anscher und Wolfger tun wollten. Die Schatten waren kleiner als die Bären, aber in der Überzahl. Auch die Bärmeier blieben von ihnen nicht verschont. Scharfe Zähne bohrten sich in ihre Haut, und die drei Männer beendeten ihr Leben mit durchbissenen Kehlen.

Als der Bär von Wolfger abließ, um sich gegen die beißenden, bellenden, knurrenden, wütenden Schatten zu wehren, saugte der Sachse japsend und würgend die Luft in seine ausgequetschten Lungen. Er wollte atmen, einfach nur atmen – und leben. Zu allem anderen fühlte er sich zu schwach, sogar zum Aufstehen. Wäre der Bär in diesem Augenblick zu ihm zurückgekehrt, er wäre der mörderischen Bestie hilflos ausgeliefert gewesen.

Aber der Bär würde nie wieder einen Menschen anfallen. Er konnte ein paar der Schatten von sich abschütteln, andere mit wuchtigen Prankenhieben schwer verletzen, aber ihre Überzahl besiegelte sein Schicksal. Biß um Biß verließen ihn Kraft und Leben. Er war nur noch ein blutüberströmtes, kläglich schreiendes Fleischbündel, das sich unter seinen Peinigern am Boden wälzte. Die Schatten kannten keine Gnade. Wie von Wodan gesandte Rachegeister bohrten sie ihre blutigen Fänge immer wieder in das aufgerissene Fleisch des Riesen, bis der sich nicht mehr bewegte. Anschers Gegner erging es ebenso.

Anscher lag am Boden, fast reglos wie Wolfger. Die Bärenkrallen hatten den Liten übel zugerichtet, und er verlor viel Blut. Aber er atmete noch, fing Wolfgers Blick auf und erwiderte ihn mit einem Zucken der Lippen, das Wolfger als Lächeln deutete. Zu mehr hatte Anscher nicht die Kraft.

Wortfetzen drangen undeutlich an Wolfgers Ohren: erregte Schreie, Überraschungsrufe, Fragen, Anweisungen. Mit langen Ästen wurde der Feuerring auseinandergerissen, und Männer stürzten herbei. Zwei von ihnen beugten sich über Wolfger, und beide schienen einer Traumwelt zu entstammen. Waren sie überhaupt Männer – oder fluchgeborene Zwischenwesen?

Der eine ging aufrecht, war aber dicht mit Fell besetzt. Es war der Mannwolf, den Wolfger nach seiner Flucht aus Minden gesehen hatte, bevor ihm die Sinne schwanden. Der andere war von schlimmen Brandnarben entstellt, und doch erschienen seine Züge dem stark benommenen Wolfger bekannt. So ähnlich hatte Elso nach dem Kampf mit Ogger ausgesehen. Doch Wolfger hatte mit angesehen, wie Elso eine Hand abgeschlagen, wie der friesische Bettler am Portal der Mindener Kirche aufgespießt wurde. Der narbenübersäte Mann, der neben dem Mannwolf stand, lebte und hatte zwei gesunde Hände. In einer hielt er eine Franziska.

Wolfgers Atem beruhigte sich, seine Sinne erstarkten. Er vernahm die Rufe und Schreie deutlicher, und sein Blick klärte sich, erkannte den narbigen Mann.

»Wittich!«

Das schmale Gesicht des Alten verzog sich. Die zurückweichenden Lippen boten die stark gelichteten Zähne dar. Ein Lächeln.

»Du wirst durchkommen, Wolfger. So, wie ich durchgekommen bin. Und dein Vater.«

Der letzte Satz traf Wolfger wie ein neuerlicher Hieb mit der Bärenpranke. Sein Herz raste, während sein Blick den Mannwolf festnagelte. Nein, ein Wolf war es nicht. Aber ein Mann?

Haar und Bart wucherten wild und lang. Kittel und Hose waren aus Wolfsfell grob zusammengenäht. Auch an den Füßen glänzte Fell: Pelzlappen.

Das war sein Vater? Der Edeling Wolfhard? Der berühmte Sattelmeier? Der seit vielen Jahren Tote?

Hatte Wolfger laut gedacht? Verriet sein Gesicht die Gedanken? Der Mannwolf sprach.

»Die Wölfe haben mich nicht zerrissen, damals bei der Wolfsschlucht. Sie haben ihren Überfall abgebrochen und mich bei sich aufgenommen. Vielleicht spürten sie, daß ich ein Gejagter war, ihnen gleich. Vielleicht erkannten sie den Bruder, den Abkömmling des alten Wolfsgeschlechts in mir. Sie teilten ihre Nahrung mit mir, und mein Körper gesundete. Mein Geist aber weilte oft in langer Nacht, als wolle er ein Tiergeist werden, ein Wolfsgeist. Ich jagte mit den Wölfen, kämpfte mit ihnen, freute mich und trauerte mit ihnen.«

Er sprach langsam, mit seltsamer Betonung. Die Menschensprache war für ihn ungewohnt geworden. In seiner Stimme schwang ein unterschwelliges Knurren mit – die Laute, an die er mehr gewöhnt war: Wolfslaute.

Wolfger starrte in das bärtige Gesicht, und die Erinnerung

kehrte zurück. Der Bart verschwand, das Gesicht wurde jünger, und Wolfhard erstand zu neuem Leben. Längst verloren geglaubte Bilder kehrten zurück, und Wolfger wußte wieder, wie sein Vater aussah.

»Warum bist du nicht zu uns zurückgekehrt?« fragte Wolfger leise.

»Ich war ein Wolf. Nur manchmal drang Wachheit in mich, und etwas zog mich unwiderstehlich aus den Bergen nach Süden, zu dem Hof, den ihr aufgebaut habt. Doch ich wußte, daß es nicht mein Hof war. Ich war ein Verfemter, und nur im Totsein konnte ich meine Familie schützen.«

Auf einmal verstand Wolfger vieles, was ihm bislang rätselhaft erschienen war. Warum Gerhild sich so nah an der Wolfsschlucht angesiedelt hatte. Wieso die Wölfe selbst im schlimmsten Winter, wenn Eis und Schnee jede Nahrung bedeckten, den Wolfshof ungeschoren ließen. Weshalb der Mannwolf ihm geholfen und die Leute aus dem verborgenen Tal zu ihm geführt hatte. Und wieder hörte er die Worte seiner Mutter: »Wir begraben, was tot ist. Aber was wir bei uns behalten, lebt weiter.« Sie hatte die Wahrheit geahnt, gespürt.

»Aber jetzt bist du gekommen?« fragte Wolfger, und ein leiser Vorwurf schwang in seiner Stimme mit.

»Wittich kam zu mir. Schwer verletzt hatte er sich aus den Trümmern des eingestürzten Hauses befreit. Er hatte mich gesehen und erkannt, als Asmund die Wolfsschlucht ausräucherte. Er sprach zu mir von alten Zeiten, weckte Erinnerungen und Gefühle, und aus dem Wolf wurde wieder ein Mensch. Ich scharte die übriggebliebenen Wölfe um mich – und wir kamen gerade noch rechtzeitig.«

Die Wölfe bildeten knurrend und bellend einen Kreis um

Wolfhard, Wittich, Wolfger und Anscher, um sie vor den herbeieilenden Männern zu schützen: der Feuerschmied und der Schwarze Reiter, dessen berittene Leibwache und weitere bewaffnete Sachsen. Ihnen folgten der Bettlerkönig und seine Leute, auch Alwig mit Männern vom Wolfshof.

»Betrug!« schrie der Behelmte, als er den Rappen vor den zähnefletschenden Wölfen zurückriß. »Nur durch Betrug haben die Männer des Bettlerkönigs den Kampf gewonnen. Die Männer und die Wölfe hier müssen getötet werden!«

»Wenn einer ein Betrüger ist, dann du!« erwiderte Wolfhard und wandte sich dem Bettlerkönig zu. »Das ist der wahre Herzog der Sachsen, Widukind, Wodans Abkömmling!«

»Was gilt das Wort eines zerlumpten Waldschrats?« rief der Schwarze Reiter.

»Vielleicht gilt das Wort eines Sattelmeiers mehr«, entgegnete Wittich. »Ich bin Wittich vom Wolfshof, und dies ist Wolfhard, mein Herr!«

»Wolfhard ist tot, lange schon!«

»Nein«, sagte Wittich und fand Unterstützung bei Alwig, der seinen ehemaligen Herrn erkannte. Weitere Männer vom Wolfshof bestätigten es. Dann auch Wolfger.

Als daraufhin der Feuerschmied den Schwarzen Reiter ansah, glomm starker Zweifel in seinen Augen. »Viele Männer sprechen für den Bettlerkönig, aber du verbirgst dich hinter einer Maske. Der Angriff der Wölfe hat das gerechte Urteil der Götter verhindert, aber schon der Einsatz der Bären war kaum rechtens. Wie soll Wahrheit sein, wo Lug und Trug ist? Wie Eintracht, wo unser junger Kriegerbund durch euch gespalten wird?«

»Die Antwort ist einfach«, sagte der Bettlerkönig. »Zwei

Männer behaupten, Herzog der Sachsen zu sein, aber nur für einen ist Platz. Also muß der andere sterben.«

Seine Worte fanden allgemeine Zustimmung.

»Wie stellst du dir das vor?« fragte der Feuerschmied.

»Ein neuer Zweikampf, ein neues Gottesurteil. Aber diesmal ohne Wölfe und Bären, ohne Stellvertreter. Zwei Reiter mit ihren Waffen, der Schwarze und ich.«

Die Männer des Bettlerkönigs blickten ihn erschrocken an. Er war alt, und sein Rücken schmerzte so heftig, daß er beim Gehen selten auf den Stock verzichtete. Das sagten sie ihm leise, als sie ihn umringten.

»Eben deshalb will ich beim Zweikampf im Sattel sitzen. Ihr müßt mir nur hinaufhelfen und mich dort festbinden.«

Wolfhard sagte: »Bei deinen Schmerzen wird der Ritt dich umbringen, Herzog!«

»Das macht nichts, wenn es mir gelingt, den anderen vorher zu töten.«

25. Kapitel

Der Schwarze Reiter

Der Vorschlag des Bettlerkönigs wurde mit allgemeiner Zustimmung aufgenommen. Auch der Schwarze Reiter zeigte sich sofort einverstanden; er glaubte sich seines Sieges über den gebrechlichen Alten sicher. Die kreisförmig angeordneten Feuer wurden teilweise gelöscht, teilweise weit auseinandergezogen, um Platz für den neuen Kampf zu Roß zu schaffen.

Für Ogger konnten sie nur noch die Totenklage anstimmen. Der schwerverletzte Anscher wurde auf einer Trage aus Flechtwerk in die Laubhütte gebracht, in der Gerhild lag. Die zurückgekehrte Heidrun und die in Tränen aufgelöste Gunda kümmerten sich um den Liten.

Wolfger spürte beim Aufstehen heftige Stiche in seiner Brust. Als der Bär auf ihm gelegen hatte, mußten ein paar Rippen gebrochen sein. Aber er konnte aufrecht stehen und wollte sich nicht zu den Verletzten legen. Von Gislas Blicken begleitet, verschwand er in der Laubhütte, um sich von Heidrun einen straffen Verband anlegen zu lassen. Er hatte in Gislas Augen Besorgnis gelesen, und das gab ihm neue Hoffnung.

Als Wolfhard und Wittich die Hütte betraten, wurde der Unterschlupf von den Wölfen umringt: ein lebender Schutzwall aus wachsamen Augen, starken Muskeln, kräftigen Kiefern und scharfen Zähnen.

Gerhild war noch immer ohne Bewußtsein. Gunda hatte

von Wolfger bereits erfahren, was sich ereignet hatte, und doch starrte sie ihren Vater voller Unglauben an, wie einen Fremden. Und genau das war er für sie, die noch sehr jung gewesen war, als er verschwand.

»Will Hrab ...« Wolfger räusperte sich. »Will Widukind wirklich gegen den Schwarzen Reiter antreten?«

Wittich nickte. »Er ist fest entschlossen.«

»Aber sein Alter, seine Schmerzen ...«

»Die Schmerzen seines kranken Rückens, die Verantwortung für das Sachsenvolk und der Kummer, den diese Verantwortung mit sich bringt, lassen ihn älter wirken, als er ist«, sagte Wolfhard. »Er war stets ein hervorragender Rekke. Nur wenn er länger im Sattel sitzt, drohen ihn die Schmerzen umzubringen. Er muß den Schwarzen Reiter schnell töten.«

Während er über Widukind sprach, waren seine Augen auf Gerhild gerichtet. Auch sie war gealtert in den zwölf Jahren ihrer Trennung, doch in seinen Augen lag Liebe, in die sich Sorge mischte.

Heidrun bemerkte das und sagte: »Ich habe alles getan, was ich kann, aber es sieht schlecht aus. Skuld, die Norne des Zukünftigen, scheint Gerhilds Schicksalsfaden nicht mehr weiterzuspinnen.«

Wolfhard nickte, kniete sich neben seine Gemahlin und legte seine rissigen, borkigen Hände sanft auf ihre Wangen, streichelte sie, wie es ein Vater bei der kleinen Tochter tun mochte. Ein seltsames Gefühl beschlich Wolfger bei diesem Anblick: das Gefühl, einen liebenden Vater zu haben.

Immer weiter streichelte Wolfhard das einstmals schöne Gesicht, das jetzt von tiefen Linien durchzogen wurde. Vergangenheit wurde für den Sattelmeier zur Gegenwart,

Zukunft bedeutungslos. Liebe vermochte mehr als alle Heilkunst, und Gerhild öffnete die Augen. In ihrem Blick lag nicht Gundas Unglaube und auch nicht die Überraschung, die Wolfger verspürt hatte.

»Ich ... habe es gespürt, gewußt ... all die Jahre ...« Ihre Stimme war leise wie ein Flüstern im Sturm, konnte vom Flügelschlag eines Schmetterlings übertönt werden. Dann konnte nur noch Wolfhard, der sich dicht über Gerhild beugte, seine Gemahlin verstehen. Als er den Kopf wieder hob, war ihr Blick starr, ihr Atem erloschen.

Gunda weinte erneut. Wolfger fühlte nur ein Brennen, in seinen Augen wie in seiner Kehle.

Mit kratziger Stimme fragte er: »Was war Mutters Abschiedsgruß?«

»Der Wunsch für euch, endlich in Frieden zu leben«, sagte Wolfhard. »Auch Worte an mich, die nur für mich bedeutsam sind. Und ihre Erkenntnis über den Schwarzen Reiter.«

»Wer ist er?«

»Ihr werdet es sehen, wenn der Herzog ihn getötet hat. Nur dann werdet ihr es glauben.«

Wolfhard war der Sattelmeier, Wolfger sein Sohn. Sie halfen dem vor Schmerzen stöhnenden Widukind in den Sattel eines Schimmels, zurrten ihn dort mit Lederriemen fest und reichten ihm die Waffen.

»Früher hast du ein schwarzes Roß bestiegen, wenn du in die Schlacht geritten bist, Herzog«, bemerkte Wolfhard.

»Früher ritt ich gegen die Franken, heute gegen einen Sachsen. Karl schenkte mir einen Schimmel, als ich nach Minden kam, um mein Haupt zur Taufe zu beugen. Einen Schimmel reite ich, um jene Eintracht zwischen Sachsen und Franken wiederherzustellen, die ich damals zu besiegeln hoffte.«

Flammen loderten in Wolfhards blauen Augen auf und verwandelten sie in gefrorene Seen, unter denen ein Erddämon Feuer entzündet hatte. »Eintracht oder Unterwerfung?«

»Hier im Opferhain traf ich dich an jenem Schicksalstag, Meier Wolfhard. Erinnere dich der Worte, die ich damals zu dir sprach! Ich habe ihnen nichts hinzuzufügen. Männer wie der Schwarze Reiter, die immer wieder Aufstände schüren, sorgen für Leid, Blut und Zwietracht. Ich bin gekommen, das zu unterbinden. Willst du mir dabei helfen oder dich erneut von mir abwenden, Sattelmeier?«

Wolfhard sah zu den dunklen Flecken der Laubhütten hinüber und antwortete: »Gerhild wollte Frieden, und ich glaube, sie tat recht daran. Ich stehe zu dir, Herzog Widukind.«

»Das ist gut.« Der Herzog lächelte und ritt langsamen Schrittes auf den Kampfplatz.

Hundert Fuß entfernt wartete der Schwarze Reiter, bewegungslos wie ein Fels. Unter dem schweren Helm schien kein Leben zu herrschen. Ein versteinerter Rachegott. Oder einer aus Eisen.

Noch einmal beschwor der Feuerschmied die Götter, die Arme gen Himmel gereckt. Als er sie sinken ließ, war dies das Zeichen: der Kampf begann.

Aber keiner der Kontrahenten bewegte sich. Die Pferde scharrten schon unruhig mit den Hufen, als Widukind und sein Gegner immer noch verharrten, starr wie die alten Eichen rings um sie herum. Jeder beobachtete den anderen, um aus der geringsten Bewegung des Gegners Rückschlüsse auf dessen Kampfweise zu ziehen. Wer zuerst anritt, offenbarte damit seine Taktik.

»Zwei hervorragende Recken«, sagte Wittich bewundernd. »Beide beherrschen die wichtigste Kunst im Kampf: das Abwarten.«

»Wenn der Herzog zu lange wartet, machen seine Schmerzen ihn hilflos«, meinte Wolfhard mit düsterer Stimme. »Verflucht sei der Augenblick, als er am dritten Tag der Schlacht an der Hasa mit seinem tödlich verwundeten Pferd stürzte und seinen Rücken verletzte! Wir verloren die Schlacht und Widukind seine Gesundheit.«

War der Rappe zu unruhig geworden oder sein Reiter? Mit einem mächtigen Satz sprang der schwarze Hengst vor, fiel in leichten, dann in schärferen Galopp. Wie der Helm glänzte auch die eiserne Framenspitze im Feuerschein, als der Schwarze Reiter die Waffe zum Stoß anlegte. Der linke Unterarm steckte wie bei Widukind im Schildbügel. Beide Schilde waren rund. Der des Behelmten war mit Eisenbändern überzogen, bei Widukinds Trutzwaffe glänzte nur ein kleiner Bronzebuckel in der Mitte des dünnen Holzes: der traditionelle Sachsenschild.

»Warum bewegt er sich nicht?« keuchte Wolfger und meinte den Herzog, der dem tödlichen Framenstoß offenen Auges und scheinbar reglos entgegensah. »Hat der Schmerz ihn gelähmt?«

»Abwarten«, brummte Wolfhard. »Er wird sich rühren, wenn es an der Zeit ist.«

»Wann?«

»Jetzt!«

Widukinds linker Arm flog zeitgleich mit Wolfhards Ausruf hoch, und der Schildbuckel fing die Framenspitze ab. Sie rutschte am Schildholz entlang, ohne das Fleisch des Herzogs auch nur zu ritzen.

Hastig riß der Schwarze Reiter an den Zügeln, um sein

Pferd erneut in Angriffsposition zu bringen. Als er sich gerade umgedreht hatte, fuhr Widukinds Frame durch seinen Leib, mit so festem Stoß, daß die blutige Spitze hinten wieder herauskam.

Der Schwarze Reiter stürzte aus dem Sattel, verlor seine Waffen und den Helm, der bedächtig davonrollte. Der Gestürzte stöhnte und hustete im Todeskampf. Die auffallend seitlich sitzenden Augen traten unter der wulstigen Stirn hervor. Das rote, knorpelige Fleisch an der Stelle, wo bei anderen die Nase und bei dem Verwundeten sonst der silberne Ersatz saß, zitterte. Häßlichkeit und Haß verzerrten Asmunds Antlitz.

Ein Aufstöhnen aus Hunderten von Kehlen folgte. Nur die Leibwächter des Schwarzen Reiters schienen ihn gekannt zu haben. Sie versuchten, sich unauffällig abzusetzen, aber Framen, Gere und Schwerter hielten sie auf.

Widukind hielt den Schimmel vor dem am Boden liegenden Verwundeten an und sagte: »Einmal ein Verräter, immer ein Verräter. Die Macht, die König Karl dir als Graf von Minden gewährte, war dir nicht genug. Du wolltest im Sachsenland herrschen, ohne jemanden über dir. Aber mit falschem Namen?«

»Wenn ich die Macht gehabt hätte, hätte ich auch meinen wahren Namen offenbart«, stöhnte Asmund. »Doch ich brauchte deinen Namen, um die Macht zu erringen.«

»Immer nur Macht«, sagte der Herzog verächtlich. »Gibt es für Menschen wie dich nichts Wichtigeres?«

»Nein ...« Asmund zuckte in Krämpfen, wand sich, spuckte Blut.

»Doch«, sagte Widukind hart. »Den Tod.«

»Aber du gehst mit!«

Alle waren überrascht, als Asmund sich unter Aufbietung

aller Kräfte aufraffte, schnell den Sax zog und in ein Vorderbein des Schimmels schlug. Das Tier knickte ein. An den Sattel gebunden, konnte Widukind dem Verhängnis nicht entkommen und wurde halb unter dem Pferd begraben. Asmund kniete vor ihm, die Frame noch im Leib, den blutigen Sax in der erhobenen Rechten. Er wollte zuschlagen.

»Neeeiiin!« entfuhr es Wolfhard, und er sprang zusammen mit seinem Sohn auf den Kampfplatz.

Wittich war schneller und schleuderte seine Franziska. Rasend schnell flog die Axt, sich mehrmals drehend, durch die Luft und durchschlug Asmunds rechten Arm unterhalb des Ellbogens. Der Sax fiel mit dem abgetrennten Unterarm zu Boden, ohne Widukind berührt zu haben. Zorn stand noch auf Asmunds Gesicht geschrieben, als er tot am Boden lag.

Vater und Sohn zückten ihre Messer, um den Herzog von den Lederriemen zu befreien. Dann zogen sie ihn unter dem schreienden Schimmel hervor. Widukind war schweißbedeckt und zitterte. Die Schmerzen waren so stark, daß er nicht sprechen konnte.

»Wir müssen ihn zu Heidrun bringen«, schlug Wolfger vor.

Kampfeslärm überlagerte seine Worte. Erst dachte er an einen Ausbruchsversuch von Asmunds Leibwache. Aber der Kampf wogte rings um den Opferhain. Ein unbekannter Feind griff in großer Zahl aus der Dunkelheit an.

Ein berittener Sachse mit blutverschmierter Stirn, der junge Hidde, preschte auf den Platz und rief: »Die Franken greifen an! Ermold und seine Reiter sind mit Verstärkung zurück!«

Gestützt von Wolfhard und Wolfger, richtete Widukind seinen Oberkörper auf und sagte mit gebrochener Stimme: »Nicht kämpfen ... Laßt die Franken kommen!«

Sofort schwärmten Berittene aus, um Widukinds Befehl zu überbringen. Als wären keine zwölf Winter über das Sachsenland gezogen, war er wieder Befehlshaber der sächsischen Krieger. Doch nicht alle befolgten den Befehl gern. Auch der Feuerschmied gehörte zu denen, die mit verbissenem Gesicht in die Dunkelheit starrten.

Aus der Nacht wuchsen große Schatten, und die Schatten wurden unter dumpfem Hufschlag, Gewieher und Waffengeklirr zu fränkischen Reitern, darunter schwergepanzerte – die gefürchteten Eisenreiter. Einige der Reiter hielten rote Wimpel mit goldenen Kreuzen und Rosen. Vor langer Zeit hatte Wolfger diese Fahnen schon einmal gesehen, am Tag von Widukinds Taufe; sie wehten damals über dem Zelt des Königs.

Und tatsächlich war nicht der abgekämpfte, verschwitzte Ermold der Anführer der fränkischen Reiter. Auch nicht der lockenhaarige Mann an seiner Seite, der jetzt wie ein Krieger aussah und den Wolfger als Spielmann Hruodgar kennengelernt hatte. Eingehüllt in einen blauen Umhang, ein Schwert mit vergoldetem Griff an der Hüfte, lenkte König Karl seinen stattlichen Schimmel durch die Reihen seiner Soldaten. Er war älter geworden und runder im Gesicht. Rund wölbte sich auch der Bauch nach vorn, aber der große, kräftige Mann blieb eine mächtige Erscheinung.

Widukind ließ sich von Wolfhard und Wolfger vor den König bringen. Dabei mußten sie ihn mehr tragen, als daß er auf eigenen Füßen ging und stand.

»Was ist mit dir geschehen, Herzog?« fragte Karl, und es klang wirklich besorgt.

Widukind zeigte auf Asmunds Leiche. »Dort liegt der Verräter, dein eigener Graf.« Ein Hustenkrampf überfiel ihn, dann fuhr er fort. »Ich habe ihn in den Tod geschickt, aber ich fürchte, er nimmt mich mit.«

»Wir konnten nicht schneller kommen«, sagte Karl. »Es war schon ein Eilmarsch, den ich mit meinen besten Reitern unternahm, nachdem dein Eidam mich mit deiner Botschaft erreichte, Herzog. Dann stießen wir auf Ermold und beschleunigten den Ritt noch mehr.« Der König blickte auf den framendurchbohrten Wikgrafen. »Ich war auf vieles vorbereitet, aber daß Asmund ...« Er schüttelte den Kopf.

»Eidam?« fragte leise und verwundert Wolfger.

Sein Vater zeigte auf Hruodgar. »Das ist Abbio, Herzog der Ostfalen, Gemahl von Widukinds Tochter und sein treuester Streiter.«

»Jedenfalls ein besserer Streiter als Sänger«, meinte Abbio, der die Worte gehört hatte. »Doch die Maske des Barden war gut. Wer vermutet in einem bunten, lauten Gecken schon einen Krieger!«

»Verräter, allesamt Verräter an der Freiheit der Sachsen!« keuchte der Feuerschmied und trat langsam vor. »Ihr habt mir meine Söhne geraubt. Euer Christengott trägt die Schuld. Und sein König!«

Er zog die Frame aus Asmunds Leichnam und rannte mit nach vorn gehaltener Spitze auf Karl zu.

»Er zerstört den Frieden auf ewig!« schrie Widukind. »Haltet ihn auf!«

Der Ruf des Herzogs war einem Sattelmeier Befehl. Wolfger wirbelte herum, zog den Sax und warf sich dem Feuerschmied entgegen.

Ihre Leiber prallten aufeinander. Die Frame verfehlte Wolfger. Trotzdem schmerzte es höllisch, als der massige Schmied gegen seine gebrochenen Rippen prallte.

Aber den Rotbärtigen hatte es schlimmer erwischt. Der Sax steckte in seinem Herzen. Er war schon tot, als er den Waldboden berührte.

26. Kapitel

Erst das Roß, dann der Troß

Das regenfeuchte Wiehengebirge dampfte im Morgennebel. Ein Drache aus Erdboden, Gestein und Bäumen, der das Land von Osten nach Westen durchschnitt und den Rauch durch unzählige Nüstern stieß. Von jeder Erhebung, aus jedem Einschnitt, überall stiegen von dem gewundenen, sommergrünen Drachenleib die wolkigen Dampfsäulen in den grauverhangenen Himmel, der nur vereinzelte Sonnenstrahlen durchließ. In ihrem unwirklichen Licht glitzerte der Regen des vergangenen Tages, tausend und abertausend Tränen gleich, vergossen um die Toten der Nacht.

Der Trauerzug, der im ersten Morgenlicht vom Opferhain nach Süden aufbrach, führte zwei von den Toten mit sich: Gerhild und Widukind. Der Herzog hatte den Mann, der sich seinen Namen angemaßt hatte, nicht lange überlebt. Doch lange genug, so wünschte er im Sterben, um die aufständischen Sachsen zum Frieden und den über Mindens Verwüstung erzürnten König zur Gnade bewogen zu haben. Die Sachsen versprachen es ihrem Herzog, der König auch. Jetzt waren Widukinds Getreue sowie Karl mit seinen edelsten Begleitern unterwegs, um Widukinds letzten, seltsamen Wunsch zu erfüllen.

Zusammen mit Gerhild lag er auf dem Leiterwagen, der von sechs Rossen gezogen wurde, drei Rappen und drei Schimmeln. Vor dem langen Trauerzug, direkt hinter dem

Leichenwagen, führte der Sattelmeier Wolfhard den Schimmel, den Widukind bei seinem letzten Kampf geritten hatte. Trotz des geschienten Beins konnte das Pferd nur langsam gehen. Aber es mußte mit, auf dem Ehrenplatz hinter des Herzogs Leichnam, wie es der alte Sachsenbrauch verlangte: erst das Roß, dann der Troß.

Gegen Mittag rastete man auf dem Kamm des Gebirgszugs. Die Feldgeistlichen, die Karls Truppen stets begleiteten, klappten einen mit Schnitzereien und Goldzierat versehenen Tragaltar auseinander und hielten die Totenmesse für die beiden getauften Verstorbenen. Die Waldlichtung war wie eine naturgeschaffene Kirche, und der König versprach, an dieser Stelle eine Kapelle zu Ehren des Sachsenherzogs zu errichten – sogar eine aus Stein.

Der Schimmel, Widukinds Roß, wohnte nach altem Brauch der Zeremonie bei, wenn es auch neu war, daß es bei einer christlichen Trauerfeier geschah. Die Geistlichen warfen dem Tier immer wieder beunruhigte oder böse Blicke zu, aber Karl zeigte sich unbeeindruckt. Er wollte Widukinds letzten Wunsch erfüllen: eine Trauerfeier nach christlicher und eine Bestattung nach sächsischer Weise. Das sollte dazu beitragen, Franken und Sachsen zu versöhnen.

Karl hatte in der Nacht zu dem sterbenden Widukind gesagt: »Wenn die Sachsen Christen werden sollen, werden sie sich wundern, weshalb ihr berühmtester Herzog, ein getaufter Christ, nicht auf einem Friedhof bestattet liegt.«

Widukind grinste trotz seiner furchtbaren Schmerzen, als habe er Freude am eigenen Tod. »Laß überall im Land Kirchen bauen, und stifte ihnen Gebeine, die als die meinigen gelten. Die Menschen werden kommen, um die Knochen zu verehren, und aus mir wird der größte aller bekehrten Christen werden.«

»Das ist Frevel!« entfuhr es dem empörten König.

»Nein, Politik«, belehrte ihn der Herzog.

Und beide lachten, als sei der Tod nur ein ferner Schatten.

Wolfhard blieb der Totenmesse fern und ging zu den Wölfen, die dem Trauerzug wie verlorene Seelen folgten. Er war kein Christ und hatte nicht vor, sein Haupt vor einem fremden Gott zu beugen. Er wollte Widukinds Wunsch erfüllen, ohne sich selbst und die Götter, an die er glaubte, zu verraten.

Nach der Messe setzte der Trauerzug den Weg fort, und die Wölfe winselten vernehmlich, als sie die Heimat witterten – die Wolfsschlucht. Hier, wo kein Mensch seine Ruhe stören würde, wollte Widukind begraben sein. Und hier sollte auch Gerhild ihr Grab finden. Mitsamt dem Schimmel, dem Wolfhard den Todesstoß versetzte.

Als die Gräber zugeschüttet waren und Karl die Rückkehr zum Opferhain befahl, blieb Wolfhard inmitten seiner Wolfsschar stehen. Er blickte den Berghang hinunter zur Weser, deren gewundenes Band durch das Blattwerk schimmerte, aber seine Gedanken waren bei den Toten.

Wolfger ging zu ihm und sagte: »Vater, wir haben alles getan. Mutter und Widukind werden in Frieden ruhen.«

»Ja, bestimmt werden sie das.« Wolfhard nickte versonnen. »Ich werde dafür sorgen.«

»Aber ...«

»Mein Platz ist schon längst nicht mehr in der Welt der Menschen. Du wirst auf deine Schwester achtgeben und auf dich selbst. Ich habe hier zu wachen.« Er schien nicht nur die Toten zu meinen, sondern auch die Wölfe.

Wittich hatte das Gespräch mit angehört. Er trat vor Wolfhard und sagte: »Ich verlor meinen Sohn und will um so mehr auf den deinen achten.«

Als sie gegen Abend wieder am Opferhain eintrafen, war Heidrun verschwunden. Sie hatte ein Pferd und den Leichnam ihres Vaters mitgenommen. Gunda, die Anscher pflegte, erzählte es Wolfger. Anscher ging es etwas besser. Er würde durchkommen, nicht zuletzt dank Heidruns Heilkünsten.

Ein kostbar gewandeter Franke kam und bat Wolfger ins Zelt des Königs. Karl saß auf einem gepolsterten Klappstuhl an einer kleinen Tafel und löffelte seine Lauchsuppe.

»Suppe darf ich noch, aber keinen Braten, sagen die verfluchten Quacksalber!« Er wischte sich mit dem Tischtuch etwas Suppe aus dem Schnauzbart.

Die Diener trugen auch für Wolfger Suppe auf, aber er verspürte keinen Hunger, tunkte den Löffel nur ein, um Karl nicht zu verärgern.

»Wir haben etwas zu bereden«, sagte der König. »Wo stehst du, Wolfger?«

Wolfger verstand die Frage und antwortete: »Ich versprach Widukind, den Frieden und dir die Treue zu halten, mein König.«

»Dein Versprechen ist eine, dein Herz eine andere Sache.«

Wolfger dachte an die vielen Toten, die noch leben könnten, hätte weniger Haß und mehr Verständnis geherrscht.

»Unrecht wurde auf beiden Seiten verübt, von welcher mehr, will ich nicht entscheiden. Es ist auch nicht wichtig. Wichtig ist nur, daß Unrecht nicht mit Unrecht aus der Welt geschafft wird. Nur Frieden kann Unrecht und Haß und Tod vermeiden. Das sagt mein Herz.«

»Wohl gesprochen«, freute sich Karl und rülpste laut. »Eines Königs würdig, zumindest aber eines Grafen. Die Stelle ist in Minden vakant. Willst du die Vakanz ausfüllen, Wolfger?«

Wolfger zögerte. »Ich ...«

»Ja oder nein! Dazwischen gibt es nichts, hat schon unser Herr Jesus Christus erkannt.«

»Ich bin bereit zum Frieden. Aber ich weiß nicht, ob ich an der Spitze fränkischer Truppen reiten will, wenn es gegen die Sachsen im Norden geht.«

»Asmund habe ich in Minden gelassen, weil er mir Aufstände meldete.« Karl lachte trocken und verschluckte sich fast. »Du hast ja gesehen, was daraus geworden ist. Aber die Feldzüge wären nur ein Teil deiner Pflichten. Wichtiger ist, daß du im ganzen Wesertalgau für Frieden und Gerechtigkeit sorgst. Traust du dir das zu?«

»Gerechtigkeit kann nur herrschen, wenn die Gesetze, nach denen die Menschen leben, gerecht sind.«

»Sprich nicht in Rätseln zu deinem König!«

»Ihr habt für uns Sachsen besondere Gesetze erlassen – besonders strenge Gesetze. Sie sorgen für Unrecht und Verbitterung. Wie kann ich, ein Sachse, nach ihnen richten?«

Die Gesichter der umstehenden Edlen und Diener verfinsterten sich, aber Karl grinste. »Du wagst es, meine Gesetze zu kritisieren?«

Wolfger nickte. »Suchst du einen Mann oder einen Wurm, mein König?«

»Jedenfalls keine Ratte wie Asmund.«

»Er mißbrauchte deine Gesetze zu seinem Vorteil. Andere könnten es ebenso tun.«

»Du bist sehr überzeugend, junger Sachse«, seufzte Karl.

»Und vermutlich hast du auch noch recht. Also gut, ich werde die besonderen Gesetze für die Sachsen aufheben. Willigst du jetzt ein, das Amt des Grafen zu übernehmen?«

»Ich möchte darüber nachdenken, allein und in Ruhe. Gib mir drei Tage Zeit, Herr!«

»Der Wunsch zeugt von Vernunft und sei dir gewährt.« Karl wischte seinen Teller mit Brot aus, stopfte es in den Mund und schmatzte herzhaft. »Hast du sonst noch Wünsche?«

Wolfger nickte. »In deiner Großzügigkeit hast du den Aufständischen Gnade gewährt. Laß auch dem Kaufmann Brunold und seiner Familie deine Gnade zukommen.«

»Dem elenden, heimtückischen Waffenhändler? Was liegt dir an einem Franken?«

»Ich liebe seine Tochter.«

Karl kratzte sich hinter dem Ohr. »Habe ich das falsch verstanden? Ist sie nicht mit einem der Waffenschieber verheiratet?«

»Wenn sie lebt und es ihr gutgeht, bin ich zufrieden. Man kann nicht alles haben.«

»Soviel Weisheit in deinem kaum vorhandenen Alter erschreckt mich fast«, lachte Karl. »Ich glaube, ich habe den richtigen Mann zum neuen Grafen von Minden erkoren. Also gut, wenn du auf deine Geliebte verzichtest, will ich nicht minder großzügig sein und auf meine Rache verzichten. Aber diese lügnerische Schlangenbrut soll Minden auf der Stelle verlassen und niemals wieder wagen, auf den Flüssen meines Reiches Handel zu treiben, auch nicht mit einem Einbaum oder einer Nußschale!«

Als Wolfger Gisla, Brunold, Anwan, Benno und ihre Leute aufsuchte, um ihnen Karls Entscheidung mitzuteilen, dankten sie Wolfger für seinen Einsatz. Auch Gisla sprach Dankesworte, doch auf ihren Lippen lag kein Lächeln, in ihren Augen tanzte keine Freude.

Wolfger nahm sie beiseite und fragte: »Was wirst du jetzt tun, Gisla?«

»Was meine Pflicht ist. Ich werde Anwan eine treue Frau sein. Und meinem Vater zwei Töchter zugleich.«

»Also gehst du mit ihnen?«

»Ich muß.«

»Ich hatte nichts anderes erwartet«, sagte Wolfger und dachte: *Aber erhofft.*

Er verließ den Opferhain am nächsten Morgen, als auch Franken und Sachsen zum Aufbruch rüsteten, um unter Karls Befehl Minden wieder aufzubauen. Wolfger ritt zur Wolfsschlucht, schlug ganz in der Nähe sein Lager auf und hoffte, den Vater zu finden. Er wollte ihn um Rat fragen. Aber selbst als er in die Schlucht ging, fand er weder Wolfhard noch einen einzigen Wolf. Nur ihr Heulen hörte er im Wind, wie aus einer anderen Welt.

Und da wußte er, daß er seinen Vater niemals wiedersehen würde. So wie Gisla.

Er verbrachte die Zeit mit Trauer: um Gisla, um seine Mutter Gerhild und um seinen Vater Wolfhard. Und er dachte über Karls Angebot nach.

In der dritten Nacht regnete es heftig. Und am dritten Morgen, als er nach Minden reiten wollte, um Karl seine Entscheidung mitzuteilen, war der Wiehen wieder eine Wolke aus Dampf.

Wolfger hatte gerade sein Pferd gesattelt, da nahm der Dampf die Konturen eines lebenden Wesens an, sprang von hinten zu dem jungen Sachsen und drückte eine scharfe Klinge an seine Kehle.

»Eine Bewegung von mir, und du stirbst! Wäre das nicht gerecht?«

Wolfger erkannte die Stimme und den Geruch von Kräutern und Beeren.

»Heidrun, woher ...«

»Ich habe Vater bestattet«, fiel sie ihm in die Rede. »Und dann suchte ich dich, um Rache zu nehmen. Für meinen Vater, den du getötet hast. Und für meinen Bruder Heilwig, den dein Vater ertränkte.«

Sie verstärkte den Druck der Klinge, und ihr Arm zitterte. Ihr heißer Atem verbrannte seinen Nacken.

»Willst du mir nicht auch noch die Schuld am Tod deines anderen Bruders geben? Ich war doch bei den Männern, die Minden angriffen. Du und dein Vater allerdings auch.«

»Was willst du damit sagen, Wolfger?« Heidruns Stimme klang unsicher.

»Daß es einfach ist, anderen die Schuld zu geben. Schwierig ist es, sie bei sich selbst zu suchen. Und noch schwieriger, sie auch dort zu finden.«

»Worte!« schnaubte sie verächtlich. »Du redest so, weil du Angst um dein Leben hast!«

Wolfger lachte laut und bemerkte erst spät, daß die Klinge nicht mehr an seinem Hals saß. Heidrun stand fassungslos vor ihm, die Rechte mit dem Sax war herabgesunken.

»Warum lachst du?«

»Ich habe in den letzten Tagen so viel verloren, daß mein Leben nicht mehr viel bedeutet.« Er breitete die Arme aus. »Stoß ruhig zu!«

Sie tat es nicht, sondern war voller Fragen. Bis zum Mittag redeten sie miteinander, über Leben und Tod, über Verant-

wortung und Schuld. Fast wie Freunde sprachen sie zueinander, aber nicht wie Liebende.

Dann ritten sie davon, Wolfger nach Minden und Heidrun
in den Nebel.

EPILOG

HOCHZEIT

Anno Domini 798

Im Heumonat des Jahres 798 war der Sonntag, der auf Maria Magdalena fiel, warm und sonnig, aber nicht zu heiß – genau richtig für eine Hochzeit.

Wiehen und Süntel schickten einen sanften Wind herüber. Und selbst über etwas Regen hätten sich die Menschen nicht beklagt. Das Heu war eingebracht, mußte es sein. Denn König Karl benötigte Futter für den Feldzug, der heute begann. Die aufsässigen Nordalbinger hatten des Königs Boten verhöhnt und erschlagen; sogar den Gesandten Karls an den Dänenkönig hatten sie ermordet. Jetzt war Minden ein noch größeres Heerlager als im Jahr zuvor. Endlich sollte Schluß sein mit der aufständischen Brut ...

Aber noch lag der Krieg weit weg im Norden des Sachsenlandes. Die Glocken der neuerbauten Kirche, die dreischiffig und größer war als ihre abgebrannte Vorgängerin, sangen von Frieden und Glückseligkeit. Auf den Feldern rings um Wik und Königshof knieten die Soldaten und beteten, wie es ihnen die Feldgeistlichen vormachten. Und in der Kirche erteilte Missionsbischof Erkanbert dem glücklichen Brautpaar seinen Segen.

Neben Erkanbert stand der König. Als der Bischof geendet hatte, ergriff Karl das Wort: »Vor einem Jahr lag Minden in Schutt und Asche. Heute glänzen Wik und Königshof schöner als zuvor. Ermöglicht wurde das nur durch den Frieden, den Sachsen und Franken seither hier halten, dem neuen

Grafen von Minden sei Dank. Um diesen Ort zum Symbol des Friedens und des christlichen Glaubens zu machen, erhebe ich ihn zum Bistum, an dem Erkanbert als Bischof von Sachsen fortan seinen Sitz haben soll. Und der ganze Wesertalgau soll von heute an Mindengau heißen.« Auf lateinisch fügte er hinzu: »*Christus vincit, Christus regnat, Christus imperat.* – Christus siegt, Christus herrscht, Christus gebietet.«

Erkanbert spendete dazu den Kreuzsegen, und die Menschen in der übervollen Kirche, vorwiegend fränkische und sächsische Edelinge, sangen das Tedeum.

Vor der Kirche nahm Wolfger Abschied von dem Brautpaar. Anscher würde als Vogt von Minden während Wolfgers Abwesenheit für Ordnung sorgen. Und die blumenbekränzte Gunda war glücklich, daß ihr frischgebackener Gemahl nicht mit in den Krieg mußte. Auch für den wieder aufgebauten Wolfshof war gesorgt: Alwig führte die Wirtschaft.

»Macht mir in eurer Hochzeitsnacht keine Schande«, sagte der junge Wikgraf, als er sich in den Sattel schwang, zu Anscher und Gunda. »Zu Ostern will ich einen Neffen haben.«

»Und du komm heil zurück!« erwiderte Gunda. »Ohne Oheim gibt es keinen Neffen.«

Wolfgers Begleiter sagte: »Ich sorge schon dafür, daß niemand Wolfger aus dem Hinterhalt angreift. Hiermit!« Der alte Wittich verzog sein narbiges Gesicht zu einer grimmigen Miene und legte die Hand auf die Franziska, die in seinem Gürtel steckte.

Hörner gellten, und Wimpel erhoben sich über die Köpfe der Menschen. Überall rund um Minden stiegen Männer auf ihre Pferde, brachen Soldaten die Zelte ab, wurden

Zugtiere mit Peitschenhieben und lauten Zurufen in Bewegung gesetzt. König Karl führte sein Heer über die wiederhergestellte Brücke auf die rechte Weserseite.

Als Wolfger mit Wittich über die dumpf dröhnenden Holzbohlen ritt, warf der neue Graf von Minden einen langen Blick auf die großen Kaufmannsschiffe, die im Wik ankerten. Sie erinnerten ihn an Gisla.

Gisla hatte mit ihrer Familie das Wesertal schon verlassen, als Wolfger vor einem Jahr nach Minden ritt, um Karl seine Entscheidung zu überbringen. Wenn ein fremdes Schiff im Wik anlegte, hielt Wolfger jedesmal Ausschau nach dem schönen Gesicht mit der kleinen Stupsnase und den Sommersprossen und den wundervoll geschwungenen Lippen. Er sah das Gesicht nicht, und dann stach sein Herz.

Vom anderen Ufer winkten Anscher und Gunda. Sie riefen etwas, was im Lärm des marschierenden Heeres unterging. Wolfger winkte zurück und lachte. Er freute sich für die beiden. Sie hatten ihre Wahl getroffen, er die seine.

Sein Ziel hieß Frieden, und sein Weg war der Krieg. So führte er das Heeresaufgebot aus dem Wesertal, das nun Mindengau hieß, in den Kampf. Er mußte es tun, um seinen Schwur – gegenüber Wolfhard und Gerhild und gegenüber Widukind und Karl – zu halten. Auch der König hatte sein Versprechen eingehalten und die strengen Gesetze für das Sachsenland zurückgenommen.

Der Lärm von Hufen und Waffen, von Pferdegewieher und Schlachtgesang verschluckte bald den letzten Abschiedsgruß, den Klang der Mindener Glocken.

ANHANG

Historie, Sage und Phantasie
Nachwort des Autors

Minden an der Weser, in den fränkischen Reichsannalen erstmals für das Jahr 798 als Ort von König Karls Heeresversammlung sowie in einer Urkunde über ein am 19. Juli 798 in Minden getätigtes Grundstücksgeschäft zwischen einem gewissen Irpingus und dem 805 zum Bischof von Münster ernannten Abt Liudger (Irpingus verkaufte Liudger einen Weinberg bei Bachem/Köln) erwähnt, ist wohl mit dem schon im zweiten nachchristlichen Jahrhundert von dem griechisch-römischen Geographen Ptolemäus erwähnten Ort »Munition« identisch.

Die seichte Sandfurt über die früher noch verschlungener und bei Minden in mehrere Seitenarme aufgeteilte Weser, einer der wichtigsten Übergänge am oberen und mittleren Flußlauf, machte den Ort zu einem Schnittpunkt der Fernstraßen. Schon die römischen Legionen unter ihren Feldherren Varus und Germanicus haben die Weser bei Minden überschritten (Ereignisse, über die in meinen Romanen »Thorag oder Die Rückkehr des Germanen«, »Der Adler des Germanicus« und »Marbod oder Die Zwietracht der Germanen« mehr zu erfahren ist). Für einen Romanautor, der in Minden geboren, im Mindener Umland aufgewachsen und in Minden zur Schule gegangen ist, war die 1200. Jährung der Erwähnung in den Reichsannalen eine unwiderstehliche schriftstellerische Verlockung, deren Ergebnis hiermit vorliegt.

Dies ist nicht nur eine Erklärung für die Existenz dieses Romans, sondern auch für einige Ereignisse darin, die nicht so oder überhaupt nicht oder gänzlich anders in den historischen Quellen zu finden sind. Wie Karl der Große und mehr noch sein Gegenspieler Widukind zu Sagengestalten geworden sind, ist auch die Handlung meines Romans zum Teil Historie, zum Teil Sage und zum Teil die unerläßliche Phantasie des Autors. Beachten sollten kritische Leser allerdings, daß auch die sogenannten historischen Quellen nicht unbedingt die Wahrheit wiedergeben, sondern durch das oft mangelhafte Wissen oder gar durch die propagandistischen Absichten der dem Geistlichenstand angehörenden Chronisten verfälscht sein können.

Auch die Sachsen sind erstmals bei Ptolemäus erwähnt, der sie im heutigen Holstein lokalisierte. Vermutlich zogen sie im dritten Jahrhundert südwestwärts und unterwarfen den westgermanischen Stamm der Chauken, den sie sich, wie andere Stämme, einverleibten. Während ein Teil der Sachsen, zusammen mit Angeln und Jüten (möglicherweise auch von ihnen unterworfene Stämme), England besiedelte, errichteten die übrigen Sachsen einen losen Stammesbund in Westfalen (links der Elbe, beiderseits der Weser), Engern (an der unteren Weser), Ostfalen (zwischen Elbe und Harz) und Noralbingien (Holstein).

Den Quellen zufolge hat sich Widukind zusammen mit dem Ostfalen Abbio (der Sage nach Widukinds Schwiegersohn) in der lothringischen Pfalz Attigny taufen lassen, und das mag durchaus stimmen. Wohl lag es an Widukinds klingendem Namen, daß in Sagen und Berichten viele weitere Orte die Taufe für sich beanspruchten, so Bardowick,

Belm, Bergkirchen, Enger, Hohensyburg, Medebach, Mitterbach, Paderborn, Wolmirstedt, Worms und eben Minden. Aber gerade Minden, ein zentraler Punkt im Sachsenland (siehe oben), scheint mir ein nicht letztrangiger Kandidat zu sein, und so nahm ich mir die Freiheit, Widukind durch das Wasser der Weser zum Christen werden zu lassen.

Eine – sehr schöne – Sage ist auch die im Roman verwendete Namensgebung Mindens durch Karl und Widukind. Die Wahrheit sieht sicher anders aus. Der Name, für 798 als »Minda« und »Minthun« überliefert, könnte tatsächlich auf »Mime« zurückgehen, den Namen eines germanischen Wassergeistes, dem wir in Richard Wagners Opern »Das Rheingold« und »Siegfried« als Zwerg wiederbegegnen. Auch lag Minden in einer moorreichen Gegend, und *mim* (auch *mem*) ist ein altes Wort für Moor oder Sumpf.

Umstritten ist, ob Minden – neben seiner militärischen und kirchlichen Bedeutung – zur Zeit Karls des Großen bloße Händlersiedlung und Warenumschlagplatz oder schon ein ständiger Handelsplatz war. Wegen des bedeutsamen Standorts habe ich mich der zweiten Meinung angeschlossen. Einen Mindener »Wichgrafen« finden wir erstmals für das Jahr 1181 in den Quellen, doch liegt es im Bereich des Möglichen bis Wahrscheinlichen, daß Minden schon zur Karolingerzeit über einen Wikgrafen verfügte; da das Amt zu jener frühen Zeit noch nicht – wie später – der Kirche unterstand, habe ich den Wik- mit dem Gaugrafen verschmolzen.

Wir wissen, daß der Missionsleiter Erkanbert vom Hamelner Kloster Sankt Bonifatius der erste Mindener Bischof war, aber wir kennen nicht den genauen Zeitpunkt, an dem Minden zum Bistum erhoben wurde. Dieser liegt zwischen 790 und den ersten Jahren des neunten Jahrhunderts, so daß meine Wahl, das Jahr 798, nicht im Widerspruch zu den Quellen steht.

So schnell, wie Widukind mit seinem Nichterscheinen vor dem Reichstag im Jahr 777 in den Quellen auftaucht, verschwindet er mit seiner Taufe im Jahr 785 auch wieder aus ihnen, um dafür in den Sagen ein reges Eigenleben zu entwickeln. Ob er nach seiner Taufe weiterhin im Sachsenland oder in Klosterhaft auf der Bodenseeinsel Reichenau oder ganz woanders lebte, ist ebensowenig erwiesen wie sein Todesdatum (um 807 soll es der Sage nach liegen, aber das ist nicht verbindlich) und der Verbleib seiner Gebeine, als deren profiliertester Aufenthaltsort die »Wittekindsstadt« Enger gelten darf. Der Sachse hatte mit seiner Bekehrung seine Schuldigkeit getan und wurde von den christlichen Geschichtsschreibern nicht mehr benötigt, ganz so, als hätten sie ihn nur erfunden, um dem großen Karl einen großen Gegenspieler zu geben. Hat es ihn gegeben, so dürfen wir auch glauben, daß Mathilde, Gemahlin König Heinrichs I. (des Voglers) und Mutter Kaiser Ottos des Großen, seinem Geschlecht entstammte.

Widukind, der auch Witukind und häufiger Wittekind genannt wird, mit »Wodans Kind« zu übersetzen ist eine eher in der Sage zu findende Auffassung, der ich aus verständlichen Gründen im Roman gern gefolgt bin. Zutreffend ist aber wohl die Übersetzung mit »Waldkind«, hergeleitet vom althochdeutschen *witu* für Wald.

In der Sage sind die Sattelmeier Widukinds Weg- und Kampfgefährten, in der Historie mögen sie erst im fränkischen Sachsen in Erscheinung getreten sein. Jedenfalls hat es sie gegeben, und bis zur Mitte des zehnten Jahrhunderts wurden die toten Sattelmeier in Westfalen nach altem Brauch im Beisein ihres Sattelpferds bestattet: »Erst das Roß, dann der Troß.«

Daß Karl bei den aufständischen Sachsen nicht gerade beliebt war, dürfte einleuchten. Ob sie nun den vor hundertzwanzig Jahren aufgekommenen Begriff des »Sachsenschlächters« benutzt haben oder etwas ähnlich wenig Schmeichelhaftes, bleibt sich gleich. Die vieldiskutierte »Bluttat von Verden« hat wahrscheinlich ebensoviel Tinte und Druckerschwärze fließen lassen wie Blut. Karls Verteidiger wollten die in den Quellen genannte Zahl von 4500 enthaupteten Sachsen durch die kühne Behauptung eines Schreibfehlers auf 45 reduzieren; eine andere Auffassung spricht davon, Karl habe die fraglichen Sachsen nicht hinrichten, sondern im Zuge der Deportationen außer Landes bringen lassen. Aber das sind nur Deutungen, und die deutliche Aussage der Reichsannalen steht ihnen entgegen. Wenn es denn 4500 Tote waren, so ist die Diskussion müßig, ob es eine »Mordtat« oder eine gerechtfertigte »Strafmaßnahme« war. Das hängt vom Standpunkt des Historikers ab. Karls Leistungen bei der Schaffung eines Reiches werten jedenfalls 4500 getötete Menschen ebensowenig auf, wie die Tat von Verden Karls andere Leistungen abwertet; beides gehört zu ihm. Krieg und Mord waren damals nicht die Fortsetzung der Politik, sondern deren vorrangiges Mittel (und heutzutage ist es leider häufig nicht anders).

Bei den germanischen Gottheiten und ihrer Mythologie mußte ich, wie schon in meinen Germanenromanen, oft auf die nordischen Begriffe und Namen zurückgreifen, einfach weil keine aus dem uns interessierenden Zeit- und Sprachraum überliefert sind. Um Verwirrungen zu vermeiden, borgte ich lieber einmal mehr dort aus, anstatt Neues zu erfinden.

Glossar

Ährenmonat: Als Karl der Große die lateinischen Bezeichnungen der Monate durch deutsche ablöste, erhielt der August als Erntezeit den Namen Ähren- oder Erntemonat. Die landwirtschaftlichen Arbeiten haben jedoch regionalbedingt zu unterschiedlichen Zeitpunkten stattgefunden; die im Roman geschilderte Einteilung trifft auf die nördlichen Gebiete des Karolingerreiches zu. Siehe auch Brach- und Heumonat.

Albe: langes, weißes liturgisches Meßgewand.

Amikt: liturgisches Schultertuch.

Archidiakon: Erzdiakon; Vorsteher eines Kirchensprengels.

Asen: in Asgard heimisches Göttergeschlecht, denen die Hauptgötter der Sachsen angehören. Die Asen konkurrieren mit den Wanen, bis sie mit ihnen ewigen Frieden schließen.

Asgard: Heim der Asen.

Brachmonat: Juni als Monat des Pflügens (»Brachens«).

Bremon: Bremen; Kaufmannssiedlung am rechten Weserufer, die unter Karl dem Großen zum Bistum erhoben wurde.

Diakon: niederer Geistlicher; Kirchendiener.

Donar: in der nordischen Mythologie Thor genannter Gott des Wetters und der Landbestellung, Sohn Wodans. Wenn er mit seinem von den Böcken »Zähneknirscher« und »Zähneknisterer« gezogenen Wagen durch den Himmel fährt, donnert es. Mit seinem Hammer »Miölnir«, seinem Kraftgürtel und seinem Eisenhandschuh beschützt der stärkste Gott des Asengeschlechts die Menschen vor Riesen und Ungeheuern. Die Eiche ist sein heiliger Baum.

Edeling: Adliger, der sich in der Regel als Abkömmling einer Gottheit ansah und daher seinen Adel ableitete.

Einherier: siehe *Walhall.*

Eresburg: sächsische Festung an der Ruhrquelle auf dem Obermarsberg, 772 erstmals von den Franken erstürmt.

Fibel: kunstvoll gearbeitete Spange, die den Umhang des Mannes oder das Kleid der Frau zusammenhielt.

Frame: Stoßlanze.

Franziska: Wurfaxt.

Friedloser: nach altem germanischem Recht für schwere Vergehen für vogelfrei Erklärter; er wurde von seiner Sippe ausgestoßen und verlor damit Besitz und Schutz; jeder durfte ihn töten.

Fries: friesisches Tuch.

Frija: Fruchtbarkeitsgöttin.

Friling: Freier. Nach dem Adel höchster Stand der Sachsen, in den man, wie in jeden anderen, hineingeboren wurde. Beim Kriegszug leistete der Friling seinem Fürsten Heeresdienste; er mochte ihm auch Entgelt für seinen Schutz schulden, war sonst aber frei von Abgaben. Unter ihm standen die Halbfreien (Liten) und die Leibeigenen (Schalke).

Fuß: In der Karolingerzeit wurde als Längenmaß entweder der altrömische Fuß (29,6 cm) oder der Fuß des Drusus (33,3 cm) verwendet.

Gau: von einem Gaugrafen geführter Stammesbezirk; auch Karl der Große behielt die Einteilung in Gaue bei.

Ger: Speer, Wurfspieß.

Germanische Meile: Längenmaß, das zwischen 750 m und 900 m schwankt.

Halsberge: den Halsbereich schützender Teil der Rüstung.

Hasa: Hase; rechter Nebenfluß der Ems, gab dem altsächsischen Hasagau den Namen.

Hel: Die halb schwarz- und halb menschenhäutige Tochter Lokis herrscht über das Totenreich, das ebenfalls Hel genannt wird. Unser Begriff Hölle stammt von »Hel«.

Hellweg: alte Handels- und Heerstraße, die von der Ruhrmündung bei Duisburg über Essen, Dortmund und Soest zur Weser führt; früher auch häufige Bezeichnung anderer Landwege in Westfalen und im Rheinland.

Herzog: gewählter Kriegsführer.

Heumonat: Juli als Zeit des Heuens.

Hillebille: hölzernes Signalgerät und Musikinstrument, betätigt durch das Schlagen eines Klöppels gegen Bretter.

Hlidbeki: Lübbcckc; altsächsische Siedlung an der Straße Minden–Osnabrück, am Nordhang des Wiehengebirges.

Hockeleve: älterer Name für den Ort Petershagen, zehn Kilometer nördlich von Minden; Karl schlug hier auf dem Sommerfeldzug von 784 sein Lager auf.

Hohensyburg: sächsische Wallburg über dem Ruhrtal, Haupteingangstor nach Sachsen, 775 von den Franken erobert.

Hulda: Winterbringerin, Vorbild unserer Frau Holle.

Ing: Fruchtbarkeitsgott.

Irminsul: Heiligtum des Stammesgottes Saxnot/Irmin, vermutlich in Form einer Holzsäule als Abbild der das All tragenden Weltsäule oder der Weltesche. Stand in der Nähe der sächsischen Grenzfeste Eresburg in Westfalen und wurde 772 von Karl dem Großen zerstört.

Leuga: Längenmaß für größere Entfernungen, das mit Umrechnungen zwischen 2,5 km und 4 km angegeben wird (im Roman 2,5 km).

Lite: Halbfreier, zwar nicht mit den vollen Rechten eines Frilings ausgestattet, aber so eigenständig, daß er auf dem Thing eine Stimme besaß. Vermutlich bildete die ursprüngliche Bevölkerung in den Gebieten, die von den Sachsen erobert worden waren, den Grundstock der Liten.

Loki: Sohn einer Riesin und Gott des Feuers. Weil Loki in den uralten Zeiten mit Wodan durchs Land wanderte und mit ihm Brüderschaft schloß, zählt er zum Göttergeschlecht der Asen. Hinterlistig, streitsüchtig und boshaft, steht er mal auf der Seite der Götter, mal gegen sie. Er setzt durch die Zeugung der Ungeheuer Fenriswolf, Hel und Midgardschlange das Böse in die Welt. Seine Intrigen und die von ihm geschaffenen Ungeheuer sind für den Untergang des Göttergeschlechts am Zeitenende, die Götterdämmerung (*Ragnarök*, eigentlich »Göttergeschick«), verantwortlich.

Lure: bis zu zweieinhalb Meter lange Bronzetrompete. Die Luren wurden paarweise geblasen und erzeugten einen zweistimmigen, harmonischen, weit hallenden Klang.

Mimigernaford: Münster; an der Furt über die Aa und dem Schnittpunkt alter Fernstraßen entstand eine karolingische Wallburg, die unter Karl dem Großen zum Bischofssitz erhoben wurde.

Morgengabe: Geschenk des Mannes an die Ehefrau am Morgen nach der Hochzeitsnacht.

Munt: Personenrechtliches Gewaltverhältnis im Gegensatz zum Sachenrecht. Der Munt des Mannes unterstand die Ehefrau und die Kinder. Der Sohn wurde mit Bestehen der Mannbarkeitsprobe aus der Munt entlassen; die Tochter wurde von ihrem Vater als Muntwalt bei der Heirat in die Munt ihres Mannes übergeben.

Nornen: Die drei Schicksalsgöttinnen Urd, Verdandi und Skuld sitzen unter der Weltesche und spinnen die Schicksalsfäden.

Nott: Die Nacht, die von schwarzen Schleiern umhüllte Tochter eines Riesen, erhielt von Wodan einen schwarzen Wagen, mit dem sie in der Dunkelheit durch den Himmel fährt. Die Germanen teilten die Zeit nicht nach Tagen, sondern nach Nächten ein, wie sie die Jahre nach Wintern zählten.

Osnabruggi: Osnabrück; an einem Fernstraßenschnittpunkt bei einem Übergang über die Hase entstand eine Siedlung, die von Karl dem Großen zum Bischofssitz erhoben wurde.

Ostara: Frühlingsgöttin, deren mit dem Erwachen der Natur gefeiertes Fest wohl in manchen unserer Osterbräuche erhalten ist.

Rebec: dreisaitiger Vorläufer der Violine.

Runen: älteste Schriftzeichen der Germanen, die auch kultisch-magische Bedeutung hatten.

Sax: einschneidiges Schwert mit anfangs kurzer, später auch oft längerer Klinge (auch *Skramasax*).

Saxnot: Der mysteriöse Stammesgott der Sachsen, auch »Sachsnot« geschrieben, ist vermutlich gleichzusetzen mit der auch als Tiu, Teiwaz, Tyr, Ziu, Eru oder Irmin bekannten Gottheit. Saxnot war vor der Ausbreitung des Wodankults vermutlich Hauptgott der Germanen, wurde dann als Sohn Wodans angesehen. Ein Kriegsgott, dem das Schwert geweiht war, der Saxnot oder Sax; daher die Ableitung »Sachsen« = Schwertgenossen. Vertreten wird auch die Herleitung des Stammesnamens von »Sassen« (Ansässige), weil die meisten Sachsen in der migrationsreichen Völkerwanderungszeit in ihren angestammten Gebieten blieben.

Scara: Schwadron fränkischer Panzerreiter.

Schalk: Leibeigener, Sklave. Als Schalk wurde man geboren, aber auch als Gefangener und Verschuldeter wurde man ein Schalk, also so gut wie rechtlos. Ein Schalk unterlag bezeichnenderweise nicht dem Personen-, sondern dem Sachenrecht. Gleichwohl führten viele Schalke als Hausbedienstete oder als eine Art Landpächter ein relativ freies Leben. Ein von seinem Herrn freigelassener Schalk war ein Halbfreier und konnte als solcher durch Volksabstimmung zum Vollfreien, zum Friling, werden.

Silberpfennig: auch »Denar« genannt; die unter Karl geprägte Münze; vereinzelt gab es auch sogenannte Halbpfennige oder Halbdenare; reine Zählwerte ohne entsprechende Münzen waren der Schilling (12 Pfennige) und das Pfund (20 Schillinge).

Skuld: Norne des Zukünftigen.

Spatha: zweischneidiges Langschwert.

Staupe: Züchtigung; Prügelstrafe.

Sunna: auch Sol genannte Jungfrau, die den Sonnenwagen zieht.

Surtur: mit dem Flammenschwert bewaffneter Herrscher der Feuerriesen und Muspelheims, Reich des Urfeuers.

Theotmalli: Detmold; 783 Ort einer großen Feldschlacht, in der Karls Heer Widukinds Sachsen schlug; vermutlich auf einem sächsischen Gerichtsplatz (*Theotmalli* wird nach nicht unbestrittener Ansicht mit »Volksgerichtsplatz« übersetzt) entstand gegen Ende des achten Jahrhunderts eine Kirche, die Mittelpunkt einer Siedlung wurde.

Thing: Auch »*Ding*« genannte Ratsversammlung, die zu feststehenden Zeiten (ungebotenes Thing) oder von einem Kreis Geladener zu einem besonderen Anlaß (gebotenes Thing) besucht wurde. Ein Thing konnte den ganzen Stamm betreffen oder nur einen Gau. Aufgaben des Things waren die Freisprechung der Halbfreien, die Rechtsprechung bei schweren Verstößen, die Erhebung der Jungmänner in den Kriegerstand, die Wahl eines Herzogs, die Beschlußfassung über einen Kriegszug usw. – Die jährliche Stammesversammlung der Sachsen, an der eine genau festgelegte Anzahl von Edelingen, Frilingen und Liten aus jedem Gau teilnahm, fand in einem als »Marklo« bezeichneten Ort (vermutlich in der Nähe des heutigen Ortes Wasserstraße) an der Weser statt.

Throtmani: Dortmund; am Schnittpunkt zweier Fernstraßen entstand um einen karolingischen Königshof eine Händlersiedlung.

Urd: Norne des Vergangenen.

Verdandi: Norne des Gegenwärtigen.

Verdi: Verden an der Aller (auch »Ferdi« geschrieben); an dem Flußübergang der Fernstraße vom Rhein nach Skandinavien entstand ein karolingischer Königshof und später ein Bischofssitz.

Walhall: Wer nicht den unwürdigen Strohtod, sondern den würdigen Tod im Kampf stirbt, wird von den Walküren (*wala* ist das germanische Wort für tot), den göttlichen Jungfrauen, ins Reich der Götter nach Walhall geholt, der großen Halle von Wodans Palast. Dort zecht er mit den Göttern und übt sich im täglichen Kampf als Einherier (hervorragender Streiter, Einzelkämpfer), um bei der

Götterdämmerung am Zeitenende mit den Göttern gegen die Ungeheuer zu kämpfen.

Wanen: altes Göttergeschlecht, das im Streit mit den Asen liegt.

Wik: Handelsniederlassung; Kaufmannssiedlung.

Wildes Heer: das nächtens und bei Sturm von Wodan, nach anderer Vorstellung auch von Hulda durch den Himmel geführte Heer der Einherier. Auch »Wilde Jagd« und »Wilde Schar« genannt.

Wilzen: slawischer Stamm, der jenseits von Elbe und Saale im Norden lebte.

Wittum: Hochzeitsgabe des Mannes an die Ehefrau, die ihr auch nach dem Tod des Gatten verbleibt und dadurch ein Auskommen sichert.

Wodan: Auch Odin genannter oberster Gott, der seit dem Trunk aus Mimirs Quelle, für den er ein Auge hingab, der weiseste aller Asen ist. Er ist der oberste Schlachtenlenker und weist schamanistische Züge auf.

Zeittafel

714

Karl Martell, unehelicher Sohn des Hausmeiers Pippin, schwingt sich zum Herrscher über die Franken auf.

741

Der Hausmeier Karl Martell stirbt; seine Söhne Karlmann und Pippin teilen sich das Reich.

742

Karl der Große wird als Pippins ältester Sohn geboren.

747

Nach Karlmanns Eintritt ins Kloster wird Pippin Alleinherrscher im Frankenreich.

751

Pippin setzt mit Zustimmung des Papstes den letzten Merowingerkönig Childerich III. ab und wird selbst zum König der Franken gesalbt.

768

Nach Pippins Tod teilen sich Karl und sein jüngerer Bruder Karlmann das Reich.

771

Durch den Tod Karlmanns wird Karl zum Alleinherrscher.

772

Auf dem Reichstag zu Worms wird der Krieg gegen die Sachsen beschlossen. König Karl unternimmt seinen ersten Kriegszug ins Sachsenland, dem die Eresburg auf dem Obermarsberg und die heilige Irminsul zum Opfer fallen. Die Engern unterwerfen sich Karl und stellen ihm Geiseln.

773

Karl folgt einem päpstlichen Hilferuf nach Italien und unterwirft die Langobarden. Die Sachsen nutzen Karls Abwesenheit für einen Aufstand, verheeren Hessen und erobern Fritzlar.

774

Karl gelobt dem Papst, die Sachsen zu christianisieren und in ihrem Land Kirchen und Klöster zu gründen.

775

Karl zieht nach Sachsen und unterwirft die drei Stämme der Westfalen, Engern und Ostfalen, ohne das Land wirklich zu befrieden.

776

Während Karl unterwegs nach Italien ist, um eine Revolte der Langobarden niederzuschlagen, wagen die Sachsen einen neuen Aufstand. Karl greift an und zwingt die Sachsen bei Lippspringe zur Unterwerfung. Auf dem Reichstag zu

Worms wird die Massentaufe der besiegten Sachsen beschlossen.

777

Mit dem Reichstag zu Paderborn findet zum erstenmal eine
Reichsversammlung im Sachsenland statt, das in Missions-
sprengel eingeteilt wird. Erste Erwähnung des Sachsenfüh-
rers Widukind, der nicht vor Karl erscheint, sondern nach
Dänemark flieht.

778

Während Karl einen erfolglosen Feldzug gegen die Araber
in Spanien unternimmt, führt Widukind die aufständischen
Sachsen bis zum Rhein. Widukind erobert die Eresburg zurück und verliert sie wieder.

779

Ein Vergeltungszug Karls ins Sachsenland verläuft erfolgreich, da die Sachsen durch innere Auseinandersetzungen
zwischen den Edelingen und dem einfachen Volk ge-
schwächt sind.

780

Karl unternimmt einen neuen Sachsenzug bis zur Elbe und
schließt ein Bündnis mit den Abodriten. Beim Reichstag zu
Lippspringe trifft Karl Anordnungen zur Missionierung des
Sachsenlandes und schickt zu diesem Zweck Priester aus.
In den Klöstern werden sächsische Geiseln in der christli-
chen Lehre unterwiesen.

782

Im Sommer werden auf dem Reichstag zu Lippspringe

strenge Gesetze für Sachsen als *Capitulatio de partibus Saxoniae* beschlossen. Karl zerstört das altsächsische Verfassungsgefüge und setzt in Sachsen Grafen ein. – Im Herbst vernichten die Sachsen ein fränkisches Heer unter Führung der Feldherren Geilo, Adalgis und Worad am Süntel. Zur Vergeltung läßt Karl 4500 Sachsen in Verden an der Aller hinrichten. Widukind setzt sich erneut nach Dänemark ab.

783
Die Sachsen gehen vom Kleinkrieg zur offenen Feldschlacht über, werden aber von Karl innerhalb eines Monats zweimal, bei Detmold und an der Hase, geschlagen.

784
Widukind gewinnt die östlichen Friesen als Verbündete. Die Franken unternehmen einen Sommer- und einen Winterfeldzug gegen die Aufständischen.

785
Widukind unterwirft sich und empfängt die Taufe. Karl mildert die Gesetze für Sachsen ab. In Thüringen braut sich ein Aufruhr gegen Karl zusammen.

786
Widukinds Taufe ist für die Verbreitung des christlichen Glaubens so bedeutsam, daß der Papst auf Wunsch Karls einen dreitägigen Dankgottesdienst für die ganze Christenheit anordnet. Die Franken schlagen einen Aufstand in der Bretagne nieder.

792/793

Neue Aufstände in Sachsen führen zu einem Kleinkrieg, der sich über zehn Jahre hinzieht.

795-804

Karl zieht gegen die Sachsen und deportiert einen beträchtlichen Teil der Bevölkerung ins fränkische Kernland.

797

Karl stationiert überall in Sachsen Truppen und verhandelt mit den sächsischen Anführern. Am 28. Oktober wird auf dem Reichstag zu Aachen durch das *Capitulare Saxonicum* das strenge Sonderrecht für Sachsen außer Kraft gesetzt und das Land durch den Ersatz der Todes- durch die Geldstrafe strafrechtlich mit anderen Gebieten gleichgestellt; ein wesentlicher Akt zur Beilegung der sächsischen Aufstände.

798

Karl hält die Heeresversammlung in Minden ab, um gegen die Aufständischen im Norden zu ziehen. Erste Erwähnung Mindens in den fränkischen Quellen.

800

Karl wird in Rom durch Papst Leo III. zum Kaiser gekrönt.

802

Durch das altsächsische Sitten berücksichtigende *Lex Saxonum* wird das Verhältnis zwischen Franken und Sachsen stabilisiert.

804

Die Befriedung Sachsens geht mit großen Bevölkerungsde-
portationen und der Übergabe der Sachsengaue jenseits der
Elbe an die Abodriten einher.

814

Karl stirbt in Aachen.

Köln im 13. Jahrhundert: Philipp, ehemaliger Novize und Klosterschreiber, soll im Auftrag der Kirche eine kleine Dokumentenfälschung vornehmen. Was anfänglich wie eine Fingerübung aussieht, entwickelt sich jedoch schnell zu einem lebensbedrohlichen Spiel um Intrigen, Betrug und Verrat. Auf seiner gefährlichen Suche nach der Wahrheit gerät Philipp in die verfallene Burg eines heruntergekommenen Kreuzfahrers, deren Mauern eine schöne Frau und mehr als eine Lüge gefangenhalten. Von da an weist die Spur ins jüdische Ghetto des mittelalterlichen Köln und in ein geheimnisvolles Klosterarchiv. Was Philipp dort herausfindet, ist so ungeheuerlich, daß die Herrschenden vor nichts zurückschrecken, um die grausame Wahrheit zu vertuschen ...

»Richard Dübell legt einen spannenden und gut recherchierten historischen Roman vor.« Passauer Neue Presse

ISBN 3-404-14393-0

JEAN-CHRISTOPHE GRANGÉ

DIE PURPURNEN FLÜSSE

THRILLER

In der kleinen Universitätsstadt Guernon nahe Grenoble
wird die grausam zugerichtete Leiche des Bibliothekars
Rémy Callois entdeckt. Der ermittelnde Kommissar
glaubt zunächst an einen Ritualmord, bis ganz in der
Nähe ein weiterer Toter gefunden wird: der Krankenpfle-
ger Philippe Sertys. Gezielt gelegte Spuren haben die
Polizei zu ihm geführt.
Zur gleichen Zeit versucht ein Inspektor in einem fran-
zösischen Provinznest, das rätselhafte Verschwinden
eines zehnjährigen Schülers aufzuklären. Als sich her-
ausstellt, daß beide Kriminalfälle in Zusammenhang stehen, beginnt eine fieberhafte Spurensuche. Bald ist klar,
daß die zwei Toten keineswegs unschuldige Opfer
waren, und die »purpurnen Flüsse« erweisen sich als
Chiffre für ein furchtbares Verbrechen ...

ISBN 3-404-14403-1

BASTEI
LÜBBE

Im Jahre 1590 steht der Geschützgießer Adam Dreyling vor dem Berggericht. Die Anklage: Anstiftung zum Aufruhr und Verrat von Bergbaugeheimnissen. Doch dies ist nur ein Vorwand; Adam Dreylings wahres »Verbrechen« liegt woanders: Er hat von seinem Oheim, einem Meister des Bronzegeschützgusses, die »sieben Siegel« der Waffenkunst erlernt. Da man ihm keine eigene Werkstatt zugestanden hat, ist er mit diesem Wissen über Venedig nach England geflohen, um dort mit dem Schiffsbauer Matthew Baker in den Dienst der Königin Elizabeth zu treten. Gemeinsam haben sie England zum Sieg über die gefürchtete spanische Armada verholfen. Aber Elizabeths Dankbarkeit währte nicht lange, und Dreyling blieb nur die Flucht. Als die Häscher ihn finden und in der Heimat vor Gericht stellen, beginnt sein gefährlichster Kampf ...«

... ein Buch, das aus dem Rahmen fällt, so abenteuerlich führt dieser hochklassige Historienroman vom Himmel durch die Welt zur Hölle.« Brigitte

ISBN 3-404-14406-6